기황후

기황후

제1판1쇄 발행 / 2014년 3월 31일

지은이 / 최정주

펴낸이 / 소준선

펴낸곳 / 도서출판 세시

출판등록 / 3-553호

주소 / 서울시 마포구 대흥동 303번지 2층

전화 / 02-715-0066

팩스 / 20-715-0033

ISBN / 978-89-98853-11-2 03810

한민족의 위대한 여성 재발견 ②

중국 대륙을 호령한 철의 여인

기황후

최정주 장편역사소설

세시

목차

작가의 말

역사 속의 인물을 그리다 보면 작가의 상상력과 역사에 기록된 진실 사이에서 갈등을 겪는 경우가 많다. 흥미 위주로 쓰다보면 사실을 왜곡해야 되고 진실에 충실하다 보면 역사교과서 냄새를 풍겨 재미가 없는 소설이 되기 십상이다.

더구나 아직까지도 친일사학자들이 강단을 지배하고, 채 백년도 되지 않은 일제강점기의 일조차도 친일파를 애국자로 둔갑시켜 우상화시키려고 안달이 나 있는 시대에서는 역사 속의 인물을 쓴다는 것이 자칫 의식 있는 독자들에게 질책을 당할 빌미를 제공하는 일일 수도 있겠다.

10년쯤 전에 기황후를 썼다. 기왕에 발간한 고구려와 백제를 실질적으로 건국했던 여걸 '소서노'의 집필을 마치고 머리도 쉴 겸 '고려사절요'를 뒤적이다가 고려 여인 기황후를 만났다. 고려식의 이름은 없었고, 원나라식으로 '완자홀도'라는 이름을 가진 기황후를 발견하는 순간 가슴으로 싸아한 아픔이 흘러갔다. 그때부터 고려말기와 원나라 말기의 역사서를 찾아 뒤적이기 시작했다.

기황후는 대단한 인물이었다.

원나라에 공녀로 끌려가 황제의 차시중을 담당하는 차궁녀를 시작으로 처서가 되고 제2황후가 되었다가 나중에는 명실상부한 황후가 되는 그녀의 일생은 중국의 역사서에 기록된 사실만으로도 파란만장했다.

끝내는 자신이 낳은 아들을 비록 망해 가는 나라일망정 대원제국의 황제 자리에 앉히기까지의 과정에서 그녀와 동화된 내 가슴이 아프기도 했고, 때로는 환희심에 잠기기도 했었다. 소설 속의 등장인물 앞에서 작가는 냉철해야 한다는 것을 알면서도 자꾸만 그녀에게로 기울어지는 마음을 바로 잡느라 애를 먹었다.

언젠가 텔레비전 드라마에서 대단한 악녀로 그려진 기황후를 만난 일이 있는데, 그녀는 결코 악녀가 아니었다. 고구려와 백제를 건국했던 여인 '소서노'와 더불어 우리 역사 속에서 새롭게 조명되어야 할 위대한 여장부인 것이다.

중국은 동북공정이라는 이름으로 중원에서 이루어낸 우리의 역사까지도 자기들의 역사라며 강탈해 가고 있는데, 친일의식이 뼛속까지 스며있는 우리나라의 강단을 지배하는 역사학자들 가운데는 소중한 우리 역사까지 중국에 바치지 못해 안달이 나 있으며, 친일파

를 영웅으로 둔갑시켜 일본의 애국자로 만들어 가는 형편이니, 오호
통재라, 이 노릇을 어이 할거나.

　이 험난한 세월에 선뜻 '기황후'의 출판을 맡아준 소준선 사장님의
용기에 감사하는 마음이다.

지리산자락 창작실에서 　최정주

1

고향을 어이 잊으리

얼음 위에 댓닢자리 보아
님과 나와 얼어죽을 망정
정든 오늘밤 더디 새오시라
정든 오늘밤 더디 새오시라.

달빛이 뜨락을 가득 채웠을 때 어김없이 비파 음률에 맞춘 고려의
노래가 들려왔다. 청아했으나 물기를 머금은 목소리였다.

아랫 눈썹을 적시며 노래를 듣던 기련(奇蓮)은 살포시 몸을 일으켜
처소를 나왔다. 낮 동안 황궁의 잡일에 시달렸던 공녀들은 달콤한
잠에 빠져 있었다.

노래는 계수나무 그늘 아래에서 들려오고 있었다. 긴 머리를 앞가
슴 쪽으로 늘어뜨리고 앉아 처량한 모습으로 비파를 타고 있는 것은
차궁녀 연실이가 분명했다. 하긴, 이 시간에 처소의 뜨락에 나와 고

려 노래를 부를 수 있는 것은 그녀 밖에 없었다.

연실이는 혼례상 앞에서 끌려왔다고 했다. 청실과 홍실을 늘어뜨리고, 검은 머리가 파뿌리 되도록 금슬 좋게 살자고 원앙 한 쌍을 가운데 놓고 신랑의 절을 받고 막 신부가 둘러리의 도움을 받으며 절을 하려는 순간 들이닥친 별감 나리의 손에 족두리가 뽑혀 내동댕이 처지고, 우악스런 손길에 끌려왔다고 했다. 딸이 처녀과부추고별감나리한테 끌려가는 꼴에 그녀의 어머니가 눈을 하얗게 까뒤집은 채 혼절하는 모습을 돌아보며, 돌아보며 끌려왔다고 했다.

ㅡ엄니께 걱정하지 말라는 말 한 마디만 하고 왔어도 이리 가슴이 아프지는 않을 거야. 나 혼자 당하는 일도 아니고, 오랑캐의 나라일망정 사람이 사는 곳인데, 눈 감고 귀 닫고 입 다물고 살면 길지도 않은 그까짓 한 평생 못 살겠느냐는 말도 못하고 온 것이 밤마다 사무쳐.

언젠가 연실이가 말했다.

ㅡ신랑은, 혼례상 앞에서 신부를 빼앗긴 신랑은 보고 싶지 않나요?

ㅡ엄니 생각만으로도, 육친에 대한 그리움만으로도 가슴이 터질 지경인데, 그 사람까지 그립다면 내 가슴이 벌써 열두 번도 더 터졌을 거야. 내 인연이 아니었던 게지. 아들 딸 낳고 검은머리 파뿌리 될 때까지 살 인연이 애초부터 아니었던 게지. 련이라고 했느냐? 연꽃처럼 예쁘구나. 가슴에 원한을 키우거라. 너를 징발하여 이곳으로 끌고 온 황제에 대한 원한이라고 해도 좋고, 주색잡기에 골몰하느라 백성이야 어떻게 되든 원나라 공주와 단꿈에 빠진 고려왕에 대한 원한이라고 해도 좋고, 두 눈 번히 뜨고도 너 하나 지켜주지 못한 정

혼자에 대한 원한이라고 해도 좋느라. 그리움에 빠지지 말거라. 원한은 키우면 키울수록 살아나갈 힘을 주지만, 그리움은 수렁과 같은 것이라서 키우면 키울수록 수렁같은 그곳에 빠져 허우적일 테니까. 두고온 정, 두고온 그리움에 빠져 연연하다 보면 어느 날 소홍주 몇 잔에 취하여 계수나무 가지에 목을 맬지도 모르니까.

그날도 연실이는 소홍주 몇 잔에 취해 있었다. 수라간 나인 중에 함께 끌려온 공녀가 있는데, 그녀가 연회 끝에 남은 소홍주를 따로 모아준다고 했다.

―붉은 빛이 너무 좋아 마시기 시작했는데, 내 피를 마시는 심정으로 그걸 마셨는데, 이젠 소홍주가 없으면 잠을 못 이룬단다. 그 독한 술을 마셔야 잠이 든다니까.

그날 연실이가 이를 하얗게 드러내고 웃었던가? 기련이한테는 그리움을 키우지 말라했으면서 자신은 님과 함께라면 얼음 위에 깐 대닙자리일망정, 그 자리에서 얼어 죽어도 좋으니까 밤이 더디 새라고 하소하는 노래를 부르는 연실이의 눈에 그리움이 서리처럼 내려 있었다.

―언젠가 달이 만삭인 밤에 죽을 거야. 견디다 견디다 안 되면, 그리움이 내 가슴을 갈갈이 찢어 죽이기 전에 이 계수나무에 목을 매달아 죽을 거야. 어찌 살래? 련아. 고향이 행주라고 했더냐? 네 정혼자도 그곳에 있다고 했더냐? 일곱 살 때부터 이웃에서 눈맞추고 살다가 별감나리가 눈치 채기 전에 서둘러 혼례를 올리려다가 혼례상도 차려보지 못하고 짐승처럼 끌려왔다고 했느냐? 버리거라. 정인을 버리

거라. 고려도 버리고, 고향도 버리고, 부모형제도 잊거라. 그래야 네가 사느니라.

연실이의 입에서 독기가 뿜어져 나왔다. 실상은 그녀 자신이 원한을, 가슴에 사무치는 원한을 키우고 있었다. 붉은 소홍주 몇 잔에 간장을 녹이면서 간장이 녹는 만큼, 눈이 멀도록 눈물을 흘리면서 그녀가 키우는 것은 초례상 앞에서 헤어진 신랑에 대한 그리움도, 눈을 하얗게 까뒤집으며 혼절하던 어머니에 대한 그리움도 아니었다. 그리움같은 원한이었다.

-알아요, 언니. 원한을 키우지 않으면 원나라에서 살 수 없다는 것을 여기에 도착한 그날 알았답니다.

련이 대꾸했다.

연실이가 눈을 흘끔 치켜뜨고 련을 바라보았다.

-환관 고용보가 그러드냐? 고려에 두고온 것은 모두 잊으라고. 고려의 것들이 그리우면 그리움 대신 차라리 원한을 키우라고 하더냐? 그리움 때문에 눈물을 흘릴 그 시간에 원나라 말을 한 마디라도 더 배우라고 하더냐? 말을 못하면 짐승처럼 살 수밖에 없다고 하더냐? 그러니 원나라 말을 배우라고 하더냐?

-언니한테도 그러셨어요? 그 어르신이.

-고려에서 끌려온 공녀라면 누구나 들은 소리가 아니더냐? 귀가 닳도록 들은 소리가 아니더냐? 그래, 련이 너는 원한을 얼마나 키웠느냐? 원나라 말을 얼마나 배웠느냐? 여기에 온 지 세 해가 다 되어간다고 그랬지? 원나라 말을 제법 할 줄 알겠구나.

−잘은 못해요. 겨우 말귀를 알아들을 정도지요. 어차피 고려로 돌아가지 못할 바에는, 원에서 살다가 원의 땅에다 뼈를 묻을 바에야, 이 나라 풍습을 알아야겠기에, 귀를 쫑긋 세우고 배웠지요. 그래요, 언니 말대로 그리움은 다 버렸어요. 고려의 것이라면 꽃 한 송이 풀 한 포기도 생각하지 않기로 했어요.

−너는 살겠구나. 나처럼 죽음을 생각하지 않고 살 수 있겠구나. 가슴에 그리움이 없다면 못 살 것도 없겠지. 그래, 너는 살거라. 죽지 말고 살거라.

−그래요. 전 살 거예요. 왜 죽어요? 만리타향 원나라까지 끌려온 것도 억울하고 분한데, 왜 죽어요. 죽을 바에야 차라리 끌려오던 배에서 바다로 투신을 했겠지요. 바다를 건너오면서 몇 번이나 뱃전에서 바다를 내려다 보았다구요. 죽을 마음을 아니 먹었던 것도 아니지요. 공녀로 끌려가 짐승처럼 살 바에야 차라리 죽자고, 깨끗한 몸인 채로 저승에 가서 정혼자를 기다리자고, 이를 악물고 뛰어들려 했지요.

이번에는 련의 눈에 서리가 내려앉았다. 달 밝은 밤, 연잎 위에 내린 이슬같은, 그 이슬이 얼어 반짝이듯이 반짝이고 있었다.

−그런데 어찌 뛰어들지 못했느냐? 부귀영화가 너를 기다리고 있을 줄 알았더냐?

−저를 붙잡는 손이 있었어요. 고용보 어른이셨지요. 그분이 그러시더군요. 자기 역시 환관으로 원나라에 끌려왔었다구요. 아홉 살 때라고 하던가요? 원나라에 끌려와서야 채 여물지도 못한 잠지를 잘

렸다구요. 잠지를 잘리고 환관이 되었다구요. 잠지를 잘릴 때 자신은 죽었었다구요. 그 이후의 자신은 새로 태어난 목숨이라구요. 잠지를 잘릴 때의 그 아픔을 원한으로 가슴에 심었다고 하던가요? 그랬던 자기가 이제는 황제 가까이에서, 황제가 하는 일을 이래라 저래라 할 수 있는 위치에 오른 것은, 죽을 결심으로 살았기 때문이라고 하더군요. 이제는 원나라의 벼슬아치들이 뇌물을 싸들고 찾아와 아부할 만큼 된 것은 늘 죽을 결심으로 살았기 때문이라고 하더군요. 자기 말 한 마디면 고려의 왕을 대도로 불러들일 수도 있고, 자기 말 한 마디면 고려의 왕을 갈아치울 수도 있다고 하더라구요. 너도 그런 여자가 될 수 있다고, 마음만 단단히 먹으면 그런 여자가 될 수 있다고 그러더군요. 그래서 전 캄캄한 바다에 고려의 기련을 버리고 원나라의 완자홀도로 새로 태어났답니다.

　―하기사 죽을 마음으로 산다면 한 세상 못 살아낼 것도 없겠지. 버릴 것을 쉽게 버릴 수만 있다면 못 살 것도 없겠지.

　―고용보 어르신이 그러시더군요. 기왕에 원나라에 왔으면 철저히 원나라의 여자로 살라구요. 원나라 말을 배우라구요. 얼마나 빨리 원나라 말을 배우느냐에 따라 제 신분이 달라진다구요. 이를 악물고 배웠지요. 황실의 벼슬아치가 그년 참, 허리가 낭창거리는 것이 쓸 만하구나, 하고 킥킥거리는 소리는 알아들을 수 있지요. 전 어떻게든 살 거예요. 꼭 고용보 어른처럼 될 거예요.

　련의 눈이 푸르게 빛났다. 반딧불처럼 반짝였다.

　―너는 꼭 그렇게 될 거야. 언제가 될지는 모르겠지만, 너한테 그

런 날이 올 때, 나를 위해서, 만리타향 남의 나라에 끌려와 소홍주에 취해 목을 매고 죽은 내 영혼을 위로해 주겠니? 나를 위해 불사(佛事)를 해주겠니?

－그럴게요, 언니. 하지만 죽지 않고 사는 것이 더 좋은 일이겠지요.

련이 웃었다.

－아니, 난 죽을 거야. 달이 만삭이 된 밤에, 계수나무 가지에 목을 매달고 죽을 거야.

연실이가 고개를 세차게 내저었다.

만삭의 달이 중천에 있었다. 밤이 깊었음인가? 황궁의 방마다 휘황찬란하게 밝혀있던 등롱도 꺼지고, 뜰에 달빛만 가득했다.

련이 조심조심 계수나무를 향해 걸어갔다. 연실이는 아직도 그 자리에 있었다. 얼음 위에 대닙자리 보아 님과 나와 얼어죽을 망정 정든 오늘밤 더디 새오시라는 노래만 줄창 부르면서 그 자리에 있었다. 다른 날은 쌍화점에 쌍화를 사러 갔더니, 회회 아비가 내 손목을 잡는구나, 하던 노래를 부르기도 했고, 호미도 날이언 마는 낫같이 들리가 없습니다, 하는 노래를 부르기도 했는데, 이날은 얼음 위의 대닙자리 타령만 줄창 하고 있는 중이었다.

"련이 나왔니? 내 노래 소리에 잠이 안 오데? 고려에 두고 온 정인 생각에 잠이 들 수 없데?"

"아니요. 언니의 노래소리가 들리길래 반가워서 나왔어요. 오늘이 보름이잖아요. 달은 만삭인데 언니가 죽지 않고 노래를 불러 반가워서 나왔어요. 사실은 달이 차오를수록 불안했거든요. 언니가 목을 매달까 싶어서요."

"그랬니? 사실은 죽을까말까 망설이고 있었단다. 지난 달에도 그랬고, 저 지난 달에도 그랬지. 달이 만삭인 밤에 죽을까말까 망설이다가 결국 못 죽고 나면 다음 만삭 때는 죽어야지, 꼭 죽어야지, 하면서 한 달을 손꼽아 기다렸지."

"죽지 마세요, 언니."

"만신창이가 된 몸으로 살아서 무엇 하겠니? 오늘 낮에도 개같은 대호군병사 놈들이 나를 캄캄한 창고 안으로 끌고 들어가 겁탈을 했니라. 이놈이 올라타고 가면 저놈이 들어와 올라타고 가고, 고려의 공녀는 사람이 아니지. 원나라 병사 놈들의 요강단지지. 미친년처럼 킬킬거리며 놈들을 배 위에 태웠단다. 고용보가 그걸 모르겠니? 차 궁녀 연실이를 건들지 말라고 눈만 한번 부라리면 내 곁에 얼씬도 못 할 텐데, 고용보조차도 나를 이용해 황궁을 지키는 대호군 병사놈들의 환심을 사고 있는 것이란다."

"설마 그럴려구요?"

"아니다. 한번은 내가 병사놈에게 당하는 꼴을 고용보가 본 일도 있단다. 그날 아무 일도 없자 놈들이 이제 마음놓고 나를 가지고 놀지. 널랑은 안심해도 될 것이다. 원나라 말을 잘하니, 어떻게든 너를 황제의 측근에 두려고 할 것이니라. 나라는 넓다고 해도 원나라 황실은 무식한 놈들이 판을 치고 있는 곳이 아니더냐? 고용보가 황제의 아낌을 받는 것이나, 벼슬아치들한테 큰 소리를 칠 수 있는 것이다 무엇 때문이겠니? 그 사람이 고려에서 과거를 준비하느라 학문을 닦았기 때문이 아니겠느냐? 너는 얼굴이 예쁘고, 똑똑하고, 더구나 원나라 말까지 잘하니, 함부로 괄세하지는 못할 것이니라. 나처럼 황실의 병사들이 겁탈하도록 내버려두지는 않을 것이니라."

"모르겠어요. 그 어른이 저를 아껴주시기는 하지만, 언니의 말대로 그래서 그런지는 모르겠어요."

"두고 보거라, 내 말이 틀림없을 것이니. 그렇지 않다면 진즉에 너도 벼슬아치들의 첩실로 주었거나, 아니면 궁 밖으로 내쳐 주막의 작부로 팔려가도록 방치했겠지. 특별히 하는 일도 없이 세 해씩이나 황궁에 둘 리가 없지 않느냐? 어떻게든 고용보의 눈 밖에 나지 않도록 조심하거라. 그 사람의 말 한 마디에 극락으로 갈 수도 있고, 나락으로 빠질 수도 있으니까."

"알겠어요, 언니. 제가 잘 되면 언니의 원한을 풀어줄 것이니까, 제발 죽겠다는 말은 하지 마세요. 밤이 깊었어요. 청승맞은 노래는 그만하고 들어가 주무세요."

련의 말에 연실이가 고개를 내젓다가 하늘을 올려다 보았다. 서쪽으로 조금 기울어진 만삭의 달이 황궁 뜨락에 황금가루를 뿌리고 있었다.

"련아, 나를 위해 불사를 해주겠다는 약속은 지킬 거지?"

푸른 달빛이 연실이의 두 눈에서 푸르릉 떨었다.

"알았어요, 언니. 걱정하지 마세요. 그 약속은 꼭 지킬 것이니까요."

누런 달빛을 밟고 련이 처소로 돌아왔다.

희부윰한 달빛을 베고 바닥에 누웠으나 쉽게 잠이 들지 않았다. 낮동안 궁의 마룻바닥에 걸레질을 하느라 온 몸에 녹작지근한 피로감이 쌓여 있었으나 머리는 청명했다. 다시 연실이가 부르는 얼음 위에 대닙자리 보아 님과 나와 얼어죽을 망정 정든 오늘밤 더디 새오시라는 노래가 들려오고 있었다.

'융 도련님은 어찌 지내고 계실까? 설마 다른 여자를 아내로 맞아 아들 딸 낳으며 살고 있는 것은 아니겠지?'

그런 생각을 하다말고 련이 입술을 깨물었다. 죽기로 작정했던 그 배 위에서 다 버렸다고 믿었던 인연이 아니었던가. 고려의 것이라면 꽃 한 송이 풀 한 포기도 뇌리에 담지 말자고, 뇌리 깊숙히 꽁꽁 숨어 있는 고려 것들을 꺼내지 말자고, 입술에 피가 맺히도록 다짐했었지 않은가.

낭중 벼슬을 하던 김시국의 아들이었다. 아버지들끼리 혼약을 하고 아홉 살 때 집으로 데리고와 사랑방 하나를 내주었다. 련이 와는 동갑내기였다. 김낭중네 융 도련님이 무엇 때문에 자기 집 사랑방에 머무는지도 모른 채 술래잡기를 하고 서방각시로 짝을 지어 소꿉놀이를 하고, 엄한 훈장님 밑에서 천자문과 소학언해를 배우고, 논어를 읽었다.

련이가 융 도련님이 장차 자신의 서방님이 될 것이라는 걸 깨달은 것은 가슴에 개복숭아만한 돌기가 솟던 열세 살 때였다. 열다섯 살이 되면 혼례를 치룬다고 했다. 그러자 융 도련님 앞에서 련의 행동

거지가 조심스러워졌다. 장차 내 서방님이 되어 한 이불을 덮고 잘 사내, 하고 깨닫자 눈을 바로 뜨고 마주볼 수도 없었다. 멀리서 융 도련님의 그림자만 얼씬거려도 얼굴이 붉어지고 가슴이 뛰었다. 가슴에 돌기가 솟으면서 첫 달거리를 하고 젖앓이를 한 다음부터는 훈장님 앞에서도 융 도련님 앞에 앉기가 힘들었다. 얼굴이 붉어지고 가슴이 뛰어 함께 앉을 수가 없었다. 융 도련님이 훈장님이 거처하는 사랑을 비웠을 때 찾아가 글을 배웠다. 그러면서도 융 도련님이 보이지 않으면 안달이 나서 찾으러 다녔다.

─애두, 참. 그리 보고 싶으면 네가 사랑으로 나가면 될 것이 아니드냐? 두 해만 있으면 한 이불을 덮고 잘 사이인데, 새삼 낯가림을 할 것이 뭐니? 무슨 허물이 되겠느냐?

어머니가 웃었으나, 그럴수록 수줍음만 커질 뿐이었다.

원나라에서 사신이 온 것은 그녀의 나이 열세 살 때였다. 아버지가 안절부절못하다가 련과 융을 불러 앉히고 말했다.

─내가 막아보기는 하겠다만, 일이 참 난처하게 되었구나. 밀직부사를 하고 있는 정문이라는 놈이 련을 며느리로 달라는 것을 거절했더니, 그것을 여태까지 꽁하고 있었던 모양이드구나. 내게 혼인을 안 한 딸이 있다는 것을 원나라 사신에게 고해바친 모양이구나. 너희들, 잘 들거라. 혹시 공녀를 뽑으러 다니는 과부처녀추고별감이 내 집에 올지도 모른다. 그때 너희들은 이미 혼인을 한 사이라고 해야 한다. 융이 너는 내 집의 데릴사위가 아니라 이미 혼인한 내 사위란 말이니라. 알겠느냐?

─예, 아버님.

련과 융이 나란히 고개를 숙이며 대답했다.

아버지의 불안대로 채 사흘이 지나지 않아 별감이 칼을 차고 들이
닥쳤다. 내 딸 련은 이미 혼인을 한 유부녀라고 어머니가 말했으나,
별감은 혼인을 시켰으면 사위를 데려오라고 고집을 부렸다.

어머니가 사랑채로 나가기 전에 융이 안채로 들어왔다. 별감을 두
눈 똑바로 뜨고 바라보며 기련 낭자는 내 아내라고, 일 년 전에 이미
혼례를 올린 아내라고 당당하게 말했다.

─너희들이 혼인하지 않은 사이라는 것은 정부사한테 이미 들었니
라. 너희들처럼 혼인도 않고 혼인했다고 하는 처녀들이 많니라. 그
리고 삼년 전에 열세 살에서 열여섯 살 사이의 처녀가 혼례를 치루려
면 관청에 허락을 받아야 한다고 선포했는데, 너희 둘이 정말 혼례
를 치루었다면 너희들은 왕명을 거역한 것이 되니라. 왕명을 거역하
고도 살아남기를 바라느냐?

별감의 말에 융이 대꾸했다.

─관청의 허락을 받지 않고 혼인한 것이 죄가 된다면 내가 받겠소.
그러니 련낭자는 놓아주시오.

─허허, 제법 사내답구나. 이것은 너 하나만의 문제가 아니다. 너
희 부모들까지 벌을 받아야 한다. 원나라에서 사신으로 오신 고용보
어른의 명이 지엄하니라. 왕명을 거역하고 몰래 혼인한 처녀나 총각
들이 있으면 엄벌로 다스리라는 명이 계셨니라.

어머니가 제발 내 딸을 용서해 달라고, 머리를 잘라 신발이라도

삼아드릴 것이오니, 그렇게 은혜를 갚을 것이오니, 한번만 눈감아 달라고 무릎을 꿇고 애원했으나, 별감은 눈 하나 깜짝하지 않았다.

−좋아요, 가겠어요. 원나라에 안 갈 수 있으면 안 가려고, 거짓말을 했어요. 나 하나 때문에 여러 사람이 고통을 겪느니, 내가 가겠어요. 앞장을 서세요.

련이 입술을 깨물며 앞으로 나섰다. 낭, 낭자, 가면 안 돼요, 하고 융이 고함을 질렀고, 련아, 련아, 네가 가면 내가 어찌 산다는 말이더냐? 밤이면 밤마다 너 보고 싶은 그리움에 내가 어찌 산다는 말이더냐? 하고 울부짖다가 어머니가 혼절을 했으나, 기왕 자기 한 몸을 희생하기로 작정한 련이 별감보다 앞서 집을 나왔다.

아버지는 궁궐에서 아직 퇴청하기 전이었다. 늦게야 소식을 듣고 부랴부랴 찾아온 아버지가 눈물을 글썽였다.

−미안하구나, 련아. 명색이 관리이면서 너 하나 보호해 주지 못했구나. 이 애비를 원망하거라. 원나라에서 네 삶이 고통스러울 때면 이 애비를 원망하면서 견디어 내거라.

−걱정하지 마세요, 아버지. 전 잘 살아낼 거예요. 원나라에 간다고 모두가 벼슬아치들의 첩실이 되고, 하녀로 팔려가고, 주막에 작부로 나가는 것만은 아닐 거예요. 고려에서보다 훨씬 호의호식하며 사는 공녀도 있다고 했어요.

련의 눈이 번들거렸다.

'저는 원나라까지 가지는 않을 거예요, 아버지. 가다가 죽을 거예요. 사람이 아니라 짐승으로 살 바에야 차라리 죽을 거예요.'

그녀의 뇌리로 그런 생각이 스쳐갔다. 과부처녀추고별감 앞에 나서면서부터 련은 자기의 한 목숨을 던질 각오를 했었다. 자기가 원나라에 가지 않으면 융은 물론 양쪽 집안이 다 거덜이 날 판이었다. 그렇다고 원나라까지 끌려가 벼슬아치의 첩실이나 주막의 작부나 궁중의 허드레 일꾼으로 한 평생을 살 수는 없었다.

그리움이나 원망같은 것은 자기 한 몸 바다에 던지는 순간 모두 끝나리라고 믿었다. 살아남은 자들은 어떻게든 살 수 있을 것이었다.

그러나 련은 바다에 뛰어들지 못했고, 달이 만삭인 밤에 달빛을 베고 누워 연실이의 사랑노래를 듣고 있었다.

'인연이 아니었던 게지. 내 서방님이 될 인연이 아니었던 게지. 어차피 내 인연이 아닌데, 잘 살면 뭣하고 못 살면 뭣할 것인가? 잠이나 자자. 내일도 황궁 마룻바닥을 반들반들 윤이 나도록 닦으려면 잠을 자 두어야지. 언젠가처럼 걸레질을 하다가 졸면 안 되니까.'

마음을 바꾸자 이내 천근의 피로감이 눈거풀을 닫았다.

어머니가 눈물 글썽이는 눈으로 내려다보고 있는 것 같았으나 련은 이내 달콤한 잠 속으로 빠져 들어갔다.

그런데 그 순간이었다. 밖에서 소란스런 발소리가 들리는 것 같더니, 외마디 비명이 달빛을 흔들었다.

"사람이 죽었다. 사람이 계수나무에 목을 매달아 죽었다."

그러나 연실이의 죽음은 날이 새기 전에 황궁에서 깨끗이 지워지고 없었다. 환관들과 호위병사들이 부랴부랴 그녀를 궁 밖으로 내갔다. 그리고 날이 밝았을 때는 고려 공녀 연실이의 죽음을 지켜본 달은 산 너머로 모습을 감추었고, 계수나무는 시치미를 뚝 떼고 태연히 서 있었다.

'그래요, 연실 언니. 짐승같은 원나라 병사놈들에게 당하고 사느니. 하루에도 몇 놈씩 배 위에 얹으며 사느니, 차라리 잘 죽었어요. 저승에서는 편히 사세요. 대님 자리 위에 설 망정 함께 얼어 죽어도 좋을 님을 만나 행복하게 사세요.'

마룻바닥에 걸레질을 하다말고 련이 흘끔 계수나무를 바라보며 중얼거렸다. 어제 밤에 호위병사들한테 사지가 들려나가는 연실의 모습에 얼핏 눈물을 글썽였을 뿐, 그녀의 노래소리가 귀에 쟁쟁한 지금은 눈시울조차도 뜨거워지지 않았다. 아니, 눈물을 흘릴 수가 없었다. 눈물을 흘리다가 자칫 호위병사의 눈에 띄기라도 하면 놈들의 처소로 끌려가 치도곤을 당할지도 모를 일이었다.

새벽에 공녀들을 모두 불러낸 호위병사의 우두머리인 대호군대장 다루하치라는 놈이 엄포를 놓았다.

"너희들은 아무것도 안 보았으며 아무 소리도 들은 일이 없다. 이후부터는 고려 공녀의 죽음을 가지고 이러쿵저러쿵 떠들면 안 된다. 눈물을 흘려서도 안 된다. 만약 내 말을 어기는 공녀가 있으면 엄벌에 처할 것이다."

공녀들은 알고 있었다. 다루하치라는 놈이 가끔 황실에서 허드레 일을 하는 고려 공녀를 끌어다가 짐승같은 제 놈의 야욕을 채운다는 것을. 제 놈의 집에 고려 공녀를 둘이나 첩실로 데리고 있으면서도 반반한 공녀만 눈에 띄면 데려다가 욕심을 채운다는 것을. 자칫 연실이의 죽음을 놓고 입을 놀리다가, 혹은 눈물을 흘리다가 호위병사에게 끌려가면 꼼짝없이 겁탈을 당할 판이었다.

소문에는 다루하치가 고용보와 가깝다고 했다.

다루하치가 고용보 앞에서 굽신거리기는 하지만, 막강한 대호군 병사를 거느리고 있는 다루하치의 말을 고용보도 쉽게 거절하지는 못한다는 것이었다. 그래서 작년엔가는 다루하치의 부탁을 받은 고용보가 특별히 아름다운 고려 여자를 공녀로 뽑아다가 바쳤다는 것이었다.

죽은 사람의 일로 살아있는 사람이 곤욕을 치를 필요는 없었다. 정히 눈물을 흘리고 싶으면 속으로 흘리면 되었다. 연실이의 죽음은 가슴으로 흐르는 눈물 몇 방울로 애도하면 되었다. 그렇게 명복을 빌면 되었다.

연실이의 얼굴을, 그녀가 부르던 사랑노래의 여운을 떨쳐버리려고 련이 다른 날보다 더욱 그악스레 걸레질을 하고 있을 때였다.

환관 박불화가 그녀를 찾아왔다.

"련아, 어르신께서 찾으신다."

그녀는 기억이 잘 안 났으나, 어린시절 이웃에 살면서 소꿉놀이를 했다는 박불화는 고용보와 더불어 그녀의 유일한 버팀목이었다. 련이 청소궁녀가 되어 황궁의 마루바닥에 걸레질을 시작한 며칠 후에 우연히 뜨락에서 마주친 박불화가 먼저 말을 걸어왔다.

−네가 행주에서 왔다는 기련이라는 처자더냐?

런이 말없이 눈길을 주자 박불화가 가만히 바라보다가 어렸을 때 얼굴이 희미하게 남아있구나, 하고 싱긋 웃었다.

-소녀를 아세요?

-왜 모르겠니? 내가 원나라에 끌려오기 얼마 전까지만 해도 너와 소꿉놀이를 했었는데. 내가 박불화니라. 기억하려는가 모르겠다만, 한학을 하시던 박 수자 근자를 쓰시던 분이 내 부친이시지.

그제서야 련이 아, 하고 아는 체를 했다. 소꿉놀이를 한 기억은 안 났지만, 박수근이라면 바로 융과 자신을 가르쳤던 훈장이었다. 어머니를 통하여 얼핏 훈장님의 일곱 살짜리 아들이 원나라에 환관으로 끌려갔다는 말을 들은 것도 같았다. 그 충격으로 박훈장의 부인이 시름시름 앓다가 죽었다는 말도 들은 기억이 났다.

-이제 알겠느냐?

-예, 그 어르신은 바로 저와 제 정혼자의 훈장님이셨지요.

-그래? 내가 그것까지는 미처 몰랐구나. 내가 원나라로 끌려 온 일로 어머님께서 화병으로 돌아가신 줄은 알고 있었지만. 낯 설고 물 설 것이다만, 고용보 어르신이 계시고 내가 있으니까, 기운을 내서 살아보렴.

어린시절 소꿉놀이를 함께 한 사이라면 이제 겨우 열서너 살, 많아야 열대여섯 살일 텐데, 박불화는 제법 어른티가 났다.

련은 알고 있었다. 고용보가 특별히 다른 공녀들에 비해 자신을 잘 돌보아주고 있는 것이 박불화 덕이라는 것을. 물론 바다에 빠져 죽으려는 순간 뒷덜미를 잡아채어 목숨을 부지하게 만들어준 인연은 있었지만, 자칫 바다에 몸을 던졌다면 자신의 처지를 난감하게 만들었을지도 모를 련을 겉으로도 표가 나게 도와주고 있는 것은 박불화가 어르신, 련은 제 고향동무입니다, 어르신의 힘으로 도울 수 있는 일이라면 도와주십시오, 하고 사정을 했기 때문이란 걸 알고 있었다.

그것은 고용보의 말에서도 알 수 있었다.

–련아, 네가 박불화와 한 동네 출신이라지? 참, 묘한 인연도 다 있구나. 이 넓은 원나라에 하나는 환관으로, 또 하나는 공녀로 와서 한 지붕 밑에서 살게 되다니. 불화는 내가 많이 아끼는 자이니라. 불화가 내게 단단히 당부를 하드구나. 너를 잘 봐주라고. 하긴, 내가 네 목숨을 건졌는데 함부로 대할 수야 있겠냐만.

–고맙습니다, 어르신.

련이 고개를 숙이며 인사치레를 했다.

–그래, 마음껏 고마워하거라. 내 불화와 련이 너를 내 아들 딸처럼 돌봐주마. 언젠가는 원나라에서 부귀영화를 누리고 살도록 만들어 주마.

고용보가 호탕하게 웃었다. 자칫 련의 마음 깊숙히 숨어있는 그에 대한 증오심까지 수그러들 만큼 너그러운 웃음을 웃었다.

그 이후로도 련은 종종 박불화를 만났다. 따로 약속을 하지 않아도 하루에 두세 번은 만날 수 있었다. 박불화가 공녀들의 청소를 감독하러 왔기 때문이었다.

–조금만 참거라, 련아. 어르신께서 너를 잊지는 않고 계시니까. 곧 좋은 소식이 있을 것이다.

그러나 련은 박불화에게 좋은 일이 무엇인지 묻지 않았다. 자신에게 진정 좋은 일이라면 고려로 돌아가는 것인데, 고려로 돌아가 그리운 부모님과 사랑하는 융 도련님을 만나 딸로, 아내로 오손도손 사는 것인데, 한번 원으로 끌려온 공녀나 환관이 고려로 돌아갔다는 말은 들은 일이 없었다.

그냥 말없이 웃기만 했었다.

"련아, 너 차를 끓일 줄 아느냐?"

고용보가 물었다.

순간 련은 연실이가 담당하던 차궁녀를 자신에게 맡기려고 그러는 것이 아닌가 짐작했다. 차궁녀라면 걸레질이나 하는 청소공녀보다 훨씬 수월할 것이었다. 더구나 대명전의 차궁녀라면 하루내 줄창 차만 내는 것도 아니고, 처소에 있다가 대명전의 궁녀가 와서 차를 내라는 전갈이 있을 때만 내면 되었다.

연실이야 대신들이 들고나는 빈청의 차녀였으니, 하루에도 몇 번씩 차를 냈지만, 고용보의 주선으로 황제나 황후마마의 처소에 차를 내게 된다면 잘 해야 하루에 서너 차례 차를 내면 될 것이었다.

순간 련의 머릿속이 환히 밝아졌다. 고용보의 입에서 다만 차를 끓일 줄 아느냐는 물음이 나왔을 뿐이었지만, 박불화가 종종 말했던 좋을 일이 있을 것이라던 그 좋은 일이 지금 생기려는 것은 아닌가하는 예감이 뇌리를 흘러갔다.

차라면 고려에서도 끓여 본 일이 있었다. 박불화의 아버지 박훈장이 아들이 원나라 사신편에 보내온 것이라면서 사랑방에 가져다놓고 화로불에 물을 데워 차를 마시기도 했고, 화로의 불이 약할 때는 련이를 시켜 차를 내게도 만들었다.

－이것이 원나라에서 온 차인데, 어디 오늘은 련이 차를 내보겠느냐? 주전자에 물을 끓여 그것이 적당하게 식을 때를 기다렸다가 찻잎을 넣는데, 차의 양이 너무 많으면 차맛이 쓰고, 양이 너무 적으면 차맛이 또 싱겁니라. 또한 물의 따뜻하기에 따라 차맛이 달라지는데, 물이 너무 뜨거우면 차맛이 쓸 뿐더러 풋내가 강하게 나고, 물이 너무 식으면 차향이 제대로 나지를 않느니라. 그동안 내가 차를 내는 것을 몇 번 보았지? 련의 눈썰미가 어떤가 보자꾸나.

박훈장의 말에 련이 평소 보아왔던 대로 조금 뜨겁다 싶을 만큼 물이 식었을 때 눈짐작으로 보았던 양의 차를 주전자에 넣고, 마음속으로 일백을 세고 난 다음에 잔에 따루어 냈다.

－됐구나. 련이 차맛을 제대로 냈구나. 그동안 숱하게 차를 내어 마셨던 나보다 낫구나.

박훈장이 고개를 주억거렸다.

처음에는 약간 풀냄새가 풍기는 듯한 차맛이 거슬렸으나, 박훈장한테 몇 번 얻어마시고 나자 비로소 차맛이 혀에 익었다. 자신이 가슴을 졸이며 우려낸 차맛도 박훈장이 탔을 때와 별로 다르지 않았다.

그러나 련은 고용보한테 쉽게 차를 낼 수 있다는 말을 할 수가 없었다. 어쩌다 한번 아들이 보내왔다면서 차를 마시던 고려국 박훈장의 말만 믿고 섣불리 대꾸했다가 자칫 맛없는 차를 냈다고 황제한테 고용보가 꾸중이라도 들을 일이 생길까 두려웠다.

"황제폐하의 차궁녀를 바꾸려고 한다. 요즘 들어 황제폐하께서 차가 맛이 좋다는 말씀을 하신 일이 한번도 없니라. 지금의 차궁녀는 연실이가 있던 대신들의 빈청으로 보내고, 련이 너를 황제의 차녀로 추천하려고 한다. 어떠냐? 해낼 수 있겠느냐?"

황제폐하라는 말에 련의 가슴이 사정없이 뛰었다. 황궁에서 세 해 가까이 살았지만, 황제폐하의 용안을 뵌 것은 손가락으로 꼽을 정도였다. 그것도 먼 발치에서였다.

련이 아무 말도 못하고 있자 박불화가 눈을 깜박거렸다. 차를 낼 수 있다고, 황제폐하께 차를 올릴 수 있다고 대답하라는 눈짓이 분명했다.

"고려에 있을 때 훈장님의 차시중을 몇 번 들어드린 일이 있습니다, 어르신."

"훈장님이라면 불화의 부친이 아니시더냐? 내가 불화의 차 심부름을 몇 번 했지. 고려국에 사신으로 가면서 말이니라. 됐니라. 모자라면 부지런히 배우면 될 것이고, 우선은 내 앞에서 차를 한번 타보거라."

고용보가 차주전자와 찻잔과 차 봉지를 내놓았다.

련이 물을 끓이고, 식히고 차를 주전자에 넣고, 일백을 셀 동안 기다렸다가 잔에 따라 내놓았다. 차는 박훈장이 마시던 것보다 잎이 작고 정갈했다. 주전자에 남은 찻잎이 조금도 부서지지 않고 참새 혀바닥같은 초록의 원형을 그대로 지니고 있었다.

"됐구나. 차맛이 아주 좋구나. 불화야, 너도 맛을 보거라. 황제폐하께 올려도 될지 어떨지. 련이 너도 마셔보고."

고용보가 흡족한 낯빛으로 박불화와 련에게 차를 권했다.

"좋은데요, 어르신. 차의 따뜻함도 적당하고, 맛이 쓰지 않으면서 입안에 남는 개운한 뒤끝이 제대로 우려냈는데요."

박불화 역시 안도하는 낯빛이 되어 련을 바라보았다.

최상품의 차맛은 어떤 것일까? 련이 한 모금 입안에 넣고 천천히 마시면서 맛을 음미했다. 그런데 이상한 일이었다. 박훈장과 함께 마시던 차맛이 나지 않는 것이었다. 입안에 남는 뒤끝도 약간은 텁텁했다.

"어떻느냐? 련이 네가 보기에는."

고용보가 물었다.

"고려에서 마시던 차맛이 아닌데요. 차를 마시고 나면 입안이 개운해지면서 금방 기분이 맑아지는 것 같았는데, 지금은 입안에 떫은 맛이 조금 남는 것 같은데요."

련의 말에 고용보가 웃었다.

"그것은 떫은 맛이 아니라 횟내일 것이니라. 대륙은 다른 것은 다 좋은데 물이 영 안 좋니라. 원나라 사람들이 무엇 때문에 귀족이나 서민이나 차를 우려내 마시는 줄 아느냐? 바로 물 때문이니라. 차를 넣지 않고 그냥 마시면 바로 배탈이 나느니라. 물이 원래 그런 것을 어쩌겠느냐? 이 정도면 황제폐하께 올릴 차로 손색이 없겠구나. 가자, 내가 너를 황제폐하께 소개해야겠구나."

고용보가 서둘렀다. 련이 다소곳이 따라갔다.

"잘 하고 와, 련아. 어쩌면 네 운명이 바뀔지도 모르니까."

박불화가 격려해 주었다.

황제의 차를 내는 차실은 바로 수라간 옆에 있었다. 어른 팔로 한 아름이 넘을 듯한 황금빛 화로에는 언제든지 찻물을 끓일 수 있게 벌건 숯잉걸이 이글이글 타고 있었다. 그뿐만이 아니었다. 차 주전자와 숙우와 퇴수그릇이 따로 있었다.

"황제폐하께 올릴 첫번째 차를 내보거라."

고용보가 지켜 서서 말했다.

"예, 어르신."

련이 큰 주전자에 물을 담아 활활 타는 숯불 위에 올렸다. 물이 끓는 동안 차잎을 접시에 덜어내어 부스러기나 티끌을 골라냈다. 물이 끓었을 때 그것이 적당히 식기를 기다려 골라놓은 차잎을 넣었다. 숨을 멈추고 백을 세고 난 다음에 차를 청자 주전자에 따루었다.

준비가 끝났을 때에 고용보가 앞장을 섰다. 다리가 후둘거렸으나 입술을 깨물며 똑바로 따라갔다.

'아, 내가 드디어 황제폐하를 알현하는구나. 멀리서만 보아도 눈이 부시던 황제폐하를 뵙는구나.'

알 수 없는 감동같은 것이 련의 가슴을 흘러갔다.

"황제폐하, 차 대령이옵니다."

고용보가 허리를 잔뜩 굽히면서 고했다.

"들어오너라. 오늘은 낮 차가 늦었구나."

대명전의 문이 열리고 고용보가 허리를 굽힌 채 안으로 들어갔다. 차 쟁반을 받쳐들고 련이 따라갔다. 고용보가 얼른 한 쪽 구석에 있는 다상을 가져다 황제폐하 앞에 놓았다.

황제는 혼자 있는 것이 아니었다. 열대여섯쯤 되어 보이는 한 사내와 함께 있었다. 옷차림이나 머리에 쓴 관으로 보아 예사 사내는 아니었다.

무릎을 꿇고 앉아 련이 차반침대에 놓인 잔에 차를 따라 황제 앞에 먼저 놓았다. 그리고 두번째 잔은 젊은 사내 앞에 내놓았다.

찻잔을 들고 입으로 가져가려던 황제가 고개를 들고 련을 바라보았다.

"처음 보는 얼굴이구나."

"예, 황제폐하. 대명전의 차궁녀를 바꾸었사옵니다."

고용보가 아뢰었다.

"그래? 어디 차를 제대로 냈는지 보자꾸나."

황제가 찻잔을 입술로 가지고 갔다. 그리고 차를 반 모금만 입안에 넣고 혀를 굴렸다. 고개를 살풋 숙이고 있었으나, 련의 눈에는 황제가 차맛을 음미하는 모습이 훤히 보였다. 가슴이 잔뜩 오그라붙고 숨이 컥 막힐 지경이 되었을 때 황제가 입을 열었다.

"맛있구나. 태곤테무르야, 너도 한번 마셔 보거라. 차맛이 괜찮은가."

"예, 폐하."

태곤테무르라 불린 사내가 차를 입으로 가져가 한 모금 마시고 내려놓으며 말했다.

"제 입에도 좋사옵니다, 폐하."

"어떻게 좋느냐? 어디 말해 보거라."

황제가 태곤테무르를 바라보았다.

"깊은 맛이 있는 것 같사옵니다. 뒷맛이 개운하옵니다."

"차의 양이 적당하고 물의 따뜻하기와 시간을 잘 맞추었을 때에만 이런 맛이 나느니라. 차맛을 제대로 낼 줄 아는구나."

황제가 고개를 끄덕였다.

"마음에 드시옵니까? 황제폐하."

고용보가 안도의 숨을 내쉬며 물었다.

"차는 정성이 아니겠느냐? 앞으로도 정성스레 차를 내도록 해라. 내 네가 내는 차맛을 보고 품계를 올려주마. 우선은 처서로 하도록 하자."

황제가 고용보를 바라보았다.

"황은이 망극하옵니다, 황제폐하."

고용보가 머리를 바닥에 닿다시피 조아렸다. 련도 얼른 따라서 했다.

"건강이 안 좋아지신 다음부터는 입맛이 아주 까다롭게 변하셨느니라. 그래도 네가 낸 차맛을 칭찬하시는 것을 보니, 차맛이 정녕 좋기는 좋았던 모양이구나. 련아, 헌데 너는 처서라는 직책을 아느냐?"

"글쎄요. 황실에 있는 궁녀들의 품계라는 것은 알지만, 그것이 얼마만한 직책인지는 모르옵니다."

"한 마디로 대단한 품계니라. 쉽게 얘기하자면 황후마마가 일품이라면 후궁들이 이품이고, 그 다음이 삼품이니라. 처서는 삼품 직책이니라. 궁녀들 가운데는 나이가 많은 상궁들 몇이 처서의 직책을 가지고 있지. 허나, 내가 너를 구태여 차궁녀로 밀어 넣은 것은 처서를 만들기 위해서가 아니니라. 더 큰 자리를 위해서니라."

런은 더 큰 자리가 무엇인지 묻지 않았다. 고용보의 말투에서 함부로 물을 수 없는 위엄을 느꼈다.

'평생을 처서만 하고 살 수는 없어. 차궁녀 노릇으로 늙어죽을 수는 없어.'

런의 머리로 그런 생각이 흘러갈 때에 고용보가 차실 옆의 작은 방문 앞에 멈추었다.

"바로 이 방이니라, 네가 거처할 곳이. 밤이나 낮이나 여기를 한시도 비워서는 안 되니라. 며칠간 있다 보면 익숙해질 것이니라. 특별한 내방객이 없으면 황제폐하는 하루에 세 번 차를 드시느니라. 하루 세 끼 수라를 드시고 반식경이 지나면 차를 드시느니라. 차는 정성으로 끓이는 것이라는 황제폐하의 말씀만 명심하고 있으면 너한테 좋은 일이 생길 것이니라. 어쩌다 춘정이 돌으시면 밤늦게 황제폐하께서 차를 찾으실 때도 있으시니라. 차를 가지고 갔을 때 황송하옵게도 폐하께옵서 너를 가까이 두시고자 하면 싫은 기색 말고 뫼시거라. 다음날로 네 품계가 올라갈 것이니라."

고용보가 당부하고 돌아간 다음이었다. 런은 황제가 마시고 남은 차를 잔에 따라 맛을 보았다. 차가 완전히 식기도 했지만, 혀끝에 남는 회냄새는 여전했다. 고려에서 마실 때는 그런 맛이 없었다. 비록 황제가 마시는 차보다 질이 떨어지는 차일망정 입안이 그리 개운할 수가 없었다.

'회냄새를 없앨 수는 없을까. 이것만 없앨 수가 있다면 세상에서 가장 맛있는 차가 될 텐데.'

고용보는 혀끝에 회냄새가 남는 것은 물 때문이라고 했다. 대륙의 물은 그냥 마시면 배탈이 날만큼 물 속에 횟가루가 많이 녹아있다고 했다.

련은 어떻게든 물 속에 녹아있다는 횟가루를 없애고 싶었다. 그냥 눈으로 보기에도 대륙의 물은 고려의 물보다 흐린 빛이 도는 것 같았다. 혹시나 싶어 올이 고른 명주베로 물을 걸러 보았다. 그러나 보일 듯 말 듯 감도는 흐린 기운은 사라지지 않았다.

회냄새만 없애면 정말 좋은 차를 낼 수 있을 텐데, 하는 생각을 하며 련은 저녁차를 내고 다음 날의 차를 냈다. 황궁의 마룻바닥에 손에 물집이 잡히도록 걸레질을 할 때에 비하면 심심할 만큼 편했다. 더구나 차실에는 물을 끓일 숯불을 피워주는 환관이 따로 있어 련은 물을 주전자에 담아 끓였다가 적당히 식으면 차잎을 넣고 우려내어 황제폐하께 가지고 가는 일이 전부였다. 시간이 날 때마다 차의 양이나 물의 따뜻하기를 각기 달리하여 차를 내어 맛을 음미했다. 찻잎 몇 개를 덜 넣느냐 더 넣느냐에 따라 차맛이 달라졌다. 물의 따뜻하기 역시 마찬가지였다. 주전자에 손등을 대보아 조금 뜨겁다 싶을 때 차맛이 제일 좋았다. 하루에도 수 차례씩 되풀이 연습하자 나중에는 따로 가슴 졸이지 않아도 제대로 된 차가 우려졌다.

황제는 늘 흡족한 낯빛으로 차맛을 칭찬했다.

"내 네 덕분에 참으로 좋은 차를 마시고 있구나. 고려에서 왔다고 했느냐? 고려는 차를 즐겨 마시지도 않는데, 네가 어찌 차 내는 방법을 익혔을꼬?"

"소녀에게 글을 가르쳐 주신 훈장님께서 차를 즐겨 드셨사옵니다."

"허허, 그랬느냐? 고려 여자들이 솜씨가 있다고 하더니, 그 말이 맞는 모양이구나."

가끔은 태곤테무르가 황제와 함께 있기도 했다. 고용보의 말에 의하면 황태자전하라고 했다. 지금 황제로 있는 명종의 뒤를 이어 대원제국의 황제가 될 황태자라고 했다. 고려국 서해바다 한가운데 떠있는 대청도라는 섬에서 일 년간 유배생활을 하다가 황태자로 책봉되어 대도로 돌아온 지 채 이 년이 안 된다고 했다.

'장차 황제폐하가 되실 분.'

그런 생각만으로도 련의 가슴이 쿵덕방아를 찧었다. 어쩌다 대명전에서 얼굴을 마주치면 차마 바라볼 수가 없었다.

"련아, 네 덕분에 내가 황제폐께 칭찬을 들었구나. 지금까지 마신 어떤 차보다 맛있는 차를 낸다고, 네 손이 참으로 신통하다고 칭찬하시더구나."

"모두가 어르신의 덕이옵니다. 회냄새만 없앨 수 있다면 정말 좋은 차를 낼 수 있사옵니다만."

"그것이야 대륙의 물이 그런 것을 어쩌겠느냐? 황제폐하의 차를 끓이자고 물을 고려에서 가져올 수도 없잖느냐?"

고용보가 너무 욕심을 부리지 말라면서 웃었다.

그런 어느 날이었다. 차주전자에 물을 담으려던 련의 눈에 물을 담아놓았던 항아리 바닥에 하얀 찌꺼기가 가라앉아 있는 것이 들어왔다. 그 항아리에는 물이 겨우 바닥을 적시고 있을 뿐이었는데, 빛깔이 하얀 것이었다. 혹시? 하는 느낌에 련이 그 하얀 바닥을 손톱으로 긁어보았다. 그리고 다음 순간 아, 하는 탄성이 그녀의 입에서 흘러나왔다. 손끝에 묻어 나온 그것은 분명 횟가루였다.

'그렇구나. 물을 항아리에 하룻밤만 담아 놓으면 횟가루가 바닥으로 가라앉겠구나.'

그동안은 황제폐하께 올릴 찻물이라고 아침마다 우물에서 새로이 길어다 썼다. 늘 새 물을 끓여 차를 냈다, 그것이 정성이라고 믿었다.

련은 전날 길어다 놓고 미처 쓰지 못한 다른 항아리를 들여다보았다. 역시 바닥이 하얀 빛깔이었다. 작은 종지로 물이 흔들리지 않게 조심조심 몇 종지 떠내어 주전자에 넣고 끓여 차를 내보았다.

그리고 설레는 가슴으로 가만히 차 반 모금을 입안에 머금었다. 순간 뜨거운 기운이 가슴에서 훅 솟구쳤다.

회냄새가 가신 차맛은 황홀할 정도로 좋았다. 때마침 들른 고용보에게 차 한 잔을 권했다.

무심코 차 한 모금을 마시던 고용보의 눈이 휘둥그레졌다.

"련아, 회냄새를 어떻게 없앴느냐? 당장에 황제폐하께 차를 올리도록 하자꾸나."

고용보의 말에 문득 련의 뇌리로 황태자 태곤테무르의 얼굴이 스쳐갔다. 황제폐하보다는 회냄새가 가신 맛 좋은 차를 황태자 태곤테무르전하께 먼저 올리고 싶었다.

그런 생각을 하다말고 련이 얼굴을 붉혔다. 너무 큰 욕심에 온 몸이 밑으로 가라앉는 느낌이었다.

2

어린 황제

−황태자 전하, 조금만 더 기다리시옵소서. 소신이 곧 마마를 보위에 올려드리겠사옵니다.

황제의 병증이 위중하다는 대명전의 전갈을 받는 순간 태곤테무르의 뇌리로 느닷없이 중서령 연첩목아가 했던 말이 스쳐갔다.

그때는 황제가 병을 앓기 전이었다. 하루 세 끼 진수성찬의 수라에 몸에 좋다는 보약을 떨어지지 않고 먹던 황제였다. 나이 쉰이 가까운데도 밤마다 다른 후궁의 처소를 들락인다는 소문이었다.

그뿐만이 아니었다. 이레에 한 번씩 열리는 연회도 빠짐없이 참석하여 누구보다 춤과 노래를 즐겼다. 술 또한 여늬 벼슬아치들보다 많이 마셨다.

그만큼 황제는 강건했다.

−황제폐하의 연치 아직 쉰도 안 되었습니다. 어찌 보위를 말씀하십니까?

태곤테무르가 얼굴을 찡그리며 연첩목아를 바라보았다.

자칫 보위를 운운했다가는 쥐도 새도 모르게 죽는 수가 있었다. 황궁에는 드러난 귀가 하나라면 숨은 귀는 열 개라고 했다. 그만큼 많은 귀들이 황실의 소리를 들어 옮긴다는 뜻이었다.

─저녁 밥 잘 먹고 잠자리에서 죽는 것이 사람의 목숨입니다. 오늘 강건하다고 내일도 강건할 것이라는 보장은 없지요. 아무튼 마음의 준비를 하고 계십시오. 소신이 괜히 고려국 대청도에 계시는 황태자 전하를 모셔왔겠습니까? 그것도 황제폐하께 목숨을 걸고 진언을 드려서 말입니다.

연첩목아가 고개를 뻣뻣이 치켜든 채 태곤테무를 바라보며 말했다. 여늬 관리들이 황태자 앞에서 보이는 겸손한 태도가 아니었다. 너 하나쯤은 내 말 한 마디면 당장에 다시 대청도로 보낼 수도 있어, 하는 오만이 깃든 눈빛이었다.

─알고 있습니다. 나를 유배에서 풀기 위하여 많은 수고를 하셨다는 것을요. 언젠가는 꼭 갚지요. 그 은혜를 천 배 만 배로 갚지요.

─아무렴요, 그러셔야지요. 꼭 갚으셔야 합니다. 갚으셔야 하구말구요. 사실 좌승상 백안첩목이 얼마나 방해를 했는지 아십니까? 누구 때문에 마마께서 대청도까지 유배를 가셨는데요. 다 좌승상 그놈이 황제폐하께 주청을 드려 그리 된 것이 아닙니까? 지난번에 제가 황제폐하께 전하의 일로 주청을 드릴 때에도 아니 된다고 펄펄 뛰었습니다. 아직도 전하의 가슴에는 양친의 죽음에 대한 원한이 사무쳐 있다구요. 만약 전하께오서 보위를 이으시면 황실에 피바람이 불 것

이라고 했습니다. 차라리 먼 황실인척일망정 전하를 폐하고 다른 태자를 모시자고까지 했습니다.

연첩목아가 침까지 튀기면서 말했다. 그러나 태곤테무르는 알고 있었다. 아바마마였던 문종 황제를 시해한 것이 연첩목아 일파였다는 것을, 지금의 명종 황제가 연첩목아와 손을 잡고 아버지를 시해한 다음에 보위에 올랐으며, 어머니조차도 홧병으로 돌아가시게 만들었다는 것을 알고 있었다.

그때 태곤테무르의 나이 네 살이었다. 어머니가 어린 아들을 안고 중얼거렸다.

─연첩목아, 연첩목아, 그놈이 네 아버지를 돌아가시게 했구나. 그 죽일 놈이 네 아버지의 가슴에 비수를 꽂았구나.

어머니나 아버지의 얼굴은 잊어먹었지만, 연첩목아라는 이름은 잊을 수가 없었다. 언젠가는 사약을 내려 목숨을 거두어야할 그 이름을 하루도 잊어본 적이 없었다. 고려국 대청도에서 유배생활을 할 때에도 넓은 바다를 바라보며 가슴에 원한을 키웠다. 대도로 영영 못 돌아가고 대청도에서 평생을 산다면, 어느 날 황제가 보낸 것이라면서 사약사발이 온다면 몰라도 살아서 대청도를 빠져나오고, 황제의 보위에 오르기만 하면 제일 먼저 할 일이 연첩목아의 목숨을 거두는 일이라고 다짐했었다.

그러나 지금은 때가 아니었다. 비록 황제폐하께 일 점 혈육도 없어 어쩔 수 없이 자신이 황태자로 책봉은 되었지만, 황제의 보위에 오른다는 보장은 없었다. 연첩목아는 자신의 장래에 장애가 될 것이라고 믿으면 황실 곳곳에 심어놓은 심복을 시켜 가슴에 비수를 꽂아 올 것이 틀림없었다. 좌승상 백안첩목이 일부를 나누어 가지고는 있었으나, 권력의 대부분은 연첩목아가 움켜쥐고 있었다. 따지고 보면 황제폐하조차도 연첩목아의 손 안에서 놀고 있었다. 우선은 고분고분하는 수밖에 없었다. 간이라도 빼어줄 듯이 아첨하지 않으면 안되었다.

'그런데 황제폐하께서 위중하시다니, 무슨 소리인가? 낮에만 해도 아무 일 없이 차를 마셨지 않은가. 수라를 드시고 나면 늘 혀끝에 남던 회냄새가 없는 깨끗한 차를 마셨지 않은가.'

고려 공녀 출신 기처서가 회냄새가 남지 않는 차를 내기 시작한 것도 벌써 반년이 넘었다.

어느 날 갑자기 달라진 차맛에 황제폐하가 놀라 말했다.

—처서야, 차맛이 어제와는 하늘과 땅 차이가 아니더냐? 어떻게 이런 차를 낼 수가 있었지? 대륙의 물 때문이라고 믿고 포기했던 회냄새가 안 남는구나. 정말 뒷맛이 깨끗하구나. 너무 개운하구나. 어떻게 이런 차를 낼 수 있었는지 말해 보겠느냐?

차궁녀 기처서가 얼굴을 붉히며 대답했다.

—황제폐하의 입맛에 맞으시다니, 소녀 기쁘기 한량없사옵니다. 소녀, 황제폐하께 차를 올리기 시작하면서부터 늘 마음에 걸리는 것이 있었사옵니다.

—그것이 회냄새였다는 말이렷다?

—예, 황제폐하. 차는 세상에서 가장 좋은 차인데, 세상에서 가장

좋은 맛을 낼 수 없는 것이 늘 안타까웠습니다. 그것이 물에 섞여 있는 회냄새인 것을 알기는 했사옵니다만, 물은 바꿀 수가 없었사옵니다. 그래서 소녀가 궁리에 궁리를 거듭하여 물을 길어다 하룻밤을 재워 보았습니다.

 −물을 재웠다?

 −예, 그렇사옵니다. 그랬더니, 물에 섞여 있던 회가 밑으로 가라앉고 위에는 맑은 물만 남았사옵니다. 그 물로 차를 끓였더니 회냄새가 가셨사옵니다.

 −옳거니, 그런 방법이 있었구나. 회가루가 워낙 많이 섞여있어 그냥 마시면 배탈이 나는 물을 그렇게 정화를 시켰구나. 그래서 정말 개운한 차를 내게 되었구나. 너는 솜씨만 좋은 줄 알았더니, 머리까지 영리하구나. 네 덕분에 세상에서 제일 좋은 차를 마시게 되어 기쁘구나. 고맙구나.

 황제의 말은 사실이었다. 그것만은 어쩔 수 없다고 포기했던 회냄새가 가신 차는 지금까지 마셔본 일이 없는 맛있는 차였다.

 그날 황제는 기련이라는 고려 공녀에게 비단 한 필을 상으로 내려주었다. 그러나 태곤테무르는 알고 있었다. 비단 한 필이 기련에게는 아무런 소용이 없다는 것을. 공녀의 처지에, 설령 처서라는 직첩을 받았지만 황실에서 차를 올리는 차궁녀 처지에 비단옷 입고 황궁 밖을 나갈 일은 없었다.

 '고려 여자들은 얼굴도 예쁘고 솜씨도 좋지. 얼굴이 검고 손이 거친 몽고 여자들이나 무식한 한족의 여자들에 비할까.'

가슴이 제법 불룩하게 솟은 기련이 잠자리에 들면 종종 떠올랐다.

'그런 여자를 황후로 맞이하면 얼마나 좋을까. 날마다 맛있는 차를 마실 수 있을 것이 아닌가.'

얼핏 그런 생각을 하다말고 태곤테무르가 픽 웃었다. 꿈에도 생각할 수 없는 일이었다. 황후는 몽고족의 여자가 아니면 될 수가 없었다. 다른 족의 여자는 황후가 될 수 없었다.

그뿐만이 아니었다. 태곤테무르에게는 이미 정혼자가 있었다. 백성들에게 선포하지도 않았고, 아직은 황제폐하도 모르는 일이지만 연첩목아의 딸 다나시리가 태곤테무르 황태자비가 되기로 이미 약조가 되어 있었다.

대청도에서 태곤테무르를 빼어낸 연첩목아가 말했다.

–마침 소신에게 딸이 하나 있습니다. 황태자전하께 딱 어울리는 딸이 있습니다. 어쩌시렵니까? 소신의 딸 다나시리를 황태자비로 맞이하시겠습니까?

이쪽의 의향을 묻는 것 같았으나, 이미 자기가 그렇게 결정을 내렸으니 따라오라는 식이었다. 만약 거절하면 대청도로 다시 보내겠다는 기세였다.

–그리 하지요. 태자비가 누가 된들 무슨 상관이 있습니까? 몽고족이 아닌 이민족의 여자만 아니면 되지요. 또한 은인의 딸을 제가 어찌 거절하겠습니까?

태곤테무르가 고개를 끄덕이자 연첩목아가 다시 말했다.

–좋습니다. 전하께서 그래만 주신다면 소신도 전하를 위해 한 목

숨을 바치겠습니다. 머지않은 날 전하를 황위에 올려드리지요. 혼례
는 전하께오서 보위에 오르신 다음에 치루어도 늦지 않을 것입니다.

그때 이미 연첩목아에게는 어떤 방책이 서 있었을지도 몰랐다. 민
간의 남녀들도 나이가 열다섯이 넘으면 혼례를 치루었다. 하물며 황
실에서야 혼례를 늦출 이유가 없었다. 그때 태곤테무르의 나이 열셋
이었다. 열다섯에 혼례를 치룬다고 해도 겨우 두 해 밖에 안 남았었
다. 황제폐하는 강건했었고.

'조금 전까지도 강건하시던 황제폐하께서 위중하시다니, 도대체
무슨 일일까. 설마 중서령 연첩목아가 무슨 야료를 부린 것은 아니
겠지? 드시는 수라에 독을 넣은 것은 아니겠지?

대명전으로 발길을 옮기는 태곤테무르의 뇌리로 그런 생각이 스쳐
갔다. 만약 황제폐하께서 잘못 되시면 내일이라도 당장 황제의 황위
에 올라야 하는 것은 아닐까. 생각만으로도 가슴이 덜컥 내려앉을 일
이었다.

"어서 오십시오. 황태자 전하. 어찌 이리 늦으셨사옵니까? 황제폐
하의 목숨이 경각에 달린 듯하옵니다."

미처 도착하지 못한 태곤테무르를 찾아 고용보가 허겁지겁 달려
오고 있었다.

"아침 수라 후에 차를 마실 때까지도 아무 일이 없으셨던 폐하께
오서 무슨 일이냐? 황실의 태의들은 무어라고 하더냐?"

"태의들도 발만 동동 구를 뿐, 손을 쓰지 못하고 있사옵니다. 어서
가시지요. 한시가 급하옵니다."

고용보가 허겁지겁 대명전으로 달려갔다.

황제폐하는 얼굴색이 새까맣게 변한 채 숨을 헐떡이고 있었다. 아니, 금방이라도 숨이 넘어갈 듯 위급하게 보였다.

차궁녀 련이 헬쑥하게 질린 얼굴로 어쩔 줄 모르고 서 있었다.

"점심 수라는 무엇을 드셨더냐?"

태곤테무르가 고용보에게 물었다.

"여늬 때와 다를 것이 없었사옵니다. 특히 오리고기가 맛있으시다고 몇 점 더 드신 것 말고는 다를 것이 없었사옵니다."

"수라상을 시식은 했더냐?"

"예, 황태자전하. 궁녀가 일일이 수라를 입으로 맛을 보았으며, 은젓가락으로 확인을 했사옵니다. 수라에 독이 들지는 않았사옵니다."

고용보의 말에 태곤테무르의 뇌리로 혹시 급체가 아닐까? 하는 생각이 스쳐갔다. 음식을 잘못 먹어 체하면 곽란이 나서 사람이 죽을 수도 있다는 것은 고려국 대청도에 있을 때 고려 출신 찬모한테 배웠었다.

한번은 태곤테무르가 급체에 걸려 죽을 뻔한 일이 있었다. 저녁을 맛있게 먹고 잠자리에 들었는데, 갑자기 창자가 뒤틀리면서 숨이 컥컥 막히는 것이었다. 그때 고려국의 찬모가 아무래도 급체 같다면서 바늘로 엄지손가락의 마지막 마디를 실로 칭칭 감더니만 바늘로 쿡 쑤셨다. 따끔한 아픔과 함께 검은 피가 푹 솟아올랐다. 그러자 신기한 일이었다. 헐떡이던 숨결이 제대로 돌아오더니, 창자가 뒤틀리던 아픔이 깨끗이 가시는 것이었다.

"태의, 황제폐하께오서 혹시 급체가 아니오?"

태곤테무르의 물음에 태의가 얼굴만 붉힐 뿐 제대로 대꾸를 못했다. 순간 태곤테무르가 마지막 수단을 써보기로 작정하고 련에게 물었다.

"기처서, 너는 고려국에서 급체를 당했을 때 하는 처방을 아느냐?"

련이 얼굴을 붉히며 대답했다.

"급체에는 엄지 손가락을 바늘로 따주는 것이 비방이옵니다."

"네가 그것을 할 줄 아느냐?"

"어린 시절 어머니께서 몇 번 제 손가락을 따주는 걸 지켜 본 일이 있사옵니다."

"알겠다. 네가 그 시술을 한번 시도해 보거라."

태곤테무르가 서둘러 궁녀를 시켜 바늘과 실을 가져오도록 했다.

"어찌하시려고 그러시옵니까? 황태자 전하."

태의가 물었다.

"급체에 걸렸을 때 고려국에서 하던 대로 해볼 참이오. 급체에는 만 가지 약이 소용없다고 했소. 우선은 황제폐하의 숨길부터 터야 할 것이 아니오."

"황태자 전하, 어찌 하찮은 궁녀에게 황제폐하의 존체를 맡기시려 하시옵니까? 그것은 아니 되옵니다."

"숨이 경각에 달려있지 않소? 사람의 천하고 귀함을 따져 뭣하겠소?"

"만에 하나 일이 잘못되기라도 하면 어찌 목숨을 부지하려 하십니까?"

태의가 두 눈을 똑바로 뜨고 태곤테무르를 노려보았다.

"내가 책임을 지겠소. 기처서, 네가 시술해 보거라."

궁녀가 바늘과 실을 가져왔을 때 태곤테무르가 눈을 반짝이며 말했다. 황제의 병증이 급체 때문에 온 것이라면 틀림없이 효과가 있을 것이라는 확신이 섰다.

"예, 황태자 전하."

련이 망설임도 없이 궁녀에게서 바늘과 실을 받아 들고 황제의 옆구리 쪽에 앉았다. 급체 때문에 온 곽란이라면 늦출 여유가 없었다. 시간을 늦추면 늦춘 만큼 환자의 고통만 커질 뿐이었다.

련은 황제의 어수를 자신의 무릎 위에 놓고 먼저 엄지의 마지막 마디 관절 부분을 실로 단단히 감았다. 그런 다음 마지막 마디의 가운데 부분을 바늘로 쿡 찔렀다 뺐다. 시커먼 피가 뭉클 솟아나왔다.

"급체가 분명한 것 같사옵니다. 황태자 전하. 이것을 보시옵소서. 먹물처럼 검은 피가 솟구치고 있사옵니다."

련이 안도의 한숨을 내쉬며 태곤테무르를 올려다 보았다.

"그런 것 같구나. 보거라. 황제폐하의 용안에 붉은 빛이 돌고 있구나."

"그렇사옵니다. 이제 나으실 것이옵니다."

련이 얼굴을 붉히며 황제의 손마디에서 실을 풀어냈다.

"이제야 살 것 같구나. 내가 꼭 죽는 줄만 알았구나. 차만 맛 있게 내는 줄 알았더니, 기처서가 응급처방도 알고 있었구나."

황제가 헐떡이던 숨결을 고르고 말했다.

황태자 태곤테무르가 태자궁으로 돌아오는데 태의가 따라왔다.

"소인인들 어찌 급체의 처방을 몰랐겠사옵니까? 중서령의 엄한 분부 때문에 손을 못 쓰고 있었던 것입지요."

"중서령의 엄한 분부라니?"

태곤테무르가 걸음을 멈추고 돌아서서 노려보았다.

"황제폐하께서 병이 들어도 병을 낫게 하기 위한 탕약은 물론 침 한방 놓지 말라는 분부가 있었사옵니다. 그것이 황태자 전하를 하루라도 빨리 황위에 올리시는 길이라구요. 그래서 뻔히 알고 있으면서도 황제폐하께 침을 놓지 않은 것이옵니다."

태의가 말끝에 빤히 바라보았다. 내가 그런 것은 다 당신을 위해 그런 것이라는, 어찌 보면 자신의 공을 내세우는 듯한 당당한 모습이었다.

"그래서는 아니 된다. 앞으로는 황제폐하께 위중한 상황이 되면 지체 말고 치료하도록 하거라. 중서령 연첩목아는 지금 반역을 꾀하고 있다."

"알겠사옵니다, 헤헤."

태의가 가벼운 웃음을 남기고 돌아갔다. 그런 태의를 불러세워 혹시 중서령이 태의와 짜고 엉뚱한 일을 획책하고 있는 것은 아닌가, 묻고 싶은 걸 꾹 눌러 참았다. 황제폐하께 올리는 탕약에 서서히 몸을 말려 죽이는 독을 섞은 것은 아니냐고, 어느 날 황제폐하가 승하를 하시더라도 다른 사람의 의심을 사지 않을 교묘한 술수를 부리고 있는 것은 아니냐고 묻고 싶은 걸 참았다.

설령 그런 일이 있다하더라도 사실대로 대답하지도 않을 것이 분명하지만, 괜히 긁어 부스럼이 될 수도 있었다. 자기에게 해가 돌아올 것을 예상한다면 연첩목아는 황제는 물론 황태자인 자신한테도 위해를 가해올 것이었다.

'그나저나 참 대단한 여자가 아닌가? 늘상 황제 가까이에서 황제를 모시던 궁녀들도 황제 앞에서는 눈도 제대로 못 뜨고 벌벌 떨게 마련인데, 고려 여자 기련은 눈 한번 깜박이지 않고, 황제의 손 마디에 실을 감고, 황제의 손가락을 바늘로 찔렀지 않은가?'

태곤테무르의 뇌리로 다시 기련의 얼굴이 가득히 떠올랐다. 하얀 이를 살며시 드러내고 황제의 눈을 피해 생긋 웃던 모습이 가슴을 설레게 만들었다.

점심을 먹은 태곤테무르가 황태자궁의 궁녀를 불러 분부했다.

"차를 내오너라."

"예, 황태자 전하. 금방 차실에 전갈하겠사옵니다."

궁녀가 서둘러 몸을 돌렸다.

"아니다, 대명전 차실의 차궁녀로 하여금 차를 내오도록 하거라. 태자궁 차녀가 내오는 차는 맛이 없어 마실 수가 없니라."

"예, 황태자 전하."

고개를 갸우뚱하며 궁녀가 돌아갔다.

태곤테무르의 뇌리로 문득 고려국 대청도에 있을 때의 일이 떠올랐다. 그리 크지 않은 섬이었다. 섬 가운데 행궁을 짓고 높은 담을 쌓았지만, 궁 밖 출입은 비교적 자유스러웠다. 지키는 병사들도 도망가봐야 섬 안이라는 것을 알고 궁 밖을 나서는 태자를 그대로 두었다. 고려국 사람들은 인정이 많았다. 바닷가에 앉아있는 태곤테무르에게 전복을 따서 주기도 했고, 밭에서 고구마를 캘 때에는 껍질을 벗겨 먹어보라고 주기도 했다.

외로움보다는 원한으로 가슴을 채우고 있던 태곤테무르에게도 고려 사람들의 그런 인정에는 눈시울이 뜨거워졌다. 따지고 보면 그들에게는 원수의 나라에서 온 태자가 아닌가? 나중에 황제가 되면 자신들을 괴롭힐 태자가 아닌가? 비록 열 살 남짓한 어린 아이기는 하지만, 황제가 되면 수십만의 대군을 보내 고려같은 작은 나라는 하루 아침에 쑥대밭을 만들 수도 있는 사람이었다. 그것을 알고 있으면서도 고려 사람들은 전복을 따 주고 고구마를 깎아 주었다.

고려 사람들의 그런 인정은 대도로 돌아온 지 두 해가 넘었는데도 가끔 태곤테무르의 가슴을 뭉클하게 만들었다. 대전에서 고려 공녀 기련을 만난 이후로는 하루에도 몇 번씩 대청도에서의 일이 떠올랐다.

"황태자 전하, 대명전의 차궁녀가 차를 가지고 왔습니다."

태곤테무르가 대청도의 일을 떠올리고 있을 때 황태자궁 궁녀가 아뢰었다.

"들라 해라."

태곤테무르가 몸을 일으키려다가 제 자리에 앉았다. 비록 대명전의 차궁녀일 망정 자신이 서서 맞아야할 까닭은 없었다.

문이 열리고 기련이 입가에 보일 듯 말 듯한 미소를 띠고 조심스레 들어섰다.

뒤따라 들어온 황태자궁 궁녀가 차상을 내어놓고 기련이 주전자의 차를 잔에 따라 올려놓았다. 눈을 아래로 내리깔고 희미한 웃음을 띠고 차를 따르는 기련의 손이 가늘게 떨렸다. 손톱 밑 반달이 뚜렷한 예쁜 손이었다. 몽고의 여자들은 얼굴 생김새만큼이나 손가락도 두껍고 투박했다.

"차맛이 너무 좋구나. 네 손이 참으로 신기하구나."

"황송하옵니다, 황태자 전하."

"한데, 어찌 황태자궁의 차녀가 내오는 차는 이런 맛이 안 날까? 지난번에 네가 일러 주었지 않더냐? 회냄새를 없애는 방법을 말이니라. 차도 대전의 차와 같은 최상품이고, 물도 같은 우물의 물을 쓰고 있는데, 어찌 네가 내는 차맛이 안 날까? 떫지 않으면 싱거울까?"

태곤테무르가 물었다.

기련이 고개를 들고 바라보며 수줍게 웃고 대꾸했다.

"차는 정성으로 내야한다고 했습니다. 좋은 재료에 정성만 보태면 맛있는 차는 저절로 나옵니다."

"정성이 문제구나. 네 아름다운 마음씨를 알겠구나. 대명전에서 마실 때보다 더욱 맛이 좋은 것을 보니까, 네가 더 큰 정성을 바쳤다는 말이구나."

태곤테무르의 말은 사실이었다. 입안에 남는 은은한 차향이 대명전에서 마실 때보다 오랫동안 정신을 황홀하게 만들었다.

"편한 마음으로 차를 드시기 때문일 것이옵니다. 황태자 전하 혼자서 차를 드시기 때문일 것이옵니다."

기련이 이번에는 태곤테무르의 눈을 똑바로 바라보며 말했다.

그녀의 맑은 두 눈동자 속으로 자신의 몸뚱이가 스르르 빠져드는 느낌에 흠칫 어깨를 떨며 태곤테무르가 말했다.

"그렇구나. 황제폐하 앞에서 차를 마실 때에는 내가 늘 주눅이 들어 있었구나. 마음이 편하지 않으면 차맛을 제대로 볼 수가 없겠지. 네 말이 옳구나. 마음이 편해야 차맛을 제대로 음미할 수 있는 것이구나."

"소녀가 고려에 있을 때 훈장님께서 말씀하셨사옵니다. 차는 사람의 정신을 맑게 한다고 했사옵니다. 황태자 전하께오서도 차를 자주 드시면 혼란스런 정신이 맑아지실 것이옵니다."

"네가 내오는 차를 마시고 내 정신이 맑아지고 싶구나. 너를 내 곁에 온전히 두고 싶구나."

태곤테무르는 문득 욕심이 생겼다. 고려 여자 기련을 자신의 곁에 두고 싶었다. 보고 싶을 때면 언제든지 불러 얼굴을 마주할 수 있는 가까운 곳에 두고 싶었다.

그런 생각을 하자 태곤테무르는 자신의 얼굴이 후끈 달아오르는 것을 느꼈다.

기련이 눈을 마주한 채 말했다.

"언젠가 그런 날이 올 것이옵니다. 소녀가 온전히 황태자전하만을 위해서 차를 내는 날이 올 것이옵니다. 그때가 되면 온갖 정성을 다하여 차를 내겠사옵니다."

"네 마음이 참으로 곱구나. 하긴 고려 사람들은 모두 마음이 곱지. 몇 사람만 빼놓고는."

태곤테무르의 얼굴이 살큼 일그러졌다.

그것이 이상했는지 기련이 차마 몇 몇 사람이 누군지 묻지는 못하고 눈을 몇 번 깜박였다.

"왕이라는 사람들 말이니라. 백성들을 편하게 다스릴 생각은 않고 날마다 주색잡기에 빠져있다고 하더구나. 어디 그뿐인 줄 아느냐? 아비가 데리고 살던 후궁을 데리고 사는 것이 고려왕들이 아니더냐? 자기를 낳아준 어머니만 아니면 상관없다고 어머니뻘인 후궁을 겁탈하는 것이 고려의 왕이 아니더냐? 그러니 손재주 있고, 학문적으로 뛰어난 인재들이 많은 고려가 원나라의 지배를 받는 것이 아니더냐? 사위의 나라가 된 것이 아니더냐?"

태곤테무르의 말에 기련은 아무런 대꾸도 없었다. 제가 살던 나라를 폄하한다고 섭섭한 것일까. 얼굴을 조금 숙이고 손가락으로 방바닥을 긁고 있을 뿐이었다.

"내가 세 해 전에 고려국의 대청도에 유배를 가있었다는 것은 알고 있느냐?"

"얼핏 들은 것도 같사옵니다."

"그때 고려 사람들을 많이 만났니라. 그래봐야 섬 안에 살던 사람들이지만. 전복도 따 주고 고구마도 깎아 주었니라. 태자라고는 하지만, 만 리 타국의 망망대해 한가운데 있는 작은 섬에 유배와 있는 내가 안쓰럽게 보였던 것이겠지. 고려 사람들의 그 인정이 너무 고마웠었니라."

"황태자 전하의 말씀대로 고려에는 좋은 사람들이 살고 있지요. 인정이 많은 사람들의 나라지요. 그런 백성들을 제대로 다스리지 못하는 벼슬아치들이 고려를 망하게 만들고 있사옵니다만, 고려는 참으로 사람이 살만한 나라지요. 산 좋고 물 좋고, 사람도 좋은 나라지요."

"그립느냐? 고려로 돌아가고 싶느냐?"

그럴 것이다, 하고 짐작하며 태곤테무르가 기련을 바라보았다. 어느 사이 그녀의 아랫 눈썹에 눈물이 함초롬히 맺혀 있었다.

'그러나 난 너를 보낼 수가 없다. 네가 내 가슴의 일부분을 차지하고 있는 줄을 네가 아느냐? 네 부탁이라면 다른 공녀 몇 명쯤 돌려보낼 수는 있지만 너를 보낼 수는 없느니라.'

태곤테무르가 손이라도 잡고 싶은 걸 꾹 눌러 참고 있는데, 기련이 입을 열었다.

"소녀가 고려로 돌아가면 황태자 전하의 맛있는 차는 누가 내겠사옵니까? 소녀, 전하만을 위해서 온전히 차를 내는 날을 위해서라도 고려로 돌아가지 않을 것이옵니다."

"고맙구나. 앞으로도 내가 차를 원하면 내올 수 있겠느냐? 밤이 깊어서 차를 마시고 싶을 때 궁녀를 보내면 네가 오겠느냐?"

태곤테무르의 말에 기련이 침묵을 지켰다.

"아니다, 대명전의 궁녀를 내 어찌 밤에 부를 수가 있겠느냐? 내 욕심이 과했구나. 밤으로는 너를 부르지 않으마. 낮으로만, 그것도 가끔 부르마. 네가 정 보고 싶으면 내가 대명전으로 나가면 되지."

"황송하옵니다, 황태자 전하."

"네가 황송할 것이 무엇이냐? 그만 돌아가 보거라."

태곤테무르가 기련과 좀 더 있고 싶은 욕심을 누르고 말했다.

아무리 황태자라고 해도 대명전의 궁녀를 함부로 부를 수는 없었다. 자칫 황제폐하의 노여움이라도 산다면, 황태자가 대명전의 차궁녀에게 마음을 빼앗기고 있다는 소문이라도 황제의 귀에 들어가면 자신은 물론 기련에게까지 어떤 벌이 내려질지 모를 일이었다.

고려 여자 기련이 욕심이 나더라도 아직은 그걸 내색하면 안 되었다. 황제가 죽고 자신이 황위를 물려받을 때까지는 그런 사소한 욕심일망정 참아야 했다.

"소녀, 물러가겠사옵니다."

차상을 제 자리에 놓고 다관이며 숙우며 잔을 가지런히 정리하고 다포로 덮은 기련이 몸을 일으켰다. 허리를 조금 굽히고 뒷걸음질로 물러가는 기련의 앞가슴이 불룩했다.

태곤 테무르는 문득 가슴이 설레이는 것을 느꼈다.

그리고 입안에는 침이 말랐다.

고려 여자 기련이 황궁의 옥에 갇히었다.

태곤테무르가 그 소식을 들은 것은 황제께 문안인사 겸 차를 마시러 들렀을 때였다. 늘 차를 내오던 기련이 아니라, 낯선 궁녀가 차를 내왔다.

왜 기련이 아니지? 혹시 그녀가 몸이 아픈 것은 아닐까?

태곤테무르가 그런 생각을 하는데, 차 한 모금을 마신 황제가 얼굴을 찡그렸다.

"어찌 그러십니까? 황제폐하."

"차맛이 떫구나. 입안에 남던 향기로움도, 정신을 씻어내던 개운함도 없구나."

"제 입에도 그런 것 같사옵니다."

태곤테무르가 어찌 기처서가 아니냐고 묻고 싶은 걸 꾹 눌러 참으며 대꾸했다. 기련의 차맛에 흠뻑 빠진 황제가 얼굴을 찡그리면서도 기련으로 하여금 차를 내오게 하라는 분부가 없는 것은 무슨 사정이 있을 것이었다.

"황태자야, 네 나이가 올해 몇이지?"

억지로 차 한 잔을 마시고 난 황제가 물었다.

"열셋이옵니다."

"다 컸구나. 혼례도 치루어야겠고. 중서령 연첩목아가 자기 딸을 주겠다고 했다지? 좋은 일이구나. 중서령의 딸을 태자비로 맞는다면 네 위치가 그만큼 튼튼해지는 것이 아니더냐?"

말끝에 황제가 주먹으로 가슴을 서너 차례 툭툭 치며 얼굴을 일그러뜨렸다.

태곤테무르는 침묵을 지켰다. 연첩목아의 딸이 마음에 들지 않으니, 다른 처녀를 찾아달라는 말은 더더구나 할 수 없었다. 어차피 자기 눈에 차는 여자를 황태자비로 맞이할 수는 없을 것이었다. 연첩목아가 서둘러서 황태자비는 내 딸이오, 하고 소문을 내지 않았다면 다른 벼슬아치들이 자기 딸을 내놓겠다고 나설 것이 분명했다. 자신의 의지로 선택할 수 없는 일이라면 누군들 무슨 상관인가.

"내 건강이 예전만 같지 않구나. 입맛도 없고, 억지로 몇 술 뜬다고 해도 소화가 잘 안 되는지, 뱃속이 늘 더부룩하구나."

"태의로 하여금 좋은 탕재를 내오게 하십시오. 천하의 명의들인데 폐하의 건강쯤 못 돌보겠사옵니까?"

"오냐, 알았다."

황제가 피로한 모습으로 고개를 끄덕였다.

얼핏 스쳐가는 눈밑의 검은 그림자를 보며 태곤테무르는 혹시, 연첩목아가 엉뚱한 일을 꾸미고 있는 것은 아닐까, 그런 생각을 했다.

그러나 황제에게 태의와 중서령을 조심하라는 말은 할 수가 없었다.

"기처서가 어찌 된 일이냐?"

대전을 나온 태곤테무르가 고용보에게 물었다.

"중서령의 명에 의하여 황궁옥에 갇혔사옵니다, 황태자 전하."

"갇혀? 무슨 일로?"

"황송하옵게도 황제폐하의 어수에 바늘을 댔다는 죄목이옵니다."

"뭐라구? 그것이 어찌 죄가 된다는 말이냐?"

"황제의 어수에 상처를 낸 것을 문제 삼는다면 중벌로 다스림을 받아야 마땅한 죄이기는 하옵지요."

"아니 된다. 폐하께 주청을 드려 기처서를 석방시키도록 하거라."

"중서령의 분노가 워낙 큽니다. 더구나 기처서가 사사로이 황태자 전하께 차를 올린 것도 문제가 되고 있사옵니다."

"그 일까지도? 맛있는 차가 마시고 싶어 내가 청했던 일인데, 그 일조차 기처서를 난처하게 만들고 있다는 말이냐? 두 가지 다 내가 시켜 한 일인데, 내가 기처서한테 못할 짓을 저질렀구나."

태곤테무르는 당장이라도 황궁옥으로 달려가 기련에게 자신이 경솔했음을 사과하고 싶었다. 내가 어떻게든 무사히 나오게 할 터이니, 조금도 걱정하지 말라는 말을 해주고 싶었다. 황제폐하의 눈을 피해 은밀히 웃던 그녀의 예쁜 웃음이 머릿 속을 가득 채웠다.

'어찌 해야 기처서를 황궁옥에서 빼낼 수 있지? 중서령 연첩목아 한테 부탁할까.'

태곤테무르가 궁리에 잠겨있는데 연첩목아가 황태자궁으로 찾아왔다.

마침 잘 되었다 싶은 태곤테무르가 어서 오시오, 하고 반겼다.

"황태자 전하, 황제폐하를 진료하지 않았다고 태의를 나무라셨습니까?"

연첩목아가 자리에 앉자마자 얼굴까지 일그러뜨리고 물었다.

"태의의 본분을 일깨워준 것입니다."

태곤테무르가 대꾸했다.

"허나, 하찮은 고려 공녀 따위에게 폐하의 안위를 맡기다니요? 성스러운 황제의 손을 바늘로 찌르게 하다니요?"

"너무 화급을 다투는 일이라 어쩔 수가 없었습니다. 태의는 급체를 다스릴 줄도 몰라 쩔쩔매고 있었습니다. 마침 내가 고려국 대청도에 있을 때 일이 떠올라 기처서에게 응급처치를 할 줄 아느냐고 물었고, 안다길래 응급처치를 부탁했습니다. 잘못이라면 내게 있는 것이지 기처서에게 있는 것이 아닙니다. 당장에 기처서를 석방시키도록 하시오."

"그럴 수는 없습니다. 소신이 태의에게 황제폐하를 진료하지 말도록 분부한 것이 다 황태자 전하를 위한 일이라는 것을 왜 모르십니까? 황제폐하께서는 너무 강건하셔서 장수하실 것이 분명합니다. 어느 세월에 전하께서 황위에 오르시겠사옵니까?"

"하면 중서령께서는 황제폐하께 위해라도 가하겠다는 말이오?"

"전하께서 황위에 오르시는 일이라면 무슨 짓인들 못하겠습니까? 그런 소신의 충정을 두고 반역이라고 했다지요? 소신은 백 번 반역을 해서라도 하루라도 빨리 전하를 황위에 올리고 싶습니다. 지금 좌승상 백안첩목 일파가 무슨 일을 꾸미고 있는 줄 아시오? 전하를 폐하고 다른 황태자를 세우자고 주장하고 있습니다. 왜 그런 소리가 나오겠습니까? 황제폐하의 신임이 자기들한테 있다고 믿기 때문이 아니겠습니까? 언제 전하의 황태자 자리가 날아갈지 모릅니다. 그걸 막기 위해서는 하루라도 빨리 전하가 황위에 오르시는 길 밖에 없습니다. 그걸 왜 모르십니까?"

"허나 난 황제폐하를 시해하고까지 황위에 오르고 싶은 욕심이 없습니다. 이제 내 나이 겨우 열셋이 아닙니까? 서두를 일이 무엇이겠습니까? 우선은 기처서부터 석방시키시오. 기처서한테는 아무 잘못이 없습니다. 다급한 마음에 내가 시켜서 한 일입니다. 죄가 있다면 내게 있지요."

"고려 공녀의 일은 두고 보십시다. 그깟 계집 하나가 옥에 갇혀 있건 밖에 있건 대수로울 것은 없으니까요. 다시는 소신이 반역을 꾀하고 있다는 말을 하지 마시오. 그때는 아무리 전하라고 할망정 용서하지 않겠습니다. 소신이 앞장을 서서 전하의 황태자 자리를 폐하자고 나설 것입니다. 전하가 아니라도 장차 황제의 황위에 오를 후계자는 많으니까요."

연첩목아가 협박을 하고 황태자궁을 나갔다.

'내가 황제의 황위에 오르게 되면 저놈부터 능지처참을 시켜야겠구나. 알량한 제 힘만 믿고 방약무도한 저놈부터 죽여야겠구나.'

태곤테무르가 입술을 깨물었다.

고려 공녀 기련이 황궁옥에서 나온 것은 거기 갇힌 지 석 달만이었다. 겨울 석 달을 온전히 거기에서 보낸 것이었다. 황태자궁 궁녀를 시켜 은밀히 담요 석 장을 넣어주었을 뿐, 마음과는 달리 옥까지 찾아갈 수는 없어 태곤테무르는 날마다 가슴앓이만 했다.

황제의 건강은 눈에 띄게 나빠지고 있었다.

'도대체 무슨 짓을 벌이고 있는 것이오? 왜 폐하의 안색이 하루가 다르게 검어지고 있소? 혹시 드시는 수라에 독을 타고 있는 것은 아니오?'

연첩목아에게 그렇게 묻고 싶은 것을 태곤테무르는 참았다. 그가 황제를 죽이자고 작정을 했다면 황제는 죽은 목숨이나 마찬가지였다. 군사를 동원하여 목을 치지 않고, 천천히 피를 말려 죽이기로 한 것은 황궁 안팎의 눈 때문일 것이었다. 벼슬아치들이나 백성들이 보기에 자연스럽도록, 황제가 누군가의 시해를 받아 죽은 것이 아니라, 천하의 명의인 태의들조차도 손을 쓸 수 없는 중병에 걸려 죽었다고 믿게 하기 위하여 시간을 늦춘 것일 수도 있었다.

기련이 옥에 갇힌 뒤로는 사흘에 한 번씩 드리던 황제 전 문후를 이틀에 한번으로 당겼다가 황궁 뜨락에 봄이 무르익었을 때는 날마다 하루에 두 번씩 문후를 여쭈러 갔다.

그만큼 황제의 병세가 악화되고 있었다. 태의가 하루에 세 차례씩 탕약을 올렸으나 황제는 그 탕약조차도 제대로 목구멍을 넘기지 못했다.

이날은 대명전에 연첩목아가 와 있었다.

"차를 내오도록 해라."

황제의 분부에 대명전 차궁녀가 차를 가지고 왔다. 그걸 한 모금 겨우 넘긴 황제가 연첩목아에게 말했다.

"이보시오, 중서령. 내게 소원이 한 가지 있소. 내 병이 위중하여 다시 살아나기는 힘든 것 같소. 죽기 전에 내 입맛에 맞는 차를 마시고 싶소. 기처서를 그만 용서해 주도록 하십시다."

태곤테무르가 귀가 번쩍 띄어 연첩목아를 바라보았다.

"폐하의 소원이시랍니다. 어찌 그런 하찮은 원도 못 들어드리겠습니까? 당장에 기처서를 석방하여 차를 내오도록 하시오."

"그리하옵지요."

연첩목아가 고개를 끄덕였고, 태곤테무르가 환관을 불러들였다.

박불화가 들어왔다.

3

황제를 품 안에 넣다

'융 도련님, 련이는 이렇게 죽는가 보옵니다. 만리타향 원나라에서 꿈 한 자락도 펼쳐보지 못하고 죽으려나 보옵니다. 소녀, 죽는 것은 서럽지 않사오나, 도련님을 다시 못 보고 죽는 것이 한이옵니다. 부디, 저승에서라도 다시 만나지기를.'

련의 눈에서 눈물 한 방울이 기어내려왔다. 황제의 어수에 바늘을 댔다는 죄목이었으나, 다시 그런 일이 생긴다고 하더라도 어쩔 수 없이 황제의 손가락을 바늘로 따 급체를 다스릴 수밖에 없을 것이라는 생각을 했다.

더구나 그것이 황태자 전하의 부탁이 아니었던가? 열 번을 죽고 백 번을 죽어도 어찌 그 부탁을 거절할 수 있단 말인가?

어차피 고려 남자 융은 다시 만날 수 없는 인연이었다. 끝나버린 사랑이었다. 백 날을 그리워한들 소용없는 짓이었다. 그 남자를 사랑하지 않아서가 아니었다. 그 남자가 그립지 않아서가 아니었다.

원나라로 오는 배 위에서 목숨을 버리려 했을 때, 사랑도 버리고 그리움도 버렸지 않은가? 사랑 대신 원한을, 그리움 대신 원망을 가슴에 심고 파도 일렁이는 험한 바닷길을 건너왔었다.

원나라에서 살아남기 위해서는 어떻게든 황제의 사랑을 얻어야 했다. 겨우 그 길이 보이는가 했는데, 중서령 연첩목아가 앞길을 가로막고 있는 것이었다. 황태자조차도 그 앞에서는 비굴해질 수밖에 없는, 황제보다 힘이 더 강한 연첩목아의 미움을 받아 황궁옥에 갇혀있는 것이었다.

태곤테무르가 황제의 자리에 오르지 않는 이상, 연첩목아가 중서령 자리에서 물러나지 않는 이상, 살아날 가망은 없었다.

죽음을 앞에 두고 있다고 생각하자 버렸다고 생각했던 고려에 두고온 사랑이 그리웠다. 그리움은 가슴을 저미고, 목울대를 치밀고 올라와 뇌수를 흔들고 있었다.

'어찌하면 좋습니까? 융 도련님, 련이는 어찌해야 좋습니까? 저들이 죽이기 전에 제 손으로 목이라도 매야 할까요? 더 많은 한이 가슴에 쌓이기 전에 스스로 목숨을 끊어야 할까요.'

기련이 벽에 이마를 묻고 흐느끼고 있을 때였다.

누군가 다가오는 발소리가 옥문 앞에서 멈추었다.

"기처서, 그만 울고 나오너라. 황제폐하께오서 찾으신다."

"아, 나리. 내 고향친구인 박환관이었군요. 헌데 황제폐하께서 찾으시다니요? 그 말씀이 정말이십니까?"

기련이 몸을 일으켰다. 옥사장이 문을 열어주었다.

"얼굴이 많이 못 되었구나. 미안하구나. 너한테 아무런 힘이 되어 주지 못했구나. 어르신께서도 몇 번이나 황제폐하께 주청을 드렸으나, 중서령의 반대로 너를 석방시키지 못했니라."

대명전으로 가면서 박불화가 말했다.

"그런데 어찌 소녀를 꺼내어 주십니까?"

"황제폐하께서 위중하시다. 네가 내는 차를 마시고 싶으시다고 중서령께 간곡히 사정하여 허락을 받았니라."

"황태자 전하는 어찌하고 계십니까?"

"황태자 전하인들 무슨 수가 있으시겠느냐? 마음으로만 애달아하실 뿐이지. 중서령이 모르게 덮고 잘 이부자리나 먹는 음식에 조금 신경을 쓸 수 있을 뿐, 무슨 도움이 되겠느냐? 무슨 힘이 있느냐?"

"하온데, 황제폐하께오서 위중하시다니요? 제가 옥방에 갇히기 전까지만 해도 강건하셨는데요. 또 급체이십니까?"

"아니니라. 시름시름 가랑비에 옷이 젖듯이 야위어지셨느니라. 아마 중서령이 태의들과 짜고 드시는 탕약에 미세한 독이라도 타고 있었는지도 모르겠구나."

"예? 그것이 무슨 말씀입니까? 그걸 안다면서 어찌 그대로 있습니까?"

"확실한 것은 아니다. 어르신과 내 짐작일 뿐, 자칫 진실을 밝힌다고 서둘렀다가는 중서령의 손에 쥐도 새도 모르게 죽는 수밖에 더 있겠느냐? 그리고 원나라의 황제가 누가 된들, 그것이 고려를 위해서, 혹은 어르신과 련이 너, 그리고 나를 위해서 무슨 소용이 있겠느냐?

차라리 황태자가 보위를 잇는 것이 나을지도 모르지. 너한테 한 가지 당부가 있느니라."

대전을 저만큼 앞에 두고 박불화가 걸음을 멈추었다.

"무슨 당부이신지요?"

"황제폐하께오서 너한테 차를 내오라고 분부하실 것이니라. 그러면 맛이 없는 차를 내도록 하거라. 차맛이 떫고 풋내가 나도록 내거라."

"예?"

기련이 놀라 물었다.

"어르신이 그리 말씀 하셨느니라. 그것이 네가 살아날 수 있는 길이라고 하셨느니라. 지금 대명전에는 중서령이 함께 있느니라. 그자 역시 차라면 환장을 하지. 오죽했으면 아침마다 댓잎에 맺힌 이슬을 받아 그 물로 차를 내어 마신다는 소문이 났겠느냐? 그런 중서령이 네 차맛에 반한다면 당장 제놈의 집으로 데려가려고 할 것이니라."

"알겠습니다. 그리 하지요."

대명전의 다실로 돌아온 기련은 차를 내기 전에 잠시 망설였다. 후임으로 들어온 차궁녀가 물을 묵혀놓지 않아 어차피 회냄새가 가라앉은 물은 없었다. 정성을 다하여 차를 낸다고 해도 회냄새가 가신 차는 낼 수가 없었다.

그러나 차의 양과 물의 온도와 시간을 제대로 맞춘다면 연첩목아로서는 지금까지 맛보지 못한 맛있는 차를 마시게 될지도 몰랐다. 그 차맛에 반하여 황제폐하께 차궁녀를 자기에게 달라고 조른다면 아무런 힘도 없는 황제는 고개를 끄덕일 수밖에 없을 것이었다.

'그래서는 안 돼. 설령 중서령에게 끌려가 그 남자의 첩실노릇을 할망정, 대원제국 재상의 첩실로 다른 공녀보다 훨씬 호강하며 산다고 해도 그 사내에게 끌려갈 수는 없어. 누구나 낼 수 있는 평범한 차를 내야 돼.'

그렇게 작정한 기련은 차의 양은 많게 물은 뜨겁게, 그리고 시간은 길게 잡았다. 그렇게 낸 차를 가지고 대명전으로 들어갔다. 박불화의 말대로 황제폐하는 중병에 걸린 것이 틀림없었다. 얼핏 마주친 눈빛은 생기가 없었으며, 얼굴에는 죽음의 그림자같은 검은 빛이 돌고 있었다. 황태자도 함께 있었으나, 기련은 의식적으로 그쪽으로는 눈길 한 번 주지 않았다.

"오, 기처서. 어서 차를 따르거라. 그동안 네가 내는 차를 참으로 마시고 싶었느니라."

황제폐하가 반가운 낯빛으로 말했다.

기련이 말없이 황제의 잔부터 차를 따라 내놓았다. 서둘러 그걸 한 모금 마신 황제의 얼굴이 눈에 띄게 일그러졌다. 가만히 내려 뜬 눈길로도 그 모습이 보였다. 두번째 잔은 황태자에게 올렸다. 황태자 역시 이것은 아닌데, 하는 표정으로 기련을 바라보았다.

차맛을 본 연첩목아가 말했다.

"폐하께옵서 반하실 만큼 차맛이 훌륭합니다. 제 평생에 이렇게 맛있는 차는 처음이옵니다. 앞으로도 기처서에게 차를 내도록 하시지요."

그러나 표정은 떫은 감을 씹은 꼴이었다.

기련이 조용히 일어나 뒷걸음질로 물러나왔다. 박불화가 지키고 있다가 소매 끝을 붙잡아 끌었다.

"어떻게 내가 당부한대로 했느냐?"

대전 한쪽 방에 기다리고 있던 고용보가 물었다.

"예, 어르신."

기련이 고개를 숙이며 대답했다.

"잘했느니라. 중서령은 욕심이 많아 좋은 것은 모두 제가 차지하려고 하느니라. 네가 차를 내는 솜씨를 알면 무슨 수를 쓰건 제 집으로 데려가려고 할 것이니라. 점심 수라 후에는 정말 맛있는 차를 내도록 하거라. 황제폐하께는 내가 따로이 말씀을 드리마."

"예, 어르신. 하온데 묵혀놓은 물이 없어 회냄새는 어쩔 수가 없을 것 같사옵니다."

"그것이야 하는 수 있느냐? 땅이 박하여 물에서 회냄새가 나는 것을 어찌하겠느냐? 아무래도 연첩목아 중서령이 일을 꾸미고 있는 것 같구나. 황제폐하의 용안이 날마다 수척해지시고 있느니라. 머지않아 황태자 전하께서 황위에 오르실 것이니라. 그때까지는 각별히 조심해야 한다. 어떻게든 황태자 전하의 마음을 네게 붙잡아 놓기는 하되, 조심해야 하느니라."

"알겠사옵니다."

"차실로 가서 기다리고 있거라."

고용보의 말에 기련은 차실로 돌아왔다. 석 달 남짓 옥에 있는 동안 후임 차궁녀가 얼마나 게을렀던지 다관에는 차찌꺼기가 남아 검게 변해 있었으며, 잔에는 손때가 묻어 반들거렸다. 그런 다관으로 차를 낸다면 아무리 정성을 기울여도 좋은 차를 낼 수가 없었다. 늘 새것처럼 다관은 씻어두어야 했다. 비록 차찌꺼기일망정 썩은 채로 남아 있으면 차맛을 버리는 법이었다.

기련이 다관이며 숙우, 그리고 잔을 깨끗하게 씻었을 때 대명전의 궁녀가 차실로 찾아왔다.

"황제폐하께옵서 다시 차를 내오라고 하시오."

비록 원나라 여자이고, 대전에서 황제의 수발을 든 것은 오래 되었지만, 기련보다는 품계가 낮은 궁녀였다.

"알겠느니라. 연첩목아 중서령은 가셨느냐?"

"예, 처서 마님."

대명전의 궁녀가 돌아간 다음 기련은 이번에는 정말 정성을 다하여 제대로 된 차를 내가지고 황제께 갔다. 황태자 태곤테무르가 함께 있다가 눈이 부신 듯 바라보고 있었다. 그러나 그쪽으로는 눈길을 주지 않고 황제 앞에 무릎을 꿇었다.

"환관 고용보에게 얘기를 들었느니라. 점심 수라를 들고 차를 마시려다가 아무래도 네가 내는 차를 마셔야 가슴의 답답한 기운이 사라질 것 같아 청했느니라. 어디, 차를 따라보거라."

"예, 황제폐하."

기련이 찻잔에 차를 따라 내놓았다. 서둘러 그걸 한 모금 마신 황제의 낯색이 환히 밝아졌다.

"황태자야, 너도 마셔 보거라. 이제야 기처서가 차맛을 제대로 냈구나. 회냄새는 조금 난다마는."

"예, 황제폐하. 차맛이 제대로 나옵니다."

"물은 미처 준비가 안 되어 있었사옵니다. 할 수 없이 방금 기른 물로 차를 냈사옵니다. 내일부터는 회냄새가 안 나는 차를 드실 수 있을 것이옵니다."

"알겠느니라. 이렇게 좋은 차를 두고 그동안 내가 맛없는 차를 억지로 마셨구나. 미안하구나, 기처서야. 너 하나 지켜줄 힘이 내게는 없었구나."

"황송하옵니다, 황제폐하."

검은 그림자가 어른거리는 황제를 향해 기련이 고개를 숙였다.

'고용보 어르신의 말씀이 참이었구나. 황제폐하는 머지않아 돌아가시겠구나. 그리되면 황태자 전하께서 정말 황위에 오르시는 것일까? 그분이 황위에 올라 나를 온전히 차지할 수 있으실까?'

차실로 돌아오는 기련의 걸음이 조금 흔들렸다.

황태자 태곤테무르는 날마다 하루에 세 차례씩 대명전에 들러 문후를 여쭈었다. 그때마다 기련이 차를 내갔다. 그러면서도 황태자 쪽은 눈길 한번 주지 않았다. 그렇게 며칠이 흐른 어느 날이었다.

태곤테무르가 다실로 찾아왔다.

"기련아, 너는 어찌하여 나한테 그리 냉정하느냐?"

"소녀가 어찌 황태자 전하께 냉정하겠사옵니까?"

기련이 방긋 웃으며 대꾸했다.

"네가 보고 싶어 황태자궁으로 차를 내오라고 불렀었느니라. 헌데 환관 고용보가 그걸 막았다고 하더구나. 자칫 네가 황태자궁에 드나드는 것을 중서령이 알면 네 목숨이 위태롭다고, 심부름하는 궁녀를 말렸다고 하더구나."

"소녀도 황태자 전하가 참으로 보고 싶었사옵니다. 옥방에 갇혀 있을 때에도 밤마다 황태자 전하를 그리워하느라 잠을 이루지 못했습니다."

"정말이냐? 그 말이."

태곤테무르가 반가운 낯빛으로 손을 덥썩 잡았다.

그 손을 살며시 빼내며 기련이 대꾸했다.

"태산처럼 제 가슴에 들어오신 황태자 전하를 두고 소녀가 어찌 거짓을 아뢰리까? 소녀의 말은 한 치의 거짓도 없는 참이옵니다."

"고맙구나. 내 언젠가는 너를 내 사람으로 만들리라. 오직 나 하나만을 위하여 차를 내게 하고, 내 앞에서만 웃게 만들 것이니라."

태곤테무르가 다시 손을 잡아왔다. 그 손길에 이끌리듯 황태자의 가슴에 얼굴을 잠시 묻었던 기련이 생긋 웃으며 뒤로 물러났다.

"어서 가시옵소서. 보는 눈이 많사옵니다. 아직은 소녀가 황태자 전하를 모실 때가 아니옵니다. 황위에 오르시는 그날까지는 참으시옵소서."

"알겠느니라. 내가 참아야 네가 살 수 있다면 내가 백 번이라도 참아야지."

태곤테무르가 아쉬운 눈빛으로 돌아갔다.

기련의 가슴에서 문득 꽃바람이 불었다. 고려 남자 융을 사랑할 때처럼 달콤한, 생각만으로도 저절로 웃음이 피어나는 그런 바람은 아니었으나, 어쩌면 자신의 앞날이 그리 어둡지만은 않을 것이라는 희망의 꽃바람이 불고 있었다.

장차 황제의 자리에 오를 황태자의 마음만 붙잡고 있다면, 그것이 헛되고 헛된 영화일망정, 망향의 한을 가슴에 새긴 영화일망정 누리지 못할 것이 없었다.

'기처서의 손은 어찌 그리 부드러울까? 내 가슴에 얼굴을 묻었을 때 그녀의 두 젖가슴이 쿵덕거리며 뛰었어. 저녁에라도 당장 기처서를 불러들일까? 차를 내오라는 핑계로 불러올까? 불러다가 두어 식경만 얘기를 나눌까?'

열네 살 태곤테무르의 가슴에서도 꽃바람이 불었다. 눈을 감으면 기련이 머릿속을 가득 채우고 덤볐다. 홧병으로 돌아가신 어머니 말고는 어떤 여자도 가슴을 설레이게 한 적이 없었다.

황궁옥에 갇혀 있던 석 달 동안 기처서의 가슴은 더욱 불룩해져 있었다. 여자란 그렇게 하루가 다르게 변하기 마련이었다. 그것은 다른 궁녀들도 마찬가지였다. 열두어 살짜리로 황궁에 들어왔을 때에는 사내처럼 밋밋했던 가슴이, 잠시 잠깐 잊고 있다가 보면 옷자락을 들추고 젖통이 불거져 있었다.

태곤테무르는 여자들의 젖가슴만 보면 눈앞이 아득했다. 옷 속에 감추어진 그 젖을 먹고 싶었다. 그것은 어렸을 때부터의 꿈이었다. 이상하게도 태곤테무르는 어머니의 젖을 물어본 기억이 없었다. 어머니뿐만 아니라, 유모의 젖꼭지도 물어본 기억이 안 났다.

언제가 되었건 여자를 침상에 들일 수 있게 되면 다른 것은 말고 젖을 실컷 먹으리라고 언젠가부터 꿈꾸고 있는 태곤테무르였다. 그것은 기련을 두고도 마찬가지였다. 그녀가 황궁옥에서 나와 차를 내올 때 제일 먼저 눈길이 갔던 불룩한 젖가슴은 숨이 컥 막히게 만들었다. 그 젖을 먹고 싶다는 욕심에 입안의 침이 마를 지경이었다.

'그런데 황제폐하는 정녕 돌아가시는 것일까? 연첩목아가 무슨 일을 꾸미고 있는 것은 아닐까? 어린 나를 황제의 황위에 앉혀 자기 딸과 혼인을 시키고, 대원제국의 실권을 자신이 갖자는 것은 아닐까?'

태곤테무르는 연첩목아가 엄청난 음모를 꾸미고 있는 것을 뻔히 알면서도 아무런 제지도 할 수 없는 자신의 처지가 한심스러웠다. 그렇다고 황제폐하가 오래오래 사셔야 한다는 생각은 아니었다. 따지고 보면 황제폐하가 하루라도 빨리 죽어야 자신에게 황제의 황위가 돌아오고, 그래야 기처서를 대명전의 침실로 불러들여 젖을 실컷 먹을 것이 아닌가.

황제폐하의 얼굴빛은 나날이 검어지고 있었다. 그뿐만이 아니었다. 아침 문후에는 두 눈에 생기가 돌다가 저녁 문후 때에는 죽은 생선처럼 희멀뚝했다. 그것은 살아있는 사람의 눈빛이 아니었다.

"어디 편찮으시옵니까? 황제폐하."

기련이 내온 차를 마시면서 땀을 흘리는 황제폐하께 태곤테무르가 물었다.

"아니다, 특별히 아픈 곳은 없느니라. 태의가 내온 탕제를 마셨더니, 기운이 솟는 것 같구나. 걱정하지 말거라. 나는 만수를 누릴 것이니라."

그러나 눈빛이며 목소리, 어디에서도 만수를 누릴 징조는 보이지 않았다. 가만히 들여다보고 있으면 죽음이 한 걸음씩 다가오는 모습이 눈에 띌 정도였다.

'황제폐하가 돌아가시고 내가 황위에 오르게 되면 기처서부터 침실로 부를 거야.'

대명전을 나온 태곤테무르가 중얼거렸다. 기련이 차라도 끓이고 있는 것일까. 차실 쪽에서 구수한 냄새가 흘러나왔다. 어쩌면 황제폐하가 드실 자리끼를 준비하고 있을지도 몰랐다. 자리끼만 해도 기련이 준비한 것을 마시다가 다른 차궁녀가 준비한 것은 마실 수가 없었다. 한번은 늘상 마시는 차물이 다른 때와 달리 구수한 맛이 나서 황태자궁의 궁녀에게 어인 물이 이리 맛있느냐고 물은 일이 있었다.

그랬더니, 대명전의 차궁녀가 보내왔다는 대답이 돌아왔다.

'그렇구나, 기처서가 차를 가지고 내 방으로 올 수 없으니까, 차물을 만들어 보냈구나, 기처서의 손이야말로 참으로 신기하구나.'

그 물을 마실 때마다 태곤테무르는 행복했다. 그리고 기련이 그리웠다.

황궁을 지키는 대호군 병사들의 움직임이 심상치 않다 싶더니, 기어코 황제폐하가 돌아가셨다. 새벽녘이었다. 수런거리는 소리에 잠이 깨어 밖으로 나오니, 박불화가 어디론가 황급히 가고 있었다.

"무슨 일이 있으세요? 나리."

"방금 황제폐하께오서 승하하셨다. 황태자 전하를 모시러 간다."

"황태자 전하께오서 종신도 못하셨습니까?"

"너무 급작스레 돌아가셨느라. 어제 밤에는 모처럼 수라를 잘 드시는가 했는데, 그만 돌아가시고 말았구나."

"하오면 이제 황태자 전하께오서 황위를 잇는 것입니까?"

"정변이 나지만 않는다면 그렇다고 봐야겠지. 연첩목아 중서령이 모든 권력을 쥐고 있으니까, 별 일은 생기지 않을 것이니라. 이제 네가 마음놓고 황태자 전하를 만나도 되겠구나. 아무리 중서령의 권세가 커도 황제폐하를 어찌 하겠느냐?"

"그런 날이 이리 빨리 오리라고는 짐작도 못했습니다."

"기련이 너한테는 연첩목아 중서령이 고마운 분이시구나. 황태자 전하께도 그렇고. 오늘 당장 황위에 오르시면 세상에서 가장 넓은 땅을 가진 대원제국의 황제가 되시는 것이 아니더냐?"

박불화의 말에 기련은 가슴이 설레었다. 그녀는 황태자 태곤테무르의 마음이 온통 자기에게 와 있음을 진즉부터 눈치 채고 있었다. 너를 온전히 차지하고 싶다는 말 때문이 아니었다. 그 눈빛에서 알 수 있었다. 황태자의 나이 이제 열넷이었다. 항간의 사내아이들도 한참 여자에게 마음이 쏠릴 때였다. 하물며 황태자가 아닌가? 비록 황제에게 딸린 여자들이었으나 황궁 안에는 아름다운 궁녀들이 많앉다. 민간의 사내들보다 조숙하다고 보아야 했다. 그런 태곤테무르가 자신을 볼 때 마다 이상한 눈빛을 보내오는 것이었다.

죽은 황제의 장례를 치르기 전에 태곤테무르의 황제 즉위식이 먼저 거행되었다. 기련은 다른 궁녀들과 함께 맨 뒷자리에 서서 그 모습을 지켜보았다. 황금색 용포를 입고 황금관을 쓴 태곤테무르의 모습은 눈이 부시도록 황홀했다.

'내가, 고려 여자 기련이가 저이의 사랑을 받고 있다는 말이지? 황제로 즉위하면 그날로 당장 나를 불러주시겠다고 했는데, 정말 그 약속을 지키실까? 경황중에 잊으시는 것은 아닐까? 만약 안 불러주시면 어떻게 하지? 차를 가지고 내가 찾아가면 안 될까?'

기련의 가슴에서 태풍이 몰아치고 있었다. 가슴에서는 태풍이 불고 있었으나 더딘 하루였다. 즉위식이 끝나자 이내 축하연회가 베풀어졌다. 그 자리에 낄 수 없는 기련은 초조한 마음으로 차실에 앉아서 빨리 연회가 끝나기만을 기다렸다.

태곤테무르 황제가 대명전으로 돌아오는 순간, 자신의 운명이 결정될지도 몰랐다. 어린 황제가 약조를 지켜 자신을 불러준다면 남은 생은 화려하게 펼쳐질 것이었다. 즉위식 첫날 자신을 부른다는 것은 그만큼 황제가 차지하고 있는 고려 여자 기련에 대한 비중이 크다는 뜻이기 때문이었다.

기련은 차실 한가운데 단정히 앉아 황제를 기다렸다. 숯불을 담당하는 환관에게 불이 잘 타도록 돌보라 이르고 기원하는 마음으로 앉아 황제를 기다렸다.

자정이 넘어서야 노래소리가 그치고 잠시 후에 두런거리는 소리와 함께 몇 개의 발소리가 차실 앞을 지나갔다. 기련은 벌떡 일어서려는 몸을 겨우 주저앉혔다. 당장 달려나가서 연회가 끝났느냐고, 황제폐하께오서는 대명전으로 돌아오셨느냐고 묻고 싶은 걸 참았다.

고용보가 어차피 환관의 수장이었다. 어떻게든 기련을 태곤테무르 황제와 맺어주고 싶어하는 고용보가 넌즈시 차를 권할지도 몰랐다. 자기 쪽에서 서두를 일이 아니었다. 안달할 일이 아니었다. 자칫 이쪽의 마음을 황제에게 들키기라도 하면 하찮은 고려 여자로 비칠지도 모를 일이었다. 황제가 안달을 하도록 만들어야 했다. 고고한 눈빛으로 황제를 대해야 했다. 조금이라도 비굴하게 보여서는 아니 되었다. 몽고 여자들보다 기품이 있어 보여야 했다. 황제의 사랑이 필요하기는 했지만, 비굴하게 구걸하는 사랑이 되어서는 아니 되었다.

황궁 뜰을 밝히던 휘황찬란한 불도 꺼지고 사위가 조용해져도 황제가 차를 가져오라는 소리는 없었다.

'오늘같은 날, 내 생각을 하실 리가 없지. 즉위식에 연회에 오죽이나 피곤하실까. 대명전으로 돌아오시자마자 침소에 들어 잠이 드셨을 거야.'

기련의 눈에서 눈물 한 방울이 기어내려왔다. 애가 닳을 만큼 정을 주는 사내도 아닌데, 지나가는 말로 내가 황제의 황위에 오르는 날 너를 부르리라, 했던 그 말을 철썩같이 믿고 기대했던 자신의 어리석음이 발등을 찧고 싶을 만큼 후회스러웠다.

'사내란 다 그런 것을. 황제에게는 이제 꽃같은 여자들이 지천인데. 손만 내밀면 다가올 꽃같은 여자들로 둘러쌓여 있는데, 하찮은 고려 공녀인 나하고의 약조를 지키실 리가 없지. 내가 헛된 꿈을 꾸었던 거야. 허황된 욕심을 가졌던 거야. 자자. 잠이나 자자.'

기련이 소매자락으로 눈밑을 쓱 닦고, 숯불을 지키는 환관에게 불단속을 해놓고 돌아가라 이를 때였다.

박불화가 찾아왔다.

"련아, 황제폐하께옵서 차를 내오시란다."

"정말입니까?"

기련의 얼굴에 꽃이 피어났다.

"어르신께서 잠자리에 드시려는 황제폐하께 피곤하실 텐데, 차 한잔 드시고 주무시라고 간곡하게 말씀드렸니라. 어서 차를 준비하거라."

"예, 나리."

기련이 서둘러 차를 준비했다. 물은 이미 펄펄 끓여놓은 상태였다. 차도 가장 좋은 걸로 부스러기는 골라낸 채 작은 종지에 담아놓고 있었다. 먼저 다관을 덥히고, 덥힌 다관에 차를 넣고, 물이 알맞게 식었을 때 부었다가, 차가 가장 맛있게 우러났겠다 싶을 때 숙우에 따랐다. 그걸 다시 적당히 덥힌 다른 다관에 부어 들고 대명전으로 찾아갔다.

"소녀는 황제폐하께오서 저를 찾아주시지 않을 걸로 지레 짐작했사옵니다. 약조를 잊으신 줄 알았사옵니다."

잔에 차를 내며 기련이 말했다. 아랫 눈썹에 눈물이 맺히고 있었다.

황제가 다가와 손을 잡았다.

"내 어찌 너를 잊겠느냐? 너하고의 약조를 잊을 수가 있겠느냐? 하루내 네 생각만 했었니라. 내가 즉위식을 할 때 비어 있는 옆자리에 네가 있었으면 좋겠다는 생각을 했었니라."

순간 기련의 귀가 번쩍 뜨였다. 비어있는 옆자리라면 바로 황후의 자리가 아닌가? 폐하께오서는 나를 황후에 앉힐 생각까지 하고 계셨구나. 이번에는 기련의 눈에서 눈물이 울컥 솟았다.

"왜 우느냐? 내가 너를 부르지 않을까 노심초사하였느냐?"

"아니옵니다. 소녀는 황제폐하를 믿었사옵니다. 한 치의 의심도 없이 황제폐하가 불러주실 것이라고 믿고 있었사옵니다."

기련이 얼굴을 황제의 가슴에 묻고 몇 번 흐느꼈다.

"울지 말거라. 내 너에게 영화를 누리고 살도록 하겠느니라. 고려가 그립지 않도록 만들어 줄 것이니라. 이런 순간이 오기를 얼마나 고대했는지, 너는 모를 것이니라."

어린 황제가 팔 하나를 기련의 허리로 돌렸다가, 살며시 올려 귀볼을 잡아보았다가, 다시 조심스레 내려 앞가슴으로 가지고 왔다.

"폐하, 어찌하시려고 이러십니까? 아직은 때가 아닙니다."

어린 황제의 손이 가슴 속을 비집고 들어왔을 때 기련이 조금 몸을 비틀었다.

"너는 내 여자니라. 나만의 온전한 내 여자니라. 내 여자를 내가 마음대로 하겠다는데 누가 뭐라겠느냐?"

어린 황제의 손이 등으로 돌아가 단추를 열었다.

"폐, 폐하."

가슴이 훤히 드러났을 때 기련이 나즉이 불렀다.

그러나 이제 어린 황제의 귀에는 기련의 흐느낌이 섞인 속삭임도 들리지 않는 모양이었다. 두 자루의 황촉불 밑에 드러난 기련의 젖가슴에 빠져있을 뿐이었다.

황홀한 눈빛으로 잠시 그걸 바라보던 어린 황제가 덥석 그 중의 오른쪽 봉오리를 물어왔다. 기련은 자신의 오른쪽 봉오리가 송두리째 어린 황제의 입안으로 빨려들어가는 것 같아 등골에 소름이 솟았다. 그러나 어린 황제를 밀쳐낼 수는 없었다. 조심조심 젖을 먹는 어린 황제의 등을 토닥여줄 뿐이었다.

오른쪽 봉오리를 실컷 먹은 어린 황제가 이번에는 입술을 왼쪽 봉오리로 가져왔다.

"실컷 잡수시옵소서, 실컷."

기련은 자신의 몸 은밀한 곳에서 따뜻한 모닥불이 피어나는 것을 느꼈다. 아직은 한번도 경험해 보지 못한 새로운 현상이었다. 잠시 망설이던 황제의 손이 아랫도리를 파고 들어왔다.

"어쩌시려고 이러십니까? 황제폐하."

어린 황제가 끝장을 보고 싶어하는구나, 하는 생각에 기련은 눈앞이 아득했다.

"침상으로 가자. 젖만 먹으려고 했는데, 젖만 먹고 말려고 했는데, 내가 지금 내 정신이 아니구나."

어린 황제가 말했다.

"다음에요. 침상에는 다음에 들어요, 황제폐하."

"내가 싫으냐?"

어린 황제가 심통난 아이처럼 뾰루퉁해 가지고 물었다.

"어찌 싫겠사옵니까? 소녀도 황제폐하가 좋사옵니다. 하늘만큼 좋사옵니다."

"그렇다면 침상으로 가자."

어린 황제가 먼저 몸을 일으켜 침상으로 갔다. 기련이 할 수 없이 따라갔다.

"내 너와 함께 영화를 누리리라. 네가 몽고 여자가 아니라 비록 황후로는 책봉할 수 없어도, 황후보다 더한 사랑을 주리라."

어린 황제가 중얼거렸다.

"믿사옵니다. 소녀는 황제폐하를 믿사옵니다."

살이 찢기는 아픔의 순간 기련이 신음처럼 내뱉었다.

그런데 이상한 일이었다. 기련의 뇌리에 고려 사내 융의 얼굴이 퍼뜩 떠올랐다가 사라졌다. 두 눈에 눈물을 머금고 원망이 서린 눈빛으로 바라보다 사라졌다.

다음날 고용보가 찾아와 물었다.

"련아, 어린 황제가 사내구실은 할 줄 알더냐? 어찌 용을 타고 하늘로 오르는 꿈을 꾸었더냐?"

기련이 수줍게 웃으며 대꾸했다.

"모두가 어르신의 덕입니다. 은혜는 잊지 않을 것입니다."

느즈막히 잠자리에서 일어난 어린 황제가 두 팔을 힘껏 뻗어 하품을 내뱉었다. 세상이 어제와는 달라보였다. 물론 늘상 일어나던 황태자궁의 침소가 아니라 대명전의 침소였지만, 갑자기 자신이 하룻밤 사이에 부쩍 커버린 것을 깨달았다.

'모두가 기처서 때문이야. 그녀가 날 이렇게 만들었어.'

처음으로 여자의 맨살맛을 보았던 어린 황제였다. 물론 나이든 환관을 통해 남녀가 어떻게 결합을 하는지는 알고 있었다. 그러나 그것이 한순간 정신을 잃게 만들만큼 기분이 좋은 것인 줄은 몰랐다.

'밤마다 기처서를 불러들일 거야. 밤마다 기처서와 마주앉아 차도 마시고 정담도 나눌 거야. 아, 기처서를 황후로 봉할 수 있으면 얼마나 좋을까.'

그러나 그것은 될 수가 없는 일이었다. 선대 황제 때부터 지금껏 몽고족이 아닌 여자를 황후로 책봉한 일은 없었다. 아직 황후가 없으니, 후궁을 삼겠다는 말도 할 수가 없었다. 천하의 대원제국을 다스리는 황제일망정 도리에 어긋나는 일은 할 수가 없었다.

세수를 마친 황제가 고용보를 불러들였다.

고려 출신 환관일망정 고용보는 학문과 지략이 뛰어났다. 무식하고 욕심이 많은 몽고 사내가 아닌 것이었다. 어려서부터 논어와 맹자를 읽은 고려의 학자 출신 자식이었다. 전대의 황제처럼 자신 역시 고용보의 도움을 많이 받을 수밖에 없음을 어린 황제는 알고 있었다.

"오늘 내가 할 일이 무엇이냐?"

어린 황제가 고용보에게 물었다.

"우선은 황궁을 정비하는 것이 급선무이옵니다, 황제폐하."

"그래? 어떻게 정비하는 것이 좋겠느냐?"

"황궁의 호위를 책임지고 있는 대호군 대장부터 폐하께오서 믿을 만한 사람으로 바꾸셔야 할 것이옵니다. 지금의 다루하치는 중서령 연첩목아의 수족과 마찬가지이옵니다."

"나는 아무것도 모르니라. 누구를 시켰으면 좋겠는가? 고환관이 그럴듯한 사람이 있으면 추천하도록 하라."

"중서령이 병권까지 쥐고 있으니까, 황궁의 호위는 좌승상 백안첩목의 사람인 연추발이가 어떨까 싶사옵니다만."

"그렇게 칙서를 내리면 되겠느냐?"

"이제 모든 것이 황제폐하의 뜻대로 이루어지실 것이옵니다. 다만 중서령이 자기의 수족을 거두는 것을 언짢게 여기고 반대의 의견을 낼지도 모르옵니다. 그때는 다루하치가 그동안 황궁의 궁녀들을 여러 명 겁탈한 일을 말씀하십시오. 만약 끝까지 다루하치를 고집하면 고려 공녀는 물론 황궁의 궁녀를 겁탈한 문제를 가지고 참수를 시키겠다고 하십시오. 아무리 중서령일지라도 더는 우기지 못할 것이옵니다."

"알겠느니라, 그렇게 하마."

어린 황제가 상기된 낯빛으로 고개를 끄덕였다.

고용보가 다시 허리를 조아리며 말했다.

"하옵고, 폐하. 일부 대신들이 고려를 원의 한 성으로 만들자는 주청이 있을 것이옵니다. 전대의 황제께서 즉위하셨을 때도 그런 말이

나왔사옵니다."

"고려를 원의 성으로 만든다?"

"어차피 고려는 원나라의 속국이옵니다. 또한 원의 공주들이 고려 왕의 왕후로 있는 사위의 나라이옵니다."

"그래서 어찌하면 좋다는 말이더냐? 대신들의 뜻대로 고려를 원 나라의 성으로 만들라는 말이더냐? 아니면 그대로 두라는 말이더 냐?"

"그대로 두는 것이 좋을 것이옵니다. 고려를 원나라의 한 성으로 만들어도 아무런 이득이 없사옵니다. 원의 한 고을 정도 밖에 안 되 는 고려를 합친다고 해봐야 땅이 넓어지면 얼마나 더 넓어지겠사옵 니까? 차라리 왜나라와의 경계 삼아 그대로 두는 것이 좋을 것이옵 니다."

"알겠다. 그 일도 네 말대로 하마. 그런데 내가 너한테 한 가지 물 을 것이 있느니라. 내가 기처서를 황후로 봉하려고 하는데, 그 방법 이 없겠느냐?"

어린 황제의 물음에 고용보가 잠시 바라보다가 대답했다.

"황후를 책봉하는 문제는 중서령의 뜻에 따르는 것이 옳을 것이옵 니다. 몽고족이 아닌 여자를 황후로 맞는 일은 아직 황제폐하의 힘 으로는 부치옵니다. 또한 연첩목아 중서령의 딸을 황후로 맞는 것이 폐하의 안위를 위하여 타당한 줄 아옵니다."

"내 안위라?"

어린 황제의 얼굴이 일그러졌다.

"그렇사옵니다. 중서령 연첩목아가 마음만 먹으면 역모는 식은 죽 먹기보다 쉬울 것입니다. 그런 힘을 가지고 있으면서도 역모를 일으키지 못하는 것은 명분이 없기 때문입니다. 백성들이나 신하들이 따라주지 않을 것을 알고 있기 때문입니다."

"허나, 연첩목아는 내 아버지를 살해하고. 어머니를 돌아가시게 만든 원수가 아니더냐? 고환관은 내가 원수의 딸과 꼭 혼례를 치루어야 한다는 말이더냐?"

"불가근 불가원입니다. 너무 가깝게도 말고 너무 멀게도 말라는 뜻이옵니다. 연첩목아에게는 적당한 벼슬자리를 주어 이용하면 될 것이옵니다."

"지금도 최고의 벼슬인 중서령 자리에 있는데, 또 무슨 벼슬을 내려준다는 말이더냐?"

"고려의 심양왕처럼 상징적인 왕호를 하나 주면 될 것이옵니다. 소인의 생각으로는 태평왕이 어떨까 하옵니다만."

"태평왕?"

"그렇사옵니다. 실질적으로는 권한은 없고 이름만 있는 왕위입니다. 폐하께오서 아침 수라를 드시고 나면 연첩목아 중서령이 올 것이옵니다. 그때 태평왕으로 봉한다는 칙서를 내리시옵소서. 아울러 연추발이를 황궁의 대호군 대장으로 임명한다는 칙서도 함께 내리시옵소서. 왕의 호칭만으로도 연첩목아는 불만이 없을 것이옵니다. 또한 연첩목아 중서령의 딸 다나시리를 황후로 책봉하겠다고 먼저 말씀드리시옵소서."

"내가 먼저?"

"그리하시는 것이 좋을 것이옵니다. 폐하께오서 마음 잡수시기에 따라 얼굴이 아름답고 마음씨가 고운 여자들은 얼마든지 있사옵니다. 연첩목아의 딸 다나시리를 황후로 맞아 방패막이로 삼으시고, 따로이 후궁을 들여도 될 것이옵니다."

"알겠느니라. 내 고환관의 말에 따르리라."

연첩목아의 딸 다나시리를 황후로 맞이한다는 것이 싫었으나 어린 황제는 고용보의 말에 따르기로 작정했다.

다나시리를 흥성궁에 들여놓고 사랑은 기처서와 나누리라, 그런 생각도 스쳐갔다.

연첩목아가 온 것은 어린 황제가 아침 수라를 들고 막 차를 마시고 있을 때였다. 기련이 황급히 차잔을 거두어 돌아갔다.

무슨 소문을 들었던 것일까. 뒷걸음질 치는 기련을 바라보는 연첩목아의 두 눈이 먹이를 노리는 매처럼 번득였다.

어린 황제가 먼저 말했다.

"중서령 덕으로 짐이 황위에 올랐소. 그 공을 높이 치하하며 그대를 태평왕으로 봉하기로 했소."

"소신에게 말입니까?"

대번에 연첩목아의 낯색이 밝아졌다.

"짐의 생각으로는 그대를 태평왕에 봉하여 고려를 다스리게 하고 싶지만, 고려는 너무 멀고 낯선 곳이라 연로한 그대를 보낼 수가 없었소. 앞으로 태평왕으로 짐을 많이 도와주도록 하시오."

"소신 성심을 다해 폐하를 받들겠사옵니다."

연첩목아가 허리를 조아렸다.

"또한 짐이 황위에 올랐으니, 태평왕의 여식 다나시리를 황후로 봉하고자 하오. 그 일도 알아서 주선을 해주었으면 좋겠소."

"황공하옵니다. 명종 황제의 장례절차가 끝나면 소신이 바로 서두르겠사옵니다."

"하면 짐이 태평왕의 사위가 되는 것이구료. 장인이 사위를 돌봐주는 것은 인지상정이 아니겠소? 짐은 장인만 믿겠소? 백성의 평안한 삶과 국가의 안위를 위하여 많이 도와주도록 하시오. 그리고 황궁의 호위대장인 대호군 대장을 바꿀까 하오."

"대호군 대장을 말씀이옵니까? 다루하치를 내치시겠다는 말씀이옵니까?"

이번에는 연첩목아의 얼굴이 일그러졌다.

"그렇소."

"다루하치는 소신이 가장 아끼는 장수이옵니다. 그자를 믿고 황제 폐하의 안위를 맡기셔도 될 것이옵니다."

"다루하치는 참으로 음탕한 사람이오. 그동안 그자가 고려 공녀는 물론 몽고 출신 궁녀까지 겁탈한 것을 짐이 알고 있소. 작년에는 황제폐하의 차시중을 드는 고려 공녀 출신 차궁녀를 겁탈하여 목을 매게 한 일도 있소. 짐은 그렇게 음탕한 자를 가까이 두고 싶지가 않소."

어린 황제가 당당하게 말했다.

"하오면 누구를 그 자리에 앉히실 것이옵니까? 변방의 일과는 달리 황궁의 일이옵니다. 정말 폐하께서 믿을 수 있는 사람이 아니면 그 자리를 맡기실 수가 없사옵니다."

"대도를 수비하는 소호군 대장 연추발이를 시킬까 하오."

"연추발이라고 했사옵니까? 그자는 좌승상 백안첩목의 수하이옵니다. 백안첩목은 폐하께오서 황태자로 책봉되는데 가장 반대를 했던 자이옵니다. 소신은 백안첩목을 멀리 강남으로 유배를 보내자고 주청을 드리려 하는데, 그런 자의 수하를 황궁호위를 책임지는 대호군 대장으로 삼다니요?"

연첩목아의 언성이 높아졌다.

"태평왕, 짐이 등극하여 처음으로 내리는 칙서요. 연추발이 비록 백안첩목의 수하라고 하나, 그동안 대도의 수비를 차질없이 잘해 온 걸로 알고 있소. 짐은 좌승상 백안첩목과도 잘 지내고 싶소. 자기의 수하를 황궁 호위대장으로 앉히고 좌승상을 높여 중서령으로 삼는다면 백안첩목도 짐을 달리 생각할 것이 아니오. 난 조정의 모든 신료들과 잘 지내고 싶소. 짐의 뜻을 막을 생각은 마시오."

어린 황제의 말에 얼굴만 벌겋게 달아오를 뿐 연첩목아가 더 이상 가타부타 말하지 않았다.

'고환관의 말을 듣기를 잘 했지. 이제는 좌승상 백안첩목과 연추발이를 불러들여 내 뜻을 전하는 일만 남았군. 태평왕 연첩목아를 견제할 수 있겠지.'

4

황후와 차궁녀

황제 태곤테무르가 혼례를 올렸다. 신부는 태평왕 연첩목아의 딸 다나시리였다. 그날 기련은 멀리서 황후를 맞이하는 태곤테무르를 지켜보았다.

새삼 눈물을 글썽일 일은 아니었다. 어차피 고려 출신 여자는 황후가 될 수 없었다. 대원제국의 황후는 몽고족에서 맞아야 한다는 전통이 있었다. 조정에 아무런 실권도 없는 어린 황제는 전통을 무너뜨릴 힘이 없었다.

─미안하구나. 기처서한테는 참으로 미안한 일이구나. 내 뜻대로 할 수만 있다면 너를 황후로 책봉하고 싶다만, 어찌 하겠느냐? 몽고족이 아니면 조정의 높은 벼슬아치도 황후도 될 수 없는 것을.

혼례를 하루 앞둔 지난 밤에도 어린 황제는 기련을 안으며 미안해 했다.

─소녀, 어찌 감히 그런 욕심을 갖겠사옵니까? 천부당 만부당하신

일이옵니다. 소녀는 다만 황제 폐하 가까이서, 거룩하옵신 용안을 뵐 수 있는 것만으로도 황감하옵니다. 소녀는 상관치 마시옵소서. 부디, 황후마마와 행복한 나날을 보내시옵소서.

기련이 속내를 숨기고 생긋 웃으며 말했다.

─너는 투기하지도 않는구나. 짐을 그저 편하게만 해주려고 애쓰는구나. 비록 너를 황후로 책봉하지는 못하지만, 황후보다 더 영화를 누리게 하리라.

어린 황제가 말했다.

─소녀가 어찌 그런 영화를 바라겠사옵니까? 영화와 행복은 오직 황후마마의 몫이옵니다. 그분을 그렇게 만들어 주셔야 하옵니다. 오직 황후마마만을 사랑하셔야 하옵니다. 황후마마를 사랑하시고 남으신 힘이 있으시면 그때 소녀를 사랑하여 주시면 될 것이옵니다.

─네 마음이 참으로 아름답구나. 얼굴만 아름다운 것이 아니라, 마음씨도 예쁘구나. 허나, 내 어찌 원수의 딸을 사랑할 수 있다더냐? 고환관의 말대로 다만 방패막이로 삼기 위하여 황후로 맞이할 뿐, 어찌 사랑할 수가 있으며 영화를 내려주겠느냐? 태평왕의 일가족이라면 대도 네거리에서 참수하여 목을 높은 장대 끝에 매달고 싶은 것이 내 솔직한 심정이니라.

어린 황제의 눈이 문득 번들거렸다.

─폐하의 그런 속마음을 드러내지는 마시옵소서. 다급한 쥐가 고양이를 문다고 했사옵니다. 태평왕에 대한 원한은 안으로 꽁꽁 숨기고 계시옵소서. 폐하의 힘이 그들을 누를 수 있을 때 원한을 드러내

도 늦지 않을 것이옵니다.

–알겠느니라. 내일은 내가 너를 부르지 못하겠구나. 첫날밤인데 내 어찌 너를 부를 수 있겠느냐? 너를 그리워할 수밖에 없겠구나. 황후 곁에서, 황후의 옷을 벗기면서도 너를 그리워하겠구나. 너무 마음 아파하지 말거라. 내 사랑이, 내 마음이 온전히 네게 있다는 것을 생각하고, 속상해 하지 말거라.

어린 황제는 어느 날보다 더욱 지극정성을 다하여 기련을 사랑해 주었다. 새벽녘에야 기련은 다실로 돌아왔다. 한바탕의 살풀이로 어린 황제가 혼곤한 잠에 빠진 것을 한참이나 지켜보다가 다실로 돌아왔다.

그리고 아침 수라 후의 차를 마시고 어린 황제는 혼례장으로 갔다. 도살장으로 끌려가는 소처럼 발걸음이 무거웠다. 하긴, 사랑하지도 않는 여자와 억지로 하는 혼례에 즐거움이 따를 수는 없었다.

혼례식이 진행되는 동안에도 어린 황제는 한번도 황후를 바라보지 않았다. 어린 황제보다 머리 하나는 더 있는 다나시리였다. 나이도 세 살인가 많다고 했다. 몽고족 특유의 거무튀튀한 색깔에 광대뼈가 툭 튀어나온 얼굴이었다. 아무리 단장을 해도 타고난 본바탕을 숨길 수는 없었다.

사내처럼 우락부락하게 생긴 다나시리의 모습에 기련은 안도의 한숨을 내쉬었다. 예쁜 여자 앞에서는 수양버들처럼 잘 흔들리는 것이 사내의 마음이라, 꽃같은 황후 앞에서 어린 황제의 사랑이 식을까 걱정했는데, 꽃이 아니라 나무토막같은 황후의 모습에 안심을 한 것이었다.

그래도 기련은 쓸쓸했다.

다나시리가 서 있는 자리에 자신이 서지 못한 것이 안타깝고 섭섭한 것이었다.

그러나 그걸 내색할 수는 없었다. 오늘은 어린 황제의 혼례식 날이 아닌가? 태평왕 연첩목아 일가뿐만이 아니라, 황궁에 딸린 식구들은 물론 대원제국의 백성들까지 한껏 축하를 하는 날이었다.

혼자 울상을 지을 필요는 없었다.

'신혼이 지나면 다시 불러주시리라. 사내같은 다나시리한테 실증을 느끼면 불러주시리라.'

그렇게 믿었다.

"련아, 마음이 상했느냐?"

이날밤 기련이 혼자 차를 내어 마시고 있는데, 다실로 찾아 온 고용보가 물었다.

"소녀가 속이 상할 자격이나 있는 여자이옵니까? 어르신."

"허허, 네 말투가 속이 많이 상했다는 투로구나. 허나 너무 안달하지 말거라. 어차피 통과의례가 아니겠느냐? 황제폐하의 마음이 네게서 떠나지 않는 이상, 태평왕의 딸 다나시리 황후는 어차피 허수아비나 마찬가지니라. 련이 너는 다른 것은 생각하지 말고 황제폐하의 마음을 단단히 붙들 궁리나 하거라. 황후보다 먼저 아이를 갖는다면 더더욱 금상첨화겠지. 내가 원의 황실에 스무 해 가까이 있어봐서 안다마는, 몽고족 여자들은 아들을 잘 못 낳느니라. 낳아도 잘 해야 하나 아니면 둘이지. 내가 다나시리의 관상을 보니까, 아들을 낳을 상은 아니더구나."

"정말이옵니까? 몽고족 여자들이 아이를 잘 못 낳는다는 것이요?"

"두고 보면 알 것이니라. 다행이 몽고족의 여자가 낳은 아들이 아니면 황제의 황위를 잇지 못한다는 법은 없느니라. 누가 낳은 아들이 되었건, 황태자로 책봉될 수도 있고, 원나라의 황위에 오를 수도 있느니라. 네 비록 황후는 못 될망정 황제의 어머니가 될 꿈은 꿀 수가 있는 것이 아니더냐? 그것이 고려를 위한 길이니라. 네가 아들을 낳으면 네 힘이 커지고, 네 힘이 커지면 대원제국의 횡포로부터 고려를 보호할 수도 있느니라."

"소녀, 어르신의 말씀을 명심하겠사옵니다."

"내가 며칠 전에도 황제폐하께 고려의 합성문제를 말씀 드렸다만, 머지않아 그 문제가 다시 조정에서 거론될 것이니라. 폐하께오서 네게 뜻을 물어오시면, 고려는 고려대로 살게 두는 것이 좋을 것이라는 말씀을 넌즈시 드리거라. 황제가 새로 즉위하면 꼭 나오는 것이 고려의 합성문제였느니라."

"알겠사옵니다. 하온데 황제폐하께오서는 며칠간이나 흥성궁에 머무르실까요?"

"최소한 이레는 계시지 않겠느냐? 황후마마께오서 예쁜 구석이 있으면 보름이나 한 달이 갈 수도 있고. 다시 한번 말한다만 조급해

하지 말거라."

고용보가 돌아간 다음 기련은 다실을 나와 뜰에 섰다. 달은 중천에 있었고, 계수나무 큰 그림자가 황궁 뜰을 가득 채우고 있었다.

문득 고려 공녀 연실이의 노래소리가 귓전에서 울었다.

얼음 위에 댓닙자리 보아
님과 나와 얼어죽을 망정
정든 오늘밤 더디 새오시라.
정든 오늘밤 더디 새오시라.

그러나 얼음 위에서 함께 얼어 죽어도 좋을 님이 누군가는 확실하게 떠오르지 않았다. 어린 황제는 분명 아니었다.

"폐하, 앞으로 한 달간은 흥성궁에 머물도록 하세요."

어린 황제가 황후궁인 흥성궁에서 이레를 머물고 이제 대명전으로 돌아가야겠다고 마음먹고 있는데 마치 눈치라도 챈 듯이 다나시리 황후가 말했다.

"대명전을 너무 오랫동안 비워놓았소. 오늘은 돌아갈까 하고 있었소."

어린 황제가 황후의 눈치를 살폈다.

"안 돼요. 혼례를 올렸으면 신랑이 최소한 한 달은 신부 곁에 머무는 것이 예의예요. 흥성궁에 머물도록 하세요."

그래도 어린 황제가 아무 대꾸가 없자 황후가 눈을 치켜뜨고 물었다.

"기처서인가 그년이 보고 싶어 그러는 것이지요? 그년 곁으로 돌아가고 싶어 그러는 것이지요?"

"황후, 무슨 말씀을 하고 있는 것이오? 아무려면 대원제국의 황제인 짐이 그깟 고려 공녀 때문에 대명전으로 돌아가려고 하겠소?"

"아니라면 흥성궁에 머무세요. 정사는 여기서도 충분히 보실 수 있잖아요. 날마다 아버님이 들르시니, 그때그때 하교를 내리시면 되잖아요. 그리고 황후인 내가 아들을 낳기 전에는 다른 여자와는 잠자리를 함께 하지 마세요."

다나시리의 눈이 독살스럽게 반짝였다.

그 모습에 어린 황제는 등골에서 소름이 솟았다.

'황후는 제 아비보다 더 무서운 여자구나. 생긴 꼴은 사내인데, 투기하는 꼴은 속 좁은 계집이 분명하구나. 거기다 제 아비와 오래비의 위세까지 등에 업었으니, 장차 내 일을 어이할꼬.'

다나시리의 눈이 표독스러워질수록 어린 황제는 기련이 그리웠다. 그녀의 손은 얼마나 부드러웠던가? 차를 따르며 가만히 눈을 들어 한번 생긋 웃으면 가슴속 만 가지 시름이 눈 녹듯이 녹아 내렸었다.

어린 황제는 당장이라도 대명전으로 돌아가고 싶었다. 한시라도 빨리 그곳으로 돌아가 기련이 내온 차를 마시며 네가 많이 그리웠다는 말을 해주고 싶었다.

그러나 설불리 황후의 심기를 거스릴 일은 아니었다. 아직은 참는 수밖에 없었다. 중서령 백안첩목의 수하인 연추발이를 황궁호위대장인 대호군 대장으로 임명하던 날, 백안첩목을 은밀히 불러 약조한 일이 있었다.

연첩목아가 태평왕의 칙서를 받고 물러간 다음 고용보가 아뢸 말씀이 있다면서 들어왔다.

―황제폐하, 잠시 후면 좌승상 백안첩목이 입궐할 것이옵니다.

―백안첩목 좌승상이?

―그러하옵니다. 소인이 불러들였사옵니다. 우선은 좌승상 백안첩목을 중서령으로 임명한다는 칙서를 내리시옵소서.

―백안첩목이라면 짐의 황태자 책봉에 반대했던 사람이 아니냐? 그런 자를 중서성의 우두머리인 중서령의 자리에 앉히다니?

어린 황제는 고용보의 속내를 짐작할 수 없었다. 전대 황제 때부터 황궁의 사사로운 일은 물론 나라의 큰 일까지 종종 하문하여 자문을 받은 것은 알고 있지만, 미운털이 박혀도 단단히 박힌 백안첩목을 중서령의 자리에 앉히다니?

고용보가 말했다.

―고려 속언에 미운 놈 떡 하나 더 준다는 말이 있사옵니다. 그것은 미운 놈에게 떡 하나 더 주어 내 편으로 만들자는 것이옵지요. 좌승상 백안첩목은 지금 자기가 반대했던 폐하께오서 황위에 오르시자 전전긍긍하고 있을 것이옵니다. 그럴 때에 자기의 수하를 대호군 대장으로 앉히고, 자신은 대원제국 중서성의 으뜸인 중서령이 된다면, 감지덕지하여 폐하께 충성을 바칠 것이옵니다. 태평왕 연첩목아

의 횡포를 막아줄 것이옵니다.

─과연, 과연 고환관의 생각이 그럴 듯하구나. 짐이 그렇게 하겠다.

어린 황제가 고개를 끄덕였다.

환관 고용보의 말대로 중서령을 제수한다는 어린 황제의 말에 백안첩목이 감지덕지 머리를 조아렸다.

─참으로 망극하옵니다. 이런 황은을 내리시다니요? 소신은 폐하께오서 만 리 밖 강남으로 유배를 시키시든지, 참수하여 효수할 걸로 믿고 있었사옵니다. 그런 저에게 중서령을 제수하시다니요? 참으로 황감하옵니다.

혼자 전전긍긍했을 것이라는 고용보의 말이 사실이었는지, 흰 머리의 백안첩목이 눈물까지 글썽였다.

─짐은 황궁의 안위를 중서령에게 맡길까 하오.

─예? 그것은 무슨 말씀이오니까? 폐하. 황궁의 안위는 대호군대장 누루하치의 소관이 아니옵니까?

백안첩목이 놀라 벌린 입을 다물지 못했다. 그도 그럴 것이 황궁 호위군인 대호군 대장은 여간 신임하지 않으면 맡길 수가 없는 자리였다. 황궁과 황제를 호위하는 자리였다. 누구라도 조금만 수상하면 현장에서 목을 벨 수 있는 큰 힘을 누릴 수 있는 자리였다. 대호군 대장이 역모라면 없던 역모죄라도 뒤집어 쓰고 목이 달아나야 하는 그런 자리였다. 그 자리는 응당 연첩목아의 수하가 차지해야 하는 자리였다. 아니, 연첩목아가 내놓을래야 내놓을 수가 없는 자리였다.

─누루하치는 너무 음탕하고 방약무인하오. 황궁 안에서도 수없이

많은 여자를 겁탈했소. 짐이 어찌 그런 음탕한 자를 대호군 대장으로 삼아 안위를 맡기겠소. 그 자리를 대도의 수비를 책임지고 있는 연추발이 장군에게 맡길까 하오.

–연추발이를 말씀이옵니까?

–그렇소. 대도의 수비를 맡을 장수는 중서령께서 적당한 사람을 추천하도록 하시오.

어린 황제의 말에 백안첩목이 벌떡 일어나 새삼 큰 절로 예를 올렸다.

–폐하, 황은이 망극하옵니다. 소신 목숨을 바쳐 폐하의 안위를 돌보겠사옵니다. 백골이 진토가 되도록 충성을 바치겠사옵니다.

–중서령, 황궁과 대도의 안위가 그대의 손 안에 있소. 짐의 뜻이 어디에 있는가를 살펴 추호의 어긋남이 없도록 하시오.

–알겠사옵니다, 폐하.

그날 백안첩목은 대원제국을 한 손에 움켜쥔 듯 당당하게 대명전을 나갔다. 그리고 석 달 남짓만에 황궁 호위병을 연추발이의 수하로 모두 바꾸어버렸다. 이제 황궁에는 연첩목아의 세력은 없는 것이나 마찬가지였다.

그제서야 연첩목아가 아무런 실권도 없는 태평왕의 자리에 연연하여 중서령도 놓치고, 황궁도 놓쳤다고 불만을 털어놓았다는 소리가 고용보의 전언으로 들렸다.

비록 환관이었지만 고용보는 지략이 뛰어난 사람이었다. 대원제국에 끌려와 환관노릇을 하면서도 틈이 날 때마다 사서삼경을 읽었다는 고용보였다. 한번은 자기 입으로 손자병법도 읽었다는 말을 한 일도 있었다.

―폐하, 어차피 태평왕이나 백안첩목 중서령의 힘은 막강하옵니다. 전대 황제 때까지는 연첩목아의 힘이 강했다면, 대도와 황궁을 손에 넣은 지금은 백안첩목 중서령의 힘이 강하다고 보아야겠지요. 태평왕 연첩목아 쪽에서 가만 있지는 않을 것입니다. 백안첩목 중서령과의 사이에 싸움이 일어나겠지요.

―싸움이 일어난다?

―그때 가서 폐하께오서는 어느 한 쪽의 손을 들어 주시면 될 것이옵니다.

―태평왕의 손을 들어 주는 일은 결코 없을 것이다. 아직도 짐은 그 자에 대한 원한이 사무쳐 있다.

그렇게 원한이 사무친 연첩목아의 딸을 황후로 맞아들인 어린 황제였다. 한 날 한 시도 흥성궁에 머물고 싶은 생각이 없었다.

"짐은 돌아가야겠소. 대명전을 너무 오래 비워놓았소. 신료들이 뭐라고 하겠소. 아직 어린 황제가 황후의 치마폭에 쌓여 정사는 뒷전이라고 수군거릴 것이 아니오. 짐은 조정 대신들한테 체면을 잃고 싶지가 않소."

단단히 작정한 어린 황제가 굳은 얼굴로 몸을 일으켰다. 우선은 대명전으로 돌아가 기련이 내온 차를 몇 잔 마셔야 답답한 가슴이 뚫릴 것 같았다.

"폐하, 아니 되십니다. 황후인 내가 수태를 하기 전에는 흥성궁에서 한 발짝도 못 나가십니다."

다나시리 황후가 우악스런 손길로 어린 황제의 팔목을 붙들었다.

"지금 뭐하는 짓이오? 짐의 몸에 함부로 손을 대다니. 어서 못 놓겠소?"

어린 황제가 고함을 버럭 질렀다.

"폐, 폐하. 내 말을 듣지 않고도 폐하께서 평안하시리라 여기시는 것입니까? 잠시 후면 태평왕이신 아버지께서 드실 것이옵니다. 가시더라도 만나 뵙고 가시지요."

마지못하여 손을 놓고 한 걸음 뒤로 물러난 다나시리 황후가 눈에 독기를 품고 쏘아보며 간청했다.

"짐이 태평왕한테 할 말이 있소. 대명전으로 들라고 전해주시오."

어린 황제는 황후가 다시 붙들기 전에 서둘러 흥성궁을 나왔다. 한여름의 뜨거운 땡볕이 황궁 뜰에 가득 내리고 있었다. 눈앞이 핑 돌면서 머리가 어지러웠다. 이레 동안 황후한테 시달린 후유증이었다.

'내 다시는 흥성궁을 찾지 않으리라. 다나시리 황후와는 다시는 잠자리를 하지 않으리라.'

연에 오르면서 어린 황제가 중얼거렸다.

"차를 준비하거라, 련아. 황제폐하께오서 대명전으로 오시자마자 차를 내오라시는구나."

기련이 다실에 앉아 시름에 잠겨있는데 고용보가 찾아와 말했다.

"예, 어르신. 황제폐하께옵서는 강녕하시던가요?"

"그러실 리가 있느냐? 새신랑이 이레 동안이나 신부의 치마폭 밑에서 놀았는데. 용안이 핼쑥해지셨더라. 기련이 너는 독수공방에 얼굴이 상했고, 황제폐하께오서는 새신랑의 재미를 보시느라 얼굴이 상했으니, 어디 누구 얼굴이 더 많이 상했는가 보자꾸나."

말끝에 고용보가 빙그레 웃었다.

"어르신께서 이년을 놀리십니다. 마음을 앓기는 누가 마음을 앓았다고 그러십니까? 이년은 마음을 앓은 적이 없사옵니다. 밤으로 편히 잠만 잘 잤사옵니다."

"그랬느냐? 잠을 잘 잤느냐? 허나 황제폐하께는 그리 말씀드리지 말거라. 황제폐하가 그리워 이레 동안 잠을 못 잤다고 아뢰어라. 핏기 가신 네 얼굴을 보면 누구라도 참이라 믿을 것이니라. 폐하의 가슴에 안겨 눈물이라도 쏟는다면 금상첨화겠지. 어떻게든 황제폐하의 마음을 단단히 붙잡아야 하느니라. 어떻게 하든지 네가 먼저 아이를 수태해야 하느니라. 아들이라도 낳는다면 네게 크나큰 영화가 따를 것이니라. 내 말 허투로 듣지 말거라."

고용보가 단단히 당부하고 돌아갔다.

기련은 새삼 다시 세수를 하고 머리를 매만졌다.

어느 날보다 차를 정성스레 내가지고 대명전으로 갔다. 차궁녀 기처서 입시옵니다, 하는 아룀에 이어 문이 열렸다. 기련이 차쟁반을 공손하게 들고 허리를 조금 숙인 채 들어서자 어린 황제가 벌떡 일어나 다가와 손을 잡았다.

"폐하, 차가 쏟아지옵니다. 잠시만 기다리시옵소서."

기련이 가만히 고개를 들어 보일 듯 말 듯한 웃음을 보이며 말했다.

"오냐, 어서 차를 내려놓거라. 내 네가 그리워 미치는 줄 알았구나."

어린 황제가 손을 놓고 자리로 돌아갔다.

기련이 차를 차상 위에 내려놓자 어린 황제가 두 팔을 활짝 벌렸다.

"이리 오너라. 너를 한번 안아보자."

"차부터 드시옵소서."

"아니다. 차가 조금 식은들 어떠냐? 너를 안아야 내가 숨통이 트일 것 같구나."

어린 황제가 투정을 부리듯 졸랐다. 폐하두, 참, 어쩌고 중얼거리며 기련이 어린 황제에게 다가가 가슴에 얼굴을 묻었다.

"네가 그리웠니라. 혼례를 치룬 그날밤 당장 너한테 달려오고 싶었느니라."

어린 황제가 기련을 힘주어 안으며 중얼거렸다.

"소녀도 황제폐하가 그리웠사옵니다. 지난 이레 동안 한숨도 잠을 못 잤사옵니다. 폐하가 그리워서 숨이 넘어가는 줄 알았사옵니다."

마음은 아닌데, 기련의 눈에서 눈물이 흘러내렸다. 어린 황제의 간장을 녹이는 눈물이었다. 어린 황제의 마음을 붙드는 눈물이었다.

"네 얼굴이 말이 아니구나. 어련히 돌아올 텐데, 네가 쓸데없는 마음앓이를 했구나. 내 마음이 네게 있음을 내가 분명히 일러주었거늘, 투기 때문에 잠을 못 이룬 것이구나. 허나 내 뜻대로 할 수 없는 일인 것을 어찌하느냐? 너를 그리워하면서도 너한테 달려올 수 없었던 내 처지를 네가 이해하거라."

"황공하옵니다, 폐하. 소녀가 어찌 투기를 하겠사옵니까? 소녀는 투기하지 않았사옵니다. 투기 때문에 잠을 못 이룬 것이 아니옵니다. 투기하지 않으면서도 폐하가 너무 그리웠사옵니다. 담 몇 개 넘으면 되는 가까운 곳에 계신데도 폐하를 뵐 수 없는 제 처지가 한스러워 잠을 못 이루었사옵니다."

"알겠다. 알겠느니라. 마음이 비단결인 네가 어찌 투기를 했겠느냐? 내 너한테 미안하여 소원을 한 가지 들어주마. 어디. 나한테 바라는 소원이 있으면 말해 보거라. 억만금을 달라면 주겠느니라. 고려로 보내달라는 소원만 아니라면 내 무엇이든 들어주겠느니라."

"소녀는 폐하 곁에서 폐하를 모실 수 있는 것이 가장 큰 소원이옵니다. 그럴 수만 있다면 새삼 소녀에게 무슨 소원이 있겠사옵니까?"

"그 소원은 이미 이루어졌지 않느냐? 내 너를 언제까지나 가까이 둘 것이니라. 다른 소원을 말해 보거라."

어린 황제의 말에 기련이 잠시 침묵을 지키다가 입을 열었다.

"소녀, 폐하의 용종을 수태하고 싶사옵니다."

"내 용종을?"

"폐하의 아이를 낳고 싶사옵니다. 그것도 아들을 낳고 싶사옵니다."

"어려운 소원도 아니구나. 내가 너를 많이 사랑해 주기만 하면 저절로 해결될 일이 아니더냐? 오냐, 그러마. 네가 아이를 수태할 때까지 내가 오직 너만을 사랑해 주마."

어린 황제의 손이 기련의 가슴으로 왔다.

"내가 지금 너를 안고 싶은데 어떻게 하지? 다나시리 황후는 키는 멀대 같이 큰데 허리가 나무토막 같더구나."

"폐하, 아직은 대낮이옵니다. 그러다가 신하라도 들어오면 어찌하시려구요?"

"고환관한테 아무도 들이지 말라고 하면 될 것이 아니더냐?"

"아니 되옵니다. 소녀도 폐하와 사랑을 나누고 싶은 마음은 굴뚝 같사옵니다만, 밤이 올 때까지 참을 것이옵니다. 그것보다 제 소원을 들어주신다는 말씀은 참이시지요? 고려에서는 혼인한 아녀자가 아들 낳기를 소원할 때에는 절에 찾아가 부처님께 기원하는 풍습이 있사옵니다. 소녀, 폐하께오서 허락만 해주신다면 조용한 암자에라도 찾아가 부처님께 빌고 싶사옵니다."

기련의 말에 어린 황제가 고개를 내저었다.

"너를 황궁에서 내보낼 수는 없느니라. 대신 내가 너를 위하여 절을 하나 지어주마. 절을 지어 오직 네 수태만을 빌게 하마."

"정말이시옵니까?"

"내가 어찌 너한테 거짓말을 할 수가 있겠느냐? 얼마나 그리웠던 너인데, 황후 곁에서 내가 진정 사랑하는 것이 너인 줄을 알았구나. 나한테 진정 소중한 사람인 것을 알았구나. 그런 너한테 어찌 거짓말을 하겠느냐? 내가 고환관과 의논하여 꼭 너를 위한 절을 지어주마."

어린 황제가 말끝에 하품을 매달았다. 이레 동안 흥성궁에서 황후한테 시달림을 받았다는 뜻이었다. 그걸 모를 기련이 아니었다. 고용보의 말대로 어린 황제의 얼굴은 핼쑥하게 야위어 있었다. 하루 세끼 산해진미를 먹어도 얼굴이 상했다면 그 까닭은 불을 보듯 뻔했다.

기련이 어린 황제의 가슴에서 몸을 빼냈다.

"우선은 쉬시옵소서. 고환관에게 일러 아무도 들이지 말라는 엄명을 내리시고 침상에 들어 한숨 주무시옵소서."

"네가 나를 재워주겠느냐? 내가 잠들 때까지 내 곁에 있겠느냐?"

"폐하께오서 원하시오면 그리하지요. 폐하가 잠이 드신 다음에 물러가옵지요."

고용보를 불러들인 어린 황제가 오늘은 아무도 대명전에 들이지 말라는 당부를 하고 침상으로 갔다.

기련이 따라가 잠자리를 챙겨주었다. 어린 황제가 젖이 먹고 싶다고 보챘으나, 기련은 옷을 벗지 않았다. 자칫 젖이라도 빨렸다가는 자신이 어린 황제를 그대로 놔둘 것 같지 않아서였다. 어린 황제는 지금 몸뚱이가 솜뭉치처럼 피곤한 상태였다. 앞으로도 황제를 품을 날은 수없이 많을 것이었다. 어린 황제의 마음이 여전히 자기에게 있음만 기뻐하면 되었다.

곁에 몸을 누인 기련이 자장자장, 어미가 아들을 재우듯 어린 황제를 재웠다.

이레 동안 마음앓이를 하느라 잠을 이루지 못했던 기련의 눈꺼풀이 살며시 내려앉았다. 그러나 대낮부터 대명전의 침실에서 어린 황제와 함께 잠이 들어서는 아니 될 일이었다.

고른 숨소리를 내는 어린 황제의 머리에서 가만히 팔을 빼낸 기련은 이미 다 식은 차를 거두어 대명전을 나왔다.

기련의 가슴에서 문득 꽃구름이 피어올랐다.

밤이 늦었는데도 황제는 흥성궁을 찾지 않았다. 하루 밤을 꼬박 밝힐 수 있는 대초가 절반이나 탔는데도 황제폐하 납시오, 하는 아룀 소리는 들리지 않았다.

"황제폐하께서 납신다는 소식은 아직도 없느냐?"

애꿎은 궁녀만 다그침을 받았다.

"없사옵니다, 황후마마."

"혼례를 치룬 지 겨우 이레만에 신부를 독수공방 시킨대서야 말이 되느냐? 네가 대명전으로 가보거라. 황제폐하께오서 무얼 하시느라 안 납시는지 알아보고 오너라."

다나시리가 투기심으로 번들거리는 눈을 들어 궁녀를 쏘아보았다.

"예. 황후마마."

부리나케 대명전으로 달려갔다 온 궁녀가 아뢰었다.

"황제폐하께옵서는 대명전에 드시자마자 이내 침상으로 오르시어 잠에 빠지셨다 하옵니다. 저녁 수라도 거르신 채 잠에 빠지셨다 하옵니다."

"잠에 빠져?"

다나시리의 입가에 얼핏 웃음이 피어났다. 이제 열네 살짜리 황제한테 너무 무리를 시켰던 것은 아닌가, 그런 생각이 스쳐갔다.

─어떻게든 아이를 수태하십시오. 아들을 낳으십시오. 황후마마께옵서 낳은 자식으로 다음 대의 황위를 잇게 해야 우리 집안이 대대손손 영화를 누릴 수 있을 것이옵니다. 부지런히 씨를 받으십시오.

아버지 연첩목아의 당부대로 황제의 씨를 받겠다고 초저녁에도 살을 섞었고, 새벽에도 살을 섞었다. 황제가 싫은 기색을 보이면 그녀 쪽에서 인도를 했다. 그 일이 지겨워서 대명전으로 도망을 가버렸는지도 모르겠다는 생각이 다나시리의 뇌리를 스쳐갔다.

'그래, 아들을 낳아야 해. 아들을 낳아 황위를 잇지 못하면 무슨 소용인가? 다른 궁녀의 몸에서 나온 황제의 자식이 자칫 황태자로 책봉되기라도 하면 그때부터 나와 우리 집안은 찬밥 신세가 되는 것을.'

다나시리가 중얼거렸다.

잠이 들었다는 황제가 잠이 깨어 흥성궁을 찾아올 리는 없었다. 다행이 기처서를 불러 함께 침상에 든 것은 아니라지 않은가? 다른 궁녀를 품에 안고 잠이 든 것은 아니라고 하지 않은가? 혼례를 올리기 전의 소문으로는 황제가 고려 공녀 출신 차궁녀 기처서한테 푹 빠져있다고 했는데, 대명전으로 돌아간 첫날 그녀를 불러들이지 않았다는 것은 그만큼 그녀에 대한 정이 애틋하지 않다는 뜻일 수도 있었다.

'어떤 년이든지, 그것이 고려의 계집이 되었건, 한족의 계집이 되었건, 몽고족의 계집이 되었건, 황제 곁에는 얼씬도 못하게 하리라. 내가 아들을 낳기 전까지는 황제의 씨앗을 다른 밭에는 뿌리지 못하게 하리라. 황제의 침상에 범접하는 계집은 내 손으로 죽이리라.'

다나시리가 입술을 깨물었다. 혼례를 하루 앞둔 날밤에 아버지 연첩목아가 그랬었다. 다른 것은 다 눈을 감아줘도 황제가 다른 계집과 잠자리를 하는 것은 막아야 한다고, 황후의 투기심이 너무 많다는 소문이 날망정 아들을 낳기 전까지는 각별히 신경을 쓰라고 단단히 당부를 했었다.

다음 날이었다.

다나시리의 오라버니 당기세가 흥성궁으로 찾아왔다.

"황후마마의 낯색이 훤하시옵니다. 황제폐하의 황은이 지극하셨던 모양입니다."

"이제 열네 살 되신 폐하께서 황은을 내리면 얼마나 내리겠습니까? 어젯밤에도 독수공방을 했는 걸요. 헌데 무슨 일로 오셨습니까?"

다나시리가 물었다.

"황후마마, 중정원은 살펴보셨는지요?"

당기세가 물었다.

"중정원이요? 거기가 무엇 하는 곳이지요?"

"아, 황후궁의 재물창고가 아닙니까? 중정원이 든든해야 앞으로 황후마마께오서 힘을 쓰실 수 있을 것이옵니다. 아버지께서 제게 마마의 중정원을 살펴드리라는 당부가 계셨사옵니다. 앞으로 마마께오서 은밀하게 측근을 만들려면 재물이 필요하실 것이라구요."

"은밀한 측근이요?"

다나시리가 눈을 가늘게 뜨고 당기세를 바라보았다.

"황공하오나 마마께오서는 어젯밤 혼자 주무셨다고 하셨지요? 하오면 황제폐하는 누구와 잠자리를 함께 한 줄 아십니까?"

"밤이 늦어도 납시시지 않기에 궁녀를 보냈더니, 홍성궁을 나가신 다음 곧바로 잠자리에 들어 저녁 수라도 거르신 채 곤한 잠에 빠져 계시다는 전언이었소."

다나시리의 말에 당기세가 조금 당겨 앉아 목소리를 낮추었다.

"마마는 그 말을 믿사옵니까? 막상 황제폐하께오서 다른 궁녀와 침상에 들었는데도 혼자 주무신다고 하면 그뿐이 아닙니까? 대명전의 환관과 궁녀는 모두 황제의 수족이옵니다. 그들이 황제께 누가 되는 일을 사실대로 아뢰겠사옵니까? 그렇다고 황후마마께오서 대명전에 들러 확인을 해볼 수도 없는 일이 아니옵니까?"

"그래서 날더러 어떻게 하라는 말씀이오?"

"대명전에 마마의 사람을 심어 놓아야 하옵니다. 만금의 재물을 들여서라도 마마의 귀가 되고 눈이 될 수 있는 염탐을 심어 놓아야 하옵니다. 그뿐만이 아니옵지요. 황궁의 곳곳에 마마의 사람을 심어놓아야 하옵니다. 그러려면 만금의 재물을 던져 주어야할 것이옵니다. 자기는 물론 자손대대로 호의호식할 수 있는 재물을 던져주어 확실한 마마의 사람을 만들어 심어야 하옵니다. 그러려면 중정원의 창고를 가득 채워야 하옵니다."

"허나, 홍성궁에 안주하는 내가 무슨 수로 중정원의 창고를 채우겠소? 황궁에서 황후가 쓸 재물은 내려올 것이 아니오?"

"그것만 가지고는 부족하옵니다. 황궁 곳곳에 마마의 사람을 심는데 필요한 재물은 따로 모아야 하옵니다."

"그러니 무슨 수로 내가 그걸 모을 수 있다는 말씀이오?"

"중정원은 어차피 마마의 소관이십니다. 아마 그걸 담당하는 환관이 있을 것이옵니다. 일단은 불러들여 사정을 알아보도록 하시지요."

당기세의 말에 다나시리가 궁녀 하나를 불러들여 중정원에 대하여 물었다.

"중정원은 환관 포로치므르 나리께서 맡고 계십니다, 황후마마."

궁녀가 대답했다.

다나시리가 환관 포로치므르를 불러들였다.

"중정원의 곳간 사정은 어떻소? 내가 사사로이 쓸 재물이 필요한데, 형편이 어떤가 모르겠소."

"빠듯하옵니다. 황후마마께오서 사사로이 쓰실 재물은 없사옵니다."

환관 포로치므르가 당혹한 낯빛으로 대꾸했다.

"사정이 그렇다면 어쩔 수가 없지요. 지금부터 그걸 채우는 수밖에. 황후마마, 중정원에서 소금장사를 해보면 어떻겠습니까?"

당기세가 말했다.

"소금장사요?"

"그렇사옵니다. 소금은 개인이 사사로이 채취할 수도 없고, 팔 수도 없사옵니다. 나라에서 전매하고 있습지요. 그걸 한 십만 근 정도만 중정원으로 끌어들여 백성들에게 파는 것이옵니다. 나라에서 전매하는 물건이라 부르는 것이 값이옵니다. 더구나 중정원에서 쓸 것이라 하여 돈 한 푼 안 들이고 끌어들여 판다면 중정원의 창고를 채우는 것은 누워서 떡먹기보다 쉬울 것이옵니다."

"알겠소. 오라버니께서 포로치므르 환관과 상의하여 시행을 하도록 하시오. 황궁에 내 측근을 심는 문제도 오라버니께서 알아서 해주십시오."

"알겠사옵니다, 황후마마."

당기세가 흡족한 낯빛으로 허리를 조아렸다.

"고환관, 황후가 사사로이 소금을 중정원으로 끌어들여 백성들에게 장사를 하고 있다 하니, 그 일을 어찌 처리하면 되겠느냐?"

어린 황제가 고용보에게 물었다.

큰 일이든 작은 일이든 고용보의 뜻을 묻지 않고는 한 가지도 처리할 수 없는 어린 황제의 처지였다.

"나라에서 전매하고 있는 소금을 사사로이 판매한다는 것은 아무리 황후마마일망정 중벌로 다스려야할 죄이옵니다."

고용보가 대답했다.

얼핏 어린 황제의 이마에 그늘이 내려앉았다. 비록 태평왕이라는 이름으로 한직으로 물러나 있지만, 연첩목아는 막강한 권력을 가지고 있었다. 지방 관아의 벼슬아치들은 물론 황궁의 곳곳에 연첩목아의 세력이 박혀 있었다. 황후가 어린 황제한테 안하무인일 수 있는 것도 따지고 보면 제 아비의 그런 힘을 믿기 때문이었다.

"허나 황후를 죄 줄 수도 없지 않느냐? 태평왕과 그 일파가 가만히 있겠느냐?"

"가만히 있지는 않겠지요. 또한 황제폐하께오서 꼭 황후마마를 죄를 주실 필요도 없사옵니다. 전매란 어차피 나라에서 관장하는 일입니다. 묵인을 하십시오. 오히려 황후마마의 소금장사를 도와주십시오."

"도와주라?"

어린 황제가 알 수 없다는 표정을 지었다.

"황후마마께오서 소금장사로 재물을 모으시느라 황제폐하를 귀찮게 하지 않으신다면 그것도 괜찮은 일이 아니겠사옵니까? 소금 십만 근을 풀려면 배도 필요할 것입니다. 황후전에 배 몇 척을 내려주시어 소금장사를 도와주시옵소서. 하오나 처음부터 순순히 허락하지는 마시옵고, 황후마마가 사정을 할 때에 마지못하여, 황후마마의 간청을 뿌리칠 수가 없어 묵인하고 도와준다는 태도를 보이십시오."

"알겠다. 짐이 그렇게 하마."

어린 황제가 눈을 반짝이며 대답하고 대명전을 나와 흥성궁으로 갔다. 그동안 몇 차례 흥성궁의 궁녀를 보내 불렀으나, 몸이 불편하다는 핑계를 대고 찾지 않았던 어린 황제였다. 고용보의 말대로 소금장사를 묵인해 주고, 배까지 몇 척 내려준다면 황후의 노여움이 조금은 수그러들 것이라는 생각이었다.

"내가 궁녀를 여러 차례 보냈는데, 어찌 이제야 오십니까? 폐하."

황후 다나시리가 만나자마자 눈쌀을 찌푸리며 물었다.

"몸이 아팠소. 꼼짝을 하기가 싫었소. 오늘에야 겨우 움직일 수 있을 것 같아 홍성궁에 온 것이오."

"누가 알아요? 밤마다 다른 궁녀를 품고 잠이 드시느라 몸이 피로하신지."

"짐이 그럴 리가 있소? 짐에게는 오직 황후뿐이오. 헌데, 중정원의 재물이 그렇게 부족하오? 짐은 중정원에 충분한 재물이 내려지는 걸로 아는데, 홍성궁의 살림을 풍족하게 할 수 있을 만큼은 내려지는 걸로 아는데, 더구나 태평왕도 억만금의 재산을 가진 부자가 아니오? 사가 식구들을 먹여 살릴 일도 없을 텐데, 어찌하여 나라에서 금하고 있는 소금장사를 한단 말씀이오?"

어린 황제가 제법 눈까지 부릅뜨고 큰 소리로 물었다. 일단은 황후의 기를 꺾어놓을 필요가 있었다. 나라에서 전매하는 소금을 사사로이 중정원으로 끌어들였다는 것은 연첩목아같은 든든한 배경이 없으면 중벌을 받을 잘못이었다. 아무리 어린 황제라고는 하지만 황후가 변명하지 않을 수 없는 일이었다.

다나시리 황후가 당혹한 낯빛으로 황제를 바라보았다. 처음의 꼿꼿한 눈빛은 많이 수그러든 모습이었다.

"황송하옵니다, 황제폐하. 하오나 중정원의 재물이 풍족하다는 말씀은 오해이십니다. 하루 세 끼 겨우겨우 끼니나 해결할 정도이옵니다. 홍성궁의 식구들이 오죽이나 많사옵니까? 그들의 식솔들도 중정원에서 먹여 살려야 하옵니다. 명색이 황후궁의 궁녀이고 벼슬아치들인데, 일반 백성들보다 더 가난하게 산대서야 어찌 충성을 바치고 싶은 마음이 생기겠사옵니까? 그들의 뒤를 봐주느라 소금을 조금 중정원으로 끌어들였사옵니다. 통촉하여 주시옵소서."

"알겠소. 짐도 황후의 잘못을 나무라고 싶은 마음은 없소. 황후가 재물을 모아 사사로이 황궁 밖으로 내보내는 것도 아닌데, 꼭 말리고 싶은 마음도 없소. 짐이 소금의 전매권을 황후한테 드리리다. 나라의 배를 열 척 내려줄 것이니, 어디 황후의 장사수완을 발휘하여 보도록 하시오."

너무 강하게 끌어당기면 오히려 황후가 반발할까 싶어 어린 황제가 적당한 선에서 풀어주었다.

황후 다나시리의 얼굴이 대번에 밝아졌다.

"정말이오니까? 폐하."

"대원제국의 황제가 어찌 헛소리를 하겠소. 다만 그렇게 모은 재물을 올바른 곳에만 쓰도록 하시오."

"알겠사옵니다, 폐하."

"만약 그 일로 말썽이 생기면 당장에 소금의 전매권을 거두어들일 것이오."

그 말을 남기고 어린 황제가 서둘러 몸을 일으켰다. 잠시 잠깐이라도 황후 앞에는 머물고 싶은 생각이 없었다.

"가시옵니까? 폐하. 신혼의 밤을 보내고 처음으로 납시셨습니다. 다만 하룻밤이라도 주무시고 가시지요."

황후 다나시리가 붙잡았다.

"아니오, 다음에 들르리다. 고려국의 문제로 중서령 백안첩목을 대명전으로 들라고 했소."

"중서령을 이쪽으로 부르면 될 것이 아니오니까?"

"나라의 일을 어찌 대명전이 아닌 흥성궁에서 볼 수가 있겠소?"

황후가 소매라도 붙들기 전에 어린 황제가 황후궁을 나왔다. 안녕히 가시라는 인사는 따라오지 않았다.

흥성궁을 나오는 어린 황제의 등골에 식은 땀이 흘렀다. 자칫 소매라도 붙들면 어찌하나 걱정했는데, 소금의 전매권을 주는 것은 물론 배까지 내려주겠다고 하니, 그 일이 흡족하여 어린 황제는 붙잡는 체 하기만 한 황후였다.

'내가 고환관의 말을 듣기를 잘했지. 이 은공을 어찌 갚는다지? 옳지, 고환관의 벼슬을 높여주어야겠구나.'

어린 황제가 빙긋 웃으며 대명전으로 돌아오자 고용보가 이내 들어왔다.

"황제폐하, 황후마마는 잘 달래고 오셨사오니까?"

"화가 단단히 나 있더군."

"하오나, 큰 소리는 치지 못하였을 것이옵니다. 여늬 벼슬아치가 소금을 사사로이 판매했다면 참수형감이 아니오니까?"

"고환관의 말대로 처음에는 나무랬다가 나중에는 배까지 내려준다고 했더니, 감지덕지하더군."

"잘 하셨사옵니다. 하옵고, 고려국 제주도에 세울 절은 이름을 원당사라고 하였사옵니다. 오직 기처서의 득남을 기원하기 위한 절이옵니다. 모두가 황제폐하의 하늘같은 황은이시옵니다."

"기처서가 좋아하겠구나. 짐이 어찌 기처서와의 약속을 어길 수가 있겠느냐? 작으나 아담하고 정성이 깃든 절을 짓도록 하거라. 내 고환관에게 모든 것을 맡길 터이니, 기처서가 꼭 아들을 낳을 절을 짓도록 하거라. 헌데 하필이면 멀고 먼 제주도인가?"

"기처서의 뜻이 그렇사옵니다. 처음에는 황제폐하의 강녕하심을 기원하기 위하여 설치한 유점도감이 있는 금강산 유점사 부근에 작은 암자를 지을까 했사옵니다만, 기처서가 금강산처럼 번잡한 곳이 아닌, 한적한 곳에 지었으면 했사옵니다. 제주도라고 하나 뱃길로 가면 오히려 금강산보다 가깝습니다."

"그 일에 대해서는 고환관에게 맡기겠노라. 기처서가 좋아한다면 짐은 상관이 없노라."

"황은이 망극하옵니다. 한 가지 더 황제폐하께 아뢸 일이 있사옵니다. 오늘은 비록 황후마마께오서 폐하를 그냥 놓아주셨사옵니다만, 앞으로는 더욱 폐하의 일거수 일투족을 감시하려 들 것이옵니다. 지금까지는 기처서와 폐하의 일을 대명전의 환관이며 궁녀들이 잘 숨겨 왔사옵니다만, 언제 황후마마의 귀에 들어갈지 모릅니다. 황후마마의 성품에 기처서를 가만 두지는 않을 것이옵니다. 그때는 폐하께오서 기처서를 지켜주셔야 하옵니다."

"알겠느니라. 내 비록 나이도 어리고 황궁에 특별한 세가 없다고 할망정 어찌 내가 사랑하는 여인 하나 보호하지 못하겠느냐?"

고용보에게는 그렇게 말했지만, 어린 황제는 황후가 무서웠다. 황제의 체면에 기련을 보호해 주겠다고 장담은 했으나, 막상 황후 다나시리가 알고 기련을 불러다 치도곤을 놓는다고 해도 막을 방법이 없었다. 하찮은 고려 공녀 출신 궁녀 하나쯤은 쥐도 새도 모르게 붙잡아다가 죽일 수도 있는 것이 아닌가. 차라리 솔직하게 내게는 기처서를 보호할 힘이 없으니, 어찌했으면 좋겠느냐고 고용보한테 물어보는 것이 낫지 않을까.

황후 다나시리가 무서우면서도 어린 황제는 기련이 그리웠다. 어젯밤에도 한 침상에서 잠을 잤고, 점심 수라 후에도 차를 마셨으니, 채 한나절도 못 되었는데, 또 기처서가 그리운 것이었다.

5

마지막 시련

황후 다나시리가 무서운 것은 기련도 마찬가지였다. 어린 황제를 품에 안고 잠이 들었다가도 가위에 눌려 벌떡 일어난 것이 한두 번이 아니었다. 다행이 제주도에 원당사를 짓는 일은 환관 고용보가 은밀히 진행하는 일이라 황후는 물론 황궁의 궁녀며 환관들조차도 모르는 일이었다.

황후가 그 일을 안다면 어떤 일이 벌어질까? 사실은 기대하지도 않았던 일이었다. 네 소원이 무엇이냐고 묻길래, 폐하의 아들을 낳는 것이라고 대답한 끝에 무심코 고려국에서는 아녀자가 아들을 낳기 위하여 절에 가서 부처님 앞에 기원을 한다는 말을 했는데, 어린 황제가 지나가는 말로 너를 위하여 절을 하나 지어주겠다고 하더니, 황궁의 내탕금을 내어 절을 짓겠다고 나선 것이었다.

기련은 그때 말리고 싶었다. 황제폐하의 마음만으로도 틀림없이 아들을 낳을 것이오니, 절을 짓는 일은 그만두어 달라고 간청하고 싫었다. 아무런 실권도 없는 어린 황제가 아직 후궁도 되지 못한 한 낱 고려 출신 차궁녀를 위해 절을 짓는다는 소문이라도 나면 황후는 물론 조정 대신들이 가만 있지를 않을 것이었다. 그때의 난감함을 어찌 견딘다는 말인가? 자칫 격류에 휩쓸려 목숨을 잃을지도 모를 일이었다.

그 일을 가지고 고용보와 상의를 한 일도 있었다.

―련아, 폐하께오서 너를 위하여 절을 지으시겠다는구나. 어디가 좋겠느냐? 대도 근처에 아담한 암자를 세울까? 그래야 네가 부처님께 기원하러 다니기도 쉬울 것이 아니더냐?

―어르신, 소녀는 그 일을 그만 두었으면 좋겠습니다. 황후마마의 귀에라도 그 사실이 들어가면 소녀는 살아남지 못할 것이옵니다. 폐하의 마음만으로도 소녀는 황감할 따름입니다.

겁이 덜컥 난 기련이 말렸다.

―그럴 것 없니라. 사내란 황제가 되었건, 촌구석의 초동이 되었건 사랑하는 여인에게는 한없이 주고 싶은 것이 본성이니라. 주신다고 할 때 기쁜 마음으로 받는 것도 사랑을 받는 방법이니라. 그 일이 황후전에 들어갈까 걱정하는 모양이다만, 황제폐하와 나하고 너, 그리고 박불화만 알고 지나가면 될 일이 아니더냐?

―소녀는 무섭사옵니다. 요즘은 밤마다 눈을 무섭게 부릅 뜬 황후마마가 꿈자리에 나타나 잠을 제대로 못 이룰 지경이옵니다.

―그래서 하루라도 빨리 폐하의 씨를 받으라고 했니라. 황후마마가 아무리 투기심이 강하다고 해도 황제의 씨를 수태한 너를 어쩌지

는 못할 것이니라. 그날로 당장 후궁에 봉해질 것이니라. 훗날 네가 낳은 아들이 황제위에라도 오른다면 네 앞날은 영화로 가득찰 것이니라. 어디가 좋겠느냐? 금강산 유점사 부근에 지을까? 거기는 마침 황제폐하의 강녕하심을 기원하는 유점도감이 있는 곳이 아니더냐? 아니면 아까 얘기한대로 대도 근처에 지을까?

－소녀는 번거로운 곳은 싫사옵니다. 제주도쯤이 어떨까 싶사옵니다만, 거기다 절을 세우면 소문도 안 날 것이 아니옵니까?

－하긴, 네 말이 옳구나. 어차피 네가 직접 찾아가기는 힘이 들 것이니라. 절을 지어놓고 거기 거주하는 스님께 네 황태자 수태를 부처님께 빌도록 하면 되겠구나. 스님의 입만 단단히 막아놓으면 원당사라는 절에서 무슨 불공을 드리는지 황후마마가 어찌 알고 백성들이 어찌 눈치를 채겠느냐? 하니, 원당사를 짓는 일을 가지고는 아무 걱정을 말거라.

원나라의 황궁에서만 서른 해가 넘게 살아온 고용보였다. 그가 걱정하지 말라면 걱정할 일이 아닌지도 몰랐다. 그러나 황궁에는 수없이 많은 귀가 있다고 했다. 드러난 귀가 하나면 숨어있는 귀는 열 개라고 했었다. 숨은 귀가 어디에 있을지 몰랐다. 그 숨어있는 귀가 듣고 흥성궁의 황후한테 일러바치기라도 한다면 목숨을 부지하기 힘들 것이었다.

기련이 시름에 잠겨 있는데 고용보가 조금은 심각한 얼굴로 찾아왔다. 어지간해서는 마음을 겉으로 드러내지 않는 고용보의 어두운 얼굴빛에 기련의 가슴이 철렁 내려앉았다.

"무슨 일이 있으십니까? 어르신. 안색이 어둡습니다."

"고려국의 일이 큰일이구나. 내 너한테 당부할 말이 있구나."

"무슨 당부이신지요?"

기련이 물었다.

'지난번에는 고려를 대원제국의 한 성으로 만들자는 조정대신들의 주청을 막아달라는 부탁을 하더니, 이번에는 또 무슨 일이실까?'

"참으로 안타깝구나. 아무래도 고려의 충혜왕이 대도로 끌려와야 할 모양이구나."

"충혜왕이 끌려와요? 무슨 잘못을 저질렀는데요?"

"글쎄, 충혜왕이 정동행성의 허락도 받지 않고 군사훈련을 하고, 노골적으로 원나라를 배척하고 있다는구나. 악수라는 응방 출신의 무사들을 기르고, 관제를 마음대로 바꾸려 한다는구나. 그 일로 조정이 시끄럽구나."

"일국의 왕으로서는 응당 그래야 하는 것이 아니옵니까? 삼십년 전쟁에도 굴하지 않은 고려국입니다. 원의 간섭에서 벗어나 나름대로 나라를 다스려 보고 싶은 것은 인지상정이 아니겠사옵니까? 어르신께서는 충혜왕의 처사가 잘못 되었다고 여기십니까?"

"잘못은 아니지. 허나 그리되면 고려국이나 대원제국에 있는 합성론자들이 힘을 얻게 되느니라. 당장 버릇없는 충혜왕을 붙잡아와야 한다는 말이 조정에서 나오고 있느니라. 충혜왕을 붙잡아다 참형을 시키고, 또 충혜왕 같은 자가 나올지 모르니까, 아예 고려를 대원제국에 편입을 시키자는 주장이 나오고 있느니라."

"그래서는 아니 되지요. 안 그래도 모든 것이 원나라를 따르는 고려가 한심하고 안타까운데, 나라까지 없어진다면 어찌합니까?"

"그래서 너한테 당부하니라. 틀림없이 황제폐하께오서 너한테 그 문제를 물을 것이니라. 지금 조정의 의견은 양쪽이 팽팽하니라. 황제폐하께오서도 양단간에 결정을 내려야 하는데, 어느 쪽의 손을 들어줄까 망설이고 계시니라."

"소녀가 어찌 대답해야 하옵니까?"

기련이 눈을 반짝이며 물었다.

"아무래도 충혜왕은 대도로 끌려와야겠구나. 충혜왕의 섣부른 처사가 고려를 원에 합성시키는 빌미가 되어서는 아니될 것이 아니더냐?"

"소녀도 어르신의 뜻에 동감입니다. 비록 원의 지배를 받을망정 고려는 그대로 있어야 합니다."

"태평왕 연첩목아가 충혜왕을 옹호하고 있기는 하다만, 합성론자들이 들고 일어서면 태평왕도 크게 반대하지는 못할 것이니라. 그리되면 고려국이 원에 편입되기 십상이니라. 왕보다는 나라가 우선이 아니더냐? 우선은 고려를 구하고 봐야겠구나."

"하오면 제가 고려는 그대로 두고 충혜왕을 폐위시켜 대도로 끌어다가 연금이라도 시키라고 하면 될까요?"

"황제폐하께서 네 말은 귀담아 들으실 것이니라."

고용보가 고개를 끄덕였다.

"황후마마, 황제폐하께오서는 밤마다 고려 공녀 출신 차궁녀와 침상에 든다 하옵니다."

대명전에 은밀히 박아놓은 염탐을 만나고 온 홍성궁의 궁녀 경옥이가 고했다.

"뭣이라고? 그것이 참말이더냐?"

황후 다나시리의 얼굴이 햌쓱하게 질리면서 꽉 움켜 쥔 주먹이 부르르 떨었다.

궁녀 경옥이가 그 모습을 흘끔거리며 다시 고했다.

"그뿐만이 아니옵니다. 차를 올린다는 핑계로 하루에도 서너 차례씩이나 대명전에 들어 아무도 들어오지 못하게 하고 함께 지낸다고 했사옵니다."

"이런 처죽일 것들. 그년 놈들이 그러고도 살아남기를 바랄까? 아무래도 안 되겠구나. 내가 소금장사로 재물을 모으는 재미에 빠져 황제한테 너무 무심했구나. 그러다 그년이 아이라도 덜컥 가지게 되면 어찌 되겠느냐?"

"그러기에 말이옵니다."

"안 되겠구나. 너 당장 가서 그년을 데리고 오너라. 내가 그년을 요절을 내야겠구나."

다나시리가 온 몸을 부들부들 떨며 분부했다. 경옥이가 당장 대명전의 차실로 달려갔다. 기련이 차를 내고 있다가 바라보았다.

"네가 차궁녀 기련이냐? 황후마마께서 보자신다."

경옥이의 말에 기련이 하얗게 질린 얼굴로 물었다.

"황후마마께오서 하찮은 소녀를 무슨 일로 보자고 하십니까?"

"네 이년, 누구의 분부신데 감히 말꼬리를 잡고 묻는단 말이더냐? 당장 가자. 하찮은 고려 공녀 주제에 황제폐하의 침상을 넘보다니. 어서 당장 일어서지 못할까?"

경옥이의 눈꼬리가 확 찢겨 올라갔다.

"하오나, 소녀는 황제폐하의 명으로 차를 준비하고 있사옵니다. 가더라도 차를 먼저 올리고 가겠사옵니다."

"이년이 지금 죽고 싶어 환장을 한 모양이구나. 네년이 감히 황후마마를 기다리시게 할 참이더냐?"

경옥이가 펄펄 끓는 물주전자라도 덮어씌울 듯이 설쳤다.

"가겠사옵니다. 가시지요, 마마."

기련이 따라나섰다.

다나시리 황후가 머물고 있는 흥성궁은 대명전에서 한참을 가야 나왔다. 몇 개의 문을 지나고 몇 개의 담을 돌아야 했다. 자칫 눈썰미가 부족한 사람은 길을 잊어먹기 십상이었다.

기련의 얼굴이 점점 하얗게 변해갔다. 궁녀 경옥이가 그 모습을 돌아보며 네년은 이제 죽었다, 하는 표정으로 입가에 웃음을 띠었다.

"황후마마, 대명전의 차궁녀를 데려왔사옵니다."

"들이거라."

여자다운 멋이라고는 조금도 없는, 사내처럼 우람한 목소리가 문밖으로 흘러나왔다.

황후전의 문이 열리고 기련이 부들부들 떨면서 안으로 들어서서 다나시리가 앉아있는 곳을 향하여 큰 절로 예를 올렸다.

먹이를 노리는 매의 눈으로 기련을 쏘아보던 다나시리가 미처 절이 끝나기도 전에 벌떡 일어났다.

기련이 어찌 그러십니까? 하는 눈빛으로 올려다 보았다.

"경옥아, 채찍을 가져오너라."

다나시리가 질투심에 불타는 눈빛으로 분부했다.

"예, 황후마마."

궁녀 경옥이 미리 준비되어 있던 한 발 남짓의 가죽 채찍을 다나시리의 손에 쥐어 주었다.

"네 이년, 고려 공녀 주제에 감히 황제폐하를 넘본다는 말이더냐?"

다나시리가 내뱉으며 채찍을 휘둘렀다. 기련이 입술을 깨물면서 고개를 푹 숙였다.

"어? 이년이 발명도 않네."

그냥 죽여주시요, 하는 듯이 입술을 물고 고개를 숙여버리는 기련의 모습에 더욱 화가 치밀어 오른 다나시리가 채찍춤을 추었다. 아버지 연첩목아나 오라버니 당기세와 함께 넓은 초원을 말을 타고 달리던 다나시리였다. 그때마다 다나시리는 사내들도 다루기 힘들다는 두 발짜리 채찍으로 말의 목덜미며 옆구리며 엉덩이를 후려쳤었다. 어쩌면 다나시리는 채찍을 휘두르는 재미로 말을 즐겨 탔는지도 몰랐다. 채찍을 맞고 속력을 올리는 말등에 타고 있으면 온 몸으로 짜릿한 황홀감이 스쳐갔었다.

태곤테무르와 혼례를 올리고 흥성궁에 들어온 이후로는 말을 타지 못해 몸이 찌부듯 했는데, 고려 공녀 기련이 때맞추어 걸려든 것이었다. 기련의 연약한 몸뚱이를 상대로 한바탕 채찍춤을 추고 난 다나시리가 숨을 씩씩거리며 털썩 주저앉았다.

"네 이년, 내가 묻는 말에 사실대로 대답하지 않으면 목을 뎅겅 잘라버릴 것이니라. 그동안 황제폐하와 몇 번이나 잠자리를 했느냐?"

다나시리가 증오심이 깃든 눈빛으로 물었다.

그 모습을 가만히 올려다 본 기련이 나즈막하나 또렷한 목소리로 대꾸했다.

"소녀, 단 한 번도 황제폐하와 잠자리를 한 일이 없사옵니다."

"뭐야? 없어?"

다나시리의 눈꼬리가 핵 찢겨 올라갔다.

"소녀, 황제폐하의 차시중을 들고, 황제폐께오서 피곤하시다면서 팔다리를 주물러 달라실 때 명을 따른 일 밖에 없사옵니다."

기련이 이번에는 다나시리를 똑바로 바라보며 대답했다.

"안 잤다구? 네년이 정녕 살고 싶은 마음이 없는 것이로구나. 내가 손바닥 들여다 보듯이 훤히 알고 있는데, 거짓 주둥이를 놀린단 말이냐? 네년이 밤마다 황제폐하의 침상에 들어 동침을 했다는 것을 내가 알고 있거늘, 어서 사실대로 말하지 못하겠느냐?"

다나시리가 다시 손에 채찍을 들고 쏘아보았다.

"소녀, 어찌 하늘같으신 황후마마께 거짓을 아뢰겠사옵니까? 소녀는 황제폐하께 차시중을 든 것과 팔다리를 주물러드린 일 밖에는 없사옵니다. 그 일이 죄라면 소녀를 죽여주십시오. 하늘같으신 황후 마마께오서 죽이신다면 달게 죽겠나이다."

"정녕, 잠자리를 한 것은 아니라는 말이지? 황제폐하의 황은을 입지 않았다는 말이지?"

"그렇사옵니다. 하찮은 고려 계집이 황후마마께 거짓을 아뢴다면 어찌 살아남겠사옵니까? 하늘이 가만히 두겠사옵니까? 천벌을 받을 일이옵니다."

기련이 눈에 눈물을 가득 담고 다나시리를 올려다 보았다. 그 모습이 한 떨기 수선화처럼 아름다웠다.

'너무 아름답구나. 계집인 내 가슴도 설레일 만큼 어여쁜 계집이구나. 지금까지는 설령 황제가 저년의 몸을 탐하지 않았다고 하더라도 곧 동침을 하겠구나. 이제 황제의 나이 한창 계집의 몸뚱이에 빠져들 열여섯이 아닌가? 어떻게든 저년을 황제 곁에서 떼어 놓아야겠구나.'

다나시리가 혼자 속으로 중얼거렸다.

궁녀 경옥이의 말을 들었을 때는 당장 목이라도 치고 싶었으나, 막상 채찍으로 스무남은 차례 휘갈겨 주고 나자 반 분은 풀렸다. 또한 대명전에 심어놓은 염탐이 황제와 고려 공녀가 몸을 섞는 모습은 못 보았을 것이 아닌가. 황제가 잠자리에 들었을 때는 누구라도 침상을 엿볼 수는 없었다.

고려 공녀 차궁녀의 말대로 단지 차를 올리고, 피로한 황제의 팔다리를 주물러준 일 밖에 없을지도 몰랐다. 같이 대전에 들었다고 했지, 침상에서 살을 섞는 것을 보았다고는 안 했지 않은가. 차궁녀를 자칫 너무 심하게 다루어 겉으로 드러나는 상처를 입힌다든지, 다리라도 절룩이게 만든다면 황제의 마음이 영영 떠나버릴지도 몰랐다. 황후 다나시리도 알고 있었다. 대원제국의 많은 벼슬아치들이 황궁에서 데려다 내려주는 고려 공녀는 물론 사사로이 고려조정에 청탁을 넣어 공녀를 데려다가 첩으로 삼고, 하녀로 부리는 것은 고려 여인들이 얼굴이 고울 뿐만 아니라, 나긋나긋한 몸매며 하얀 이가 살짝 드러나는 웃음 때문이라는 것을 알고 있었다. 아버지 연첩목아가 고려 공녀 출신 첩을 둘이나 데리고 있는 것이나, 오라버니 당기세가 아내의 불같은 투기심에 고려 공녀를 집 안에 들이지는 못하고 따로 거처를 마련해 주고 사나흘에 한 번씩 들락이는 것도 모두 고려 공녀가 여자다운 맛이 있기 때문이라는 것을 알고 있었다.

홍성궁에 들어오기 전에 다나시리도 고려 공녀 출신 어린 계집아이를 시녀로 부린 일이 있었다. 비록 나이는 어릴망정 눈치가 빨라 부리기가 쉬웠다. 무뚝뚝하고 뻣뻣한 몽고족 계집이나, 무식한 한족 계집들에 비할 바가 아니었다.

홍성궁에 들어오기 전에 들은 소문으로는 대도의 술집에는 고려 공녀 출신 작부들이 수백 명인데, 고려 계집들이 있는 술집으로만 사내들이 몰린다고 했었다.

예쁘고 나긋나긋한 계집을 좋아하는 것은 황제라고 다를 리가 없었다.

우선은 차궁녀부터 단단히 닦달하여 황제의 침상을 함부로 넘보지 못하게 만드는 것이 상책이었다.

"네 이년, 다시 한번 내 귀에 네년이 황제폐하의 침상을 넘보았다는 소문이 들리면 그때는 살아남지 못할 것이니라. 알겠느냐?"

다나시리의 말에 기련이 납작 엎드려 고개를 들고 대꾸했다.

"소녀, 황후마마의 말씀, 명심, 또 명심하겠사옵니다."

"그만 가보거라."

기련을 내보낸 다나시리가 궁녀 경옥이를 매서운 눈빛으로 쏘아보았다.

"이년아, 아니라지 않느냐? 고려 공녀는 황제와 잠자리를 한 일이 없다고 하지 않느냐?"

"마마. 고려 공녀가 설령 황제폐하와 잠자리를 했기로 예, 그런 일이 있사옵니다, 하고 사실을 말하겠나이까? 그리 대답하는 순간이 제 목숨이 달아나는 순간인 것을 어찌 모르겠사옵니까? 그년은 황제폐하의 황은을 입은 것이 분명하옵니다."

"네년이 어찌 그걸 단정할 수 있다는 말이더냐? 네년의 눈으로 본 것도 아니지 않느냐?"

"이년, 나이가 서른이 넘었사옵니다. 나이 열셋에 황궁에 들어와 비록 사내를 경험한 일은 없사옵니다만, 황제폐하의 황은을 입은 수많은 궁녀들을 보았사옵니다. 계집이 사내를 겪고 나면 얼굴에 화색이 돌고 목덜미에 살이 올랐사옵니다. 또한 걸음걸이도 달라지지요."

궁녀 경옥의 말에 다나시리가 눈쌀을 찌푸렸다.

"그 모든 일로 미루어보아 차궁녀 그년이 황은을 입은 것이 분명하다는 말이지?"

"그렇사옵니다. 차궁녀는 얼굴에 화색이 돌 뿐만 아니라, 눈빛이 초롱초롱하니 물기가 돌았사옵니다. 사내한테 사랑을 받고 있다는 징조지요. 또한 아까 데려오면서 살펴보니, 걸음걸이도 약간 어기적거리는 것이 사내를 겪은 계집의 걸음걸이였사옵니다."

"그년을 내가 괜히 보냈구나. 아예, 요절을 낼 것인데, 보냈구나."

"너무 심려하지 마십시오. 앞으로도 기회는 많사옵니다. 황후마마의 심기가 불편하실 때마다 불러들여 분풀이를 하셔도 될 것이옵니다."

"내 심기가 불편할 때마다 불러들여 분풀이를 한다? 네 말도 그럴 듯하구나. 내가 불러도 황제가 오지 않을 때 그년을 대신 불러다 분풀이를 하면 되겠구나."

황후 다나시리의 입가에 슬쩍 웃음이 피어올랐다.

"네가 홍성궁에 불려갔다는 말을 듣고 내가 크게 걱정을 했구나. 그래, 별 일은 없었느냐?"

기련이 차를 가지고 대명전으로 들어가자 어린 황제가 걱정스런 얼굴로 물었다.

"아니옵니다, 황제폐하. 황후마마는 참으로 자비로운 분이셨사옵니다. 소녀에게 만리타국에 와서 고생이 많다고 위로를 해주셨사옵니다. 황제폐하께오서 차를 특히 좋아하시는데, 소녀가 차를 맛있게 낸다니, 얼마나 장하냐고 칭찬을 해주셨사옵니다."

기련이 차상 앞에 앉아 차를 내며 대꾸했다.

"정말이냐? 황후가 그렇게 말했다는 것이 사실이냐?"

"소녀가 어찌 거짓을 아뢰겠사옵니까? 차가 늦었사옵니다. 어서 차를 드시옵소서."

기련이 찻잔을 황제 앞으로 밀어 놓으며 생긋 웃었다.

조금 전 기련은 흥성궁에 불려가며 혼자 곰곰이 생각했었다. 황후가 부르는 이유는 듣지 않아도 짐작할 수 있는 일이었다. 황제폐하와 동침한 일로 그러는 것을 눈치 채고 있었다. 황제와 잠자리를 함께 한 이후 늘 가슴을 짓누르던 불안감의 정체가 드러나는 순간이라는 것을 알았다.

자칫 말 한 마디 실수하면 목숨이 달아날지도 모를 일이었다. 살아나는 길은 황제폐하와의 동침을 부정하는 것 밖에 없었다. 황후의 닦달에 아니라고, 그런 일이 없다고 발뺌을 하면 매야 몇 대 맞겠지만, 목숨을 잃는 일은 없을 것이라는 생각이었다. 황후전의 기세가 아무리 하늘을 찌른다고 해도 짐작만으로 황제의 차시중을 드는 궁녀를 함부로 죽일 수는 없을 것이었다.

황제폐하가 나 몰라라, 하고 있으니까, 그동안 몇 번 흥성궁의 환관을 보내 불러도 가지 않으니까, 때마침 들려오는 황제와 차궁녀가 가까운 사이라더라, 하는 소문이 들리니까, 불러 들이는 것이라고 믿었다. 그래서 네년이 황제와 몇 번이나 동침을 했느냐는, 다나시리의 호통에 시치미를 딱 잡아 뗀 것이었다. 어차피 어린 황제는 자신을 보호할 수 없었다. 세력이 많이 꺾였다고는 해도 중서령 백안첩목과 더불어 막강한 권력을 누리고 있는 황후의 아비 연첩목아였다. 막상 황제 자리냐, 아니면 고려 공녀냐, 둘 가운데 하나를 선택하라고 나온다면, 어린 황제가 고려 공녀를 선택할 리는 없었다.

기련이 황후한테 아무 일도 당하지 않았다고 대답한 것도 역시 자신을 위해서였다. 황궁의 모든 벽이 눈이고 귀이니, 아무리 황제폐하와 단둘이 있을 때라도 각별히 조심하라고 이르던 고용보의 말이 아니더라도 그쯤은 눈치 챌 수 있는 기련이었다. 고용보가 흥성궁에 염탐을 심어놓고 있듯이 황후 마마 역시 대명전에 염탐을 심어놓고 있을 것은 분명했다.

그 염탐을 통하여 고려 공녀 출신 차궁녀가 이러이러한 말을 고하더이다, 하는 말이 황후의 귀에 들어가라는 속셈이었다. 또한 어린 황제가 자칫 무슨 일로 대명전의 차궁녀를 불러 채찍질을 했느냐고 황후한테 따지기라도 한다면, 더욱 미운털이 박혀 곤욕을 치를 것이었다.

뱃속에 황제의 씨를 심기 전에는, 그 아이를 무사히 낳고 어찌어찌 후궁의 첩지라도 받기 전에는 황후의 심기를 건드리지 않는 것이 상책이었다.

황후마마한테 아무 일도 당하지 않았다는 기련의 말에 어린 황제가 기쁜 표정을 지었다.

"오냐, 그러자꾸나. 오늘 낮에는 차를 거르는지 알았구나. 나는 황후가 투기심이 많을 걸로 알았는데, 너한테 하는 것을 보니 그렇지도 않은 모양이구나."

"황후마마는 좋은 분이셨사옵니다. 앞으로는 종종 흥성궁에 들러 황후마마를 기쁘게 해주시옵소서."

기련이 혹시 문 밖에서 듣고 있을지도 모를 염탐의 귀를 위하여 목소리를 높였다.

"네 마음이 참으로 비단결이구나. 다른 계집들 같으면 내가 흥성궁으로 가면 가지 못하게 발목을 잡으려 들 텐데, 너는 아니 그러는구나. 오히려 나더러 흥성궁으로 가라고 등을 떠미는구나. 오냐, 내가 그리하마."

"폐하, 황음을 낮추시옵소서."

어린 황제가 고개를 끄덕이며 한 마디 더 하려는 것을 기련이 얼른 막았다. 지금까지 한 말은 염탐이 들어도 상관이 없었으나, 다시 황제의 입에서 나올 소리는 염탐이 들어서는 안 될 말일 것 같았기 때문이었다.

기련의 말대로 황제가 작은 소리로 말했다.

"그것이 너를 위해서도 좋을 것이니라. 자칫 내가 너만 사랑하다가는 네가 황후의 미움을 단단히 받을 것이니라."

"소녀에게 큰 욕심은 없사옵니다. 다만, 황제폐하의 아이를 낳고 싶을 뿐이옵니다."

"걱정하지 말거라. 어차피 나는 네 것이 아니더냐? 내가 너만 사랑하고 있으니, 네 소원도 곧 이루어질 것이 아니더냐? 그리고, 고려국의 충혜왕은 네 말대로 대도로 불러다 죄를 묻기로 했니라. 그 아비 충숙왕을 다시 왕위에 앉히고 충혜왕은 대도로 불러들이기로 했니라."

"그러셨사옵니까? 잘 하셨사옵니다."

기련이 활짝 웃었다.

"내가 지금 니를 안고 싶은데, 네 젖을 먹고 싶은데, 그럴 수 있겠느냐?"

어린 황제가 서둘렀다. 기련이 화들짝 고개를 내저었다.

"기다리시옵소서, 폐하. 아직은 때가 아니옵니다. 저녁 차를 느즈막히 가져오라 하명하시옵소서. 소녀가 폐하를 잠재워 드리겠나이다."

"할 수 없지. 하긴, 밤까지 기다렸다가 사랑하는 것도 괜찮겠지."

어린 황제가 아쉬운 눈빛으로 고개를 끄덕였다.

기련이 차상을 정리하고 뒷걸음질로 황제 앞을 물러나왔다. 문 밖에 누가 있는가, 슬쩍 고개를 들어 살폈다. 환관은 박불화가 있었고, 궁녀로는 몽고족 출신 압실리가 있다가 눈만 흘끔 들어 기련의 요모조모를 살폈다. 그녀는 전 황제 때부터 대명전의 궁녀였는데, 그 전에는 이틀이나 사흘에 한 번씩 보이더니, 요즘에는 하루에도 두세 번씩 기련의 눈에 띄었다.

'혹시 궁녀 압실리가 염탐이 아닐까. 대명전의 귀가 되고 눈이 되어 일일이 보고 일일이 듣고 있다가 고스란히 흥성궁에 전달하는 것이 아닐까?'

그러고 보니, 요즘 몇 달 사이에 궁녀 압실리가 부쩍 대명전의 번을 서는 횟수가 늘어나고 있었다. 특히 저녁 차시중을 들어갈 때면 어김없이 압실리가 있었던 것이 떠올랐다.

'안 되겠구나. 고환관 어르신께 부탁하여 압실리를 대명전 가까이는 얼씬도 못하게 만들어야겠구나. 그년이 침전에까지 들어오지 못하니, 안에서 일어나는 세세한 일까지 염탐을 할 수는 없겠지만, 기분이 좋을 때면 유난히 목소리가 커지던 황제 폐하가 아니신가?'

차실로 돌아온 기련이 곰곰이 생각에 잠겨 있는데, 고용보가 찾아왔다.

"네가 홍성궁에 불려갔다는 소식에 내가 많이 걱정했구나. 그래, 곤욕을 치루지는 않았느냐?"

고용보가 기련의 얼굴을 찬찬히 살피며 물었다.

"채찍을 몇 대 맞았습니다. 다행이 얼굴에는 상처가 없어 황제폐하 앞에서 난감하지 않았습니다."

"고생이 많았구나. 앞으로도 종종 그런 곤욕을 치룰 것이니라. 네가 살아나는 방법은 황후마마한테는 철저히 그런 일이 없다고 부정하는 일이고, 어떻게든 네가 황제폐하의 아이를 수태하는 일이니라. 그런데 황후가 어찌 그 일을 알았을꼬?"

고용보가 고개를 갸우뚱했다.

"어르신, 혹시 궁녀 압실리가 염탐이 아니었을까요?"

기련이 물었다.

"압실리가?"

"요즘들어 부쩍 대명전의 번을 서는 횟수가 늘어나고 있습니다. 더구나 소녀가 차를 들일 때면 어김없이 번을 서고 있었사옵니다."

기련의 말에 고용보의 얼굴이 일그러졌다.

 "그렇구나, 압실리가 염탐이었구나. 이제 생각해 보니, 그년이 번을 밤으로 바꾼 까닭도 거기에 있었구나. 내 제년의 눈과 귀를 막기위하여 특별히 양식은 물론 비단과 패물을 내려 주었거늘, 이제 보니 그년이 흥성궁의 염탐 노릇을 하고 있었구나."

 "정말 압실리가 염탐이라면 제주도에 짓는 원당사의 일도 알고 있을 것이 아닙니까? 그 일이 벌써 황후마마의 귀에 들어가지 않았겠습니까?"

 "그 일은 걱정하지 않아도 되겠구나. 만에 하나 그 일을 황후마마가 아신다면 오늘 너를 가만히 두었겠느냐? 황제폐하가 차궁녀의 수태를 위하여 사사로이 제주도에 절을 지어놓고 불공을 드리고 있는 것을 황후가 알았다면, 그 사실이 당장 태평왕 연첩목아의 귀에 들어갔을 것이고, 조정이 시끄러웠을 것이니라. 흥성궁은 물론 태평왕이 조용하다는 것은 황후가 그 일만은 모르고 있는 것이 분명하니라. 하루라도 빨리 네가 수태를 하는 길 밖에 없느니라. 앞으로는 황제폐하께오서 흥성궁에 자주 납시셔야할 것 같구나. 지금까지는 내가 중간에서 말리기도 했다마는 이제부터는 폐하의 수침을 흥성궁으로 자주 잡아드려야겠구나."

 "그러다가 황후마마께오서 먼저 수태를 하시면 소녀는 어찌 됩니까?"

 "그런 일은 생기지 않을 것이니라."

 고용보의 자신있는 말투에 기련이 알 수 없다는 표정을 지었다.

젊은 남녀가 만나 잠자리를 함께 하고 살을 섞으면 아이는 저절로 생기는 것이 아니던가? 황제폐하가 흥성궁에 자주 납신다면 다나시리 황후라고 어찌 아이가 생기지 않겠는가?

"소녀는 어르신의 말씀을 이해할 수 없습니다."

기련의 말에 고용보가 허허허 웃고는 말했다.

"련아, 너는 남녀가 잠자리만 함께 하면 아무 때나 수태가 되는 걸로 알고 있느냐?"

"아니옵니까?"

"여자에게는 달거리가 있다는 것은 너도 알고 있지?"

고용보의 물음에 기련이 얼굴을 붉혔다.

"어찌 모르겠사옵니까? 소녀가 매달 겪는 일인 것을요."

"지난 달에도 겪었느냐?"

"왜 자꾸 그 일을 물으십니까? 소녀, 얼굴을 들 수가 없사옵니다. 겪기는 했사옵니다만."

"그래서 너는 아직 수태하지 않았다는 것을 내가 알고 있니라. 여자가 수태를 하면 달거리를 하지 않느니라. 또한 여자는 수태일이 따로 있니라. 몇 년 전에 내가 대명전의 태의를 통하여 그걸 알았구나. 황후의 수태일만 알면 그걸 피하는 방법은 누워서 떡먹기보다 쉬운 일이 아니겠느냐? 황제폐하의 저녁 잠자리를 정하는 것은 내가 할 일이니 말이니라."

"하오나, 흥성궁의 깊고 깊은 속사정을 어찌 어르신께서 아실 수 있습니까?"

"허허허, 나만 믿으래도 그러는구나. 수천금을 들인 보람을 이제 찾을 날이 왔구나. 내가 알기로는 여자의 달거리는 매달 비슷한 날짜에 오고, 달거리를 전후한 며칠 간이 수태일이더구나. 황후의 달거리 날만 알면 수태일을 피하여 황제폐하를 홍성궁으로 모시면 되지 않겠느냐? 황후마마로부터 너를 보호하기 위해서라도 앞으로는 자주 황제폐하를 홍성궁으로 모실 것이니라."

"알겠사옵니다, 어르신."

기련이 얼굴을 붉힌 채 고개까지 살풋 숙이며 말했다.

"허나, 여자의 투기심은 아무도 말릴 수가 없느니라. 앞으로도 황후는 종종 너를 홍성궁으로 불러들여 괴롭힐 것이니라. 이번에 너를 채찍 몇 대만 때리고 보내주었다고 해서, 의심이 완전히 가신 것은 아닐 것이니라. 그때마다 너는 그저 죽여주십시오, 하고 당하거라. 자칫 발명이라도 하다보면 황후의 분노만 키울 수도 있을 것이니라. 정 다급한 순간이 되면 내가 따로 계책을 꾸밀 것이니라."

"어르신의 은혜 잊지 않겠습니다. 살아서 못 갚으면 죽어서라도 갚겠습니다."

기련의 눈에 눈물이 어렸다.

"오냐, 우리 비록 만리타국까지 끌려와 있으나, 대원제국의 황실을 한번 흔들어 보자꾸나. 네가 황제의 총애를 한 몸에 받고 있는 것이 얼마나 기쁜지 모르겠구나."

고용보가 말했다.

이날 밤이었다. 기련은 다른 어느 날보다 정성스레 차를 내어 대명전으로 들어갔다. 고용보가 어찌 처리했는지 궁녀 압실리는 보이지 않았다.

차를 마시고 어린 황제가 기련의 손을 끌고 침전으로 들어갔다.

"이상하구나. 오늘은 하루내 너를 안고 싶어서 내가 안절부절못했느니라. 어서 옷을 벗거라."

어린 황제가 서둘렀다.

"촛불을 끄겠사옵니다, 폐하."

기련이 낮에 황후한테 채찍으로 맞아 피멍이 든 상처를 보이지 않으려고 몸을 사렸다.

"왜 그러느냐? 요즘은 불을 끄지 않고도 내게 젖을 잘 먹여 주었지 않느냐?"

어린 황제가 이상하다는 표정으로 기련의 낯빛을 살폈다.

"오늘밤은 촛불을 끄고 싶사옵니다, 폐하."

"아니다, 네가 그러니까 오히려 촛불을 밝혀놓고 싶구나. 어서 옷을 벗고 침상으로 올라가거라."

그래도 기련이 망설이자 어린 황제가 짐짓 화를 낸 체 눈을 부릅떴다.

"어허, 황제의 영을 거절할 셈이더냐? 그러고도 네가 살아남겠느냐?"

"알겠사옵니다, 폐하."

어린 황제가 짐짓 그래본다는 것을 알면서도 기련이, 지엄한 황제 폐하의 영을 거절할 수 없어 따른다는 듯이 조심스레 옷을 벗고 침상으로 올라갔다.

"아니, 네 등이 왜 그러느냐? 무슨 일로 등짝이며 옆구리에 푸른 멍자국이 나 있느냐?"

옷을 벗고 막 침상으로 오르려던 어린 황제가 놀라 물었다.

"아, 아무 일도 아니옵니다."

기련이 몸을 잔뜩 웅크렸다.

"어디 보자. 이것은 채찍으로 맞은 자리가 분명하구나. 그렇구나. 낮에 흥성궁에 불려가 이런 봉욕을 당하고 왔구나. 황후한테 채찍으로 맞고 왔구나. 그러면서도 나한테는 황후마마가 자비롭더라고 했겠다? 이 채찍 자국을 나한테 숨기기 위하여 촛불을 끄자고 했던 것이구나. 가엾구나. 참으로 가엾구나. 내 너를 위로해 주리라. 황후한테 당한 아픔을 내가 낫게 해주리라. 엎드리거라."

"폐, 폐하."

기련이 울상을 지으며 등을 보이고 누웠다.

어린 황제가 젖을 먹는 대신 기련의 등이며 어깨에 난 채찍 자국을 혀와 입술로 핥았다. 기쁨이 기련의 전신으로 퍼져나갔다. 대원제국 황제의 입술이, 혀가 닿는 자리에서 시작된 기쁨이 몸 전신으로 퍼져나가고 있었다. 그러면서도 눈에서는 끊임없이 눈물이 흘러내리고 있었다.

비록 아직은 아무런 힘도 발휘할 수 없는 어린 황제지만, 자기가 사랑하는 차궁녀 하나 보호할 수 없는 약한 황제지만, 황제의 그런 사랑만 있으면 장차 어떤 고통이 다가온다 하더라도 남은 한 생을 살아낼 수 있을 것 같았다.

그런 기쁨이 통곡이 되어 악문 입술을 뚫고 밖으로 새어나왔다. 끝내는 기련이 어깨를 들썩이며 흐느껴 울자 어린 황제가 당황하여 물었다.

"왜 우느냐? 낮에 당한 수모의 설움이 아직도 가시지 않느냐? 그래서 우는 것이냐?"

"아니옵니다. 폐하의 사랑이 너무 황송해서 우는 것이옵니다. 하찮은 소녀가 무엇이관대 이리 큰 사랑을 주시는 것이옵니까? 소녀, 이제 죽어도 여한이 없사옵니다."

"아니다. 내가 내일이라도 홍성궁에 들러 황후를 나무래야겠구나. 같은 여자로써 어찌 이런 짓을 할 수 있다는 말이더냐? 황제가 황후를 두고도 얼마든지 다른 여자를 사랑할 수 있거늘, 너한테 어찌 이리 모진 짓을 할 수 있다는 말이더냐?"

"아니옵니다, 폐하. 소녀의 일은 모른 체 하시옵소서. 폐하께서 아시는 체 하시오면 소녀가 더욱 고달파지옵니다. 소녀에게는 황후마마도 하늘처럼 높으신 분이시옵니다. 그분이 죽으라시면 죽을 수밖에 없사옵니다. 설마 소녀를 죽이시기야 하겠사옵니까? 소녀가 잘 견디어내겠사옵니다. 모른 체 하여 주시옵소서."

"알겠느니라. 내가 아직도 아무 실권이 없는 황제라는 것을 네가 걱정하고 있구나. 자칫 황후를 나무랬다가 태평왕한테 수모라도 당할까 걱정하고 있구나. 오냐, 알겠다. 네 말대로 하리라. 잠시만 더 기다리거라. 내가 언제까지 허수아비 황제 노릇이야 하겠느냐? 엎드리거라."

"폐, 폐하. 상처는 이제 조금도 아프지 않사옵니다. 그것보다도 폐하께 소녀의 가슴을 드리고 싶사옵니다."

기련이 황제의 머리를 끌어당겨 입술을 자신의 가슴에 얹어 주었다. 이제 기련은 즐거움이 거기에서 비롯된다는 것을 알고 있었다. 처음 어린 황제가 자신의 가슴을 탐할 때에는 간지럽고 쑥스럽기만 하더니, 이제는 황제가 가슴을 탐하면 몸이 짜릿짜릿하면서 정신이 아득해지는 즐거움이 온몸으로 퍼져 나가는 것이었다.

"어서, 아이를 갖거라. 아이만 가지면 그날로 당장 후궁으로 봉할 것이니라. 네가 후궁이 되기만 하면 황후도 함부로 할 수가 없을 것이니라."

어린 황제가 고개를 들고 말했다.

황후 다나시리의 오라버니 당기세가 좌승상이 되었다. 태평왕 연첩목아와 다나시리가 황제를 협박하다시피 얻어낸 자리였다.

고려국의 충혜왕이 대도로 불려온 얼마 후였다. 사실 충혜왕은 연첩목아가 만든 왕이나 마찬가지였다. 충숙왕이 백안첩목과 가까운 것을 알고 전 황제를 구스리고 협박하여 그렇게 만들었다.

그런데 백안첩목이 충혜왕의 황음무도함을 구실삼고, 대원제국의 정책을 잘 따르지 않는다는 구실을 붙여 대도로 불러들여 작은 궁을 하나 내주어 지내게 만든 것이었다. 그것은 연첩목아의 꿈 하나가 무너지는 것이나 마찬가지였다. 대원제국을 철저히 추종하는 고려국의 벼슬아치들을 시켜 고려국을 대원제국에 합성시키고 자신의 큰 아들 당기세나 둘째 아들 타라하이를 성주로 보내 다스리게 할 참이었다. 그렇게 다스리다가 기회를 보아 대원제국에서 고려를 독립시켜 왕으로 만들 참이었다.

그런데 충혜왕이 대도로 끌려오고, 그 일을 빌미로 고려국 조정에서 원의 추종세력도 날개가 꺾여버린 것이었다.

그것을 연첩목아는 환관 고용보와 중서령 백안첩목이 꾸민 일이라고 믿었다. 백안첩목은 황궁의 호위대장인 대호군 대장과 대도를 수비하는 소호군을 차지하여 황궁을 손에 넣자 막강한 권력을 행사하고 있었다. 황제는 이제 태평왕인 자신의 말보다 중서령인 백안첩목의 말을 더 잘 들었다. 물론 자신이 가진 재물을 뿌리고, 황후의 중정원에서 소금장사로 끌어들인 재물을 뿌려 황궁은 물론 조정에도 백안첩목 못지 않은 세력을 만들어 놓기는 했지만, 연첩목아 입장에서 보면 자신이 누려야할 권력을 백안첩목과 나누어 가진 것 같아 속이 상했다.

사나흘에 한 번씩 흥성궁에 들러 황후인 딸을 졸랐다.

"어떻게든 당기세를 좌승상으로 만드십시오. 백안첩목은 지금 너무 날 뛰고 있소이다. 이러다 자칫 그자의 힘이 더욱 커지면 우리 집안은 망하게 됩니다. 황제는 아직도 나에 대한 원한을 버리지 못하고 있을 것이옵니다. 자기를 비록 대청도 유배지에서 꺼내주었고, 황태자로 책봉을 받아 황위에 오르게 했지만, 제 아비를 죽인 원수나 마찬가지인 내게 대한 원한이 어찌 없겠사옵니까? 요즘은 황제폐하께서 흥성궁에 자주 드신다하오니, 기회가 닿을 때마다 졸라보십시오."

"알겠습니다, 아버지. 너무 심려하지 마십시오. 제가 흥성궁에 있는 한 우리 집안이 망하게 하지는 않을 것입니다. 다행이 황제가 사나흘에 한번씩은 찾아오니까, 그때마다 제가 조르겠사옵니다."

"또한 하루라도 빨리 수태를 하십시오. 꼭 수태를 하여 아들을 낳으십시오. 그 아들로 황태자 책봉을 받으면 우리 집안은 대대손손 영화를 누릴 것입니다."

연첩목아의 말이 아니더라도 다나시리의 욕심 또한 하늘을 찌를 듯 높았다. 아들만 낳으면, 그 아들이 황태자만 되면 그까짓 황제야 찾아오건 말건 상관이 없었다. 황제 대신 권세를 손에 쥔다면, 권세를 쥐고 대원제국을 호령할 수 있다면, 잠자리에서 사내같은 것은 없어도 좋을 것 같았다.

요즘이야 황제가 자기 발로 찾아오지만, 한때 궁녀를 보내 황제를 들라 청한 것도 따지고 보면 황제가 사내로써 그립기 때문이 아니었다. 황제가 자신한테 수태를 시킬 씨앗을 가지고 있었기 때문이었다. 그 씨앗을 받으려고 그리 안달을 했었다. 그런데 요즘은 부르지 않아도 사나흘에 한번씩 찾아와 몸을 섞어주는 데도 수태는 되지 않았다.

애꿎은 차궁녀만 이레에 한번, 열흘에 한번 불러들여 채찍질을 했다. 고려 공녀 출신 차궁녀 그년이 흥성궁에 다녀간 그날로 수천금을 들여 박아놓은 염탐 압실리가 대명전의 번을 못 서게 된 것은 분

147

명 환관 고용보가 눈치를 챘기 때문이라고 믿었다. 차궁녀 그년은 아니라고 하지만, 죽어도 아니라고 하지만, 사내처럼 생긴 다나시리 일망정 여자로서 육감은 있었다. 그년은 황제와 밤마다 잠자리를 함께 하고 있는 것이 분명했다. 채찍으로 맞으면 상처가 남을 것이고, 침상의 잠자리에서 그걸 분명히 두 눈으로 보았을 텐데도 아무 말이 없는 황제가 조금은 이상했지만, 차궁녀 그년이 황제의 사랑을 독차지 하고 있는 것이 분명했다.

어쩌면 차궁녀와의 일을 덮기 위하여 당기세 오라버니를 좌승상에 앉히라는 청을 그리 쉽게 허락했는지도 모르겠다고 다나시리는 생각했다.

생각해 보겠다던 황제가 사흘 후에 들러가지고는 이쪽에서 말하기 전에 먼저 황후의 오라버니 당기세를 좌승상에 앉히겠소, 하고 말했다.

다나시리가 별로 고마워하지도 않는 표정으로 고맙사옵니다, 폐하, 하고 인사치레를 했다. 그리고 형식적으로 나누는 몇 마디 말이 끝나자 스스로 옷을 벗고 침상으로 올라갔다. 남녀간의 은밀한 살섞기에는 아기자기한 재미가 있어야 하는데, 황제에게는 그런 것이 없었다. 어쩔 수 없이 살을 섞는다는 듯이, 다나시리의 몸이 달구어지기도 전에 서둘러 방아깨비 방아를 찧다가 자기 혼자 끝내고 내려와 코를 골기 마련이었다.

'내게 정이 없기 때문이야. 차궁녀 그년 하고는 안 그렇겠지? 깨가 쏟아지는 재미를 느끼겠지?'

그러건 말건 상관없었다. 어떻게든 황제의 씨앗만 자신의 몸 속에 심어 그 씨앗을 잘 키우고 낳아 황태자만 만들면 되는 일이었다. 황제가 자기에게 정이 없듯이 다나시리 또한 황제에게 정은 없었다.

그래도 다나시리는 화가 났다. 궁녀 경옥이를 불러들여 닦달을 했다.

"대명전의 압실리한테서는 아무런 전갈이 없느냐? 어제는 차궁녀가 몇 번이나 대명전을 들락였다는 전갈이 없더냐?"

"요즘은 소인도 통 만날 수가 없사옵니다. 환관 고용보가 압실리를 대명전 근처에는 얼씬도 못하게 했다 하옵니다."

"저런 처죽일 놈 같으니라구. 내시 주제에 누구를 믿고 그리 기고 만장일꼬? 내 언젠가는 그놈부터 처죽여야겠구나. 이 일을 어찌하면 좋다는 말이더냐? 차궁녀 그년이 덜컥 수태라도 하고 나면, 수태를 빌미로 후궁에라도 봉해지게 되면, 내 꼴이 참으로 우습게 되지 않겠느냐?"

"어떻게든 그 일만은 막아야 하옵니다. 설령 수태를 했더래도 낙태를 시켜야할 것이옵니다."

"그년이 수태를 하고도 숨긴다면 어찌 알겠느냐? 배가 불러오기 전에는 알기 힘든 일이 또한 그 일이 아니더냐?"

"혹시 모르니까, 앞으로는 더욱 모질게 차궁녀를 닦달하시옵소서."

"더욱 모질게?"

"그렇사옵니다. 여자가 아이를 가지면 아무리 숨기려고 해도 겉으로 드러나는 법이옵니다. 입덧이야 서너 달 후에도 나타납니다만, 시름시름 졸기도 하고, 갑자기 먹고 싶은 것이 많아지는 법이지요. 다음에는 압실리를 시켜 차궁녀 그년이 무엇을 잘 먹는지 알아보도록 해야겠사옵니다."

"먹는 것을?"

다나시리가 눈을 가느스름하게 뜨고 경옥이를 바라보았다.

"여자가 아이를 가지면 갑자기 신 것이 먹고 싶어지는 법이옵지요. 차궁녀 그년이 돌아보지도 않던 신 과일을 뜬금없이 잘 먹는다면 수태를 한 것이 틀림없다고 보아야겠지요."

"그런 일도 있느냐? 여자가 아이를 가지면 신 것을 잘 먹게 되느냐?"

"꼭 신 것뿐만이 아니옵니다. 양고기는 입에도 못 대던 여자가 양고기를 찾는 수도 있고요, 생선을 잘 먹던 여자가 못 먹게 되는 수도 있지요. 사람마다 틀리기는 하옵니다만, 여자가 아이를 가지면 어디가 달라져도 달라지는 법입지요."

"하긴, 한 생명을 몸 안에 심었는데, 달라지지 않을 수가 있겠느냐? 알겠느니라. 내 그년을 더욱 모질게 대하마. 오늘 당장 이년을 물고를 내야겠구나. 다행이 황제도 내가 그년한테 무슨 짓을 해도 말이 없으니, 오늘은 이년의 껍데기를 벗겨놔야겠구나."

"그리하시옵소서. 황후마마께옵서 그러시면 설령 아이를 가졌더라도 온전히 세상에 나오기는 힘이 들 것이옵니다. 질긴 것이 목숨이라고 하지만, 어미의 뱃속에 들었을 때는 바람 앞의 등불처럼 위태로운 것이 또한 생명입지요. 하오면 당장 차궁녀 그년을 불러올까요?"

궁녀 경옥이가 신이 나서 물었다.

"오냐, 지금 당장 끌고오너라."

다나시리가 번들거리는 눈빛으로 이르고는 다른 궁녀를 불러들여 화로에 숯불을 피워 인두를 꽂아 들이라는 영을 내렸다. 그녀는 오늘은 다른 방법으로 차궁녀를 닦달할 참이었다. 차궁녀가 채찍은 견디어 냈을지 몰라도 뜨거운 인두는 견디지 못할 것이었다. 그것은 일찍이 다나시리의 올케인 당기세의 아내가 써먹은 방법이었다. 올케가 그랬었다. 고려 공녀 출신 하녀를 자기 남편이 범한 것을 눈치 채고 차마, 남편한테 묻지는 못하고 고려 공녀를 처음에는 채찍으로 때리다가 그래도 실토를 않자 나중에는 이글거리는 숯불에 인두를 달구워 허벅지를 지져댔다. 살이 타고, 살이 타는 노린내가 온 방안을 채웠을 때, 고려 공녀가 딱 한번 나리를 모셨다고 실토했다. 인두의 뜨거움은 채찍의 고통보다 견디어 내지 못할 것이었다.

'내 기어코 실토를 받아내고 말리라. 실토를 받아낸 다음 네년을 죽이리라.'

이글이글 타는 숯불 화로에 인두가 꽂힌 채 황후 앞에 놓였을 때 경옥이가 기련을 데리고 왔다.

"이년, 어젯밤에도 황제의 수침을 들었겠다? 네가 그러고도 살아남기를 바라느냐? 애들아, 저년의 옷을 벗기거라."

다나시리가 숯불처럼 이글거리는 눈빛으로 기련을 쏘아보았다.

황후전의 궁녀들이 달려들어 기련의 옷을 벗겨냈다.

"살려주시옵소서. 소녀는 황제폐하의 수침을 들지 않았사옵니다. 제가 그랬다면 천벌을 받을 것이옵니다."

거친 손길에 옷이 벗기워지면서도 기련이 한사코 황제의 수침을 들지 않았다고 부정했다.

"수침을 들지 않았다고? 대명전의 일을 손바닥 들여다보듯 알고 있는 내게 거짓을 아뢸 참이더냐? 이년, 어디 내 손에 한번 죽어보거라."

발가벗겨진 기련의 몸을 음흉한 눈빛으로 쏘아보던 다나시리가 채찍을 휘둘렀다. 등짝이며 어깨죽지에 채찍을 사정없이 후려갈겼다. 채찍이 내리칠 때마다 기련의 살이 찢기고, 피가 솟아올랐다. 그럴수록 기련의 입술은 악다물어졌다.

"이년, 네년 때문에 내가 수태를 못하고 있는 것을 아느냐? 진기는 너한테 다 빼앗긴 황제가 내 몸에 어찌 수태를 시킬 수 있겠느냐?"

다시 다나시리의 채찍이 기련의 몸뚱이에서 춤을 추었다. 채찍이 내리칠 때마다 가슴에서 두 개의 봉오리가 푸르륵 떨었다. 다나시리의 눈에 불이 붙었다. 벗겨놓고 보니까, 차궁녀의 몸이 너무 아름다운 것이었다. 가슴도, 잘 익은 수밀도처럼 생긴 가슴도, 여자인 자신이 보기에도 탐이 날 만큼 예뻤다. 그 몸뚱이에, 그 가슴에 황제의 살이 닿고 입술이 닿고, 살과 살이 섞여졌을 것을 떠올리자 차오른 숨이 목울대를 쿡쿡 쳤다.

기련이 몸을 잔뜩 웅크린 채 눈물이 가득한 눈으로 올려다 보았다.

"황후마마, 소녀를 죽여주시옵소서. 소녀는 황제폐하의 침상에 든 일이 없사옵니다. 하늘에서 벼락을 내릴 일이옵니다. 차라리 소녀를 죽여주시옵소서."

"오냐, 죽여주마. 죽기가 소원이라면 죽여주마."

채찍을 내던진 다나시리가 숯불화로에서 인두를 꺼내어 들었다. 그 모습에 기련의 눈에 공포가 떠올랐다. 금방이라도 쓰러질 듯한 공포가 다나시리의 눈에도 훤히 보였다. 기련의 그런 모습에 다나시리의 온몸으로 즐거움이 흘러갔다.

"어디, 네년이 끝내 실토를 않는가 두고 보자."

다나시리가 인두로 차궁녀의 허벅지를 지졌다. 벌겋게 달구어진 인두가 살에 닿자마자 푸지직하는 소리와 함께 연기가 피어오르면서 살 타는 비린내가 황후전에 번져나갔다.

으으읍. 기련이 입술을 깨물었다. 깨문 입술 사이에서 한 줄기 피가 흘러내렸다. 살이 타는 역한 노린내에 다나시리가 고개를 돌렸다.

"이년, 네가 황제의 수침을 들었겠다? 그동안 몇 번이나 황제폐하와 잠자리를 했느냐?"

"소녀, 그런 일은 없사옵니다."

"없다? 정녕 없느냐? 사실대로 말하거라. 네가 황제와 몇 번이나 잠자리를 했는지 사실대로 말하기만 하면 너를 살려 줄 것이니라. 어디 살려 주기만 하겠느냐? 황제폐하의 황은을 입은 너를 후궁으로 봉하여 떳떳하게 황제폐하를 모시게 할 것이니라. 사실대로 말하는 것이 네가 사는 길이니라."

다나시리가 기련을 구슬렸다. 당기세의 아내인 올케도 그랬었다. 고려 공녀를 인두로 지지면서 나리와 잠자리를 한 것을 사실대로만 털어놓으면 살려 줄 것이라고, 살려 줄 뿐만 아니라, 나리의 세번째 부인으로 들어앉혀 떳떳하게 살게 해주겠노라고 했었다. 올케의 그 말을 믿고 딱 한번 나리를 모셨다고 실토한 고려 공녀는 그 날로 바로 대도의 주막으로 내쳐졌다.

그러나 다나시리는 기련의 입에서 황제폐하를 모셨다는 실토가 나오면 그녀를 죽일 참이었다. 그녀를 죽여 다시는 황제가 다른 여자를 가까이하지 못하게 만들 요량이었다. 아무리 황후라고 해도 증거도 없이, 짐작만으로 사람을 죽일 수는 없었다. 차궁녀의 입에서 실토가 나와야 했다. 그 실토를 증거로 황제를 몰아부치면 꼼짝을 못할 것이었다.

그러나 기련의 입에서는 끝내 황제폐하의 수침을 들었다는 실토는 나오지 않았다. 딱 한번 황제폐하를 모셨다는 실토는 나오지 않았다. 눈을 하얗게 까뒤집으며 정신을 놓으면서도 다나시리가 원하는 대답은 나오지 않았다.

"없사옵니다. 황후마마, 소녀를 죽여주시옵소서. 소녀는 황제폐하의 수침을 든 일이 없사옵니다."

겨우 정신을 차린 기련이 눈물이 그렁한 눈으로 말했다.

"이년이 아직도 정신을 못 차렸구나. 사실대로 말하기만 하면 살려준다는 데도 끝내 죽음의 길로 가려고 하는구나. 오냐, 그리 죽기가 소원이라면 내가 네년을 죽여주마."

다나시리가 이번에는 반대쪽 허벅지를 인두로 지졌다. 연기가 피어오르고, 살이 타는 노린내가 황후전을 가득 채웠다. 피범벅된 입술을 깨물던 차궁녀의 고개가 툭 떨구어졌다. 다시 정신을 놓은 것이었다.

인두를 화로에 던져넣고 다나시리가 기련을 내려다 보았다.

'이년이 정말 황제와 아무 일도 없는 것이 아닐까. 다만 차시중을 들고, 피로하다고 보채는 황제의 팔다리만 주물러 주었던 것은 아닐까? 그렇지 않다면 이 모진 닦달에도 실토를 않을 리가 없지 않은가? 죽음보다 더한 고통을 당하면서도 한사코 아니라고 부정을 할 수는 없는 일이 아닌가? 정말 독한 계집이구나. 설령 황제의 수침을 든 일이 없더라도 이 모진 고문에는 그랬노라는 대답이 나와야 하는 것이 아닌가. 이년의 목숨을 뺏는 일이 낫지, 실토를 받는 것은 어려운 일이겠구나.'

다나시리가 그런 생각을 하고 있을 때, 경옥이가 기련의 얼굴에 찬물을 뿌려 정신을 깨웠다.

"황후마마, 소녀를 죽여주시옵소서. 그것이 행복하겠나이다."

기련이 눈물을 주루룩 흘리면서 애원했다. 다나시리의 뇌리에 잠시 갈등이 일어났다. 인두 지짐을 당하면서도 실토하지 않을 계집이라면 어떤 모진 닦달에도 입을 열지 않을 것이었다.

다나시리가 기련을 어찌할까, 궁리하고 있는데 밖에서 아뢰는 소리가 들렸다.

"황후마마, 고려국의 충혜왕과 태평왕께서 들었사옵니다."

"잠시 기다리라 이르거라."

다나시리가 경옥이를 향해 옷을 입히라는 눈짓을 보냈다.

기련이 갈기갈기 찢어진 몸에 옷을 다 걸쳤을 때, 다나시리가 그만 가보거라, 허나 이걸로 끝난 것이 아니니라, 하고 독기 서린 눈빛으로 쏘아보았다.

6

수태

황후 다나시리의 횡포는 날이 갈수록 심해졌다. 황제가 흥성궁에 들지 않은 다음 날이면 어김없이 기련을 불러들여 채찍질을 했다. 살이 타는 고약한 냄새 때문인지 다시 인두로 지지지는 않았다.

기련이 흥성궁에 불려갔다 온 날이면 어린 황제가 눈물을 흘리면서 기련을 위로해 주었다.

"미안하구나. 너한테 참으로 미안하구나. 내 힘이 미약하여 너를 이리 고통스럽게 만드는구나. 허나 조금만 참거라. 내가 네 원수를 갚아줄 것이니, 조금만 더 참거라."

어린 황제가 기련의 몸에 난 상처를 입술로 핥아주며 말했다.

"소녀는 괜찮사옵니다. 심려하지 마시옵소서. 소녀는 황후마마를 원망하지 않사옵니다. 조금도 원망하지 않사옵니다. 앞으로는 더욱 황후 전에 자주 납시시고, 소녀를 사랑하듯이 황후마마를 사랑하여 주시옵소서."

온몸으로 흘러가는 기쁨을 울음으로 토해내며 기련이 대꾸했다.

황제의 사랑에 비하면 황후 다나시리의 횡포쯤이야 아무 것도 아니었다. 황후가 내리는 채찍을 맞을 때마다, 그 채찍이 후려쳐 낸 상처자리마다 황제의 입술이 닿을 것을 생각하는 것만으로도 고통이 아니라, 기쁨으로 견디어 낼 수가 있었다.

"너는 참으로 심성이 곱구나. 그 모진 고통을 당하면서도 황후를 원망하는 말은 한 마디도 않는구나. 내가 다 갚아주리라. 열 배 백 배로 갚아주리라."

"소녀는 지금도 너무 행복하옵니다. 이제 죽어도 여한이 없나이다."

"어찌 죽는다는 소리를 하느냐? 죽기는 왜 죽는다는 말이더냐? 천년 만 년 살아야지. 황후한테 당한 고통을 다 털고 영화로운 생을 한 번 살아봐야 하지 않겠느냐? 네가 죽으면 나 또한 살 수 없느니라. 너만이 내 유일한 희망이고 즐거움이니라."

"황송하옵니다. 폐하의 은혜가 하늘같사옵니다."

기련이 어린 황제의 가슴으로 파고들며 중얼거렸다.

이즈음 황제는 흥성궁에는 아예 발길을 하지 않았다. 황후의 횡포로부터 기련을 보호하려고 내키지 않는 발걸음일망정 찾아갔는데, 그것이 아무런 효과가 없자 아예 발길을 끊어버린 것이었다. 그럴수록 황후 다나시리는 독이 올라 기련을 불러들여 모진 닦달을 했다. 차마 죽이지는 못하고, 채찍으로 화풀이를 하는 것이었다.

그런 어느 날이었다. 고용보가 말했다.

"아무래도 안 되겠구나. 네가 견디어 내지를 못하겠구나. 네가 수 태라도 하면 그때 태평왕 일가를 몰아낼 요량이었는데, 그 일을 앞 당겨야겠구나."

"그러실 방책은 있사옵니까?"

"중서령 백안첩목과 대호군 대장 연추발이를 이용하면 되겠지. 오 늘도 태평왕과 당기세와 타라하이가 찾아와 황제폐하를 협박하고 갔느니라."

"황제폐하를 협박하다니요?"

"흥성궁을 찾지 않는 황제한테 불만이 있다는 뜻이겠지. 왜 안 그 렇겠느냐? 황제폐하께오서 흥성궁에 자주 납시셔야 황후가 수태를 할 것이고, 다행이 아들이라도 낳으면 황태자로 책봉하여 자자손손 영화를 누릴 것이 아니더냐? 그럴 희망이 보이지 않으니까, 앞뒤를 가리지 않고 나오는 것이 아니겠느냐?"

"소녀가 아무리 흥성궁에 납시라고 권해도 황제폐하께오서는 들 은 체도 안 하시옵니다."

"그만큼 정이 떨어졌다는 소리가 아니더냐? 지금 황제폐하는 오 직 너 하나뿐이니라. 그런 너를 괴롭히는 황후한테 찾아갈 마음이 생기겠느냐? 어떻냐? 아직도 수태의 징조는 보이지 않느냐? 제주도 에 세운 원당사에서 네 수태를 위한 불공을 들인지도 벌써 일 년이 되어가는구나. 황제의 사랑을 그만큼 받았으면 수태를 할 때도 된 것이 아니더냐?"

고용보의 말에 기련이 얼굴만 붉혔다.

"왜 대답이 없느냐? 네가 만약 수태를 하게 되면 그럴 징조가 보이면 누구보다 나한테 먼저 말을 해야 하느니라. 황제폐하보다 내가 먼저 알아야 하느니라."

"무슨 말씀이신지요?"

"지금까지는 내가 황후의 횡포를 보고도 가만 있었다만, 네가 수태를 하면 사정이 달라지느니라. 황후의 횡포에 수태한 아이가 잘못되기라도 하면 십 년 공부 나무아미타불이 아니더냐? 공든 탑이 무너지는 꼴이 아니더냐?"

"알겠사옵니다. 어르신께서 태의한테 부탁하여 지어주신 약을 하루도 거르지 않고 먹고 있사옵니다. 설마 좋은 소식이 없겠사옵니까?"

고용보한테 그런 말을 하다보니까, 기련은 문득 이번 달에는 달거리가 없었던 것이 떠올랐다. 지난 달에는 분명 달이 만삭일 때 달거리를 했었는데, 이번 달에는 만삭의 달이 절반으로 줄었는데도 달거리가 없는 것이었다.

혹시? 내가 수태를 한 것이 아닐까, 하는 생각이 기련의 뇌리를 스쳐갔다.

제주도에 원당사가 완공되고 고려국의 고승 한 분을 보내 불공을 드리게 했다는 일 년 전부터 기련은 고용보가 태의에게 부탁하여 지어다 준 탕재를 마시고 있었다. 그뿐만이 아니었다. 수태일이면 어김없이 황제폐하의 황은을 입었다. 황제한테 말은 안 했지만, 다른 어느 날보다 정성스레 황제를 모셨고, 깨끗한 마음으로 제발 내 몸에 용종을 심어 주십시오, 하고 빌면서 황은을 입었다.

그래도 아무런 징조가 없어 혹시 내게는 삼신할미가 점지해 준 자식이 없는 것이 아닌가, 내가 아이를 못 낳는 여자는 아닌가, 절망하고 있던 참이었다. 그런데 고용보의 다그침에 가만히 생각해 보니까, 이번 달에는 달거리가 없었던 것이었다. 아직 달이 다 간 것은 아니지만, 달이 만삭일 때 시작하여 절반쯤으로 이즈러졌을 때 끝나던 달거리가 없었던 것이었다.

그리고 보니, 요즘은 앉으나 서나 온몸에 피로감을 느꼈었다. 어떤 날은 차실에서 차를 준비하다가도 깜박 졸았던 일도 있었다.

그러나 기련은 자신의 그런 증상을 고용보한테 말하지 않았다. 다음 달까지는 기다려 볼 참이었다. 다음 달에도 달거리가 없으면, 그때 말해도 늦지 않을 것이었다. 자칫 수태를 했을지도 모른다는 기대감만 심어 주었다가 아니면, 그 뒷감당을 어찌할 것인가.

다만 홍성궁에 불려갔을 때 배 쪽에는 고통이 덜 가도록 몸을 더욱 웅크렸다. 황후도 이젠 질렸는지, 날이 갈수록 불러들이는 횟수가 뜸해졌다. 두어 달 전까지만 해도 하루거리로 불러들여 채찍질을 했는데, 그것이 이틀거리 사흘거리로 벌어지더니, 두 달째 달거리를 거른 기련이 수태를 확신할 즈음에는 이레에 한번 불러들여 독한 년, 참으로 독한 년, 하며 채찍질을 했다.

황후의 채찍에 잘못될 아이라면 태어나도 잘못되기는 마찬가지일 것이었다. 제 놈이 어미를 위한다면 황후의 채찍이 아무리 모질어도 그걸 이겨내고 세상 밖으로 나올 것이었다. 그런 오기로 기련이 몸을 잔뜩 웅크린 채 다나시리의 채찍을 맞았다.

그런 어느 날이었다. 기련이 황궁 뜨락의 계수나무 아래에 앉아 있는데, 나이 서른은 넘은 궁녀 하나가 어디서 구했는지 풋복숭아 몇 개를 바구니에 담아 뜰을 가로질러 가고 있었다. 그것을 보자 기련의 입 안에 침이 하나 가득 고이더니, 갑자기 풋복숭아가 먹고 싶어졌다.

"마마님, 복숭아가 참 먹음직스럽네요. 그것 몇 개만 얻을 수 없을까요?"

"뜰에 떨어져 있는 것을 버리려고 주워가던 참인데, 이걸 먹겠다고?"

나이 든 궁녀가 기련의 위 아래를 찬찬히 살펴보며 물었다.

"버릴 것이면 저를 주시지요. 제가 버리겠습니다."

"그러구려. 어차피 버릴 것인데, 기처서님이 드신다면 못 드릴 것도 없지요."

나이 든 궁녀가 풋복숭아를 바구니째 넘겨주었다.

"고맙습니다."

기련이 고개까지 숙이며 고마움을 표시했다. 고맙기는, 하면서 돌아가는 궁녀의 눈빛이 조금은 야릇했으나, 우선 풋복숭아를 먹을 욕심에 기련이 서둘러 차실로 돌아왔다. 그걸 물에 씻어 한 입 덥석 깨물었다.

다시 입안에 침이 가득 고이면서 왕성한 식욕이 일어났다. 기련이 숯불을 담당하는 환관이 보고 있는데도 풋복숭아를 우적우적 씹어 삼켰다.

답답했던 가슴이 한결 풀리는 느낌이 들었다.

"아버지, 그리고 오라버니, 대전의 차궁녀가 수태를 한 것이 틀림없습니다. 그년을 어찌 죽여야 합니까?"

황후 다나시리가 증오심이 가득한 눈빛으로 연첩목아를 바라보았다.

"뭐요? 차궁녀가 수태를 했다구요? 그것이 틀림없사옵니까? 황후마마."

당기세가 눈을 씰룩이며 물었고, 연첩목아가 정말이요? 하는 눈빛으로 바라보았다.

"태의의 진맥을 받은 것은 아니지만, 분명한 사실입니다. 그년이 글쎄, 풋복숭아를 먹겠다고 달라더라지 뭡니까?"

다나시리가 말했다.

사실은 나이 든 궁녀한테 대전의 차궁녀가 풋복숭아를 달라더라던 말을 들은 즉시 그년을 붙잡아다 요절을 내고 싶었다.

"수태를 한 것이 분명하옵니다, 황후마마. 차궁녀가 풋복숭아를 보더니, 입맛을 다시면서 저한테 달라고 했사옵니다. 돼지도 먹지 못할 풋것을 먹겠다고 침을 삼키는 것이 어디 예사 일입니까? 잡아다 족쳐 보시옵소서."

그 궁녀는 압실리 대신 황후 다나시리가 수천금을 들여 대전에 박아놓은 염탐이었다. 어차피 차궁녀가 황제의 총애를 받고 있는 것은 하늘도 알고 땅도 알고 황궁의 사람들도 모두 아는 일이었다. 차궁녀 그년만이 단 한번도 황제폐하의 황은을 입지 않았다고 발뺌하고 있을 뿐이었다. 목숨을 걸고 한사코 발뺌을 하고 있을 뿐이었다.

그 일을 아비인 태평왕 연첩목아에게 하소연한 일도 있었다.

─그대로 두실 것이옵니까? 차궁녀 그년을 그대로 두실 것입니까? 그년만 생각하면 내가 밤으로도 잠을 이룰 수가 없습니다.

─조금만 참으시옵소서, 황후마마. 소신이 황후마마의 심기를 편케 해드리겠사옵니다. 그년뿐만이 아니라, 황제까지 함께 잡을 방도를 궁리해 보아야지요.

─황제까지요?

─어차피 한번은 겪어야할 일입니다. 황궁에서 백안첩목의 세력을 몰아내면 황제는 팔다리를 잘린 것이나 마찬가지가 될 것이옵니다. 그때 황제를 황궁의 깊은 방에 감금해 버리면 세상은 황후마마의 것이 되는 것이옵니다.

태평왕이 무슨 꿍꿍이라도 있는지 자신 있게 말했다.

─차궁녀. 그년부터 죽일 방법은 없을까요? 이제 채찍으로 때리는 것도 지겹습니다. 아무리 때려도 꿈쩍을 않으니, 내 팔만 아플 뿐입니다.

─그년의 일도 당분간은 그대로 두십시오. 자칫 그년을 잡으려다 황제가 백안첩목의 세력을 동원하여 싸움이라도 걸어온다면 큰일을 망칠 수도 있사옵니다.

아비인 연첩목아의 당부대로 차궁녀를 그대로 두고 보고 있는 중이었다. 그런데 느닷없이 풋복숭아를 욕심내더라고 하지 않는가. 궁녀 경옥이의 말을 빌리면 여자가 자궁에 아이를 심으면 별 이상한 것이 다 먹고 싶어진다고 했었다. 시디신 것이 먹고 싶기도 하고, 양의 생간을 먹기도 한다고 했었다.

나이 마흔이 넘은 궁녀 백아오를 수천금을 들여 염탐으로 심은 것은 참으로 잘한 일이었다. 고용보가 눈치를 채면 안 되니까, 대명전 근처에는 얼씬도 말고 다만 차궁녀를 유심히 살피라고 당부했었다. 이상한 낌새는 없는지 살피라고 당부했었다. 그런데 기대하지도 않았는데, 백아오는 다만 풋복숭아를 버리려고 주워가던 중이었는데, 차궁녀가 그걸 탐을 냈다는 것이었다. 그 풋복숭아를 주자 허겁지겁 차실로 돌아갔다는 것이었다.

─틀림없사옵니다, 마마. 차궁녀가 수태를 한 것이 틀림없사옵니다. 그렇지 않다면 돼지도 먹지 못할 풋복숭아를 욕심내겠사옵니까? 여자가 아이를 가지면 먹고 싶은 음식 앞에서는 눈이 뒤집히는 법이옵지요.

궁녀 경옥이도 자신있게 말했다.

그날로 바로 차궁녀를 불러들이려다가 우선 연첩목아부터 불렀다. 차궁녀가 수태를 한 것이 분명한데, 이제 어찌할 것이냐고, 하찮은 고려 공녀 출신 차궁녀의 자식을 황태자로 봉하게 생겼는데, 가만히 있을 것이냐고 호통을 쳤다.

"이제 때가 되었사옵니다. 소신에게 생각이 있사오니, 잠시만 기다리시옵소서. 우선은 내일 당장 차궁녀 그년을 잡아다가 홍성궁의 옥사에 가두어 두시옵소서."

"가두어 놓아요?"

"그래 놓으면 황제가 반응을 보일 것이옵니다. 백안첩목을 시켜 우리 쪽을 쳐올 것입니다. 그때 백안첩목과 더불어 황제를 치는 것입니다."

"나는 아버지와 오라버니만 믿습니다. 어떻게든 차궁녀 그년이 내 눈앞에 보이지 않도록만 해주십시오."

"걱정하지 마시옵소서, 황후마마. 좌승상, 대호군의 병사들 가운데 몇 명이나 끌어들였다고 했느냐?"

"오십 명쯤 되옵니다."

"믿을 만한 놈들이겠지? 너를 위하여 목숨을 내던질 수 있겠지?"

"그렇사옵니다, 아버지. 그놈들에게 고려 공녀를 하나씩 안겨 주었으며, 만금을 들여 정원이 딸린 집까지 한 채씩 제 부모나 처자식에게 내려주었습니다."

"그 정도 정성을 들였으면, 너를 위해서 목숨을 바칠 수도 있겠구나. 그들을 은밀히 한 곳으로 모으거라. 황후마마께오서 차궁녀를 옥에 가두면 황제가 한 달음에 흥성궁으로 들 것이니라. 그때 병사의 일부는 백안첩목에게 보내 현장에서 목을 베도록 하고, 날쌘 놈으로 다섯 놈만 연추발이에게 보내 목을 따도록 하거라. 나머지는 흥성궁을 차단하여 황제를 협박하면 되겠구나. 황제를 협박하여 차궁녀를 죽이고, 황제는 뒷방에 가두면 되겠구나. 혹시 모르니까, 집에 사사로이 기르는 백여 명의 병사들도 동원을 해야겠구나. 네 동생에게도 일러 동원할 수 있는 병사들을 모두 동원하라 이르거라. 일이 잘만 되면 황제는 물론 백안첩목의 세력을 한꺼번에 잡을 수 있을 것이니라."

"알겠습니다, 아버지. 소자, 추호의 어긋남이 없이 시행하겠습니다."

당기세가 돌아간 다음 연첩목아가 사랑이 가득 담긴 눈으로 황후를 돌아보았다.

"황후마마, 이제 황제는 버릴 생각을 하시옵소서. 소신은 황제까지 참하고 싶사옵니다만, 그리되면 아무리 허수아비일망정 새로운 황제를 앉혀야 하옵니다. 그리되면 황후마마께오서 황궁을 장악할 명분이 없어집니다. 하오니, 황제는 허수아비일망정 그대로 두십시다."

"그것이야 아버지 마음대로 하십시오. 그깟 황제가 죽건 살건 나는 상관하지 않겠습니다."

"하오면 저녁에 들르겠사옵니다."

연첩목아가 딸인 황후 앞에 허리를 굽혀 절을 하고 뒷걸음질로 물러갔다.

다나시리가 궁녀 경옥이를 불러들였다.

"련아, 너 혹시 수태를 한 것이 아니더냐?"

차실로 찾아온 고용보가 물었다.

기련이 흠칫 놀란 표정을 짓다가 얼굴을 붉히며 고개를 숙였다.

"사실이구나. 네가 풋복숭아를 급히 먹드라길래 혹시나 했더니, 수태를 한 것이구나. 달거리가 언제부터 없었던 것이더냐?"

"제가 풋복숭아를 먹은 것을 어르신께서 어찌 아셨사옵니까?"

"황궁의 일이라면 손바닥 보듯 훤히 알고 있는 나니라. 그것이 네 신상에 관한 일인데, 내 어찌 모르겠느냐? 이번 달 달거리는 했느냐?"

"안 했사옵니다. 매달 달이 만삭일 때 시작하여 반달로 이즈러질 때 끝났는데, 지난달부터 달거리가 없었습니다."

"태의한테 진맥을 받아야겠구나. 네 수태 사실을 황실에 공표를 하여야겠구나. 황후가 알고 해꼬지를 하기 전에 우선 황제폐하께 후궁으로 봉해 달라고 해야겠구나."

"서두를 것이 있겠사옵니까? 소녀는 한 달 정도 기다렸다가 다음 달에도 달거리가 없으면 어르신께 아뢸려고 작정하고 있었사옵니다."

"그러다가 황후의 횡포에 아이가 잘못되기라도 하면 어쩌려구?"

"요즘은 부르지도 않습니다."

"허나, 무슨 꿍꿍이를 꾸미고 있는지 어찌 알겠느냐? 황궁처럼 눈과 귀가 많은 곳이 없니라. 벌써 네 수태 사실이 홍성궁에 들어가지 않았다고 어찌 믿는단 말이더냐? 안 되겠구나. 내가 백안첩목 중서령을 만나야겠구나. 대호군 연추발이 장군에게 단단히 당부를 해야겠구나."

두 사람이 그런 말을 나누고 있을 때였다. 홍성궁의 궁녀 경옥이

기세도 당당히 들이닥쳤다.

"대명전의 차궁녀는 홍성궁으로 들라는 황후마마의 엄명이시니라."

경옥이가 매서운 눈빛으로 고용보와 기련을 번갈아 쏘아보며 내뱉었다.

기련의 얼굴이 핼쓱하게 질렸고, 고용보가 물었다.

"황후마마께오서 무슨 일로 차궁녀를 찾는단 말이냐? 지금 황제 폐하께 차를 들여가야할 때인데."

"그것을 내가 어찌 알겠소? 무엇하느냐? 어서 서두르지 않고."

경옥이가 고함을 질렀다.

"잠시만 기다리십시오. 황후마마께 가는데 어찌 허술하게 가겠사옵니까? 옷이라도 깨끗한 걸로 갈아입고 가겠나이다."

기련이 그렇게 말하고 방으로 들어와 옷을 갈아입었다. 그러나 세탁해 놓은 깨끗한 옷으로 갈아입는 것이 아니었다. 아니, 겉옷은 깨끗한 옷이었으나, 속곳은 그러지 않았다. 언젠가 이런 날이 있을 것을 예상한 기련이 준비해 둔 것이 있었다. 그것은 여인네가 달거리를 할 때 그걸 받아놓은 무명 수건과 그걸 흘린 속곳이었다. 황제의 황은을 입고 난 다음부터, 고용보로부터 수태를 하는 것만이 네가 사는 길이라는 말을 들은 다음부터 그녀가 준비하고 있던 것이었다. 매달 마지막 달거리를 할 때 지난 달 것은 깨끗이 빨아 넣어놓고 마지막 것은 그대로 따로 보관해 두었다. 틀림없이 쓰일 때가 있을 것이라 믿고 준비를 해두었다. 붉은 핏자욱이 선명한 무명 수건으로 은밀한 곳을 막고 그 위에 핏방울 몇 개가 흘려있는 속곳을 입었다.

그리고 세탁해 놓고 한 번도 입지 않은 새 궁의를 입었다.

"가십시다, 마마님. 소녀, 다녀오겠나이다, 어르신."

기련이 저는 이제 어르신만 믿습니다, 하는 눈빛을 남기고 경옥이를 따라갔다. 어느 날보다 경옥이의 발걸음에 힘이 넘쳐 흘렀다.

"대전의 차궁녀를 데리고 왔사옵니다, 황후마마."

경옥이 고하자 황후 다나시리의 표독스런 목소리가 흘러나왔다.

"들이거라."

문이 열리고 경옥이 기련을 안으로 밀어넣었다. 다나시리가 채찍을 들고 있다가 여지없이 후려쳤다. 기련이 죽여주십시요, 하며 앞으로 덜썩 주저앉아 몸을 잔뜩 웅크려 배를 보호하며 엎드렸다.

"이년, 황제의 황은을 입은 일이 없다고 나를 속였겠다? 이년아, 황은을 입지 않은 년이 어찌 수태를 할 수 있단 말이더냐?"

다나시리가 광기어린 눈빛으로 내뱉으며 다시 채찍을 휘둘렀다.

기련이 고개를 벌떡 치켜 올렸다.

"소녀, 황은을 입은 일이 없사옵니다. 수태라니요? 천부당만부당한 말씀이시옵니다."

"수태를 하지 않았다? 하면, 어찌 풋복숭아를 먹고 싶어 했느냐? 돼지도 먹지 못할 풋복숭아에 눈독을 들였느냐?"

다나시리가 물었다.

'그렇구나. 사단은 거기서부터 시작되었구나. 여자가 아이를 가지면 뜬금없는 것이 먹고 싶어진다는 그것이 발단이었구나. 고환관 어른께서 흥성궁에 눈과 귀를 대고 있듯이, 황후마마 역시 대명전에 눈과 귀를 내고 있었구나. 그 나이든 궁녀 또한 황후마마의 눈과 귀였구나.'

기련이 입을 열었다.

"소녀, 고려에 있을 때부터 신 것을 유난히 좋아했사옵니다. 과일이라면 풋것이건 익은 것이건 좋아했사옵니다. 하오나, 대원제국에 온 다음에는 과일을 먹을 기회가 없었나이다. 그래서 풋복숭아를 보자 먹고 싶은 마음이 들었나이다. 수태라니요? 소녀, 황은을 입은 일도 없는데, 어찌 수태를 하겠사옵니까? 굽어 살펴주시옵소서."

"이년이, 이년이 아직도 거짓을 고하는구나. 정녕 죽음을 부르고 있구나. 지금이라도 사실대로 말하거라. 네가 황은을 입어 수태를 했다면 이 어찌 경사가 아니겠느냐? 그 일은 온 황실의 경사이니라. 내 당장 너를 후궁으로 봉하라고 황제폐하께 주청을 드려주겠다. 너 분명 수태를 했겠다?"

다나시리가 기련을 구스르고 나왔다.

"아니옵니다, 소녀, 수태를 하지 않았사옵니다. 통촉하여 주시옵소서. 소녀가 정 의심스러우면 지금이라도 당장 태의를 불러 진맥을 해보면 아실 것이옵니다."

기련의 말에 다나시리의 눈꼬리가 찢겨 올라갔고, 궁녀 하나가 나섰다.

"황후마마. 저년의 옷을 벗겨 보시옵소서. 수태를 했다면 아랫배가 조금은 불러올랐을 것입니다."

"저년의 옷을 벗기거라. 하나도 남김없이 속곳까지 벗기거라."

황후 다나시리의 명령에 궁녀 둘이 달려들어 기련의 몸에서 옷을 벗겨냈다. 모든 것을 포기한 듯 순순히 응하던 기련이 아래 속곳을 벗기려 들자 몸을 잔뜩 웅크렸다. 그것만은 한사코 막으려는 듯이 양다리를 오므려 힘을 잔뜩 주었다.

궁녀 둘이 덤벼들어 무릎을 양쪽으로 벌린 다음에 기어코 속곳을 벗겨냈다. 그리고 다음 순간 기련의 옷을 벗겨보라고 말했던 나이 든 궁녀의 얼굴에 얼핏 당혹감이 스쳐갔다.

여자의 은밀한 부분을 가리고 있는 무명 수건은 분명 달거리 때 분비물을 밖으로 흘리지 않기 위한 방패막이가 분명했다. 또한 벗겨 내팽개쳐 놓은 속곳에도 여기 저기 붉은 핏자욱이 남아 있었다.

나이 든 궁녀가 다나시리의 귀에 대고 몇 마디 속삭였다.

"저년의 옷을 입혀 옥사에 가두어 놓거라."

다나시리가 입가에 얼핏 비웃음을 띠우며 영을 내렸다. 궁녀들이 달려들어 기련의 옷을 입혀 흥성궁의 옥사로 끌고 갔다.

'이젠 살았구나. 황후가 내 수태를 눈치 채지 못했으니, 일단 위급한 순간은 지났구나. 아가야, 너도 많이 아팠지? 허나 걱정하지 말거라. 고환관 어르신께서 너와 나를 살려주실 것이니라.'

아랫배를 가만히 쓰다듬으며 기련이 중얼거렸다.

"무엇이라고 했느냐? 기처서가 흥성궁으로 끌려갔다는 말이더냐?"

황제가 화를 버럭 내며 고용보에게 물었다.

"그렇사옵니다, 황제폐하."

"무슨 일로 기처서를 또 끌고갔다는 말이더냐? 요즘은 잠잠하길 래 마음을 놓고 있었는데, 무슨 일로 끌어갔다는 말이더냐?"

황제의 눈에 눈물이 어리면서 안절부절못했다.

"기처서가 수태를 한 것 같은데, 아무래도 황후마마께오서 그 일 을 눈치 채신 것 같사옵니다."

고용보의 말에 황제의 눈이 휘둥그레졌다.

"기처서가 수태를 하였다는 말이냐? 그 말이 정녕 사실이냐?"

"아직 태의의 진맥을 받은 것은 아니옵니다만, 기처서가 여자가 수태를 하면 보이는 증세를 보인 것 같사옵니다."

"이건 더욱 큰 일이 아니더냐? 황후의 매질에 아이가 잘못되기라 도 하면 어쩐단 말이더냐? 아무래도 안 되겠구나. 내가 황후를 찾아 가 사정을 해야겠구나. 기처서를 용서해 달라고 애원이라도 해야겠 구나."

황제가 서둘렀다.

"아니 되옵니다, 황제폐하. 일이 더욱 어렵게 될 뿐이옵니다. 지금 기처서는 흥성궁의 옥사에 있사옵니다. 황후마마께 한 차례 매질을 당하고 옥사에 갇혀 있사옵니다. 서두르시면 안 될 것이옵니다."

"하면 날더러 어쩌란 말이냐? 기처서가 황후한테 끌려가 모진 고 통을 당하고 있는데도 명색이 황제인 내가 손을 놓고 있어야 한다는 말이더냐?"

황제의 눈에서 눈물이 흘러내렸다.

그 모습을 잠시 바라보던 고용보가 목소리를 낮추어 말했다.

"황제폐하, 고려국에 도랑 치고 가재 잡는다는 속담이 있사옵니다."

"그것이 무슨 소리냐?"

황제가 웬 뚱딴지같은 말이냐는 눈빛으로 고용보를 올려다 보았다.

"이번 기회에 태평왕 일가를 치고 황후마마의 횡포에서도 벗어나는 것이옵니다. 지금 태평왕 측의 동태가 수상하옵니다."

"수상하다? 역모라도 꾸미고 있다는 말이더냐?"

황제의 눈에 긴장감이 떠올랐다.

"그렇사옵니다. 소인이 태평왕 쪽에 심어놓은 염탐에 의하면 그들은 기처서를 옥사에 가두어 놓으면 황제폐하께오서 홍성궁에 납시실 것이고, 그때를 기하여 황제폐하를 뒷방에 감금한다는 계책을 세워놓고 있다 하옵니다."

"이것은 분명 역모구나. 그래, 고환관의 대책은 무엇이냐?"

황제가 주먹을 부들부들 떨었다.

"오래 전부터 이런 일이 있을 걸로 믿고 대비를 하고 있었사옵니다. 태평왕 쪽에서 대전 주변에 염탐을 심었듯이 소인 또한 홍성궁과 태평왕 쪽에 염탐을 심었사옵니다. 태평왕과 좌승상 당기세, 그리고 황후마마께오서는 수십만금을 들여 황궁 호위병 가운데 오십명 이상을 자기들 편으로 끌어들였사옵니다. 정원이 딸린 저택과 사사로이 끌고온 고려 공녀를 첩으로 주었다고 하옵니다."

"저, 저런 나쁜 놈들."

황제의 눈이 번들거렸다. 새삼 가슴에서 증오가 끓어올랐다.

"오늘밤, 태평왕과 좌승상 당기세는 황궁의 호위병 가운데 매수된 자들을 동원한다 하였사옵니다. 태평왕이 사사로이 기르는 군사를 동원하여 중서령 백안첩목을 사사하고, 일부는 흥성궁에 집결시켜 황제폐하를 감금한다는 계략이라 하옵니다."

"고환관, 하면 우리 쪽에서는 어찌하면 되겠느냐? 만약 황후가 기처서부터 죽이겠다고 나오면 어찌하겠느냐?"

"아무 심려마시옵소서, 황제폐하. 소인이 대비를 해놓았사옵니다. 흥성궁에 심어놓은 염탐을 통하여 기처서가 정말 위급한 순간이 되면 흥성궁 주변에 배치해 놓은 황궁 호위병들로 하여금 구출하도록 하였사옵니다. 하옵고, 중서령 백안첩목에게 태평왕 쪽의 동태를 전하고, 함께 대비책을 마련해 놓았사옵니다. 아무런 심려 마시옵고, 저녁에 흥성궁으로 납시옵소서."

"내가 거기에 안 가면 안 되겠느냐? 난 황후가 싫다. 얼굴도 마주하기 싫구나."

황제가 눈쌀을 찌푸리고 고용보를 올려다 보았다.

"심려 마시옵고, 납시옵소서. 소인을 믿으시옵소서."

"짐은 고환관을 믿느니라. 한시라도 기처서의 신변에 위험은 없는지 각별히 살피도록 하라."

"소인의 목숨을 걸고 황제폐하의 안위와 기처서를 지키겠나이다."

그 말을 남기고 고용보가 대전을 나갔다.

다시 황제의 가슴에 불안의 그림자가 내려앉았다.

'기처서는 정말 무사한 것일까? 황후가 기처서를 죽이는 것은 아닐까? 황제인 나를 황궁의 뒷방에 감금할 계획을 꾸미고 있는 태평왕이 한낱 고려 공녀 출신인 기처서 하나쯤은 눈 한번 깜짝 않고도 죽일 수 있을 것이 아닌가? 아, 안 돼. 그래서는 안 돼.'

황제가 고개를 절레절레 내저었다. 그래도 불안하기는 마찬가지였다. 황후의 채찍에 혹은 인두질에 기처서가 피를 흘리며 쓰러져 있는 모습이 자꾸만 뇌리에 어른거렸다.

"고환관, 고환관은 들거라."

황제가 소리를 버럭 질렀다.

고용보 대신 박불화가 들어와 납짝 엎드렸다.

"고환관은 중서령을 만나러 가고 없사옵니다, 황제폐하."

"그러냐? 중서령을 만나러 갔느냐? 홍성궁에서는 아무 소식이 없느냐? 기처서가 잘못되었다는 말은 없느냐?"

"기처서는 아직도 홍성궁의 옥사에 갇혀있는 걸로 아옵니다."

"알겠느니라. 나가 보거라."

박불화가 뒷걸음질로 대전을 나갔다. 다시 뇌리에 어두운 그림자가 내려앉았다. 당장이라도 홍성궁으로 달려가 기처서를 구해내고 싶었다. 그러나 혼자 힘으로는 아무 일도 할 수 없는 황제였다. 그것은 황제 스스로도 잘 알고 있는 일이었다. 고용보가 말한 대로 홍성궁에는 밤에 들러야 했다.

일각이 여삼추로 가슴을 조이던 황제가 어둠이 내리자마자 마음을 단단히 먹고 흥성궁으로 행차했다.

어서 오시라는 말도 없이 황후 다나시리가 매서운 눈으로 노려보았다. 당기세가 황후와 함께 있다가 몸을 일으켜 허리를 굽혔다.

"좌승상도 와 있었소?"

황제가 상석에 앉으며 물었다.

"예, 폐하."

당기세가 떨떠름한 낯빛으로 대꾸했다.

"폐하, 어찌 그러실 수가 있사옵니까? 개 돼지만도 못한 하찮은 고려 공녀 출신인 차궁녀한테 수태를 시키다니요?"

황제 앞에 앉은 다나시리가 금방 얼굴이라도 할퀼 듯한 표독스런 눈빛으로 노려보았다.

"그 일이 어쨌다는 말이오? 대원제국의 황제가 궁녀에게 수태를 시킨 것이 무에 잘못이란 말이오? 황후는 지금 투기를 하는 것이오?"

황제가 눈을 똑바로 뜨고 황후를 바라보았다.

그 모습에 다나시리가 뭐요? 설마 했더니, 그 천한 년한테 정말 수태를 시켰다는 말씀이오? 하고 당황한 눈초리로 노려보았다.

"황제는 누구라도 사랑할 수가 있소. 황궁의 어떤 여자라도 수태를 시킬 수가 있소. 짐은 기처서를 후궁으로 봉하려 하오."

황제가 거침없이 말했다.

그것은 고용보의 당부였다. 막 대전을 나오는 황제의 귀에 대고 고용보가 말했다.

─황제폐하의 뒤에는 소인과 중서령 백안첩목과 대호군 대장 연추발이가 있사옵니다. 조금도 심려하지 마시옵고 당당하게 대하시옵소서.

이미 만반의 대비를 하고 있다는 투였다. 하기는 황궁의 호위병이 오백 명이 넘었다. 그 가운데 오십 명쯤이 태평왕 쪽에 넘어가 있다고 해도 열 배가 넘는 병사였다. 더구나 이쪽에서 그쪽의 움직임을 환히 꿰뚫어 보고 있잖은가? 아무 것도 모른 채 기습을 당한다면 몰라도 그들의 일거수 일투족을 손바닥 보듯이 들여다보고 있잖은가? 황후 앞에서 기가 죽을 필요는 없었다.

차궁녀를 후궁으로 봉하겠다는 황제의 말에 황후가 입술을 깨물며 노려보았고, 당기세가 얼굴이 붉으락 푸르락하며 나섰다.

"황제 폐하, 황후마마께 그래도 되는 것입니까? 황제폐하가 지금의 황제위에 오른 것이 누구 덕입니까? 태평왕이신 소신의 아버지 덕이 아닙니까? 배은망덕도 유분수지, 어찌 그러실 수가 있습니까? 어찌 하찮은 고려 공녀를 침상에 들여 수태를 시킨단 말입니까?"

"그래서요? 좌승상은 지금 짐을 협박하는 것이오? 그런 좌승상은 어찌 고려 공녀를 둘이나 첩으로 데리고 있소?"

황제가 당기세를 노려보며 물었다.

"뭐, 뭐요?"

당기세가 주먹을 불끈 쥐고 일어섰다. 금방이라도 황제를 향해 주먹질이라도 할 태세였다. 꽉 움켜 쥔 두 주먹을 부르르 떨던 당기세가 밖을 향해 외쳤다.

"밖에 있느냐? 당장 들거라."

황후전의 문이 거칠게 열리고 칼을 든 병사 다섯 명이 뛰어 들어왔다. 그러나 칼끝을 겨눈 것은 황제가 아니라 황후와 당기세 쪽이었다.

"너, 너희들은 누구냐? 다루하치 장군은 어찌 함께 오지 않았느냐?"

당기세가 당황하여 소리를 지르는데, 황궁의 호위를 책임지고 있는 대호군 대장 연추발이가 들어왔다.

당장에 황제의 얼굴에 화색이 돌았다.

연추발이가 황제 앞에 엎드려 고했다.

"황제폐하, 좌승상, 당기세가 전 대호군 대장 다루하치와 공모하여 역모를 꾸몄사옵니다. 역적을 처단하도록 영을 내려주시옵소서."

"오냐, 좌승상의 목을 끊어 대도 거리에 효수하고, 황후 다나시리를 황궁옥사에 가두어 놓도록 하거라."

"예이, 분부대로 거행하겠나이다."

연추발이가 고개를 조아릴 때였다. 밖이 소란스럽더니, 당기세의 동생이며 황후의 둘째 오라버니인 타라하이가 달려들어와 살려주시옵소서, 황후마마, 하고 소리를 질렀다.

이미 사태가 그른 것을 깨달은 다나시리가 황제 앞에 엎드렸다.

"용서해 주시옵소서, 폐하."

"짐도 황후와 좌승상 형제를 용서하고 싶소. 허나, 태평왕 일가가 총동원되어 반란을 일으켰다는데, 어찌 내 자작으로 용서할 수가 있겠소?"

황제의 눈빛이 싸늘했다.

'이년, 아비와 오라비의 권세를 믿고 그리 기고만장하더니, 어디 당해 보거라. 내 어찌 너희 일가에게 인정을 베풀 수 있으리. 내 아버지를 살해한 원한이 가슴에 사무쳐 있거늘, 내 어찌 용서를 해주리.'

황제가 측은한 눈빛으로 황후와 그 오라비들을 바라보는데, 황후가 눈물까지 글썽이며 무릎걸음으로 다가왔다.

그 앞을 황궁의 병사 하나가 막아섰다.

병사의 다리를 사이에 두고 황후가 말했다.

"다시는 기처서한테 해꼬지를 하지 않겠사옵니다. 내일이라도 당장 기처서를 후궁에 봉하소서."

"황후가 말하지 않아도 기처서를 후궁에 봉할 것이오. 어찌 후궁이겠소? 짐의 용종을 수태한 기처서를 황후로 봉할 참이오. 그것은 짐이 알아서 할 일이오. 황후가 상관할 일이 아니오."

"폐, 폐하."

황후 다나시리가 통곡을 터뜨렸다.

"황제폐하, 남은 일은 소인이 알아서 처리하겠사옵니다. 대명전으로 납시옵소서."

대호군 대장 연추발이가 아뢰었다.

"알겠느니라. 황후는 옥사에 가두고, 좌승상 형제는 효수하도록 하라. 태평왕 또한 옥사에 가두도록 하라. 죄에 합당한 벌을 내리리라."

그런 명령을 내려놓고 황제가 흥성궁을 나왔다.

"소녀, 어르신의 은혜 잊지 않겠습니다. 살아서 못 갚으면 죽어서라도 갚겠습니다."

흥성궁의 옥사에서 나와 고용보의 뒤를 따르면서 기련이 말했다.

고용보가 박불화를 통해 아무 걱정 말라는 전갈은 보내왔으나, 가슴 조이는 하루였다. 입안에 침이 바싹 마르고, 숨을 쉴 때마다 가슴이 오그라들 만큼 초조했다.

비록 황제의 씨앗을 자궁에 심고 있다고는 해도, 황궁에서 아무런 실권이 없는 황제였다. 오히려 황제의 씨를 가지고 있다는 것이 목숨을 잃을 빌미가 될 수도 있었다. 다나시리의 채찍 앞에서는 몸을 웅크려 태아를 보호했고, 미리 대비해 놓았던 대로 거짓 달거리를 드러내 보임으로 일시의 위급한 상황은 피했다고 하나, 언제 황후가 다시 불러내어 자신과 태아에게 해꼬지를 할지 몰라 숨을 제대로 쉴 수 없을 지경이었다.

그것은 박불화가 흥성궁의 옥사로 은밀히 찾아와 어르신께서 걱정하지 말고 마음 편히 하루만 견디라고 했다는 말을 전한 다음에도 마찬가지였다. 고용보가 대원제국의 황실은 물론 조정에까지 막강한 힘을 발휘하고 있는 것은 알고 있었지만, 태평왕 쪽도 만만치 않음을 알고 있었기 때문이었다. 자칫 일이 잘못되면 자신의 목숨은 없는 것이나 마찬가지였다. 어떻게든 아들을 낳고, 그 아들이 황태자가 되고 황제의 황위에 올라야 했다. 그래야 작다는 이유 하나로 원의 속국이 되어 핍박을 받고 있는 고려를 구하고, 작게는 목 메이게도 그리운 어머니를 만날 수 있을 것이 아닌가? 아들이 황태자만 되면 황후는 꼭 안 되어도 좋았다. 어차피 조정의 관료들은 황태자의 어미인 자신에게 고개를 조아리게 되어 있지 않은가? 힘은 강한 쪽으로 쏠리게 마련이었다. 고용보한테도 말하지 않은 채, 자신의 자궁에 들어앉은 황제의 씨를 손으로 어루만지며 얼마나 다짐하고 또 다짐했던가? 꼭 아들이기를, 사타구니에 고추 하나를 달고 나와 대원제국의 황태자가 되기를 얼마나 빌고 빌었는가? 그 꿈이 허사로 돌아갈지도 모른다는 생각에 순간순간 눈앞이 아득했었다. 다시는 밝은 햇살도, 아름다운 달빛도 볼 수 없을지 모른다고 생각할 때마다 숨이 막히고 가슴이 아렸다.

그런데 이렇게 고용보가 손수 찾아와 모든 일이 끝났다면서 흥성궁의 옥사에서 꺼내어 대명전으로 데려가고 있잖은가. 이제는 살았구나, 싶었다. 이제는 내 안의 아이가 아들이기를 바라는 희망을 가져도 되겠구나, 그 아들이 황태자가 되어 장차 대원제국의 황제가 되는 꿈을 꾸어도 되겠구나, 싶은 생각에 자꾸만 걸음이 흔들렸다.

그때마다 고용보가 팔을 부축해 주었다.

"조심하거라. 네 몸이 얼마나 소중한 줄 아느냐? 네 안의 용종이 장차 작게는 너를 구하고 크게는 고려국을 구할 보배가 아니더냐?"

기련이 돌아보며 웃었다.

"소녀, 지금 정신이 하나도 없습니다. 이것이 꿈인지, 이것이 생시인지, 분간이 잘 안 됩니다. 한 시각 전까지만 해도 소녀는 죽는 줄만 알았사옵니다. 살아서 다시 어르신을 뵐 수 없을 것이라 믿었사옵니다."

"네가 그럴 줄 알고 내가 박불화를 보냈던 것이 아니더냐? 네가 쓸데없는 걱정으로 몸을 상할까봐 내가 불화를 보냈거늘, 나를 믿지 못했다는 말이더냐?"

"송구스럽사옵니다."

기련이 눈물을 글썽이며 하얗게 웃었다.

황제가 몇 번이나 기련을 찾았다는 대명전 환관의 전갈이었으나, 기련이 잠시 기다리라 이르고 우선 몸부터 씻었다. 황후를 속이기 위해 은밀한 곳을 가렸던 피문은 무명 수건을 걷고, 목욕부터 했다. 이틀 동안의 노심초사 때문에라도 대명전에 들자마자 황제가 몸부터 안아올 텐데, 냄새 풍기는 몸으로 황제의 품에 안길 수는 없었다.

정성스레 몸을 씻고, 향수까지 살짝 뿌린 기련이 차를 준비하여 대명전에 들어가자 황제가 벌떡 일어나 다가왔다.

"얼마나 고생이 심했느냐? 다나시리가 얼마나 모질게 너를 닦달했느냐? 네가 흥성궁에 잡혀갔다는 말을 듣고 내가 정신이 하나도 없었느니라."

황제의 눈이 축축해지고 있었다.

"송구스럽사옵니다. 폐하께 심려를 끼쳐드려 죽을 죄를 지었사옵니다."

다상에 다관을 내려놓고 기련이 대명전 바닥에 엎드렸다.

"어이하여 나한테까지 숨겼느냐? 수태한 사실을 숨기고 있었느냐? 내가 미리 알고 있었더라면 네가 그런 수모를 당하기 전에 어떻게든 너를 후궁으로 봉했을 것이 아니더냐? 아무리 악독한 황후일망정 후궁한테는 함부로 못한다는 것을 몰랐다는 말이더냐?"

"진맥도 받기 전에 발설할 수가 없었사옵니다. 한 달만 더 기다렸다가 소녀가 확실히 수태를 했을 때 말씀드리려고 했사옵니다."

"안다, 알아. 내일 당장 진맥을 받도록 하자. 태의에게 진맥을 받고 네가 확실히 수태를 했다면 내 너를 황후로 봉하리라. 황후로 봉하여 흥성궁의 당당한 주인이 되게 하리라."

"폐, 폐하. 서두르실 일이 아니옵니다. 아직 확실하지도 않사옵니다."

"설령, 수태를 못했으면 어쩌냐? 그것과는 상관없이 내게는 오직 너 하나뿐이니라."

황제가 기련을 일으켜 차상 앞으로 데리고 갔다.

"오늘은 차를 한번도 마시지 않았느니라. 이제 나는 네가 내어오는 차가 아니면 마시기가 싫니라. 아니, 마실 수가 없느니라."

"소녀, 죽을 때까지 폐하의 차를 내겠사옵니다."

"황후가 되어서도 차를 내겠다는 말이더냐?"

"폐하께서 즐겨 드실 수만 있다면 어찌 못 내겠사옵니까? 어서, 차를 드시옵소서. 차가 벌써 식었겠나이다."

기련이 차를 따라 황제 앞에 놓았다.

그걸 한 모금 마신 황제의 얼굴에 기쁨이 넘쳐흘렀다.

"이제야 살맛이 나는구나. 하루내 죽을 맛이더니, 이제야 살맛이

나는구나. 내가 왜 이러는지 나도 모르겠구나. 네가 내 곁에 없으면 나 또한 살 수 없을 것 같구나."

"황공하옵니다, 황제폐하."

기련의 눈에 눈물이 가득 고였다. 내일 태의의 진맥을 받았을 때 수태가 아니면 어찌하나, 그런 걱정이 잠시 뇌리를 스쳐갔으나, 그 것은 어차피 사람의 힘으로는 어쩔 수 없는 일이 아닌가. 하늘에 맡 기는 수밖에 없었다.

"침상으로 들자. 내 너를 안고 싶구나."

황제가 먼저 일어서서 기련의 허리를 부축하여 일으켰다. 다시 기 련의 온몸으로 즐거움이 흘러가고 있었다. 침상에 오른 황제가 기련 의 몸을 더욱 기쁘게 해주었다. 아직도 시퍼런 채찍 자국을 입술로 애무해 주었다. 이런 모진 짓을 하다니, 같은 여자 몸으로 이런 모진 짓을 하다니, 내 다나시리를 살려두지 않으리라, 중얼거리며 애무해 주었다.

다음 날 오전이었다. 잠시 후에 있을 태의의 진맥 때문에 기련이 시름에 파묻혀 있는데 고용보가 찾아왔다.

"얼굴을 보니까, 너 혼자 걱정을 하고 있었구나."

"소녀, 어찌했으면 좋을지를 모르겠습니다, 어르신. 어디로 숨고 싶기만 합니다."

기련이 울상을 지었다.

"허나, 피할 수 없는 길이니라. 어차피 태의의 진맥은 받아야 하느 니라."

고용보가 말했다.

"만약 수태가 아니면 어찌하지요? 황제폐하의 실망하심을 어찌 감당하지요?"

"하늘이 하는 일이 아니더냐? 걱정하지 말고 진맥을 받도록 하자. 설령 네가 수태를 하지 않았다고 해도 황제폐하의 사랑이 식기야 하겠느냐? 앞으로는 황후도 너한테 횡포를 부리지 못할 것이니, 마음 놓고 황제폐하의 침상에 들 것이 아니더냐? 그때 수태를 해도 늦지는 않을 것이니라."

"소녀는 어르신만 믿사옵니다."

"어서 가자. 태의가 벌써 대명전에 들어 기다리고 있느니라."

"예, 어르신. 피할 수 없는 길이라면 가야지요."

기련이 마음을 가라앉히고 고용보를 따라갔다.

"황제폐하, 감축드리옵니다. 기처서가 폐하의 용종을 수태하고 있는 것이 확실하옵니다."

기련의 진맥을 마친 태의가 납작 엎드려 고했다.

"그 말이 참이더냐? 기처서가 진정 수태를 했다는 말이더냐?"

황제가 얼굴에 기쁨을 띠고 물었다.

"어찌 거짓을 아뢰리까? 석 달째 되어가옵니다."

"오냐, 알겠느니라. 내 너에게는 큰 상을 내릴 것이니라. 앞으로는 더욱 정성으로 기처서와 태아를 돌보도록 하여라. 조금이라도 잘못되는 일이 있으면 내 너를 용서하지 않으리라."

"성심을 다해 보살피겠나이다."

태의가 물러간 다음 황제가 기련의 손을 잡아 가슴으로 끌어 당겼다.

"고맙구나. 내 소원을 이루어 주어서 고맙구나. 나는 너보다 다나시리가 먼저 수태를 할까, 노심초사했었구나. 다나시리가 수태한 것을 빌미로 나와 너를 더욱 핍박할까, 걱정이 많았구나."

황제의 목소리에서 물기가 묻어났다.

"황은에 감사하고, 또 감사할 뿐이옵니다. 모두가 황은이옵니다. 하찮은 소녀를 위하여 제주도에 원당사라는 절까지 지어주시고, 황후마마의 핍박을 받으시면서도 소녀만을 아껴주신 황제폐하의 황은이시옵니다."

기련이 눈물을 흘리며 한사코 황제의 품안으로 파고들었다. 아직 물러가지 않은 고용보가 지켜보고 있었지만, 새삼 부끄러울 것도 없었다.

"내 너를 위해서라면 무슨 일이든지 할 것이니라. 어디, 네 소원을 말해 보거라."

"소녀, 아무런 소원도 없사옵니다. 황제폐하의 용종을 가진 것만으로도 기쁨이 차고 넘쳐 흐르나이다. 앞으로도 소녀는 황제폐하께 차를 올리면서 살겠나이다."

기련의 말에 황제가 고개를 내저었다.

"내 어찌 너를 차궁녀로 두겠느냐? 이 보거라, 고환관. 당장 중서령 백안첩목을 들라 이르거라."

황제가 고용보에게 영을 내렸다.

그런데 고용보가 물러가지 않고 멈칫거리고 있었다.

"왜, 아니 물러가느냐? 당장 중서령을 불러오라고 했지 않느냐?"

황제가 눈을 부릅 떴다.

이제 태평왕과 그 아들들이 사라졌으니, 무서울 것이 없었다. 백안첩목은 어차피 한직으로 물러났거나, 집에 칩거하고 있어야할 사람을 중서령이라는 막중한 벼슬을 내려주었지 않은가? 황제인 자신의 말을 안 들을 수가 없었다.

"중서령은 무슨 일로 부르시는지요? 황제폐하."

고용보가 무엄하게도 여쭈었다.

"내 당장 기처서를 황후에 봉하려고 하느니라."

황제는 한시가 급했다. 기련을 황후로 봉하여 흥성궁의 주인으로 들어앉히고 싶었다. 기련을 흥성궁의 주인으로 만들어 떳떳하게 드나들고 싶었다.

"황제폐하, 그 일이라면 너무 서두르시는 것이 아니신지요? 아직 다나시리 황후가 흥성궁의 옥사에 있사옵니다. 그리고 태평왕과 그 아들들이 효수를 당하지 않은 걸로 알고 있사옵니다. 이번 반란죄의 처벌이 끝난 다음에 처리하셔도 늦지 않을 것이옵니다. 통촉하여 주시옵소서."

고용보의 말에 황제가 그제서야 고개를 주억거렸다.

"그렇구나. 내가 너무 기쁜 나머지 서둘렀구나. 오냐, 그렇다면 한시라도 빨리 태평왕 일가를 효수하고, 다나시리를 귀양을 보내도록 하거라. 내 마음 같아서는 제 일가와 함께 효수를 시키고 싶다만, 명색이 황후인데 그럴 수도 없으니. 귀양을 보내도록 하거라."

"귀양을 보냈다가 사사하는 방법도 있을 것이옵니다."

고용보의 말에 황제가 고개를 끄덕이며 말했다.

"허나, 오래 살려 둘 것은 없느니라. 이제야 내 아버지를 살해한 원수를 내가 갚는구나. 이것이 모두 고환관, 네 덕이니라. 내 그 은공을 잊지 않으리라."

"황은이 망극하옵니다. 더욱 성심을 다하여 황제폐하를 받들겠나이다."

고용보가 허리를 조아리고 대전을 나갔다.

"기처서야, 잠시만 더 기다리자꾸나. 내가 이미 너를 황후로 정하였는데, 누가 반대를 하겠느냐? 이제 너는 대원제국의 황후니라."

황제가 자신있게 말했다.

그러나 일은 황제의 뜻대로 돌아가지 않았다. 대평왕 일가를 참수하여 대도 네거리에 효수하고, 귀양을 가던 다나시리를 사사한 다음 불러들인 중서령 백안첩목이 기련의 황후 책봉을 반대하고 나온 것이었다.

"중서령, 이번 반란죄의 진압에는 중서령의 공이 컸소. 짐이 그 공을 치하하기 위하여 그대를 진성왕에 봉하려 하는데 어떠시오?"

황제가 고용보의 주청대로 먼저 백안첩목을 진성왕으로 봉한다고 말했다.

"황은이 망극하옵니다. 사실 이번 반란죄의 진압에는 환관 고용보의 공이 컸사옵니다. 고용보가 아니었으면 황제폐하께오서 큰일을 당하실 뻔하였사옵니다. 먼저 고용보의 공부터 상을 내리시옵소서.”

“고환관에게는 내가 따로이 작정해둔 바가 있으니, 우선 중서령이 먼저 진성왕이 되어 짐을 보필해 주시오.”

“소신, 폐하의 하명을 따르겠나이다.”

중서령 백안첩목이 고개를 조아렸다.

“또한 그동안 짐 곁에서 차시중을 들던 차궁녀 기처서를 황후로 봉하려 하오. 진성왕은 그 일을 서둘러 주시오. 하루라도 흥성궁에 주인이 없어서는 안 될 일이지요.”

황제의 말에 백안첩목이 고개를 발딱 치켜들었다.

응당, 그리하시옵소서, 하는 말이 나올 것을 기대했던 황제가 백안첩목을 바라보았다.

“그것은 아니 될 일이옵니다, 황제폐하.”

“아니 된다?”

황제가 무슨 소리냐는 듯이 백안첩목을 쏘아보았다.

“어찌 하찮은 고려 공녀 출신이 대원제국의 황후가 될 수 있겠사옵니까? 통촉하여 주시옵소서.”

백안첩목이 마주 바라보았다.

그 눈빛에 조금의 흔들림이 없었다.

“이보시오, 진성왕. 기처서는 이미 짐의 아이를 수태하고 있소. 그만하면 대원제국의 황후 자격이 충분한 것이 아니오?”

“아무리 그러셔도 아니 되옵니다. 황제폐하께오서도 아실 것입니다만, 대원제국의 황후는 몽고족 여자만이 될 수 있사옵니다. 기처서는 후궁으로 봉하시고, 황후마마는 몽고족 여자 가운데서 간택하시기 바라옵니다."

"짐은 몽고족 여자는 싫소. 그리 알고 기처서를 황후로 봉하도록 하시오."

"아니 되옵니다. 소신을 진성왕에 제수하신 것이 기처서를 황후로 봉하기 위해서라면 소신은 진성왕을 사양하겠나이다."

백안첩목이 조금도 굴하지 않자 얼핏 황제의 용안에 당혹감이 떠올랐다.

"진성왕을 사양하겠다?"

"그렇사옵니다. 법도를 어길 수는 없사옵니다. 어찌 하찮은 고려 공녀가 대원제국의 황후가 될 수 있겠사옵니까? 소신의 진성왕 제수를 거두어 주시옵소서."

순간 황제의 용안이 실룩였다.

"알겠소. 중서령에게 진성왕을 제수하는 것은 뒤로 미루겠소. 알겠으니, 물러가도록 하시오."

"다시 한번 아뢰옵니다만, 고려 공녀를 황후로 봉하는 것은 천부당 만부당한 일이옵니다. 통촉하여 주시옵소서."

"알겠다고 했잖소? 알았으니, 그만 물러가도록 하시오."

황제가 고개를 돌려버리자 백안첩목이 두 번 허리를 조아리고 대명전을 나갔다. 밖에서 다 듣고 있던 고용보가 들어왔다.

"고환관, 중서령이 저리 반대를 하니, 어찌했으면 좋겠느냐?"

"일단은 황후 책봉을 잠시만 뒤로 미루시옵소서."

"한시가 급한데 뒤로 미루다니?"

"중서령 백안첩목이 황제폐하께오서 제수하신 진성왕까지 사양하는 걸로 보아, 기처서를 황후로 봉하는 일이 쉽지가 않겠나이다."

"그렇다면 기처서를 계속 차궁녀로 두고 다른 몽고족 여자를 황후로 봉해야 한다는 말이더냐? 짐은 그것은 싫으니라."

황제가 고개를 내저었다.

그 모습을 잠시 바라보던 고용보가 아뢰었다.

"하오나, 황제폐하. 중서령 백안첩목의 말이 틀린 것은 아니옵니다. 지금까지 대원제국의 황후는 모두가 몽고족의 여자였사옵니다. 고려 여자나 한족의 여자는 황후가 된 일도 없을 뿐만 아니라, 대원제국의 황후는 몽고족의 여자만이 될 수 있었사옵니다. 그 전통을 하루 아침에 바꾸기는 힘이 들 것이옵니다. 더구나 중서령 백안첩목이 반대를 하면 어쩔 수가 없사옵니다."

"그래서 진성왕까지 제수했던 것이 아니더냐?"

"하오나, 중서령 백안첩목은 진성왕을 사양했사옵니다. 중서령이 찬성을 하면 다른 신료들을 설득할 수 있을 것입니다만, 백안첩목 중서령이 반대하니, 어쩔 수가 없사옵니다."

"그렇다면 기처서를 황후로 봉하는 일은 영 틀렸다는 말이냐?"

황제가 얼굴을 찡그리며 물었다.

"먼저 중서령 백안첩목과 황궁의 호위대장인 대호군 대장 연추발이의 직을 거두시옵소서."

고용보가 아뢰었다.

"백안 중서령을 아예 내치자는 말이더냐?"

"그렇사옵니다. 비록 이번 반란을 진압하는 데는 공이 있다하나, 황제폐하의 간절한 뜻을 한 마디로 거절한 중서령 백안첩목이옵니다. 이번의 작은 공을 믿고 앞으로는 더욱 기고만장해질 것이옵니다. 아예 화의 근원을 뽑아버려야 할 것이옵니다."

"허나, 단지 기처서의 황후 책봉에 반대했다 하여 물러나게 할 수는 없지 않겠느냐? 옳은 말을 했다 하여 중서령을 물러나게 한다면 조정의 기강이 서겠느냐?"

황제가 난감한 표정을 지었다.

"그 일 때문에 물러나게 할 수는 없겠지요. 하오나 백안첩목은 대원제국의 중서령으로 그동안 체통 없는 짓을 많이 하였사옵니다. 지방관리를 임명하면서 뇌물을 받았으며, 고려국에 사신으로 가서는 고려국 조정 관리의 부인을 간음했다 하옵니다."

"그런 일이 있었느냐? 헌데 왜 나한테 보고를 하지 않았느냐?"

"그것은 그런 일이 다반사로 일어났기 때문이옵니다. 지금 대원제국의 벼슬아치들은 기회만 있으면 뇌물을 거두어 들이고 있으며, 고려국에 사신으로 가면 사사로이 공녀를 데리고 오는 것은 물론 항간의 아녀자일지라도 단지 아름답다는 이유로 강간을 한다 하옵니다."

고용보가 아뢰는 말에 황제의 얼굴이 일그러졌다.

"중서령은 그 일을 핑계로 물러나게 하면 되겠고, 대호군 대장 연추발이는 무슨 명목으로 교체를 한다는 말이더냐?"

"연추발이 역시 비슷한 죄목을 들이대면 될 것이옵니다. 일단은 황궁을 황제폐하께오서 장악하셔야 할 걸로 믿사옵니다. 기처서를 황후로 책봉하는 문제는 조정을 정리하고 난 다음에 논의해도 늦지 않을 것이옵니다."

이미 작정하고 있었던 듯 고용보가 거침없이 아뢰었다.

황제가 물었다.

"하면 중서령은 누구를 앉히면 좋겠느냐?"

고용보가 역시 미리 염두에 두고 있었던 듯 망설이지 않고 아뢰었다.

"우승상 맹사태를 중서령으로 앉히시고, 좌우승상은 맹사태와 의논하여 임명을 하면 될 것이옵니다. 또한 대호군 대장은 대도를 수비하는 소호군 대장 아답태를 앉히면 될 것이옵니다. 우승상 맹사태를 불러들여 중서령으로 임명하신 다음, 그로 하여금 대호군 대장과 소호군 대장을 임명하게 하시옵소서."

"알겠느니라. 우선 우승상 맹사태를 불러오너라. 그런데 맹사태도 기처서의 황후 책봉에 반대를 하면 어쩌느냐?"

황제가 용안에 잔뜩 걱정을 띤 채 물었다.

"당분간은 황후 책봉문제는 꺼내지 마시옵소서."

"그러다가 기처서가 영영 황후에 책봉되지 못하면 어찌하느냐? 짐은 다른 여자는 싫구나."

"너무 조급해하지 마시옵소서. 길이 있을 것이옵니다."

"나는 고환관만 믿느니라."

황제가 신뢰가 가득 담긴 눈빛으로 고용보를 바라보았다.

"황은이 망극하옵니다."

고용보가 뒷걸음질로 물러간 다음 기련이 차를 가지고 들어왔다.

차를 한 모금 마시고 난 황제가 한숨을 내쉬었다.

"망극하옵니다, 황제폐하. 어인 일로 한숨을 쉬시는지요."

기련이 황제의 눈을 들여다보며 물었다.

"대원제국의 황제 자리라는 것이 참으로 한심하지 않느냐? 내가 사랑하는 너를 황후로 봉하겠다는데 모두들 안 된다고만 하는구나. 자기가 사랑하는 여인을 아내로 삼는 일조차 마음대로 할 수 없다면 그것이 무슨 황제냐?"

"망극, 또 망극 하옵니다, 폐하. 소녀로 인하여 용안에 그늘을 지우지 마시옵소서. 소녀는 추호도 황후가 되고 싶은 욕심이 없사옵니다."

"내 어찌 네 착한 심성을 모르겠느냐? 그러니 더욱 너를 황후로 봉하려는 것이니라. 너처럼 심성이 착한 여자가 황후가 되어야만 대원제국의 백성들이 편안한 삶을 살 것이 아니더냐? 거칠고 무식한 몽고족의 여자가 황후가 되면 제 뱃속 채우는 데만 급급할 것이 아니더냐? 황후의 위세를 믿고 일가를 끌어들여 반역이나 꾀하러 들 것이 아니더냐?"

"몽고족의 여자라고 어찌 다 그렇겠나이까? 찾아보면 폐하의 마음에 꼭 드는 황후감이 나타날 것이옵니다. 그런 분을 찾아 황후로 책봉하시고 심기를 편히 가지시옵소서."

"아니다. 나는 네가 아니면 그 누구도 황후로 책봉하지 않을 것이니라."

황제가 고개를 내저었다.

기련이 눈물 글썽이는 눈으로 한참을 바라보다가 황제의 가슴에 얼굴을 묻었다.

"폐하, 어제는 뱃속의 아기가 발길질을 했사옵니다."

"그랬느냐? 아프지는 않았느냐?"

황제가 얼굴에 웃음을 띠고 물으며 손 하나를 기련의 배 위로 가져갔다. 가만히 손을 대자 아닌 게 아니라 움직임이 손끝에 느껴졌다.

"방금도 움직였사옵니다, 폐하."

"나도 그걸 느끼고 있었느니라. 참으로 신비하구나. 네 안에 내 자식이 들어있다니. 더욱 몸조심 하거라. 많은 고통을 겪고 태어나는 아이이니, 틀림없이 황태자가 될 아들일 것이니라. 나를 아끼듯이 이 아이 역시 아껴야 할 것이니라."

"알겠사옵니다, 폐하. 소녀가 어찌 폐하의 영을 한 치라도 소홀히 하겠나이까?"

기련이 황제의 가슴에 얼굴을 묻고 어깨를 들썩였다.

"울지 말거라, 내 무슨 수를 쓰건 너를 황후로 책봉할 것이니라."

황제가 다짐했다.

그러나 새로 임명된 중서령 맹사태도 기련을 황후로 봉하는 일에는 난색을 표시했다.

"맹중서령도 기처서가 고려국의 여자라서 황후가 될 수 없다는 것이오?"

"그렇사옵니다. 조정의 모든 대신들이 그 일만은 불가하다고 소신에게 주청하고 있사옵니다."

"우리 대원제국의 여자들은 고려국 왕의 왕비가 되고 있잖소? 헌데 어찌 고려국 여자는 대원제국의 황후가 될 수 없다는 말이오?"

"고려국은 대원제국의 속국이옵니다. 속국이기 때문에 사위나라가 될 수가 있사옵니다. 하오나 대원제국은 고려국의 속국이 아니옵니다. 어찌 대원제국의 대황제께오서 고려국 총부산랑이라는 하찮은 벼슬아치의 사위가 될 수 있겠사옵니까? 통촉하여 주시옵소서. 하루라도 홍성궁을 비워두어서는 아니될 것이옵니다. 나라에 금혼령을 내리시옵고, 황후 간택에 들어가셔야 할 것이옵니다."

"싫소. 짐은 기처서가 아니면 누구도 황후로 봉하고 싶지 않소."

황제가 고집을 부렸다.

"황제폐하, 이 일은 폐하께오서 싫다고 아니하실 수 없는 일이옵니다. 황궁에 황후가 없다는 것은 이치에 맞지 않은 일이옵니다."

"그러니 기처서를 황후로 봉하자고 하지 않소?"

"폐, 폐하. 그것은 아니 되옵니다. 설령 폐하께오서 소신의 목을 자른다고 하실지라도 될 수가 없는 일이옵니다. 그것은 사내아이를 계집아이로 바꾸자는 말씀이나 마찬가지이옵니다."

"알았소. 알았으니, 물러가도록 하시오."

황제가 고개를 돌려버렸다.

맹사태가 얼굴이 벌겋게 달아오른 채 대명전을 물러갔다.

'내가 참으로 한심한 황제가 아닌가? 황후 하나도 내 마음대로 책봉할 수 없는 껍데기뿐인 황제가 아닌가?'

황제는 답답했다. 고용보를 불러들이려다가 고개를 저어버렸다.

다른 일은 물으면 묻는 대로 속시원한 해결책을 제시해 주던 고용보마저 황후책봉 문제만은 뾰족한 수가 없는 모양이었다. 하긴 고용보로서도 대원제국의 법도를 바꾸자고 나올 수는 없을 것이었다. 비록 황궁에서 누구보다 막강한 황제의 신임을 얻고 있고, 조정의 신료들조차도 그 앞에서는 머리를 조아릴망정 고려국 출신이 아니던가? 같은 고려국 출신인 기처서를 위하여 백년 가까이 내려온 대원제국의 법도를 무너뜨리자고 앞장을 설 수는 없을 것이었다.

날마다 중서령 맹사태가 대전에 들어 황후 책봉 건을 주청드렸으나, 황제는 고개를 끄덕이지 않았다. 꼭 몽고 출신만이 황후가 될 수 있다면 차라리 흥성궁에 황후를 들이지 않을 생각이었다. 나날이 배가 불러가는 기처서를 위해서도 그것은 안 될 일이었다.

조정에서는 한 목소리로 황후를 책봉하여야 한다고 떠들었으나, 막상 기처서의 이름이 들먹여지면 아무도 입을 열지 않았다. 찬성하지도 않았지만, 그렇다고 입을 열어 반대를 하는 신료도 없었다. 자칫 기처서는 안 된다고 앞장서서 떠들었다가 황제한테 미운털이라도 박힌다면 하루 아침에 모가지가 달아날 판이었다. 황후는 마음대로 책봉할 수 없는 황제였지만, 벼슬아치의 모가지 하나쯤은 하루에도 열두 번씩 떼었다 붙일 수 있었다.

처음에는 당장 황후를 책봉하지 않으면 큰 일이라도 날 듯이 서두르던 맹사태도 한 달이 지나고 두 달이 지나자 대전을 찾는 횟수가 줄어들었다.

하루는 황제가 고용보를 불러들여 물었다.

"고환관, 짐의 뜻을 따를 수 있는 중서령감이 없겠느냐? 기처서를 황후로 책봉하는데 앞장설 수 있는 중서령감이 없겠느냐?"

고용보가 난감한 표정으로 잠시 침묵을 지키다가 입을 열었다.

"황제폐하께오서 속국인 고려국의 부마가 되는 것을 모든 신료들이 합당치 않게 여기고 있사옵니다. 대원제국 황실의 체통이 깎인다고 여기고 있사옵니다."

"하면 홍성궁을 언제까지 비워 놓는다는 말이더냐? 기처서를 언제까지 좁디좁은 차실에서 머무르게 한다는 말이더냐? 고환관, 차라리 기처서를 후궁에 먼저 봉하는 것이 어떻겠느냐? 후궁이라도 되면 넓은 후궁전에서 살 수 있을 것이 아니더냐? 짐이 마음놓고 드나들 수도 있고 말이니라."

"하오나, 황제폐하, 기처서를 후궁으로 봉하고 나면 폐하께옵서 황후를 들이지 않을 명분이 없어지옵니다."

"그렇구나. 네 말이 옳구나. 조정의 대신들이 고집을 꺾을 때까지 기다려야겠구나. 기처서를 후궁으로 봉하고 나면 신료들이 황후를 맞으라고 벌떼처럼 달려들겠구나. 허나 걱정이구나. 기처서의 배가 날마다 불러오고 있잖느냐? 산달이 두어 달 앞으로 다가오지 않았느냐? 기처서가 좁은 차실에서 아이를 낳게 생겼구나."

"그 일은 심려하지 마시옵소서. 폐하께오서 영을 내리시면 당장 산청이 설치될 것이옵니다. 비록 차궁녀 신분일망정 용종을 낳을 기처서를 어찌 좁은 차실에 두겠사옵니까?"

고용보의 말에 황제의 낯색이 밝아졌다.

"옳구나. 흥성궁에 산청을 설치하라 이르면 되겠구나. 그리되면 기처서가 황후가 되지 않고도 흥성궁의 주인이 되는 것이 아니더냐? 아이를 낳은 다음에도 거기에서 머물게 하면 될 것이 아니더냐?"

황제의 말에 고용보가 웃으며 대꾸했다.

"그것은 아니 될 일이옵니다. 황제폐하께오서 신료들의 웃음거리가 되시옵니다."

"내가 웃음거리가 된다?"

"그렇사옵니다. 지금 기처서를 황후로 책봉하는데 모든 신료들이 반대를 하는 것은 체면 때문이기도 하옵니다만, 법도를 따르기 위함이옵니다. 흥성궁에 산청을 설치하는 것은 법도가 아니옵니다."

"알겠느니라. 내일이라도 당장 황궁에서 제일 넓은 전각에 산청을 설치하라고 해야겠구나. 우선은 그리라도 해야겠구나. 내 어찌 그것을 몰랐을꼬?"

황제가 서둘렀다.

"미안하구나, 대원제국의 조정을 손에 쥐고 흔드는 나도 네가 황후로 책봉되는 일은 어쩔 수가 없구나. 조정 신료들의 고집이 너무 완강하구나."

기련을 황궁의 한적한 전각에 마련한 산청으로 데리고 가며 고용보가 말했다.

"아닙니다. 지금까지 어르신께 입은 은혜만으로도 살아서는 다 갚지 못할 크나 큰 은혜입니다. 소녀 때문에 심려하지 마십시오."

"허나 아들만 낳거라. 장차 황태자가 될 아들을 낳으면 사정이 달라질 것이니라. 황태자의 어미를 황후로 봉하겠다는데 누가 감히 반대를 하고 나오겠느냐?"

"그 일이야 하늘이 하실 일이 아닙니까? 바람대로 된다면 세상에 이루지 못할 일이 무엇이겠사옵니까? 제주에 있는 원당사의 부처님께서 도와주시면 아들을 낳겠지요."

"그렇게 편한 마음을 갖거라. 날마다 태의가 들러 네 안위를 살필 것이니라."

"알겠습니다. 하온데, 황제폐하의 차시중은 어찌하지요? 가까운 곳이면 소녀가 차를 내겠습니다만, 대명전과 산청은 너무 멉니다."

"이제 황제폐하의 차시중은 걱정하지 말거라. 네가 내는 차가 맛이 좋기는 했다만, 황제폐께오서 꼭 차 때문에 너를 가까이 하셨겠느냐? 따로이 차궁녀를 둘 것이니라. 가끔 황제폐께오서 납시시면 그때 차대접을 하면 될 것이니라."

"알겠습니다."

그럼, 몸조리 잘 하거라, 하는 말을 남기고 고용보가 대명전으로 돌아간 다음이었다. 기련은 갑자기 세상이 너무 적막한 것을 느꼈다. 산청에 딸린 궁녀들이 열 명 남짓이었고, 나이 든 궁녀가 그림자처럼 따라다니며 시중을 들었으나, 혼자 외딴 섬에 갇혀있는 듯 답답했다.

그런 기련을 위하여 황제가 하루에 한번씩 찾아와 주었다.

"아들만 낳거라. 내 너를 무슨 일이있더라도 황후로 봉할 것이니라."

"너무 심려하지 마시옵소서. 소녀는 이제 꼭 아들을 낳아야 한다는 욕심도 버렸사옵니다. 만약 소녀의 뱃속에 든 용종이 사내가 아니라 계집이라면 얼마나 섭섭하겠사옵니까? 소녀는 원당사 부처님의 뜻에 따를 것이옵니다. 그분이 점지해 주신 대로 낳겠사옵니다."

"하긴, 네 말이 옳구나. 사람이 어찌 아들 딸을 가려서 낳겠느냐? 허나 걱정하지 말거라. 네가 설령 태자가 아니라 공주를 낳는다고 해도 내 너를 버리지 않을 것이니라. 너와 함께 살다가 너와 함께 세상을 마칠 것이니라."

"황은이 망극하옵니다. 소녀, 너무 크옵신 황은에 몸둘 바를 모르겠사옵니다."

"마음을 편히 갖거라. 네 말대로 꼭 아들을 낳아야겠다는 욕심을 버리거라. 그러면 한결 마음이 편해질 것이 아니더냐? 역시 네가 내는 차를 마셨더니, 정신이 한결 맑아지는 것 같구나."

"황공하옵니다."

산청에서 기련과 함께 자겠다고 고집을 부리다가 그것은 아니 될 일이라는 고용보의 말에 애틋한 눈빛을 남기고 황제가 돌아갔다.

'내가 정말 아들이 아닌 딸을 낳아도 황제폐하께서 사랑을 거두어 가시지 않을까? 조금 전의 약조를 지켜주실까?'

그것은 모를 일이었다. 듣기 좋으라고 그냥 해본 소리일 수도 있었다. 외따로 떨어진 산청에 사랑하는 여인을 두고 떠나려는 사내의 애틋한 마음의 표현일지도 몰랐다. 그래도 기련은 행복했다. 한 사내의 극진한 사랑을 받는다는 사실이 그렇게 행복할 수가 없었다. 지금까지 세 해 남짓 받은 사랑만으로도 충분하다는 생각이 들기도 했다. 공녀가 되어 멀고 먼 길을 끌려올 때에는 오늘의 이런 기쁨을 누릴 줄 짐작이나 했었는가? 잘 풀리면 원나라 벼슬아치의 첩실이 되고, 조금 잘못 풀리면 벼슬아치 집의 하녀가 되고, 그것도 아니면 대도 주막의 작부가 되어 거칠은 몽고 사내들을 상대로 춤과 노래를 팔아야 한다고 했었지 않은가? 기련은 이제 죽어도 여한은 없다고 생각했다. 겉으로 드러나는 영화는 아니었지만, 대원제국 황제의 극진한 사랑을 한 몸에 받으며 살았지 않은가?

그래도 기련은 아들을 낳고 싶었다. 꼭 황후가 탐이 나서가 아니었다. 우선은 황제가 그토록 바라는 황태자이니, 낳고 싶었고, 작은 나라 고려국의 여자로서, 그것도 공녀로 끌려온 자신이 낳은 아들이 대원제국의 황제위에 오르는 모습을 보고 싶었다.

'내가 욕심을 부리면 죄를 받아. 아들이건 딸이건 주신대로 감사히 받으면 될 일을 가지고. 내가 또 욕심을 부렸구나.'

딸을 낳으면 어찌하나, 걱정을 하다가도 기련은 자신의 마음을 다스렸다. 그러다가도 부처님, 부디 아들을 낳게 해주십시오, 빌기도 했고, 엄니, 엄니, 소녀가 아들을 낳게 도와 주십시오, 하고 간절한 마음으로 중얼거리기도 했다.

가을이 깊은 어느 날 기련의 산통이 시작되었다. 산청 뜰의 아름드리 은행나무에서 노란 은행잎이 우수수 떨어지는 모습을 보고 있는데, 싸르르 진통이 시작되었다. 그렇게 시작된 진통은 밤을 꼬박 새웠다. 아이가 세상으로 나오려고 살을 찢을 때마다 기련이 목이 찢어져라 고함을 질렀다. 문풍지가 푸르륵 떨었고, 뜰의 은행나무가 우수수 우수수 잎을 떨구었다.

노란 은행잎이 산청 뜰을 가득 채운 새벽녘에 기련이 아이를 낳았다. 마지막 살이 찢기면서 목이 찢어져라 고함을 지르고 무엇인가 툭 빠져나가는 듯한 시원함을 느끼며 깜박 정신을 잃었다. 머리가 아득해지는 속에서도 기련은 우렁찬 아이의 울음소리를 들었다.

'드디어 내가 아이를 낳았어. 대원제국 황제의 아이를 낳았어. 헌데 아들일까? 딸일까?'

출산을 돕던 나이 많은 궁녀에게 묻고 싶었으나, 기련은 입도 달싹일 수가 없었다. 스르르 정신을 잃는 참인데, 나이 든 궁녀가 나즉이 말했다.

"감축드립니다. 태자님이십니다."

기련이 입가에 살풋 웃음을 띠우며 정신을 잃었다.

7

제2황후가 되다

박불화로부터 기련이 태자를 낳았다는 전갈을 받은 고용보가 곧바로 대명전으로 들어갔다. 기련의 산통이 시작되었다는 전갈에 잠을 이루지 못하고 꼬박 앉아서 새운 황제가 기처서가 아이를 낳았느냐? 하고 다급하게 물었다.

"조금 전에 낳았다고 하옵니다, 황제폐하."

고용보의 목소리가 떨리고 있었다.

"무엇을 낳았느냐? 태자냐? 공주냐?"

황제가 큰 소리로 물었다.

"태자마마라고 하옵니다. 감축, 또 감축 드리옵니다."

"됐구나, 이제야 기처서를 황후로 책봉하게 되었구나. 참으로 기쁜 일이구나. 고환관, 내가 지금 산청으로 기처서를 찾아갈 것이니, 차비를 하거라."

황제가 서둘렀다.

205

"아니 되옵니다, 황제폐하. 비록 폐하라고 하실망정 산청에는 이레 후에나 납시셔야 할 것이옵니다."

"이레 후에나?"

"그렇사옵니다. 이레 후에나 납시셔야할 것이옵니다."

"아, 애비가 자식을 보러 가는데도 격식을 따져야 한다더냐?"

"그것이 관례이옵니다. 그리 긴 시간이 아니옵니다. 이레만 참으시옵소서."

"나는 당장 기처서를 위로하고 싶니라. 태자를 낳은 것을 치하하고 싶니라. 당장 찾아갈 방법이 없겠느냐?"

"참으시오소서. 그것보다도 황제폐하께오서 진정 기처서를 황후로 책봉하시려거든 이제 서두르시오소서. 기처서를 황후로 책봉한다는 칙서를 내리시고 납시시면 더욱 좋은 일이 될 것이옵니다."

"네 말이 옳구나. 기처서를 황후로 책봉하는 것이 급하구나. 황태자의 어머니를 어찌 처서로 둔다는 말이더냐? 응당 황후가 되어야지. 이제는 누구도 반대하지 않겠지?"

황제가 얼굴 가득 기쁨을 띠고 물었다.

그러나 고용보의 대답은 시원치가 않았다. 어두운 얼굴로 황제를 가만히 바라보기만 할 뿐이었다. 그것이 마음에 걸렸으나 황제가 서둘러 중서령 맹사태를 불러들였다.

이미 기련이 태자를 낳은 것을 알고 있던 맹사태가 황제 앞에 납작 엎드려 입을 열었다.

"감축 드리옵니다, 황제폐하."

"고맙소, 중서령. 기처서가 태자를 낳았으니, 이제 황후로 책봉하는 것을 반대하지 않겠지요? 오늘이라도 당장 기처서를 황후로 책봉하는 절차를 밟으시오."

황제가 당당하게 영을 내렸다.

그러나 맹사태가 두번 고개를 조아리고 말했다.

"천부당만부당한 일이옵니다. 비록 태자를 낳았다고 하나 기처서를 황후로 봉할 수는 없사옵니다. 그것은 대원제국의 법도를 무너뜨리는 일이옵니다."

"기처서가 태자를 낳았는데도 안 된다는 말이오?"

황제의 얼굴이 이내 일그러졌다.

"아니 되옵니다. 몽고족이 아닌 여자는 그 누구도 황후가 될 수 없사옵니다. 지엄하신 황제폐하께옵서 스스로 법도를 어기지 마시옵소서. 기처서는 후궁으로 봉하시옵고, 황후는 따로이 책봉하시는 것이 옳을 것이옵니다."

"또 후궁타령이오? 날더러 몽고족 여자를 황후로 책봉하라는 말이오? 이젠 그 소리는 듣기도 싫소. 물러가시오. 기처서를 황후로 책봉한다는 주청이 아니면 내 앞에서 아무 말도 하지 마시오. 어서 물러가시오."

황제가 얼굴에 노기를 띠고 소리를 질렀다.

중서령 맹사태가 황급히 물러갔다. 황제의 주먹이 푸르르 떨었다. 자기가 사랑하는 여자를, 그것도 태자를 낳은 여자를 황후로 책봉하지 못하는 황제라는 자리가 참으로 한심스럽게 여겨졌다.

'천하를 호령하는 황제가 아닌가? 제 놈들이 황제의 체통을 조금이라도 생각한다면 그리 박절하게 반대할 수는 없는 것이 아닌가? 내 이놈들을 몽땅 남양으로 유배를 보내버릴까?'

하루내 혼자 부화만 돋구었다. 그러나 뾰족한 수가 없었다. 기처서를 황후로 책봉하는데 반대했다고 해서 대신들을 모두 잡아다 옥사에 가둘 수도 없었다. 귀양을 보낼 수도 없었다. 큰 일이건 작은 일이건 계책을 내놓던 고용보조차도 그 일에 대해서는 입을 다물고 있었다.

황제는 답답했다.

이날은 하루내 끼니조차 걸렀다. 심심찮게 대신들이 찾아와 태자마마의 탄생을 감축드린다면서 축하인사를 올렸으나, 황제는 고개를 돌려버렸다.

조정에 황제가 단식을 하고 있다는 소문이 퍼졌다. 차궁녀 기처서를 황후로 봉하자는 황제의 뜻을 꺾었다고 하여 단식을 한다는 소문이 퍼졌다. 그러나 누구 하나 황제의 뜻을 받들어 기처서를 황후로 봉하자고 나서지 않았다. 서로의 눈치만 살필 뿐이었다.

다음날이었다.

학사 사라반이 대명전으로 들어왔다. 그는 한족 출신으로 지략이 뛰어나 종종 황제에게 나라를 경영하는 도를 가르치고 있는 중이었다.

"황제폐하, 감축드리옵니다."

사라반의 인사에 황제가 멀뚱한 표정을 짓고 내려다 보다가 물었다.

"사학사는 진정으로 태자의 탄생을 감축하고 있소?"

"무슨 말씀이신지요? 폐하께오서 태자를 보신 것을 어찌 거짓으로 감축드릴 수가 있겠사옵니까?"

"허나 중서령 맹사태를 비롯한 대신들은 태자의 출생을 감축한다면서도 태자의 어머니를 황후로 봉하는 것에 반대했소. 그것이 어찌 진정한 감축이라는 말이오? 그러니 거짓 감축이 아니고 무엇이겠소? 사학사가 진정으로 태자의 탄생을 감축한다면 기처서를 황후로 책봉할 수 있는 계책을 내놓으시오. 안 그러면 사학사도 맹사태 중서령처럼 짐을 기만하고 있다고 믿겠소."

황제가 억지를 부렸다.

그만큼 사라반을 가깝게 느끼고 있다는 뜻이었다. 어찌보면 사라반은 황제가 고용보와 더불어 가장 믿고 의지할 수 있는 사람이었다.

학사 사라반이 말했다.

"중서령을 나무랄 일만도 아니옵니다. 법도는 지켜지는 것이 옳사옵니다."

"하면 사학사도 기처서를 황후로 봉해서는 안 된다는 말이오? 그러면서 감축한다고 내 앞에서 머리를 조아렸소? 입에 발린 소리로 감축한다며 머리만 조아리면 내가 좋아할 줄 알았소? 알았으니 물러가시오. 사학사도 별 수 없구려. 짐의 편이 아니구려. 짐을 기만했구려."

"황송하옵니다, 황제폐하. 소신이 어찌 폐하를 기만하겠사옵니까? 대원제국의 법도가 그렇다는 말씀을 드린 것이옵니다."

"듣기 싫소. 대원제국의 법도를 모르는 내가 아니오. 그 법도 때문에 반년 이상을 황후 책봉을 못하고 있는 것이 아니오? 사학사까지 그렇게 말하는 것을 보니, 흥성궁의 주인은 영영 정해지지 않겠구려. 물러가시오."

황제가 옆으로 돌아앉아 버렸다.

잠시 생각에 잠기던 사라반이 입을 열었다.

"황제폐하, 태자의 어머니 기처서를 제2황후로 봉하는 것이 어떻겠사옵니까?"

"기처서를 제2황후로?"

황제가 몸을 돌려 사라반을 내려다 보았다.

"그렇사옵니다. 조정의 대신들이 기처서를 황후로 반대하는 것은 몽고족 여자가 아니기 때문이옵니다. 제1황후는 나중에 몽고족의 여자로 봉한다 하시고, 우선은 기처서를 제2황후로 봉하시는 것이옵니다. 하오면 조정대신들의 반대도 없을 것이옵니다."

"사학사의 말은 알겠소. 짐이 중서령과 의논하여 결정할 것이니, 물러가도록 하시오."

사라반이 대명전을 나가자 황제가 고용보를 불러들였다.

"고환관, 사학사가 기처서를 제2황후로 봉하자고 하는데 어찌 생각하느냐?"

"기처서에게는 황제폐하의 황은이옵니다."

"기처서가 섭섭해 하지 않을까? 제2황후가 되면 흥성궁의 주인이 될 수는 없는 것이 아니더냐?"

"꼭 흥성궁만이 황후궁은 아니옵니다. 우선은 기처서를 제2황후로 봉하여 폐하의 심려를 더시옵소서."

"그렇게 하면 되겠구나. 기처서를 제2황후로 봉해 놓고, 흥성궁의 주인이 될 제1황후는 봉하지 않으면 기처서가 실질적인 대원제국의 황후가 아니겠느냐?"

"황은이 망극하옵니다, 황제폐하."

"설령 제1황후가 봉해진다 하더라도 짐에게는 오직 기처서만이 황후니라. 당장 중서령 맹사태를 불러들이거라. 기처서를 제2황후로 봉해야겠구나. 기처서가 짐의 뜻을 헤아려 기뻐해 주었으면 좋겠구나."

"기처서가 어찌 황제폐하의 하늘같으신 황은을 모르겠사옵니까? 통촉하여 주시옵소서."

"빨리 이레가 지나갔으면 좋겠구나. 기처서에게 기쁜 소식을 빨리 전하고 싶구나."

"우선은 중서령에게 명하여 기처서를 제2황후로 책봉한다는 칙서부터 내리십시오. 그런 다음에는 황제폐하께오서 산청을 찾으셔도 될 것이옵니다."

"이레 후에나 가야 한다면서?"

"황제폐하께오서 이레 전에 산청에 납시셨다고 하여 큰 허물은 아니옵니다. 다만 관례가 그럴 뿐, 대신들이 뭐라고 하지는 못할 것이옵니다. 그래도 황제폐하의 체통이 있으시니, 사흘째 되는 내일 납시면 될 것이옵니다."

"알겠느니라. 어서 중서령을 들라 해라."

황제가 서둘러 맹사태를 불러들였다.

기처서를 제2황후로 봉하겠다는 황제의 말에 맹사태도 별 말이 없었다. 분부대로 거행하겠나이다, 했을 뿐이었다.

태어난 지 사흘 밖에 안 되었는데도 아이는 이목구비가 훤했다. 울음소리 또한 우렁찼다. 그 우렁찬 울음소리가 태자마마께오서 강건하시다는 뜻이라고 나이 든 궁녀가 일러주었다.

"소인의 손으로 수많은 태자와 공주마마를 받아냈사옵니다만, 이리 우렁찬 울음소리는 처음이옵니다."

어제까지도 해라를 하던 나이 든 궁녀가 말을 높였다. 아직도 여전히 차궁녀의 신분일 뿐이었지만, 태자를 낳자마자 궁녀들의 말투가 달라진 것이었다.

"황제폐하께오서도 알고 계시겠지?"

기련이 나이 든 궁녀에게 물었다.

"마마께오서 태자마마를 생산하시자마자 바로 대명전에 전갈이 갔을 것이옵니다."

"폐하께오서도 기뻐하셨으면 좋으련만."

"왜 아니 그렇겠사옵니까? 마마께 큰 상이 내릴 것이옵니다."

기련이 나이 든 궁녀와 그런 말을 나누고 있는데 고용보가 산청을 찾아왔다. 아이를 유모의 품에 안겨주고 기련이 겨우 몸을 일으켜 앉는데, 산청으로 들어온 고용보가 납짝 엎드려 큰 절을 했다.

"어, 어르신, 이것이 무슨 짓이옵니까? 소녀에게 절을 하시다니요?"

당황한 기련이 서둘러 허리를 굽혀 맞절을 했다.

"말씀을 낮추시옵소서, 황후마마."

"황후라니요? 어르신께서 어찌 소녀더러 황후라 하십니까?"

기련의 가슴이 덜컥 막혔다.

대명전의 가장 가까운 곳에서 황제를 보필하는 고용보의 말이라면 어김은 없을 것이었다. 더구나 고용보가 누구인가? 자신을 원나라로 끌어온 장본인이었으며, 비교적 편한 자리인 차궁녀로 심어 주었으며, 황제의 사랑을 얻자 누구보다 든든한 후원자가 되어 보살펴 주었던 아버지 같은 사람이 아니었던가? 그런 고용보가 허리를 굽히고 머리를 조아리면서 황후마마라고 불렀다면 다만 아들을 낳았다고 그러는 것만은 아닐 것이었다.

"이제 마마께오서는 대원제국의 제2황후마마가 되셨사옵니다. 아직 책봉례를 거행한 것은 아니옵니다만, 황제폐하의 칙서가 내렸사옵니다. 받으시옵소서. 마마를 제2황후로 봉한다는 황제폐하의 칙서이옵니다."

고용보가 둘둘 말린 칙서를 기련 앞에 내어놓았다.

기련이 그걸 펼쳐 들었다.

'이것이 칙서라는 말이지? 나를, 고려 공녀 출신 기련을 대원제국의 제2황후로 봉한다는 칙서라는 말이지.'

기련의 가슴에서 뜨거운 뭉치 하나가 솟구쳐 올라왔다, 그것은 목울대를 치고 얼굴을 거쳐 두 눈에서 뜨거운 눈물로 흘러내렸다.

"고맙습니다. 모두가 어르신의 은덕입니다. 소녀, 죽는 날까지 이 은혜를 잊지 않겠습니다."

기련의 말에 고용보가 다시 머리를 조아렸다.

"황송하옵니다, 황후마마. 말씀을 낮추어 주시옵소서. 소인, 몸둘 바를 모르겠사옵니다. 잠시 후면 황제폐하께오서 납시실 것이옵니다. 이제 황후마마의 앞날은 영화가 가득할 것이옵니다. 다시는 황후마마께 고통은 없을 것이옵니다."

"소녀의 모든 영광과 영화를 어르신과 함께할 것입니다. 한데 제2황후라니요? 하면 제1황후는 따로 있다는 말입니까?"

아까부터 그것이 궁금했던 기련이 물었다.

"황후마마께옵서도 아실 것이옵니다만, 대원제국의 황후는 원래 몽고족 출신의 여자가 아니면 될 수가 없사옵니다. 황제폐하께오서도 대신들의 고집을 꺾지는 못했사옵니다. 백년 가까이 이어져온 법도를 무너뜨리지는 못하셨사옵니다. 궁여지책으로 학사 사라반의 주청을 받아들여 마마를 제2황후로 봉하게 된 것이옵니다."

"그렇다면 제1황후는 어찌 되는 것입니까?"

"몽고족의 여자로 책봉이 되겠지요. 하오나, 조금도 심려하실 일이 아니옵니다. 황제폐하의 사랑이 마마께 있는 이상, 제1황후가 봉해진다고 해도 마마께 짐이 되지는 않을 것이옵니다. 마마께는 황후궁이 내려질 것이오며 흥성궁의 중정원 같은 원이 내려질 것이옵니다. 소인이 성심을 다해 받들겠사오니, 마마께옵서는 소인만 믿으시옵소서."

"소녀가 어찌 어르신의 뜻을 저버리겠사옵니까?"

기련이 눈물 글썽이는 눈으로 고개를 끄덕였다.

"마마, 이제부터는 소인을 신하로 대하시옵소서. 그래야 소인이 편한 마음으로 마마를 모실 수가 있사옵니다."

"알겠소. 내 고환관의 뜻에 따르리다."

기련이 대꾸하는데, 밖에서 황제폐하 납시오, 하는 아룀이 들렸다. 고용보가 벌떡 일어나 허리를 조아렸고, 기련이 몸을 일으키는데 황제가 들어왔다.

"애썼소, 황후."

서둘러 다가온 황제가 기련의 손을 잡아 자리에 앉히며 말했다.

"황은이 망극하옵니다. 황제폐하의 하늘같은 은총으로 소녀가 태자를 낳았사옵니다."

"나는 황후가 틀림없이 아들을 생산할 걸로 믿고 있었소. 황후처럼 심성이 고운 여자가 아들을 낳지 못한다면 누가 아들을 낳겠소. 고환관으로부터 칙서를 받았겠지만, 그대는 이제부터 대원제국의 당당한 황후마마요."

"황은이 망극하옵니다. 이 몸, 죽는 날까지 황제폐하를 지극정성으로 모시겠사옵니다. 하루라도 빨리 제1황후를 책봉하시어 황실의 앞날을 튼튼하게 하시옵소서. 폐하의 심려를 더시옵소서."

기련이 진정으로 권했다.

궁여지책으로 자신을 제2황후에 책봉한 황제의 마음고생을 떠올린 것이었다.

"그것은 짐이 알아서 할 일이오. 짐은 그대를 제1황후로 봉하고 싶었소. 대신들의 반대가 너무 거세어서 한 발 물러나기는 했소만, 머지않은 날 그대를 제1황후로 봉할 것이오. 꼭 홍성궁의 주인이 되게 하겠소."

"아니 되옵니다, 황제폐하. 그러시면 이 몸이 편치를 않사옵니다. 하루라도 빨리 대신들의 주청을 받아들여 제1황후를 봉하시어 심려를 더시고, 폐하께오서는 오직 백성을 다스리는데 성심을 다하셔야 할 것이옵니다."

"황후의 심성은 여전히 곱구려. 하긴 짐도 그것이 걱정이었소. 이제 그대를 제2황후로 봉했으니, 홍성궁의 주인을 맞자고 대신들이 하루가 멀다고 주청을 올릴 판인데, 그걸 어찌 견딜까, 걱정하고 있었소."

"그러기에 드리는 말씀이옵니다. 이 몸은 제2황후로도 감지덕지이옵니다. 추호도 섭섭하지 않사옵니다. 홍성궁이 비어 있으면 대신들은 폐하를 괴롭힐 것이옵니다. 서둘러 제1황후를 책봉하시옵소서."

"알겠소. 짐이 알아서 하리다. 그나저나 아비가 왔는데, 태자의 얼굴도 안 보여 줄 참이오? 태자의 얼굴이 보고 싶어 짐이 이틀밤이나 잠 한숨 못 잤소."

"왜 아니 보여드리겠나이까? 응당 보셔야지요. 폐하를 닮아 훤출하게 생겼사옵니다. 유모는 무엇하느냐? 어서 태자마마를 모셔오지 않고?"

기련이 밖을 향해 나직이 말했다. 기다리고나 있었던 듯 유모가 바로 태자를 안고 들어왔다.

"허허허, 참으로 잘 생겼구나. 이 녀석아, 무럭무럭 잘 자라거라. 장차 대원제국의 황제위를 이을 귀한 몸이니라. 고맙소, 황후. 이리 잘 생긴 태자를 낳아주어서 참으로 고맙소."

어린 태자를 안고 체통도 없이 좋아하는 황제의 모습에 기련은 또 가슴에서 눈물이 솟구쳤다.

"고환관, 내가 고려국을 위해 할 일이 무엇이겠소?"

산청에서 한 달을 머무르며 몸을 추스리고, 제2황후 책봉례를 마친 다음 자성궁으로 거처를 옮긴 기황후가 고용보에게 물었다.

"지금 고려국 사정이 말이 아니라고 하옵니다. 충숙왕이 너무 오래 대도에 머물고 있는 통에 조정이 문란해진 것은 말할 것도 없거니와 대원제국에서 가는 사신마다 뇌물을 요구하고, 왕실의 궁녀는 물론 항간의 유부녀까지 겁탈을 하여 원성이 자자하다고 하옵니다. 또한 원의 조정 대신들이 고려로 가는 사신에게 사사로이 공녀를 요구하여 고려에서는 딸을 낳으면 이웃에게조차도 숨긴다고 하옵니다."

"공녀의 한이며 설움을 내 어찌 모르겠소? 비록 황후는 되었다고 하지만, 요즘도 눈을 감으면 고려국의 산이며 들이며 강이 눈앞에 어른거린답니다. 어찌 그뿐이겠습니까? 밤마다 어머니가 보고 싶어 눈물을 흘린 적이 한두 번이 아니랍니다. 나중에 죽으면 고려국의 나즈막한 산자락 양지바른 곳에 묻히고 싶은 것이 내 소원입니다."

기황후의 눈에 눈물이 어렸다.

그 모습을 바라보던 고용보의 눈도 축축하게 젖었다.

"황후마마께오서도 그러신데, 다른 공녀야 말해 무엇하겠사옵니까? 고려의 어떤 어머니는 딸을 공녀로 원나라에 보내고 얼마나 울었던지 눈이 멀었다고도 하옵니다. 심지어는 우물에 몸을 던져 자결한 어머니도 있다고 하옵니다. 얼마나 한이 맺혔으면 눈이 멀고 우물에 몸을 던져 자결을 하겠사옵니까? 황후마마께옵서 고려에서 공녀를 데리고 오는 일을 막아주신다면 딸을 둔 고려국의 부모들한테 큰 은혜가 될 것이옵니다."

"그런 일은 고환관이 직접 황제폐하께 진언을 드려도 되지 않습니까? 어찌 그동안은 보고만 있었습니까?"

다른 일은, 심지어는 대원제국의 재상을 임명하는 문제까지 조언을 하던 고용보가 어찌 공녀나 환관을 데려오는 것은 해결하지 못할까, 궁금한 기황후가 물었다.

"소인도 공녀나 환관 문제만은 여간 조심스럽지가 않사옵니다. 소인이 고려에서 끌려온 환관이 아니옵니까? 자칫 황제폐하의 오해를 살 수도 있사옵고, 원나라 조정 대신들이 모두 고려에서 데리고 온 공녀를 좋아하기 때문입니다. 지금 대도에 와 있는 충숙왕이 한번은 명종황제폐하께 그런 주청을 드린 일이 있사옵니다. 그래서 명종황제폐하께옵서 고려에서 공녀나 환관을 데려오는 것을 금하겠다고 하시자, 대신들이 이구동성으로 떠들었습니다. 고려는 어차피 대원제국의 속국인데, 공녀나 환관조차도 마음대로 데리고 올 수 없다면 차라리 고려를 대원제국의 한 성으로 만들자는 합성론이 나왔사옵니다. 그 말을 들은 충숙왕이 앞으로도 계속 공녀와 환관을 원하는 대로 바칠 것이오니, 합성론은 거두어 달라고 간청을 했지요."

고용보의 말에 기황후가 고개를 끄덕였다.

"그렇겠지요. 설령 공녀나 환관을 바친다고 할지라도 고려는 고려대로 살아야하니까요."

"황후마마께오서도 그 문제를 주청드릴 때에는 여간 조심하지 않으시면 아니 되옵니다. 자칫 합성론자들한테 빌미를 줄 수가 있으니까요."

"알겠습니다. 충숙왕이 대도에 머물러 있어 고려조정이 어렵다면 그를 돌려보내야겠지요. 그리고 고환관께 내가 한 가지 묻고 싶은 것이 있소. 흥성궁의 중정원 같은 곳을 만들고 싶은데, 그럴 수가 있겠소?"

산청에 있는 동안 궁녀들을 통하여 흥성궁의 중정원이 무슨 일을 하는 곳인가를 들었던 기황후가 물었다.

"어찌 아니 되겠사옵니까? 안 그래도 소인이 마음에 두고 있었나이다. 지금 황후마마께오서 머물고 계시는 자성궁에도 휘정원이 있사옵니다. 휘정원을 그대로 이용하셔도 될 것이옵니다. 휘정원에서 사용할 재물은 소인이 충분히 대어드리겠사옵니다."

"고맙소. 지금까지처럼 고환관이 나를 잘 돌봐주도록 하시오."

"여부가 있겠사옵니까?"

고용보가 허리를 조아렸다. 처음에는 어르신이라고 부르며 윗사람으로 모셨던 고용보가 허리를 조아리고, 말을 높이는 것이 영 어색하고 거북했으나, 날이 갈수록 익숙해졌다. 따지고 보면 어차피 환관이란 황제폐하의 시종이 아닌가? 고용보가 비록 학식과 지략이 있다고는 해도 어디까지나 환관일 뿐이었다.

그렇다고 기황후가 고용보를 얕잡아보는 것은 결코 아니었다. 지위가 지위이니만큼 자기 몫은 찾자는 것이었다.

고용보가 돌아간 다음 기황후가 곰곰이 생각에 잠기었다. 자신이 제2황후가 되는데도 난관이 많았듯이 앞으로 살아가는데도 어려움은 있을 것이었다. 황제폐하의 사랑이 있다고는 해도 언제 그 사랑이 식을지 모를 일이었다. 고용보나 박불화만 믿고 살기에는 주변이 너무 허술했다. 고려 출신이 아닌, 원나라 사람들을 주변에 끌어모아야 했다. 그렇다고 다나시리처럼 드러내놓고 그러기는 싫었다. 자기들 스스로 다가와 허리를 굽히는 사람이어야 했다. 황제는 물론 황후인 자기에게 충성을 다할 수 있는 사람이 필요했다.

기황후가 생각에 잠겨있는데, 고려국 충숙왕과 공원왕후 입시요, 하는 아룀이 있었다.

"들라 하거라."

기황후가 자세를 바로 하고 대꾸했다.

황후전의 문이 열리고 충숙왕과 왕비 공원왕후가 들어왔다.

"황후마마, 감축, 또 감축 드리옵니다."

충숙왕과 왕비가 나란히 서서 큰 절로 예를 올렸다. 그 절을 받으면서야 기황후는 자신이 대원제국의 황후가 된 것을 온 몸으로 느꼈다. 자성궁의 궁녀들이며 환관들, 그리고 자성궁에 줄을 대기를 원하는 대신들이 날마다 찾아와 감축한다고 예를 올렸으나 얼떨떨하기만 했었다.

그런데 고려국 왕과 왕비의 하례를 받자 자신의 위치가, 대원제국의 황후라는 위치가 실감되는 것이었다.

"고맙소이다. 이제 보니 아직 홍안의 청년이구려. 헌데, 어찌하여 그대는 줄곧 대도에만 머물러 있는 것이오? 일국의 왕으로 백성을 다스려야지, 대도에서 유유자적하고 있어서야 되겠소?"

기황후가 물었다.

충숙왕의 얼굴이 대번에 벌겋게 달아올랐다. 그 모습을 흘끔 돌아본 왕비 경원공주가 대신 입을 열었다.

"충숙왕 전하께서는 어려서부터 많은 세월을 대도에서 보냈사옵니다. 그래서 대도가 친근하게 느껴진다고 하셨사옵니다."

"허나, 왕이 조정을 비우면 나라가 제대로 돌아가겠소? 내 황제폐하께 주청을 드려 그대를 고려로 돌려보낼 터이니, 그리 아시오."

"망극하옵니다, 황후마마. 수일 내로 고려국으로 돌아가겠사옵니다."

충숙왕이 여전히 얼굴을 붉힌 채 더듬거리며 말했다.

"내가 비록 대원제국의 황후가 되었다고는 하나 단 하루도 고려국을 잊은 적이 없소. 이제부터 고려국을 도울 일이 있으면 돕겠소. 그대는 고려조정에서, 나는 원나라 황실에서 고려국을 위해 할 수 있는 일이 무엇인지 생각해 보십시다. 어려운 일이 있으면 사신을 보내도록 하시오. 나한테만 은밀히 보내는 사신이라도 괜찮소. 내 말이 무슨 뜻인지 알겠소?"

"어찌 모르겠사옵니까? 황후마마의 고려국에 대한 정이 가슴에 사무쳐 오나이다."

"다른 것은 다 그만두고 오직 백성만을 생각하시오."

"명심하겠나이다. 고려조정으로 돌아가면 황후마마의 사가를 잘 돌보겠나이다."

그런 말을 남기고 충숙왕이 어깨를 축 늘어뜨린 채 황후전을 나갔다.

'사내가 어찌 저리 힘이 하나도 없을꼬, 고환관의 말대로 병약하여 나라를 다스릴 힘이 없는 것은 아닐까?'

기황후가 막 원나라에 왔을 때 고용보로부터 들은 말이 있었다.

고려국 충숙왕이 몸이 약하여 왕위를 아들인 정에게 물려주고 대도에 머물러 있다고 했었다. 그러나 충혜왕이 방탕하여 나라를 다스리는 것은 뒷전이고, 악소패거리들과 사냥을 한다거나 수박희나 씨름판을 벌여 즐기는 일에 열심이어서 곧 폐위를 시키고 충숙왕을 다시 복위시킨다는 말이 조정에 돌고 있다고 했다. 그 이후 한번도 충숙왕을 본 일은 없었지만, 고려국의 왕이 대도에 와 있다는 말은 얼핏 들은 일이 있었다. 얼굴을 본 것은 처음이었다.

그런데 안색이 파리하고 목소리에 힘이 없으며 걸음걸이가 흔들리는 것이 병이 들어도 단단히 든 모습이라서 저런 몸으로 설령 고려

222

국으로 돌아간다고 할지라도 제대로 왕노릇은 할 수 없겠구나, 하는 생각이 스쳐갔다.

기황후의 예감대로 충숙왕은 고려로 돌아간 지 채 일 년도 되기 전에 숨을 거두었다는 소식이 들려왔다.

"완산군, 휘정원을 자정원으로 바꾸면 어떻겠소?"

기황후가 고용보에게 물었다.

"이름을 바꾸시겠사옵니까? 황후마마의 뜻대로 하시옵소서. 그 일을 가지고 뭐라고 말할 사람은 아무도 없사옵니다."

고용보가 대답했다.

"자정원을 통하여 나는 앞으로 부처님의 자비를 펼치는 일에 힘을 쓰려고 하오. 가만히 생각해 보니까, 내가 태자를 낳고, 제2황후가 된 것이 모두 제주도에 세운 원당사 부처님의 도우심 같소. 그 은덕에 보답하기 위해서라도 많은 불사를 할 것이며, 백성들을 돕는데 힘을 쓸 것이오."

"그리하시옵소서. 거기에 드는 경비는 소인이 마련하겠나이다. 황후마마께옵서는 아무 걱정 마시고 하늘같은 자비를 베풀어 이름을 천추에 남기소서."

"고맙소. 내가 그런 일을 하려면 믿을 만한 사람이 필요하오. 어떻소? 완산군이 자정원사가 되어 주겠소? 황제폐하를 모시면서 나를 도와 달라는 말이오."

"소인, 신명을 바치겠나이다."

고용보가 머리를 조아렸다.

"한 가지 더 당부할 것이 있소. 그동안 완산군이 부족한 휘정원의 재물을 충당하느라, 대신들한테 옳지 못한 뇌물을 받은 걸 내가 알고 있소. 허나 앞으로는 대신들한테 뇌물은 받지 마시오."

기황후가 엄히 말했다.

고용보가 고개를 들어 바라보았다.

"소인, 부당한 뇌물을 받은 일은 없사옵니다. 소인이 황제폐하의 측근에 있다 보니, 대신들이 알아서 기백냥씩 보내주는 것을 휘정원에 보탰을 뿐이옵니다. 소인, 뇌물을 받고 황제폐하께 옳지 않은 청탁을 드린 일은 없사옵니다."

"완산군이 그럴 사람이 아니란 것을 내가 알고 있소. 허나 그것이 뇌물이 되었건, 성의표시가 되었건, 완산군에게 재물을 바친 사람은 결코 완산군의 사람이 될 수 없을 것이오. 가장 다급한 순간이 되면 완산군의 편이 되어 주지 않을 것이란 말이오. 그것은 즉 내 사람이 될 수 없다는 뜻이지요. 오히려 우리가 재물을 들여 우리 사람을 만들어야할 판에 대신들로부터 뇌물을 받아서는 아니 되지요."

"소인의 생각이 짧았사옵니다. 하오나, 황실의 내탕금만으로는 황후마마께서 하시고 싶은 일을 제대로 하실 수가 없을 것이옵니다."

"걱정하지 마시오. 황제폐하께오서 소금 전매권을 자정원에 주겠다고 하셨습니다. 또한 지금 대원제국의 상권을 조정 대신 일부가 나누어 가진 걸로 알고 있소. 황실에 일부를 바친다고는 해도 그들은 너무 많은 치부를 하고 있소. 앞으로는 황실뿐만 아니라 자정원에도 이익의 일부를 내놓도록 하시오. 상권을 가진 자들이 그걸 빌미로 재물을 모으고, 재물을 모아 사람을 모은다면 황실이 위태로워질 수도 있지 않겠소?"

기황후의 말에 고용보가 감탄한 낯빛으로 몇 번이나 허리를 조아렸다.

"참으로 황후마마시옵니다. 소인은 미처 그 생각까지는 못하고 있었사옵니다. 황제폐하께 주청을 드려 대신들이 가지고 있는 여러 상권을 조정하겠사옵니다. 이번 참에 아예 앞으로 황후마마께 충성을 다할 수 있는 자들을 골라 상권을 나누어 주도록 하겠사옵니다."

"완산군이 알아서 하시오. 다만 뒷말이 나오게 해서는 아니 됩니다."

"소인, 성심을 다하겠사옵니다. 황후마마께오서는 아무런 심려를 마시옵소서."

고용보가 머리를 조아렸다.

고용보가 고려국의 충혜왕으로부터 완산군이라는 작위를 받은 것은 일 년 전이었다. 그동안 고려 조정을 위해 암암리에 애를 쓴 것에 대한 상이었고, 무엇보다 고려 출신 기련이 제2황후가 되는데 크게 공을 세운 것에 대한 보답이었다.

고용보가 원에서 파견한 관리들의 횡포가 심하다는 고려국 사신의 말에 실상을 알아보러 황제의 명을 받아 고려국에 가자 충혜왕이 완산군이라는 벼슬을 내려준 것이었다.

황제를 배알하고 곧 바로 자성궁으로 달려온 고용보가 기황후 앞에 엎드려 눈물을 흘렸다.

　―소인, 이번에 고려국에서 완산군이라는 작위를 받았나이다. 모두가 하해 같으신 황후마마의 은혜이옵니다. 소인, 황후마마의 은혜를 두고두고 갚겠나이다.

　―내가 완산군한테 입은 은혜에 비하면 열에 하나도 못 됩니다. 어찌 내 공이라 할 수 있겠소. 그래, 고려국 사정은 어떻던가요? 충혜왕은 여전히 방탕한 생활을 계속하고 있던가요?

　―제 버릇 개주겠나이까? 고려국의 일이 참으로 난감하옵니다.

　고용보의 말에 기황후의 얼굴이 일그러졌다.

　어찌 하나같이 고려국 왕은 그 모양인가, 하는 한심한 생각이 드는 것이었다. 충숙왕은 병약한 몸인데도 고려로 돌아가면서 떼를 쓰다시피 원나라 귀족의 딸인 백안홀도를 데리고 갔었다. 그런데 충숙왕이 죽은 다음에 왕위를 물려받은 충혜왕이 그녀를 강간하였다는 것이었다.

　백안홀도 공주가 새로 즉위한 충혜왕을 위해 연회를 베풀었는데, 연회가 끝났는데도 충혜왕이 술이 취한 체 돌아가지 않았다.

　―전하, 그만 대전으로 돌아가시오.

　백안홀도가 말했을 때였다.

　충혜왕이 그녀를 침상에 쓰러뜨리고 깔아뭉갰다. 백안홀도가 저항하자 악소패거리인 송명리 무리에게 백안홀도의 팔과 다리를 붙잡아 꼼짝 못하게 한 다음 겁탈했다.

－멀고 먼 고려국에 와서 그대 혼자 쓸쓸하여 어찌 살겠소? 내가 그대를 잘 돌봐 주리다. 내 그늘에서 편히 지내시오.

눈물을 흘리는 백안홀도에게 충혜왕이 말했으나, 다음날 그녀는 원나라로 돌아오기 위하여 말을 사려고 했다. 그러나 충혜왕이 알고 말시장의 문을 못 열게 했다. 그 이후 충혜왕은 술이 취하면 백안홀도를 불러 겁간을 한다는 것이었다.

그때 기황후가 부들부들 떨며 저런 천하에 무도한 자가 있는가? 백안공주는 제 어미뻘이 아닌가? 하고 분노를 드러냈었다.

고용보가 말했다.

－저를 낳아준 어미만 아니면 아비가 데리고 살던 여자를 자식이 잠자리를 할 수 있는 것이 또한 고려국의 풍습이옵니다.

고려국만 생각하면 기황후는 애가 닳았다.

고려국에서 사신이 왔다. 황제의 열일곱 번째 맞이하는 탄일을 축하하기 위해서였다. 그 사신의 일행 속에 기황후의 큰 오라버니인 기철이 있었다.

기철을 고용보가 데리고 자성궁에 들렀다.

"황후마마, 감축 또 감축 드리옵니다."

기철이 기황후 앞에 큰 절을 올리고 눈물까지 글썽이며 말했다.

"먼 길을 오시느라 애쓰셨습니다, 오라버니. 어머니께서는 강건하십니까?"

"잔병치레도 없이 강건하시옵니다. 모두가 황후마마의 하해 같은 은덕이십니다."

기철이 머리를 조아리며 대답했다.

기황후가 고개를 내저었다.

"내가 한 일이 무엇이 있다고 내 덕이라 하시오? 나 혼자 그리워만 할 뿐, 언제 어머니를 뵈올까, 애만 닳을 뿐, 내가 한 일이 무엇이 있다고 내 덕이라 하시오. 이 몹쓸 딸년은 아버지께서 돌아가셨을 때도 곡 한번 못했소."

기황후가 명주 수건으로 눈물을 찍어냈다.

"그런 말씀 마시옵소서. 태산의 그림자가 삼천리를 덮는다고, 황후마마께오서 대원제국의 황후가 되시니까, 고려조정의 벼슬아치들은 물론 충혜왕 전하까지도 어머니를 극진히 모시고 있사옵니다. 철철이 좋다는 보약을 보내오시기도 하구요. 어찌 황후마마의 크신 은혜가 아니겠사옵니까?"

"오라버니들은 어떠시오? 혹시 내 위세를 믿고 백성들에게 행패를 부리는 것은 아니오?"

기황후가 눈쌀을 조금 찌푸리며 물었다.

"그럴 리가 있사옵니까? 오히려 조심, 또 조심하고 있사옵니다. 행여 황후마마께 누를 끼칠까봐 각별히 조심하고 있사옵니다."

"그러셔야할 것입니다. 오라버니들은 다른 벼슬아치들의 모범이 되어야할 것입니다. 행여라도 나를 믿고 경거망동한다든지, 백성들을 함부로 대하는 일이 있다면 내가 용서하지 않을 것이오. 다른 사람보다 더 중한 벌로 다스리게 할 것이오. 고려국으로 돌아가시거든 다른 오라버니께도 말씀을 전해 주십시오."

"그리하겠나이다. 조금도 심려하지 마시옵소서."

기철이 땀을 뻘뻘 흘리며 머리를 조아렸다.

"나는 여기에서, 오라버니는 고려국에서 우리가 고려를 위해 할 수 있는 일이 무엇인지 찾아보십시다. 고려를 위해 내가 도울 수 있는 일은 힘껏 돕겠소."

"황후마마의 은혜가 참으로 크시옵니다. 고려국의 백성들이 천세만세를 부를 것이옵니다. 하온데, 완산군에게 들으니, 머지않아 황제폐하께옵서 제1황후를 맞이한다는데, 그 말이 정말이옵니까?"

기철이 물었다.

"제1황후의 자리가 너무 오래 비어 있었소. 그만하면 황제폐하께오서도 참을 만큼 참았습니다. 하루가 멀다고 몽고족 출신의 여자로 제1황후를 맞이하라는 대신들의 성화였소. 또한 응당 그래야 하구요. 일 년이면 오래 버티신 것이지요."

"소인은 황후마마께오서 제1황후가 되는 걸로 믿고 있었사옵니다. 소인뿐만이 아니라, 충혜왕은 물론 대신들이며 백성들까지 그리 믿고 있었사옵니다."

"허나, 황실의 모든 대신들이 그 일은 불가하다 아뢰니, 내가 무슨 수로 막겠소? 대신들의 뜻에 따라야지요."

기황후의 말에 기철이 고개를 불끈 치켜들고 말했다.

"아, 그런 놈들을 가만 둡니까? 모가지를 떼어버리고 남양으로 귀양을 보내버리지요. 이보시오, 완산군. 무슨 일을 그리 하시는 겁니까? 대원제국의 황실을 두 손 안에 넣고 주무르신다는 분이 황후마마를 제2황후 자리에 그대로 두신다는 말씀이오? 새로이 제1황후를 맞이할 것이 아니라, 우리 황후마마를 그 자리로 밀어 올리셔야 할 것이 아닙니까?"

기철이 애꿎은 고용보를 나무라고 나오자 기황후가 고개를 내저었다.

"아니요, 오라버니. 나는 폐하께서 몽고족 출신의 홍길라를 제1황후로 맞이하시는데 불만이 없습니다."

"하오나, 마마. 제1황후가 책봉되고 나면 황후마마께오서는 뒷전으로 물러나시는 것이 아니옵니까? 어떻게든 막아야 하는 것이 아니옵니까?"

"뒷전으로 물러날 일은 없을 것입니다. 내게는 태자가 있습니다. 누구도 함부로 내게 등을 돌릴 수가 없습니다. 내 걱정은 말고 오라버니들이나 앞가림을 잘 하세요. 아까도 얘기했지만, 나를 믿고 경거망동해서는 절대로 아니 됩니다. 만에 하나 오라버니들의 안 좋은 행실이 내 귀에 들려오면 내가 황제폐하께 주청을 드려 오라버니들을 가만두지 않겠습니다."

"황후마마의 말씀을 명심, 또 명심하겠나이다."

기철이 소매로 이마의 땀을 닦으며 아뢰었다.

"황후, 미안하구려. 짐은 흥성궁의 주인이 필요 없다고 하는데도 대신들이 저러니 어찌할 수가 없구려."

자성궁을 찾아온 황제가 염치없다는 듯이 말했다.

"아니옵니다, 폐하. 응당 흥성궁을 채우셔야지요. 태성왕의 따님이신 홍길라 공주는 품행이 방정하고 이목구비가 반듯하여 황후감으로 손색이 없다고 하였사옵니다. 홍길라 공주를 제1황후로 봉하여 황실을 안정시키소서."

기황후가 입가에 웃음까지 머금고 진정으로 아뢰었다.

고용보로부터 대전의 돌아가는 사정을 하루가 멀다 하고 들어 알고 있던 기황후였다. 중서령 맹사태를 비롯한 대신들이 제1황후를 책봉하는 일로 얼마나 황제를 귀찮게 했는가도 알고 있었다.

─황후마마, 어찌했으면 좋겠사옵니까? 황제폐하께오서는 황후마마의 눈치를 보시느라, 대답을 회피하고 있사옵니다. 또한 언제까지 흥성궁을 비워둘 수도 없는 일입니다.

─채우기는 채워야겠지요. 무리를 한다면 내가 흥성궁의 주인이 못될 것도 없지만, 크나 큰 욕심은 화를 부른다고 했습니다. 대원제국은 어차피 몽고족이 세운 나라입니다. 조정 대신들 또한 태반이 몽고족이구요. 그들의 체면을 지켜줄 필요도 있습니다.

─하오면?

─완산군께서 적당한 황후감을 물색하여 보십시오. 다나시리같은 여자는 아니 되겠지요.

기황후의 말에 고용보가 알겠다는 표정으로 올려다 보았다.

다나시리처럼 막강한 집안 출신이 아닌, 한미한 집안의 여자를 골라보라는 뜻으로 알아들은 것이었다.

며칠 후에 들린 고용보가 말했다.

—황후마마, 홍성궁의 주인으로 적당한 여자를 골랐사옵니다.

—그래요? 어떤 여자요? 물론 몽고 귀족 출신이겠지요?

—그렇사옵니다. 태성왕이라고, 선조가 대원제국의 개국에 공을 세운 집안의 후손으로 홍길라라고 하는 공주만 하나 있다고 하옵니다. 태성왕은 황실에 아무런 힘을 미칠 수가 없는 자이구요.

—참으로 그럴듯한 여자를 골랐습니다, 그려. 하면 홍길라 공주를 황제폐하께 은근히 권해 보십시오. 완산군이 직접 주청을 드리기가 뭐하면 중서령 맹사태를 시켜도 되겠지요.

—황후마마께오서 섭섭하지 않겠사옵니까?

고용보가 물었다.

—한때는 그런 꿈을 꾼 일도 있지요. 대원제국의 제1황후가 되어 홍성궁의 주인이 되고 싶은 욕심이 왜 없었겠습니까? 허나, 자정원의 힘으로 승상이 되고, 대호군이 된 자들조차 황제폐하께 나를 홍성궁의 주인으로 밀어 올리는 주청을 아니 드리는 것을 보고 포기했습니다. 그들을 사주하여 내가 홍성궁의 주인이 된들 무슨 소용이 있겠소? 대원제국은 몽고인의 나라입니다. 내가 그들의 자존심까지 무너뜨리려고 하면 무리가 따르겠지요.

—황후마마의 뜻을 받들어 모시겠나이다. 더욱 성심으로 받들어 제1황후가 못하는 일을 황후마마께오서 하실 수 있도록 하겠나이다.

—고맙소, 완산군.

따지고 보면 홍길라 공주를 제1황후로 밀어올린 것은 기황후였다.

그녀가 황실에 아무런 힘을 미칠 수 없는 태성왕의 무남독녀라는 사실이 제1황후감으로 안성맞춤이다 싶었다. 다나시리처럼 아비나 오라버니가 욕심이 많고, 황실에 따르는 무리가 많은 사람의 딸이라면 무슨 수를 쓰건 말렸을 판이었다.

기황후는 자신이 있었다.

설령 홍길라 공주가 제1황후가 된다고 한들, 울며 겨자 먹기로 맞아들인 그녀한테 황제가 애틋한 정을 줄 리도 없으며, 또한 그런다 한들 자정원을 통하여 황실의 크고 작은 일을 손 안에 넣고 있는 자신의 힘이 무너질 염려는 없다는 판단이 선 것이었다.

그걸 모르는 황제는 홍성궁의 주인을 맞이한다는 사실만으로도 미안하고 염치가 없어 기황후 앞에서 쩔쩔 매고 있었다.

"고맙소, 황후. 내 비록 대신들의 주청에 못이겨 홍길라 공주를 홍성궁의 주인으로 맞기는 하오만, 내가 가장 힘들었던 시절을 함께 해준 황후를 버리지는 않을 것이오."

"황공하옵니다. 하오나, 폐하. 황제폐하의 은총은 골고루 펼쳐져야 하는 것이옵니다. 새로이 맞으시는 제1황후마마를 아껴주시옵소서."

"황후의 마음은 여전히 비단결이구려. 내 황후의 소원을 한 가지 들어주고 싶소. 어디, 말해 보시오."

"소인, 이룰 것은 모두 이루었나이다. 하늘같으신 황제폐하의 은총으로 태자를 보았사옵니다. 다시 무슨 소원이 있겠나이까? 소인은 앞으로 황제폐하를 극진히 받들면서, 황제폐하의 하해같으신 은총이 대원제국 뿐만 아니라, 고려국까지 펼쳐지도록 성심을 다하겠나이다. 더욱 불사에 힘쓸 것이며, 굶주려 배고픈 백성이 있으면 황제폐하의 은총으로 베풀겠나이다."

"그렇게 해주시오. 내가 아직 나이가 어려 백성들을 제대로 다스리지 못하고 있소. 황후가 백성들의 아픈 곳을 어루만져 주시구려. 그런 큰 소원 말고, 사사로운 것이라도 있으면 말해보구려. 무엇이건 황후를 위해서 해주고 싶소."

"하오면 소인의 청을 한 가지 말씀을 드리겠나이다. 소인이 비록 황제폐하의 태산같은 은총을 입어 대원제국의 제2황후가 되었사오나, 아직도 밤마다 고려국에 계시는 어미가 보고 싶어 눈물을 흘리나이다. 완산군인 고용보가 머지않아 고려국에 사신으로 간다고 하니, 소인의 어미를 데려왔으면 좋겠나이다."

기황후의 말에 황제의 얼굴이 활짝 펴졌다.

"내 어찌 그런 소원을 못 들어주겠소? 걱정하지 마시오. 황후의 모친을 위해 내가 황실에 따로이 궁을 하나 마련하여 머물도록 하겠소. 어디 그뿐이겠소? 고려국에 있는 황후의 오라버니들에게도 벼슬이 내리도록 충혜왕한테 칙서를 내리겠소."

황제의 말에 기황후가 대꾸했다.

"황제폐하, 소인의 어미를 데리고 오는 것은 인정상 그러실 수 있사오나, 오라버니들의 일은 그만 두시옵소서. 안 그래도 소인만 믿고 경거망동할까 두렵사옵니다. 황제폐하께오서 그런 칙서까지 내리신다면 자칫 오만불손하지 않을까 염려가 되옵니다. 황제폐하가 아니셔도 오라버니들은 나름대로 고려조정에서 백성을 위해 헌신하고 있을 것이옵니다. 그 말씀은 거두어 주시옵소서."

"알겠소. 황후의 뜻이 그렇다면 오라버니들의 일은 모른 체하리다. 그리고 저녁에는 짐이 자성궁에서 머무르고 싶소. 그럴 수가 있겠소?"

"황은이 망극하옵니다."

기황후가 황제의 가슴에 얼굴을 묻었다.

8

아, 혜월

기황후의 어머니 이씨가 고려로부터 왔다. 황제가 홍길라 공주를 제1황후로 맞아 흥성궁에 앉히고 두 달이 지났을 때였다.

"어머니, 먼 길에 수고가 많으셨어요. 마차멀미는 하지 않으셨어요?"

"아닙니다, 황후마마. 완산군 나리가 어찌나 극진히 모시던지, 만 리나 되는 머나먼 길을 지루한 줄도 모르고 왔사옵니다. 강건하신 마마의 얼굴을 뵈오니, 이제 어미는 죽어도 여한이 없겠사옵니다."

기황후의 어머니 이씨가 흐르는 눈물을 주체하지 못하고 자꾸만 소매로 닦았다. 궁녀가 바친 명주수건이 곁에 있는데도 소매로 눈 밑을 훔치는 것이었다.

"어찌, 죽는다는 말씀을 하십니까? 오래오래 살으셔야지요. 황제 폐하께옵서 어머니를 위하여 자성궁 옆에 따로이 전각까지 마련하 여 놓았사옵니다. 그동안 고생만 하셨으니, 이제 호강하시며 만수를 누리셔야지요."

"어미는 어찌 되어도 괜찮사옵니다. 황후마마가 이리 높게 되셨는데, 하찮은 어미가 어찌되든 무슨 상관이 있겠습니까? 황후마마야말로 만년의 영화를 누리셔야하옵니다."

"저는 그렇게 살 것이옵니다. 공녀가 되어 고려로 끌려올 때의 눈물을 천 배 만 배 보상받으며 살 것입니다."

"그러셔야지요. 아무렴 그러셔야지요."

소매로 눈물을 닦던 이씨가 가만히 기황후를 바라보았다.

"왜요? 어머니. 무슨 하실 말씀이 있으십니까?"

기황후의 물음에 이씨가 그것이 저, 하며 부복하고 서 있는 궁녀를 돌아보았다. 단 둘이 나누고 싶은 말이라는 것을 깨달은 기황후가 궁녀를 내보냈다.

"황후마마, 혹시 혜월이라는 스님 한 분이 찾아오지 않았습니까?"

궁녀가 물러간 것을 보고 이씨가 목소리를 낮추어 물었다.

"혜월스님이오? 아닙니다. 찾아오지 않았습니다. 한데 무슨 일로 그분을 묻습니까?"

기황후의 물음에 이씨가 다시 문 쪽을 살피고 대답했다,

"혜월 스님이 바로 융 도련님이지요."

"융 도련님이요?"

순간 기황후의 가슴 밑바닥에서 싸한 아픔이 솟아올랐다.

처음 공녀로 끌려왔을 때는 생각만으로도 가슴이 터질 것 같아 떠올리지 않으려 애를 썼고, 황제의 사랑을 받기 시작하면서부터는 떠

올리는 것이 죄스러워 생각하지 않으려 애를 썼으며, 제2황후가 된 다음에는 어찌 지내고 계실까, 종종 떠올렸던 김용의 이름을 어머니가 입에 올리고 있지 않은가.

"기억하실 수 있겠는지요?"

이씨가 조심스레 물었다.

"융 도련님을 제가 어찌 잊겠습니까? 제 정혼자가 되어 사랑채에 머물렀던 융 도련님을 어찌 잊을 수가 있겠습니까?"

기황후의 목소리에서 물기가 묻어났다.

과부처녀추고별감이 집에 들이닥쳤을 때 기련 낭자 대신 차라리 자신을 잡아가라고 매달렸던 김용이었다. 별감나리의 서슬 퍼런 칼날 아래에 자신의 목을 디밀던 김용이었다. 그런 김용을 어찌 잊을 수가 있겠는가? 공녀로 끌려오지만 않았으면, 서방각시가 되어 한 이불을 덮고 잠을 자고, 그 남정네를 위해 밥을 짓고, 빨래를 하고, 그 남정네의 아이를 낳으며 오손도손 살았을 첫 정이 아니었던가?

'헌데 어머님은 무슨 일로 내 가슴 밑바닥에서 잠자고 있던 첫정을 일깨우실까?'

그런 심정으로 기황후가 이씨를 바라보았다.

"황후마마께오서 별감나리들한테 끌려 멀고 먼 원나라로 가신 다음에 바로 절로 들어가 머리를 깎았지요. 집안에서 외아들이라 손을 이어야 한다고, 심지어는 나한테까지 찾아와 말려달라고 해서 내가 만나 사정을 했사옵니다만, 기어코 머리를 깎았지요. 그러니 융 도련님의 황후마마에 대한 정을 알 수 있는 것이 아니겠사옵니까?"

말끝에 이씨가 흘끔 기황후의 눈치를 살폈다.

"헌데 어머님, 어찌 새삼스레 그분 말씀을 하시는지요. 요즘 들으신 소식이라도 있사옵니까?"

"황후마마께오서 황후가 되신 다음에 오라버니들이 혜월 스님을 찾은 일이 있지요. 송악산 태안사에 있다는 소문을 듣고 찾아갔는데, 만나지 못했다고 하더군요."

"오라버니들이 무슨 일로 혜월 스님을 찾으셨답니까?"

기황후가 짐작되는 바가 있어 물었다.

"혹시 경거망동하여 황후마마께 누를 끼칠지도 모른다면서 찾았지요. 아무리 풍속이 문란한 고려국이지만, 혜월 스님은 데릴사위가 되어 내 집에서 황후마마와 한 지붕 아래에서 두 해 가까이나 살았던 사람이 아닙니까? 그 말이 자칫 황제폐하의 귀에라도 들어가면 황후마마께 누가 될까 싶어 찾아간 것이지요."

"나하고의 인연을 들먹여 나를 곤란하게 만들까 싶어 찾았다면, 찾아서 죽이려고 했던 것이 아닙니까? 혜월 스님의 입을 막으려고 했던 것이 아닙니까?"

"다행인지 불행인지 만나지 못하였다고 했사옵니다. 벌써 원나라로 떠나고 없더랍니다."

"이곳으로요?"

"그래서 혹시 옛날 일을 생각하여 황후마마를 찾아오지 않았는가 여쭈어 본 것입니다."

"아닙니다. 오지 않았습니다. 또한 황궁은 아무나 올 수 있는 곳이 아닙니다. 제가 찾지 않으면 그분 스스로는 한 걸음도 황궁 안에 발을 들여놓을 수가 없습니다."

"그렇다면 참으로 다행이군요. 나는 또 혜월 스님이 황후마마를 찾으면 어쩌나 걱정이 태산같았사옵니다."

이씨가 마음이 놓인다는 듯 한숨을 내쉬었다.

그 모습을 안타까운 눈빛으로 바라보던 기황후가 입을 열었다.

"사실은 한 날 한 시도 그분을 잊은 적이 없습니다, 어머님. 제2황후가 되어 천하의 어떤 여자도 누릴 수 없는 영화를 누리고 살면서도 가끔가끔 그분이 떠오르면 가슴이 아파 어쩔 줄을 몰랐습니다. 지난번에 철이 오라버니가 오셨을 때도 그분을 묻고 싶은 것을 겨우 참았습니다. 그분의 소식을 알면 제가 그분을 위해 할 수 있는 일은 무엇이건 하고 싶었습니다. 다시 그분께 돌아가 그분의 아낙이 되지는 못할망정 그분을 돕고 싶었습니다."

가슴에서 솟구친 그리움이 눈물이 되어 흘러내렸다.

"황후마마, 소인이 쓸데없는 말씀을 올렸사옵니다. 심기를 편히 가지시옵소서."

기황후의 눈물에 어머니 이씨가 허둥거렸다.

"괜찮습니다, 어머님. 첫정을 잊지 못하는 것은 황후나 여염의 아낙이나 다를 것이 없사옵니다. 그분은 자신의 목숨을 내놓고 저를 지켜주려고 하였습니다. 제가 어찌 그분의 정을 잊겠습니까? 더구나, 저를 잊지 못해 머리를 깎고 스님이 되신 분입니다. 그만큼 저를 사랑했다는 뜻이 아니겠습니까?"

"하오나, 황후마마. 잊으셔야 하옵니다. 이제는 잊으셔야 하옵니다. 행여라도 혜월 스님이 찾아와도 가까이 해서는 아니 됩니다."

어머니 이씨가 당황하여 목소리를 높이다가 흠칫 입을 닫고 뒤를 돌아보았다.

"사모하는 사람으로 만나려는 것이 아닙니다. 지금의 혜월 스님을 만나려는 것입니다. 어머님께서도 들으셨는가 모르겠습니다만, 황제폐하께오서 저의 수태를 위해 제주도에 원당사라는 절을 지어 주신 일이 있사옵니다. 태자는 부처님의 은덕으로 세상에 태어났습니다. 융 도련님은 학문이 뛰어났었으니, 불도 또한 높겠지요. 한 고승으로 만나고 싶은 것입니다. 제가 찾을 것입니다. 찾아서 꼭 만나볼 것입니다."

기황후의 말에 이씨가 걱정스런 표정을 짓고 바라보았다.

"황제폐하, 자정원의 세가 날로 커지고 있사옵니다. 황실의 신하들 가운데는 황공하옵게도 황제폐하가 아니라, 자정원의 눈치를 보는 자가 많다고 하옵니다. 이래서야 어찌 나라가 제대로 돌아가겠나이까?"

황제를 독대한 좌승상 독련이 아뢰었다.

"무슨 소리요? 좌승상. 자정원에서 세를 믿고 횡포라도 부리고 있소?"

황제가 얼굴을 찡그리며 물었다.

"드러난 횡포는 없사옵니다만, 지금 대신들 사이에는 자성궁 황후마마께 잘 보이려고 줄을 서는 자까지 있사옵니다. 심지어는 자정원 파라는 무리까지 생겨날 지경이라 하옵니다. 그것이 다 자성궁에서 소금전매권을 가지고 축재를 하기 때문이옵니다. 소금전매권으로 얻은 이익의 일부를 대신들한테 풀어 끌어들이고 있기 때문이옵니다."

"황후가 그럴 사람이 아니오. 황후는 사사로이 자신의 이익을 위하여 축재할 사람이 아니오. 그런 소리를 하려거든 그만 물러가도록 하시오."

황제의 말에 독련이 두 번 머리를 조아리고 말했다.

"황제폐하, 홍성궁을 돌보시옵소서. 홍성궁이야말로 폐하의 제1황후가 아니옵니까? 홍성궁에 자주 납시어 주시고, 자성궁에서 가지고 있는 소금 전매권을 홍성궁으로 돌려주시옵소서."

"듣기 싫다고 했소. 자정원에 소금 전매권을 준 것은 그걸로 자정원의 경비를 충당하라는 뜻이었소. 경도 알다시피 자정원에서 그걸 가지고 좋은 일을 얼마나 많이 하고 있소? 홍성궁은 게으르고 멍청하여 자성궁에서 하는 일을 할 수가 없소. 태자의 무사함을 비는 불사를 드린다고 해도 홍성궁은 스님들과 말이 통하지를 않소. 홍길라 황후는 그대로 홍성궁에서 조용히 지내는 것이 좋소."

"아니옵니다. 폐하께옵서 황은을 내려주시면 홍성궁 황후마마 또한 충분히 대원제국을 위하여 한 몫을 하실 분이옵니다. 통촉하여 주시옵소서. 홍성궁의 홍길라 황후마마께서야말로 진정한 몽고족이 아니옵니까? 대원제국의 앞날을 위하여서는 몽고족이신 홍길라 황후마마께옵서 태자를 얻으셔야 할 것이옵니다."

"이제는 태자까지 몽고족의 여자한테 얻어야 한다고 짐을 괴롭힐 셈이오? 듣기 싫으니, 당장 물러가시오."

황제가 버럭 고함을 질렀다.

무슨 일인가 하여 고용보가 달려들어와 독련을 노려보았다.

그 눈빛에 질렸는지 독련이 허둥지둥 대명전을 나갔다.

"황후마마, 좌승상 독련을 갈아야겠사옵니다."

고용보가 자성궁을 찾아와 아뢰었다.

"무슨 일입니까? 완산군."

기황후가 물었다.

독련은 중서령 맹사태의 주청에 의해 좌승상의 칙서를 받은 사람으로 역시 몽고족이었다. 이번에 제1황후를 책봉하는데, 자신과 혈족인 맹상왕의 여식 맹여령 공주를 내세웠는데, 고용보의 주청에 의하여 홍길라 공주가 책정되자 가장 앞장서서 반대를 했었다.

"어제도 독련이 황제폐하를 독대하고 갔사옵니다."

"신하는 누구나 황제폐하와 독대를 할 수 있는 것이 아닙니까?"

"그야 그렇습지요만, 독련이 황제폐하께 드린 주청이 하도 어처구니가 없어서 드리는 말씀이옵니다. 좌승상 독련은 황제폐하께, 지금 자정원이 가지고 있는 소금 전매권을 회수해야 한다고 했사옵니다. 또한 황후마마께오서 상권을 가진 자들로부터 거두어들이는 이익을 마마의 부정한 축재라고 하였사옵니다. 그런 자를 어찌 그대로 두겠사옵니까?"

"응당 나올 수 있는 소리가 아니요?"

"그걸 거두어 흥성궁으로 돌려야 한다고 주청을 드렸으니, 올리는 말씀이옵니다. 다행이 황제폐하께오서 자정원의 경비를 충당하기 위하여 특별히 내린 것이니, 거기에 대해서는 더 이상 입을 열지 말라는 엄명을 내렸사옵니다만, 언제 황제폐하의 마음이 바뀔지 모르는 일이 아니옵니까?"

"허나 완산군, 내가 대명전의 일을 사사건건 간섭하다 보면 언젠가는 황제폐하의 노여움을 살 것이오. 지금이야 황제폐하의 내게 대한 사랑이 식지 않았으니, 내가 좋다고 하는대로 따라주실 것이오만, 욕심이 과하면 화를 부르는 법이 아니겠소? 대명전의 일은 황제폐하와 대신들이 알아서 하도록 두세요."

기황후가 얼굴까지 조금 찡그리며 말했다.

"소인도 황후마마의 말씀이 지당하신 줄은 알겠사옵니다. 하오나, 좌승상 독련을 그대로 두었다가는 황후마마께옵서 큰 화를 당하실까 염려되어 드리는 말씀이옵니다."

"내가 분수에 어긋나지만 않으면 어찌 화를 당하겠소? 따지고 보면 흥성궁의 홍길라 마마는 참으로 불쌍한 분이 아니오? 좌승상같은 분이 곁에서 보필해 주신다면 다행이지요. 그대로 두시오."

"황후마마, 소인도 독련이 단지 소금 전매권을 가지고 그랬다면 덮어두겠사옵니다. 하오나, 독련은 태자마마까지 거론을 하였사옵니다."

"태자의 일까지요?"

순간 기황후의 귀가 벌떡 일어섰다.

처음에는 고용보가 좌승상을 갈자고 한 것이 또 누군가 고용보한테 뇌물을 바치고 쏘삭인 사람이 있구나, 짐작했었다. 그동안 종종 고용보의 주청에 의하여 황궁의 벼슬아치들이 갈린 일이 있었기 때문이었다.

그때마다 고용보의 주청이 크게 무리하지 않은 범위에서 황제폐하께 아뢰어 청을 들어주었었다. 아마 무슨 일로인가 좌승상 독련이 고용보의 눈 밖에 난 모양이라고 짐작하여 그대로 지나가려는데, 태자의 일까지 들먹였다고 하지 않는가?

"그렇사옵니다. 좌승상 독련은 태자마마도 몽고족의 여자한테서 얻어야 한다고 말했사옵니다. 그것은 무슨 뜻이옵니까? 지금의 애유식리달랍 태자마마는 황태자 자격이 없다는 뜻이 아니고 무엇이옵니까?"

고용보의 말에 기황후의 눈 밑이 퍼르르 떨었다.

"황제폐하께오서는 무어라고 하시던가요?"

"화를 버럭 내셨사옵니다."

"폐하의 뜻이 그렇다면 된 것이 아닙니까? 좌승상을 몰아낸다면 다른 대신들이 동요할지도 모릅니다. 당분간은 조용히 덮어두십시다."

기황후의 말에 고용보가 안타깝다는 표정을 지었다.

"황후마마, 좌승상이 흥성궁으로 기울었다면 그것은 좌승상 한 사

람의 문제가 아니옵니다. 황궁에는 암암리에 좌승상을 따르는 무리
들이 많사옵니다. 그들이 다 흥성궁 편이 되지 않겠사옵니까? 더구
나 좌승상 독련은 황후마마께오서 책봉을 받으실 때에도 가장 극렬
하게 반대를 했던 자이옵니다. 그대로 두었다가는 언제 무슨 짓을
할지 모르옵니다."

"좌승상 독련이 반란이라도 일으킨다는 말입니까?"

"세를 얻다보면 그런 일이 안 생긴다는 보장도 없사옵니다. 그가
무엇 때문에 소금 전매권을 흥성궁으로 돌리라고 주청을 드렸겠사
옵니까? 그것이 가장 많은 이득을 남길 수 있기 때문입니다. 세를 얻
어 무리를 길렀는데, 홍길라 황후마마께서 수태라도 해보십시오. 황
후마마께오서 자성궁을 비우셔야할 날이 올지도 모르옵니다."

"내가 자성궁을 비운다?"

기황후의 목소리가 불쑥 높아졌다.

"미리미리 대비를 하자는 뜻이옵니다. 고려국 속담에 돌다리도 두
드리며 건넌다는 말이 있지 않사옵니까? 만사를 튼튼히 하자는 뜻이
옵니다."

고용보가 간절하게 말했다.

그제서야 기황후가 곰곰이 생각에 잠겼다. 흥성궁의 홍길라 황후
가 황궁에 아무런 세력이 없다고 안심하고 있을 일만은 아닌 것 같았
다. 좌승상 독련은 몽고족을 철저히 옹호하는 사람이었다. 몽고족이
중심이 되어 대원제국을 다스려야 한다고 믿는 사람이었다. 자신이
제2황후에 책봉될 때 앞장서서 반대를 했듯이, 나중에 황태자를 책

봉할 때에 태자가 순수한 몽고족의 혈통이 아니기 때문에 불가하다고 나올지도 몰랐다. 벌써 대원제국의 황제위는 철저히 몽고족 출신이 이어가야 한다고 주청을 드렸다고 하지 않는가? 몽고족인 홍길라 황후한테서 태자를 얻어야 한다고 했다지 않는가.

자기 한 몸이 당하는 핍박이라면 용서하고 견디어낼 수 있을 것이었다.

그러나 태자한테까지 핍박의 손길이 다가온다면 그것은 하늘이 무너져도 안 될 일이었다.

기황후가 입을 열었다.

"허나, 완산군. 좌승상의 일에 나나 완산군이 앞장을 선다는 것은 모양이 좋지 않습니다. 황제폐하께서 특별히 하문을 하신다면 몰라도 우리가 먼저 좌승상을 갈자고 할 수는 없는 것이 아닙니까? 우리는 될 수 있으면 뒷전으로 물러나 있어야 합니다."

"심려하지 마시옵소서, 황후마마. 소인이 생각해둔 바가 있사옵니다."

고용보가 얼굴을 펴고 말했다.

"어떻게 말입니까?"

"학사 사라반으로 하여금 상소를 올리게 하는 것이옵니다."

학사 사라반은 심지가 곧은 사람이었다. 차궁녀 기처서가 몽고족이 아니라서 황후에 봉할 수 없다면, 기처서를 제2황후로 봉하고, 제1황후는 몽고족의 여자 가운데서 찾으면 될 것이 아니냐는 해결책을 내놓았던 사람이었다. 그 보답으로 기황후가 우승상을 제수하려고

247

했으나, 자신은 학사의 직책으로 황제폐하를 늘 가까이 모시는 것이 좋겠다면서 사양했었다.

그런 사라반이 상소를 올린다면 황제도 무시하지는 못할 것이었다.

"허나, 일국의 승상을 물러나게 하려면 그에 합당한 잘못이 있어야 할 것인데, 무턱대고 좌승상 독련을 해임하소서, 할 수는 없는데, 그에 대한 대책은 있소이까?"

기황후의 물음에 고용보가 빙긋 웃었다.

"소인이 아무려면 그런 대책도 없이 황후마마께 말씀을 올렸겠사옵니까? 대호군 아답태를 통하여 이미 독련의 약점을 잡아놓았나이다."

"어떤 약점이오? 그것이 누가 들어도 합당해야 하오. 억지를 써서는 아니 되오."

"이제 소인도 황후마마의 성품을 알고 있나이다. 아무려면 소인이 황후마마께 누가 되는 일을 하겠사옵니까? 좌승상 독련은 승상이 된 이후, 참으로 못된 짓을 많이 저질렀나이다. 그 첫번째가 고려 공녀를 사사로이 스무 명이나 끌어다가 자신이 첩실로 둘, 하녀로 셋을 데리고 있으며 나머지 열다섯은 평소 따르던 대신들에게 나누어 주었사옵니다. 대원제국에서 비록 고려 공녀를 데리고 오기는 하나 사사로이는 금지된 일이 아니옵니까?"

"저, 저런, 몹쓸 사람이 있습니까?"

고려 공녀라는 말에 기황후의 눈에 서리가 내렸다. 그만큼 공녀는 그녀에게 한으로 남아 있었다. 어떻게 해서든 그 일을 그만두게 할 수만 있다면 밤을 새워서라도 황제께 주청을 드려 그만두게 하고 싶은 것이 기황후의 솔직한 심정이었다. 그런데 좌승상 독련이 공녀를 사사로이 스무 명이나 데리고 왔다고 하지 않은가? 그 공녀를 대신들에게 하사하여 자신의 힘을 키우는데 사용했다고 하지 않은가? 다른 것은 다 그만 두고라도 그 일만 가지고서도 좌승상은 모가지를 잘라야했다. 아니 충분히 자를 수 있는 일이었다.

"그뿐만이 아니 옵니다, 황후마마. 좌승상 독련은 자기의 권세를 믿고 석경산 아래에 별채를 지으면서 인근 백 리 안의 백성들을 모두 쫓아냈다 하옵니다. 그 별채에 연못을 파고 연못가에 누각을 지어 사흘이 멀다 하고 잔치를 한다 하옵니다. 거기에도 또한 고려 공녀가 다섯이나 있는 걸로 아옵니다."

"거기에도 고려 공녀가 있소?"

"진즉에 폐하께 하사받은 공녀가 있다고 하옵니다. 또한 독련은 상권을 가진 자들로부터 무리한 뇌물을 요구하여 상인들의 불만이 크다고 하옵니다. 이 모든 사실을 낱낱이 기록하여 상소를 올리면 황제폐하인들 어찌 두고만 보시겠사옵니까?"

"다른 것은 다 용서할 수 있어도 고려에서 사사로이 공녀를 끌어왔다는 것은 용서할 수가 없소. 그자가 어찌 딸을 수만 리 머나 먼 나라로 보내는 어미의 한을 모른단 말이오. 몇 날 며칠을 울어 눈이 멀고, 그것도 부족하여 우물에 몸을 던지는 어미의 한을 모른단 말이오. 학사 사라반으로 하여금 상소를 올리게 하시오. 그러면 황제폐하께서 하문이 있을 것이 아니오?"

"그리하겠나이다. 황후마마. 하옵고, 독련의 후임으로는 누가 합당하겠나이까?"

"내가 어찌 알겠소? 황궁의 일이나 대신들의 일은 완산군이 잘 알고 있지 않소? 나한테 독련을 해임시키자고 했을 때에는 후임도 염두에 두었을 것이 아니오?"

"하오면 황후마마, 도아적이 어떻겠나이까?"

"도아적이요?"

기억에 남는 인물이라 황후가 물었다.

다급한 순간에 황후마마 편에 서서 입이 되어 줄 사람이 필요하다면서 고용보가 수만금을 들여 자정원으로 끌어들인 사람이었다. 역시 몽고족 출신이었으나, 최상류 귀족은 아니었다. 어찌어찌 황궁에 들어와 벼슬아치 노릇을 하고 있었는데, 자정원으로 끌어들인 다음 고용보가 황제께 주청을 드려 평장정사까지 벼슬이 올라갔다.

평장정사의 칙서를 받은 도아적이 자정원을 찾아온 일이 있었다.

나이 서른이 막 넘었을까? 몽고족 특유의 거무튀튀한 낯빛에 눈만이 유난히 하얀 사내였다.

고용보로부터 도아적이 어떤 사람인가를 이미 들어 알고 있던 기황후가 다짜고짜 물었다.

−어떻소? 나와 함께 영화를 누려보겠소이까?

−소인, 황후마마를 위해 목숨을 바치겠나이다.

도아적이 세 번 머리를 조아렸다.

−내가 멀리 고려국에서 온 탓에 많이 외롭소이다. 내 힘이 되어

주시오. 나 또한 그대를 힘닿는 데까지 힘껏 도우리다.

  ―은혜가 백골난망이옵니다. 소인, 목숨을 걸고 황후마마를 보필하겠나이다.

  ―내 그대를 믿겠소. 어려운 일이 있으면 완산군에게 말하도록 하시오.

  그때는 그러고 말았다. 그런데 고용보가 도아적을 좌승상으로 천거하겠다고 하지 않은가.

  "도아적의 나이가 너무 어리지 않소? 그가 자정원 사람이라는 걸 알만한 사람은 다 알 텐데, 다른 대신들의 불만을 사지 않겠소?"

  기황후가 고개를 끄덕일까 말까, 잠시 생각하다가 말했다.

  "승상으로는 나이가 어린 감도 있기는 하옵지요. 하오나, 학사 사라반도 이제 겨우 스물 두엇 밖에 안 되옵니다. 또한 도아적이 자정원 사람이라는 것은 극히 소수의 대신들 밖에 알지 못하옵니다. 황후마마께오서 말씀하신 대로 비밀리에 사람을 모으고 있었으니까요. 또한 도아적이 자정원 사람이라는 걸 안들 어떻사옵니까? 오히려 자정원에 잘 보여야 벼슬이 높아진다는 것을 대신들이 알아야 하옵니다. 그래야 벼슬자리에 욕심이 있는 자들이 모여들 것이 아니옵니까? 그 가운데 쓸만한 자들은 도움을 줄 수도 있고 말이옵니다."

  "그 일은 완산군이 알아서 해주시오. 황제폐하께서 나한테도 하문을 하시면 그리 말씀을 드리리다. 그리고, 얼마 전에 고려국의 어떤 대신이 고려 공녀의 문제를 상소했다지요?"

  "예, 원나라의 어사대에 와 있던 고려국 전의부령(典儀副令) 이곡

(李穀)이라는 사람이 상소를 올렸사옵니다. 허나 이곡의 간곡한 상소도 공염불이 되고 말았사옵니다. 황제폐하께오서 중서령 맹사태를 비롯한 대신들 앞에 상소를 내놓으니까, 모든 대신들이 이곡의 버릇없음을 탄핵하였을 뿐만 아니라, 당장에 고려국을 합성하자고 나왔사옵니다."

"공녀문제만은 어쩔 수가 없구려. 완산군, 좋은 방법이 없겠소?"

"가장 좋은 방법은 공녀제도를 없애는 것이옵니다만, 지금으로선 뾰족한 수가 없사옵니다. 공녀를 하나라도 줄여 데리고 오는 수밖에 없사옵니다."

"참으로 안타깝구려. 완산군, 이러면 어떻겠소?"

"어떻게 말이옵니까?"

"기왕에 데려올 공녀라면 이곳에 와서 편히 살 수 있는 길을 열어주는 것이 말이오. 내가 제2황후가 된 것은 완산군의 도움으로 황제를 가까이서 모시는 차궁녀가 되었기 때문이 아니겠소? 나와 함께 끌려왔던 다른 공녀들이 벼슬아치들의 첩실이나 하녀나 심지어는 대도 거리 주막의 작부로 팔려간 것과는 달리 말이오. 그래서 생각해 본 것인데, 앞으로는 고려 공녀가 오면 그녀들을 모두 원나라 벼슬아치들의 첩실로 주는 것이오. 하면 마음 고생은 될망정 몸 고생은 안할 것이 아니오? 고려 여자들은 얼굴이 아름답고 마음씨가 고와 원나라 남자들의 사랑을 받는 것은 쉬운 일이 아니겠소?"

"황후마마의 말씀이 지당하시옵니다. 소인이 알기로도 벼슬아치들의 첩실노릇을 하는 공녀는 모두 사랑을 받으며 호강으로 산다고 들었사옵니다. 하오면 앞으로는 공녀를 데리고 오되, 원나라 벼슬아치들의 첩실이 될 수 있는 자들만 골라 데리고 오도록 하겠사옵니다. 또한 궁중에 배치하여 황후마마를 돕도록 하겠나이다."

"그렇게 하십시다. 머나 먼 원나라까지 끌려온 것만 해도 가슴이 찢어질 일인데, 죽도록 고생만 한다고 해서야 되겠습니까?"

"황후마마의 은총이 참으로 크시옵니다."

"그리고 내 어머님이 고려국으로 돌아가시고 싶어하셨습니다. 아무리 나하고 여기서 살으시자고 해도 막무가내로 돌아가시겠다고 하니, 완산군께서 한번 더 수고를 해주셔야겠습니다."

기황후의 어머니 이씨는 대도에 온 지 반년 남짓 지나자 황궁이 갑갑하다면서 고려로 보내달라고 졸라댔다. 차일피일 미루고 있었는데, 요즘에는 하루 세 끼 식사도 거르는 일이 많다고 이씨를 모시는 궁녀가 찾아와 고했다. 김치며 고추장이며 된장같은 반찬을 고려에서 가져다가 식사수발을 해도 몇 수저 뜨고 만다는 것이었다.

"소인이 수일 내로 뫼시고 다녀오겠사옵니다."

"그래주시겠습니까? 가시는 길에 혜월 스님에 대해서도 알아보았으면 좋겠습니다."

혜월이라는 이름을 입에 올리자 기황후는 또 가슴이 뜨끔거렸다. 그 이름만 떠올리면 입안에 침이 마르면서 가슴이 아픈 기왕후였다.

"소인이 자정원 궁인들을 시켜 대도 가까이에 있는 절이란 절은 모두 찾아보았습니다만, 행적을 알 수가 없사옵니다. 아무래도 원나라로 온 것은 아닌 것 같사옵니다."

"인연이 있으면 만나지겠지요. 아무튼 고려왕에게도 당부하여 혜월 스님을 꼭 찾도록 하세요."

기황후가 간절한 눈빛으로 당부했다.

황궁에 소문이 떠돌고 있었다. 한 승려가 대도 네거리에 큰 가마솥을 걸어놓고 죽을 끓여 오고가는 거지들한테 적선을 한다는 것이었다.

기황후가 궁녀 하나를 불러들여 물었다.

"너도 소문을 들었느냐? 웬 승려가 대도 네거리에서 죽을 끓여 적선을 한다면서?"

"예, 황후마마. 진즉부터 떠돌던 소문이었사옵니다."

"어느 절의 스님이라고 하더냐? 가난은 나라에서도 구제를 못한다고 했는데, 참으로 어려운 일을 하고 계시는 스님이 아니시더냐?"

"그렇사옵니다. 나이도 별로 안 많은 스님이라는데, 대도의 얻어먹는 사람들 사이에는 부처님이 환생하신 것이라고 칭찬이 자자하다 하옵니다."

"어떤 스님이실까? 하루 이틀도 아니고, 벌써 몇 달째가 아니더냐? 비록 죽일망정 양식이 숱하게 들어갈 텐데, 그 많은 양식은 어디서 구할꼬?"

기황후가 그 스님이 궁금하여 고개를 갸우뚱거렸다.

그런 어느 날이었다. 기황후가 처음 스님 소문을 들려주었던 궁녀를 불러들였다.

"아직도 그 스님은 거지들한테 죽공양을 계속하신다고 하더냐?"

"그렇사옵니다, 황후마마. 하온데, 한 가지 이상한 일이 있사옵니다."

"이상한 일?"

"그 스님이 요즘에는 거지들한테 죽을 나누어 주면서 이 죽은 황실의 기황후마마께오서 내리시는 죽이라고 떠외면서 나누어 준다지 뭡니까?"

"내가 나누어 주는 죽이라고?"

"그런다고 하옵니다. 그 스님이 이렇게 떠왼다고 했사옵니다. 자, 배고픈 사람은 오시오. 여기 황실의 기황후께옵서 배고픈 사람을 위하여 내려주신 죽이 있소이다. 배 고픈 사람은 다 오시오, 하고 말이옵니다."

"거참, 이상한 일이구나. 내가 스님한테 그런 부탁을 한 일도 없거니와 죽을 끓일 쌀을 내려준 일도 없는데, 참으로 이상하구나."

고개를 갸우뚱거리던 기황후가 대명전으로 궁녀를 보내 박불화를 불렀다. 그런 일이야 응당 고용보를 불러 내막을 알아보는 것이 순서였으나, 고용보는 지금 기황후의 모친 이씨를 모시고 고려국에 가고 없었다. 박불화 역시 고용보를 도와 자정원의 일을 보고 있었으니까, 자세한 건 몰라도 대강의 일은 알고 있으리라, 믿었다.

"황후마마, 찾아 계시오니까?"

박불화가 엎드려 물었다.

"박환관도 대도의 소문을 들으셨소? 어떤 스님이 죽을 끓여 거지들한테 공양을 하고 있다는 소문 말이오."

"아, 예. 소인도 들었사옵니다."

"누구인가, 한번 알아봐 주시겠소? 어느 절 스님이며 그 많은 양식을 누구한테 시주를 받는지 알아봐 주시겠소?"

"예, 황후마마. 소인이 오늘내로 자초지종을 조사하여 아뢰겠사옵니다."

"부탁하오, 박환관."

박불화가 자성궁을 나간 다음에도 기황후는 계속 가슴이 설레었다. 이상한 일이었다. 자정원의 많은 재물을 대도 인근의 사찰에 시주를 하고, 사찰의 주지들이 찾아와 황후마마의 자비를 수많은 불도들에게 알렸노라고, 합장을 했으나 어떤 스님을 두고도 가슴까지 설레인 일은 없었다.

그런데 대도 네거리에서 거지들한테 죽공양을 한다는 그 스님은 한 번도 만난 일이 없는데도 가슴이 설레면서 자신과 무슨 인연이 있을 것만 같은 예감이 드는 것이었다.

"황후마마, 대도 네거리에서 거지들한테 죽공양을 하는 그 사람은 석경산 안국사에 있는 스님이었사옵니다."

"법명이 무어라고 합디까?"

"자기는 법명을 댈만한 존재가 아니 된다면서 한사코 숨겼사옵니다. 하오나, 말투로 보아서 고려국에서 온 스님인 것만은 틀림이 없었사옵니다."

"고려국에서요?"

기황후가 얼핏 혜월 스님을 떠올리며 물었다.

"그렇사옵니다. 소인이 물었습지요. 어찌하여 죽공양을 하면서 황후마마를 들먹이느냐구요? 그랬더니, 자기가 죽공양을 하는 쌀이 황후마마께오서 안국사에 시주하신 쌀이라 그런다고 대답했사옵니다."

"그렇다면 그 스님의 말이 틀린 것은 아니구려. 내가 안국사에도 철철이 기백 석의 쌀을 시주하고 있으니 말이오. 아무리 그래도 대단한 일이 아니오? 안국사같은 큰 절에서 소소한 불사에 들어가는 경비도 수월찮을 텐데, 내가 시주한 쌀을 불사에 쓰지 않고 빈민을 구제하는 자선사업에 쓴다는 것이 말이오."

"그렇사옵니다. 황후마마께오서 시주를 한 절이 부지기수이옵니다만, 안국사처럼 죽공양을 하는 절은 없었사옵니다."

"참으로 장한 일이오. 앞으로 안국사에는 더 많은 쌀을 시주해야겠소이다."

"황후마마의 뜻대로 하소서. 하명에 따르겠나이다."

"우선 안국사에 오백 석의 쌀을 시주하도록 하시오. 그리고 언제 기회를 봐서 내가 그 스님을 한번 만나보고 싶구려."

"소인이 보기로는 그 스님 역시 거지 중의 상거지였사옵니다. 그가 하는 일이 아무리 장하다 하여도 황궁까지 부르는 것은 어떨까 싶사옵니다만."

"거지차림이었어요?"

"죽공양을 받는 거지들과 다를 바가 없었사옵니다. 누더기 가사를 걸치고 있었사옵니다."

"그것이야말로 중생과 스님이 하나가 되는 것이 아니겠소? 그럴 것 없이 내일이라도 그 스님을 모시고 오시오."

"황후마마. 모르면 몰라도 그 스님의 몸에는 이가 득실거릴 것이옵니다. 자칫 자성궁에 이가 퍼지지 않을까 염려가 되옵니다. 쌀이나 시주를 하시고 만나시는 것은 그만 두시는 것이 어떨지요."

"아니오. 내일 당장 모시고 오시오. 내가 만나보고 치하를 해주어야겠소. 더구나 그 스님이 나를 들먹여 나의 선덕을 대도에 알린다고 하지 않소이까."

"하오시면, 목욕을 시키고 깨끗한 옷으로 갈아입혀 모셔오겠사옵니다."

박불화가 마음에 내키지는 않으나 어쩔 수 없이 따른다는 눈빛으로 허리를 조아렸다.

'과연 어떤 스님일까? 고려국에서 왔다면 고려국의 어느 절에 있다가 대도까지 흘러온 스님일까? 그런 스님이야말로 고려국에 남아있어야 할 것이 아닌가? 불쌍한 고려백성을 위해 부처님의 자비를 베풀어야 하는 것이 아닌가.'

기황후가 곰곰이 생각에 잠겼다.

다음날이었다.

박불화가 누덕누덕 기운 누더기 가사를 걸친 승려 하나를 자성궁으로 데리고 왔다. 목덜미에 때가 덕지덕지 끼어있고, 누덕누덕 기운 가사차림이 영락없는 거지였으나, 눈빛이 맑고 온화한 것이 바라보는 사람을 편안하게 해주는 스님이었다.

"목욕을 하고 옷을 갈아입으라고 해도, 그걸 강요하면 자성궁에 오지 않겠다고 고집을 부려서 할 수 없이 그대로 모시고 왔사옵니다, 황후마마."

박불화가 잔뜩 주눅이 들어 고했다.

"괜찮소이다, 박환관. 겉은 번드레해도 속은 거지인 사람도 있고, 겉은 남루해도 속은 부자인 사람도 있지 않겠소? 스님은 겉은 남루하나 속은 세상의 누구보다 넉넉하신 분일 것이오. 어제 내가 일렀던 시주건은 어떻게 되었소?"

"사흘내로 쌀 오백 석이 안국사로 들어갈 것이옵니다."

"차질이 없도록 잘 해주시오. 특별히 죽공양을 위한 시주이오니, 더 많은 중생들한테 죽공양을 하라 함께 이르시오."

기황후의 말에 거지 스님이 합장하여 허리를 굽히며 아뢰었다.

"황후마마의 은총이 참으로 황감하옵니다. 부처님의 자비가 세상에 골고루 퍼지겠사옵니다."

"스님의 적선에 비하겠습니까? 안국사에 계신 것은 알겠습니다만, 스님의 법명은 어찌 되시는지요?"

기황후가 어쩐지 스님의 얼굴이 눈에 익는다고 생각하며 물었다.

스님이 빙그레 웃으며 기황후를 가만히 바라보았다.

"황후마마, 소승을 모르시겠는지요?"

순간 기황후의 가슴이 철렁 내려앉았다.

'그렇구나. 스님은 혜월 스님이 분명하구나. 내 어린 시절의 정혼자 융 도련님이 분명하시구나. 서슬이 시퍼런 별감나리의 칼날 앞에서 차라리 자신을 끌고가라고 울부짖던 융 도련님이 분명하구나.'

그러고 보니 번듯한 이마와 짙은 눈썹, 살이 두툼한 아랫턱이 김융이 틀림없었다.

"누구신가 했더니, 혜월 스님이었군요. 어머님 말씀이 개성 송악산 태안사에서 계시다가 자취를 감추었다고 하셨는데, 대도에 와계셨군요."

"그렇사옵니다. 소승, 혜월이옵니다. 황후마마 가까이 있고 싶어 대도로 왔사옵니다. 안국사에 행장을 풀었사온데, 황후마마께오서 수백 석의 쌀을 시주하시는 걸 보고 주지 스님을 졸라 죽공양을 시작했사옵니다."

혜월 스님이 그윽한 눈빛으로 기황후를 바라보았다. 바다처럼 깊고 넓은 그 동공 속으로 온몸이 빨려 들어가는 느낌에 기황후의 몸이 푸르르 떨렸다. 마음 같아서는 손이라도 덥석 잡고 가슴에 쌓인 한을 서리서리 풀어내며 하소연이라도 하고 싶었다.

그대가 얼마나 그리웠는지 아느냐고, 비 오고 바람 부는 저녁이면 그대가 그리워 눈물을 흘린 일이 한두 번이 아니었노라고 털어놓고 싶었다.

그러나 온화하고 편안해 보이는 혜월의 모습에 기황후는 차마 여염의 여인이나 쏟아낼 그런 하소연을 할 수가 없었다.

"참으로 장하십니다, 스님. 앞으로는 스님께서 죽공양을 하시는데 모자람이 없도록 충분히 시주를 하겠습니다. 또한 자정원의 궁녀들을 내보내 스님을 돕도록 하겠습니다."

"황후마마의 은총이 사해에 넘치나이다. 대도의 백성들이 부처님의 은혜를 입는 것이나이다."

"옛날 인연은 잊고 새로운 인연을 만들어 보십시다, 스님. 만나려니까, 이리 쉽게 만나지는 것을, 다 부처님의 섭리인 것을. 내가 그동안 너무 안달을 했습니다."

"나무아미타불, 관세음보살."

혜월이 합장하고 고개를 숙였다.

혜월 스님이 돌아간 다음 기황후가 곧 바로 박불화에게 내일부터는 자성궁의 궁녀를 내보내 죽공양을 돕도록 영을 내렸다.

며칠이 지난 후에 궁녀가 아뢰었다.

"황후마마, 대도의 거지들이 황후마마 천세를 부르고 있다 하옵니다. 황후마마의 적선이 소문이 나서 대도 밖의 거지들까지 몰려들고 있다 하옵니다."

9

고려여, 고려여

고용보가 돌아왔다. 고려국에 기황후의 모친 이씨를 모시고 간 지 석 달만이었다.

"황후마마의 염려 덕에 무사히 다녀왔사옵니다."

"먼 길에 노고가 크셨습니다, 완산군."

"마차멀미 때문에 황후마마의 모친께서 고생을 좀 하셨사옵니다. 아무리 천천히 가시자고 해도 한시가 급하시다고 서두르시는 통에 멀미를 막을 수가 없었사옵니다."

"그만큼 고려국이 그리우셨다는 뜻이겠지요. 그래, 고려국에 별일은 없었습니까? 충혜왕은 만나보셨는지요?"

"모친께서 도착하신 다음 날 충혜왕이 대전에서 연회를 베풀어 노독을 위로하여 주셨사옵니다. 모든 대신들이 황후마마의 모친께 큰절을 올렸사옵니다."

"어머님께서 번거로우셨겠습니다. 안 그래도 되는데, 충혜왕이 쓸데없는 짓을 했습니다."

기황후가 얼굴을 조금 찡그리는데, 고용보가 말했다.

"하온데, 고려국의 왕도에 이상한 소문이 떠돌고 있었사옵니다."

"이상한 소문이라니요?"

"백성들 사이에 왕이 밤마다 어린 아이들을 잡아다 새로 짓는 궁궐의 주춧돌 밑에 묻는다는 소문이었사옵니다. 왕도의 백성들이 해가 지고나면 어린 아이를 숨기느라 난리가 난다 하였사옵니다. 어린 아이가 있는 어떤 집에서는 충혜왕을 피하여 왕도를 떠난다고까지 했사옵니다."

"어찌하여 그런 흉악한 소문이 돈다는 말입니까? 설마 충혜왕이 그런 짓을 할리는 없지 않습니까?"

"그만큼 고려국의 민심이 흉흉하다는 뜻이지요. 충혜왕은 밤이면 변복을 하고 악소패거리들과 민가를 찾아다니며 아녀자를 겁탈한다고 했사옵니다. 추행을 당하는 아녀자가 저항을 하면 악소패거리들로 하여금 사지를 붙잡게 하여 겁탈을 한 다음 자신이 왕이라고 밝힌다고 했사옵니다. 왕이 그러니 왕도의 불량배들조차 왕의 흉내를 낸다고 하였사옵니다."

"어찌 그리 무도한 자가 있습니까? 고려국의 앞날이 참으로 큰 일이 아닙니까?"

"그래서 고려국의 조정에서도 합성론자들이 나오는 것이 아니겠사옵니까? 병부시랑 기철 역시 합성론을 주장하였습니다."

"오라버니까지요?"

"충혜왕의 횡포를 더 이상 두고 볼 수 없다는 소리겠지요. 소인이 왕도의 민심을 탐문해 보았는데, 백성들이 왕을 악귀처럼 여기고 있었사옵니다."

"저, 저런, 아무래도 충혜왕을 소환해야 하는 것이 아닙니까?"

"일단은 황제폐하께 사실대로 말씀을 올리겠사옵니다. 고려국을 그대로 두면 백성들의 삶이 핍박해질 것입니다. 하온데, 황후마마."

고용보가 조금은 미안한 기색으로 기황후를 올려다 보았다.

"말씀해 보시오."

"이번에도 혜월 스님은 찾지 못했사옵니다. 충혜왕과 병부시랑에게 군사들을 풀어서라도 혜월 스님을 찾으라고 일러놓기는 하였사옵니다만, 산마다 박혀있는 것이 절이고, 절마다 넘쳐나는 것이 스님이라, 찾기가 어려울 것 같사옵니다."

기황후가 빙그레 웃으며 물었다.

"환관 박불화가 말하지 않던가요?"

"무슨 말씀이신지요? 황궁에 도착하자마자 황후마마를 찾아 뵙느라, 아직 박불화는 만나지 못했사옵니다."

"혜월 스님을 찾았습니다. 찾은 것이 아니라 스스로 나타났습니다."

"예? 하오면 혜월 스님이 자성궁으로 찾아왔다는 말씀이옵니까?"

"아닙니다. 대도 네거리에서 거지들한테 죽공양을 하던 석경산 안국사 스님이 바로 혜월 스님이었습니다."

"그 거지차림의 스님이 말씀이옵니까? 소인도 고려국에 가기 전에 두어 차례 먼 발치에서 그 스님이 죽공양하시는 모습을 본 일이 있었사옵니다."

"그분이 바로 혜월 스님이었사옵니다. 요즘은 자성궁의 궁녀들이 나가 죽공양을 돕고 있습니다."

"그랬군요. 등잔 밑이 어둡다더니, 혜월 스님이 아주 가까운 곳에 계셨었군요."

고용보가 고개를 끄덕였다.

"앞으로도 나는 혜월 스님을 통하여 부처님의 자비를 널리 펼칠 것입니다. 자정원에서 할 일을 이제야 제대로 찾은 것 같습니다."

"하오면 자정원의 재물을 빈민구호사업에 다 쏟아부으실 것이옵니까? 황후마마."

"그 이상 더 좋은 일이 어디 있겠습니까? 내가 소금 전매권이나 상권의 이득을 욕심낸 까닭이 어디에 있겠습니까? 내 한 몸 호강하자면 그런 것들이 무슨 소용이 있겠습니까? 자정원의 전 재물을 불사를 일으키고 가난한 백성들을 구제하는데 쓸 것입니다."

기황후의 말에 고용보가 목소리를 높였다.

"아니 되옵니다, 황후마마. 자정원의 재물을 불사나 백성들 구제하는 데만 쓰시면 아니 되옵니다. 그것은 작은 일이옵니다. 아직도 황실에는 황후마마를 시기하고 질투하여 해꼬지하려는 자들이 많사옵니다. 자정원의 재물은 그들을 다독이고, 우리 편을 확장하는데 써야할 것이옵니다. 태자마마를 생각하시옵소서."

"나는 완산군이 무엇을 걱정하는지 잘 알고 있습니다. 허나 자정원의 재물이 옳은 곳에 쓰인다면 부처님의 가호가 계실 것입니다. 내 뜻을 따라주십시오."

"황후마마, 황궁의 대신들이 황후마마 편에 서 있는 것은 자정원에 재물이 있기 때문이기도 하옵니다. 자정원의 재물이 불사나 빈민구제사업에 다 들어가는 것을 알면 저들은 분명 등을 돌릴 것입니다."

고용보가 간곡하게 말했다.

"알겠소. 요즘도 벼슬을 바라는 자들이 완산군에게 뇌물을 바치고 있지요? 그 재물은 완산군이 알아서 쓰도록 하시오. 고려국에 윗돌 빼서 아랫구멍 막고 아랫돌 빼서 윗구멍 막는다는 말이 있지요? 어차피 벼슬아치들은 어떤 방법으로건 백성들의 재물을 수탈합니다. 그 재물로 더 높은 벼슬을 사려고 눈이 뒤집혀 있지요. 그런 재물을 모아 완산군이 적당히 사람을 모으는데 쓰도록 하시오. 거기에 대해서는 내가 간섭을 않겠습니다."

"황후마마의 뜻에 따르겠나이다."

고용보가 조금은 불만이 어린 낯빛으로 허리를 조아렸다.

"황후, 고려국의 충혜왕이 나라를 제대로 다스리지 않고 있소이다. 이 일을 어찌했으면 좋을지 모르겠소."

자성궁을 찾은 황제가 잔뜩 심란한 표정으로 말했다.

"저도 완산군을 통하여 들었사옵니다. 충혜왕은 참으로 막 되어먹은 자 같사옵니다."

기황후가 대꾸했다.

"요즘은 그때보다 더한다고 하오. 응방의 무사들을 사사로이 훈련을 시키고 있는 것은 물론, 날마다 궁궐에서 수박희며 씨름판을 벌리고, 사흘이 멀다 하고 악소패거리들과 사냥을 다닌다고 하오."

"어찌하실 생각이신지요?"

"고려국만 생각하면 짐은 머리가 아프오. 황후의 부탁으로 미루어 놓고 있소만, 차라리 고려국을 합병하여 짐이 직접 다스렸으면 어떨까 하오."

황제의 말에 기황후가 흠칫 어깨를 떨며 고개를 들었다.

"폐, 폐하. 어차피 고려는 아주 작은 나라입니다. 또한 그동안 옷차림이며 많은 풍습들이 대원제국을 따라왔다고 하옵니다만, 몇백 년을 자기들끼리 살아온 나라이옵니다. 합병을 하여 폐하께서 직접 다스린다면, 오히려 폐하의 짐만 늘어날 뿐이옵니다. 고려는 그대로 두시는 것이 어떤른지요."

"황후는 충혜왕의 망동을 그대로 두고 보라는 말씀이오?"

"차라리 충혜왕을 폐위시키는 것이 어떻겠사옵니까?"

"충혜왕을 폐위시켜요?"

"한 나라의 왕으로 백성들에게 패악을 저지른대서야 어찌 왕위를 이어갈 수 있겠나이까? 그것은 황제폐하께도 누를 끼치는 일이 아니겠사옵니까?"

"허나, 충혜왕의 장자 흔(昕)은 이제 겨우 여덟 살이오. 어린 아이를 어찌 왕위에 앉히겠소? 고환관, 가서 충혜왕의 세자 흔을 데리고 오너라.”

말끝에 황제가 부복하고 서 있는 고용보에게 하명했다.

“예, 황제폐하.”

고용보가 서둘러 황실의 한 전각에서 어머니 덕녕공주와 함께 머물고 있던 흔을 데리고 왔다.

나이가 여덟 살이라고 했는데, 몸이 허약한지 기황후의 눈에는 대여섯 살로 밖에 안 보였다. 또한 고개를 들지 못하여 눈을 내리깐 채 눈치만 살피는 것이 한 나라의 왕재로는 많이 부족한 느낌이었다.

‘저 어린 것이 어찌 한 나라를 다스릴꼬? 허나 고려를 대원제국에 합병시키지 않으려면 저 어린아이라도 왕위에 앉혀야 하는 것이 아닌가.’

기황후가 속으로 한숨을 내쉬는데 황제가 흔에게 물었다.

“네가 충혜왕의 아들 흔이냐? 네놈은 아비를 닮겠느냐? 아니면 어미를 닮겠느냐?”

흔이 황제와 기황후의 눈치를 살피다가 대답했다.

“어머니를 닮겠사옵니다.”

흔의 대꾸에 황제가 웃음을 터뜨렸다.

“허허허, 그놈 참, 생긴 것과는 달리 제법 똑똑하구나. 네 어미의 도움을 받으면 고려의 왕이 되어 다스릴 수 있겠구나. 좋노라, 흔이 네놈이 고려의 왕이 되거라. 내 너에게 칙서를 내려주마. 어떻소? 황후. 이제 되었소?”

“황은이 망극하옵니다.”

기황후가 안쓰러운 눈빛으로 흔을 돌아보다가 대답했다.

"용보는 듣거라. 수일 내로 흔과 덕녕공주를 대동하여 고려국에 다녀오너라. 황궁을 수비하는 병사들 가운데 쓸만한 자들을 골라 십여 명 데리고 가서 충혜왕을 먼저 포박한 다음, 흔으로 하여금 왕위를 잇게 하라. 흔의 나이 열다섯이 될 때까지는 덕녕공주로 하여금 섭정케 하라."

"소신, 받들어 모시겠나이다."

고용보가 허리를 숙이며 대꾸했다.

충혜왕의 세자 흔이 겁이 잔뜩 난 얼굴로 고용보의 뒤에 얼굴을 숨겼다. 병약한 얼굴에 선한 눈빛이 충혜왕처럼 악독하지는 않겠으나, 한 나라를 짊어지고 나가기에는 어깨가 너무 좁았다.

'어이 할거나. 고려국을 장차 어이 할거나.'

기황후가 속으로 눈물을 흘리며 다시 한숨을 내쉬었다.

고려국에서 기철이 왔다.

충혜왕을 포박하여 오는데 한몫 거들었다면서 얼굴에 자랑스러움을 가득 묻히고 자성원에 들린 기철이 아뢰었다.

"황후마마, 그동안 강녕하셨는지요? 소인, 이번에 충혜왕을 포박하여 왔나이다."

기철의 방자한 모습에 기황후의 눈쌀이 찌푸러졌다.

"오라버니는 그 일이 그리도 자랑스럽소?"

"예? 무슨 말씀이신지요?"

"충혜왕이 아무리 막되어 먹었어도 고려국의 왕이 아니었소? 원나라 사람들 보기에 부끄럽지도 않소? 나는 황제폐하 앞에서 얼굴을 들 수 없을 만큼 부끄럽소. 조정의 대신들 보기가 낯부끄럽소. 어찌 고려국의 왕들은 하나같이 그 모양이오?"

기황후가 애꿎은 오라버니한테 화풀이를 하고 있었다. 따지고 보면 마음놓고 속내를 털어놓을 사람이 누가 있겠는가? 고용보나 박불화, 그리고 혜월 스님을 빼놓으면 기황후는 자신을 드러낼 사람이 주위에 없는 것이나 마찬가지였다. 고용보가 많은 재물을 들여 주변에 한 편이 되어 줄 대신들을 끌어모았다고 해도, 어차피 몽고족 출신들이 아닌가? 황제의 신임이 거두어지면 언제든지 등을 돌릴 자들이었다.

기황후가 속으로는 몽고족을 야만인이라고 업신여기듯이, 그들 또한 고려 출신인 기황후를 공녀 주제에, 하고 속으로 깔보고 있을지도 몰랐다. 그래도 기황후가 그들 앞에서 떳떳할 수 있는 것은 태자가 있기 때문이었다. 다행히 몽고족 출신인 홍길라 제1황후는 아이를 낳지 못했다. 처음에는 홍길라가 아들이라도 낳을까하여 주변을 맴돌던 대신들도 황후가 된 지 다섯 해가 넘도록 수태를 못하자 흥성궁 쪽으로는 고개도 돌리지 않는다고 고용보가 좋아했다.

"이제 태자마마께옵서 황태자로 책봉을 받는 일만 남았사옵니다. 그리만 되면 소인은 한시름 놓겠나이다. 황후마마의 앞날이 탄탄대로가 될 것이 아니옵니까?"

그것은 고용보의 말이 사실이었다. 설령 황제의 사랑이 식는다고 해도 태자가 있음으로 누구도 겉으로는 기황후를 깔보고 함부로 덤비지 못할 것이었다.

그럴수록 기황후는 고려국의 일이 한심스러웠다. 어떻게든 백성들을 잘 다스리고, 국력을 키워 대원제국의 그늘에서 벗어날 생각을 해야 하는데, 왕이라는 자들이 한결같이 백성은 나 몰라라 하고 주색잡기에 열중할 뿐만 아니라, 재위기간의 태반을 대도에서 보내는 것이었다. 비교적 고려의 왕도에 머무르는 시간이 길었던 충혜왕은 연회를 위한 궁궐을 새로이 지어 밤마다 흥청망청 주지육림에 빠졌을 뿐만 아니라, 불량배들과 함께 여염의 아낙을 간통하는데 시간을 다 보냈다고 하니, 원나라 조정의 대신들이 고려왕을 사람 취급도 하지 않는 것이 당연할지도 몰랐다.

그것이 기황후는 부끄러운 것이었다.

기철이 말했다.

"하오나 황후마마, 고려왕으로서 실질적으로 백성을 다스릴만한 명분이 없사옵니다. 모든 제도는 대원제국을 따라야하며, 정동행성에서 사사건건 간섭을 하고 있사옵니다. 오히려 대원제국의 황제폐하께오서나 대신들은 고려의 왕이 나라를 잘 다스리는 것을 좋아하지 않을지도 모르옵니다."

"그것은 또 무슨 소리요?"

"생각해 보시옵소서. 한 나라의 왕이 나라를 잘 다스린다는 것이 무엇이옵니까? 군사력을 키워 국방을 튼튼히 하고, 그걸 바탕으로 선정을 베풀어 백성들의 삶을 편안하게 해주는 것이 아니겠사옵니까? 하온데 고려왕에게는 그럴 권한이 없사옵니다. 충혜왕이 악소들과 더불어 매사냥에 열중한 까닭이 무엇이겠사옵니까? 나름대로는 군사훈련이라고 믿었을 것이 아닙니까? 충혜왕이 경화공주를 겁탈한 까닭이 무엇이겠습니까? 원나라에 대한 은근한 저항이 아니겠습니까? 충혜왕은 행실이 비록 방탕했으나 나름대로는 군사력을 키우려고 애를 썼으며, 그 방편으로 사냥을 자주 다녔사옵니다. 그러자 원나라 조정의 지시를 받은 정동행성에서 어찌한 줄 아십니까? 군사를 모으는 것은 물론 매사냥도 못하게 했사옵니다. 원나라에 바치는 매는 오직 응방에서만 잡도록 했사옵니다. 이걸 해도 하지 마라, 저걸 해도 하지 마라, 하니 왕이 백성을 다스릴 일은 한 가지도 없었사옵니다. 그러니 주색잡기에 골몰할 밖에 없었지요."

"오라버니의 말을 들어보니, 그럴듯하기는 합니다만, 아무리 원나라의 간섭이 심하다고 할지라도 왕이 백성을 위해 할 수 있는 일을 찾아보면 왜 없겠소? 하다못해 아녀자를 겁탈하는 일만 저지르지 않아도 백성들 사이에 왕이 어린 아이를 잡다가 새로 짓는 궁궐의 주춧돌 밑에 묻으려 한다는 험한 소문은 안 날 것이 아니오?"

"충혜왕은 자포자기를 한 것이 분명합니다. 두고 보시옵소서. 덕녕공주께서 충혜왕이 지은 궁궐을 허물고 그 자리에 학자들을 위한 숭문관을 짓는다, 충혜왕이 신하들에게 내린 직첩을 모두 회수한다, 하여 의욕적으로 나서고 있습니다만, 그것이 얼마나 오래 가겠사옵니까? 어차피 고려국은 원나라의 손아귀에서 놀아야 하는 것을요. 왕이 조금이라도 고려백성을 위한 정책을 편다 싶으면 당장 시비를 걸고 나올 것인데요. 소인, 이번에 충혜왕을 끌고 원나라로 오면서 참으로 많은 눈물을 흘렸사옵니다."

기철이 처음의 의기양양하던 낯빛을 거두고 침울한 목소리로 말했다.

"오라버니가 눈물을 흘려요?"

"아무리 악행을 한 왕일망정 원나라 병사들한테 개 취급을 당하는 것을 보니, 소인도 모르게 눈물이 나왔사옵니다."

"개 취급을 당하다니요? 내가 완산군한테 너무 심하게 다루지는 말라고 일렀거늘."

"일이 그렇게 되었사옵니다. 원나라 사신 타적이 교서를 받으라고 하자, 충혜왕은 병을 핑계대고 나오지 않았사옵니다. 완산군이 말하기를 황제께오서 내게 말씀하시기를 고려국의 충혜왕이 불경하다고 하셨는데, 지금 교서를 받지 않는다면 황제의 분노가 하늘을 찌를 것이니, 어서 나와 교서를 받으라고 하였지요. 그제서야 충혜왕이 조복을 입고 백관을 거느리고 정동성에 나와 교서를 받으려 하는데, 타적의 병사가 왕의 발을 걸어 넘어뜨린 다음에 포박하여 버렸사옵니다. 하오니, 생각해 보시옵소서. 아무리 백성들한테 원망이 자자한 왕이지만, 백관들이 보고 있는 곳에서 그럴 수가 있습니까? 또한 자신들이 섬기던 왕이 그 지경을 당하는데도 원나라의 사신이나 병사들한테 목숨을 걸고 저항하는 신하가 하나도 없었사옵니다. 충혜왕을 말에 태워 원나라로 올 때에도 엉덩이가 아프다고 쉬어가자고 할 때마다 원나라의 하급 관리인 타적의 병사들이 칼을 빼어들고 협박을 하며 개처럼 끌고왔사옵니다. 그때마다 길가에서 구경하던 백성들이 웃고 떠들며 좋아하였사옵니다. 그러니 소인이 어찌 눈물을 흘리지 않겠사옵니까?"

"설령 그렇다고 하더라도 충혜왕은 왕의 자격이 없었습니다. 경화공주를 겁탈한 것만 가지고도 중벌을 면치 못할 것이오. 백성을 사랑하지 않은 충혜왕을 나 또한 두둔하고 싶은 마음이 없소."

"두둔하시라는 것이 아니옵니다. 고려국의 실상을 말씀드린 것이옵니다. 차라리 원과 합하여 황제폐하께오서 직접 다스리는 것이 백성을 위해 나을지도 모르옵니다."

"그래서 오라버니는 합성론을 주장하셨소이까? 혹시 오라버니는 고려국을 원나라와 합하면 내 덕으로 크게 영화를 누릴 것이라는 기대로 그런 것은 아닙니까?"

기황후가 언성을 높였다.

기철이 당황하여 대꾸했다.

"아니옵니다, 황후마마. 소인이 어찌 추호라도 그런 마음을 가졌겠습니까? 고려의 백성은 생각하지 않고 밤마다 연회나 베풀고, 재위기간의 태반을 대도에서 지내는 통에 백성들의 삶이 도탄에 빠지는 것이 안타까워 해본 소리였습니다."

"허나 합성론은 아니 될 소리요. 앞으로는 행여라도 그런 소리는 절대로 하지 마시오. 어떻게 지켜온 고려국이요? 몽고와의 삼십 년 전쟁에서도 무너지지 않고 살아남은 고려국이 아니오? 주변의 모든 나라들이 몽고에 합병이 되었어도 끝까지 버티어 낸 고려국이 아니오. 왕을 비롯하여 모든 백성들이 그런 정신으로 힘을 모은다면 대원제국이 아무리 크다고 한들, 고려국을 함부로 하지는 못할 것이오."

"황후마마의 말씀이 지당하시옵니다."

기철이 땀을 흘리며 머리를 조아렸다.

다음날 충혜왕이 황제 앞에 부복하였다.

"충혜왕은 듣거라. 무릇 한나라의 왕이라 하는 자는 선정을 베풀어 그 은혜가 사해에 떨쳐야 마땅하거늘, 너는 백성들을 잘 다스리기는커녕 너무 심하게 약탈하였으니, 너의 피를 천하의 모든 개들에게 먹여도 오히려 부족할 것이니라. 내가 사람 죽이는 것을 즐겨하지 않아 너를 계양현으로 귀양을 보내노니, 나를 원망하지 말거라."

충혜왕이 눈물을 쏟으며 아뢰었다.

"소인 비록 고려국의 백성들한테는 원망을 들었사오나, 황제폐하께 불충을 저지른 일은 없사옵니다. 충성을 다 바쳤나이다. 이번만 용서하여 주시오면 개과천선하여 한 촌부로 살겠나이다."

황제가 충혜왕을 노려보며 말했다.

"네가 나한테 불충을 저지른 일이 없다고 하였느냐? 네가 고려백성들한테 원망을 듣는 그것이 바로 불충이라는 것을 몰랐다는 말이더냐?"

"황공하옵니다. 한번만 용서해 주시옵소서."

충혜왕이 울며 매달렸으나 황제는 냉엄했다.

눈물을 흘리며 함거에 갇혀 황궁을 나가는 충혜왕의 모습에 기황후는 가슴이 아팠다. 용서해 주소서. 용서하여 대도에서 남은 생을 살게 하시옵소서. 그렇게 황제에게 매달려 사정하고 싶었으나, 입술을 깨물고 참았다. 충혜왕에게 엄한 벌을 내림으로 다음 대의 왕이 정신을 차려 고려를 다스린다면 그 또한 고려백성들을 위해 좋은 일이 아니겠는가, 싶은 생각 때문이었다.

기황후가 충혜왕의 죽음 소식을 들은 것은 한 달 남짓 지나서였다.

"황후마마, 충혜왕이 악양현에서 숨을 거두었다고 하옵니다. 춥고 배가 고파 허기져서 죽었다고 하옵니다. 명색이 한 나라의 왕이었는데도 따르며 시중을 드는 자가 하나도 없었다고 하옵니다."

고용보가 찾아와서 아뢰었다.

"불쌍한 사람, 참으로 불쌍한 사람이구려. 그런 험악한 죽음을 맞이한다면 필부의 삶보다 나을 것이 무엇이겠소? 완산군이 사람을 보내어 장례라도 잘 치루어 주도록 하시오. 또한 혜월 스님께 부탁하여 극락왕생을 비는 불공이라도 드려주도록 하시오."

기황후가 언짢은 마음을 달래며 당부했다.

10

암투

"황후마마, 아무래도 흥성궁의 동태가 수상하옵니다. 어제는 좌승 가리시가(哥里嘶哥)가 홍빈에게서 난 성곤테무르 태자를 대동하고 문안을 여쭈었는데, 서너 시각이 넘도록 밀담을 나누었다고 하옵니 다."

고용보의 말에 기황후가 얼굴을 찡그리며 물었다.

"밀담의 내용이 뭐라고 하던가요? 설마 이제 겨우 다섯 살이 된 성 곤테무르를 황태자로 봉하자는 밀담을 나눈 것은 아니겠지요?"

"소인도 알 수가 없사옵니다. 황후마마와 가리시가가 필담으로 밀 담을 나누는 통에 흥성궁을 지키는 궁녀도 듣지 못하였다고 하옵니 다. 그뿐만이 아니옵니다. 좌승과의 필담이 끝나자 황후마마가 손수 필담을 나눈 종이를 촛불에 태웠다고 하옵니다."

"그리 조심하며 나눈 밀담이라면 필시 황태자 책봉에 관한 일이 겠구려. 더구나 성곤테무르까지 대동한 자리에서 나눈 필담이라면 말입니다."

"아무래도 황태자 책봉을 서둘러야 하겠사옵니다. 애유식리달랍 태자의 연치 벌써 열 살이옵니다. 황제폐하께 주청을 드려 황태자로 봉하시게 하시고, 단본당(端本堂)을 설치하여 유학이 뛰어난 학자로 하여금 학문을 교습케 하여야 할 것이옵니다. 또한 대원제국의 전통대로 불계(佛械)를 받게 하심이 옳을 줄로 아옵니다."

"나도 알고 있소. 몇 번 폐하께 주청을 드렸으나, 차일피일 미루고만 있구려. 비록 학사 사라반이 데리고 사서삼경이며 황제의 도를 가르치고는 있다고 하나, 태자의 신분으로 받는 것과 황태자가 되어 받는 것은 차이가 있을 것이 아니오. 나도 황제폐하께 말씀을 드릴 터이니, 완산군도 기회가 있을 때 마다 주청을 드리도록 하시오."

"소인, 안 그래도 몇 번이나 황태자 책봉이 늦어지고 있다는 주청을 드렸사옵니다. 하온데, 황제폐하께오서 별 말씀이 없으셨사옵니다. 혹시, 후궁 홍빈의 소생인 성곤테무르 태자를 염두에 두고 계시는 것은 아닐른지요? 비록 후궁의 몸에서 났다고는 해도 순수 몽고족이 아니옵니까?"

"또 혈통타령이오? 내가 몽고족이 아니라서 내 아들 애유식리달랍이 황태자 책봉도 못 받는단 말이오?"

기황후가 소리를 버럭 질렀다.

혈통 얘기만 나오면 기황후는 과민한 반응을 보였다. 자신이 황후로 책봉될 때에는 몽고족 출신이 아니라서 제2황후로 봉해지더니, 이제 황태자 책봉을 앞두고는 순수 몽고족이 아니라서 곤란한 일을 겪을지도 모를 처지에 있지 않은가?

'그러나 황태자만은 양보할 수 없어. 대원제국의 황궁이 무너지는 한이 있더라도 황태자는 내 아들이 되어야 해.'

기황후가 입술을 깨물었다. 태자 애유식리달랍이야말로 그녀에게는 삶의 희망이었고, 보람이었다. 그동안 자정원의 재물을 털어 대도 인근의 사찰에 불사를 하고, 대도의 거지들에게 죽을 끓여 끼니 공양을 한 것이 다 자신이 낳은 아들로 하여금 황태자 책봉을 받게 하기 위한 공덕쌓기가 아니었던가? 그러면서도 항시 자신을 낮추어 살아왔다. 일 년 동안 황제의 용안을 한번이나 볼까말까할 만큼 무시를 당하고 사는 흥성궁의 홍길라 황후한테도 한 달에 한 번씩은 문안인사를 올렸다. 또한 황제한테 흥성궁에 자주 들러 홍길라 황후를 위로해 주라는 주청도 여러 번 드렸었다.

"황후, 나한테 그것까지 강요할 생각일랑 마시오. 홍길라 황후는 가슴에 안을 마음이 안 생기는 걸 어쩌겠소? 대신들이 원해서 몽고족 출신의 홍길라를 제1황후로 들였던 것이 아니오? 그러면 된 것이 아니오? 홍길라는 살갗이 거칠어 안으면 내 몸에서 소름이 돋소. 그런 여자를 어찌 안겠소?"

그때마다 황제가 벌레 씹은 낯빛으로 대꾸했다. 사람이 싫은 것은 어쩔 수가 없었다. 그것이 남자와 여자 사이라면 더구나 그랬다. 처음부터 사랑으로 맺어진 사이는 아닐망정 몇 번인가 살을 섞다보면 아기자기한 정도 생기게 마련인데, 그래서 자식을 낳고 살아가는 것이 남녀 사이의 일인데, 안으면 살갗에 소름이 돋는다면 어쩔 수 없는 일이었다.

황제가 멀리한다고 자신까지 그럴 일은 아니라는 생각에 가끔은 문안도 드리고, 혹시 황후전으로 들어오는 맛있는 음식이나 진귀한 물건이 있으면 태황태후 타나길리가 거처하는 강녕궁과 홍길라 제1황후가 있는 홍성궁으로 먼저 보내어 각별히 마음을 써주었다.

그런데 요즘 들어 홍빈이 낳은 태자를 종종 홍성궁에 불러들여 정담을 나눈다고 하더니, 좌승 가리시가와 필담까지 주고받는다고 하지 않은가? 더구나 좌승 가리시가라면 고려 공녀를 데리고 살며 그 사이에서 자식을 본 황궁의 신료들을 드러내놓고 비웃을 만큼 철저한 몽고혈통 맹신주의자였다.

"정신 차리시오, 우승. 아무리 여자가 궁하기로서니, 고려여인에게 씨를 뿌려 자식을 낳다니요? 지하에 계신 세조황제폐하께오서 얼마나 노하시겠소? 에퉤, 더럽소이다."

드러내놓고 힐난하기 일쑤였다.

그런 좌승 가리시가가 몽고족 출신의 후궁에게서 난 성곤테무르까지 데리고 홍성궁에 들었다면 무슨 꿍꿍이속이 있음이 분명했다.

기황후는 초조했다. 자칫 황태자 책봉에서도 몽고의 순수혈통이 세를 얻고 나온다면 십 년 공부 나무아미타불이 될지도 모를 일이었다.

"아무래도 안 되겠소. 황태자 책봉을 서둘러야겠소이다, 완산군."

"하오면 타나길리 태황태후 마마를 찾아뵙고, 말씀을 올리시오소서. 태황태후마마께오서 애유식리달랍 태자 마마를 무척이나 아껴주시니, 황후마마의 주청이시라면 손수 앞장을 서실 것이옵니다."

"알겠소. 흥성궁에서 손을 쓰기 전에 내가 먼저 서둘러야겠소."

기황후가 고려국에서 진상품으로 바쳐온 백 년 묵은 산삼 한 뿌리를 싸들고 강녕궁을 찾아갔다.

"평안하시온지요? 태황태후 마마."

기황후가 깍듯이 예를 갖추자 태황태후 타나길리가 흐 웃으며 올려다 보았다.

"어서 오시오, 황후. 요즘도 대도 거지들한테 적선을 계속하고 있다지요? 더구나 한 달에 두 번씩은 황후가 나가 손수 죽을 끓인다지요? 참으로 큰 자비가 아니오?"

"소인이 응당 해야할 일을 하고 있을 뿐이옵니다. 그것이 태황태후마마나 황제폐하의 은총을 백성들에게 널리 알리는 일이라면 소인이 어찌 몸을 아끼겠나이까?"

"고맙소. 참으로 고맙소. 사람이 자비를 베푸는 것만큼 아름다운 일도 없지요. 내가 도울 일이 있으면 언제든지 얘기를 하시오. 내 힘 닿는 데까지는 힘껏 도우리다."

"강녕하신 옥체로 소인이 하는 일을 격려해 주시는 것만으로도 황감하옵니다. 태황태후마마, 이것은 고려국에서 진상품으로 온 백년 묵은 산삼이옵니다. 태의에게 일러 탕약으로 달여 올리도록 하시옵소서."

기황후가 산삼을 꺼내어 타나길리에게 보여주었다.

태황태후 타나길리가 눈을 반짝이며 산삼을 바라보았다.

"이것이 천하의 명약이라는 고려국의 산삼이구려. 어찌 이리 귀한 보물을 나한테 가지고 왔소? 황후가 먹지, 이 늙은이한테 가져왔소?"

"소인은 아직 건강하옵니다. 태황태후마마께오서 오래오래 강녕하게 사셔야 황실이 평안할 것이 아니옵니까?"

"고맙소. 내 황후의 정성을 잊지 않으리다."

"황공하옵니다."

머리를 숙여 인사를 한 기황후가 잠시 망설였다. 태황태후의 기분이 좋아진 김에 황태자 책봉 문제를 꺼낼까, 어쩔까를 망설인 것이었다. 귀한 산삼은 분명 아무나 먹을 수 없는 보물이었고, 그것은 황후가 태황태후한테 바치는 뇌물일 수도 있었다. 뇌물을 바치고 황태자책봉 문제를 청탁한다는 것이 낯이 간지러운 것이었다. 태황태후가 먼저 말을 꺼내놓는다면 몰라도 이쪽에서 서둘러 주청을 드리기가 망설여졌다.

그런 눈치를 챘던 것일까.

태황태후 타나길리가 먼저 황태자책봉 문제를 꺼내었다.

"아참, 며칠 전에 흥성궁 황후가 이 늙은이를 찾아왔습디다. 홍빈의 소생인 성곤테무르를 황태자로 책봉하는 것이 어떻겠느냐고 묻습디다."

"소인도 듣고 있었사옵니다. 흥성궁 황후께오서 홍빈의 소생 성곤테무르를 양자로 삼아 황태자로 밀고 있다는 소문을 말이옵니다."

"그 말을 듣고도 황후는 가만히 있었소?"

태황태후가 기황후를 찬찬히 살폈다.

"소인이 무슨 일을 하겠사옵니까? 태황태후마마와 황제폐하의 성총을 살필 수밖에요. 소인의 힘으로 황태자를 세울 수 있는 것은 아니지 않사옵니까? 태황태후 마마. 어느 태자가 황태자로 책봉이 되건 하루라도 빨리 결단을 내리는 것이 상책일 것 같사옵니다. 그 일로 조정의 대신들까지 암암리에 암투를 벌이고 있는 걸로 알고 있사옵니다. 자칫 조정에 분쟁이 생길까 염려되옵니다."

"이 늙은이도 그것이 걱정이구려. 황태자책봉 문제로 황실에 피바람이나 불지 않을까 걱정이 되는구려. 내가 두 태자를 모두 보았소만, 누가 낫고 누가 못하다는 차이가 없이 영민합디다. 누가 황태자가 되어도 대원제국의 황제로 손색이 없을 것 같았소이다."

"아, 예. 그랬사옵니까?"

기황후가 조금 실망하여 대꾸했다.

백년 묵은 산삼을 가지고 강녕전에 문후를 드렸을 때에는 태황태후 타나길리의 입으로 황태자를 애유식리달랍 태자로 봉하자는 말을 듣기 위함이었는데, 두 태자가 모두 황태자감으로 손색이 없더라는 말만 하고 있는 것이 아닌가?

혹시 태황태후 타나길리도 몽고족의 여자가 낳은 자식만이 황태자 자격이 있다고 믿고 있는 것은 아닐까?

그것은 안 될 일이었다. 물론 황태자를 책봉하는 것은 순전히 황제폐하의 뜻에 달려 있지만, 태황태후를 비롯하여 몇 몇 재상들이 혈통을 들고 나온다면 황제도 어쩔 수가 없을 것이었다.

"며칠 전에는 좌승 가리시가가 왔습니다. 대원제국의 황제는 순수 몽고혈통이 이어가야 하는 것이 아니냐고 은근히 내 속을 떠보는데, 이 늙은이는 아무 말도 안 했소. 자성궁 황후가 나를 부처님 섬기듯이 섬기는데, 대도의 백성들을 자식 돌보듯이 돌보는 것을 내가 알고 있는데, 혈통을 따져 무엇하겠소?"

태황태후의 말에 기황후가 얼굴을 활짝 폈다.

"그렇사옵니다. 소인이 알기로는 세월을 한참 거슬러 올라가다 보면 몽고인과 고려인은 한 핏줄이라고 했사옵니다. 얼굴 생김새를 보더라도 겉으로는 조금도 차이가 안 나지 않사옵니까?"

"옳은 말씀이오. 그래서 이 늙은이는 이번 황태자 책봉에 있어 아무 말도 안 하려고 하오. 누구 편도 들어주지 않을 작정이오. 그러니 자성궁 황후도 섭섭해 하지 말구려."

"천부당 만부당하옵신 말씀이옵니다. 소인, 조금도 섭섭하지 않사옵니다."

태황태후 타나길리로부터 애유식리달랍 태자를 황태자로 책봉하는데 적극 돕겠다는 말을 듣지 못한 것은 섭섭했으나, 그녀가 아무 편에도 서지 않는 것만으로도 다행이라 생각하며 기황후는 강녕전을 물러나왔다.

황태자 책봉문제로 황궁은 완전히 두 패로 나뉘어 있었다. 중서령 맹사태와 우승 탑사불화는 애유식리달랍 편이었고, 좌승 가리시가와 우승상 도아적은 성곤테무르 편이었다. 따지고 보면 그것은 자성궁과 흥성궁으로 나누어진 꼴이었는데, 자성궁 쪽의 주장은 어디까지나 애유식리달랍 태자가 황제폐하의 장자이니, 응당 다음 대의 황위를 물려받는 것이 순리라는 주장이었고, 흥성궁의 주장은 대원제국의 황제는 어디까지나 순수한 몽고족의 혈통으로 이어져야 한다는 것이었는데, 황제는 황태자 책봉 문제만 나오면 머리가 지끈지끈 쑤셨다.

황제는 기황후 소생이나 홍빈 소생 둘 가운데 누구를 황태자로 책봉해도 상관이 없다는 쪽이었다. 기황후는 환관 고용보와 더불어 자신이 연첩목아 일가를 황실에서 몰아내어 원수를 갚는데 힘을 보태주었으며, 홍빈은 몽고 출신답지 않게 사랑스런 여자였다. 고려 여자처럼 영리했으며, 한족의 여자처럼 나긋나긋했다.

그래서 요즘은 밤마다 홍빈의 처소에서 수침을 드는 황제였다. 고려 여자 기련이 여자가 무엇인가를 가르쳐 주었다면, 몽고 여자 홍빈은 남녀 사이의 은밀한 재미를 알게 해준 여자였다. 남자가 여자의 몸 위에서 구름을 탈 수 있다는 것을 느끼게 해준 홍빈이었다.

"황제폐하, 성곤테무르의 나이가 벌써 다섯이옵니다. 영민하기는 또 얼마나 영민한지요. 어제는 글쎄 하늘을 날아가는 기러기를 보고 시를 지었다고 했사옵니다."

"허허, 그렇느냐? 그놈 눈빛이 예사 눈빛이 아니니라."

"흥성궁 황후마마께오서 성곤테무르 태자를 양자로 들인 까닭이 무엇이겠사옵니까? 굽어 살피시옵소서."

차마 내 아들을 황태자로 책봉해 달라는 말은 못하고, 홍빈이 밤마다 눈물을 글썽이며 자식 자랑을 했다.

그러나 황제는 오냐, 내 네 소생으로 황태자를 삼으마, 하는 말은 해주지 않았다. 두 태자가 모두 똑똑하다면 좀 더 지켜볼 심산이었다. 어찌보면 기황후의 소생이 조금 더 똑똑한 것 같지만, 나이가 다섯 살이나 차이가 났다. 한 뼘쯤 더 똑똑해 보이는 것은 다섯이라는 나이 차이일 수도 있었다.

무엇보다 황제의 나이 아직 서른도 채 안 되었지 않은가? 밤마다 홍빈을 품을 만큼 강건한 체질이었다. 황태자책봉을 서두를 필요가 없었다.

그런데 신하들은 그렇지 않은 모양이었다. 날마다 번갈아 들러 애유식리달랍태자를 황태자로 책봉하시옵소서, 랄지 성곤테무르 태자를 황태자로 책봉하시옵소서, 하고 주청을 올렸다.

황제는 날마다 시달리는 것이 귀찮았다. 어차피 책봉할 황태자라면 하루라도 빨리 책봉하여 신하들과의 실갱이를 그만두고 싶기도 했다.

황제가 어찌할까 궁리에 잠겨있을 때였다.

좌승 가리시가가 대명전으로 들어왔다.

"무슨 일이시오? 좌승."

황제의 얼굴이 이내 일그러졌다. 틀림없이 황태자 책봉문제로 찾아온 것이려니 믿은 것이었다.

"황제폐하, 요사이 양자강 남쪽과 황하강 유역에서 백련교가 기승을 부리고 있다고 하옵니다."

"백련교가요? 그것은 짐이 등극하기 전부터 농민들 사이에 암암리에 퍼져 있던 신흥종교가 아니오?"

황제가 물었다.

"그렇사옵니다. 그때는 그 세가 지극히 미약하여 염려할 바가 아니었으나, 요사이는 명교(明敎)와 미륵교(彌勒敎)까지 합세하여 제법 규모가 커졌다고 하옵니다. 더구나 백련교에서 내세우는 '고통에서 벗어나 즐거움으로 들어간다'는 교리는 헐벗고 굶주린 농민들의 호응을 얻고 있다고 하옵니다."

"어떤 종교건 새로운 종교가 생길 때에는 우매한 백성을 현혹하는 달콤한 유언비어가 있었지 않소? 그래서 우매한 백성은 한때나마 마음의 위안을 받으며 살아왔고 말이오. 우리 대원제국이 비록 불교를 숭상하고 있기는 하지만, 종교를 간섭하지 않은 까닭이 거기에 있지 않소? 달콤한 유언비어가 허황된 망상이라는 것을 깨달으면 저절로 사라지겠지요."

황제가 별 일은 아니구나, 안도하며 좌승 가리시가를 바라보았다.

"그것이 아니옵니다, 황제폐하. 요사이 양자강을 중심으로 번지고 있는 백련교는 '명왕이 나타난다'고도 하고 '머지않아 미륵이 세상에 내려와 구제해 준다'는 터무니없는 유언비어를 퍼뜨려 혹세무민하고 있다고 하옵니다."

"그래서요? 좌승은 병사를 보내 백련교를 믿는 백성을 평정이라도 하자는 말씀이오?"

"황제폐하, 원래 신흥종교는 난세일 때에 더욱 기승을 부리는 법이옵니다. 백성들의 삶이 곤궁할 때, 누군가 절대자에게 의지하고 싫어질 때, 불같이 일어나 요원으로 번져나가는 법이지요."

좌승 가리시가의 말에 황제의 미간이 일그러졌다.

가만히 들어보니, 그것은 지금의 대원제국이 난세라는 뜻이 아닌가. 황제가 나라를 잘못 다스려 난세에 빠졌고, 그 때문에 농민들이 백련교라는 새로운 종교에 젖어들고 있다는 뜻이 아닌가.

"이보시요, 좌승. 어느 시대에나 새로운 종교는 있어왔소. 그러나 새로운 종교들이 쉽게 생겨났다가 쉽게 사라지는 것이 무슨 까닭이겠소? 불교는 일어난 지 천년이 넘었어도 여전히 번성하고 있는데, 명교나 미륵교같은 신흥종교가 채 백년도 못 가 사라지는 까닭이 어디에 있겠소? 그 뜻이 허황되기 때문이 아니겠소? 그 문제는 덮어두는 것이 좋겠소? 종교란 원래 탄압하고 압박하면 더욱 뭉쳐지는 법이오. 그들이 반역을 꾀하지 않는 이상 그대로 두는 것이 좋을 것이오."

"황제폐하, 그대로 둘 일이 아니라 생각되옵니다. 백련교가 일어나는 이유가 무엇이겠사옵니까? 백성들이 황실을 믿지 않는 까닭이 아니겠사옵니까?"

"백성들이 황실을 믿지 않는다? 그것은 황제인 짐을 믿지 않는다는 뜻이 아니오?"

"그렇사옵니다, 황제폐하. 지금 황궁에는 고려여자들이 넘쳐나고 있사옵니다. 심지어는 옷차림까지 고려식으로 돌아가고 있으며, 음식도 고려의 것이 판을 치고 있사옵니다. 어디 그뿐이옵니까? 조정의 대신들은 너도 나도 고려 공녀를 첩실로 들여 자식을 낳고 있사옵니다. 대원제국의 기강이 무너지고 있음이 아니고 무엇이옵니까? 하루라도 빨리 황궁을 안정시켜야할 것이옵니다."

"황궁을 안정시킨다? 하면 좌승은 지금 황실이 불안하다는 말씀이오? 누가 반역이라도 꾀하고 있다는 말씀이오?"

황제가 언성을 높였다.

흠칫 고개를 들고 황제를 바라보던 좌승 가리시가가 기왕에 내킨 김이라는 듯이 말했다.

"황제폐하, 지금 황실에 황태자가 없음으로 하여 조정 대신들은 두 갈래로 나뉘어 날마다 싸움을 벌이고 있사옵니다. 더구나 자성궁 황후마마의 세가 날로 커지고 있는 통에 조정 대신들이 황제폐하의 눈치를 보는 것이 아니라, 자성궁 황후마마의 눈치를 먼저 살핀다고 하옵니다. 하루라도 빨리 황태자를 책봉하시어 황실을 안정시키도록 하시옵소서."

"그 문제는 뒤로 미루자고 했지 않소? 짐의 나이 이제 서른이오. 서두를 일이 무엇이겠소?"

"아니옵니다, 황제폐하. 황태자 책봉을 뒤로 미루시면 황실은 더욱 혼란에 빠지게 되옵니다. 성곤테무르 태자를 황태자로 책봉하시고, 자성궁 마마가 가지고 계시는 소금 전매권을 거두어들이소서. 자성궁에서 소금 전매권을 가지고 계시는 통에 자성궁의 재물이 황실의 내탕금보다 많으며, 그 많은 재물을 가지고 자성궁 황후마마는 사사로이 조정 신료들을 조종하고 있사옵니다. 어디 그뿐이옵니까? 대원제국의 황실이 고려왕실처럼 되어가는 것이 다 무슨 까닭이겠나이까? 소신의 뜻을 헤아려 주시옵소서."

"허나 좌승, 고려는 어차피 원나라의 속국이 아니요? 또한 고려인
과 몽고인은 원래 한 핏줄이라고 했소. 우리가 설령 고려의 풍습을
조금 따른다고 해서 큰 허물이 될 것이 무엇이겠소? 짐도 고려 옷을
입어 보았고, 고려 음식을 먹어 보았지만, 편안하고 맛이 있습디다.
좋은 것을 따르는 것은 인지상정이 아니요? 또한 소금 전매권을 말
하오만, 자성궁 황후가 거기에서 거두어들인 이득금을 사사로이 착
복하고 있는 것은 아니지 않소? 짐과 대원제국을 위한 불사를 올리
고, 대도의 헐벗고 굶주린 백성들한테 죽공양을 하고 있지 않소?"

"그것은 황제폐하의 황은을 얻기 위한 간교한 수작에 지나지 않사
옵니다. 고려인은 원래 간사하여 앞에서는 온갖 교태를 부리다가도
뒤에서는 비수를 들이대옵니다. 고려왕들을 보시옵소서. 폐하 앞에
서는 허리를 굽신거려도 일단 즉위를 하면 폐하의 뜻을 거스르는 일
이 어디 한두 가지오니까? 하루라도 빨리 성곤테무르 태자를 황태자
로 책봉하시옵고, 조정 신료들 중 고려 여인을 취하여 자식을 낳은
자들은 모두 축출하시옵소서. 대원제국을 대원제국답게 만드시옵소
서. 그래야만 불같이 일어나 번져가고 있는 백련교를 물리칠 수 있
을 것이옵니다."

좌승 가리시가가 황제를 똑바로 바라보며 목소리를 높였다.

황제가 좌승을 바라보다가 주먹으로 목뒤를 툭툭 쳤다. 뒷머리가
지끈지끈 쑤셔온 것이었다.

좌승이 다시 말했다.

"한 가지 더 아뢰올 말씀은 다음 달 초엿새 날이 흥성궁 황후마마의 탄일이옵니다. 기왕에 성곤테무르 태자마마를 양자로 들이셨사오니, 이번 탄일에는 조정의 백관이 모두 하례를 올리는 것이 좋겠사옵니다. 그 자리에서 성곤테무르 태자마마를 황태자로 책봉하옵신다는 칙서를 내리신다면 더욱 좋을 것이옵니다."

"알겠소. 알겠으니 물러가시오."

황제가 손을 내저었다.

"소신의 뜻을 부디 굽어 살펴주시옵소서."

좌승 가리시가가 다시 한번 머리를 조아리고 대명전을 나갔다.

저만큼 멀어지는 좌승 가리시가를 한참 쏘아보던 환관 고용보가 자성궁으로 달려갔다. 이것은 예사 일이 아닌 것이었다. 흥성궁 홍길라 황후의 탄일에 조정백관들이 하례를 올리고, 거기에 맞추어 성곤테무르 태자를 황태자로 책봉하는 칙서를 내리자고 주청하자 황제가 생각해보겠다고 했지 않은가? 자칫 좌승이 조정의 공론을 그쪽으로 몰아간다면 마음이 여린 황제가 좋소이다, 하고 칙서를 내릴지도 모를 일이었다.

고용보로부터 자초지종을 들은 기황후가 불같이 노했다.

"뭐요? 좌승이 폐하 앞에서 그런 무엄한 말을 했다는 것이오? 황궁에 고려 옷이 넘쳐나는 것이나 고려 음식냄새가 풍기는 것까지 시비를 하고 나왔다는 말이지요?"

"그렇사옵니다. 또한 좌승은 고려 여인을 취하여 자식을 낳은 조정대신들을 모조리 축출해야 한다는 주청을 올렸사옵니다."

"그 일은 걱정할 것이 없겠구려. 조정대신들 가운데 고려 여인 하나 둘을 첩실로 들이지 않은 자가 몇이나 되겠소? 그들이 벌떼처럼 일어나 좌승을 논박할 것인데, 좌승이 당해내겠소? 그것보다도 홍성궁 마마의 탄일에 어찌했으면 좋겠소? 내 생각에는 조정백관들이 하례를 드리는 것은 상관이 없을 것 같소만."

"아니옵니다, 황후마마. 지금까지 황후의 탄일에 조정백관들이 하례를 올린 일은 없사옵니다. 친분에 따라 사사로이는 선물도 바치고 하례를 올린 일은 있사옵니다만, 조정의 공론을 모아 백관들이 모두 나서서 하례를 올린 일은 없사옵니다."

고용보가 반대했다.

"허나, 완산군. 홍성궁 마마는 황궁에 들어오신 이후 외롭게 살아오셨소. 탄일에 조정백관들의 하례를 받는다면 그동안의 섭섭함도 가실 것이 아니오?"

"다만 하례를 드리는 것뿐이라면 그럴 수도 있겠지요. 하오나, 좌승은 그 자리에서 성곤테무르 태자를 황태자로 책봉하는 칙서를 내려주십사 하고 주청을 드렸사옵니다."

"그것은 안 되지요? 하늘이 무너지는 한이 있어도 황태자는 애유식리달랍 태자가 되어야 합니다."

기황후의 얼굴이 굳어졌다.

"그러기에 드리는 말씀이옵니다. 소인이 좌승 가리시가를 황후마마께 보내겠사옵니다. 단단히 나무라 주시옵소서."

"내가 좌승을 나무란다? 나한테는 억하심정을 가지고 있는 좌승인데, 오히려 역효과가 나지 않을까요?"

"소인이 따로 생각한 바가 있사옵니다. 이번 기회에 좌승을 몰아내야겠사옵니다."

"황제폐하께서 신임을 하고 계시는데 그 일이 쉽겠소? 괜한 분란을 만드는 것은 아닐지요"

"소인한테 맡겨주시옵소서. 황후마마께오서는 좌승을 불러 꾸짖어 주시기만 하시옵소서. 좌승은 황제폐하 앞에서도 불경스런 언동을 했사옵니다. 고려 여인을 취하여 자식을 낳은 조정대신들을 공박하는 것은 결국 황제폐하를 공박하는 것이나 마찬가지가 아니옵니까? 그것은 반역에 버금가는 불경이 분명하옵니다. 소신은 조정대신들한테 그 일을 상기시킬 것이옵니다. 당신들을 나무라는 것은 결국 황제폐하를 나무라는 것이나 마찬가지니, 좌승의 불경을 탄핵하라 이르겠사옵니다."

"알겠소이다. 바로 좌승을 보내시오."

고용보가 황후전을 물러간 다음 기황후가 곰곰이 생각에 잠기었다. 어차피 따논 당상이라 믿고 서두르지 않았는데, 이번에야말로 황태자 책봉을 마무리지어야겠다는 생각이 들었다. 그 일을 미루어놓으면 조정이 네 편 내 편으로 갈려 날마다 싸움판이 되는 것은 물론 자칫 황제의 마음이 돌아서기라도 한다면 자신이 낳은 자식으로 황태자를 삼으려던 십 년 들인 공이 허사로 돌아갈 염려도 있었다. 더구나 요즘은 밤마다 홍빈의 처소를 찾아가는 황제가 아닌가? 아무리 황제일망정 이불 속에서 속삭이는 계집의 말은 쉽게 거절할 수가 없을지도 몰랐다.

만약 황제가 성곤테무르를 황태자로 책봉하려 한다면 대호군을 동원하여 황제를 연금을 시켜서라도 애유식리달랍 태자를 황태자로 책봉한다는 칙서를 받아내겠지만, 기황후는 일을 그 지경까지 끌어가고 싶지는 않았다. 순리대로 자신이 낳은 자식을 황태자로 책봉받게 하고 싶었다.

그런데 그 길목에서 좌승 가리시가 걸림돌이 되고 있는 것이었다.

"마마, 찾아계시옵니까?"

고용보가 돌아간 지 채 두 시각도 못 되어 좌승이 상기된 낯빛으로 자성궁을 찾아왔다.

기황후가 온화한 낯빛으로 맞이했다.

"어서 오시오. 내가 좌승께 드릴 말씀이 있어 뵙자고 했소이다."

"무슨 말씀이신지요?"

좌승의 태도가 뻣뻣했다. 너같은 고려 여자는 황후로 인정하지 않는다는 기색이 겉으로도 역력히 드러났다.

그걸 알면서도 기황후가 여전히 온화한 낯빛으로 말했다.

"좌승처럼 청렴하시고 심지가 곧은 분이 황제폐하를 가까이에서 보필하는 것이 여간 마음 든든하지가 않소. 늘 고맙게 생각하고 있소."

"마마, 신에게 하실 말씀이 계시다고 하셨지 않사옵니까? 어서 말씀을 하시오소서."

좌승의 입에서는 여전히 황후라는 말이 나오지 않았다. 그냥 마마일 뿐이었다. 마마라는 호칭은 홍빈에게도 붙일 수 있으며, 여늬 궁녀에게도 붙일 수 있는 호칭이 아닌가? 황후라는 말을 빼고 마마라는 호칭만으로 부른다는 것은 결국 좌승이 기황후를 황후로 인정하지 않는다는 뜻이었다.

"좌승이 황제폐하께 흥성궁 마마의 탄일에 조정백관들의 하례를 올리자고 주청을 드렸다지요?"

기황후가 물었다.

"그랬사옵니다. 그것이 신하된 도리라고 믿었사옵니다. 흥성궁 황후마마는 황궁에 들어오신 이후 피눈물을 삼키며 쓸쓸하게 지내셨사옵니다. 황후전의 모든 일은 자성궁 마마께서 대행하셨사옵니다. 그것이 안타까워 그런 주청을 드린 것이옵니다."

좌승이 뻣뻣하게 고개를 든 채 대꾸했다.

"이보시오, 좌승. 모든 일에 사리분별이 뛰어난 좌승이 어찌 흥성궁 마마의 탄일에 하례를 올리자는 주청을 드린단 말씀이오? 내가 알기로는 지금까지 황후의 탄일에 신하들이 모여 하례를 드린 일이 없소. 더구나 그 자리에서 성곤테무르 태자를 황태자로 책봉하는 칙서를 내려달라고 했다니, 말이나 되는 소리요?"

기황후의 목소리가 조금 높아졌다.

좌승이 따라서 목소리를 높였다.

"어찌하여 말이 아니 된다고 하시옵니까? 대원제국의 제1황후마마께오서는 그런 하례를 받을 자격이 충분히 있다고 신은 생각하나이다. 또한 대원제국의 황태자는 몽고족 출신이 되어야 한다고 신은 믿고 있나이다. 정통 몽고족 출신은 홍빈마마께오서 낳으신 성곤테무르 태자마마 밖에 안 계시지 않사옵니까?"

좌승 가리시가의 눈에서 불꽃이 튀었다.

"조정의 모든 대신들이 좌승과 같은 뜻을 가지고 있소?"

기황후가 분노를 안으로 감추고 물었다.

"고려 공녀를 첩실로 데리고 있는 정신 나간 자가 아니라면 신의 뜻을 거역하지는 않을 것입니다."

"좌승은 고려 여인을 데리고 사는 대신들은 모두 정신이 나간 사람으로 보고 있는 것이오? 몽고 출신 여자를 첩실로 데리고 사는 것은 정신이 온전히 박힌 것이고, 고려 여인을 첩실로 데리고 사는 것은 정신이 나간 짓이란 말씀이오?"

"안 그렇다고는 볼 수가 없지요. 어찌 정신이 제대로 박힌 사람이 하찮은 고려 공녀를 첩실로 삼겠나이까?"

좌승 가리시가가 그렇게 말했을 때였다.

언제 와 있었는지 고용보가 안으로 들어와 기황후 앞에 납짝 엎드려 고했다.

"황후마마, 좌승 가리시가는 지금 황후마마는 물론 황제폐하께까지 불경을 저지르고 있사옵니다. 이런 자와는 더 이상 논하지 마시옵소서."

좌승이 고용보를 찢어지도록 노려보았다.

"네 이놈, 여기가 어디라고 하찮은 환관 따위가 들어와 주둥이를 놀린다는 말이더냐? 썩 물러가지 못할까?"

"좌승 나리, 들으시옵소서. 소인이 듣기로 조금 전 나리는 고려 여인을 취하여 살고 있는 사람은 모두 정신이 나갔다고 했사온데, 하오면 황제폐하께오서도 정신이 나가셨다는 말씀이옵니까? 좌승 나리는 정녕 그리 생각하시옵니까?"

고용보가 마주 노려보며 목소리를 높였다.

"뭐, 뭣이라구? 네 이놈, 무슨 억지를 쓰고 있는 것이냐?"

좌승 가리시가의 얼굴에 얼핏 당혹감이 나타났다.

"소인이 어찌 좌승나리께 억지를 쓰겠나이까? 나리께서 말씀하신 것을 저 혼자 뿐만이 아니라, 황후전 궁녀들도 들었고, 대호군 대장 아답태도 들었사옵니다."

"대호군 대장도?"

좌승 가리시가의 얼굴이 새파랗게 질렸다. 이것은 미리 대호군을 문 밖에 대기시켜놓고 불경스런 언사를 쏟아내기를 기다리고 있었지 않은가? 기황후와 환관 고용보가 파놓은 허방에 여지없이 빠진 꼴이 아닌가?

좌승이 서둘러 기황후 앞에 납짝 엎드렸다.

"마마, 신은 그런 뜻으로 드린 말씀이 아니옵니다. 다만 대원제국의 황실을 바로 잡자는 뜻에서 드린 말씀이옵니다. 추호도 황제폐하를 폄하하는 뜻에서 드린 말씀이 아니옵니다."

기황후는 아무런 대꾸가 없었고, 고용보가 가리시가를 똑바로 바라보며 말했다.

"좌승 나리의 언사가 불경했는가 아닌가는 어사대에서 판가름이 나겠지요. 이보시오, 대호군 대장. 좌승 나리를 황궁 옥사에 가두시오. 내가 황제폐하께 주청을 드려 조정의 공론을 모아 볼 것이오. 좌승 나리의 언사가 정녕 불경스런 것이 아닌지, 따져 보도록 할 것이오."

고용보의 말에 대호군 대장 아답태가 부하 두 명과 함께 들어와 좌승 가리시가를 끌고나갔다. 마마, 신의 뜻이 거기에 있지 않다는 것을 잘 아시지 않사옵니까? 굽어 살펴 주시옵소서, 하고 가리시가가 고함을 질렀으나, 기황후는 아무 말도 하지 않았다.

고용보가 기황후 앞에 엎드렸다.

"황후마마, 소인이 또 불경을 저질렀나이다. 미리 말씀을 드리지 못해 송구스럽사옵니다."

"어떻게 된 일이오?"

기황후가 물었다.

"조금 전 좌승이 대명전에 들었을 때에도 황제폐하 앞에서 그와 비슷한 말을 했사옵니다. 고려 여인을 데리고 사는 조정대신들을 욕하는 것은 황후마마를 모시고 사는 황제폐하를 욕하는 것이나 마찬가지라는 생각이 들었사옵니다. 좌승의 그런 말을 듣고도 황제폐하께오서는 아무런 내색이 없으셨사옵니다. 무심히 들어 넘기신 것이옵지요. 하오나, 바늘구멍만한 틈이 거대한 제방을 무너뜨리는 법이옵지요. 자칫 좌승이 주장하는 순수 몽고족 출신이 황태자로 책봉되어야 한다는 말이 조정신료들의 호응이라도 얻는 날이면 큰 일이라 생각되어 일을 서두른 것이옵니다. 소인이 대호군 대장 아답태를 데리고 온 것은 그 사람의 귀로 직접 좌승의 불경스런 언사를 듣게 하기 위함이었사옵니다."

"헌데, 완산군은 좌승이 내 앞에서도 불경한 말을 할 것을 알았다는 말씀이오?"

고용보의 머리 씀에 감탄한 기황후가 입가에 빙긋 웃음을 띠며 물었다.

"황제폐하 앞에서도 불경한 말을 했던 좌승이 아니옵니까? 황후마마 앞에서도 틀림없이 자신의 주장을 펼치리라 짐작을 했사옵니다. 좌승을 황궁옥에 가두어 놓았으니, 일단은 조정 대신들이 공론을 모으게 될 것이옵니다. 열에 아홉이 고려 여인을 첩실로 데리고 사는 자들이옵니다. 좌승을 편 드는 말은 나오지 않을 것이옵니다. 이번 기회에 좌승은 귀양을 보내고 애유식리달랍 태자를 황태자로 책봉을 받아야 하겠사옵니다."

"일이 그리 쉽게 마무리가 지어지겠소?"

"걱정하지 마시옵소서. 소인이 하는 것을 지켜보아 주시옵소서."

고용보가 자신있게 말했다.

좌승 가리시가가 일단 황궁옥에 갇히자 누구도 편을 들고 나서는 자가 없었다.

"좌승을 어찌했으면 좋겠소? 어디 의견들을 말해 보시오."

황제가 대신들을 둘러보았다.

"그 직을 사하시고 만 리 밖으로 귀양을 보내심이 옳을 것이옵니다."

우승상 원로박아가 말했다.

"아니옵니다. 황제폐하께 불경을 저지른 자이옵니다. 그 목을 잘라 대도에 효수하심이 옳은 걸로 사료되옵니다."

평장정사 이휴가 아뢰었다.

'모난 돌이 정을 맞는다고 하더니, 꼭 그 꼴이구나. 누구 한 사람 좌승을 옹호하고 나서는 자가 없구나.'

황제가 속으로 생각했다.

따지고 보면 좌승 가리시가의 말이 크게 틀린 것은 아니지 않은가? 조정의 대신이라는 자들이 하나같이 고려 여인이라면 사죽을 못 쓰고 덤벼들었지 않은가? 나라에서 사사로이는 공녀징발을 금했는데도 사신이 갈 때마다 청탁을 넣어 어여쁜 여자로만 골라다가 첩으로 삼았지 않은가? 순수 몽고족이 대원제국의 황제가 되어야 한다는 가리시가의 말이 틀린 것도 아니었다. 몽고인이나 고려인이 같은 혈통이라고는 해도 어디까지나 고려는 변방의 한 부분이며 대원제국의 속국에 불과했다. 진정 대원제국의 앞날을 염려하는 신하라면 응당 그런 말이 나올만도 했다.

그런데도 고려 공녀를 첩실로 데리고 사는 대신들의 입에서는 한결같이 가리시가를 죄주자는 소리 밖에 나오지 않았다.

황제가 침묵을 지키자 어사대 감찰 공염이 나섰다.

"황제폐하, 소신이 죄인 가리시가를 문초한 결과 그자는 불경뿐만이 아니오라 역심을 품고 있었음이 드러났사옵니다."

"그것은 무슨 소리요? 가리시가가 역심을 품었다니요?"

"죄인은 성곤테무르 태자마마가 정통 몽고족 출신인 것을 빌미로 황태자에 책봉받게 한 다음에 황제폐하를 유폐시키고 성곤테무르 태자 마마를 내세우고 자신이 조정의 일을 좌지우지하려는 흉계를 꾸몄사옵니다. 거기에는 흥성궁 황후마마와 홍빈 마마까지도 가세한 걸로 알고 있사옵니다."

"뭐요? 그럴 리가 없소. 가리시가 좌승이 비록 성품이 곧아 고려 여인을 데리고 사는 대신들이나, 제2황후를 못마땅히 여기는 것은 사실일지 모르나, 역심까지는 품지 않았을 것이오. 더구나 홍빈이 거기에 가담했을 리가 없소."

"아니옵니다, 황제폐하. 그동안 소신은 죄인 가리시가의 행동이 수상하여 사람을 붙여 뒷조사를 했었나이다. 죄인은 대도를 수비하는 병사들을 선동하여 일백여 명을 끌어모았으며, 황궁을 수비하는 병사들 가운데도 상당수가 대원제국의 황제는 순수한 몽고족이 이어야 한다는 죄인의 선동에 넘어가 목숨을 바칠 각오를 하고 있는 걸로 알고 있사옵니다."

"이보시오, 공감찰. 가리시가가 사람을 모으려면 수만금의 재물이 필요했을 텐데, 그 많은 재물을 어디서 구했겠소?"

"상권을 가진 자들이 암암리에 홍빈 마마께 뇌물을 바친 걸로 알고 있사옵니다. 성곤테무르 태자께서 장차 황위에 오르실지도 모른다는 생각에 뇌물을 미리 바친 걸로 알고 있사옵니다. 또한 흥성궁 황후마마께오서 성곤테무르 태자를 양자로 들이자 흥성궁에까지 뇌물을 바친 자들이 부지기수인 걸로 알고 있사옵니다. 사람을 모으는 재물은 거기에서 충당했을 것이옵니다."

어사대 감찰 공염의 말에 황제는 또 머리가 지끈거렸다.

처음 시작은 다만 좌승 가리시가의 불손한 언동이 문제였는데, 조정의 공론을 모으다보니까 어느 사이에 눈덩이처럼 부풀어 이제는 역모사건으로 번져가고 있잖은가? 자칫 일이 크게 번지면 흥성궁의 제1황후는 물론 흥빈까지 목숨을 잃을 일이었다.

"황제폐하, 죄인이 역심까지 품고 있었다면 거기에 연루된 자들을 모두 잡아들여 추궁을 해야 할 것이옵니다."

우승상 원로박아가 아뢰었다.

"하교하여 주시옵소서. 죄인의 말이 사실이라면 이것은 대원제국의 황실이 무너질 일이옵니다. 부디 연루된 자들을 잡아들여 추궁하게 하여 주시옵소서."

평장정사 이휴가 머리를 두 번 조아리며 목소리를 높였다.

"공감찰, 일단은 가리시가부터 철저히 추국하도록 하시오. 정녕 성곤테무르를 내세워 황위를 찬탈하려 했는지, 흥빈이나 제1황후가 상권을 가진 누구에게 뇌물을 받아 어디에 썼는지, 그들로부터 뇌물을 받은 자들이 누구인지 철저히 조사를 하시오. 그런 연후에 역모사건을 다스리겠소. 공감찰, 한 치의 사심도 없이 이번 일을 조사하도록 하시오."

"소신 분부대로 거행하겠나이다. 하늘에 부끄럽지 않게 조사하여 황제폐하께 진언드리겠나이다."

어사대 감찰 공염이 머리를 조아렸다.

"오늘은 이만 마치기로 합시다. 공감찰의 조사가 끝날 때까지는 이 일은 내 앞에서 입 밖에 내지 마시오."

황제가 얼굴까지 찡그리며 말하자 대신들이 아무 말도 못하고 물러갔다. 잠시 궁리에 잠기던 황제가 차를 내오라고 시켰다.

차궁녀가 왔을 때 황제가 고용보를 불러들였다.

그가 철저히 기황후의 편이라는 것을 알고는 있었지만, 답답한 마음을 하소연할 사람은 고용보 밖에 없었다.

"고환관은 어찌 생각하느냐? 정녕 홍빈이나 흥성궁 황후가 역모에 가담되었다고 믿느냐?"

황제가 차를 한 모금 마신 다음에 물었다.

"소인이 어찌 그 일을 알겠나이까? 다만, 흥성궁 황후마마께옵서 성곤테무르 태자 마마를 황태자로 책봉하기 위하여 가리시가를 만난 것은 사실이옵니다. 사흘에 한번 씩은 만난 걸로 알고 있사옵니다. 만나실 때마다 성곤테무르 태자마마를 대동하였사옵니다."

"하긴, 황태자 책봉이 아니라면 흥성궁 황후가 성곤테무르를 양자로 들일 까닭도 없겠지. 허나, 다만 황태자 책봉의 일을 가지고 역모라고 부풀리는 것이 아니겠느냐? 자칫하다가는 홍빈과 흥성궁 황후가 모두 죽을 일이니라. 사심을 갖지 말고 네 생각을 말해 보거라."

"소신도 그리 믿기는 하옵니다만, 상권을 가진 자들의 뇌물이 홍빈마마나 흥성궁으로 몰리고 있다면, 더구나 좌승 가리시가가 그 재물을 가지고 황궁호위병을 자기 편으로 끌어들이는데 사용했다면 단지 황태자 책봉 때문만은 아닐 것이옵니다."

고용보의 말에 황제가 고개를 갸우뚱했다.

"뇌물을 모으고, 그 뇌물을 사람을 모으는데 썼다면 역심을 품은 것이 틀림없다는 소리렷다? 알겠느니라. 그만 나가 보거라."

고환관의 말을 내가 믿어도 되는 것일까? 그런 생각이 황제의 뇌리를 스쳐갔다. 그는 제2황후의 수족같은 자였다. 기황후를 오늘의 그 자리에 올리는데 애를 썼으며, 기련이 제2황후가 된 다음에는 자정원사를 맡아 크고 작은 일을 뒷바라지 해주고 있는 중이었다. 고용보의 입에서 나오는 소리는 기황후한테 해가 될 소리는 없을 것이었다. 오히려 그 반대의 소리만 나올 것이었다.

'고환관의 말은 내가 반에 반만 믿어야겠구나. 더구나 이번 일은 고환관의 말은 믿지 말아야겠구나. 성곤테무르는 물론 홍빈과 홍성궁 황후까지 귀양을 간다면 제2황후한테는 좋은 일이 아닌가? 춤을 출 만큼 좋은 일이 아닌가? 기황후한테 좋을 일이라면 목숨이라도 내놓을 고환관이 아닌가?'

좌승 가리시가의 일을 어찌 처리할까, 궁리에 궁리를 거듭하다가 황제가 밤에 홍빈의 처소로 납시었다.

미리 술상을 준비해 놓고 기다리고 있던 홍빈이 가슴에 안기며 눈물부터 쏟아냈다.

"황제폐하, 오늘은 안 납시는 줄 알았나이다. 밤이 깊어도 안 오시기에 안 납시는 줄 알았나이다."

"심란한 일이 많아 혼자 생각이 깊었었구나. 그럴 리가 있느냐? 네가 오직 내 살아가는 즐거움인데, 어찌 안 올 수가 있겠느냐?"

"황감하옵니다. 소인은 황제폐하만 믿사옵니다. 참으로 크옵신 황은만 믿겠사옵니다."

"울지 말거라. 내 어찌 너를 버리겠느냐? 술이나 한 잔 따르거라."

"예, 황제폐하. 이것은 소인이 황제폐하를 위하여 특별히 거금을 들여 고려국의 산삼을 구해 담근 술이옵니다."

"산삼이라고 했느냐? 이것은 진시황제께서 고려국 탐라까지 사람을 보내어 구하려던 불로초가 아니더냐?"

"그렇사옵니다. 소인이 수천금을 들여 구했나이다. 고려국까지 장사를 다니는 장사치한테 특별히 부탁하여 구했나이다."

"네 정성이 참으로 갸륵하구나."

"황공하옵니다. 소인은 다만 황제폐하께오서 강건하신 옥체로 천년 만년 만수를 누리기를 바랄 뿐이옵니다."

홍빈이 다시 눈물을 글썽이며 황제의 가슴에 얼굴을 묻었다. 여인의 살냄새가 사향향기에 섞여 황제의 코끝을 간지럽혔다. 황제는 왕성한 힘이 은밀한 곳에서 살아나고 있음을 느꼈다. 산삼주는 다만 향기만 맡았을 뿐인데도 사타구니 사이의 주책없는 놈이 먼저 취하여 고개를 치켜들고 있었다.

그러나 황제는 이날밤 홍빈한테 물어 볼 말이 있었다. 산삼주를 두어 잔씩 나누어 마신 다음에 입을 열었다.

"홍빈아, 너도 황후가 되고 싶겠지? 성곤테무르를 황태자로 봉하고 싶겠지?"

황제의 물음에 홍빈이 고개를 쳐들고 눈을 반짝이며 대꾸했다.

"대원제국의 여자치고 그런 꿈을 꾸지 않는 여자가 어디 있겠사옵니까? 황후가 된다면, 소인이 낳은 성곤테무르가 황태자가 되어 황위를 이을 수만 있다면 소인 하루만 살고 죽어도 여한이 없겠나이다."

"그래서 좌승과 손을 잡았느냐? 성곤테무르를 홍성궁에 양자로 주었느냐?"

황제가 홍빈의 겉옷을 벗기며 은근한 목소리로 물었다.

"좌승께서 소인을 많이 도와주고 있나이다. 대원제국의 황제는 순수한 몽고족 출신이어야 하는데, 부모가 모두 몽고족인 태자는 성곤테무르 밖에 없다고 하였사옵니다. 홍성궁 황후마마께 양자로 드리는 일도 좌승이 먼저 말을 내었사옵니다."

"그래서 너는 이것이 무슨 횡재인가하고 아들을 양자로 주었고?"

"소인이 낳은 아들이 황태자가 된다는데, 어찌 양자로 못 드리겠나이까? 황제폐하, 좌승을 용서하여 주시옵소서. 좌승은 아무런 죄가 없나이다. 성곤테무르를 너무 아낀 죄 밖에 없나이다."

홍빈이 황제의 가슴에 얼굴을 묻으며 아뢰었다.

"내가 너한테 물을 말이 있느니라. 한치도 거짓이 없이 사실대로 대답하겠느냐?"

"하문하시옵소서. 소인이 어찌 하늘같으신 황제폐하께 거짓을 아뢰오리까?"

"상권을 가진 장사치들이 너한테 재물을 바친 일이 있느냐? 그 재물을 좌승한테 준 일이 있느냐?"

홍빈이 잠시 망설이다가 대답했다.

"소인이 태자를 낳은 다음 몇 몇 장사치며 상권을 가진 조정의 대신들이 재물을 가지고 왔사옵니다. 장차 태자를 황태자로 책봉받기 위해서는 재물이 필요할 것이라면서 가지고 왔나이다. 소인은 그걸 좌승께 주었사옵니다. 장사치들이 재물을 바친 것은 소인 혼자뿐만이 아니옵니다. 홍성궁 황후마마께도 바치고, 자성궁 황후마마께도 바치는 걸로 알고 있사옵니다."

"너는 성곤테무르가 황태자로 책봉이 되리라고 믿느냐?"

"그리되지 못할 까닭이 없지 않사옵니까? 애유식리달랍 태자는 순수 몽고 혈통이 아니옵니다. 소인은 조정의 많은 대신들도 그 때문에 성곤테무르를 황태자로 책봉하여야 한다고 주장하는 걸로 알고 있사옵니다."

"좌승이 그러더냐? 소호군이나 대호군의 병사들 가운데도 그런 마음을 먹고 있는 자들이 많고, 그런 자들을 끌어들이기 위해 재물을 썼노라고 말하더냐?"

"그랬사옵니다, 황제폐하. 소호군이나 대호군의 병사들이 비록 자성궁 황후마마 편이나 그들 중에도 성곤테무르 태자를 좋아하는 병사들이 많이 있다구요. 일단 유사시에는 그들을 동원하면 성곤테무르를 황태자로 책봉하는데 도움을 받을 수 있을 것이라구요."

몇 잔의 산삼주에 취한 것일까.

홍빈이 나불나불 조잘대고 있었다.

그러나 그 순간 황제의 등골에서 소름이 솟구치고 있었다. 어사대 감찰 공염의 말이 사실이지 않은가? 홍빈의 처소로 많은 뇌물이 들어오고 있으며, 좌승은 그 뇌물을 써서 소호군과 대호군의 많은 병사들을 자기편으로 만들어 놓은 것이 분명하지 않은가?

'이것은 자성궁 황후와 고용보가 홍빈이나 흥성궁 황후를 몰아내기 위해 꾸민 음모가 아니구나. 그들이 나한테 모함을 하지는 않았구나.'

하긴 누구보다 순리를 소중하게 여겼던 자성궁의 기황후였다. 손에 늘 염주를 간직하고 나무아미타불을 외우는, 대도 인근의 사찰이란 사찰마다 불사를 하며, 대도의 헐벗고 굶주린 거지들한테 손수 죽공양을 하는 기황후의 성품에 자신이 낳은 아들로 황태자를 삼기 위하여 홍빈이나 흥성궁 황후를 모함하지는 않을 것이다. 황제는 그렇게 믿었다. 홍빈이 털어놓은 사실만 가지고도 감찰 공염의 말이 사실임이 드러나고 있었다.

"병사들을 모으는데, 흥성궁 제1황후도 재물을 보탰느냐?"

황제가 물었다.

"흥성궁 황후마마께오서 소인보다 적극적으로 재물을 내놓았나이다. 성곤테무르 태자를 양자로 삼으신 다음에는 더욱 그랬나이다. 흥성궁 황후마마는 사가 식구들도 없으니, 재물을 쓸 곳이 없다고 하셨나이다."

"너는 성곤테무르가 황태자로 책봉되리라고 믿느냐?"

"소인은 그리 민나이다. 소인이 황후가 되는 욕심은 버리겠나이다. 제발 성곤테무르 태자를 황태자로 책봉하옵신다는 칙서를 내려 주시옵소서."

"그 욕심을 버리거라. 그래야 너도 살고 네가 낳은 태자도 목숨을 부지할 수 있을 것이니라."

"무슨 말씀이신지요? 자성궁 황후마마는 고려 여인이옵니다. 고려 여인이 낳은 태자가 어찌 황태자가 될 수 있사옵니까? 백성들이 따르지 않을 것이옵니다. 성곤테무르를 따르는 소호군이며 대호군의 병사들이 가만 있지를 않을 것이옵니다."

"가만 있지 않으면? 짐을 유폐라도 시킨단 말이더냐? 그들을 동원하여 짐을 빈 방에 가두고 성곤테무르를 황제로 내세우기라도 한단 말이더냐?"

황제가 숨을 멈추고 물었다.

홍빈이 발그스레 달아오른 요염한 얼굴로 황제의 눈을 들여다보다가 대꾸했다.

"좌승의 말이 그랬사옵니다. 만약 황제폐하께오서 자성궁 마마가 낳은 태자를 황태자로 책봉하면 결단을 내릴 수밖에 없다고 말이옵니다. 황제폐하께옵서 고려 여자인 자성궁 마마를 통하여 태자를 낳은 것만 해도 세조황제께 죄를 짓는 일인데, 황태자까지 봉해지게 된다면 대원제국은 망한 것이나 다름이 없다고 말이옵니다. 좌승은 대원제국이 망하는 꼴은 보지 않겠다고 했사옵니다. 좌승은 참으로 충성스런 신하이옵니다. 그를 용서하여 주시옵소서. 그와 더불어 황실의 대소사를 의논하시옵소서."

산삼주에 취한 홍빈이 결정적인 실수를 하고 있었다. 술에 취한 홍빈이 거짓말을 하고 있다고는 믿지 않았다.

가슴이 서늘해진 황제가 벌떡 몸을 일으켰다.

"폐, 폐하. 황제폐하."

그제서야 자신이 실수했음을 깨달은 홍빈의 낯색이 새파랗게 변했다.

"너희들이 역심을 품고 있었다는 말이 사실이었구나. 그 말이 사실이 아니기를 나는 간절히 바랐건만, 너희들은 정녕 역심을 품고 있었구나."

"아니옵니다, 황제폐하. 소인이 어찌 역심을 품었겠나이까? 천부당 만부당하옵신 말씀이시옵니다. 통촉하여 주시옵소서."

홍빈이 울면서 매달렸으나 황제가 발길로 걷어차고 대명전으로 발길을 돌렸다.

이날따라 기황후는 마음이 심란했다. 대명전 궁녀의 전갈로 황제가 홍빈의 처소로 납시었다는 말을 듣고는 더욱 그랬다. 다른 날은 황제가 누구의 처소로 납시건 크게 신경을 쓰지 않았는데, 더구나 요즘은 사흘이 멀다 하고 황제가 홍빈의 처소를 찾는 것을 알고 있었는데, 이날따라 가슴 한쪽이 텅 비면서 자신도 모르게 자꾸만 한숨이 쏟아져 나온 것이었다.

'홍빈이 틀림없이 성곤테무르를 황태자로 책봉하여 달라고 조르고 있겠지? 향기로운 술과 요사스런 교태로 조르고 있겠지. 더구나 홍빈도 좌승 가리시가가 황궁옥에 갇혀있는 것을 알 테니까, 서두르고 나올지도 모르지.'

기황후는 불안했다.

환관 고용보는 만반의 준비가 다 되어 있으니, 황후마마께오서는 조금도 걱정하지 말라고 했으나, 황제의 마음이 언제 바뀔지 몰라 불안했고, 조정의 공론이 어떻게 돌아갈지 몰라 불안한 것이었다.

"나무관세음보살. 나무관세음보살."

기황후가 손 안의 묵주를 굴리며 관세음보살을 읊조리고 있을 때였다. 홍빈 처소에 박아놓았던 궁녀가 허겁지겁 달려와 엎드렸다.

순간 기황후의 가슴이 덜컥 내려앉았다. 황제가 성곤테무르를 황태자로 책봉한다는 칙서라도 내린 것은 아닌가, 하는 생각이 스쳐간 것이었다. 그렇지 않으면 궁녀가 저리 화급히 숨을 헐떡거리며 달려올 까닭이 없었다.

"무슨 일이냐?"

벌렁거리는 가슴을 손끝으로 가만히 누르며 기황후가 물었다.

그런데 궁녀의 입에서 뜻밖의 대답이 나왔다.

"황후마마, 황제폐하께오서 크게 화를 내시고 홍빈의 처소를 나오셔 대명전으로 돌아가셨사옵니다."

"그래? 무슨 일로?"

"소인이 그것까지는 모르겠사오나, 황제폐하께오서 대명전으로 돌아가신 다음에 홍빈마마가 크게 소리를 질렀사옵니다. 내 아들을 황태자로 봉하지 않으면 황제도 옥체를 보존하지 못할 것이라고 고래고래 고함을 질렀사옵니다. 홍빈 처소의 궁녀들이 얼굴이 새파랗게 질려 말렸사옵니다만, 사람이 죽으면 한번 죽지 두 번 죽느냐면서 막무가내로 포악을 부렸사옵니다."

"홍빈이 죽으려고 작정을 했구나. 일이 의외로 쉽게 풀리게 생겼구나."

기황후가 고개를 끄덕이고 있을 때였다. 환관 박불화가 자성궁으로 찾아왔다. 그렇지 않아도 사람을 보내 부르려던 기황후가 반갑게 맞았다.

"황후마마, 홍빈 처소에 납시셨던 황제폐하께오서 진노를 하시어 대명전으로 돌아오신 다음에 홍빈과 홍성궁 제1황후마마를 황궁옥에 가두라는 전교를 내리셨사옵니다."

"홍빈 처소에서 황제폐하께오서 화를 내시고 물러나셨다는 소식은 들었습니다만, 무슨 일로 그리 화를 내셨답니까?"

"소인도 아직 확실한 것은 모르겠사옵니다만, 황제폐하께오서 그들이 역심을 품고 있는 것이 확실하다는 말씀을 하셨사옵니다."

"역심을 확인했다?"

"그렇사옵니다. 낮에 어사대 감찰 공염이 황제폐하께 아뢰었던 역모에 관한 일을 홍빈이 입에 올렸다고 하옵니다. 완산군 나리께서 황후마마께 고해 올리라고 하였사옵니다. 이번에야말로 애유식리달랍 태자마마를 황태자로 책봉할 절호의 기회라고 말씀하셨사옵니다."

"그것이 순리가 아니오?"

기황후가 고개를 끄덕였다.

어차피 역모라면 성곤테무르와 홍빈, 홍성궁의 제1황후는 살아남기 힘들 것이었다. 설령 황제가 그들을 살려주려고 해도 자성궁의 눈치를 보는 대신들이 가만 있지는 않을 것이었다. 화의 근원은 애당초 뽑아버리겠다고 칼을 갈고 나설 것이 분명했다.

박불화가 돌아간 다음 기황후가 곰곰이 생각에 잠겼다.

'내가 대명전으로 찾아가 황제폐하를 위로해 드려야 하는 것이 아닐까?'

혈기왕성한 황제가 꽃처럼 예쁜 홍빈의 처소를 찾았다가 화를 내고 물러나온 구체적인 상황은 알 수 없으나, 꽃을 찾아 갔다가 되돌아 나온 나비라면 가슴을 저미는 쓸쓸함 때문에 잠을 이루지 못할 것이 분명했다. 그럴 때 차라도 맛있게 내어 찾아간다면 요즘 들어 소 닭 보듯 바라보는 황제의 눈빛이 달라질 수도 있을 것이었다.

그러나 이내 기황후는 고개를 내저었다.

고려 속언에 불난 집에 부채질을 한다고, 심사가 사나울 황제를 찾아간다는 것이 자칫 너도 홍빈이나 홍성궁 황후와 같은 여자가 아니냐고 노여움을 살 염려도 있었다.

정녕 외롭다면, 그 외로움을 위로받고 싶다면 황제가 자성궁을 찾아와야 한다는 생각도 얼핏 들었다.

기황후가 이럴까 저럴까, 망설이다가 혼자라도 차를 마시려고 물을 끓이고 있을 때였다. 황제폐하 납시오, 하는 소리가 밖에서 들려왔다.

'오셨구나, 황제폐하가 쓸쓸함을 견디지 못하고 나를 찾아오셨구나. 멀리 가버리신 줄 알았던 황제폐하의 마음속에 아직은 내가 자리하고 있었구나.'

가슴에서 뜨거운 기운이 울컥 솟은 기황후가 몸을 벌떡 일으켰다.

문이 열리고 황제가 들어왔다.

"어서 납시오소서, 황제폐하."

기황후가 눈물을 글썽이며 아뢰었다.

보료 위에 앉으며 황제가 염치없는 듯한 얼굴로 말했다.

"황후가 내어주는 차가 마시고 싶었소. 차 한잔 마실 수 있겠소?"

"어찌 아니 되겠사옵니까? 소인, 차를 준비하겠나이다. 저녁따라 하도 쓸쓸하여 소인도 혼자 차를 마시려고 물을 끓이고 있었나이다."

"황후와는 이심전심이었던 모양이구려. 오랫만에 황후의 차를 마시는구려. 내가 참 무심하였구려. 나를 많이 원망하였겠구려."

"아니옵니다, 황제폐하. 소인이 어찌 황제폐하를 원망하겠나이까? 밤마다 그리워하기는 했사오나, 티끌만큼도 원망하지는 않았나이다."

"나는 황후의 너그러운 마음을 알고 있소."

"잠시만 기다리시옵소서. 소인이 차를 내겠나이다."

기황후가 차실로 손수 가서 숙달된 솜씨로 차를 냈다. 대명전 차실의 차궁녀한테 맛있는 차를 내는 비법을 모두 전수해 주었다고는 해도 어차피 차는 그걸 내는 사람의 정성이 깃들어야 제 맛을 내는 법이었다. 수십 수백 번을 가르쳐 준다고 한들 몸으로 깨닫지 못하면 물의 온도를 제대로 못 맞추고, 차의 양을 제대로 맞추지 못하고, 시간을 맞추어 내지 못할 것이었다. 고용보를 통해 황제가 차맛이 예전 같지 않다고, 어찌하여 똑같은 방법으로 차를 내는데도 맛이 이리 차이가 나느냐고 했다는 말을 전해 들었지만, 차 내는 방법은 어차피 스스로 깨달아야 하는 것이라서 더 이상 가르쳐 줄 수도 없었다.

또한 황제가 정녕 맛있는 차가 마시고 싶으면 자성궁을 자주 찾으면 될 일이라 믿고 가끔 손수 차를 내어 대명전을 찾고 싶은 욕심을 억누르며 살아온 기황후였다.

기황후가 차를 내어 황제 앞에 마주 앉았다. 서둘러 그걸 한 모금 마신 황제가 고개를 끄덕였다.

"이제야 내 기분이 조금 가라앉는 것 같소. 터질 듯 답답했던 가슴이 트이는 것 같소."

"심기 불편하신 일이라도 있으셨는지요? 소인은 저녁에도 황제폐하께오서 홍빈 처소로 납신 걸로 알고 있었사옵니다."

기황후가 황제의 눈치를 가만히 살폈다.

"홍빈은 역심을 품고 있었소. 연첩목아의 딸 다나시리와 조금도 다를 것이 없었소. 태자를 낳았다는 핑계로 오만방자하기 그지없었소."

황제의 미간이 일그러졌다.

"그럴 리가 있사옵니까? 홍빈은 상냥한 여자이옵니다. 또한 영민하여 황제폐하를 잘 모시고 있는 걸로 소인은 알고 있었사옵니다."

"그것이 모두 자신이 낳은 태자를 황태자로 책봉받기 위해서 꾸민 수작이었소. 줄을 대기 위해 상인들이 뇌물을 바치자 그 뇌물을 풀어 성곤테무르를 황태자로 책봉받기 위하여 조정의 신료들을 매수했소. 짐을 유폐시킬 계획까지 짜놓고 있었소."

"황제폐하, 홍빈이 그럴 리가 없사옵니다. 홍빈은 다나시리처럼 사가의 막강한 힘도 없는 여자가 아니오니까?"

"아니오. 좌승과 더불어 역모를 꾸밀 준비를 하고 있었소. 본인의 입으로 그리 말했소. 산삼주 석 잔을 마시고 그리 말했소. 짐은 홍빈은 물론 역모에 가담한 홍성궁 황후까지 황궁옥에 가두라고 영을 내려놓았소. 지금쯤은 두 여자 모두 황궁옥에 갇혀 있을 것이오. 그런 영을 내려놓고 나니 너무 쓸쓸했소. 황후가 보고 싶었소. 저녁에는 황후가 내온 차를 마시고, 황후의 침전에서 자고 싶소. 어떻소? 오랫만에 짐에게 황후의 젖을 먹여 주겠소?"

"황공하옵니다. 소인은 오직 황제폐하의 것이옵니다. 몸도 마음도 모두 황제폐하의 것이옵니다. 마음대로 하시옵소서. 목숨인들 못 드리겠나이까?"

"고맙소. 황후는 시종일관 여일하구려. 대명전의 차궁녀로 있을 때나 제2황후가 되어서나 마음씀씀이가 여전하구려. 그런 황후한테 내가 오랫동안 무심했소. 젊은 홍빈에게 너무 취해 있었소. 앞으로는 자성궁에 자주 오리다. 황후가 내는 차를 마시러 낮에도 오고 밤에도 오리다."

"황은이 망극하옵니다."

기황후가 눈물을 글썽이며 황제를 올려다 보았다. 황제가 기황후의 손을 끌어잡고 말했다.

"내일이라도 애유식리달랍 태자를 황태자로 책봉해야겠소. 나이가 열 살이면 충분히 그럴 때가 된 것이 아니겠소? 황후는 앞으로도 변함없이 짐을 도와주기 바라오."

"황은이 망극, 또 망극 하옵니다. 소인은 그저 황제폐하와 황태자 전하의 만수무강과 강녕하심을 부처님전에 빌고, 대도의 불쌍한 백성을 위하여 적선하며 살겠나이다. 황제폐하의 황은을 대원제국의 전 백성들에게 떨치는 일을 하며 살겠나이다."

"고맙소. 참으로 고맙소. 흥성궁 황후를 귀양 보내고 짐은 황후를 제1황후로 봉하려 하오."

황제가 기황후의 귀가 번쩍 뜨이는 소리를 했다.

그러나 기황후는 겉으로 좋은 기색을 드러내지 않았다.

"아니옵니다, 황제폐하. 소인은 그럴 욕심이 없사옵니다. 제1황후는 지금의 흥성궁 마마를 그대로 두시옵소서. 소인을 제1황후로 앉히시려 하옵시면 조정의 대신들이 또 반대를 할 것이고, 그리되면 폐하의 심기 불편하실 것이옵니다. 소인으로 하여 폐하의 심기가 불편해지는 일은 싫사옵니다."

"황후의 뜻이 참으로 갸륵하지 않소? 홍빈은 틈만 나면 황후로 봉해 달라고 졸랐는데, 황후는 그러지 않는구려. 걱정하지 마시오. 그때는 내게 아무런 힘이 없었소만, 이제는 다르오. 내 말에 쉽게 거역할 대신들도 없소."

"하오나, 폐하. 소인은 홍빈이나 홍성궁 황후마마를 내치고 제1황후가 되기는 정녕 싫사옵니다. 그들의 잘못을 나무라기는 하시되 귀양을 보내지는 마시옵소서. 그들이 어찌 진정으로 역모를 꾸몄겠나이까? 모두가 좌승 가리시가의 농간일 것이옵니다. 성곤테무르 태자를 방패삼아 자신이 조정의 실권을 움켜쥐려는 좌승의 농간일 것이옵니다. 좌승과 성곤테무르 태자는 죄를 주시더라도 홍빈과 홍성궁마마는 용서해 주시옵소서."

"아니오. 이미 권력의 맛을 본 그들이오. 성곤테무르 태자가 황태자로 책봉이 될지도 모른다는 사실만으로도 뇌물을 받고, 그 뇌물로 사람을 모았던 그들이 아니오? 난 도저히 용서할 수가 없소."

황제가 결연한 의지를 보였다.

특별한 작정도 없이 홍빈이나 홍성궁 황후를 용서하여 주라고 주청을 드렸던 기황후였지만, 황제의 완강한 고집 앞에서는 꼬리를 내리는 수밖에 없었다. 자칫 더 이상 권했다가는 황제의 노여움을 살수도 있었다.

이날밤 자성궁에서 기황후의 품에 안겨 잠이 들었던 황제는 다음날 대명전으로 돌아가자마자 조정의 공론을 모아 태자 성곤테무르와 두 여자를 만 리 밖으로 귀양을 보냈다. 또한 좌승 가리시가는 참수하여 그 목을 대도 네거리에 효수하였다.

그리고 그 일이 마무리 되었을 때 황제가 두 눈을 똑바로 뜨고 신하들을 굽어보며 선언했다.

"자성궁의 제2황후를 제1황후로 봉하겠소. 짐의 뜻에 반대하는 신료가 있으면 말해 보구려."

황제의 눈빛이 무서웠던 것일까, 아니면 대세가 이미 기울었음을 깨달은 것일까.

조정 신료들 가운데 누구도 입을 열지 않았다.

11

황제를 어이할거나

"황후마마, 하남 쪽의 동태가 심상치가 않사옵니다. 백련교의 유언비어에 혹한 우매한 농민들이 농사를 지어야할 연장을 들고 봉기를 하고 있사옵니다."

세상을 두루두루 구경하고 오겠다며 대도를 떠났던 혜월 스님이 돌아온 것은 기황후가 흥성궁의 주인이 된 지 다섯 해가 지나서였다.

"그 말이 정말입니까? 이 몸도 강남의 동태가 심상치 않다는 말은 들었습니다만, 그곳의 백성들이 정녕 황제폐하께 반기를 들었다는 말입니까?"

기황후가 걱정스런 눈빛으로 혜월을 바라보았다.

"그렇사옵니다. 농민을 선동하는 자들마다 미륵을 자처하고 있었사옵니다. 안 그래도 몇 년째 계속되는 가뭄으로 황은이 미치지 못하고 있는데, 혹세무민 선동하는 자까지 활개를 치고 있으니, 나라의 앞날이 참으로 큰 일이 아니옵니까?"

"그들이 설마 대도까지 몰려오지는 않겠지요?"

"수만 리 밖의 일이기는 하옵니다만, 민심은 천심이라 바람보다 빨리 움직인다고 보아야겠지요. 더구나 지금의 소요사태는 강남 쪽만 아니라, 대원제국의 곳곳에서 벌어지고 있사옵니다. 황은이 미치지 못하면 결국 누군가 새로운 제국을 자처하고 나설 날도 멀지 않았사옵니다."

"허허, 이것 큰 일이 아니오? 황제폐하는 나라꼴이 그리 돌아가는 줄도 모르시고 날마다 황음에 빠져계시니, 이 나라를 장차 어이할꼬."

기황후가 한숨을 내쉬었다.

황제가 주색잡기에 빠진 것은 삼 년 전부터였다. 원래 대원제국에서는 황실이건 여염집이건 장자는 승려가 되어야 하는 라마불교를 믿고 있는 중이었다. 애유식리달랍 태자가 황태자로 책봉이 되었을 때에도 그 문제가 불거졌다.

황태자의 스승으로 들어온 라마승 가린진이 황제 앞에서 주청을 드렸다.

ㅡ황제폐하, 황태자 전하를 라마승으로 만드시옵소서. 그것이 법이옵니다.

ㅡ허나, 내게는 태자가 황태자 하나뿐인데, 라마승으로 입적을 시키면 누가 있어 장차 나라를 다스리겠소? 그것은 안 될 일이오. 다른 방법을 강구해 보시오.

황제가 반대를 하자 라마승 가린진이 말했다.

－하오면 황태자 전하께 라마불교의 계를 받게 하시옵고, 소승을 황궁에 두시어 황태자 전하께 불법을 가르치게 하여 주시옵소서.

－그것은 상관이 없겠소. 부디 황태자에게 불법을 잘 가르쳐 장차 성군이 되게 하여 주시오.

－소승, 황제폐하의 뜻을 받들어 모시겠나이다.

라마승 가린진이 허리를 조아렸다.

그날부터 가린진이 황태자에게 불법을 가르치고, 계율을 가르쳐 주었다. 그런데 기황후가 가만히 보니, 이것은 한 승려를 키우는 가르침이지 장차 대원제국을 다스릴 황제의 교육이 아니었다. 기황후는 나라를 다스리는 것은 공자의 가르침이지, 불법이 아니라고 믿고 있었다. 승려는 황제의 강녕하심과 백성들의 편안한 삶을 부처님께 기원을 하는 사람이지, 백성을 다스리는 사람은 아니었다.

어느 날 가린진이 흥성궁을 찾아와 말했다.

－황후마마, 황태자 전하의 불법이 날이 갈수록 높아지고 있사옵니다. 라마승려가 되면 참으로 뛰어난 고승이 되겠나이다.

－그래요? 하면 황태자한테 불법은 이제 그만 가르치도록 하시요. 불법을 알고 계율을 실천하며, 황궁에서 벌이는 불사를 주관할 수 있다면 된 것이 아니오?

－무슨 말씀이신지요? 소승은 황태자 전하의 스승이옵니다. 아직도 가르칠 것이 많사옵니다.

－아니오, 나는 황태자한테 공자님의 도를 가르치겠소. 그만하면

되었으니, 물러가도록 하시오. 앞으로는 황태자궁에는 출입을 삼가 해 주시오.

기황후의 싸늘한 말투에 이미 황궁에서 머물 명분이 사라졌다고 믿은 가린진이 황제를 찾아갔다.

─황후마마께오서 황태자궁의 출입을 금지시키셨사옵니다. 아직도 황태자 전하는 배워야할 불법이 많은데 그리 하셨사옵니다. 소승을 황궁에 머물며 황태자 전하를 계속 가르칠 수 있도록 하여 주시옵소서.

가린진이 읍소했다.

그러나 이미 고용보를 통하여 기황후의 뜻을 전달 받았던 황제가 고개를 내저었다.

─아니오. 대원제국을 다스리는 데는 라마불교의 불법이며 계율이 아니라, 공자의 도라는 황후의 말씀이 옳소. 나야말로 라마불교의 불법이며 계율을 전혀 모르고 있소. 정 황궁에 머물러 가르치고 싶거던 오늘부터는 나를 가르쳐 주시오.

황제가 무심코 말했다.

그러자 가린진의 얼굴빛이 활짝 펴졌다.

─그래도 되겠사옵니까? 소승이 황제폐하께 불법을 말씀 올려도 되겠사옵니까?

─나야말로 비록 계는 받았다고 하나 참 불법은 모르고 있소.

─하오면 황제폐하께오서도 계를 받으시오소서. 사람에게 있어 이 생은 짧고 후생은 긴 법이옵니다. 후생을 위하여 불법을 익히시고

계를 받으시고 지키시옵소서.

그래서 가린진으로부터 계를 받은 황제는 날마다 불법을 배웠는데, 그 일이 그렇게 무료할 수가 없었다.

하루는 가린진으로부터 불법을 듣던 황제가 입이 찢어져라 하품을 하며 중얼거렸다.

−참으로 따분하구려. 라마교의 불법이라는 것이 사람을 미치도록 따분하게 만드는구려. 애초부터 이런 것인 줄 알았다면 짐은 계도 받지 않았을 것이며 그대를 내 스승으로 삼지도 않았을 것이오.

황제의 말에 잠깐 침묵을 지키던 가린진이 입을 열었다.

−황제폐하, 라마교의 계율이라고 다 따분한 것만도 아니옵니다. 그 안에는 사람살이의 참으로 오묘한 즐거움이 모두 들어 있나이다.

−아, 글쎄, 그런 즐거움이야 그대같은 고승들한테나 해당되는 것이지, 불법에 무식한 짐같은 사람에게 당키나 한 일이겠소?

−황제폐하, 인생의 참 즐거움을 정녕 맛보시고 싶사옵니까?

−참 즐거움? 라마교에도 그것이 있다는 말이오?

−남녀 사이의 온갖 즐거움이 그 안에 있사옵니다. 폐하께오서는 남녀 사이에 살을 섞을 때 여자는 아래쪽에, 남자는 위쪽이라고만 알고 계시겠지요?

라마승 가린진이 음흉한 눈빛으로 황제를 바라보았다.

−그것이 정도가 아니오?

−하오나, 정도를 지키다 보면 즐거움의 반에 반도 맛볼 수가 없지요. 때로는 여자가 남자 위에 올라앉아 은밀한 즐거움을 누릴 수도

있는 것이옵니다.

 -허허, 라마의 불법에 그런 것도 있다는 말이오?

 -그렇사옵니다. 불법이 무엇이옵니까? 결국은 중생의 안락하고 즐거운 삶을 위한 것이 아니겠사옵니까? 남녀 사이의 살섞기야말로 즐거움 중의 큰 즐거움이고 말이옵니다.

 -그렇다면 앞으로는 딱딱한 불법이나 계율은 말고, 그걸 나한테 가르쳐 주시오.

 황제가 눈을 반짝이며 말했다.

 그날부터 라마승 가린진은 황제에게 남녀간의 은밀한 즐거움을 누리는 법을 가르쳤다. 어린 소녀를 취하여 기력이 젊어지는 법을 가르쳤으며, 여자의 질에 삽입을 하고 몇 시각 동안을 사정하지 않는 법을 가르쳤으며, 어떻게 다루어야 발끝에서 머리끝까지 황홀해진 여자가 정신을 깜박 잃는가도 가르쳐 주었다.

 가린진에게 살섞기의 비법을 배운 황제가 그걸 몸소 실천해 보겠다면서 황궁의 나이 어린 궁녀를 대명전의 침상으로 불러들였다. 가끔은 라마승 가린진을 시켜 어린 궁녀와 시범을 보이도록 주문하기도 했다.

 황제는 날마다 술과 여자 속에서 살았다. 정사는 중서령을 중심으로 조정의 신료들이 대신 돌보고 있었다.

 황제가 그런 판인데, 지방의 곳곳에서는 미륵을 자처하는 자들이 농민을 선동하고, 반기를 들고 있다는 것이었다.

"그러니 이 일을 어찌했으면 좋겠소? 이 몸이 몇 번이나 황제폐하께 주청을 드렸으나, 오히려 역정만 내시니 큰 일이 아니겠소?"

기황후가 혜월 스님을 가만히 올려다 보았다.

이제 혜월 스님은 불도가 높은 고승의 티가 역력히 났다. 세상의 어떤 바람에도 흔들리지 않을 거목으로 자라 있었다.

혜월이 입을 열었다.

"황후마마, 어차피 대원제국은 너무 큰 나라이옵니다. 설령 황제폐하가 올바른 정사를 펼친다고 해도 반역의 무리는 나오게 마련입니다. 중원의 넓은 땅에는 날마다 새로운 주인이 나타난다고 했사옵니다. 징기스칸 황제처럼 전쟁을 좋아하는 황제라면 군사를 일으켜 난리를 평정할 수도 있겠지요. 하오나, 그러기에는 대원제국의 병사들은 너무 나태해 있사옵니다."

"하면 스님께서는 지방의 역도들을 그대로 두자는 말씀입니까?"

"그들을 토벌할 방법이 없사옵니다. 심지어는 지방의 관리들이 먼저 역도들에게 머리를 숙이고 있는 실정이옵니다. 황후마마께옵서는 마음을 편히 가지시고 불도에 더욱 정진하시옵소서."

"그래도 어찌 가만히 앉아서 나라가 망하는 꼴을 보고만 있겠소?"

기황후의 말에 혜월이 그윽한 눈빛으로 바라보았다. 그 눈빛 속에는 참으로 딱한 분이구려, 하는 연민이 들어 있었다.

그걸 깨달은 기황후가 물었다.

"어찌 그런 눈빛으로 이 몸을 바라보십니까? 스님."

"황후마마, 고려를 잊으셨사옵니까?"

"이 몸이 어찌 고려를 잊겠습니까? 한 날 한 시도 고려를 잊은 적이 없습니다. 언젠가는 고려로 돌아가 불쌍한 뼈다귀를 고려 땅의 양지바른 곳에 묻고 싶을 뿐입니다."

"하오시면 대원제국의 앞날에 너무 연연해 하지 마시옵소서."

"그래도 이 몸은 내가 낳은 자식이 세상에서 가장 넓다는 대원제국의 황제가 되는 모습을 꼭 한번은 보고 싶소이다. 단 하루일망정 내가 낳은 아들이, 고려 공녀가 낳은 아들이 대원제국의 황제가 된 모습을 보고 싶소이다."

"허황된 욕심이옵니다. 한번 구멍이 난 방뚝은 지탱하기 힘든 법이옵니다. 소승이 본 바로는 대원제국의 앞날은 바람 앞의 등불과 같았사옵니다. 미륵이며 생불을 자처하는 자들이 우후죽순처럼 일어나고 있었사옵니다. 지방의 관리들조차 그들을 방치하고 있었사옵니다. 이럴 때일수록 황후마마께오서는 불도에 더욱 정진하시옵소서. 소승, 황후마마께 긴한 청이 있사옵니다."

"무슨 청입니까? 말씀하십시오. 혜월 스님의 청이라면 내 무슨 일이든 도와드리겠습니다."

"소승이 만행에서 돌아와 사흘을 운거사에서 머물렀나이다."

"운거사라면 석경(石經)이 보관되어 있는 곳이 아니오? 대도에서 백오십 리 남짓 떨어진 석경산에 있는."

"그렇사옵니다. 진즉부터 생각하고 있던 일이옵니다만, 황후마마의 크나큰 은덕으로 석경산의 석경을 보수했으면 좋겠사옵니다."

"왜요? 석경산의 석경이 훼손이라도 되었던가요?"

"굴이 무너져 비바람이 들이쳐 이끼가 끼고 금이 간 석경이 많았사옵니다. 무너진 굴은 다시 파고, 금이 간 석경은 새로이 새겨야 되겠사옵니다. 수백만 냥이 필요한 불사이옵니다. 그동안에도 그런 생각을 안 한 것은 아니옵니다만, 헐벗고 굶주린 중생들한테는 부처님의 말씀보다는 한 끼의 죽공양이 더 소중하다는 생각에 죽공양에 정진했사옵니다만, 이번에는 문득 생각이 바뀌었사옵니다. 한 끼의 죽공양도 소중하지만, 자손만대까지 부처님의 말씀을 전하는 것도 크나 큰 공덕이 될 것이라는 생각으로 말씀이옵니다."

"그러니 이 몸더러 석경산 석경을 보수할 경비를 시주하라는 말씀이신가요?"

"예, 황후마마께오서 시주를 해주신다면 소승 마지막 신명을 바쳐 그 일을 하겠나이다. 고려국의 융성과 황후마마의 강녕하심과 고려 백성의 안락한 삶을 기원하며 굴을 파고 석판에 불경을 새기겠나이다."

혜월 스님의 말이 간절했다.

고려를 위해, 황후인 자신을 위해, 고려 백성을 위해, 큰 불사를 일으키겠다는데 반대할 까닭이 없었다. 소금 전매권으로 넘쳐나는 것이 자정원의 재물이 아닌가? 비록 대도 네거리에서 하루에도 수백 명의 거지들에게 죽공양을 하고 있다고는 해도 자정원 재물은 늘 넘쳐나고 있는 중이었다. 그 재물을 조금만 덜면 옛 정인의 소원을 들어줄 수 있을 것이었다.

"좋습니다, 스님. 시주를 하지요. 스님의 소원대로 석경산 불경을 보수하십시오. 세상에서 가장 훌륭한 석공을 불러 석경을 새기십시오. 그 경비는 얼마가 소요되건 이 몸이 시주하겠습니다."

"은혜가 참으로 크시옵니다. 소승, 황후마마의 뜻을 받들어 고려국에서 가장 솜씨가 좋은 석공들을 불러 석경산 석경을 새기겠나이다."

"고려국의 석공들을 불러올 참입니까?"

"그렇사옵니다. 대원제국에도 석공이 있기는 하오나, 고려의 석공처럼 손끝이 섬세하지가 않사옵니다. 석공은 고려에서 불러올 것이옵니다."

"그렇다면 완산군에게 부탁하도록 하십시다. 고려왕에게 사신을 보내 가장 훌륭한 석공들을 뽑아 보내라고 하십시다."

"황후마마의 거룩하옵신 뜻이 부처님전까지 닿을 것이옵니다."

"이 몸을 위해서 시주를 하는 것이 아닙니다. 부처님의 소중한 말씀이 자손만대까지 전해지는데, 조금이라도 보탬이 되었으면 하는 생각에서 하는 시주입니다."

"아옵니다. 소승이 어찌 모르겠나이까? 성심을 다해 그 일을 하겠나이다."

"혜월 스님의 높으신 불심으로 고려국 백성들이 조금이라도 편한 삶을 살았으면 좋겠습니다."

기황후가 그렇게 말을 맺었다.

"폐하, 소녀도 태자를 낳고 싶사옵니다. 어찌하여 소녀에게는 용종을 심어주지 않으시는지요?"

노옥이 황제의 허리를 바짝 끌어당겨 두 팔로 꼭 안고 엉덩이짓을 하며 애원했다.

그럴수록 황제는 항문을 바짝 조여 살뿌리의 문을 닫아버렸다. 자칫 사정이라도 하게 되면 수(壽)가 일 년은 줄어들 것이었다.

라마승 가린진이 말했었다.

—폐하, 참 즐거움은 남자가 사정을 하지 않는데 있사옵니다. 사정을 한다는 것은 남자의 정기가 여자의 몸 안으로 들어가는 것이옵지요.

—허나, 사정하는 순간이야말로 남자로서는 최고의 환희를 즐길 때가 아니던가? 사정도 안 하는 살섞기가 무슨 즐거움이 있을꼬?

—아니옵니다, 폐하. 사정을 하지 않고 누리는 즐거움이 참 즐거움이옵니다. 이제부터 소승이 사정을 하지 않는 방법을 가르쳐 드리겠나이다.

라마승 가린진이 살을 섞을 때 다급한 순간이 왔을 때 항문을 조이는 방법과 살뿌리의 구멍을 막아 사정을 참는 방법을 가르쳐 주었다. 가린진이 가르쳐 준대로 실행에 옮겨보았으나, 처음에는 그것이 잘 안 되었다. 더구나 살뿌리의 구멍을 막는다고 항문을 바짝 조이고 있을 때에 여자가 엉덩이짓을 한다든지 살집을 스스로 조여 자극이라도 하면 황제의 의지와는 상관없이 살뿌리의 구멍이 열리고 진액이 사정없이 여자의 살집을 향해 뛰쳐나가 버리는 것이었다.

몽고족 출신의 어린 궁녀에게 수태를 시킨 것도 사정하지 않는 살풀이를 즐기다가 실수로 살뿌리의 문을 연 바람에 일어난 일이었다. 황제는 몽고족의 여자가 낳은 태자에게 탈고사첩목아(脫古思帖木兒)라는 이름을 붙여주었으며 그 어미는 빈으로 삼았다.

이름도 없는 하찮은 궁녀에서 하루 아침에 빈의 칙서를 받은 탈고사첩목아의 어미 황빈의 일은 황궁의 모든 어린 궁녀들에게 희망을 안겨 주었다. 날마다 황음에 젖어 물인지 불인지도 모르고 어린 궁녀라면 눈에 띄는대로 연희궁으로 불러들여 괴상망측한 성희를 즐기는 황제의 눈에 들어 수태라도 하게 되면, 더구나 태자라도 낳게 되면 당장 빈의 칙서를 받고 호사를 누리게 되지 않은가? 황빈의 일 이후 황궁의 나이 어린 궁녀들은 고려식으로 예쁜 비단옷을 입고, 어디서 구했는지 입술에는 연지를 바르고 사향냄새를 풍기며 황제 앞에서 알짱거렸다. 운이 좋아 황제와 맞닥뜨리기라도 하면 입가에 살풋 웃음을 띠고 교태어린 눈빛으로 황제를 흘끔거렸다.

-그년 참 어여쁘구나. 이보거라, 불화야. 저년을 깨끗이 씻겨 연희궁으로 들이거라. 저기 저년도 허리가 호리낭창한 것이 제법 쓸만하겠구나. 함께 보내도록 하거라.

-폐하, 금수만도 못한 하찮은 계집이옵니다. 영을 거두어 주시옵소서.

박불화가 말하면 황제가 눈을 부릅떴다.

-네 이놈, 불화야. 네가 정녕 죽고 싶은 것이냐? 황명을 거역하고도 감히 살아남기를 바라느냐?

-망극하옵니다. 폐하의 영을 따르겠나이다.

이제 황제는 누구의 말도 듣지 않았다. 오직 라마승 가린진의 말에 따라 여자를 즐기는 최고의 술법에만 매달려 있었다. 그런 황제에게 황궁의 벼슬아치들이 자신의 딸이나, 혹은 조카나, 그것도 없으면 이웃의 어여쁜 딸을 골라 대전에 드는 길에 데리고 가서 황제에게 바치는 일까지 생겨났다. 다행이 그 계집아이가 황제의 눈에 들기라도 하면 계집을 바친 벼슬아치는 당장에 벼슬이 두어 계단 뛰어올랐다.

황제에게 계집을 바치는 일은 고려조정에서도 마찬가지였다.

하급 벼슬아치 기자오의 딸 기련이 대원제국의 황후가 되어 본인은 물론 고려국에 있는 그 가족들까지 영화를 누리는 일은 고려의 벼슬아치들에게 선망의 대상이 되었으며, 황음에 빠져 계집이라면 사족을 못 쓰는 황제에게 계집을 바치는 일은 누워 떡을 먹는 일보다 쉬웠다.

고려국의 좌정승 노책 역시 딸을 빌미로 영화를 누리는 자였다. 말단 벼슬아치 기자오의 딸이 공녀로 끌려가 황후가 되자 그 아비는 죽은 다음에도 영안장헌왕(榮安莊獻王)으로 추증되었고, 그 어미는 영안왕대부인(榮安王大夫人)의 교지를 받았으니, 좌정승의 입장에서 보면 눈이 뒤집힐 일이었다.

노책이 원나라에 사신으로 가면서 자신의 딸 옥이를 데리고 간 것도 혹시 딸을 황제에게 바칠 기회가 없을까 싶어서였다.

대도에 온 노책은 사신으로 볼 일을 마치고도 고려의 개경으로 돌아가지 않고 머무르며 황궁의 몽고족 출신 환관 하나를 수만금을 들여 매수하였다. 환관을 통하여 황제가 방중술에 빠져있다는 것을 안 노책은 역시 방중술에 뛰어나다는 라마승을 수천금을 들여 딸의 스 승으로 삼아 방중술을 가르치게 하였다.

노책이 딸을 황제에게 보내기 전에 단단히 당부했었다.

─아비가 딸에게 할 짓은 아니다만, 네가 기황후 마마보다 못한 것 이 무엇이냐? 가문이 떨어지느냐, 네 얼굴이 못 생겼느냐? 너야말로 대원제국의 황후감이 아니더냐? 무슨 수를 쓰건 황제폐하의 아들을 낳아라. 네가 수태를 하고, 아들을 낳기만 하면 아비가 수십만금의 농장을 팔아서라도 너를 황후로 만들리라. 옥아, 네가 어찌하느냐에 따라 너는 물론 우리 가문의 흥망성쇠가 달려 있느니라. 황제폐하께 오서 방중술에 능통하시다하니, 너 또한 부끄러움을 무릅쓰고 그걸 익혀야할 것이니라. 내가 수천금을 들여 라마승을 들인 것도 다 그 때문이 아니겠느냐? 수치심은 한 때다만 영화는 영원하느니라. 스님, 내 딸이 황제폐하의 방중술을 깨뜨리고 수태를 할 수 있는 길을 일러 주시오. 내 딸이 황후가 되면 내 고려국에 있는 수십만 평의 땅을 시 주하리다.

노책이 라마승에게 매달렸다.

라마승이 고개를 끄덕이며 말했다.

─염려하지 마시오. 지금 황궁에서 황제폐께 방중술을 가르치 는 가린진 스님의 술법이 결코 소승보다 뛰어나지는 않습니다. 황태 자의 불사(佛師)로 들어갔다가 황후마마께 쫓겨날 처지가 되니까 어 찌어찌 황제폐하께 붙어 라마불법 중에서도 최하질인 방중술을 가

르치고 있는 것입니다. 소승만 믿으십시오. 방중술이라는 것이 워낙 오묘하여 소승이 몸소 시범을 보여야 마땅할 것입니다만, 그리되면 방중술에 능한 황제폐하께오서 곧 바로 눈치를 채실 것이오니, 우선은 머리로만 익히시고, 몸으로는 나중에 황제폐하와 함께 터득하시오. 가장 중요한 것은 황제폐하가 아무리 방중술을 쓰셔도 낭자가 먼저 정신을 잃으면 아니 됩니다. 설령 낭자의 정신이 혼미해지고, 몸이 산산이 부서지는 느낌이 올지라도 정신을 똑바로 차리십시오. 그리되면 황제가 재미없어 하실지도 모릅니다. 무릇 남자들이란 자신의 힘으로 여자가 혼절할 만큼 좋아하고, 흥에 겨워 자신도 모르게 감창소리를 내는 것을 즐기지요.

─하오면 소녀더러 황제 앞에서 어찌하라는 말씀입니까? 즐거워도 정신을 잃으면 안 된다면서 혼절을 하고 소리를 지르라면 소녀가 어찌해야 됩니까?

노옥이 물었다.

─정신을 잃지는 않되, 정신을 잃은 것처럼 하십시오. 설령 즐겁지 않더라도 즐거워 못견디는 것처럼 감창소리를 내십시오.

─허나 황제가 사정을 하지 않는다면 내 딸아이가 수태할 가망이 없는 것이 아닙니까?

노책이 실망하여 물었다.

─남자가 사정하지 않으면 여자가 수태를 할 수가 없는 것은 천하의 진리지요. 하오니, 낭자는 오늘부터라도 쉬임없이 항문을 조이는 연습을 하십시오.

―항문을 조입니까?

노옥은 얼굴을 붉힌 채 말이 없었고, 아비 노책이 물었다.

―그렇습니다. 항문은 남자의 살뿌리와 여자의 질과 연결이 되어 있지요. 항문을 조이다 보면 질은 저절로 조여지고, 조여지다 보면 남자의 살뿌리를 꽉 물게 되지요. 그 일을 되풀이 하다보면 따뜻하고 보드라운 것이 조였다 풀면서 안으로 잡아당기기까지 하니까, 어지간한 남자는 다 사정까지 이르게 되어 있지요. 낭자가 얼마나 잘 조이고, 잡아당기느냐에 따라 일의 성패가 갈릴 것입니다.

라마승의 가르침대로 노옥은 석 달간 항문 조이는 연습을 하고 난 다음에야 아비 노책이 뇌물로 매수해 놓은 몽고족 출신 환관의 도움으로 연희궁에 들었고, 황제와 살까지 섞게 되었는데, 황제는 매번 살풀이 때마다 사정을 하지 않는 것이었다.

그때마다 노옥이 폐하, 황제폐하, 소녀에게 용종을 내려주시옵소서, 애원을 했지만 황제는 끄덕도 하지 않았다.

"어떠했느냐? 너 또한 환희를 맛보았느냐?"

"소녀, 정신이 하나도 없나이다."

"하면 되었느니라. 너야말로 참으로 오묘한 계집이구나. 네 살집 안에는 만 가지 즐거움이 들어있구나."

황제의 표정도 흡족한 빛이었다.

"하온데 어찌 사정을 않으시는지요? 소녀, 용종을 받는 것이 소원이옵니다."

"남녀간의 참 즐거움은 사정을 하지 않는 것에 있느니라. 남자가 한번 사정을 하면 수가 몇 달은 줄어든다고 하지 않느냐? 짐은 오래 오래 살고 싶느니라."

황제에게 사정을 하지 말라고 가르쳐준 것은 라마승 가린진이었다.

―폐하, 옛부터 방중술이 전해져 온 것은 남자가 기를 다치지 않고도 살맞춤의 즐거움을 누리기 위해서이옵니다. 또한 살맞춤이 아무리 즐겁다고 해도 사정하고 나면 허망하기 마련이옵지요. 그 허망함을 없애기 위해, 남자의 기를 여자에게 빼앗기지 않기 위해서라도 사정은 금물이옵니다. 남자가 사정하지 않으면 젊은 여자의 생생한 기를 가져올 수 있사옵니다만, 사정을 하면 허사가 되옵니다. 오히려 기를 상할 뿐이옵지요. 사정을 해야 하는 다급한 순간이 되면 항문을 바짝 조여 살뿌리의 구멍을 막으시옵소서. 그런 상태로 스물까지 세옵소서. 스물을 세어도 아니 되면 쉰을 세시옵소서. 남자가 사정을 하지 않고 여자를 혼절시키면 그제서야 여자의 젊은 기를 온전히 가져오게 되는 것이옵니다. 그것이 황제폐하께오서 강건하게 장수하시는 길이옵니다."

―허나, 사정하는 순간이야말로 남자가 최고의 환희에 빠지는 순간이 아닌가?

―아니옵니다. 방중술을 터득하시오면 사정하지 않고도 여러 번의 환희에 도달할 수 있나이다. 사정만 하지 않으면 하루에도 수십 명의 여자와 즐길 수 있나이다.

가끔은 가린진이 탕약을 황제께 바치기도 했다.

―폐하께 최고의 환희를 드릴 수 있는 탕재이옵니다. 드시옵소서.

그걸 마시면 정신이 저절로 황홀해졌다. 구름을 탄 듯, 수백 수천 송이의 꽃 속에 있는 듯, 코끝에는 향기로운 냄새가 풍겼으며, 머릿속은 사정을 앞둔 다급한 순간처럼 환희의 극점에 이르는 것이었다.

그런 기분으로 여자를 안으면 그 즐거움이 두 배가 되었다.

─고맙구나, 가린진아, 참으로 고맙구나. 세상에 이런 극락이 있는 줄을 내가 예전엔 미처 몰랐구나.

그런 황제에게 노옥은 또 특별한 여자였다. 고려국의 좌승상 노책이 특별히 진상하는 계집이라고 했다. 그녀는 방중술을 아는 계집이었다.

그것이 황제를 더욱 즐겁게 했다.

"황후마마, 황제폐하의 황음은 갈수록 그 도를 더해가고 있나이다. 요즘은 연희궁 침전에 한 계집이 아니라 두 계집 세 계집을 불러들여 혼음을 즐기고 계시나이다."

환관 고용보가 찾아와 아뢰었다.

"그러니 이 몸인들 어찌하겠소? 몇 번이나 아뢰어도 들은 체도 않으시니, 더 이상 어찌할 수가 없지 않소."

기황후가 대꾸했다.

처음부터 황제의 여자문제를 가지고 질투를 하지 않았던 기황후였다. 고려에 살 때부터 군주의 침전은 한 여자의 소유가 될 수 없다는 것을 알고 있던 그녀였다. 더구나 대원제국의 황제가 아닌가? 황궁에는 넘쳐나는 것이 여자였고, 비록 필부일망정 사내는 한 여자로 만족하는 동물이 아니었다. 남자에게 있어 여자란 수렁과 같은 것이라서 한번 빠지게 되면 더욱 깊숙히 빠져들어갈 수밖에 없는 것이 세상의 이치였다. 자칫 투기라도 했다가는 밤마다 잠을 못 이루고 하얗게 새워야할 판이었다.

더구나 요즘에는 씨를 내리지 않는 방중술을 익혔다고 하니, 황제가 수태를 시킬 염려도 없었다. 그냥 두고 볼 참이었다. 황제는 여자와 놀게 내버려 두고, 자신은 석경산 불사를 돌보고, 대도의 헐벗은 거지들에게 죽공양이나 계속할 참이었다. 황후가 죽을 끓여 공양한다는 소문이 퍼지자 이제 수백 명의 거지들이 날마다 대도로 몰려들었다.

고용보를 시켜 대도의 한 귀퉁이에 천막을 치고 죽공양을 하고 있는 중이었다.

기황후는 혜월 스님의 말을 잊지 않고 있었다.

─황후마마, 대원제국의 앞날에 너무 연연하지 마시옵소서. 황태자 전하께옵서 꼭 황위를 이어야 한다는 욕심도 버리시옵소서. 소승, 석경산의 석경을 보수하는 불사를 벌이고 있사옵니다만, 대원제국을 위한 불사가 아니옵니다. 고려국을 위한 불사이옵니다.

─알겠습니다, 스님. 이 몸도 욕심을 버리겠사옵니다. 천 년 만 년 빛이 날 석경을 만들어 주십시오. 자손만대까지 불법을 전하게 하여 주십시오.

─소승, 신명을 바치겠사옵니다.

혜월 스님이 그윽한 눈빛으로 기황후를 바라보았다. 한 점의 사심도 없는 눈빛이었다. 그 눈빛에는 젊어 한때 한 이불을 덥고 자기로 약속했던 정혼자의 연연한 정은 없었다. 불법이 높은 고승이 불심이 깊은 보살을 바라보는 편안한 눈빛이었다.

한때 기황후는 그런 혜월 스님 앞에서 자신이 부끄러운 적이 있었다. 혜월이 만행을 한다면서 중원을 떠돌고 있을 때였다. 기황후가 나서면서부터는 혜월은 죽공양은 다른 스님에게 맡겼는데, 그래도 한 달에 두어 차례씩 찾아오기도 했고, 기황후가 불러들여 얼굴을 마주하고 불법을 배우고, 세상 돌아가는 소식을 들으면서도, 그때는 무심히 대할 수 있었는데, 혜월이 만행을 한다면서 몇 년 동안 소식이 없자, 그가 그리운 것이었다.

바람 불고 비 내리는 저녁이면 혜월의 목소리가 듣고 싶었다. 한없이 깊고 편안한 눈빛으로 부처님의 도를 설파하던 부드러운 목소리가 듣고 싶었다.

달 밝은 밤, 황제가 연희궁에서 황음에 빠져있다는 전언을 듣고 문득 쓸쓸해지면 떠오르는 것이 혜월의 얼굴이었다. 그와 마주앉아 손수 낸 차를 앞에 놓고 담소라도 나누고 싶었다.

—스님, 만행을 하시는 동안 참으로 보고 싶었습니다. 종종 소식이라도 주시지 않구요.

석경산의 불사가 시작된 얼마 후에 만났을 때 기황후가 무심코 그런 말을 한 일이 있었다.

—황송하옵니다. 황후마마의 뇌리에서 번뇌를 버리시옵소서. 사람이 사람을 그리워한다는 것도 번뇌이옵니다. 삼천 가지 번뇌 중에서

도 가장 큰 번뇌이지요.

─스님은 번뇌에 젖어보신 적이 없으십니까?

그것은 당신은 나를 그리워해 본 일이 없느냐는 물음이었다. 나는 당신을 한없이 그리워했는데, 목이 메이도록 그리워했는데, 그리움으로 몇 날 며칠을 잠을 못 이룬 일도 있는데, 당신은 그런 일이 없었느냐는 물음이었다.

─한때는 그랬었지요. 정혼자를 원나라에 공녀로 빼앗기고 난 다음에 죽으려고 한 일도 있으니까요. 그리움을 이기지 못해, 정인을 빼앗겨야 하는 고려국이 원망스러워, 세상을 증오하며 바람처럼 떠돌아다닌 일도 있지요. 술에 취해 미친놈처럼 고래고래 고함을 지르며 소승을 학대한 일도 있었지요. 하오나, 아무런 소용이 없었사옵니다. 번뇌만 더욱 커질 뿐이었사옵니다. 번뇌에서 벗어나는 길은 죽음 밖에 없다고, 죽을 결심을 하고 벼랑 끝에 서서 아래를 내려다보는데, 안국사 큰 스님께서 일갈을 하시더군요. 네 이놈 멈추거라. 죽을 결심을 했다면 그 결심으로 부처님의 불법을 세상에 펼치거라. 그제서야 퍼뜩 깨달아지는 것이 있었사옵니다. 어떤 일이든 죽을 결심으로 이루고자 한다면 못 이루어낼 일이 없다구요. 번뇌의 늪으로 빠져드는 것도 한 순간이고, 번뇌의 늪에서 빠져나오는 것도 한 순간이었사옵니다. 세상만사 마음먹기에 달린 것이라는 걸 그제서야 깨달은 것이지요. 옛날 정혼자에 대한 애틋한 마음이 조금이라도 남아 있었다면 소승은 대도에 오지 않았을 것이옵니다. 소승, 처음에는 대도에서 죽공양을 시작한 것이 황후마마를 뵈올까 해서였습니

다만, 애틋한 옛정이 티끌만큼이라도 남아 있었다면 그런 짓을 하지 않았을 것이옵니다. 한 해에 수백 석의 쌀을 시주하실 황후마마시라면, 불쌍한 중생을 위해서 더 많은 시주를 하실 수도 있겠구나, 그런 마음에 죽공양을 시작했고, 황후마마의 부르심에 마음앓이 없이 황궁을 찾을 수 있었나이다.

혜월 스님의 목소리며 눈빛은 조금도 흔들림이 없었다. 그것은 평정이었다. 아무런 욕심도 없는 평안이었다.

혜월에게 있어 기황후는 옛날의 정혼자가 아니었다. 다만 불사를 일으키고 큰 시주를 하는 고마운 보살일 뿐이었다. 그런 혜월을 옛날의 정혼자로 여기고 애닯아 했던 자신이 기황후는 부끄러웠다.

그런 혜월이 대원제국의 앞날에 연연하지 말라고 했다. 그것은 황제의 황음에 너무 간섭하지 말라는 뜻이나 마찬가지였다. 기황후는 혜월의 속뜻을 눈치 채고 있었다. 황제가 황음에 빠져 정사를 돌보지 않아 대원제국이 망한다면 그것은 고려가 원나라의 간섭에서 벗어날 수 있는 길이라는 뜻이었다. 그래서 혜월은 대원제국은 물론 황태자가 황위를 이어야 한다는 욕심도 갖지 말라고 했던 것이라고 믿었다.

그러나 기황후는 황태자에 대한 욕심까지 버릴 수는 없었다. 비록 대원제국의 황후가 되어 온갖 영화를 다 누리고 있지만, 자신이 낳은 황태자가 황위를 잇지 못한다면 공녀로 끌려오면서 가슴에 새겼던 한은 풀어지지 않을 것이었다. 황태자를 황위에 올리기 위해서라도 대원제국이 망해서는 안 되었다. 그 넓은 땅 가운데 일부분을 미록을 자처하고 황제를 칭하는 반역의 무리에게 뜯어 먹히는 한이 있더라도 대원제국은 살아남아야 했다. 그래야 황태자가 황위를 물려받을 수가 있는 것이었다.

그런데 황제는 날마다 황음에 빠져 정사는 나 몰라라 하고 있지 않은가? 고용보가 안타까워하는 것도 그 때문이라고 기황후는 믿었다.

고용보가 문 밖을 흘끔 살핀 다음에 목소리를 낮추어 말했다.

"황후마마, 아예 황위를 황태자 전하께 전위하도록 하는 것이 어떻겠사옵니까?"

"전위라니요? 이제 황태자의 나이 겨우 열다섯입니다."

기황후의 눈길도 저절로 문 밖으로 갔다.

아무리 고용보일지라도 나이 열다섯인 황태자를 두고 전위를 말한다는 것은 역모나 다름없었다.

"이제 황제폐하는 나라를 다스릴 총기를 잃으셨나이다. 폐하의 황음을 지켜보면서도 조정 신료들 중 누구도 간하는 자가 없사옵니다. 간하는 것이 무엇이옵니까? 오히려 자신의 딸을 황제폐하께 바쳐 영화를 누리려는 자가 부지기수이옵니다. 그러니 고려국의 좌정승 노책같은 자도 나오는 것이 아니옵니까?"

"불쌍한 사람이지요. 영화가 아무리 좋아도 그렇지, 딸을 팔아 영화를 사려 하다니요. 그래, 노옥이라는 그 아이는 황제폐하의 총애를 받고 있습니까?"

"알고 보니까, 그 계집이 방중술을 익힌 모양이었사옵니다. 다른 계집에게서는 누릴 수 없는 즐거움이 있는지 황제폐하께오서 이레에 한번씩은 연희궁으로 불러들이옵니다. 하오나 수태할 걱정은 마시옵소서."

"자주 살을 섞다보면 수태를 하는 것은 천리가 아니오?"

"아니옵니다. 황제폐하께오서 사정을 하지 않는 방중술을 익히셨다 하옵니다. 남녀간에 살을 맞추면서도 사정을 하지 않아야만 기를 빼앗기지 않는다고 했사옵니다. 그래야 건강을 상하지 않고 장수할 수 있다고 했사옵니다."

"허허, 그런 방중술도 있소?"

기황후가 어이가 없어 웃었다.

황제의 황음한 행위가 한심하고도 불쌍한 것이었다.

"소인도 잘 모르기는 하옵니다만, 라마승 가린진이 그리 말하였사옵니다."

"라마불교는 참으로 요상스럽구려. 부처님의 불법에 그런 괴상한 것이 들어있다니요. 그러면 고려국 좌승상 노책은 헛물을 켜고 있는 것이 아니오? 딸을 황제께 바칠 때에는 황태자라도 낳아 영화를 보려는 욕심 때문인데, 수태를 못하게 되었으니 말이오."

"어디 그뿐이옵니까? 황후마마의 말씀대로 고려국 좌승상에서 쫓겨났사옵니다. 그 이후 고려국의 벼슬아치들이 황제께 딸을 바치고 영화를 얻으려는 욕심을 버렸다고 하니, 참으로 다행한 일이옵니다."

"내 비록 어쩔 수 없이 고려 공녀를 대신들에게 나누어 주기도 하고, 황궁에 심어 궁녀로 만들기는 하고 있으나, 공녀를 데려오는 일은 언젠가는 없어져야할 폐습이오. 부모의 가슴에 비수를 꽂는 가장 악독한 짓이오."

"그렇사옵니다. 고려에서 공녀나 환관을 데려오는 제도를 없애기 위해서라도 황태자 전하께오서 황위를 이어 받으셔야 하옵니다. 황후마마께오서 허락을 해주시오면 소인이 그 일을 추진하겠나이다."

고용보가 다시 황위전위 문제를 꺼냈다.

그러나 기황후가 고개를 내저었다. 아직은 아니라는 판단이었다. 황음에 빠져 정사는 뒷전인 황제일망정 막상 전위를 입에 올린다면 역모로 몰아부칠지도 몰랐다. 비록 조정의 대신들 가운데 열에 일곱이 자정원파라고 할망정 급히 먹는 밥이 체한다고, 일을 그르칠 수도 있었다. 물론 대호군을 동원하여 황제를 황궁의 외딴 방에 유폐시키고 황태자로 하여금 정사를 대행케 할 수도 있지만, 그리되면 황태자가 제대로 된 정사를 펼칠 수가 없을 것이었다. 기황후는 황태자가 순리에 의해 황위에 오르기를 바랐다.

"두고 보십시다. 자정원파라고는 하나 대호군이나 소호군 대장들이 모두 몽고 출신이 아니오? 막상 역모를 하자고 하면 반기를 들지 않는다는 보장이 없지 않소? 그리고 지금은 석경산의 불사가 막중하오. 천 년 만 년 동안 빛이 날 큰 불사가 아니오? 그 일이 마무리 될 때까지라도 황궁이 조용했으면 좋겠소. 하니, 완산군도 황제폐하나 조정 대신들의 동태를 잘 살피기는 하되 우선은 지켜보기만 하시오. 고려국의 소식은 새로이 들어온 것이 없소?"

기황후의 물음에 고용보의 얼굴에 얼핏 당혹감이 떠올랐다.

"별 다른 소식은 없사옵니다. 공민왕은 여전히 정동행성의 말을 잘 듣지 않는다고 하옵니다. 일테면 황제의 영을 거역하는 일이 많아졌다고 할 수 있겠지요."

"그것이야 지난번에도 나왔던 얘기가 아니오? 허나, 정동행성에서도 이제 큰 힘을 쓰지는 못할 것이오. 요즘 몇 달 사이에 반역의 무리가 더욱 기승을 부리고 있다고 했지 않소."

"그 일도 그 일이옵니다만, 황후마마의 오라버니들과 공민왕이 사사건건 대립을 한다 하옵니다."

"대립을 하다니요? 내가 오라버니들한테 경거망동하지 말라고 했거늘, 고려왕과 대립을 하다니요?"

"황후마마의 오라버니도 사람인지라, 힘을 과시하고 싶은 마음이 왜 없겠사옵니까? 더구나 공민왕이 반원정책을 펼치다보니, 그것이 황후마마를 거역하는 일이라 믿어 눈에 거슬리는 점도 많았겠지요."

"아무래도 안 되겠습니다. 다시 사신을 보내 내 오라버니들을 만나게 하십시오. 절대로 경거망동하지 말라고 하십시오. 공민왕의 정책에 반대하지 말라고 하십시오."

"알겠사옵니다, 황후마마. 소인, 고려국으로 사람을 보내겠사옵니다."

고용보가 물러간 다음 기황후는 갑자기 불길한 예감에 젖어 들었다. 지방에서 일어난 반역의 무리도 제대로 평정하지 못하는 대원제국의 황제였다. 고려국까지 신경을 쓸 여력이 없었다. 아니, 정사를 대신 돌보고 있는 대신들조차 기황후의 눈치를 보느라 고려국의 일은 함부로 입을 놀리지 않았다. 원나라에서 오래 살았던 공민왕은 그걸 알고 있었다. 대원제국의 한 쪽이 서서히 무너지고 있음을 눈치 채고 있는 것이었다. 그런 공민왕에게 사사건건 시비를 붙고 나오는 오라버니들이 곱게 보일 리가 없었다. 자칫 공민왕의 손에 오라버니들이 목숨을 잃을 일이 생길지도 몰랐다.

'안 돼, 그것은. 그런 일이 생겨서는 안 돼.'

육친에 대한 걱정으로 기황후의 등골에서 소름이 솟았다.

"황제폐하, 오늘은 여러 계집과 한번 즐겨보는 것이 어떻겠나이까?"

햇살이 연희궁 뜨락에 가득찬 날이었다. 정신을 환희롭게 만드는 탕약을 올리고 난 라마승 가린진이 음탕한 웃음을 흘리며 황제께 주청을 올렸다.

"여러 계집과? 두 계집, 세 계집이 아니라 더 많은 계집과 즐긴다는 말인고?"

황제가 반짝이는 눈빛으로 되물었다.

"그렇사옵니다. 이제 황제폐하께오서는 방중술의 대가가 되셨사옵니다."

"허허허, 그것 참, 즐겁겠구나. 오냐, 좋니라. 연희궁의 계집들을 모두 불러 모으거라. 내 오늘은 그 계집들을 모두 혼절을 시키리라."

황제가 희희낙낙 연희궁의 계집들을 불러들였다.

"대단하시옵니다, 황제폐하. 소승도 이제 황제폐하를 당해낼 수 없겠나이다."

황제가 여나믄 계집을 상대하고 났을 때 가린진이 아첨을 했다.

"허허허, 그런가? 비록 한나절 동안이었지만 수십 년이 된 것 같구나. 그런 즐거움을 맛보았구나. 여자의 살집 속에 극락이 있었구나. 부처님이야말로 대단한 분이 아니신가? 그분의 불법에 이런 오묘한 진리가 있었다니, 배가 고파서 더 이상은 계집을 상대할 수가 없구나. 점심수라나 들고 계속하도록 하자."

황제가 홀쭉해진 배를 툭툭 두드리며 웃었다.

"그리 하시옵소서. 오전에 열 계집을 죽이셨으니, 오후에도 열 계집은 죽일 수 있겠나이다. 밤에 또 열 계집을 죽이시면 폐하께오서는 하루에 서른 계집을 죽이시나이다. 아직껏 방중술의 그런 기교를 부린 자는 없었나이다."

가린진이 음흉한 웃음을 흘리며 아양을 떨었다.

황제가 점심 수라를 마치고 기분을 좋게 만드는 탕약을 한 사발 비우고 났을 때였다.

환관 고용보가 찾아왔다.

"무슨 일이냐? 짐이 연희궁에 있을 때에는 찾지 말라고 이르지 않았더냐?"

계집이 벗어놓은 치마로 아랫도리를 가리고 얼굴만 내놓은 채 황제가 짜증을 냈다.

"화급한 일이옵니다, 폐하. 양자강 상류에서 일어난 기원이란 자가 나날이 세를 불렸는데, 하북성이 반역의 무리에게 함락을 당했다고 하옵니다. 하북성주 맹광이 구원군을 요청해 왔사옵니다."

"이런 빌어먹을, 맹광이란 놈을 당장 잡아들이고, 다른 장수를 보내도록 하거라."

"하오나, 황제폐하, 아무도 하북성으로 가려하지 않사옵니다. 폐하께오서 직접 하명을 내려 주시옵소서."

"알겠느니라. 내 조금만 더 놀고 대명전으로 나갈 것이니라. 가서 기다리도록 하거라."

황제가 얼굴을 찡그리며 고용보를 내쫓았다.

'아무래도 안 되겠어. 이번에야말로 황위를 황태자마마께 전위하는 절차를 밟아야겠어. 석경산 불사도 끝났으니, 황후마마께서도 반대를 하시지는 않겠지.'

살냄새가 진동하는 연희궁을 빠져나온 고용보가 흥성궁으로 향하며 중얼거렸다. 고용보에게 있어 그것은 누워서 떡먹는 일보다 쉬웠다. 중서령을 시켜 전위를 권해서 안 되면 어사대 감찰을 동원하든지, 아니면 대호군을 동원하여 황제를 황궁 깊숙한 방에 유폐를 시키면 될 것이었다.

황태자 전하의 나이 이제 열여덟이었다. 스스로 정사를 돌보는데 연륜이 부족하면 황후마마를 내세워 섭정을 해도 될 것이고, 나라의 대소사를 조정 대신들이 의논하여 처리하면 될 것이었다.

더구나 요즘은 황제가 황음에 빠져 백성이 도탄에 허덕이는 것도 모른 체한다고 대도의 백성들까지 불만이 대단했다. 자칫 대도에서 반란의 무리가 일어나지 않는다는 보장이 없었다. 수천, 수만 리 밖에서 일어난 반란의 무리야 크게 걱정할 것이 없지만, 대도가 무너진다면 그것은 대원제국이 깡그리 망하는 일이 아닌가? 그리되면 황태자 전하를 황위에 올리려는 황후마마의 꿈도 물거품이 되는 것이었다.

"황후마마, 이제야 황태자 전하께옵서 황위를 전위받을 절호의 기회가 아닌가 싶사옵니다."

"또 그 말씀이오?"

기황후가 마땅찮은 낯빛으로 물었다.

"더 이상 미루다가는 큰 일이 벌어질지도 모르옵니다. 황후마마의 꿈이 허사가 될지도 모르옵니다. 오늘은 하북성의 성주가 급히 사람을 보내 구원병을 요청하였사옵니다. 황제폐하께 주청을 드렸사오나, 혼음에 빠져 하북성주 맹광을 잡아들이고 다른 장수를 보내라고 하셨사옵니다."

"하면 황제폐하의 말씀대로 하면 될 것이 아니오?"

"아무도 하북성으로 가려하지 않사옵니다. 가면 반란의 무리한테 죽을 것이 뻔한데 누가 가려고 하겠사옵니까? 더구나 요즘은 대도의 백성들까지 수상하다 하옵니다."

"대도의 백성들까지요?"

"황음에 빠져계신 황제폐하께 불만이 많다고 하옵니다. 대도의 백성들도 듣는 귀가 있고, 보는 눈이 있사옵니다. 지방에서 일어나는 반란을 어찌 모르겠사옵니까? 황제폐하께서 반란을 진압하실 생각은 않으시고, 날마다 황음에 빠져 계신 것을 알고 불만을 터뜨리는 것이겠지요."

"참으로 큰 일이 아니오? 대도의 백성들까지 들썩인다면 대원제국의 앞날이 큰 일이 아니오?"

"하오니, 황후마마. 중서령으로 하여금 전위를 주청올리도록 하는 것이 어떻겠사옵니까?"

"중서령이 그러려고 하겠습니까? 자칫 역모로 몰려 목숨을 잃을지도 모르는 일인데 말이오."

"일이 그렇게까지 되면 폐하를 유폐시키는 수밖에 없사옵니다."

"꼭 그 지경까지 가야하겠소? 황태자의 나이 아직 정사를 돌보기에는 부족하오. 고금의 역사를 보더라도 어린 나이에 황위를 이어받은 황제가 제대로 정사를 펼쳤다는 기록은 없었소."

"황후마마가 계시지 않사옵니까? 황태자 전하를 보위에 올리시고 정사는 황후마마께서 돌보셔도 될 것이옵니다. 소인이 힘껏 돕겠사옵니다."

고용보의 말에 기황후의 이마에 그늘이 내려앉았다.

막상 황제를 유폐시키고 황태자로 하여금 황위를 물려받게 하고 자신이 섭정을 하였을 때, 조정 대신들이며 백성들이 따라주겠느냐는 의구심이 든 것이었다.

고려 공녀 출신이 감히 섭정이라니, 하고 반기를 들고 나서는 조정 대신들이 없으리라는 보장이 없었다. 자칫 황태자의 안위까지 위태로운 일이 생길지도 몰랐다. 팔은 어차피 안으로 굽기 마련이었다.

몽고족 출신 대신들은 몽고족의 편을 들 수밖에 없었다. 황실이 깡그리 고려 출신인 자신한테 넘어온 것을 알면 생각을 달리할지 몰랐다. 황궁이며 대도의 호위군은 물론 병권을 자정원파에서 쥐고 있다고는 해도 어차피 그들도 몽고족 출신이었다. 언제 마음이 돌아설지 모를 일이었다.

"신중, 또 신중하시오. 경거망동하면 오히려 역습을 당할 수도 있습니다. 하남에 귀양 보낸 성곤테무르 태자는 어떻게 지낸다고 하던가요? 그쪽에서 지금 반란의 무리가 일어나고 있다고 했잖소?"

"이번 맹광의 장계에는 성곤테무르 태자에 관한 내용은 없었사옵니다."

"난세요. 자칫 성곤테무르를 업고 나서는 자가 생길지도 모르오. 각별히 신경을 쓰도록 하시오. 동태를 잘 살피라고 이르시오."

기황후가 불안한 표정을 짓자 고용보가 말했다.

"이런 일이 생길까 싶어 소인이 화의 뿌리를 없애자고 했던 것이옵니다. 황후마마의 주청으로 목숨을 살려둔 것이 실수였사옵니다."

"사람의 목숨은 소중한 것이오. 살려둘 수 있으면 살려두는 것이 좋은 일이 아니겠소? 감시만 잘하면 별 일이야 생기겠소?"

"소인이 은밀히 사람을 보내겠사옵니다. 칼을 잘 쓰는 무사를 골라 보내겠사옵니다. 하옵고, 소인이 바로 중서령 태평을 만나겠사옵니다. 태평과 함께 소인이 아답태 대호군 대장을 대동하여 황제폐하를 알현하겠사옵니다. 여차하면 황제폐하를 연희궁에 유폐시키겠나이다."

"뒷탈이 없도록 하시오. 허나, 제일 먼저 라마승 가린진이라는 자를 처치하도록 하시오. 황제폐하께서 황음에 빠지신 것이 모두 그자 탓이 아니오."

"알겠사옵니다, 황후마마."

고용보가 큰 절로 예를 갖추고 흥성궁을 나간 다음 기황후는 하루 종일 가슴을 졸였다. 박불화가 와서 일이 진행되는 상황을 알려주었지만, 일이 잘못되면 고용보는 물론 자신까지 목숨을 잃게 될지도 몰랐다.

'아무래도 안 되겠구나. 자칫 일을 그르치면 황태자의 목숨도 보장하지 못할 터, 내가 황태자와 함께 있어야겠구나.'

밤이 깊었을 때 기황후가 황태자궁으로 찾아갔다. 연희궁의 황제는 저녁에도 황음에 빠져있다고 했다.

"어서 오시옵서소, 어마마마."

황태자 애유식리달랍이 일어나 상석을 내어주고 큰 절로 예를 올렸다.

"어미가 느닷없이 찾아왔소. 그래, 오늘은 무엇을 했소?"

"논어를 읽고 있었사옵니다."

"논어에서 무엇을 읽었소? 황제의 도를 찾아내시었소?"

"예, 어마마마. 논어에 시(詩) 삼백(三百)이면 사무사(思無邪)라는 구절이 나오나이다."

"무슨 뜻이오?"

"공자의 제자가 스승님께 물었사옵니다. 스승님, 시 삼백 편을 한 마디로 이르면 무엇이라 하겠사옵니까? 하고 말이옵니다. 공자님께서 한 마디로 사악함이 없느니라, 하고 대답하셨사옵니다. 사악함이 없는 청정한 마음을 이르는 것이라 생각되옵니다."

"그것이 황제의 도와 무슨 상관이 있소?"

"무릇 황제가 백성을 다스릴 때 마음에 사심이 없어야 한다는 생각을 했사옵니다."

"그렇소. 황제가 백성을 다스릴 때에는 마음에 사악함이 없어야할 것이오. 가장 깨끗한 마음으로 백성들의 평안한 삶을 생각해야 할 것이오. 한데, 지금 황태자의 아바마마이신 황제폐하께오서는 마음에 사악함이 가득 차 있소. 그래서 백성들의 삶이 도탄에 빠져있소. 여러 지방에서 황제폐하의 영을 거역하고 반기를 드는 까닭이 거기에 있을 것이오. 황음에 빠진 황제폐하가 참으로 안타깝구려."

말끝에 기황후가 큰 한숨을 내쉬었다.

황태자가 올려다 보았다.

기황후가 잠시 망설이다가 말했다.

"지금 중서령 태평과 완산군이 대호군을 대동하여 연희궁에 들었소. 황제의 전위를 주청드리기 위해서 말이오."

"예? 어마마마, 그것이 무슨 말씀이오니까?"

황태자가 깜짝 놀란 눈빛으로 기황후를 올려다 보았다.

"아무래도 황제폐하를 편히 쉬시도록 해야겠소. 황태자가 황위를 물려받아 대원제국을 다스려 보시구려."

"어마마마, 소자 아직 나이가 어리옵니다. 대원제국을 다스릴 능력이 없사옵니다. 통촉하여 주시옵소서.”

황태자의 몸이 사정없이 떨리고 있었다.

“걱정하지 마시오. 어미가 도와주겠소. 아바마마께서는 황태자보다 어린 나이 때에 황위를 이어 받으셨소. 지금은 비록 황음에 빠져 계시나 처음에는 바른 정사를 펼치셨소. 황태자도 잘 해낼 수 있으리라 믿소.”

기황후가 말했으나 황태자는 여전히 몸을 덜덜 떨며 겁에 질린 표정으로 어쩔 줄 몰라 했다.

“걱정하지 마시래두요. 아무러면 이 어미가 황태자를 옳지 않은 길로 인도하겠소? 완산군은 황실에서만 삼십 년을 살으신 분이오. 완산군도 크게 도움이 될 것이오. 또한 조정의 대신들 가운데 대부분이 자정원파요. 황태자, 황위를 물려받기 전에 어미가 한 가지 당부할 것이 있소.”

“무엇이오니까? 어마마마.”

“황태자는 어미의 고향이 어딘 줄 아시오?”

“고려국인 걸로 알고 있사옵니다.”

“그렇소. 어미의 고향은 고려국이오. 나이 열세 살 때 공녀로 끌려왔었지요. 피눈물을 흘리며 산 설고 물 설은 대원제국에 끌려왔었지요. 내 비록 황후가 되었고, 황태자를 두었다고 하나, 이제 곧 태황태후의 자리에 오른다고 하나, 한 날 한 시도 고려국을 잊은 일이 없소. 고려국이 잘 되기만을 일구월심 바라며 살아왔소. 황태자도 어미의 이런 마음을 알아주었으면 좋겠소. 조정 대신들이 아무리 고려국을 대원제국의 한 성으로 만들자고 주청을 하여도 들어주어서는 아니되오. 또한 고려국을 도울 수 있는 일이 있으면 도와주었으면 좋겠소."

"어마마마의 말씀대로 하겠나이다."

"또 한 가지는 황태자가 황위를 전위 받으면 고려국에서 공녀나 환관을 데려오는 일을 그만 두었으면 좋겠소. 고려 사람들은 고려국에서 그대로 살게 했으면 좋겠소. 어미처럼 가슴에 한을 심은 공녀나 환관을 더 이상 만들지 않았으면 좋겠소."

"그리하겠나이다, 어마마마."

기황후가 황태자를 데리고 앉아 그런 얘기를 나누고 있을 때였다. 박불화가 황태자궁으로 허겁지겁 달려왔다.

"황후마마, 아무래도 황제폐하께 납시셔야할 것 같사옵니다."

기황후 앞에 납짝 엎드린 박불화가 얼굴이 발갛게 상기되어 말했다.

"무슨 일이오? 일이 잘못 되었소?"

"그러하옵니다. 대호군 대장 아답태가 완산군 어르신을 배신하였나이다."

"아답태가 완산군을 배신하다니요?"

"중서령 태평이 전위를 아뢰자 황제폐하께오서는 크게 노하셨사온데, 완산군이 가린진의 목을 베고 황제폐하를 연희궁에 잘 모시라는 분부를 내렸는데도, 아답태가 모른 체하고 있다가, 중서령과 완산군을 체포하여 황궁옥에 가두라는 황제폐하의 영을 받들어 두 사람을 황궁옥에 가두어 버렸사옵니다."

"뭐요? 하면 일이 그른 것이 아니오? 가린진의 목을 베지 못했다는 것이오?"

"그놈이 황제폐하의 등 뒤로 재빨리 숨는 바람에 목을 베지 못했나이다."

"허허, 큰 일이구려. 자칫 역모로 몰려 황태자한테까지 피해가 올 것이 아니오?"

"완산군께서 저한테 말씀하셨사옵니다. 추밀원의 군사를 동원하여 황후마마와 황태자 마마를 보호하라 하셨사옵니다. 그래서 지금 추밀원사 추빌라이로 하여금 일천의 군사를 동원하여 홍성궁과 황태자궁을 호위하도록 조처를 취하였나이다."

"애쓰셨소. 내가 대명전으로 들어야겠소. 박환관은 지금 연희궁으로 가서 황제께 주청을 드리시오. 내가 대명전에서 황제폐하께 차한 잔을 대접하고 싶어한다구요."

"예, 황후마마. 지금쯤은 황제폐하께서 대명전에 돌아와 계실 것이옵니다. 아답태가 대명전으로 돌아가시라고 주청을 드리는 걸 제가 보았사옵니다."

"알겠소. 박환관은 다시 추빌라이 추밀원사를 만나 일천 명의 군사를 더 동원하여 황태자궁을 철통같이 경비하라 이르시오. 누구든 황태자궁을 범하는 자가 있거든 그 자리에서 목을 베라 이르시오. 또한 일천의 군사로는 대명전을 겹겹이 에워싸라고 하시오. 아답태의 대호군이 먼저 나서기 전에는 결코 경거망동하지 말라고 하시오. 내 목숨이 위험한 지경이 아니면 절대로 칼을 쓰지 말라고 하시오."

"알겠사옵니다, 황후마마."

박불화가 물러간 다음 기황후가 시종 몇 명만 데리고 대명전으로 갔다. 먼저 차실에 들러 차를 내가지고 손수 다관을 들고 대명전으로 들어갔다.

"얼마나 놀라셨사옵니까? 황제폐하. 큰일 날 뻔하지 않았사옵니까?"

황제 앞에 차 한 잔을 내놓으며 기황후가 말했다.

"고환관이 그럴 줄 몰랐소이다. 내가 저를 얼마나 아끼는데, 나한테 감히 칼을 들이댈 수가 있소?"

"설마 고환관이 폐하께 칼을 대겠사옵니까? 나라의 형편이 어렵다보니, 바른 정사를 펼치시라고 충고를 올린 것이겠지요."

"아니오. 고환관이 내 앞에서 눈을 부라렸소. 당장 황태자에게 황위를 전위하라고 했소. 이것은 반역이 분명하오. 짐은 고환관과 중서령 태평을 용서할 수가 없소."

황제는 여전히 분노를 삭이지 못해 씩씩거렸다.

기황후가 잠시 망설이다가 입을 열었다.

"용서하지 않으시면요? 고환관을 어찌 하시겠다는 말씀이오니까?"

"역모의 죄로 다스리겠소. 내일 당장 참수를 시켜 그 목을 대도에 걸겠소."

"그래서는 아니 되옵니다. 완산군은 전대부터 대원제국의 황실에 큰 공을 세운 사람이오. 그 목을 벤다면 누가 있어 황제폐하께 충성을 다하겠소이까? 또한 지금 황궁에는 이천 명의 추밀원군사들이 들어와 있소이다."

"추밀원군사들이?"

황제가 놀란 낯빛으로 기황후의 눈치를 살폈다.

"그렇사옵니다. 황제폐하께서 완산군이나 중서령 태평을 벌주신다면 그들이 가만히 있지를 않을 것이옵니다. 자칫 대호군의 군사들과 싸움이라도 벌어진다면 황궁은 피바다가 될 것이옵니다."

"아무리 그래도 고환관을 용서할 수가 없소. 그자는 가린진을 짐의 앞에서 목을 베라고 했소. 그것은 짐의 목을 베라는 것이나 마찬가지요. 내 어찌 그자를 살려두겠소."

"폐하, 기어코 황궁에 피바람이 불어야 되겠소이까? 정녕 대호군의 군사들과 추밀원 군사들이 싸움을 벌려야겠소이까? 폐하께서는 오늘의 사태가 왜 벌어진 줄을 정녕 모르신다는 말씀이오니까?"

기황후의 눈쌀이 꼿꼿해졌다.

황제가 흘끔 눈치를 살폈다.

"무섭소. 그런 눈으로 보지 마시오."

"폐하, 소인은 폐하를 모시고 산 스무 해 남짓한 동안 조금이라도 폐하의 뜻에 거스르지 않게 살려고 애를 썼사옵니다. 어떻게 해서든지 폐하의 황은이 백성들에게 골고루 미치도록 노력하였나이다. 대원제국이 어떤 나라이옵니까? 세상에서 가장 넓은 땅을 가진 나라가 아니옵니까? 세상에서 가장 넓은 땅을 가졌다는 것은 세상에서 가장 많은 백성들의 나라라는 뜻이옵니다. 그만큼 폐하의 책임이 막중하다는 뜻이옵니다. 하온데 폐하는 어찌하셨사옵니까? 날마다 황음에 젖어 백성들을 내팽개쳤사옵니다. 지방마다 반란군이 황제를 칭하고, 대도로 밀려오고 있는데도 폐하는 황음에 빠져 있었사옵니다. 요즘은 대도의 백성들까지 불만이 많다고 하옵니다. 자칫 나라가 무너질까 걱정이 되어 소인이 중서령과 완산군에게 일렀나이다. 차라리 폐하를 한가롭게 모시자고 말이옵니다. 황위는 황태자에게 전위케 하시고, 연희궁의 여자들과 환락이나 누리며 사시게 하자고 말이옵니다."

기황후의 말에 황제가 끙 신음을 내뱉었다.

"그것이 황후의 뜻이었단 말씀이오? 나를 유폐시키고 황태자에게 전위케 하려는 것이 황후의 뜻이었단 말이지요?"

"그렇사옵니다. 하오니, 완산군을 죄주시려거든 소인도 함께 죄를 주시옵소서. 황태자도 역모로 몰아 목을 베시옵소서."

기황후가 황제 앞에 엎드렸다.

그때였다. 박불화가 밖에서 아뢰었다.

"황제폐하, 아뢸 말씀이 있사옵니다."

"무슨 일이냐? 들어와서 고하거라."

황제가 얼굴을 찡그리며 고함을 질렀다. 박불화가 급히 들어와 엎드렸다.

"대호군의 군사와 추밀원 군사들이 대치하고 있사옵니다. 살기등등하여 창을 겨누고 있사옵니다. 어찌해야 좋을지요."

"황후, 이 일을 어찌 처리해야 되겠소? 좋은 방법이 있으면 말해 보시구려."

황제가 겁이 잔뜩 난 표정으로 기황후를 바라보았다.

"황제폐하, 우선은 대호군 대장 아답태와 추밀원사 추빌라이를 불러들이소서."

"그들을 불러서는요?"

"먼저 중서령 태평과 완산군을 석방한다고 이르소서. 그런 다음에 양 쪽의 군사들을 물러가게 하소서."

"두 사람을 석방시키면 추밀원의 군사들이 물러가겠소?"

"어찌 황제폐하의 영을 거역하겠나이까?"

"알겠소. 내 황후의 말에 따르리다."

황제가 박불화를 시켜 아답태와 추빌라이를 불러들였다. 기황후의 말대로 중서령 태평과 고환관을 석방하고 양 측의 군사를 물리라는 황제의 말에 아답태가 고개를 들었다.

"황제폐하, 중서령 태평은 석방을 하겠나이다. 하오나, 고환관은 석방할 수가 없나이다. 고환관을 벌 주시옵소서."

"뭐요? 고환관을 벌주다니요?"

이번에는 추빌라이가 아답태를 노려보며 고함을 질렀다.

기황후가 나섰다.

"황제폐하 앞이시오. 어찌 언성을 높인단 말이오?"

"송구하옵니다, 황후마마. 하오나, 고환관에 대한 원성이 황궁에 자자하나이다. 고환관은 황제폐하의 측근에 있다는 구실로 그동안 조정의 일에 너무 깊숙이 간여했사옵니다. 따라서 자정원파 가운데는 황제폐하나 황후마마보다 오히려 고환관의 눈치를 보는 자가 많다고 하옵니다."

"그것이 어찌 그 사람의 잘못이겠소? 자기 할 일을 제대로 못하는 대신들의 탓이지요."

"그뿐만이 아니옵니다. 고환관은 사십 년 남짓한 동안 황궁에 있으면서 축재를 일삼았사옵니다. 그 재물로 조정의 어떤 대신보다 호화로운 집을 지어 살고 있사옵니다. 환관 주제에 첩을 세 명이나 두고 있사옵니다. 황실을 바로 세우기 위해서라도 고환관을 죄 주어야 하옵니다."

아답태의 눈빛이 꼿꼿했다. 그대로 물러날 기세가 아니었다. 황제가 기황후의 눈치를 살폈다.

"황제폐하, 고환관이 정녕 호화로운 생활을 하고 있다면 용서할 수 없사옵니다. 일단은 중서령을 풀어주시고, 고환관은 대호군의 말이 사실인가를 가려 석방하는 것이 옳겠나이다."

"그러면 되겠소?"

"소인, 고환관이 진정 부정한 재물을 모아 호화로운 생활을 했다면 용서할 수가 없나이다. 고환관은 자정원사가 아니옵니까? 자정원의 재물을 빼돌려 사사로이 착복했다면 어찌 용서할 수 있겠나이까?"

"알겠소. 하면 중서령 태평만 석방을 시키겠소. 듣거라. 중서령 태평을 석방하고, 대호군의 군사와 추밀원의 군사를 물리도록 하거라."

"황은이 망극하옵니다."

아답태와 추빌라이가 물러간 다음 기황후가 간절한 눈빛으로 황제께 아뢰었다.

"황제폐하, 대원제국의 앞날이 폐하께 달려있사옵니다. 자칫 지금의 난세를 방치하면 걷잡을 수 없는 사태에 이르게 되옵니다. 라마승 가린진을 내보내시고, 바른 정사를 펼치시옵소서. 연희궁을 폐하시옵소서."

황제의 눈밑이 씰룩였다.

"황후, 내가 황후의 일에 간섭을 않듯이 황후도 내게 간섭하지 않았으면 좋겠소. 내가 내 백성들을 어찌 다스리든 잔소리하지 않았으면 좋겠소."

"황제폐하, 진정이시옵니까? 백성들이야 어찌 되든 앞으로도 계속 황음에 빠져 계실 것이옵니까?"

"난 그렇게 사는 것이 좋소. 연희궁에서 열락에 빠져있을 때라야 내가 살아있음을 느끼오. 삶이 허망하지 않다는 생각이 드오."

"그래서 소인이 폐하를 편하게 모시고자 했던 것이옵니다. 나라는 황태자로 하여금 다스리게 하고, 폐하는 연희궁에서 편히 쉬시게 하려 했던 것이옵니다."

"그 일도 더 이상 거론하지 마시오. 황후라고 해서 역모의 죄가 사해지는 것은 아니오. 황위는 당분간 내가 가지고 있을 것이오."

딱한 양반, 참으로 딱한 양반, 하고 속으로 혀를 차며 기황후가 대명전을 나왔다. 박불화가 따라왔다.

"박환관, 아답태의 말대로 정말 완산군이 호화롭게 살고 있소? 완산군이 참으로 부정한 재물을 모아 호화롭게 살고 있소? 완산군이 자정원의 재물까지 축내었소?"

"황후마마, 완산군께서 황제폐하께 줄을 대려는 대신들로부터 걸음 값을 받은 일은 있사오나, 자정원의 재물을 축낸 일은 없는 걸로 알고 있사옵니다. 또한 조정의 대신들보다 조금 큰 집을 지니고 있을 뿐, 그 집을 지을 때 제대로 값을 쳐주고 땅을 넓혀, 큰 집을 지었사옵니다. 백성들한테 원망을 들을 일은 하지 않으신 걸로 소인은 알고 있사옵니다."

"첩을 셋씩이나 두고 있다는 것은 무슨 소리요? 환관이 첩을 두다니요?"

"하녀를 그리 말하는 것이옵니다. 황후마마께오서도 아시다시피, 환관이 어찌 첩을 둘 수 있겠사옵니까? 첩이 당키나 한 일이옵니까?"

박불화가 고용보를 위해 변명했으나, 기황후는 고용보가 결코 무사히 빠져나가지 못할 것을 깨달았다. 아답태만 해도 기황후와 고용보가 대호군의 자리에 앉힌 사람이었다. 물론 몽고족 출신이었고, 따로이 큰 세력을 형성하고 있지는 않으나, 각 지방을 관장하는 추밀원의 장수나 군사들 가운데는 그를 따르는 자가 많았다. 그가 등을 돌렸다면, 그동안 많은 재물과 벼슬자리를 내려주어 자정원파라고 믿었던 대신들 가운데도 등을 돌리는 자가 나올 것이 뻔했다.

고용보를 보호하기 위해서라도 일단은 그를 황궁에서 떼어놓는 것이 상책이었다.

다음날, 중서령 태평을 부른 기황후가 말했다.

"어젯밤에는 곤욕을 치르셨소. 이 몸이 불민하여 중서령께 누를 끼쳤구려."

"황공하옵니다. 오히려 소신이 황후마마를 뵈올 낯이 없사옵니다."

"아직은 때가 아닌 것 같소. 오늘 대명전에서 신료들의 회의가 있을 것이오. 중서령께서 완산군의 죄를 먼저 청하시오."

"소신이 말씀이오니까? 하오나 완산군은 황후마마의 측근이시옵니다."

"내 어찌 그걸 모르겠소. 허나, 완산군을 그대로 두고는 조정이 가라앉지 않을 것이오. 완산군을 고려국 금강산에 있는 유점도감으로 보내자고 하시오."

"그것은 귀양이나 마찬가지옵니다. 어찌 그럴 수 있겠사옵니까?"

"장래를 위해 한 걸음 물러나야할 때도 있는 법이 아니겠소? 또한 아답태를 대호군 대장의 자리에 그대로 두어서는 아니 될 것이오. 황태자 전하께 충성을 다할 수 있는 자로 중서령께서 물색하여 보도록 하시오."

"알겠사옵니다, 소신, 황후마마의 말씀에 따르겠나이다."

중서령 태평을 내보내고 기황후는 바로 박불화를 불러들였다.

"박환관, 완산군을 그대로 두고는 조정에 말썽이 끊이지 않겠구려. 당분간 고려국 금강산에 있는 유점도감으로 보내야겠소. 한 일

년만 거기에 가 있으면 조정의 불만도 수그러들 것이오. 사실 완산군이 그동안 안하무인으로 조정대신들한테 불만을 많이 산 것을 내가 알고 있었소. 자칫 말썽이 커지기 전에 잠시만 몸을 피해 있으라고 하시오."

"소인, 황후마마의 뜻을 완산군께 전해 올리겠사옵니다."

"그리고 박환관이 자정원사를 맡으시오. 완산군 밑에서 그동안 자정원의 일을 도왔으니, 따로이 무엇을 해야 할지 말하지 않아도 잘 알 것이오. 요즘은 지방의 빈민들까지 대도로 몰려들고 있다고 했소. 그들이 머물 천막과 죽을 끓일 솥단지를 더욱 많이 준비해야할 것이오. 황제폐하가 어떤 정치를 펼치시건, 자정원은 조금의 흔들림도 없이 빈민구제에 힘을 써야할 것이오."

"황은이 망극하옵니다."

박불화가 물러갔다.

결국 황태자에게 황위를 전위하려던 기황후와 고용보의 계획은 그렇게 막을 내렸다. 자칫 역모로 몰려 많은 사람이 죽을 뻔한 그 일이 고용보가 황제의 측근에서 물러나는 걸로 마무리가 된 것은 추밀원의 군사를 기황후 쪽에서 장악하고 있었기 때문이었다. 그리고 또 한 가지는 이쪽 편이라고 믿었던 대호군 대장 아답태의 진심을 알고 그를 대도 밖의 한가로운 직책으로 몰아낸 것이 소득이라면 소득이었다.

금강산으로 떠나기 전에 흥성궁을 찾아온 고용보가 말했다.

"소인, 금강산 유점사에 가서 황후마마와 황태자 전하의 강녕하심을 빌겠나이다."

"고맙소. 내 완산군한테는 늘 큰 고마움을 느끼며 살고 있소. 어떻게든 완산군을 보호하는 것이 내 소임인 줄은 잘 알고 있소만, 잠시만 다녀오도록 하시오. 머지않은 날, 꼭 완산군을 부르리다."

기황후의 말에 고용보가 눈물을 머금었다.

"소인, 이제 죽어도 여한은 없사옵니다. 부디, 옥체를 보존하시어, 황태자 전하께서 꼭 황제의 보위에 오르도록 하시옵소서."

"내 결코 완산군을 잊지 않을 것이오."

기황후 역시 눈이 축축하게 젖었다.

12

난세

"황후마마, 공민왕이 황후마마의 오라버니들을 모두 처형했다 하옵니다."

흥성궁을 찾아온 박불화가 얼굴이 하얗게 질려 아뢰었다.

"뭐라구요? 박환관, 지금 뭐라고 하셨소?"

가슴이 철렁 내려앉은 기황후가 큰 소리로 물었다.

"공민왕이 정동성 참지정사 기철을 처형하였다 하옵니다. 왕이 궁궐에서 주연을 베풀며 기철을 불렀는데, 기철이 남여를 탄 채 궁궐로 들어오자, 밀직 강중경이라는 자가 궁궐문에 군사를 대기시켰다가 가마에서 내리는 기철을 철퇴로 주살하였다 하옵니다. 또한 다른 오라버니들도 군사들을 보내 모두 죽였다 하옵니다."

"어찌, 그런 일이, 그런 일이 벌어질 수 있다는 말이오? 내가 그토록 경거망동하지 말라 일렀거늘, 어찌 그런 일이 생겼단 말이오?"

기황후의 온몸이 부들부들 떨렸다.

박불화가 말했다.

"사실 정동성은 대원제국에서 고려국을 다스리기 위해 세운 행성이 아니오니까? 그동안에는 대원제국에서 관리를 파견하였사온데, 삼 년 전에 기철을 참지정사 겸 한림학사로 삼아, 정동성의 일을 보게 하였사옵니다. 따라서 정동성의 참지정사는 고려왕에게 신을 칭하지 않았사옵니다. 그것을 기철이 그대로 따른 모양이었사옵니다. 공민왕 앞에 나갈 때에도 고개를 숙이지 않았으며, 대원제국에서 파견했던 관리들처럼 고려왕에게 신을 칭하지 않았다고 하옵니다. 그것이 못마땅했던 공민왕의 측근이 호시탐탐 노리고 있다가 이번에 주살한 것이 틀림없사옵니다."

"오라버니가 경거망동했구려. 벼는 익을수록 고개를 숙인다고 했소. 황제폐하께서 황음한 자신을 부끄러워하고 이 몸의 눈치를 살피느라 내 아버지를 영안왕에 봉하시고, 장헌이라는 시호를 내리셨다가 작년에 다시 경왕(敬王)을 봉하시고, 어머니가 영안왕 부인에 봉해지실 때에도 내가 간절하게 일렀었소. 이 몸이 대원제국의 황후라는 빌미로 경거망동하지 말라고 일렀소. 오히려 몸을 낮추고 고려왕을 잘 받들라고 말이요. 한데 어찌 오만불손하게도 고려왕이 있는 궁궐에 남여를 타고 들어갈 수 있다는 말이오? 그것은 대원제국에서 갔던 사신들의 횡포나 다를 것이 무엇이오?"

"아무리 그렇다고 해도 공민왕의 처사는 황후마마께 불손하기 이를 데 없는 행위가 분명하옵니다. 공민왕을 그대로 두면 앞으로 무슨 일이 벌어질지 모르옵니다. 그를 불러 죄를 물으심이 타당할 줄로 믿사옵니다."

박불화가 아뢰었다.

"다 이 몸의 탓이오. 내 그동안 공민왕이 대원제국에 반기를 들고 있음을 알면서도, 그 일로 조정대신들 사이에 말이 많아도, 황제께 고려를 그대로 두는 것이 좋겠다는 주청을 드린 것이 잘못이오. 조정 대신들이 고려를 합병시키자고 할 때마다 작은 고려를 탐할 것이 아니라, 지방에서 일어나는 반역의 무리를 제압하는 것이 급선무라고 주청을 드렸던 것이 잘못이오. 이 몸은 그리 생각했소. 공민왕이 반원정책을 펼 때에도 그것이 고려를 위해서 좋은 일이라고 여겨 속으로는 오히려 고려국을 도와주고 싶었소이다. 한데, 내 오라버니들이 비록 경거망동했기로서니, 어찌 그리 참혹하게 죽일 수 있다는 말이오? 이번 일은 내 가만두지 않겠소. 공민왕을 불러들여 죄를 물을 것이오."

기황후가 분노에 떨고 있을 때였다. 황태자 애유식리달랍이 문안을 여쭈러 왔다.

"어마마마, 안색이 안 좋으십니다. 무슨 일이 있으신지요?"

"황태자, 마침 잘 왔소. 고려왕이 어찌 이럴 수가 있단 말이오? 공민왕이 내 오라버니들을 모두 죽였다하오. 어미는 지금 너무 분해서 숨을 쉴 수가 없소이다. 황태자가 어미의 원수를 갚아주어야겠소이다."

기황후가 나이 스물이 넘은 황태자한테 하소연을 했다.

"소자가 어찌했으면 좋겠나이까? 어마마마의 분을 풀어드리겠나이까?"

"내가 추밀원사 추빌라이에게 이르겠으니, 군사 일만을 데리고 가서 공민왕을 잡아오시오. 내 오라버니들을 죽인 공민왕을 잡아다가 내 앞에 무릎을 꿇리시오."

"알겠사옵니다. 소자 어마마마의 말씀을 따르겠나이다."

"다만, 공민왕을 잡아올 뿐, 고려국 백성들한테는 해가 돌아가지 않도록 각별히 유념하시오."

기황후가 황태자한테 단단히 당부하고 추빌라이를 불러 군사 일만을 내주도록 했다. 황태자가 공민왕을 붙잡아 오면 하남으로 귀양을 보내고, 고려국의 왕은 새로이 앉힐 요령이었다. 그러나 황태자는 압록강을 채 건너지도 못하고 고려군에게 크게 패한 채 겨우 목숨을 부지하여 돌아왔다.

공민왕은 반원정책을 펴면서 다른 한편으로는 군사들을 대원제국과의 국경에 집결시켜 대비를 했던 것이었다.

"어마마마, 소자가 큰 불효를 저질렀나이다. 어찌하오리까? 소자에게 삼만의 군사를 내어주시면 다시 한번 고려를 치러 가겠나이다. 최영이라는 고려국 장수의 목을 베어 오겠나이다."

"최영이라고 했소?"

기황후가 처음 들어보는 이름이라 되물었다.

"그렇사옵니다. 전술에 능하고 부하병사들한테 신임이 두터운 장수였사옵니다. 나이가 사십세 남짓 되는 장수이온데, 공민왕이 가장 아끼는 장수라 하였사옵니다."

"허나, 황태자도 알다시피 지금 대원제국의 곳곳에서 반란의 무리가 득세를 하고 있소이다. 고려의 일은 이쯤에서 덮어두는 것이 좋겠소. 삼십 년을 몽고와 싸우면서도 끝내 나라를 지켜낸 고려가 아니오? 최영같은 걸출한 장수가 있다 하니, 앞으로도 쉽게 무너지지는 않을 것 같구려."

"하오면, 어마마마의 원한은 어찌 하나이까?"

황태자가 물었다. 눈을 지긋이 감고 잠시 생각에 잠겼던 기황후가 입을 열었다.

"고려의 일은 당분간 덮어두기로 하십시다. 그런데 함께 갔던 박첩목아는 어찌 되었소?"

"대동에 머물렀나이다."

황태자가 얼굴을 일그러뜨리며 대답했다. 무슨 일이 있었구나, 싶은 기황후가 물었다.

"대동이라면 포르치므르가 있는 곳이 아니오?"

기황후의 얼굴도 일그러졌다.

포르치므르는 몽고족 출신으로 한때 중서령을 맡고 있던 백안첩목의 수하로서 평장정사까지 했었는데, 조정에서 대원제국의 황위를 고려국 출신 여자가 낳은 애유식리달랍 황태자에게 넘겨줄 수 없다고 황제 앞에서 떠들다가 대도 밖으로 내몰림을 당한 자였다.

그런 포르치므르에게 박첩목아가 찾아갔다는 것은 예사일이 아니었다.

"아무래도 박첩목아는 포르치므르의 추종자 같았사옵니다. 이번 고려국과의 싸움에서도 박첩목아가 제대로 대처를 했더라면 그 많은 희생은 없었을 것이옵니다. 소자가 가만히 생각해 보건대, 박첩목아는 오히려 소자를 사지로 몰아넣은 것 같았사옵니다. 어마마마도 아시다시피 소자가 전술을 아옵니까? 특출난 무예가 있사옵니까? 단지 어마마마의 원수를 갚는다고 나섰던 출정이 아니었사옵니까? 하온데, 박첩목아는 싸움에 나서지 않았사옵니다. 소자더러 앞장을 서라고 하였사옵니다."

"알겠소. 박첩목아가 황궁으로 돌아오면 죄를 받을까 두려워 포르치므르한테 간 것이구려. 내 황제폐하께 주청을 드려 그자를 황궁으로 부르겠소. 전장에 나가 태만했던 죄를 물을 것이오. 황태자가 어미를 위해 애를 썼소."

"하오나, 어마마마를 기쁘게 해드리지 못했사옵니다."

"형편이 그랬던 것을 어찌하겠소? 너무 마음 아파하지 마시오."

기황후가 근심을 안으로 숨기며 말했다.

꼭 포르치므르나 박첩목아의 일이 아니더라도 기황후는 황제의 영이 무너지고 있음을 알고 있었다. 지방에서 일어나는 반란의 무리를 막기 위해서는 온 조정이 하나로 똘똘 뭉쳐야 하는데, 그렇지가 못한 것이었다.

'포르치므르는 황제가 불러도 안 올지 몰라.'

기황후의 뇌리로 그런 생각이 스쳐갔다.

그리고 그 예감대로 포르치므르는 황제의 영을 거역하고 끝내 대도로 돌아오지 않았다. 아직 반역의 무리에 가담한 것은 아니지만,

박첩목아와 더불어 기황후와 황태자에게 언제든 반기를 들 위험인
물이었다.

나라의 형편이 그런데도 황제는 여전히 연희궁에서 계집들과 놀
기에만 열중이었다.

'대원제국이 무너지고 있구나. 세상에서 가장 많은 땅과 가장 많은
백성을 가진 대원제국이 무너지고 있구나.'

기황후의 뇌리로 문득 황태자를 황위에 올려야 하는 것이 아닌가,
하는 생각이 스쳐갔다. 설령 황제에게 반역의 무리로 찍혀 목숨을
잃는 한이 있더라도 황태자로 하여금 황위를 잇게 하고 제대로 된 정
사를 펼쳐야할 때가 가까이 온 것이 아닌가, 하는 생각이 드는 것이
었다.

"황제폐하, 화북에서 일어난 백련교의 교주 한산동이 송황제 휘종
의 6대손이므로 마땅히 중원을 다스려야 한다면서 반원복송운동(反
元復宋運動)을 일으키고 있나이다. 또한 영천에서 일어난 무리는 머
리에 붉은 수건을 두르고, 가난한 자와 부자의 차이가 너무 크니 빈
부의 격차를 깨뜨리자고 선동하고 있사온데, 대부분의 농민들이 가
담을 하고 있다 하옵니다. 그뿐만이 아니옵니다. 강남에는 가난한
자만 가득하고, 부유함은 색북에 가득하니, 타파하자고 선동하고 있
다 하옵니다. 수만의 무리를 이룬 그들은 영천은 물론 부근의 주(州)
현(縣)을 모조리 수중에 넣은 다음 조운을 방해하여 세곡을 약탈하고
있사오며, 염전을 장악하여 소금을 마음대로 팔고 있나이다."

중서령 태평이 연희궁을 찾아가 부복하고 아뢰었다.

꽃같은 계집 네 명에게 둘러싸여 지압을 받고 있던 황제의 미간이 일그러졌다.

"그래서 짐더러 어떻게 하라는 소리요? 짐은 이미 조정의 대소사를 중서성에 맡겼거늘, 명색이 중서령 된 자가 대책을 세울 생각은 않고 짐한테 미루면 어쩌라는 소리요?"

"나라의 형편이 참으로 어렵사옵니다. 황제폐하께오서 대명전에 머무르시면서 만기를 주관하셔야할 줄로 아옵니다. 우선 대도를 수비하는 소호군과 추밀원의 병사를 파견하여 진압하여야할 줄로 아옵니다."

"하면 중서령이 그리하도록 하시오. 그놈들의 목을 따서 대도 네 거리에 효수하도록 하시오."

"황제폐하, 만기를 친정하시옵소서."

"어허, 짐을 귀찮게 하지 말고 물러가도록 하시오. 이년들아, 무엇 하느냐? 어깨를 좀 더 세게 주무르도록 하여라."

황제가 계집들한테 짜증을 냈다.

"황송하옵니다, 황제폐하. 하오면 토벌군의 총사는 누구를 시키오리까?"

중서령 태평의 물음에 황제가 귀찮다는 듯이 대꾸했다.

"중서령이 총사를 맡으시오. 십만의 대군을 몰고가 반란의 수괴를 내 앞에 잡아오시오. 내 손수 그놈들의 목을 따버리겠소."

말끝에 황제가 어깨를 주무르고 있는 한 계집의 젖통을 주무르다가 젖꼭지를 쭉 잡아당겼다. 계집이 자지러질 듯 입을 쩍 벌렸다.

'대원제국은 이제 망했구나. 칼 한 자루 제대로 다룰 줄 모르는 날더러 총사를 맡아 반란군을 진압하라니, 어쩌다 대원제국이 이리 되었을꼬.'

연희궁을 나온 태평은 그대로 황궁을 나와 집으로 돌아갔다. 그는 황제의 영을 받아 총사로 반란군을 진압하는 토벌에 나갈 마음이 없었다. 전쟁에는 무뢰한이었을 뿐만 아니라, 자칫 개죽음을 당할 자리에 나가면서까지 황음한 황제한테 충성을 바치고 싶은 마음은 없었다.

"황후마마, 중서령 태평이 사직했다 하옵니다."

홍성궁으로 찾아온 박불화가 아뢰었다.

"중서령이 사직을 하다니요?"

기황후의 가슴이 철렁 내려앉았다. 태평을 자기 사람으로 만들기 위하여 수만금의 재물과 고려 공녀 셋을 주어 겨우 마음을 잡아놓은 자였다. 따지고 보면 중서령 태평은 기황후의 꼭두각시나 마찬가지였다. 조정에서 신료들의 의논이 있을 때에는 미리 사람을 보내와 기황후의 뜻을 탐문해 가지고 그대로 신료들의 의견을 모아 정사를 처리했다.

그런 태평이 아무런 상의도 없이 중서령을 그만 두었다는 것은 기황후로서는 서까래 하나가 무너지는 것이나 마찬가지였다.

"황제폐하께오서 중서령한테 진압군의 총사가 되어 영천에서 일어난 한산동의 무리를 토벌하라는 영을 내리셨다 하옵니다."

"중서령한테 토벌군의 총사를 맡겨요?"

"너무 어이가 없으셨던 모양입니다. 연희궁을 나온 태평이 좌승상 톡토에게 사의를 말하고는 그대로 돌아갔다 하옵니다."

"참으로 큰 일이 아니오? 해마다 홍수가 나 황하가 범람하는 통에 집들이 사라지고 사람들이 씨가 말랐다고 하는데, 황제폐하는 황음에 빠져있고, 반란군은 준동하는데, 중서령은 사의를 표하여 정사를 내팽개치다니요?"

"조정의 대신들도 갈피를 못 잡고 있사옵니다. 중서령 태평을 소인이 한번 만나볼까요?"

박불화가 눈치를 살폈다.

"그대로 두시오. 한번 마음이 떠난 사람은 비록 다시 돌아온다고 해도 어찌 믿고 큰 일을 맡기겠소? 박환관은 이 길로 연희궁으로 가서 황제폐하께 주청을 드리시오. 내가 대명전에서 차 한 잔 마시고 싶어 한다구요."

"알겠사옵니다, 황후마마."

"잠깐만 기다리시오. 박환관은 누가 중서령으로 적당할 것 같소?"

돌아서는 박불화를 불러 세운 기황후가 물었다.

"관례대로라면 좌승상 톡토가 있사옵니다만, 어떠실는지요?"

"그자 역시 줏대가 없는 사람이 아니오? 지금은 난국이요. 난국을 헤쳐나갈 강단있는 사람이 필요하오."

기황후의 말에 박불화가 곤란하다는 표정을 지었다.

"왜요?"

"강단이 있는 재상은 모두 호시탐탐 성곤테무르 태자를 황태자로 책봉하려는 자들이옵니다. 자칫 중서령의 자리에 앉혔다가 황태자 마마께 곤란한 일이 생기지 않을까, 걱정이 되옵니다."

"알겠소이다. 하면 톡토를 중서령에 앉히기로 하십시다. 그래도 일단은 내가 한번 만나 보아야겠으니, 지금 흥성궁으로 보내시오."

박불화를 돌려보낸 기황후가 곰곰이 생각에 잠기었다. 문제는 톡토였다. 그자 역시 자정원파로서 기황후가 좌승상까지 끌어올린 것이나 마찬가지였다. 그가 황태자를 위하여 자신을 던질 수 있을까, 의문이 생긴 것이었다. 황제가 눈 한번 부릅뜨면 쉽게 자신의 뜻을 바꿀 수 있는 사람이었다. 황제뿐만이 아니라, 성곤테무르를 추종하는 자들의 세가 강하다 싶으면 언제든지 그쪽으로 돌아설지도 몰랐다.

그러나 그런 사람이 부리기는 쉬울 것이었다. 일단은 재상 가운데 우두머리인 중서령에 앉혀놓고 황태자에게 전위하는 문제를 맡겨볼 심산이었다.

"황후마마, 소신을 불러 계시오니까?"

흥성궁을 찾아온 좌승상 톡토가 엎드려 아뢰었다.

"어서 오시오. 내가 좌승상께 막중한 부탁을 드리려고 불렀소이다."

"무슨 말씀이신지요?"

"좌승상, 지금 나라 형편이 어렵소이다. 지방에서 반란의 무리가 일어난 것이 어제 오늘의 일은 아니오만, 영천에서 일어 난 한산동의 무리는 참으로 방자하구려. 조운을 방해하며 세곡을 약탈하여 나라의 재정을 어렵게 만들고 있으며, 요즘은 염전을 장악하여 소금을 마음대로 팔고 있다고 하니, 큰 일이 아니오?"

"소신도 그 걱정으로 잠을 못 이루고 있나이다."

"그런데도 황제폐하는 황음에 젖어 계시니, 나라의 앞날이 큰 일이 아니오? 좌승상이 중서령을 맡아 난국을 헤쳐나가 보시오."

"무능한 소신이 황후마마의 뜻을 받들 수 있을지요? 참으로 두려운 일이옵니다."

톡토가 얼굴 가득 웃음을 띠우면서도 겸양의 말을 내놓았다.

"지금 조정에 누가 있어, 난국을 다스리겠소? 좌승상이 중서령을 맡으시오. 내 바로 황제폐하를 만나 주청을 드리겠소."

기황후의 말에 잠시 눈동자를 굴리던 톡토가 말했다.

"하오면 황후마마, 추밀원사와 대호군, 그리고 중서성의 재상 몇 사람의 임명권을 소신에게 주시겠나이까? 황후마마께오서 그걸 보장해 주신다면 소신이 중서령을 맡아 한산동의 무리를 토벌하는 일에 앞장을 서겠사옵니다."

"추밀원사와 대호군을 말이요?"

기황후가 얼굴을 일그러뜨렸다.

추밀원사라면 모든 군정을 관장하는, 사실상의 병권을 가짐을 말하며, 대호군은 황궁을 호위하는 막중한 자리였다. 그 두 자리를 갖는 것은 황궁을 자신의 손 안에 넣는다는 것이었다. 톡토가 그걸 원하고 있는 것이었다.

톡토가 말했다.

"그것만 보장해 주신다면 소신, 황후마마와 황태자 전하를 위해 신명을 바치겠나이다."

"이보시오, 좌승상. 추밀원사라면 몰라도 대호군까지 요구하는 것은 너무 심하지 않소? 대호군은 황제폐하의 최측근으로 황위를 보위하는 막중한 임무를 띠고 있소. 좌승상도 알다시피 아무나 앉을 수 있는 자리가 아니지 않소? 그 자리까지 요구한다는 것은 너무 심하구려."

기황후가 톡토의 과분한 욕심을 질책했다. 줏대없는 사람인 줄 알았더니, 엉뚱한 욕심까지 가지고 있었구나, 그런 생각도 스쳐갔다. 이럴 때 완산군이 있었다면, 크게 도움을 받을 수 있을 것인데.

완산군이라면 어찌했을까?

기황후는 문득 고용보가 그리웠다.

"황후마마, 지금은 난세 중의 난세이옵니다. 중서령이 그 정도의 권력을 가지고 있어야 재상들을 휘어잡고 어려운 시국을 헤쳐나갈 수 있을 것이옵니다. 누가 중서령을 맡아도 정말 자신이 믿을 수 없는 사람이라면 쉽게 부릴 수가 없을 것이옵니다."

"알겠소. 좌승상을 중서령에 추천하는 일을 내 잠시 생각해 보고 결정을 내리겠소. 물러가 계시오."

좌승상 톡토를 돌려보낸 기황후는 다시 박불화를 불러들였다. 추밀원사와 대호군의 자리까지 넘겨주면서까지 톡토를 중서령에 앉혀야 하는가를 의논하기 위해서였다.

"톡토의 욕심이 너무 심하옵니다, 황후마마. 줏대없는 자에게 막중한 자리를 맡겼다가 역심이라도 품게 되면 어찌 하겠사옵니까?"

"그렇지요? 추밀원사라면 몰라도 대호군까지 톡토에게 넘겨준다면 황실의 안위를 보장받지 못하겠지요?"

"그렇사옵니다. 더구나, 톡토는 한때 포르치므르와 가까웠던 사이가 아니옵니까? 좌승상의 자리가 욕심이 나서 자정원파가 되었습니다만, 언제 포르치므르에게 돌아설지 모르는 자이옵니다."

"하면 중서령을 누구에게 맡기면 좋겠소이까? 딱히 마땅한 사람이 없지 않소이까? 지금까지 관례를 보더라도 좌승상이 중서령으로 영전하는 경우가 많았었고, 말이오."

"황후마마, 소인이 톡토를 다시 한번 만나 보겠사옵니다. 추밀원사를 내준다는 조건을 내걸겠사옵니다. 톡토로 하여금 추밀원사를 임명케 하고, 새로 임명된 추밀원사가 책임지고, 한산동의 무리를 토벌하도록 하는 것이 어떻겠사옵니까?"

"좌승상 톡토가 그 조건을 받아들이면 그렇게 하도록 합시다. 그리고, 사람을 보내 포르치므르와 박첩목아를 염탐하는 일은 잘 하고 있겠지요?"

"심려하지 마시옵소서. 두 사람의 일거수 일투족이 사흘거리로 소인한테 올라오고 있사옵니다. 그들도 요즘은 한가롭게 술이나 마시고 있다 하옵니다."

"일단 유사시에는 그들의 목을 벨 무사도 몇 사람 보내도록 하시오."

"그렇게 하고 있사옵니다. 소인이 심은 염탐은 능히 일당백은 할 수 있는 뛰어난 무사들이옵니다."

"이 몸은 박환관만 믿소이다. 아무래도 완산군을 불러와야겠소이다."

"진즉 그러셨어야 하옵니다. 소인은 그분의 지략을 따를 수가 없나이다. 요즘처럼 난국에 그분이 계셨으면 황후마마께오서 얼마나 든든하셨겠사옵니까?"

"오늘 황제폐하를 뵙고 완산군의 일도 주청을 드려야겠소이다."

"그리 하소서, 황후마마. 소인은 이만 물러가 톡토를 만나 결판을 짓겠사옵니다."

박불화가 물러갔다.

'과연 톡토가 내 뜻대로 움직여줄까? 그자가 안 될 것이 뻔한 조건을 내게 내건 까닭이 무엇일까? 혹시 성곤테무르와 연결이 되어 있는 것은 아닐까?'

기황후의 뇌리로 불안의 그림자가 스쳐지나갔다.

질펀한 살냄새가 연희궁을 떠돌고 있었다. 황제의 웃음소리에 섞여 간간이 계집들의 간드러진 웃음소리도 뜰까지 흘러나왔다.

"여희야, 여기가 황제폐하께오서 연회를 베푸시는 연희궁이니라. 내가 수차 일렀다시피 황제폐하는 방중술을 익히셨느니라. 어지간한 계집은 황제폐하의 방중술에 먼저 혼절한다고 했느니라. 네가 황제폐하를 녹여야 하느니라. 또한 잊어서는 안 되는 일이 있느니라. 너는 한족의 계집이 아니라 몽고족 출신이니라."

톡토가 여희라는 계집을 돌아보았다. 한족의 계집이면서도 몽고족처럼 살빛이 짙은 갈색이었다. 그래서 몽고족으로 속일 수도 있었다.

"소녀, 좌승상 어르신의 말씀을 명심, 또 명심하겠나이다."

"네가 어찌하느냐에 따라 황후도 될 수 있느니라. 고려의 계집이 황후가 되어 떵떵거리며 사는 세상이 아니더냐? 기황후가 차를 잘 내어 황후가 되었다면 너는 네 몸으로 황제폐하의 마음을 빼앗아 황후가 되어 보거라."

톡토가 단단히 당부했다.

"예, 어르신."

여희가 방긋 웃었다. 살빛과는 달리 이가 희디 희었다. 그 하얀 이에 햇살이 내려앉아 반짝 빛났다.

'참으로 아까운 계집인데, 황음에 빠진 황제한테 바치기에는 너무 아까운 계집인데.'

톡토가 입맛을 쩝 다셨다.

포르치므르가 여희를 보내온 것이 석 달 전이었다. 어떤 라마승이 공물로 바친 계집인데, 자신이 데리고 있기에는 너무 아까운 계집이라 보내니, 알아서 하라는 편지와 함께 열아홉 살 짜리 여희를 보내온 것이었다.

날아갈 듯한 자세로 살포시 큰 절을 하고 일어나 앉는 여희의 몸에서는 꽃향기가 풍겼다. 찔레꽃 향기인가 했으나, 찔레꽃 향기는 아닌, 장미꽃 향기인가 했으나, 장미꽃 향기도 아닌, 그러면서도 사내의 가슴을 흔드는 향기가 여희의 몸에서 풍기고 있었다.

－사향 주머니를 차고 있느냐?

향기만으로도 황홀해진 톡토가 물었다.

－아니옵니다. 소녀는 사향주머니를 차고 있지 않사옵니다.

여희가 하얀 이를 드러내고 생긋 웃었다. 그 하얀 모습에 톡토는 또 한번 혼절할 것 같았다.

－네 몸에서 풍기는 향기가 참으로 좋구나. 하면 무슨 향기더냐?

－소녀의 몸에서 저절로 배어 나오는 향기이옵니다.

－저절로? 하면 아무런 향주머니도 차고 있지 않다는 말이더냐?

－그렇사옵니다. 소녀 어린 시절부터 수백 가지의 꽃을 우려낸 물로 날마다 목욕을 했나이다. 그 향기가 아직도 소녀의 몸에 남아있는 것 같사옵니다.

－참으로 괴상한 일이로구나. 아니, 네 몸이야말로 그대로 한떨기 꽃송이가 아니더냐? 사내의 정신을 혼미하게 만드는 요망스런 꽃송이가 아니더냐?

－소녀, 좌승상 어르신의 꽃이 될 수 있다면 참으로 영광이겠나이다.

－허허, 꽃을 싫어하는 사내도 있다더냐? 포르치므르 장군이 참으로 귀한 선물을 보내오셨구나.

톡토는 여희의 얼굴을 바라보는 것만으로도 황홀했다. 그러나 정작 여희가 놀라운 계집이라는 것은 살을 섞고 난 다음이었다. 여희는 사내를 향기로 취하게 만들고, 잘 생긴 몸뚱이로 취하게 만드는 계집이었다.

여희가 온 다음에 톡토는 다른 계집들은 침상에 불러올리지 않았다. 여희보다 나이가 어린 고려 공녀 출신 계집도 있었고, 한족의 계집도 있었지만, 여희에 비하면 모두가 시들어버린 꽃이었다.

톡토가 여희를 석 달쯤 데리고 놀았을 때, 포르치므르한테 서찰한 통이 왔다. 석 달의 시간이면 여희를 통해 사내가 맛 볼 수 있는 최상의 즐거움은 다 누렸을 것이니, 여희를 이제 그만 황궁으로 들여보내라는 서찰이었다. 황음에 빠진 황제를 여희로 하여금 꽉 붙잡게 만든 다음에 중서령이 되면 추밀원사와 대호군을 장악하라는 내용이었다.

아까운 계집이었지만 어쩔 수 없었다. 그것이 포르치므르와 약속을 지킬 수 있는 길이라면 따르는 수밖에 없었다.

-언제까지 대원제국의 조정이 고려 공녀 출신 계집의 손에서 놀아나게 할 수는 없지 않은가? 자네가 나를 배신하게. 자정원에서는 지금한 사람이라도 더 자기 편으로 끌어들이기 위해 혈안이 되어 있네. 자네가 먼저 내 죄를 청하여 나를 대도 밖으로 밀어내게. 그러면 기황후의 신임을 얻어 자정원파가 되고 재상의 반열에 오를 수 있을 걸세. 그런 다음에 성곤테무르 태자를 황위에 올리실 방도를 찾아보세.

한 날 한 시도 톡토는 포르치므르의 말을 잊어 본 일이 없었다. 포르치므르가 여희를 황제폐하께 바치라는 서찰을 보내 온 것은 이제 때가 되었다는 뜻이었다. 여희가 황제폐하의 마음을 단단히 잡기만하면 중서령이 되는 것은 물론 추밀원사와 대호군에 믿을 수 있는 측근을 심어 황궁을 장악하고, 어느 순간 황제를 폐위시키고 성곤테무르를 황위에 올릴 수 있을 것이었다.

황음에 빠진 황제라면 괜찮은 계집 하나면 그 마음을 쥐고 흔들 수 있을 것이었다.

"내 말 명심하거라. 어떻게든 황제의 마음을 단단히 붙들거라."

연희궁으로 들어가기 전에 톡토가 다시 한번 당부했다.

"예, 좌승상 어르신."

여희가 꽃향기 풍기는 웃음을 생긋 웃었다. 그녀를 문 밖에 세워놓고 톡토가 황제가 머물고 있는 방으로 들어갔다.

"좌승상이 어쩐 일이시오? 골치 아픈 소리나 하려거든 물러가시오."

황제의 이마가 저절로 일그러졌다.

"아니옵니다, 황제 폐하. 소신에게 마침 아름답고 귀한 꽃이 한 송이 생겼기로 황제폐하께 바치려고 들었사옵니다."

"꽃이라고 했소? 무슨 꽃이오?"

황제가 코를 벌름거렸다.

"예, 향기로운 꽃이옵니다. 바라보고 있으면 코가 황홀하옵고, 눈이 황홀하옵고, 입을 열어 소리를 하면 귀가 황홀한 꽃이옵니다. 그뿐만이 아니옵니다. 그 살을 느끼면 용을 타고 구름 속에 노니는 기분이 드는 꽃이옵니다."

"허허허, 그런 꽃이 있소? 어디에 있소? 당장 짐 앞에 대령해보시오."

황제가 흘끔 톡토의 눈치를 살폈다. 아무리 보아야 그럴만한 꽃은 보이지 않았다.

톡토가 황제의 어깨며 허벅지를 주무르고 있는 계집들에게 눈길을 주다가 입을 열었다.

"소신, 귀한 꽃을 황제폐하만 계시는 곳에서 드리고 싶사옵니다."

"짐 혼자 있는 곳에서? 알았소. 너희들은 그만 물러가도록 하거라."

황제가 계집들을 내보냈다.

톡토가 돌아보며 들어오너라, 여희야, 하고 말했다. 이내 문이 열렸고, 계집보다 먼저 꽃 향기가 들어왔다. 석 달을 가까이서 맡았던 톡토의 코에도 맡아지는 향기였다. 황제의 코가 그 냄새를 못 맡을 리가 없었다.

황제의 코가 벌름거리는데 여희의 발 하나가 들어섰다.

"이건 꽃이 아니라 계집이 아니오? 좌승상."

황제가 눈을 크게 뜨고 여희를 올려다 보았다. 사뿐사뿐 걸어 온 여희가 황제 앞에 너부죽이 큰 절을 올렸다.

방안에 알싸한 꽃향기가 진동했다.

"네 이름이 무엇이냐?"

뒷걸음질로 톡토가 물러가자 황제가 물었다.

"소녀, 여희라 하옵니다."

"향기만큼 예쁜 이름이구나. 헌데 너는 무슨 향수를 쓰고 있느냐?

짐이 한번도 맡아보지 못한 향기구나."

정신이 황홀해진 황제가 여희를 가까이 끌어당겨 코를 킁킁거리며 물었다.

"소녀, 아무런 향수도 쓰고 있지 않나이다."

"아무 향기도 쓰고 있지 않다? 하면 지금 짐을 황홀하게 만드는 이향기가 네 몸냄새라는 말이더냐?"

"그렇사옵니다. 날마다 목욕을 하는데도 소녀의 몸에서는 향기로운 냄새가 난다고 하였사옵니다."

"네가 지금 짐을 우롱하고 있구나. 어찌 사람의 몸냄새가 꽃향기와 같을 수가 있다는 말이더냐? 몸의 은밀한 곳에 향주머니를 숨기고 있겠지."

"아, 아니옵니다. 소녀, 어찌 황제폐하 앞에서 거짓을 아뢸 수 있겠나이까? 정 의심스러우시오면 확인을 해보시오소서."

여희가 눈까지 새치름하게 뜨고 황제를 올려다 보았다. 한쪽으로 조금 돌아가는 듯한, 그러면서도 사내를 쏘아보는 그 눈빛에 황제는 온몸이 저릿저릿했다. 검고 큰 눈이었다. 또한 맑은 빛이었다. 황제는 계집의 눈 속으로 자신의 몸이 빨려들어가는 듯한 착각에 온몸을 푸르르 떨었다.

"몸을 확인해 보라고 했겠다? 네 몸의 은밀한 곳에 숨겨져 있는 향주머니를 짐더러 찾으라고 했겠다?"

황제가 장난스런 웃음을 흘리다가 여희의 옷을 한 가지씩 벗겨냈다. 옷이 한 가지씩 벗겨질 때마다 계집이 사양의 몸짓인 듯 몸을 뒤틀었다. 황제의 손길이 닿는 자리마다에서 불꽃이라도 튀기는 듯 흠칫 흠칫 떨었다.

"허허, 너는 몸이 향기로울 뿐만이 아니라, 부드럽기가 버들가지 같구나."

"소녀의 몸이 황제 폐하를 반가워하고 있나이다."

여희가 말했다.

계집의 몸에서 더욱 짙은 향기가 풍겨나왔다.

황제의 정신을 혼미하게 만드는 향기였다.

"여희야, 짐이 어떤 계집 앞에서도 가슴이 설렌 일이 없는데, 이상하구나. 아직 너를 안지도 않았는데, 가슴이 뛰는구나."

황제의 목소리가 떨리고 있었다. 아직 계집의 몸뚱이에 서투른 나이 어린 사내처럼, 차궁녀 기련의 옷을 처음 벗기던 날처럼 가슴이 사정없이 떨리고 있었다.

"소녀가 황제폐하를 극락으로 모시겠나이다."

여희가 생긋 웃으며 말했다.

"거긴 죽은 다음에나 가는 곳이 아니더냐?"

황제가 입맛을 다셨다.

"아니옵니다, 황제폐하. 진정한 방술은 살아있는 사람을 극락으로 인도하는 것이라고 했사옵니다. 소녀에게 꿀 한 되만 구해 주시옵소서."

"꿀이라고 했느냐? 꿀이 먹고 싶으냐?"

"예, 황제폐하."

여희가 고개를 끄덕이자 황제가 궁녀를 시켜 꿀 한 되를 가져오라고 했다. 이미 알몸이 된 여희가 꿀 반 되쯤을 골고루 발랐다. 그런 다음 황제의 옷을 벗기고 반듯이 눕힌 다음에 역시 골고루 발랐다.

　"소녀, 지금부터 황제폐하를 극락으로 모시겠나이다."

　"오냐, 내가 극락을 경험할 수만 있다면 네 소원은 무엇이든 들어주마. 좌승상이 참으로 귀한 선물을 내게 보냈구나."

　한번도 시도하지 않은 놀음에 황제가 잔뜩 기대하며 말했다.

　"그렇사옵니다. 좌승상께서는 자나깨나 황제폐하를 걱정하고 있었사옵니다."

　"허나 좌승상도 네가 진정 보물이라는 것을 알았다면 결코 너를 나한테 바치지는 않았을 것이니라."

　"아니옵니다. 좌승상의 황제폐하를 향한 충심은 진정이옵니다. 누구 하나 황제폐하를 위해 몸을 바치려 하지 않는다고 걱정했사옵니다. 지방에서 반란의 무리가 기승을 부리고 있는데도 선뜻 토벌에 나서는 자가 없다고 했사옵니다."

　"한산동이나 주원장의 무리만 생각하면 짐도 잠이 오지 않느니라."

　황제가 말했다.

　주원장이라는 말에 여희의 몸이 흠칫 떨었다. 그녀를 포르치므르에게 보낸 것이 주원장이었기 때문이었다.

　원래 여희는 주원장이 주지로 있는 현국사 공양주 보살의 딸이었다.

　여희에게 방중술을 가르친 주원장이 말했다.

"네가 잘만하면 오랑캐를 중원에서 몰아내는데 큰 몫을 하겠구나."

그러나 그 때는 그 말이 무슨 뜻인지 잘 몰랐다. 포르치므르에게 와서야 앞으로 자신이 해야 할 일을 깨달을 수 있었다. 그것은 황제를 무너뜨려 대원제국을 몰락시키는 일이었다. 그리고 지금 황제가 절반쯤은 무너져 있는 것이었다.

황제가 말했다.

"짐이 좌승상에게 큰 선물을 주어야겠구나. 좌승상에게 조정의 실권을 주어야겠구나."

"그리하시옵소서. 나라 일은 좌승상에게 맡기시고, 황제폐하께오서는 날마다 소녀와 함께 극락구경이나 하사이다."

여희가 온몸을 푸르르 떨며 속삭였다.

"무엇이라고 했소? 황제폐하가 좌승상 톡토에게 중서령의 자리를 맡겼다는 말이오?"

기황후가 눈을 부릅뜨고 박불화를 노려보며 물었다.

"그렇사옵니다, 황후마마. 뿐만 아니오라 추밀원사와 대호군 대장을 톡토의 측근으로 임명하였다 하옵니다."

박불화가 기황후의 눈치를 살폈다.

"하면, 황궁은 물론 나라의 병권까지 톡토에게 넘어간 꼴이 아니오? 톡토가 마음만 먹으면 언제든지 황실을 뒤집을 수도 있다는 소리가 아니오?"

"설마 그렇게야 되겠습니까만, 더욱 조심해야 되겠나이다."

"박환관은 도대체 무엇을 하고 있었다는 말이오? 황제의 동태를 잘 살피라고 그리 일렀거늘."

"황제가 톡토를 연희궁으로 불러 칙서를 내렸사옵니다. 소인이 미처 황후마마께 아뢸 틈이 없었나이다. 좌승상 톡토가 참으로 신기한 계집을 하나 황제폐하께 바쳤다고 하옵니다. 방중술을 익힌 황제폐하가 하루에도 몇 번씩 방출을 한다고 했사옵니다."

"요망한 계집이구려. 황제를 더욱 황음의 나락으로 끌어내릴 요망한 계집이구려."

"단 사흘만에 황제폐하의 용안이 수척해지셨다 하옵니다."

"쯧쯧쯧, 나라꼴이 장차 어이될꼬."

기황후가 혀를 끌끌 찼다. 대원제국이 송두리째 무너지는 모습이 눈앞에 선히 떠올랐다.

"그래, 톡토는 한산동과 주원장의 무리를 어찌한다고 했소?"

"자기가 총사가 되어 토벌에 나선다고 했사옵니다. 황제폐하께 그리 약속을 했다 하옵니다."

"그자가 순전히 중서령의 자리만 탐냈던 것은 아닌 것 같구려. 어쩌면 죽을지도 모를 자리에 손수 나갈 생각을 했다니."

기황후가 벌레 씹은 낯빛으로 말했다.

13

기황후, 문수보살이 되다

혜월 스님이 흥성궁을 찾아왔다. 석경산의 화엄경 보수불사를 마치고 만행을 떠난 지 세 해만이었다.

"소승, 그동안 너무 적조하였나이다."

"어찌 이제야 오셨소? 스님은 이 몸이 보고 싶지도 않더이까?"

기황후가 눈물까지 글썽이며 말했다.

그만큼 기황후는 외로웠다. 이제 조정의 실권은 거즌 중서령 톡토에게 넘어가 있는 상태였다. 톡토는 황제 앞에서 큰 소리 친 것과는 달리 십만의 대군을 끌고 한산동의 무리를 토벌한다고 나갔으나, 군사의 대부분을 잃고 빈 몸으로 돌아왔다. 요망스런 계집 여희에게 빠진 황제는 톡토에게 아무런 벌도 내리지 않았을 뿐만 아니라, 중서령의 자리를 그대로 놓아두었다.

이제 톡토는 기황후 앞에서 고개를 숙이지 않았다. 그럴 뿐만 아니라 고려 공녀 출신 기황후를 폐하고 몽고족 출신의 여자를 새로이

황후로 모셔야 한다는 말을 공공연히 하고 다닌다고 박불화가 전해
주었다.

　─황후마마, 톡토를 그대로 두면 아니 되겠나이다. 아직도 대호군
의 군사들 가운데는 자정원을 따르는 무리가 많사옵니다. 톡토의 목
을 베는 것이 어떻겠사옵니까?

　─황제폐하께서 임명한 중서령이오. 어찌 함부로 목을 벨 수가 있
겠소? 그가 역모를 도모한다는 징조도 없지 않소? 당분간은 지켜보
도록 하십시다.

　기황후가 말렸다.

　─소인, 완산군 어른을 생각해 보았사옵니다. 그분 같으면 이럴 경
우 어찌했을까를 생각해 보았사옵니다.

　박불화의 말에 기황후도 잠깐 고용보를 떠올렸다.

　그가 황궁에 있었다면 자신의 처지가 이리 곤란에 빠지지는 않았
을 것이라는 생각에 눈밑이 뜨뜻해졌다.

　─이 몸도 요즘들어 완산군이 그립소.

　기황후가 눈밑을 훔쳤다.

　고용보가 자객의 손에 죽은 것은 두 해 전이었다. 금강산 유점사
의 유점도감에 있던 고용보를 불러들였는데, 압록강을 넘자마자 자
객의 비수에 가슴을 찔려 죽은 것이었다. 기황후를 반대하는 조정
대신들 가운데 누군가의 사주를 받은 자객의 짓이었다는 것만 짐작
할 뿐, 범인은 끝내 밝혀지지 않았다. 죽은 고용보를 위해 황궁의 누
구도 애도하지 않았다. 살아있을 때에는, 살아서 황제를 가까이서

모실 때에는 그 앞에서 허리를 조아리던 자들조차 황제의 총애하심을 믿고 너무 오만방자했다고 드러내놓고 떠들 뿐이었다.

박불화를 보내 간소한 장례를 치루어 주면서 기황후는 속으로 피눈물을 흘렸다. 따지고 보면 든든한 오른팔 하나가 잘려나간 것이나 마찬가지였다.

'어쩌면 내가 낳은 애유식리달랍 황태자가 황제의 자리에 못 오를지도 몰라.'

그런 불안감이 들 때마다 기황후는 고용보가 그리웠고, 혜월 스님이 보고 싶었다. 자정원을 통하여 여전히 불사를 하고 대도의 거지들에게 죽공양을 하면서도 기황후는 예전처럼 신명이 나지 않았다.

연희궁에 틀어박힌 황제는 두어 달에 한번이나 얼굴을 볼까말까 했다.

그런 차에 혜월이 온 것이었다.

"스님, 이제는 대도를 떠나지 마십시오. 이 몸 곁에서 이 몸을 돌봐주시오."

기황후가 간절한 눈빛으로 혜월을 바라보았다. 세 해 동안의 만행에도 혜월의 눈빛은 초롱했고, 얼굴빛은 맑았다.

"그렇게 하겠나이다. 소승, 황후마마 곁에 머무르면서 빈민구제에 애쓰겠나이다."

"고맙소. 그래, 이번에는 어디를 다녀오셨소? 세상의 형편은 어떻습디까?"

"고려국에 다녀왔나이다."

"고려국에요?"

"예, 황후마마. 고려국의 곳곳을 두루 돌아다녔사옵니다. 공민왕의 개혁정책으로 고려국이 많이 좋아지고 있었사옵니다. 백성들의 삶이 조금씩 나아지고 있었사옵니다. 백성들이 힘을 모아 홍건적을 물리친 것도 공민왕이 그만큼 백성들로부터 신임을 받고 있다는 징조가 아니겠사옵니까?"

"참으로 다행한 일이 아닙니까? 이제 고려가 원나라에 합성될 위험은 없는 것이 아닙니까?"

"그렇사옵니다, 황후마마. 고려국은 걱정이 없사옵니다. 대원제국이 오히려 걱정이지요."

그런 말을 하면서도 혜월의 얼굴에 그늘은 내려앉지 않았다. 그것은 그가 진정으로 대원제국의 앞날을 걱정하고 있지 않다는 뜻이었다.

"스님은 아직도 이 몸이 대원제국의 앞날에 연연하지 않아야 한다고 믿고 계십니까?"

"황공하오나, 그렇사옵니다. 대원제국은 이미 무너져가고 있는 나라이옵니다. 한산동의 아들 한림아(韓林兒)가 황제를 자처하고 국호를 대송(大宋)이라고 칭한 것은 문제가 아니옵니다. 주원장의 무리가 그 세를 날로 키우고 있사옵니다. 한 마디로 황제의 황은이 지방에까지 미치지 못하고 있사옵니다. 황은이 무엇입니까? 황제폐하를 원망하지 않은 백성이 없을 지경이옵니다."

"그러니, 이 일을 어찌했으면 좋겠사옵니까?"

기황후가 얼굴을 일그러뜨리며 물었다.

혜월이 나무관세음보살, 하고 중얼거리다가 말했다.

"욕심을 버리시옵소서. 가슴에 가득 찬 욕심만 버리면 그것이 바로 극락이옵니다."

"허나, 백성들을 나 몰라라 할 수도 없는 것이 아닙니까?"

"누가 황제 노릇을 하건 백성들은 어차피 살아가게 되어 있사옵니다. 악한 군주만 아니면 백성들은 살아갈 수 있지요 소승, 이번에 고려국을 떠돌면서 느낀 점이 참으로 많사옵니다. 악한 군주의 악행은 전염병처럼 퍼져나가 백성들의 삶을 피폐하게 만들지만, 선한 군주의 선행은 굼벵이보다 느리게 백성들 사이로 퍼져나갔사옵니다. 그동안 고려국의 왕들은 백성들의 삶에 아무런 도움도 주지 못한 폭군이었사옵니다. 공민왕은 황폐한 백성들의 마음을 달래는 데만, 다섯 해가 걸렸사옵니다. 그런데도 백성들은 아직도 공민왕을 완전히 믿지 못하고 있었사옵니다."

"스님, 이제 이 몸에게는 고려왕을 간섭할 힘이 없습니다. 두고 볼 수밖에 없습니다."

"황후마마가 간섭하지 않아도 고려에서 잘 알아서 할 것입니다. 공민왕이 폭군의 길을 간다면 고려국의 조정에서 역모라도 일어나겠지요. 벌써 조신이라는 자가 한번 역모를 시도하다가 목숨을 잃은 일이 있지 않사옵니까? 황후마마께오서도 고려국의 일도 대원제국의 일도 다 물이 흘러가는 대로 흘러가듯이 내버려 두시고, 부처님께 귀의하시옵소서."

혜월이 간곡하게 부탁했다.

"이 몸은 진즉부터 부처님께 귀의하였사옵니다."

"마음에서 욕망을 버리라는 뜻이옵니다. 원나라로 끌려오신 원한도 버리시고, 황태자로 하여금 황위를 잇게 해야 한다는 조급함도 버리시옵소서. 어차피 세상 일이란 물이 흐르듯, 계획된 대로 흘러가게 되어 있는 것이옵니다."

"스님의 말씀을 가슴에 새기겠나이다."

기황후가 대꾸했다.

그러나 마음까지 그런 것은 아니었다. 어떻게든 자신이 낳은 애유식리달랍 황태자가 황위를 이어받아 대원제국을 다스리는 모습을 보고 싶었다. 그래야 공녀로 끌려오던 그때 캄캄한 바다에 몸을 던져 죽으려던 가슴에 맺힌 한이 풀어질 것 같았다.

"소승, 대도에 머물며 죽공양을 하겠나이다. 황후마마께오서 많이 도와주시옵소서."

"그야 이를 말씀입니까? 요즘은 소금 전매권을 한산동의 무리가 많이 빼앗아간 바람에 자정원의 재정도 풍족하지는 않습니다만, 내 어찌 죽공양을 멈출 수가 있겠습니까?"

기황후가 혜월과 그런 말을 나누고 있을 때였다.

박불화가 얼굴이 하얗게 질려 흥성궁을 찾아왔다.

"황후마마, 큰일 났사옵니다."

"무슨 말씀이오? 큰 일이 나다니요?"

"성곤테무르 태자가 감쪽같이 사라졌다고 하옵니다. 조금 전 그곳을 지키고 있던 염탐이 와서 소식을 알려주었사옵니다."

"뭐요? 성곤테무르가 사라져요?"

"벌써 한 달 전이라고 하옵니다. 전날까지도 분명히 성곤테무르가 있었는데, 다음날 처소를 지키던 군졸들이 칼에 찔려 죽어있어 확인을 해보니, 사라지고 없었다 하옵니다."

"하면, 성곤테무르가 군졸들을 죽이고 도망이라도 쳤다는 말이오?"

"아닐 것이옵니다. 성곤테무르는 군졸 다섯을 죽일만한 무예가 없사옵니다. 아마도 성곤테무르를 황위에 올리려는 자들의 소행이 아닌가 하옵니다. 그를 살려둔 것이 불찰이었사옵니다. 대도와는 일만 리나 떨어진 외진 곳이라 믿고 있었던 것이 잘못이었사옵니다."

"허허, 이 일을 어쩐단 말이오? 그렇지 않아도 애유식리달랍 황태자가 순수 몽고족 출신이 아니라고 황위를 잇는 것을 반대하는 신료들이 많은데, 성곤테무르가 사라진 것을 알면 더욱 기고만장하여 황태자를 폐하자고 나설 것이 아니오."

기황후가 가슴을 치고 올라온 분노로 온몸을 부들부들 떨자 혜월이 안타까운 표정으로 말했다.

"황후마마, 고정하시옵소서. 마음에서 욕심을 버리시옵소서. 어차피 세상 일은 계획된 대로 흘러가는 것이라고 말씀 올리지 않았사옵니까? 자중자애 하시옵소서."

"하오나, 스님. 내가 낳은 자식으로 대원제국의 황위를 잇게 하는 것은 이 몸의 마지막 남은 소원이었습니다. 비록 부처님을 가슴에 모시고 있으나, 그 욕심만은 어쩔 수가 없습니다. 황위를 다른 태자한테 빼앗긴다면 이 몸은 살아갈 낙이 없습니다. 이보시오, 박환관. 지금 당장 소호군 대장 이극(李克)을 들라하시오. 무슨 수를 쓰든 성곤테무르를 찾아 목을 베어야할 것이오. 완산군의 말대로 성곤테무르에게 사약을 내렸던들 오늘의 불상사는 없을 것을, 어설픈 인정이 일을 그르치게 만들었구려."

"황후마마. 너무 심려하지 마시옵소서. 성곤테무르를 빼낸 것이 꼭 황태자마마를 반대하는 쪽에서 한 짓이라는 증거도 없사옵니다. 어쩌면 한산동이나 주원장의 무리가 한 일인지도 모르옵니다."

"누가 빼냈건, 황태자한테 나쁜 영향을 미칠 것은 분명한 사실이 아니오? 그를 이용하여 황실의 싸움을 부추길 수도 있고 말이오. 아무튼 이극을 빨리 들라하시오."

기황후가 서슬이 시퍼렇게 달아올라 말했다.

"황제폐하, 어제는 소녀가 모처럼 대도 구경을 나갔었나이다."

황제의 가슴에 얼굴을 묻으며 여희가 말했다.

"그랬느냐? 짐의 몸이 부실하여 너를 부르지 않았더니, 좋은 구경을 하였겠구나. 그래, 무엇을 보았느냐?"

"시장에 가서 만두도 사 먹고, 대도 네거리를 구경하고 다녔나이다. 그런데 백성들이 한결같이 황후마마를 욕하고 있었나이다."

"황후를 욕하다니? 황후가 얼마나 백성들을 위하는데 욕을 한다는 말이더냐? 황후는 요즘도 계속하여 대도의 거지들에게 죽을 끓여 먹이고 있지 않더냐? 부처님으로 모셔도 시원치 않을 판에 욕을 하다니? 참으로 배은망덕한 백성들이 아니더냐?"

황제가 목소리를 높였다.

"죽을 얻어먹는 거지들이야 황후마마를 문수보살님이라고 칭송을 하옵지요. 하오나, 죽을 얻어먹지 않은 다른 백성들은 욕을 하였나이다."

"그래, 뭐라고 욕을 하더냐?"

"고려 공녀 주제에 황후가 되어 대원제국의 황실을 마음대로 움직인다구요. 황제폐하까지도 황후마마 앞에서는 꼼짝을 못한다고 흉을 보았사옵니다."

"내가 꼼짝 못하는 것이 어디 황후뿐이더냐? 너한테도 꼼짝을 못하고 있지 않느냐?"

"그것이 아니옵고요. 고려 공녀가 낳은 아들을 황태자로 삼아 대원제국의 황제가 되는 꼴은 더 이상 못 보겠다고 했사옵니다. 진정한 황태자감은 귀양을 가 계신 성곤테무르 태자마마라고 하였사옵니다."

"여희야, 네가 황후가 되고 싶은 모양이로구나. 황후의 흉을 보는 것을 보니."

"천부당 만부당하옵신 말씀이시옵니다. 소녀가 어찌 그런 꿈을 꾸겠사옵니까? 소녀는 다만 백성들의 말을 그대로 전해 올리는 것 뿐이옵니다."

"허나, 황후는 착한 여자니라. 황후한테는 오직 부처님과 그리고 불쌍한 백성들 밖에 없느니라. 황후가 대도에서 죽공양을 시작한 것이 벌써 십 년도 넘느니라. 십 년 동안 한결같이 허기지고 굶주린 거지들한테 죽을 끓여 먹였느니라. 사람이 그러기가 쉬운 일은 아니지 않느냐?"

"백성들은 그 일조차도 입방아를 찧고 있었사옵니다. 황제폐하의 믿음을 얻기 위하여 겉으로만 그런다고 했사옵니다. 일단 황태자 전하께오서 황위를 물려받고 나면 달라질 것이라고 했사옵니다. 백성들은 공녀 출신인 황후마마가 죽공양을 하는 것도 교활한 짓거리라고 욕을 했으며, 공녀 출신인 황후마마가 낳은 황태자가 장차 황위를 물려받는 일도 불만으로 여겼사옵니다. 그런 불만이 나온 것이 한두 곳이 아니었사옵니다. 자칫 폭동이라도 일어날까 소녀는 걱정이 되었사옵니다."

"폭동? 여희야, 너 지금 폭동이라고 했느냐?"

황제가 고함을 버럭 질렀다.

"황제폐하, 백성들의 소원을 들어주시옵소서."

여희가 황제를 빤히 올려다 보았다.

"백성들의 소원이라니?"

"순수한 몽고족 출신의 태자마마께오서 황태자가 되는 것이옵니다. 백성들은 성곤테무르 태자께서 황태자가 되시기를 간절히 바라고 있었사옵니다."

"알겠느니라. 백성들의 뜻이 그렇다면 짐이 다시 한번 생각을 해보마."

"황은이 망극하옵니다. 백성들이 참으로 기뻐할 것이옵니다. 황제폐하의 만만세를 부를 것이옵니다."

여희가 생긋 웃었다.

"어떻느냐? 황제폐하의 속을 떠보았느냐? 내가 성곤테무르 태자를 황태자로 봉하자고 주청을 올리면 들어주시겠더냐?"

여희가 연희궁을 나오자 기다리고 있던 톡토가 다급히 물었다.

"한번 생각해 보겠다고 했사옵니다."

"그만하면 되었구나. 그러니까 화를 내시며 반대를 하시지는 않았다는 말이렷다?"

"소녀의 몸에서 풍기는 향기에 정신이 하나도 없으신데 어찌 화를 내시겠나이까? 어르신의 뜻대로 하셔도 큰 말썽은 일어나지 않을 것이옵니다. 포르치르므르 장군한테서는 사람이 왔습니까?"

"어제 다녀갔느니라. 포르치므르 장군은 이번 참에 아예 황제를 갈아치우자고 나오고 있구나. 기황후와 애유식리달랍 황태자를 주살하고 황제는 연희궁에 유폐를 시킨 다음에 성곤테무르 태자를 황위에 올리자고 하는구나."

"하오면 그렇게 하시옵소서. 무엇이 무서워 못하옵니까?"

"황후의 세가 아직은 막강하느니라. 대호군 가운데도 암암리에 황후를 따르는 자들이 많고."

"구더기 무서워 장을 안 담그면 결국 장맛은 볼 수가 없는 것이 아니옵니까?"

"허허, 네가 황제를 모시더니, 목소리에 제법 힘이 들었구나. 수일 내로 성곤테무르를 대도로 부르자는 말씀을 올려보거라. 어떻게든 성곤테무르 태자를 대도로 불러도 좋다는 황제폐하의 허락만 얻어 내면 일은 일사천리로 진행이 될 것이니라."

"그분은 지금 어디에 계시옵니까?"

"포르치므르 장군이 보호하고 있니라. 성곤테무르 태자가 황위를 이으셔야 너나 내가 사느니라. 다시 한번 이른다만 하루라도 빨리 성곤테무르 태자를 황궁으로 불러드린다는 황제폐하의 허락을 받아내 거라."

"알겠사옵니다. 그 일이 그리 어렵겠나이까?"

여희가 생긋 웃었다. 그 웃음에 한숨을 쉬며 톡토가 말했다.

"밤마다 네가 그립구나. 너를 내 곁에 두기 위해서라도 일을 서둘러야겠구나. 포르치므르 장군의 말대로 아예 성곤테무르 태자를 황위에 올려야겠구나."

"알아서 하시옵소서. 일이 잘 되면 소녀를 버리지만 말아주시옵소서."

여희가 속으로는 일이 잘 된들 소녀가 어찌 당신한테 가겠습니까? 소녀의 정인은 따로 있는걸요, 하고 생각하면서도 겉으로는 그렇게 말했다.

'더러운 계집같으니라구. 일이 잘 된들 내 어찌 너를 다시 내 곁에 두겠느냐? 네년은 어차피 청소가 끝난 걸레인 것을.'

엉덩이를 요란스레 흔들며 연희궁으로 들어가는 여희를 쳐다보며 톡토가 중얼거렸다. 꼭 걸레같은 계집이라서가 아니라, 다시는 이불 속에 넣고 싶지 않은 계집이었다. 단 한번의 살풀이만으로도 다음날 허리가 욱신거릴 만큼 여희는 사내의 기를 빼앗아가는 넘치는 힘이 있었다. 라마승 가린진으로부터 방중술을 익혀 하루에 서른 계집을 혼절시켰다는 황제가 여희를 만난 첫날의 교접에 방출을 하고, 하루 에도 몇 번씩 방출을 하는 통에 얼굴이 벌써 반쪽이 된 것만 보아도 여희는 사내를 죽일 계집이었다. 그녀의 살집에 극락이 들어있어도 톡토는 계집의 배 위에서 죽고 싶은 마음은 없었다. 오래오래 영화 를 누리며 살고 싶었다. 그러기 위해서는 우선 기황후부터 몰아내야 했다. 기황후를 몰아내고 애유식리달랍 황태자대신 성곤테무르 태 자를 황위에 앉혀야 하는 것이었다.

포르치므르가 성곤테무르 태자를 유배지에서 빼내어 보호하고 있 다는 전갈을 보내온 것은 어제였다. 어떻게든 황제를 움직여 성곤테 무르 태자를 황궁으로 불러들이라고 했다. 일단 유사시에 성곤테무 르를 황제의 자리에 올리려면 가까이 있어야 한다고 했다. 또한 성 곤테무르가 황궁으로 돌아오면 그동안 황후 편에 서서 황후의 눈치 만 보던 조정의 대신들도 많이 돌아설 것이라고 했다.

"어떻소? 대호군 가운데 믿을만한 병사로 삼백 명쯤 추려놓으라 는 것은."

중서성으로 돌아온 톡토가 대호군 팽요를 불러들여 물었다.

"추호의 빈틈도 없이 준비하고 있습니다. 언제든지 하명만 하십시 오."

팽요가 쥐새끼처럼 생긴 눈알을 굴리며 톡토의 눈치를 살폈다.

"아직도 대호군의 병사 중에는 황후를 따르는 자가 많을 것이오. 각별히 조심하시오."

"여부가 있겠습니까?"

"홍건의 무리는 어떻소?"

"고려한테도 패하여 물러난 놈들입니다. 감히 대원제국의 상대가 될 수는 없지요."

"다행이구려. 소문과는 달리 주원장이라는 놈도 별 수가 없는 모양이오."

"절간에서 염불이나 외던 놈이 혹세무민으로 인심은 조금 얻었다고 하나, 그 세가 얼마나 가겠습니까? 저절로 무너질 것이니, 심려하지 마십시오."

"나는 대호군 대장만 믿소. 고려 공녀의 재미는 어떻습디까? 역시 무뚝뚝한 몽고 여인들과는 다르지요? 나긋나긋하고 상냥하고, 거기다 영리하여 하나를 말하면 둘을 알아들으니, 부리기도 편하고."

"그래서 기황후같은 고려 여인도 있는 것이 아닙니까? 하온데, 중서령 어르신, 지금 양자강 하류 쪽에서 역병이 돌고 있다합니다."

"역병이요?"

"그렇습니다. 역병이 무서운 기세로 대도를 향하여 올라오고 있다합니다. 백성들의 말이 홍건적의 무리보다 더 무서운 것이 역병이라고 한답니다."

"이것 큰 일이 아니오? 반란의 무리만으로도 벅찬데, 거기다 역병이라니요? 나라꼴이 장차 어찌되려고 이러는 것이오?"

"수많은 백성들이 죽겠지요. 홍건의 무리가 주춤한 것도 사실은 역병 때문이라 합니다. 역병이 홍건의 무리를 피해가지는 않으니까요. 창이나 칼로도 역병을 물리칠 수는 없으니까요. 성곤테무르 태자 마마께오서는 언제 황궁에 들어오십니까?"

"여희가 잘 하고 있으니, 머지않아 황제폐하의 허락이 떨어질 것이오. 포르치므르 장군의 말대로 곧바로 성곤테무르 태자를 황위에 올리는 것이 나을지도 모르겠소."

톡토의 말에 팽요의 쥐새끼 눈이 번쩍 빛났다.

"황제는 폐위를 시키는 것입니까?"

"폐위하다 뿐이겠소? 순순히 말을 듣지 않으면 제거를 해야겠지요. 그나저나 역병이 문제구려. 그놈의 것은 사람을 가려 들지는 않으니 말이오."

"이만 리 밖에서 번지고 있는 역병입니다. 오다가 저절로 사그라들 수도 있겠지요."

"그리되었으면 좋겠소만, 불길한 예감이 드는구려."

톡토가 잔뜩 근심이 어린 표정으로 팽요를 바라보았다.

"걱정하지 마십시오. 중원 땅에 언제는 역병이 돌지 않았던 때가 있었습니까? 해마다 여름이면 역병이 돌다가도 바람이 쌀쌀해지면 저절로 사라졌습니다. 이번에도 그럴 것입니다."

"아직도 가을은 멀었소. 한번 번지기 시작하면 말발굽보다 빠르게 번지는 것이 역병이 아니오. 말이 넘을 수 없는, 사람이 넘을 수 없는, 심지어는 허공을 나는 보라매도 넘을 수 없는 태산준령도 넘을 수 있는 것이 역병이 아니오."

"결코 그런 일은 벌어지지 않을 것입니다. 심려하지 마시고, 성곤 테무르 태자마마를 황궁으로 모시는 일에 전념하십시오. 소인, 단단히 준비를 하고 있겠습니다. 중서령 어르신의 영이 떨어지기만을 기다리고 있겠습니다."

"알았소. 아직은 믿는 부하들한테도 비밀로 하시오. 어디에 황후의 염탐이 박혀있을지 모르오."

"여부가 있겠습니까? 어르신과 저와 둘만이 아는 일입니다."

팽요가 허리를 깊숙히 숙이고 물러간 다음 톡토가 중얼거렸다.

"저놈은 입 속의 혀처럼 노는 것은 좋은데, 그놈의 쥐새끼 눈이 영 기분이 나쁘단 말야."

"황후마마, 역병이 돌고 있사옵니다. 양자강 하류에서 시작된 역병이 무서운 속도로 대도를 향해 올라오고 있습니다."

부르지도 않았는데 찾아온 혜월이 얼굴을 일그러뜨리고 말했다.

혜월을 만난 지 벌써 스무 해가 넘었지만, 그가 그렇게 어두운 얼굴로 기황후를 찾아온 일은 없었다.

"혜월 스님, 이 몸도 역병의 소식을 듣고 있었습니다. 이 일을 어찌해야 합니까? 아무런 죄도 없는 백성들이 역병에 쓰러지고 있다 합니다. 하루에도 수백 명씩이 죽어가고 있다 합니다. 이 몸이 할 일이 무엇입니까?"

기황후가 안달을 했다. 양자강 하류에 역병이 돌고 있다는 것을 박불화가 전해 올린 것이 한 달 전이었다.

－황후마마, 역병이란 어차피 찬바람이 나면 사그라들게 되어있사옵니다. 심려하지 마시옵소서.

박불화가 그렇게 말했었다.

그러나 역병이 너무 일찍 발생한 것이 문제였다. 이제 겨우 여름의 초입이었다. 자칫 무더운 날씨에 장마라도 진다면 역병은 물길을 따라, 바람을 따라 사정없이 번져갈 것이었다. 역병의 기세가 드세다면 찬바람이 일어도 수그러들지 않을지도 몰랐다.

사나흘에 한번씩 박불화가 와서 역병으로 수십 수백 명의 백성들이 죽어나가고 있다고 전해 주었다. 조정의 대신들도 발만 동동 구를 뿐, 대책을 세우지 못하고 있다고 했다.

－의원들은 무엇을 하고 있다는 말이오? 나라에 역병이 돌고 있는데도 손을 놓고 있다는 말이오?

－아무도 움직이지 않고 있사옵니다. 중서성에서 어사대 감찰을 동원하여 황궁의 태의를 중심으로 진료반을 보내려고 했사오나, 도망을 가버렸다고 하옵니다.

－태의가 도망을 쳐요?

－목숨이 아까웠던 것이지요. 가면 죽을 것을 뻔히 알면서 어찌 가겠나이까? 어떻게든 살아만 있으면 어디 촌구석에 가서 약방을 차려도 한 목숨 못 살겠사옵니까?

－죽일 놈들, 참으로 죽일 놈들이 아니오.

그러나 기황후로서도 어쩔 수가 없었다. 황제를 찾아가 그만 정신을 차리고 나라의 정사를 살피라는 말 밖에 할 수가 없었다.

 -역병이 도는데 짐더러 어찌하라는 말씀이오?

 황제가 누렇게 뜬 얼굴로 역정을 냈다. 번들거리는 눈빛에는 총기가 없었다. 여희라는 계집에게 진기를 다 빼앗기고 허물만 남은 꼴이 분명했다.

 -황제폐하, 나라의 형편이 어려울 때는 군주가 몸소 백성들과 아픔을 함께 해야 할 걸로 알고 있사옵니다. 지방마다 반란군이 득세하여 감히 황제를 칭하고, 역병이 생겨 대도를 향해 올라오고 있는데도 황제폐하께오서 연희궁에 머물러 계시오면 어찌하옵니까? 대명전으로 납시셔서 대신들을 다그치소서. 역병을 물리치고 반란군을 제압할 방도를 찾으라고 독려하시옵소서.

 -중서령의 말이 찬바람이 돌면 역병은 사라진다고 했소. 그러니 찬바람이 날 때까지만 참읍시다, 황후.

 -아니옵니다, 황제폐하. 이 몸이 알기로는 하루에도 수백 명의 백성들이 죽어가고 있다고 하옵니다. 하루에도 수백 명이 죽어 그 썩는 냄새가 천지를 진동하고 있다고 하옵니다. 우선은 죽어 썩어가고 있는 시체들부터 치워야할 것이 아니옵니까? 추밀원사를 불러 군사들이라도 보내 시체를 치우도록 영을 내려 주시옵소서.

 -알겠소. 내 황후의 말대로 중서령을 불러 그리 영을 내리리다. 그러니 제발 짐을 귀찮게 하지 마시오.”

 황제가 얼굴을 일그러뜨렸다. 색을 탐하는 일 외에는 모든 것이 황제한테는 귀찮을 뿐이었다.

'이제야말로 황제를 황위에서 내려야겠구나. 황태자를 황위에 올려야겠구나. 역병이 물러가고 나면 그 일부터 해야겠구나.'

흥성궁으로 돌아오며 기황후가 그런 생각을 했다. 박불화의 말에 의하면 하루가 다르게 역병은 대도를 향해 몰려오고 있다고 했다.

'어찌할꼬, 이 일을 어찌할꼬, 황제는 황음에 빠져있고, 조정의 대신들 가운데 누구도 돌보지 않는데, 이 역병을 어찌할꼬.'

기황후가 혼자 안달을 하고 있는데 때맞추어 혜월 스님이 찾아온 것이었다.

"스님, 이 몸이 무엇을 어째해야 하옵니까? 백성들이 하루에도 수백 명씩 죽어가고 있는데도 이 몸은 할 일을 찾지 못해 안타까워하고만 있을 뿐입니다. 겨우 묵주를 굴리며 나무아미타불 관세음보살만 찾고 있을 뿐입니다."

"황후마마, 이번의 역병은 아무래도 하늘이 내리시는 재앙같사옵니다. 황음한 황제폐하를 징치하기 위한 재앙같사옵니다."

혜월이 말했다.

"며칠 전에도 이 몸이 연희궁에 들러 황제폐하께 주청을 드렸습니다만, 귀찮아할 뿐이었습니다. 황제폐하는 이제 정상인이 아닙니다. 색귀에라도 씌운 듯 여희라는 계집의 치마폭에 빠져 헤어나지를 못하고 있사옵니다."

"소승도 밖에서 소문을 듣고 있었사옵니다. 참으로 안타까운 일입니다."

"안타까워만 한들 무슨 소용이 있습니까? 어제 박환관의 말에 의하면 역병이 대도 백 리 밖까지 왔다고 했습니다. 만에 하나 역병이 대도까지 번진다면 큰 일이 아닙니까? 대도는 백성들이 몰려 살고 있는 곳이라 희생자가 수백 명에서 끝나지 않을지도 모릅니다. 이 일을 어찌해야합니까? 스님."

기황후의 눈가에 눈물이 맺혔다.

그 모습을 잠시 바라보던 혜월이 입을 열었다.

"소승, 밤을 새워 부처님께 빌고 있나이다. 불쌍한 백성들을 역병의 고통으로부터 벗어나게 해달라고 빌고 또 빌었사옵니다."

"스님, 이 몸도 빌고 싶습니다. 부처님 앞에서 빌겠습니다."

"황후마마, 옛부터 나라에 큰 가뭄이나 홍수가 들면 나랏님이 하늘에 빌었습니다. 기왕 황후마마께오서 부처님께 기도를 드릴 결심이시라면 황제폐하와 함께 천제단에 납시셔서 하늘에 큰 제사를 올리는 것이 어떻겠사옵니까?"

혜월이 말했다.

"하늘에 제사를 드리라구요?"

"그렇사옵니다. 대도에도 천제단이 있지 않사옵니까? 요 근래 몇년 동안은 황제폐하께오서 하늘에 제사를 올리지 않았사옵니다만, 황제폐하께오서 황음에 빠지시기 전만 해도 천제단에서 조정의 대신들과 함께 제사를 올린 걸로 알고 있사옵니다. 그것은 황제폐하가 하늘에 올린 제사의 효험으로 가뭄이 해소되고 홍수가 멈춘다는 뜻이 아니옵니다. 백성들의 고통을 황제폐하도 함께 나눈다는 아름다운 뜻이 담겨있는 것입니다."

"허나, 여희라는 계집 외에는 관심이 없으신 황제폐하이십니다. 그 귀찮은 일에 움직이려 하시겠습니까?"

"하오면, 황후마마께서라도 천제단에서 제사를 올리는 것이 어떻겠사옵니까? 대도의 백성들이 크게 위로를 받을 것이옵니다. 부처님께 기원하는 일은 그 다음에 하셔도 무방하실 것이옵니다."

"알겠습니다. 이 몸이 중서령을 불러 의논을 하겠습니다. 황제폐하께오서 납시신다면 좋겠지만, 싫다고 하오시면 이 몸이라도 조정 대신들과 함께 천제단에 나가 제사를 올리겠습니다. 스님께서 많이 도와주십시오."

"소승, 황후마마의 말씀을 받들어 모시겠나이다."

혜월이 물러간 다음 기황후가 박불화를 불러 중서령을 흥성궁으로 들라고 일렀다. 며칠 전에는 불러도 오지 않더니, 이번에는 중서령 톡토가 고분고분 불려왔다.

"소신을 부르셨나이까? 황후마마."

"중서령, 조정의 대신들이란 사람들은 도대체 무얼 하고 있는 것이오? 지방의 반란군이야 수년 전부터 일이니 그렇다고 치더라도 역병이 무서운 기세로 몰려오고 있는데도 손을 놓고 바라만 보고 있어야 되겠소?"

기황후가 우선 나무라기부터 했다.

"중서성에서 손을 놓고 있는 것은 아니옵니다, 황후마마. 황궁의 태의는 물론 대도의 의원들을 모두 역병이 돌고 있는 지방으로 보내

412

고 있사옵니다."

톡토가 변명했다.

"허나, 보내는 의원마다 중간에서 모두 도망을 친다면서요? 조정의 기강이 얼마나 무너졌으면 그런 일이 생기겠소?"

"황송하옵니다, 황후마마."

톡토가 고개를 깊숙히 조아렸다.

"내가 이번에 천제단에 나가 하늘에 제사를 올리려고 하오. 중서령이 황제폐하께 주청을 드려 함께 납시도록 해주시오. 벼슬아치가 누구를 위해 있는 것이오? 조정의 대신들이 호의호식으로 살 수 있는 것이 다 누구 때문이오? 백성들이 있기 때문이 아니오? 요근래 백성들은 참으로 힘든 고통을 감내하며 살아왔소. 해마다 가뭄이 들어 심어놓은 곡식이 타 죽었으며, 겨우 살아난 곡식은 또 홍수에 떠내려가 먹을 것을 생산하지 못했소. 어디 그뿐이오? 지방마다 반란군이 들고 일어나 백성들을 불안에 떨게 하고 있으며, 엎친데 덮친 격으로 역병이 돌아 무고한 백성의 목숨을 하루에도 수백, 수천 명씩 앗아가고 있으니, 이 얼마나 불행한 일이오."

"소신, 몸둘 바를 모르겠나이다."

"내가 이번에 황제폐하를 모시고 천제단에서 하늘에 제사를 올리려는 것은 불쌍한 백성들을 위로하기 위해서요. 황제폐하께오서도 백성들과 아픔을 함께 하고 계시다는 것을 보여주기 위해서요. 하니, 간곡히 주청을 드려 하교를 받도록 하시오."

"소신, 황후마마의 뜻을 받들어 모시겠나이다."

"혹시 황제폐하께오서 참석을 않으시겠다고 하시면 나 혼자라도 제사를 올릴 것이오. 그때는 조정의 대신들은 한 사람도 빠짐없이 참석을 하도록 하시오."

"예, 황후마마."

중서령 톡토가 물러간 다음 기황후가 황제폐하가 과연 천제단에서 올리는 제사에 참석하실까, 하고 곰곰이 생각했다. 그러나 참석하지 않을 것이라는 쪽으로 마음이 기울었다. 정사에는 도통 관심이 없는 황제가 황궁 밖으로 나가 하늘에 절을 올려야 하는 번거로운 일에 나설 리가 없다는 생각이었다.

그리고 그런 기황후의 예감대로 황제가 쓸데없는 일로 번거롭게 한다고 크게 화를 냈다는 말을 전해 들었다. 황제가 참석하지 않는다고 황후까지도 중간에서 그만 둘 수는 없는 일이었다. 꼬박 하루가 걸리는 천제단 제사를 백성들과 함께 지냈다. 자정원의 재물로 음식을 풍성하게 만들어 제사가 끝난 다음에 백성들한테 골고루 나누어 주었다.

조정의 대신들 가운데는 자정원파라고 하는 자들만 참석하였다. 중서령 톡토 일파는 기황후의 영도 감히 따르지 않았다.

"애쓰셨사옵니다, 황후마마."

운거사의 승려들은 물론 대도 인근의 승려들을 모두 불러 제사의 처음부터 끝까지 주관했던 혜월 스님이 먼저 기황후의 노고를 치하했다.

"혜월 스님의 노고가 크셨습니다. 이 몸은 옛날부터 스님께 누만

끼치고 있습니다. 스님이 아니셨으면 이 몸이 감히 천제단에 제사를 올릴 마음이나 먹었겠습니까?"

"백성들이 황후마마 천세를 불렀다 하옵니다. 황후마마야말로 부처님께서 보내신 문수보살이라고 하였사옵니다."

"그것이 무슨 소용이 있습니까? 천세를 부르는 것보다 단 한 사람이라도 역병 환자가 덜 생겼으면 좋겠습니다. 이 몸이 정녕 문수보살이라면 역병으로 죽어가는 백성들을 그대로 두겠습니까? 당치 않은 말씀입니다."

기황후가 한숨을 내쉬었다.

"황후마마의 정성을 하늘이 아신다면 역병은 더 이상 번지지 않을 것입니다."

혜월이 말했으나, 기황후가 고개를 내저었다. 혜월 스님의 말이 다만 자신을 위로하기 위한 입에 발린 소리라는 것을 알고 있기 때문이었다.

날씨는 점점 무더워지고 있었다. 후덥지근한 바람 속에서 비위를 상하게 하는 역겨운 냄새가 풍겼다. 역병으로 죽은 시체가 썩는 냄새였다.

"황후마마, 대도에 역병이 돌고 있다하옵니다. 멀쩡하게 길을 가던 사람들이 길바닥에 쓰러지고 있다하옵니다. 몇 번 뻐르적거리다가 그대로 숨을 놓는다 하옵니다."

얼굴이 하얗게 질려 찾아온 박불화가 소리를 질렀다.

14

교활한 자들의 음모

죽음의 그림자가 대도 하늘을 떠돌고 있었다. 하루에 수천 명씩의 백성이 숨을 거둔다고 했다. 흥성궁에 가만히 앉아 있어도 시체 썩는 냄새가 바람결에 맡아졌다. 날마다 찾아오는 박불화가 오늘은 몇 명이 죽었다고 하옵니다, 하고 아뢰었다.

"황후마마, 역병이 언제 황궁의 높은 담을 넘어올지 모르옵니다. 대도의 의원들은 물론 태의들조차도 손을 놓고 있사옵니다. 이 일을 어찌해야 하옵니까?"

박불화가 끄억끄억 울음을 터뜨렸다.

"시체들은 어찌하고 있다 하오?"

기황후가 물었다.

"처음에는 살아있는 사람들이 어찌어찌 묻어주었다고 하옵니다만, 하루에도 수천 명씩 죽어나가는 요즘은 손을 쓸 수가 없다하옵니다. 한 곳에 모아 태울래야 태울 엄두를 못 내고 있다 하옵니다."

"하면 죽은 시체를 그대로 방치하고 있다는 말씀이오?"

"그렇사옵니다. 황제폐하께오서 영을 내리셔야하는데, 연희궁 밖의 일은 나 몰라라 하고 계시니, 조정 신료들도 대책을 세우지 못하고 있사옵니다."

"아무래도 안 되겠소. 이 몸이 황제폐하를 뵙고 주청을 드려야겠소."

기황후가 서둘렀다. 역병으로 죽어나가는 수천 명의 백성을 방치한다는 것은 황제의 도리가 아니었다. 백성들이 죽어나가는데도 황음에만 빠져있다면 하늘이 황제를 그대로 두지 않을 것이었다.

"황후마마, 황제폐하는 요즘 실성을 하고 계시옵니다. 황후마마의 주청을 들어주시겠사옵니까? 차라리 소호군 대장 강무와 의논하여 전위케 하시는 것이 어떻사옵니까?"

"전위를 말씀이오?"

물론 기황후 자신이 그 문제를 생각해보지 않은 것은 아니지만, 막상 박불화의 입에서 전위라는 말이 나오자 등골이 서늘해졌다.

"황태자 전하를 황위에 올리시어 조정을 정비하신 다음에 역병문제를 처리하시는 것이 어떨까 싶사옵니다."

"허나, 지금은 역병이 더욱 큰 문제요. 백성들이 수천 명씩 죽어가고 있는데, 황위문제로 황궁에서 말썽이라도 일어난다면 되겠소. 일단은 황제폐하를 만나보아야겠소."

기황후가 그 길로 연희궁을 찾아갔다.

여희라는 계집에게 지압을 받고 있던 황제가 뜨악한 표정으로 바라보았다. 그 눈빛에 총기가 없었다.

"황후가 여기는 어쩐 일이오?"

황제가 얼굴을 찡그리며 물었고, 여희가 어려운 낯빛도 없이 기황후를 흘끔거렸다.

"황제폐하, 소인 드릴 말씀이 있어 왔사옵니다. 여희라고 했느냐? 너는 잠시 나가있겠느냐?"

기황후의 말에 황제가 어깨를 주무르다가 가슴 쪽으로 내려오는 여희의 손을 잡은 채 괜찮느니라, 그대로 계속하거라, 하고 말했다.

"황제폐하, 역병이 대도까지 번져 하루에도 수천 명의 백성이 죽어나가고 있사옵니다."

"허허허, 황후가 천제단에서 하늘에 제사를 드린 걸로 알고 있는데, 별 효험이 없었던 모양이지요? 쓸데없는 일이 아니었소?"

"소인이 천제단에서 제사를 올린 것은 역병을 물리치기 위해서가 아니옵니다. 백성들과 아픔을 함께하고 백성들을 위로하자는 뜻이었사옵니다."

"그래요? 황후의 뜻이 참으로 가상하구려. 헌데 저절로 생겨 제 마음대로 돌아다니는 역병이란 놈을 짐더러 어찌하란 말이오?"

"황제폐하, 지금은 폐하께오서 나서야할 때인 걸로 아옵니다. 하루에도 수천 명의 백성이 죽어, 그 시체가 대도에 가득찼다 하옵니다. 우선은 시체를 치우는 일이 급하옵니다."

"황후는 지금 짐더러 백성들의 죽은 시체를 치우라고 하는 것이오?"

"황제폐하께오서 연희궁에만 계시니까, 조정 대신들 가운데 누구도 나서지 않고 있사옵니다. 백성들의 시체가 산처럼 쌓여도 보고만 있다 하옵니다. 황제폐하, 굽어 통촉하시옵소서."

"짐은 모르오. 황후가 알아서 하구려. 그동안 잘 해왔지 않소?"

황제의 말에 기황후는 가슴에서 뜨거운 뭉치 하나가 솟구쳐 오르는 것을 느꼈다.

'저것이 황제의 참 모습이었던가? 반란군에게 나라가 무너지고, 역병으로 수만의 백성이 죽어가도 모른다고 뒷걸음치는 저것이 황제의 참모습이었던가?'

뜨거운 기운이 눈물이 되어 볼을 타고 흘러내렸다.

"황제폐하, 어찌 모르겠다고 하시옵니까? 가을은 아직도 멀었사옵니다. 사람의 힘으로 어쩔 수 없는 것이 역병이라고는 해도, 황궁의 담 너머에서 백성들이 죽어가고 있사옵니다. 역병이 언제 황궁의 담을 넘어올지 모르옵니다. 제발 대명전으로 납시어 조정대신들을 불러 모으시옵소서. 대신들에게 죽은 백성들의 시체부터 묻어주라고 이르시옵소서."

"황후가 알아서 하시구려. 아, 이년아, 좀 콱콱 주물러 보거라. 어깨쭉지가 묵지근한 것이 짐이 어젯밤에 너무 무리를 했던 모양이구나."

황제가 여희를 돌아보고 짜증을 냈다.

"아이, 황제폐하도 참, 소녀가 장사인 줄 아시옵니까? 손가락에서 쥐가 날만큼 주무르고 있나이다."

여희라는 계집이 앙탈을 부렸다.

'저년부터 죽여야겠구나. 황제를 대명전으로 모시기 위해서는 저년부터 죽여야겠구나.'

기황후가 여희를 죽일 듯이 노려보았다. 여희 년이 입을 비쭉 내밀었다가 새꼬롬한 낯빛을 지었다. 황후도 두렵지 않다는 오만방자한 태도가 분명했다.

"황제폐하, 백성들을 사랑하시옵소서. 백성들이 없으면 어찌 황제폐하인들 계시겠나이까? 어서 대명전으로 납시어 정사를 돌보시옵소서."

기황후가 울쌍으로 아뢰었다.

황제의 얼굴에 단박 짜증기가 드러났다.

"알겠소. 내 대명전으로 나갈 것이니, 황후는 그만 돌아가 보도록 하시오."

"지금 바로 납시옵소서. 나라의 앞날이 참으로 풍전등화이옵니다."

다시 한번 간곡하게 아뢰고 기황후는 연희궁을 나왔다.

그러나 황제는 대명전으로 나오지 않았다. 사흘을 더 기다렸으나 연희궁에서 꼼짝을 안했다. 역병으로 인한 사망자가 하루가 다르게 늘어나고 있다는 박불화의 전갈을 받은 기황후가 말했다.

"아무래도 안 되겠소, 박원사. 소호군 대장 강무장군을 불러오시오."

"어찌하시려고 그러십니까? 황후마마."

박불화가 불안한 눈빛으로 물었다.

"아무도 백성들의 주검을 돌보지 않으니 어찌하겠소? 소호군을 동원하여 우선 불쌍하게 죽은 백성들을 땅에 묻어주기라도 해야겠소."

"위험하옵니다, 황후마마."

"무엇이 위험하다는 말이오?"

"소호군은 유일하게 남은 황후마마의 측근이옵니다. 대호군 대장 팽요는 중서령 톡토에게 넘어간 것이 분명하옵니다. 자칫 소호군을 다른 곳으로 돌렸다가 중서령이 반역이라도 도모한다면 막을 길이 없나이다."

"이보시오, 박원사. 고려 속언에 누울자리 보고 발 뻗으라는 말이 있소. 반란군은 물론 역병으로 나라가 절단이 날 위기에 처해있는데, 아무리 막되어 먹은 중서령인들 설마하니, 반역이야 도모하겠소? 또한 반역을 도모한다고 한들, 사람의 도리를 이미 잃어버린 중서령을 따를 자가 얼마나 되겠소? 지금 바로 강무 장군을 불러오시오."

"알겠사옵니다, 황후마마."

박불화가 마지못한 듯 일어나 흥성궁을 나갔다.

기황후 역시 박불화가 불안해 하는 까닭을 모를 리가 없었다. 그러나 역병으로 죽어나가는 백성들의 주검을 그대로 방치한다는 것은 사람의 도리가 아니었다. 주검을 방치한다면 역병은 더욱 기승을 부릴 것이었다.

"황후마마, 소호군은 오직 대도를 수비하는 일에만 전념해야할 군사이옵니다."

박불화의 전갈로 홍성궁에 불려온 소호군 대장 강무가 말했다.

"알고 있소. 허나 백성들의 주검을 장사지내는 일 또한 소호군의 일일 것이오."

"팽요는 교활한 자이옵니다. 소호군이 엉뚱한 일에 동원된 것을 알면 무슨 수작을 부릴지 모르옵니다. 통촉하여 주시옵소서. 차라리 황태자 전하로 하여금 황위를 잇게 하시고, 조정을 정비한 다음에 역병에 대처하는 것이 어떻겠사옵니까?"

"허허, 그대도 박원사와 똑같은 소리를 하는구려. 허나, 그것은 안될 일이오. 백성들은 역병으로 하루에도 수천 명씩 죽어나가고 있는데, 황실에서 황위다툼이나 벌인다면 어떤 백성이 따르겠소? 내 말대로 하시오. 운거사의 혜월 스님이 대도 인근의 승려들을 동원하겠다고 했소이다. 강장군이 승려들을 도와 불쌍하게 죽은 백성들의 주검을 장사지내도록 하시오."

"황후마마, 시신이 벌써 산처럼 쌓여있사옵니다. 그들을 일일이 묻다보면 몇 달이 걸릴지 모르옵니다. 태운다고 해도 하루 이틀에 끝날 일이 아니지요. 그러하오니, 황음에 빠진 황제폐하를 폐위시키고 황태자 전하로 하여금 황위를 잇게 하신 다음에 하셔도 늦지 않을 것이옵니다."

강무의 말에 기황후가 얼굴을 일그러뜨렸다.

"강장군, 내 말을 거역하겠소? 나는 강장군이 사람의 도리를 지키는 분인 줄 알았는데, 지금 보니 눈앞의 작은 이익에만 급급한 졸장부였구려."

"황후마마, 소신, 황후마마의 안위가 걱정되어 이러는 것이옵니다."

"알겠소. 하면 소호군 대장은 대도의 수비나 잘 하구려. 죽은 백성들의 장례는 내가 치루겠소."

기황후가 싸늘한 낯빛으로 말했다.

강무가 세번 머리를 조아리고 입을 열었다.

"하겠사옵니다. 소신이 소호군을 동원하여 백성들의 주검을 장사지내겠사옵니다. 부디 옥체를 보존하시옵소서."

"고맙소. 혜월 스님이 대도 인근의 승려들을 소집하여 놓고 있을 것이오. 비록 죽은 목숨일망정 소홀히 다루어서는 아니될 것이오. 내 혜월 스님께도 일러놓았소만, 불단을 쌓고 덕이 높은 스님으로 하여금 극락으로 천도하는 불공을 드리는 가운데 장사를 치루어야 할 것이오."

"하오나, 황후마마. 시신을 하나씩 묻기는 힘들 것이옵니다. 대도 밖 칠성산 기슭에 큰 구덩이를 파서 함께 묻겠나이다."

"그것은 강장군이 알아서 하시오. 다만 죽은 백성들의 극락천도를 기원하는 불공은 끊임없이 드려야할 것이오."

"알겠사옵니다."

강무가 두 번 절하고 흥성궁을 물러갔다.

"뭣이라? 그 말이 참말이냐?"

흥성궁에 박아놓은 염탐으로부터 소호군 대장 강무가 대도의 소호군 병사를 동원하여 죽은 백성들의 장사를 치루기로 했다는 전갈을 받은 중서령 톡토가 얼굴을 활짝 펴며 물었다.

"그렇사옵니다. 강무 장군은 위험하다면서 한사코 말렸으나 황후마마께서 고집을 부리셨사옵니다. 역병으로 죽은 백성들의 시신을 그대로 두면 역병이 더욱 번질 뿐만 아니라, 사람의 도리가 아니라고 하였사옵니다."

"흐흐, 황후마마가 참으로 보살이 아니시드냐? 허나, 기회란 늘 있는 것이 아니지. 알겠구나. 너는 황후마마의 일거수 일투족을 낱낱이 염탐하도록 하거라."

염탐을 돌려보낸 톡토가 곧 바로 대호군 대장 팽요를 불러들였다.

"팽장군, 소호군이 역병으로 죽은 시체를 치우는데 동원된다고 하오. 칠성산이라면 대도에서도 삼십 리 거리요. 몇만 구나 되는 시체를 옮기는 데만도 며칠이 걸릴 것이오. 참으로 좋은 기회가 아니오? 더구나 하루에도 수천 명씩 죽어나가는 판이니, 어느 세월에 장사가 끝나겠소?"

"하오면 황제폐하와 황후마마를 연금시키고, 성곤테무르 태자를 황위에 올리자는 말씀이오?"

팽요가 쥐새끼 눈알을 굴리며 물었다.

"그렇소. 일단은 소호군이 시신 치우는 작업에 동원되는 즉시 대호군을 동원하여 흥성궁과 연희궁을 포위하시오. 내가 성곤테무르 태자마마를 대동하고 연희궁으로 들겠소."

"알겠습니다. 준비는 이미 끝났습니다. 중서령 어른의 분부만 기다리고 있었습니다. 소신은 이만 물러가 병사를 대기시키고 있겠습니다."

"그래 주시오. 절대로 경거망동해서는 아니 되오."

팽요를 보낸 툭토는 그 길로 바로 연희궁으로 갔다. 궁녀를 시켜 여희를 부르자, 계집이 멀쩡한 얼굴로 나왔다.

"황제는 어떠하시냐? 여전히 네 몸을 탐하시더냐?"

"이젠 기력이 다하신 모양이옵니다. 한번의 교접이 끝나면 이내 잠에 빠지고 마십니다."

"어떤 장사가 네년을 당해내겠느냐? 잘 되었구나. 황제가 저절로 죽어준다면 내 일이 훨씬 쉬워지겠구나. 오늘밤에 큰 일이 생길 것이니라. 무슨 일이 있어도 너는 황제의 진기를 한번 더 빼거라. 황제가 저녁 수라를 들고 난 다음에 내가 라마승 가린진이 처방해 주었던 탕약을 올릴 것이니라. 그 약은 최음의 효과가 있어, 금방 죽을 사람도 교접을 하게 만든다고 했니라. 일단은 그 약을 먹게 한 다음에 교접을 하도록 하거라."

"알겠사옵니다. 소녀는 대비를 하고 있겠나이다."

여희가 빙긋 웃었다. 사내를 뇌살시키는 웃음이었다. 금방 눈까지 축축히 젖는 계집의 모습에 툭토는 가슴이 철렁 내려앉았다.

'일이 끝나면 딱 한번만 이년을 품을까?'

그런 유혹도 생겨났다.

그러나 이내 고개를 내저었다. 한번 그 계집에게 빠지면 다시 헤어나올 자신이 없었다. 황제처럼 빠져들어 진기를 다 빼앗기고 계집의 배 위에서 숨줄을 놓을지도 모를 일이었다.

"황제가 성곤테무르 태자에 대해서는 다시 말하지 않더냐? 보고 싶어하는 기색도 없더냐?"

"황제폐하는 다른 일에 신경을 쓰실 여력이 없사옵니다. 말씀이 없으셨사옵니다."

"알겠느니라. 잠시도 황제 곁을 떠나지 말고 지키거라. 저녁에 탕약을 보내면 즉시 그걸 먹이고, 무슨 수를 쓰건 알몸으로 만들어 놓거라."

"알겠사옵니다. 소녀, 분부대로 따르겠나이다."

여희가 다시 빙긋 웃고는 연희궁으로 돌아갔다.

이날 밤이었다. 각기 오백의 군사로 흥성궁과 연희궁을 포위하게 한 다음에 톡토가 성곤테무르를 데리고 연희궁으로 들어갔다.

"태자마마, 잠시만 여기서 기다리시옵소서. 소신이 황제폐하를 뵙고 나서 부르겠나이다. 그럴 일이야 없을 것이옵니다만, 만에 하나 양쪽에서 싸움이라도 붙는다면 서둘러 몸을 피하시오소서."

"알겠소. 조심하시오."

성곤테무르가 겁에 질린 낯빛으로 고개를 끄덕였다.

'저런 겁쟁이같으니라구. 네놈이 황제가 되면 세상은 내 것이 되느니라.'

속으로 중얼거리며 톡토가 황제의 침전으로 들어갔다. 탕약을 마시고 살풀이라도 한바탕했는지 비릿한 냄새가 온 방안에 풍겼다.

담요로 아랫도리만 가린 황제가 떨떠름한 얼굴로 맞이했다.

"중서령이 무슨 일이오? 조정 신료들의 연희궁 출입은 금지한다고 했잖소?"

황제가 얼굴부터 찡그렸다.

"소신, 잘 알고 있사오나, 화급한 일이 있사옵니다."

"무엇이 그리 화급하오? 주원장의 무리가 대도에 들어왔소?"

"아니옵니다. 역도 주원장의 무리는 포르치므르 장군이 잘 막고 있사옵니다."

"그렇다면 화급할 일이 없지 않소? 역병은 어제 오늘의 일도 아니고."

"황제폐하, 기황후를 폐위하셔야겠습니다."

톡토가 단도직입적으로 말했다.

"기황후를 폐위하라니요? 중서령, 지금 제 정신이오?"

황제가 노려보았다. 그러나 총기가 없는 눈빛이었다. 약에 취하고 계집의 살냄새에 취한 황제의 눈은 안이 텅 비어 있었다.

"황제폐하, 대원제국이 오늘날 이렇게 된 것은 모두 기황후 때문입니다. 자격이 없는 여자가 황후라고 버티고 앉아 있으니, 반역의 무리가 생겨나고 역병이 돌고 있는 것입니다. 또한 기황후는 자정원을 통하여 막대한 재물을 모아 사사로이 조정 대신들에게 뿌려 나라의 대소사를 마음대로 처리하고 있습니다. 그 일 역시 백성들의 불만을 사고 있는 걸로 알고 있습니다. 기황후를 폐하시옵소서."

톡토가 황제를 노려보았다.

"짐은 그럴 수 없소. 흥성궁 기황후는 누구보다 백성들을 아끼는 사람이오. 자정원을 통하여 비록 재물을 모았다고는 하나, 모두 백성들을 위해 쓴 걸로 알고 있소."

"아닙니다, 황제폐하. 기황후는 교활한 여자입니다. 황제폐하의 황은을 입기 위하여 겉으로만 그러는 척하고 있을 뿐이옵니다. 소신이 알아본 바에 의하면 기황후는 수십만금의 재물을 고려국으로 빼돌렸다 하옵니다."

"뭐요? 재물을 빼돌려요?"

"그렇사옵니다. 사사로이 빼돌려 사가의 재산을 늘렸다 하옵니다."

"거짓말 하지 마시오. 중서령은 어찌 황후를 모함하고 있는 것이오? 흥성궁 황후의 오라버니들이 모두 고려왕에게 주살 된 것을 짐도 알고 있소. 짐이 원수를 갚아주겠다고 해도 사양했던 황후요. 설령 재물을 빼돌렸다고 한들 누구를 주었겠소? 그런 소리나 하려거든 당장 물러가시오."

분노가 컸던 것일까? 황제의 눈이 번쩍 빛났다.

톡토가 마주 노려보며 은근히 물었다.

"황제폐하, 목숨을 지탱하고 싶지 않으시옵니까?"

순간 황제의 눈 밑이 파르르 떨었다.

"중서령은 지금 짐을 협박하는 것이오? 죽고 싶어서 환장했소?"

톡토가 불쌍한 인간아, 하는 눈빛으로 황제를 한참 바라보다가 대꾸했다.

"그렇사옵니다. 소신은 지금 황제폐하를 협박하고 있사옵니다. 대호군은 이미 소신의 손 안에 떨어져 있나이다. 그뿐만이 아니옵니다. 따로이 오백의 군사로 흥성궁을 포위하고 있사옵니다. 소신의 손짓 한번이면 연희궁이건 흥성궁이건 결판이 납니다."

톡토의 말에 황제가 밖을 향해 소리를 질렀다.

"여봐라, 게 누구 없느냐? 대호군 팽요를 들라 이르라."

"소신, 대령하였사옵니다."

밖에서 기다리고 있었던 듯 이내 팽요가 칼을 찬 채 들어왔다.

"오, 팽장군. 중서령이 짐을 협박하고 있구나. 당장 포박하여 황궁옥에 가두거라."

황제가 반가운 낯빛으로 영을 내렸다. 그러나 팽요는 꿈쩍을 안했고, 톡토가 잔뜩 비웃는 표정으로 황제를 바라보았다.

"무얼 하느냐? 대호군 대장 팽장군은 중서령을 포박하라는 짐의 말이 들리지 않느냐?"

황제가 다시 한번 다그쳤다.

"황제폐하, 소신은 중서령 어른의 영만 따를 뿐입니다."

"무엇이라? 네놈도 짐을 거역할 셈이냐?"

"그렇사옵니다. 폐하께오서는 황위를 성곤테무르 태자마마께 물려주시고 연희궁에서 편히 쉬시옵소서."

"누구라고 했느냐? 누구한테 황위를 물려주라고 했느냐?"

황제가 그건 또 무슨 뚱딴지같은 소리냐는 눈빛으로 톡토와 팽요를 번갈아 바라보았다.

대답은 톡토가 했다.

"성곤테무르 태자라고 했사옵니다. 성곤테무르 태자마마야말로 정통 몽고족 출신이 아닙니까? 애유식리달랍 태자는 고려 여인 기황후가 낳은 자식입니다. 어찌 대원제국의 황제위를 고려 출신에게 넘길 수 있단 말입니까?"

"성곤테무르 태자는 유배지에서 사라졌다고 했소. 오, 이제보니 중서령이 보호하고 있는 모양이구려."

"그렇사옵니다. 기황후 쪽에서 위해를 할까싶어 진즉에 빼돌려 보호하고 있었나이다."

"허나, 그 일은 조정 대신들의 숙의를 거쳐 결정한 일이었소. 이제 와서 시비할 문제가 아니오. 또한 황태자는 애유식리달랍으로 결정한 지 오래요. 짐이 비록 황제라고 하나 어찌 바꿀 수가 있겠소?"

"황제폐하께 바꾸어 달라는 것이 아니오라, 소신들이 바꾸겠다는 말씀입니다."

"할 수 있다면 어디 마음대로 해보시구려. 짐의 손으로 성곤테무르 태자를 황태자로 책봉하는 문제나 기황후를 폐위하는 칙서는 내리지 않겠소. 짐의 뜻을 알았으면 그만 물러가구려."

황제가 얼굴을 잔뜩 찡그리며 손을 홰홰 내저었다.

팽요가 먼저 침전을 나갔다.

그 모습을 흘끔거리던 톡토가 폐하, 저희들로 하여금 손에 피를 묻히지 않게 해주시옵소서, 하는 말을 남기고 몸을 일으켰다.

"어찌 되었소? 나에게 황태자를 책봉한다는 칙서는 받았소?"

초조하게 기다리고 있던 성곤테무르가 물었다.

"아직은 아닙니다. 뜻밖에도 황제폐하의 뜻이 완강했사옵니다. 태자마마께서는 소신의 집으로 가셔서 기다리셔야겠습니다. 손에 피를 묻히지 않으려니까, 시간이 조금 걸리겠사옵니다."

"뭐가 그리 복잡합니까? 팽장군, 칼은 노리개로 차고 들어갔던 것입니까? 그 자리에서 처치하고 조정을 새로이 구성하면 될 것이 아닙니까? 그런 다음에 포르치므르 장군을 불러들이면 누가 감히 거역을 하겠습니까?"

성곤테무르가 팽요를 향해 화를 냈다.

"일에는 순서가 있는 것입니다. 자칫 무리를 했다가는 백성들이 수긍하지 않습니다. 황제폐하의 손으로 칙서를 내리셔야 합니다. 오래 걸리지 않을 것입니다. 심려하지 마시옵소서."

"내가 걱정을 않게 생겼소이까? 일이 잘못되면 이번에는 유배가 아니라 꼼짝없이 목을 내놓아야할 일이 아니오?"

"태자마마의 목 뿐만이 아니라, 소신들의 목도 내놓아야 하옵니다."

톡토가 얼굴을 찡그리며 말했다.

성곤테무르를 허수아비 황제로 앉히고 실권을 자신이 차지하려던 톡토로서는 뜻밖이다 싶었다. 가만히 있다가 굴러들어오는 황제의 자리나 꿰차면 될 일이지, 제법 일의 진행 상황을 다그치고 있지 않은가? 그것은 성곤테무르 역시 호락호락하지 않다는 뜻이었다. 자칫 죽쑤어서 개주는 꼴을 당할지도 모를 일이었다.

팽요도 그걸 느낀 것일까? 성곤테무르를 보내고 나란히 홍성궁으로 가면서 말했다.

"성깔이 제법 있지 않습니까?"

"그런 성깔도 없이 어찌 황제를 할 수 있겠소? 허나 군권만 우리가 장악하고 있으면 성깔이 있다한들 어디에 써먹겠소?"

"그래도 걱정이 됩니다. 포르치므르 장군하고 가까워진 것이 아닐까요? 조금 전에도 포르치므르 장군을 들먹였지 않습니까?"

"내게도 생각이 있소. 일이 성사되면 포르치므르 장군은 제거할 참이오."

톡토가 싸늘한 목소리로 말했다.

"뭐라구요?"

그동안 포르치므르와 서찰을 주고받으며 일을 진행시켰던 톡토의 입에서 그런 소리가 나오자 팽요가 깜짝 놀란 얼굴로 바라보았다.

"결코 포르치므르 장군을 황궁에 들이지 않겠다는 뜻이오. 그는 반역의 무리를 진압해야 하오. 설령 성곤테무르 태자가 황위를 물려받는다고 해도 반역의 무리가 득세하는 이상 제대로 된 황제 노릇을 할 수 있겠소?"

"그야, 그렇습니다만."

팽요가 수긍하는 체 했다.

그러나 그는 포르치므르도 톡토도 믿고 있지 않았다. 따지고 보면 두 사람 다 자정원파라고 소문이 났던 자들이었다. 기황후의 도움으

로 벼슬이 높아졌고, 기황후가 하사한 재물로 호의호식하였지 않은
가? 고려 여인을 첩으로 들여 영화를 누리고 있는 자들이었다.

그러던 그들이 황제의 총애가 사그라졌다고 기황후를 손바닥 뒤집
듯이 배반해 버린 것은 사람의 도리가 아니었다. 거기에 비하면 기황
후야말로 대원제국의 백성들을 위해 얼마나 노심초사하고 있는가?
자신의 신변이 위태로워질 것을 뻔히 알면서도 소호군을 동원하여
역병으로 죽은 백성들의 장례를 치루고 있지 않은가? 황음에 빠진
황제가 못하는 일을 기황후가 대신하고 있는 것이나 마찬가지였다.

고려 여인이 낳은 황태자 전하를 황제로 맞을 수 없다는 명분만
가지고 기황후를 배신해도 되는 것인가, 그런 생각이 문득 팽요의
뇌리를 스치고 지나갔다.

팽요가 기황후 앞에서 어느 때보다 허리를 굽히고 고개를 깊숙히
숙인 것도 조금 전의 그런 상념이 남아있기 때문이었다.

"중서령과 대호군 대장께서 흥성궁에는 어인 일이시오?"

오백여 명의 군사가 흥성궁 밖을 포위하고 있는 것을 이미 알고 있
을 텐데도 기황후의 얼굴빛은 조금도 흔들림이 없었다. 죽은 백성들
을 어떻게든 장사는 지내야할 것이 아니냐고 다그칠 때처럼 목소리
도 또렷했다. 이미 어떤 결단을 내려놓고 있는 것이 분명해 보였다.

팽요는 침묵을 지켰고, 톡토가 말했다.

"황후 자리를 내놓아야겠습니다. 그 말씀을 드리려고 왔습니다."

"오라, 그래서 대호군의 병사들로 하여금 흥성궁을 포위하여 지키
고 있는 것이오?"

"그렇습니다. 황후마마는 대원제국의 황후 자격이 없습니다. 잘 아시겠지만, 대원제국의 황후는 몽고족 출신의 여자만이 앉을 수 있는 자리입니다. 그것은 황태자 역시 마찬가지옵니다."

"그래서요? 황태자를 폐위시키기라도 하겠다는 소리요?"

기황후가 담담한 눈빛으로 물었다.

"잘 아시는군요. 소신은 이미 성곤테무르 태자를 모시고 있습니다. 그분이야말로 대원제국의 황태자 전하가 되셔야할 분입니다. 하오니, 황후 자리와 황태자 자리를 내놓으시옵소서."

"황제폐하의 칙서를 가지고 왔소? 나를 황후자리에서 폐하고, 애유식리달랍 황태자 전하를 폐위한다는 칙서를 가지고 왔소? 가지고 왔으면 어디 내놓아보시오."

기황후가 톡토와 팽요를 노려보았다. 조금도 흔들림이 없는 눈빛이었다. 너무 담담하여 오히려 바라보는 쪽에서 질릴 눈빛이었다. 그만큼 마음에 사심이 없다는 뜻이기도 했다.

'무서운 여자구나, 기황후는. 결코 호락호락한 여자가 아니구나. 하긴 그러니까, 홀홀단신 공녀로 끌려와 황후도 되고, 황태자의 어미도 되었겠지만. 허나 여기서 물러날 수는 없지. 어차피 실패하면 참수를 당해야할 판이 아닌가.'

침을 꿀꺽 삼킨 톡토가 입을 열었다.

"아직 칙서를 받지는 못했습니다만, 반승낙은 받았습니다. 황후를 폐하고 황태자를 폐한다는 황명이 있었사옵니다."

"황제폐하의 명이라면 따라야겠지요. 좋소이다. 하면, 황제폐하의 칙서를 가지고 오시오. 칙서를 가지고 오기 전에는 홍성궁에서 한 발도 움직일 수가 없소."

"알겠습니다. 지금부터 황후마마는 홍성궁에 연금을 당하신 것입니다. 당분간은 여기에 그냥 계십시오. 수일 내로 황제폐하의 칙서를 가지고 와서 마마를 홍성궁 밖으로 모시겠습니다. 절대로 홍성궁 밖으로 나가시면 아니 됩니다."

"알겠소. 그만 나가보시오."

기황후의 말에 톡토와 팽요가 몸을 일으켰다.

그들이 막 황후전을 나오려 할 때였다.

"이보시오, 중서령. 그리고 대호군 대장. 잠깐만 멈추시오."

기황후가 그들을 불러세웠다.

두 사람이 몸을 돌려 돌아보았다.

"나는 황후 자리에 연연하지 않소. 황태자 역시 그대들이 누구를 세우건 상관하지 않겠소. 황음에 빠져계신 황제폐하도 내 힘으로는 어쩔 수가 없소. 허나, 지금은 때가 아니오. 황궁 밖에서는 하루에도 수천 명의 백성이 역병으로 죽어가고 있소. 수백의 승려와 수천의 소호군 병사들이 동원되어 죽은 백성들의 장사를 치루고 있는 중이오. 그 일이나 끝나면 황후건 황태자건 폐하시오."

"무슨 말씀이십니까?"

"그대들이 녹을 먹는 벼슬아치라면 때를 가릴 줄 알아야 한다는 소리요. 백성들이 수도 없이 죽어가고 있는데, 사사로운 욕심으로 역심을 품을 때는 아니라는 말이오. 백성들이 결코 따르지 않을 것이오."

"백성들은 소신들이 알아서 할 문제입니다. 머지않아 폐위되실 황후마마가 걱정하실 일이 아닙니다."

"제발 내가 걱정하지 않도록 조정의 대신들이 정신을 차려 주시오."

기황후가 활활 타는 눈빛으로 말했다.

톡토가 뭐라고 입을 열어 한 마디 하려다가 입술을 깨물며 홍성궁을 나왔다.

찬바람이 돌면서 황궁 담을 넘어오던 살 썩는 냄새가 줄어들었다. 궁녀들이 들락이며 문을 열고 닫을 때마다 맡아지던 비릿한 냄새가 한결 가신 것 같아 아, 이제 찬바람이 나고 있구나, 역병이 사라지겠구나, 하고 숨을 들이쉬는데 궁녀가 말했다.

"황후마마, 역병이 많이 수그러들었다 하옵니다. 대호군 병사들이 수군거리는 말을 들었사온데, 새로이 역병에 걸리는 사람은 없다하옵니다. 또한 하루에 천 명도 넘게 죽던 백성들이 이제는 백여 명씩으로 줄어들었다 하옵니다."

"얼마나 다행한 일이더냐? 참으로 무서운 역병이었구나. 수십만의 불쌍한 백성들이 죽어갔구나."

"백성들을 땅에 묻던 소호군의 병사들도 역병이 들어 절반 이상이 죽었다고 하옵니다. 설령 소호군 병사들이 황궁으로 들어온다고 해도 팽요 장군의 대호군을 당해내지 못할 것이라고 하옵니다. 이 일을 어찌하면 좋겠사옵니까?"

궁녀가 울쌍을 지었으나, 기황후가 태평스런 얼굴로 물었다.

"너는 무슨 걱정이 그리 많으냐? 톡토나 팽요가 역모를 도모한들 너까지 죽이지는 않을 것이니라."

"이 몸은 천번 만번 죽어도 두려울 것이 없나이다. 하오나, 황후마마가 폐위되신다는 것은 참을 수가 없나이다."

"허나, 네 힘으로 어찌 하겠느냐?"

기황후가 편안한 낯빛으로 웃었다. 혜월 스님의 당부대로 욕심을 버리고 나자 그리 편할 수가 없는 것이었다. 공녀로 끌려와 대원제국의 황후가 되어 세상에서 가장 넓은 땅과 많은 백성들 위에 군림해 보았으면 한풀이는 다 한 것이라고 믿었다. 황태자의 일 역시 마찬가지였다. 그것이 설령 아무리 작은 나라일망정 한 나라의 왕이 되기 위해서는 하늘이 내린 운을 타고나야 한다고 했었다. 천명이 없으면 결코 황제의 자리에 오를 수 없다고 했었다. 애유식리달랍 황태자가 천명을 타고 났으면 황제의 자리에 오를 것이고, 천명이 없다면 아무리 발버둥쳐도 결코 황제가 될 수 없을 것이었다.

기황후는 그리 믿었다. 그래서 마음이 편한 것이었다.

편한 마음으로 소호군을 동원하여 죽은 백성들의 장사를 치루었다. 이제 그 일도 끝나가고, 역병도 사라지고 있다하니, 톡토 쪽에서 무슨 일을 벌일지 몰랐다. 그러나 그 일을 가지고도 안달하지 않기로 했다. 어차피 소호군의 병사만 가지고는 대호군을 당해낼 수 없었다. 팽요가 병사를 끌고 들어와 목을 친다면 꼼짝없이 목이 잘리는 수밖에 없었다. 페위를 시켜 황궁 밖으로 내친다면 내침을 당할 수밖에 없었다.

모든 욕심을 버리고 나자 그렇게 마음이 편할 수가 없었다.

그러나 기황후한테는 한 가지 꿈이 있었다. 고려로 돌아가는 일이었다. 어쩌면 그 소원은 이룰 수 있을지도 모르겠다는 생각을 종종 해온 기황후였다. 비록 자정원을 통하여 조정의 대신들을 떡주무르듯이 주무르고 살았지만, 중서령 톡토나 팽요한테 원한을 산 일은 없었다. 원한을 사기는커녕 오히려 한 때는 자정원파로 믿고 지금의 그 자리까지 끌어올렸지 않은가? 차라리 황후 자리를 내놓을 것이니, 고려국으로 보내달라고 할까. 그들이 사람의 가죽을 쓴 짐승이 아니라면 그 작은 소원을 들어 줄 것이다.

혜월 스님이 상좌 스님을 보내온 것은 역병이 수그러들고 있다는 말을 들은 지 보름만이었다.

"황후마마, 혜월 큰 스님께서 직접 오시려고 했사옵니다만, 흥성궁 밖을 지키는 병사들이 앞을 가로막아 오시지 못했나이다. 소승은 운거사에서 혜월 스님의 상좌로 있는 혜운이라고 하옵니다."

혜운이 합장으로 인사했다.

기황후가 마주 합장하며 맞이했다.

"어서 오십시오. 황궁을 떠도는 공기의 냄새가 청명하여 죽은 백성들의 시신을 수습한 걸 알았습니다. 혜월 스님께서는 강건하신지요?"

"불심이 깊으신 분이옵니다. 불쌍한 백성들을 극락으로 인도하기

438

위하여 참으로 많은 애를 쓰셨사옵니다. 백성들이 혜월 스님을 가리켜 살아계신 부처님이라고 칭송이 자자하옵니다."

"백성들은 은혜를 아는데, 고마움을 아는데, 조정의 대신들은 은혜를 원수로 갚으려드니, 이 몸이 세상을 잘못 살아온 것은 아닌지, 혜월 스님께 전해주시오. 이 몸이 머지않아 고려국으로 환국할 것 같은데, 함께 가시자고 전해 주시겠소?"

기황후의 말에 혜운이 나무아미타불 관세음보살, 하고 합장을 하며 물었다.

"황후마마, 무슨 말씀이신지요? 고려국으로 환국을 하시다니요?"

"혜운 스님도 보셨지 않습니까? 황제폐하께서 계시는 연희궁과 흥성궁이 모두 중서령과 대호군 팽요의 병사에게 포위당해 있소이다. 이제 역병으로 죽은 백성들의 장례도 끝났다하니, 내 발로 황제폐하를 찾아뵙고 폐위시켜 달라고 주청을 올릴 참입니다. 저들의 손으로 끌려나가기 전에 내 발로 흥성궁을 걸어나가려고 하오."

"황후마마, 아니 되시옵니다. 대도의 백성들이 황후마마 천세를 부르고 있사옵니다. 황후마마께오서 흥성궁을 나가시면, 역도의 무리에게 폐위라도 당하시면, 백성들이 가만있지를 않을 것이옵니다."

"이 몸으로 하여 백성들이 피를 흘리는 일이 있어서는 아니 됩니다. 혜월 스님께 당부하여 백성들이 동요하지 않도록 달래라고 이르시오."

"황후마마, 자중자애하소서."

혜운 스님이 간곡하게 말렸으나 기황후의 뜻은 확고했다. 황후 자리에 집착하면 할수록 더욱 구차해질 뿐이었다. 모든 것 훌훌 털고 나가면 될 일이었다. 따지고 보면 대원제국의 앞날이 어떻게 되든 자신이 연연할 일은 아니라는 생각이었다.

혜운이 돌아간 다음 기황후는 대호군 대장 팽요에게 은밀히 서찰을 한 통 보냈다. 자신이 황제폐하를 찾아뵙고 폐위를 자청하고 스스로 흥성궁을 나가 고려로 돌아가겠다는 내용이었다. 고려국으로 돌아가는 길만 보장해 준다면 말썽없이 물러나겠다는 뜻을 전했다.

팽요를 만나고 온 궁녀가 말했다.

"황후마마의 서찰을 말없이 읽기만 했사옵니다. 소인이 황후마마께 전할 말씀은 없으시냐고 물었습니다만, 별 말이 없었사옵니다."

"알겠느니라. 내가 황제폐하를 찾아뵈어야겠구나. 연을 대령하도록 하거라."

기황후의 말에 눈물을 글썽이던 궁녀가 생각났다는 듯이 말했다.

"하온데, 황후마마. 황궁 밖의 일이 심상치가 않다하옵니다."

"심상치가 않다니?"

"어떻게 알았는지, 황후마마께오서 연금을 당하고 계시다는 것을 안 백성들이 황궁 밖에 모여 소란을 떨고 있다하옵니다. 수천 명이 모여들어 황후마마를 연금에서 풀라하고 있다하옵니다."

"큰일이구나. 무지막지한 대호군의 병사들을 어찌 감당하려고. 아무래도 안 되겠구나. 내가 빨리 황제폐하를 뵈어야겠구나. 내가 흥성궁에서 물러나면 대호군 대장 팽요가 설마 죄없는 백성들을 죽이기야 하겠느냐?"

"황후마마, 참으시옵소서. 어떻게든 황제폐하를 설득하시어 정사를 바른 길로 인도하시옵소서. 백성들은 황후마마를 부처님처럼 따르고 있나이다. 백성들을 버리지 말아 주시옵소서."

"허나 내가 물러나야 백성들이 무사할 수 있느니라. 내가 살겠다고 어찌 죄없이 죽어가는 백성들을 나 몰라 한다는 말이더냐? 어서 준비하거라."

기황후가 고집을 부렸다.

"장군, 백성들의 동태가 심상치 않사옵니다."

황궁 밖의 일을 살피러 성루에 올랐던 부장의 말에 팽요가 심상치 않다니? 하고 물었다. 그는 조금 전에 기황후가 보낸 서찰을 읽고 곰곰이 생각에 잠겨있던 중이었다. 역병으로 죽은 백성들의 장례가 끝났으니, 황제폐하를 찾아뵙고 폐위를 주청드리겠으니, 고려국으로 돌아가는 것을 보장하라는 내용이었다.

황후의 자리에서 물러나기만 한다면 고려 여인 하나가 자기 나라로 돌아간다고 해도 대원제국에 큰 문제는 없었다. 오히려 스스로 물러나 고려로 돌아간다면 황태자를 폐위하고 성곤테무르 태자를 황태자로 책봉하여 기회가 닿으면 황제위에 올리는 일이 쉽게 이루어질지도 몰랐다. 기황후가 스스로 물러난 것을 알면 그녀를 따르던 백성들도 수긍을 할 것이었다. 그 일을 중서령과 의논하려던 참인데 부장이 와서 황궁 밖의 동태가 심상치 않다고 하는 것이었다.

"대도의 백성들 수만 명이 모여 황후마마의 연금을 풀라는 농성을 벌이고 있습니다."

"황후마마의 연금을 풀라?"

"그렇습니다. 대도 인근 사찰의 승려들 또한 황후마마의 무사하심을 비는 불공을 드리고 있습니다. 승려와 백성들의 수가 시간이 흐를수록 불어나고 있습니다. 어찌할까요? 대호군을 동원하여 해산을 시킬까요? 몇 놈만 시범적으로 목을 자르면 무식한 백성들은 흩어질 것입니다."

"두고 보자. 역병으로 수십만의 백성들이 죽어 나갔느니라. 겨우 살아남은 백성들을 목을 베어 죽일 수는 없지 않느냐? 개, 돼지도 은혜를 알거늘, 하물며 사람이 어찌 은혜를 모르겠느냐? 백성들은 진정 자신을 위하고 아껴주는 것이 황후마마라고 믿고 있느니라."

'어찌 하시려고 그러십니까?"

"중서령을 만나봐야겠구나. 황후마마의 말씀대로 역병으로 죽은 백성들의 장례도 끝나고, 대도가 다시 평온을 되찾았다고 하니, 벌여놓은 일을 어떻게든 마무리를 지어야할 것이 아니더냐. 내 눈으로 직접 확인해 보아야겠구나. 앞장을 서거라."

팽요가 부장을 앞세워 황궁의 성루로 올라갔다. 부장의 말대로 수만의 백성들이 하나같이 땅에 머리를 조아리며 황후마마의 연금을 풀라고 소리치고 있었다.

"황후마마는 불쌍한 백성들의 은인이시오. 황후마마의 연금을 푸시오."

"황제폐하가 버린 백성을 황후마마께서 살려주셨소. 황후마마야말로 불쌍한 백성들의 부처님이시오."

"황후마마를 위해하면 백성들이 가만 있지 않을 것이오. 마지막 한 사람까지라도 천인공노할 벼슬아치들과 싸울 것이오."

백성들의 소리가 팽요의 귀를 후려치고 있었다.

"점점 많아지고 있습니다, 장군. 어찌할까요? 지금이라도 병사를 투입시킬까요? 그대로 두면 대도의 백성들이 다 모여들겠습니다. 그리되면 대호군의 병사만으로는 손을 쓸 수가 없을지도 모릅니다."

"저것이야 말로 백성들의 참소리가 아니던가? 하늘의 소리가 아니던가?"

팽요의 말에 부장이 알 수 없다는 표정을 지었다.

"예?"

"기다리거라. 내가 중서령을 만나야겠구나. 내 명이 떨어지기 전에는 절대로 병사를 움직이지 말거라. 설령 중서령의 명령이라고 해도 움직여서는 아니된다. 부장은 오직 내 영만 따르도록 하거라."

"소인 장군의 말씀을 명심하겠습니다."

성루를 내려온 팽요가 곰곰이 생각에 잠기며 빈청을 향해 걸어갔다. 황후마마의 연금을 풀라는 백성들의 고함이 따라왔다. 우매한 백성이었지만, 그 소리는 절박했다.

팽요가 막 빈청으로 들어가려 할 때였다. 기황후가 탄 연이 저만큼 지나가고 있었다.

"황후마마, 잠시만 소신을 보시옵소서."

빠른 걸음으로 다가 간 팽요가 기황후 앞에 고개를 숙였다.

"어인 일이시오? 팽장군."

"어디로 납시십니까? 황후마마."

"연희궁으로 황제폐하를 뵈오러 가오. 역병으로 죽은 백성들의 장례도 끝났으니, 내 스스로 홍성궁에서 물러나겠다는 주청을 드리러 가오."

"그러십니까? 정녕 그리하시겠습니까?"

"아무런 힘도 없는 내가 어찌하겠소? 그나마 목숨을 부지하려면 그 길 밖에 없지 않소? 다만, 지금 황궁 밖에 모여있는 백성들에게 어떤 위해도 가하지 마시오. 모두가 나로 인하여 생긴 일이니, 내가 물러나면 조용히 가라앉지 않겠소?"

"알겠사옵니다."

팽요가 기황후 앞에서 물러나 빈청으로 들어갔다. 중서령이 기다리고 있었다.

"팽장군, 대도의 백성들이 황궁 밖에 모여 소란을 부리고 있다니, 무슨 소리요?"

"황후마마께오서 연금을 당해 계시다는 소문을 듣고 몰려든 백성들입니다."

"저런 못된 놈들, 대호군은 무얼 하는 것이오? 그놈들을 당장 해산시키지 않고?"

중서령이 눈쌀을 찌푸리며 고함을 질렀다.

"칼 한 자루 들고 있지 않은 백성들입니다. 수만 명이 모인들 무슨 짓을 하겠습니까? 떠들다가 입이 아프면 그만 두겠지요. 일단 황궁으로만 들어오지 못하도록 하겠습니다."

"틀림없이 기황후의 사주를 받은 자들일 것이오. 쓸데없는 인정을 베풀다가 낭패를 당할 수가 있소. 지금 당장 몇 놈의 목을 치더라도 수습을 하시오."

"백성들의 목을 치라고 하셨습니까? 중서령 어른."

"그렇소. 민심이라는 것은 전염병과도 같은 것이오. 당장 대호군을 동원하여 해산을 시키시오. 역병으로 수십만의 백성이 죽었소. 그까짓 몇백 명, 몇천 명쯤 더 죽는다고 대수로울 것이 없지 않소?"

중서령 톡토가 말했다.

'그까짓 백성 몇천 명이 더 죽는다고 대수로울 것이 없다고?'

팽요가 속으로 되뇌었다. 기황후는 스스로 물러날 터이니 단 한 사람의 백성이라도 다치지 않게 하라고 신신당부를 했는데, 중서령 톡토는 그까짓 백성 몇 천 명이 더 죽어도 대수로울 것이 없다고 하는 것이었다.

'내가 잘못 생각하고 있는 것은 아닐까? 비록 황제폐하께서 황음에 빠져 계신다고는 해도 톡토의 말에 부화뇌동하여 역모에 가담하는 것이 과연 옳은 일인가?'

그런 생각이 팽요의 뇌리를 스쳐갔다.

따지고 보면 좋은 정치란 황제 혼자서 하는 것은 아니었다. 조정의 대신들이 황제를 얼마나 잘 보필하느냐에 정치의 성패는 갈라지는 것이었다. 황제가 황음에 빠져있을 때 조정의 대신들이 한 짓이 무엇인가? 중서령 톡토는 오히려 천하의 색녀를 연희궁으로 보내 황제의 황음에 부채질을 하고 있지 않은가? 포르치므르는 반역의 무리를 진압하러 갔다가 패하고 돌아와 대도 몇백 리 밖에서 호시탐탐 황궁을 노리고 있지 않은가? 대원제국의 앞날을 위해서 정말 죽여야할 자는 중서령 톡토와 요사스런 계집 여희가 아니던가?

팽요가 입을 열었다.

"중서령 어른, 황궁 밖의 백성들은 그대로 두고 보는 것이 좋을 듯합니다. 백성들이 무슨 죄가 있사옵니까? 자칫 잘못 건드렸다가는 백성들의 노여움만 더욱 살 뿐이옵니다. 창과 칼을 동원한다면 언제든지 내칠 수 있는 그들이 아니옵니까?"

"민심이 문제요. 그놈들이 기황후의 은혜를 들먹인다면, 정말 기황후가 큰 은인이나 된 듯이 우매한 백성들이 따를까 근심하는 것이오. 다시 한번 말하지만 민심은 전염병같은 것이라고 하지 않았소?"

"전염병같은 민심이 문제인 것입니다. 누가 뭐래도 이번의 역병으로 죽은 백성들의 장사를 치른 것은 황후마마이십니다, 백성들도 그걸 다 알고 있습니다. 그러기에 자신의 목숨을 내던지고 저리 항변하는 것이 아닙니까? 그 문제는 소신에게 맡겨주시고 중서령 어른은 황제폐하를 알현하십시오. 이번 일의 마무리를 지어야할 것이 아닙니까? 조금 전에 황후마마께오서 연희궁으로 납시셨습니다. 따로 만날 것이 뭐겠습니까? 황제폐하와 황후마마를 함께 뵈온다면 일이 덜 번거로울 것이 아니옵니까?"

"알겠소. 내 지금 바로 연희궁으로 들 터이니, 팽장군도 밖에서 대기하도록 하시오. 여차하면 황제와 황후의 목을 베시오."

"예?"

"어차피 허수아비 황제가 아니오? 대원제국의 백성들을 위해 조금도 이로울 것이 없는 황제요. 처음에는 연희궁에 유폐시키고 성곤 테무르 태자를 황위에 올릴까 했소만, 스스로 황위를 내놓지 않고 저항을 한다면 주살을 시킵시다."

"끝장을 내시겠습니까?"

"그렇소. 시간을 끌 것이 뭐겠소? 기회란 왔을 때 꽉 잡아야하는 것이오. 여희의 말을 들으니, 황제는 지금 정신까지 오락가락한다 하오."

"알겠습니다. 날랜 군사 스무 명을 이끌고 연희궁 침전 밖에 대기하고 있겠습니다."

팽요가 허리를 굽혔다.

'황제를 죽인다고? 교활한 놈같으니라구.'

팽요가 속으로 중얼거렸다.

"황후가 연희궁에는 어쩐 일이오? 설마 나한테 잔소리를 하러 온 것은 아니지요?"

얼굴이 노랗게 뜬 황제가 여희의 부축을 받고 겨우 일어나 앉으며 다 죽어가는 목소리로 물었다.

"황제폐하, 대도의 역병이 겨우 진정되었다 하옵니다. 십만이 넘는 백성들의 주검을 소호군 병사들과 승려들이 합심하여 장사를 치루어 주었습니다. 겨우 백성들의 삶이 안정이 되어가는 듯 싶사옵니다."

"내가 뭐라고 했소? 역병은 찬바람이 불어야 물러간다고 했지 않소? 그것 보시오. 찬바람이 나니까 역병이 물러갔소."

"하오나, 너무 많은 백성이 죽었사옵니다. 대원제국 전체로 따지면 수백만의 목숨이 죽었사옵니다."

"그래서 날더러 어쩌라는 말이오? 제 명이 그것 밖에 안 되어 죽은 것을 날더러 어쩌라는 말이오?"

황제는 여전히 기황후를 귀찮아했다.

"위령제라도 지내야하는 것이 아닐까요? 황제폐하. 대도에서 죽은 백성들은 혜월 스님이 장사를 지내면서 천도제도 함께 올렸습니다만, 죄없이 역병으로 죽은 대도 밖의 백성들을 위해서는 황제폐하께오서 천제단에 납시어 극락왕생을 기원하는 수륙제를 지내야 할 것입니다."

기황후가 눈물을 글썽이며 간곡하게 말했다.

그럴수록 황제의 얼굴은 이즈러졌다.

"난 싫으니, 황후가 지내구려. 지난번처럼 황후가 지내면 될 것이 아니오? 나는 연희궁 밖으로는 한 걸음도 나가기가 싫소."

"황제폐하, 소인은 그럴 수가 없나이다."

"무슨 소리요?"

황제가 물었다.

"폐하, 잊으셨나이까? 지금 연희궁과 홍성궁은 대호군 병사들이 포위하고 있나이다. 그래서 소인은 황제폐하께 주청을 드리러 왔나이다. 소인과 황태자 전하를 폐위시키고 성곤테무르 태자를 황태자로 책봉하시옵소서.”

“황후, 지금 뭐라고 했소? 황후와 황태자를 폐위시켜 달라고 했소?”

“그랬사옵니다. 폐하께오서 허락하여 주신다면 소인은 애유식리달랍을 데리고 고려로 돌아가고 싶나이다. 중서령의 말을 들으면 황제폐하의 목숨은 보존할 수 있을 것이옵니다. 또한 그래야만 황궁 밖의 백성들이 무사할 것이옵니다. 소인은 소인과 황태자의 일로 황제폐하께오서 곤란해지시는 것도 싫사옵고, 불쌍한 백성이 다치는 것도 싫사옵니다. 소인의 청을 들어주시옵소서.”

기황후가 황제 앞에 엎드려 눈물을 쏟았다.

“나는 그리할 수 없소. 어느 놈이 감히 짐에게 도전한단 말이오? 짐은 대원제국의 황제요. 대원제국 황제의 영으로 황후를 흥성궁에 둘 것이오. 애유식리달랍을 황태자로 둘 것이오.”

“하오나 황제폐하, 황제폐하를 최측근에서 보위해야할 대호군까지 중서령의 손으로 넘어갔나이다. 부디 목숨을 보존하소서.”

기황후가 다시 한번 간곡하게 아뢸 때였다.

중서령 톡토가 거만한 모습으로 들어왔다.

인사도 없이 황제 앞에 앉은 톡토가 말했다.

“어찌하시렵니까? 역병도 진정이 되었으니 황제의 자리에서 물러나시오. 마마는 흥성궁을 내놓겠다니, 따로 말씀을 드릴 필요도 없겠소이다.”

톡토는 안하무인이었다. 자신이 마치 황제라도 된 듯이 굴었다.

'내 어쩌다 저런 짐승같은 놈을 자정원에 끌어들였던고? 저런 교활한 놈에게 내 목숨을 맡기는 처지가 되었던고?'

기황후가 후회했으나 때는 이미 늦어있었다.

황제가 말했다.

"중서령은 듣거라. 네놈은 지금 짐을 협박하고 있느니라. 그것은 반역이 분명하니라. 그러고도 네놈이 살아남기를 바라느냐?"

"세상에 죽기를 소원하는 자가 어디에 있겠습니까? 시간이 많지를 않습니다. 어서 결정을 하십시오. 그나마 목숨을 부지하겠습니까? 아니면 대호군의 칼날에 목을 내놓겠습니까?"

톡토가 황제를 노려보았다.

"오냐, 이놈. 짐의 목을 따보거라. 어디, 그럴 힘이 있으면 짐의 목을 따보거라."

황제가 마지막 발악을 했다. 기황후의 눈에는 그렇게 보였다.

"황제폐하, 중서령의 말을 따르시옵소서. 폐하를 대신하여 죽을 신하는 아무도 없나이다."

"짐도 더 살고 싶은 욕심이 없소. 하루하루가 허망하기만 하오. 내 삶이 허망한데 황제의 직위인들 무슨 의미가 있겠소?"

"죽기가 소원이시라면 죽여 드리지요. 밖에 팽장군은 드시오."

톡토가 문 밖을 향해 소리를 질렀다.

"이보시오. 중서령. 아무런 힘도 없으신 황제폐하시오. 남은 여생을 보장해 주시오. 이 몸은 어찌 되어도 좋소. 이 몸의 소원은 황태자와 함께 고려국으로 돌아가는 것이었소만, 중서령이 보내주지 않는다면 허사가 되겠지요. 부디, 황제폐하의 목숨은 보장해 주시오. 황제폐하를 시해하고서야 어찌 백성들의 호응을 얻겠소이까?"

"대원제국의 백성들을 고려 여인이 어찌 걱정한단 말이오? 그대는 고려국의 일이나 걱정하시오. 머지않아 고려국을 대원제국에 합병시킬 것이오."

중서령 톡토가 입가에 잔뜩 비웃음을 묻히고 말할 때였다.

어느 사이 들어온 팽요가 칼끝을 황제가 아닌 중서령 톡토의 턱밑에 겨누었다.

"그리 되지는 않을 것이오. 중서령."

팽요가 말했다.

"팽장군, 이것이 무슨 짓이오? 칼끝을 겨누어야할 사람은 내가 아니라, 저 황음무도한 황제인 것을 잊으셨소?"

"중서령이야말로 잊으셨구려. 소장의 일이 황제폐하와 황후마마와 황궁을 호위하는 일이라는 것을 말씀이오."

"뭐요? 팽장군은 지금 나를 배신하겠다는 것이오?"

"배신이 아니라 소장이 있어야할 자리로 돌아왔다는 뜻이지요. 황제폐하, 중서령은 반역을 도모했사옵니다. 온 나라가 역병이 돌아 백성들이 도탄에 빠져있을 때 중서령 톡토는 오직 자신의 영화를 위하여 반역을 도모했사옵니다. 어찌할까요?"

"그놈을 당장 황궁옥에 가두도록 하시오."

"알겠사옵니다. 여봐라. 부장은 들어와 중서령을 당장 황궁옥에 가두도록 하거라."

팽요가 밖을 향해 소리를 질렀다. 부장이 군사 두 명과 함께 들어와 중서령 톡토를 끌고나갔다.

"네 이놈, 팽요. 네놈이 그 자리에 누구 덕에 올랐는데 배신을 한다는 말이더냐? 그러고도 네놈이 살아남기를 바라느냐? 포르치므르 장군이 네놈을 가만두지 않을 것이니라."

중서령이 뒤를 돌아보며 고함을 질렀다. 그 모습을 싸늘한 눈빛으로 흘끔 바라보던 팽요가 황제 앞에 무릎을 꿇고 엎드렸다.

"소장, 황제폐하와 황후마마께 씻지 못할 죄를 지었나이다. 소장을 죽여주시옵소서."

"아니오. 팽장군은 나를 구해주었지 않소? 반역을 도모한 중서령을 막아주었지 않소? 내 어찌 팽장군에게 죄를 물을 수 있겠소?"

"황제폐하, 소장 잠시나마 중서령 톡토의 꾀임에 넘어가 반역을 도모하는데 한몫 거들었나이다. 살아남지 못할 큰 죄를 지었나이다. 연희궁에 들기 전까지만 해도 소장은 마음을 정하지 못하고 있었나이다."

"그런 팽장군이 어찌하여 마음을 바꾸셨소? 중서령과 함께 반역을 도모했다면 더욱 큰 영화가 기다리고 있었을 것이 아니오?"

기황후가 물었다.

"황후마마의 음덕이십니다."

"내 음덕이라니요?"

"황후마마께오서는 오직 백성을 사랑하는 마음으로 사셨사옵니다. 중서령 톡토는 황후마마께오서 십 년을 하루같이 대도의 빈민들에게 죽공양을 하는 것이 황제폐하의 신임을 얻기 위해서라고 했습니다만, 소장은 그리 생각지 않았사옵니다. 그러면서도 한때나마 톡토를 따랐던 것은 대원제국의 정통을 지켜야 한다는 명분 때문이었사옵니다."

"대원제국의 명분이라면?"

"정통 몽고족 출신의 여자가 황후도 되고, 그런 황후의 소생으로 황태자를 삼아야 한다는 명분말이옵니다."

"헌데 그 명분을 버렸다는 말씀이오?"

"그렇사옵니다. 정통 몽고족 출신인 톡토는 백성이 죽든 말든 자신의 욕심만 채우려고 했사옵니다. 하오나 황후마마께오서는 소호군을 동원하면 위험해진다는 것을 아시면서도 소호군으로 하여금 불쌍하게 죽은 백성들의 장례를 치루어주었을 뿐만 아니라, 목숨이 경각에 달린 위급한 순간에도 백성들이 다칠까 염려를 하셨사옵니다. 조금 전에 내가 스스로 물러날 것이니 백성들을 다치지 말라시던 황후마마의 말씀을 듣는 순간 마음이 흔들렸사옵니다."

팽요의 말에 황제가 기황후를 돌아보며 물었다.

"황후가 정녕 그러셨소?"

"한 나라의 국모된 입장에서 어찌 무고한 백성이 죽는 꼴을 보겠나이까?"

"황후야말로 참으로 보살이구려. 그런 황후를 나 몰라라 하고 이 요사스런 계집한테 내가 빠져있었구려. 내가 참으로 부끄럽구려."

황제가 그때까지 옆구리에 찰싹 붙어 어깨를 주무르고 있는 여희를 돌아보았다.

"폐, 폐하."

황제의 섬뜩한 눈빛에 질린 여희가 비명을 내질렀다.

"팽장군은 들으시오. 이 못된 계집을 끌어내 당장 목을 베도록 하시오."

황제의 영에 여희가 납짝 엎드렸다.

"폐하, 소녀가 무얼 잘못했나이까? 소녀는 다만 황제폐하를 즐겁게 모신 죄 밖에 없나이다. 통촉하여 주시옵소서. 소녀를 살려 주시옵소서."

"이제 보니 네년은 톡토란 놈이 짐을 병들게 만들기 위하여 보낸 요사스런 계집이 분명하지 않더냐? 어찌 네년을 살려 두겠느냐? 팽장군, 이년을 당장 끌고나가 참수하시오."

"알겠사옵니다, 황제폐하. 황은이 참으로 크시옵니다."

팽요가 두 번 절하고 여희를 끌고나갔다.

"황제폐하, 이러실 수는 없는 법이옵니다. 소녀가 무얼 잘못했사옵니까? 황제폐하를 충심으로 모신 죄 밖에 없나이다. 소녀를 죽이시고도 황제폐하가 온전히 목숨을 보존할 줄 아십니까? 주장군이 가만 있지 않을 것입니다."

대호군 병사의 손에 질질 끌려가면서도 여희가 악담을 퍼부었다. 순간 기황후가 잠깐만 기다리시오, 팽장군, 하고 불러 세웠다.

팽요가 무슨 일이시옵니까? 하는 눈빛으로 돌아보았다.

"그 계집의 마지막 말이 수상하지 않소? 주장군이 가만 있지를 않을 것이라니요? 단단히 심문을 해보도록 하시오."

"알겠사옵니다, 황후마마."

팽요가 돌아간 다음 황제가 기황후의 두 손을 마주 잡았다. 그동안 기력을 다 소진했기 때문일까. 황제의 손은 차디찼다. 가슴이 섬뜩할 만큼 차거웠다.

"황제폐하, 우선 태의한테 일러 기를 보충할 탕약부터 드셔야겠사옵니다. 손이 차겁사옵니다."

"그까짓 손 좀 차거운 것이 대수겠소? 큰일 날 뻔하지 않았소. 황후의 아름다운 심성이 나를 살렸구려. 팽장군이 돌아선 것은 황후의 백성을 사랑하는 아름다운 마음 때문이라고 했지 않소? 고맙소. 내황후의 은혜는 잊지 않으리다."

"아니옵니다, 폐하. 어찌 그런 말씀을 하시옵니까? 팽장군은 원래있어야할 자리로 돌아온 것 뿐이옵니다. 중서령이 역모를 일으킨 것이나 한때나마 팽장군의 마음이 다른 쪽에 있었던 것은 무서운 것이아닙니다. 정말 무서운 것은 백성들이옵니다. 백성들이 돌아서면 참으로 걷잡을 수가 없을 것이옵니다. 이 몸은 폐하께오서 여희라는계집을 내치신 것이 얼마나 기쁜지 모르겠나이다."

"그렇소. 그동안 내가 너무 황음했소. 내 빈 자리를 황후가 보충해준 것이오. 그나마 백성들이 짐에게서 등을 돌리지 않은 것은 황후가 백성들 편에 서 있었기 때문일 것이오"

"망극하옵니다, 폐하. 우선 건강부터 되찾으시옵소서. 황제폐하께오서 강건하셔야 대원제국의 앞날이 밝을 것이옵니다. 반역의 무리들이 감히 넘보지 못할 것이옵니다."

"알겠소. 내가 그걸 잊고 있었구려."

"조정을 정비하시고, 그 다음에는 추밀원을 정비하여 군사를 새로이 편성하셔야할 것이옵니다. 이번 역병에 죽은 백성들의 장사를 치르느라 소호군의 병사들이 절반이 넘게 죽었다 하옵니다. 역병에 걸려 죽었다고 하옵니다."

"참으로 충성스런 병사들이 아니었소? 죽음을 각오한 충성이 아니었소?"

"그렇사옵니다. 죽은 병사의 가족에게는 폐하께오서 상금을 내리셔야할 걸로 아옵니다. 자정원에서도 나름대로 재물을 내려 위로를 할 것입니다만, 폐하께오서도 그러셔야할 것입니다."

"황후의 말을 따르리다. 또한 조정이 정비되는 대로 황태자에게 대행을 시킬까 하오."

황제가 뜻밖의 소리를 했다.

"무슨 말씀이신지요?"

기황후가 깜짝 놀라 물었다.

"짐은 너무 쇠약해졌소. 황음에 빠져있느라, 기력을 다 소진했소. 가끔은 정신까지 오락가락하오. 아예 황태자에게 전위했으면 좋겠소."

"아니 되옵니다. 황태자는 아직 막중한 국가대사를 처리할 수 있는 능력이 없사옵니다. 탕약을 드시면 기력은 금새 회복이 될 것이옵니다. 흥성궁으로 납시옵소서. 이 몸이 폐하를 강건하게 만들어 드리겠나이다."

"짐을 흥성궁에 받아주시겠소?"

황제가 염치없다는 낯빛으로 물었다.

"흥성궁의 주인 또한 황제폐하시옵니다. 폐하는 대원제국의 주인 이시옵니다."

"고맙소. 하면 지금 당장 흥성궁으로 가십시다. 연희궁에서는 촌 각도 머무르기가 싫구려."

"그리하소서, 황제폐하."

기황후가 서둘러 황제를 흥성궁으로 모셨다. 태의를 불러 진맥을 받게 하고 탕약을 달여오라 일러 드시게 한 다음이었다.

긴 방황에서 돌아온 탕아의 모습으로 황제가 잠이 들어있는데 대호군 대장 팽요가 찾아왔다.

"황후마마, 여희라는 계집의 문초를 마쳤사옵니다. 그 계집은 주원장이 승려노릇을 하고 있을 때에 머물던 사찰의 공양주 보살의 딸이라고 했사옵니다."

"그렇다면 주원장과는 절에서 만났다는 말씀이오?"

"예, 황후마마. 그 계집의 요망한 방중술도 주원장에게 배웠다고 했사옵니다. 주원장은 여희에게 방중술을 가르쳐 포르치므르에게 보냈고, 포르치므르는 톡토에게 보냈다고 하옵니다."

"톡토는 황제폐하께 바쳤고?"

"그렇사옵니다. 황제폐하를 무너뜨리기 위하여 그리했다 하옵니다."

"결국은 포르치므르나 톡토나 모두가 주원장의 손아귀에서 놀아났던 꼴이 아니오? 그자가 한때는 승려였다는 말은 내 일찍이 혜월 스님을 통해 들었소만, 그자가 도대체 어떤 사람이오?"

"주원장은 아주 가난한 농군의 아들로 태어났다 하옵니다. 가난한 집안의 자식이 살아가는 방법은 나라의 병사가 되거나 아니면 절에 들어가 승려가 되는 두 가지가 있사옵니다."

"그자는 승려의 길을 택했구려."

"그렇사옵니다. 승려는 되었으나, 엉뚱하게도 라마교의 방중술에 심취하였던 것 같사옵니다. 한때는 요망한 비술로 백성들의 병을 고쳐주며 돌아다녔다고 하옵니다. 그러다가 호주(濠州)에서 곽자흥(郭子興)의 반란군에 가담하였는데, 제법 전술에도 능하였고 무예도 뛰어났던 모양이었습니다. 일 년도 못되어 곽자흥 군의 장수가 되었다고 하옵니다."

"장부는 장부였던 모양이구려. 그렇지 않다면 그 이름이 어찌 천하를 떠돌겠소. 그래서요?"

"얼마 후에 송나라를 일으킨 한림아가 그를 좌부원수로 임명하였는데, 주원장은 한림아에게는 충성을 하는 체하며 자신의 세를 키웠다고 하옵니다. 남경을 점령한 다음에는 스스로를 오국공(吳國公)이라 칭하고 있는데, 그를 따르는 무리가 수십만이라고 하옵니다."

"아직 나라를 칭하고 있는 것은 아니란 말이오?"

"예, 황후마마. 남경을 근거로 하여 동서남북으로 땅을 넓히고만 있을 뿐, 아직 나라를 칭하고 있지는 않사옵니다. 하온데, 인근의 지주들은 물론 먹물깨나 먹었다고 하는 학사들이 모여들고 있다고 하옵니다. 여희라는 계집을 포르치므르에게 보낸 것도 따지고 보면 먼 훗날을 내다본 계략이 아니겠사옵니까? 남경에서 대도가 얼마나 먼 거리입니까? 그놈은 지금 대도를 먹을 궁리를 하고 있는 것입니다. 지금은 장사성이 건립한 주나라나 진우량이 건립한 한나라와의 싸움이나 송과의 싸움에 여념이 없어 대원제국을 넘보고 있지 못하옵니다만, 언제 기수를 대도로 돌릴지 모르옵니다."

"허나 대원제국은 지금 대도를 수비할 소호군조차도 제대로 정비를 못하고 있소. 백성들은 아직도 역병의 후유증에서 벗어나지 못하고 있소. 헐벗고 굶주린 백성들을 또 다시 전쟁터로 내보낼 수는 없지 않소?"

"황후마마, 고려국에 원군을 청해보는 것이 어떻겠사옵니까?"

팽요가 은근히 물었다.

"고려국에 말이오?"

"지난번 홍건적의 난리 때도 고려국에서는 구원병을 보내주었사옵니다. 비록 고려왕이 한때는 대원제국에 등을 돌리는 듯 했사오나 홍건적을 물리치면서 정동행성도 다시 설치했고, 관제도 다시 대원제국을 따르고 있사옵니다. 구원병을 요청하면 보내 줄 것입니다."

"허나, 고려국도 두 번에 걸친 홍건적의 침략으로 나라 사정이 여의치 않다는 말을 들었소. 자기 발등에 떨어진 불이 더욱 급할 텐데 보내주겠소?"

기황후가 곤란하다는 표정을 지었다. 사신으로 다녀온 박불화의 말에 의하면 고려국은 요즘 남쪽에서 침략해 온 왜구들 때문에 골치를 앓고 있다고 했었다. 그걸 뻔히 알면서 원병을 요청할 수는 없었다.

고려국은 그들 나름대로 살게 하는 것이 상책이라는 생각이었다.

"날이 밝으면 황제폐하와 의논을 하도록 하십시다."

기황후가 일단은 그렇게 매듭을 짓는데 팽요가 여희라는 계집은 어찌할까요? 하고 물었다.

"황제폐하의 성총을 흐리게 하고 황제폐하를 기만한 큰 죄인이요. 참수를 시키도록 하시오."

"그리하겠나이다. 하옵고, 성곤테무르 태자는 어찌할까요?"

"성곤테무르 태자요? 그를 팽장군이 보호하고 있었소?"

이것은 뜻밖이구나, 싶어 기황후가 물었다. 하남의 유배지에서 감쪽같이 사라졌던 성곤테무르 태자가 황궁 가까이에 있었던 것이 아닌가? 중서령 톡토와 대호군 대장 팽요는 성곤테무르 태자까지 데려다놓고 역모를 도모하려 했었구나, 하는 생각에 기황후의 등에서 식은 땀이 흘렀다.

"소장이 보호한 것이 아니옵고, 중서령 톡토가 수하를 시켜 데려다가 보호하고 있었사옵니다."

"지금 어디에 있소?"

"아무것도 모른 채 황위에 오를 시간을 기다리며 빈청에 대기하고 있나이다. 대호군 병사 몇 명으로 하여금 지키게 하였나이다."

팽요가 대답할 때였다. 황제가 눈을 번쩍 뜨고 팽요를 돌아보았다.

"그놈을 죽이시오. 지금 당장 죽이시오."

황제가 두 눈에 분노를 가득 담아 내뱉었다.

"황제폐하, 성곤테무르 태자는 폐하의 혈육이십니다. 함부로 죽여서는 아니 됩니다."

기황후가 깜짝 놀라 말했다.

"황후는 그놈이 밉지도 않소? 지난 번의 역모사건이 있었을 때 그놈을 유배를 보내는 것이 아니라, 참수를 시켰어야 했소. 그랬으면 이번 일도 없었을 것이 아니오?"

"성곤테무르 태자의 잘못이 아니옵니다. 태자를 이용하려고 한 톡토같은 사람들의 잘못이옵니다. 혈육을 죽이시면 아니 됩니다."

"황후, 인정이란 베풀만한 자격이 있는 사람한테만 베푸는 것이오. 성곤테무르 때문에 당한 고통이 그 얼마였소? 자칫했으면 이번에는 목숨까지 잃을 뻔하지 않았소? 성곤테무르를 죽이면 다시는 그놈을 등에 업고 역모를 꾸미는 자도 없을 것이 아니오?"

"아니옵니다. 아니옵니다, 황제폐하. 아비가 자식을 죽일 수는 없는 일이옵니다. 다시 유배를 보내시고 믿을만한 병사로 단단히 지키게 하면 될 것이옵니다. 소인의 소청을 들어주시옵소서."

기황후의 간곡한 아룀에 황제가 망설이는 표정을 지었다.

"정녕 그래야겠소? 황후는 성곤테무르를 살려주고 싶소?"

"예, 황제폐하."

기황후가 간절한 마음으로 대답했다.

"좋소. 황후의 말대로 성곤테무르를 살려두겠소. 팽장군, 그놈을 황궁옥에 가두어 두시오. 날이 밝는대로 유배를 보낼 것이오."

"황은이 망극하옵니다."

기황후가 진정으로 기뻐했다.

15

무너지는 제국

"황후마마, 주원장의 무리가 나날이 강성해지고 있사옵니다. 강남에 주둔하고 있던 원의 군사는 벌써 주원장의 무리에게 격퇴되었다고 하옵니다."

중서령 팽요가 아뢰었다.

황제를 대행하고 있는 황태자도 함께 있는 자리에서였다.

"그러니 이 일을 어찌했으면 좋겠소? 주원장의 무리는 나날이 그 세를 더해가고 있는데, 우리는 뾰족한 수가 없구려."

"그뿐만이 아니옵니다. 지방의 많은 토호들이며 조정에서 파견한 벼슬아치조차도 주원장의 무리에게 투항하고 있사옵니다."

"나라의 기강이 무너진 탓이 아니겠소? 충신이 없기 때문이 아니겠소?"

"황공하옵니다, 황후마마. 모두가 소신의 능력이 부족한 탓이옵니다."

팽요가 허리를 조아렸다.

"그것이 어디 중서령만의 탓이겠소. 모든 벼슬아치들이 본분을 잊은 탓이 아니겠소? 황태자, 어찌했으면 좋겠소? 황제폐하를 대행하고 있는 황태자가 아니오? 나라를 구할 방도를 강구해야 할 것이 아니오?"

기황후가 황태자 애유식리달랍을 돌아보았다. 그러나 황태자라고 뾰족한 수가 있는 것이 아니었다. 얼굴만 붉힌 채 기황후를 올려다보았다.

팽요가 말했다.

"황후마마, 고려국에 원병을 요청하는 것이 어떻사옵니까?"

"그 일은 안 된다고 했지 않소? 고려국은 지금 섬나라 왜구들의 침범으로 어려움을 겪고 있다고 했소. 자기 나라를 지키는데도 급급한 실정이라고 했소. 자칫 고려국에 원병을 요청했다가 나라가 송두리째 왜구에게 넘어가면 어찌하겠소?"

기황후가 얼굴까지 찡그렸다.

팽요가 말했다.

"하오나, 황후마마. 지금 우리 대원제국이 기댈만한 나라는 오직 고려국 밖에 없사옵니다. 왕후이신 노국공주님께 은밀히 사람을 보내는 것이 어떻겠사옵니까? 고려왕을 설득하여 원병을 보내도록 말이옵니다."

"그것은 아니 될 일이오. 고려국까지 함께 망하게 할 수는 없는 일입니다. 어떻게든 군사를 정비하여 반란군을 대적하도록 하시오."

"군사를 정비하려고 해도 군량미조차도 부족하옵니다. 몇 년째 흉년이 들고, 지주들이 반란군의 눈치를 보느라 세금을 바치지 않고 있사옵니다."

"저런 처죽일 놈들이 있소? 그런 놈들을 가만 둔다는 말이오?"

"지주들이 사사로이 기르는 병사가 지방관아의 병사들보다 많사옵니다. 또한 관아의 병사들조차도 지주들의 수하로 들어간다 하옵니다."

"관아의 병사가 지주들의 수하로 들어가다니요?"

"지주 밑으로 들어가면 최소한 밥은 굶지 않으니까요. 배불리 먹을 수 있으니까요."

"허허, 이것 참, 큰 일이 아니오. 황태자, 들으셨소? 군주란 백성을 배불리 먹이기만 해도 크게 선정을 베푸는 일이 될 것이오. 군주가 할 일이 무엇이겠소? 백성들을 밖의 적들로부터 보호하는 것이고, 하루 세 끼 끼니를 굶지 않게 보살피는 것이오. 그 두 가지만 해결되면 백성들은 황은에 감사하지는 않아도 불만은 없을 것이오. 헌데 지금 황태자는 그 두 가지를 모두 못하고 있는 것이 아니오?"

"소자도 어찌해야 좋을지를 모르겠사옵니다, 어마마마."

"어미도 이리 난감해 본 일이 없소. 대원제국을 위하여 목숨을 바칠 충성스런 장수 하나 없다는 것이 참으로 한심스럽소. 일단은 지방으로 병사와 벼슬아치를 보내 세금을 거두어들이고, 황실의 내탕금을 군량미로 돌려야겠소. 자정원에서도 죽공양할 양곡을 제외하고는 모든 재물을 군비로 내놓겠소."

"어마마마의 말씀에 따르겠나이다. 중서령, 어사대에 세금을 거둘 관원을 선발하도록 하시오. 관원 하나에 일백의 병사를 주어 파견하도록 하시오. 누구라도 세금을 내지 않으려 하면 그 자리에서 목을 베라 이르시오."

"알겠사옵니다, 황태자 마마."

팽요가 머리를 조아렸으나 잔뜩 근심이 어린 눈빛이었다. 그 눈빛에서 기황후는 세금을 거두는 일도 군사를 정비하는 일도 쉽지 않을 것을 예감했다.

한번 무너진 둑을 새로 쌓기 위해서는 두 배의 힘이 든다는 것을 기황후는 알고 있었다. 더구나 이것은 방둑의 일이 아니라 사람의 일인 것이었다. 한번 돌아선 민심을 되돌리기에는 대원제국의 황실은 너무 위엄이 없었다.

이제 백성들은 황실을, 황제를 믿지 못하고 있었다.

그 빈 틈을 주원장이 파고들고 있는 것이었다.

'대원제국은 이제 희망이 없어. 아, 이대로 나라가 무너지기를 기다려야 하는 것인가? 가만히 앉아 기다리다가 점령군에게 목을 내밀어야 한다는 말인가?'

흥성궁을 나오며 팽요가 중얼거렸다.

사방 어디를 둘러보아도 희망은 없었다. 비록 황음에서는 벗어났다고 해도 황제는 이제 반편이가 다 되어 있었다. 황태자 애유식리달랍은 어사대를 동원하여 세금을 거두고, 세금을 내지 않는 지주는 그 자리에서 참수하라 했지만, 그런다고 세금이 거두어지리라고는 믿어지지 않았다. 그동안 관원과 병사를 함께 파견하지 않은 것이 아니었다. 그러나 세금은 거두어지지 않았다.

오히려 지방 지주의 꼬드김을 받은 관원이나 병사들이 조정에 등을 돌리고 지주 편에 붙어버리는 경우가 허다했다. 어사대를 동원한다고 해도 그것은 마찬가지일 것이었다.

'내가 잘못 생각했던 것이 아닐까? 톡토를 도와 황제를 몰아내고 성곤테무르 태자를 황제로 모셨어야 하는 것이 아닐까? 지금이라도 주원장의 제의를 받아들여야 하는 것이 아닐까?'

팽요의 마음이 흔들리고 있었다.

한 달쯤 전에 포르치므르가 은밀히 사람을 보내온 일이 있었다. 이제 천하는 오국공 주원장전하께 기울었으니, 대도의 문을 활짝 열고 자신을 받아들이라는 것이었다. 장차 오국공이 세울 나라에서 함께 영화를 누려보자는 제안이었다. 아직은 때가 아니라고, 생각해 보겠노라는 대답만 보냈다. 설령 포르치므르의 제안을 따른다고 해도 쉽지 않은 일이었다. 대호군대장 강무가 문제였다. 강무는 철저한 기황후 편이었다. 황실과 기황후를 위해서라면 열 번이라도 목숨을 던질 사람이었다. 자칫 목숨이 위태로울 역병현장에 투입되어 죽은 백성들의 장례를 치루는 일에도 기황후의 한 마디에 따랐던 강무였다.

기황후가 조정의 다른 벼슬아치는 중서령인 자신에게 임명권을 주었으면서도 대호군 대장 강무와 소호군 대장 환티므르는 자신의 손으로 임명한 것만 보아도 그녀가 강무를 얼마나 믿고 있는지 알 수 있는 일이었다. 또한 그런 기황후의 믿음을 배신할 강무가 아니었다.

주원장의 무리가 대도와 황궁의 문을 밖에서 열고 들어오지 않는 이상, 안에서 열 수 있는 방법은 없는 셈이었다.

"중서령, 얼굴에 어찌 구름이 잔뜩 끼어있소이까?"

팽요가 빈청으로 들어가자 추밀원사 곽첩목아가 물었다.

"나라가 무너지고 있는데 내가 즐거울 일이 무엇이 있겠소? 추밀원사야말로 이렇게 한가해도 되는 것이오이까?"

"할 일도 없는데 어찌하란 말씀이오? 소신더러 칼이라도 들고 전쟁터로 나가라는 말씀입니까?"

"어떻게든 군사를 정비할 생각을 해야지요. 주원장의 군대는 하루가 다르게 대도를 향해 몰려오고 있는데, 명색이 나라의 군사를 책임지고 있는 추밀원사가 손을 놓고 있대서야 말이 되겠소?"

"군사를 뽑아 보낸들 무슨 소용이 있소이까? 주원장의 무리에게 투항을 하든지, 아니면 싸우다가 죽든지, 두 가지 결과 밖에 안 나오는데, 어찌하겠소? 오히려 군사를 보내면 보낼수록 주원장의 군사를 늘려주는 꼴이 되니 말씀이오. 그래, 황후마마께 고려국에 원병을 청하는 문제는 말씀을 드려보았습니까?"

"반대하셨소."

팽요가 벌레라도 씹은 낯빛으로 대답했다.

"반대를요? 대원제국의 앞날이 풍전등화인데 또 반대를 했다는 말씀이오?"

"그렇소이다. 고려국 사정 역시 섬나라 왜구의 침범으로 형편이 안 좋은데, 원병을 요청하였다가 고려국이 송두리째 왜구에게 넘어가면 어찌할 것이냐고 걱정하셨소."

"황후마마는 여전히 고려를 감싸고 도는군요. 대원제국보다는 고려국의 안위가 걱정인 것입니다, 황후마마는."

"그럴 리가 있소? 고려국에 황후마마의 인척은 남아있지 않소. 고려왕이 반원정책을 펴면서 황후마마의 형제들을 모두 죽였다고 했잖소? 오히려 황후마마야말로 고려국에 유감이 많으실 것이오. 고려국의 편을 든다는 것은 말이 되지 않소이다."

팽요가 고개를 내저었다.

"그렇지 않다면 어찌 원병의 요청을 거절하신다는 말씀입니까? 막말로 고려국이 섬나라 왜구에게 넘어간들 무슨 상관입니까? 틀림없소. 황후마마는 대원제국보다 고려국에 더 애착을 가지고 있소. 생각해 보십시오, 중서령. 황후마마는 제2황후 때부터 고려합병 얘기만 나오면 예민한 반응을 보이셨습니다. 환관 고용보와 박불화를 동원하여 황제폐하께 고려합병의 부당성을 주장하셨습니다."

"사람은 누구나 자신이 태어난 탯자리에 대한 애착은 있는 법이오."

"그런 작은 애착이 아닐 것입니다. 솔직히 황후마마가 아니었으면 고려국은 벌써 대원제국에 합병이 되었을 것입니다."

"그야 그렇지요. 추밀원사의 말을 듣고 보니 그렇군요. 황후마마는 고려국에 원병을 요청하는 문제에는 단호하게 반대를 하셨습니다."

"그래서 황후를 정통 몽고족 출신의 여자를 세워야한다는 말이 나왔던 것입니다. 세조황제께서 구태여 황후는 몽고족 출신이어야 한다는 말씀을 남기신 것도 장차 이런 일을 예상하신 것이 아니겠습니까? 자칫 한족이나 색목인, 지금처럼 고려출신 여자가 황후가 되면 아무래도 자기가 출생한 나라의 편을 들게 될 것을 예상하고 말씀입니다."

추밀원사가 분개하여 큰 소리로 말했다.

"그렇다고 이제 와서 어쩌겠소? 황후를 폐하고 새로이 책봉할 수도 없는 것이 아니오? 황제폐하는 이미 폐인이 다 되셔서 흥성궁에서만 머물고 계시는 걸요."

"황태자의 후비 역시 고려 출신이 아닙니까? 중서령 어른, 당장 대전에 신료를 모으십시오."

"신료는 왜요? 늙은 신료들이라도 전쟁터에 내보내시렵니까?"

"중서령께서는 이런 판국에 농이 나오십니까? 참으로 한가한 분이십니다. 황태자 전하를 모시고, 고려국에 원병을 요청하는 문제를 의논해야 되겠습니다."

"황태자 전하 역시 황후마마께 꼼짝을 못하고 있습니다. 신료들의 의견을 들어주겠습니까?"

"안 들어주신다면 황태자 전하의 후비를 폐위시키겠다고 해야겠지요."

"황태자의 후비를요?"

"그렇습니다. 지금 고려국의 시중은 황태자 후비의 부친이 맡고 있는 걸로 알고 있습니다. 자신의 딸이 황태자 후비에서 쫓겨난다는데 가만 있겠습니까? 또한 들리는 바에 의하면 이홍 시중이야말로 친원파라고 했습니다. 고려국이 그나마 정동행성을 살리고 대원제국의 관제며 풍습으로 돌아선 것이 모두 이홍 시중의 입김 때문이라고 들었습니다."

"허나 군대를 움직이는 문제를 시중이 함부로 결정하겠습니까? 지금 고려 조정에서는 최영같은 젊은 장수들이 군권을 잡고 있다고 했습니다. 더구나 최영은 남쪽으로 내려가 왜구를 물리치는데 진력을 다하고 있다 했습니다."

"아무튼 지금 대원제국의 희망은 고려국의 군사를 끌어들이는 일밖에 없습니다. 신료들을 모아주십시오. 소장이 황태자 전하께 강력하게 주청을 올리겠습니다."

"쓸데없는 분란을 만드는 것은 아닌지 모르겠소."

팽요가 탐탁치 않은 말투로 대꾸했다.

그렇다고 추밀원사 곽첩목아의 소청을 무시할 수도 없는 일이었다. 나라가 평화스러울 때는 글을 읽은 문신이 힘을 쓰지만, 나라가 위태로울 때는 무신의 주장이 더욱 호소력이 있기 마련이었다.

"그리 심약해서야 어찌 대원제국을 실질적으로 끌어가는 중서령의 막중한 책임을 다하시겠소? 정신을 차리시오, 정신을."

곽첩목아가 눈까지 부릅떴다.

'아니, 이놈이. 누구 앞에서 눈을 치켜뜨는 게야. 그까짓 허수아비 같은 군졸 오천여 명을 데리고 있다고 보이는 것이 없나?'

팽요가 속으로 중얼거리는데, 곽첩목아가 말했다.

"내 중서령께 이런 말씀까지는 안 드리려고 했습니다만, 지난번에 황궁에서 특별히 뽑아보낸 성첩목아 장군의 군사들도 모두 주원장에게 패하였다고 합니다. 그러니 소신이 서두르지 않게 되었습니까?"

"뭐요? 그 군사들까지 패했어요?"

팽요가 큰 소리로 물었다.

그런 일이 있었다.

황태자가 대행을 맡은 지 얼마 안 되었을 때였다. 기황후가 신료 회의에 나와 말했다.

─당분간 이 몸이 황태자 전하를 도와 조정의 일에 관여를 하기로 했습니다. 모든 신료들은 심기일전 도와주시기 바랍니다. 지금 주원장의 무리가 무서운 기세로 중원을 야금야금 점령하고 있다합니다. 언제 대도에 들어올지 모를 일입니다. 그래서 드리는 말씀이오만 특별군을 편성하여 주원장의 무리와 대적하게 해야겠습니다."

─특별군이라니요? 황후마마.

추밀원사 곽첩목아가 물었다.

─황궁을 지키는 대호군과 대도를 지키는 소호군 가운데 각기 오천 명씩을 뽑아 주원장의 목을 베러 보내야겠습니다.

－하오나 황후마마, 대호군과 소호군은 그 책임이 참으로 막중하옵니다. 함부로 움직일 수 있는 병사가 아니옵니다.

대호군 대장 강무장군이 반대 의견을 내놓았다.

－이보시오, 강무 장군. 황궁은 장군 혼자서도 충분히 지켜낼 수 있다고 보는데, 안 그렇소? 대도나 황궁은 내부에서 역모를 도모하지 않는다면 태평할 것이 아니오?

－그야 그렇습니다만, 대도와 황궁은 대원제국 최후의 보루입니다. 병사를 움직이는 것을 통촉하여 주시옵소서.

강무가 다시 한번 반대했다.

－강장군이 걱정하는 바를 충분히 짐작하고 있소. 허나, 적이 대도를 침략하고 황궁의 문을 열어젖힌다면 이미 끝난 것이 아니오? 나는 적이 대도나 황궁에 들어오기 전에 막기 위해서 대호군과 소호군을 절반씩 나누어 파병하자는 것이오. 또한 대호군이나 소호군은 새로이 징발하여 보충을 하면 될 것이 아니오.

기황후의 말에 중서령이 얼른 찬성을 하고 나섰다.

－황후마마의 말씀이 옳으시옵니다. 그리 하시옵소서. 소신이 한 가지 더 청을 드리고 싶은 것은 병사란 어차피 사기가 높아야 잘 싸우는 법이옵니다. 이번에 파견하는 병사들의 사기를 높여주시옵소서.

－안 그래도 생각하고 있었소. 자정원에서 군량미며 옷가지들을 넉넉하게 보내 배불리 먹고 따뜻하게 입히도록 할 것이오.

기황후가 말했을 때였다.

－사내들의 사기를 높이는 데는 계집만한 것도 없사옵니다, 황후

마마. 소신의 생각으로는 부장급 이상 장수들에게 황궁에 넘쳐나는 고려 공녀를 하나씩 하사하시는 것이 좋을 것 같사옵니다.

참지정사를 맡고 있는 백첩목아가 말했다.

－뭐요? 참지정사는 지금 뭐라고 했소? 황궁의 궁녀를 하사하자고 했소?

대번에 기황후의 얼굴이 일그러졌다.

그 즈음 황궁에는 고려 여인들로 넘치고 있었다. 고려국에서 공식적으로 보내온 여인들 뿐만이 아니라, 대원제국의 황궁에 줄을 대기 위하여 정신나간 아비들이 보내온 여인들이 고려의 치마바람을 일으키고 있었다. 황제가 황음에 빠져 있던 시절 기황후는 고려 공녀들에게 몽고식의 입성을 강요하지 않았다. 고려식의 치마 저고리를 입어도 그대로 두었다.

한때는 기왕에 뽑혀 온 공녀이니, 먹고 사는 것이나 지장이 없도록 하자는 뜻에서 조정의 벼슬아치들한테 내려주었으나, 그것이 다 부질없는 짓 같아 황궁에 두고 허드렛일도 시키고, 흥성궁에서 수발을 들도록 했었다.

참지정사가 말하는 황궁에 넘치는 공녀란 그녀들을 두고 이름이었다.

－황공하옵니다, 황후마마. 하오나, 사내란 원래 계집 앞에서는 용감해지는 법이옵니다. 신의 말씀에 화만 내실 일은 아닌 줄 아옵니다. 통촉하여 주시옵소서. 소신도 그동안 데리고 살던 고려 공녀 출신 첩을 출정하는 병사들에게 내놓겠사옵니다.

참지정사의 말에 다른 신료들은 아무도 반대하지 않았다. 자신이 데리고 살던 첩실을 내놓겠다는 말에만 약간 얼굴을 찡그렸을 뿐, 나중에는 고개를 끄덕이기까지 했다.

─알겠소. 신료들의 뜻이 그렇다면 그리 하시구려.

마지못해 허락은 했지만, 기황후는 기분이 안 좋았다. 어떻게든 고려 공녀를 보호하려고 했는데, 조정의 신료들이 하나같이 찬성하고 나오는 데야 비록 황후일망정 어쩔 수가 없었다.

'너희들을 험한 싸움터로 보내서 미안하구나. 내 힘으로도 너희들을 보호할 수가 없구나. 부디 모시는 장수를 잘 받들어 승리하고 돌아오너라. 내 무슨 수를 쓰든 너희들을 부모처자가 있는 고려국으로 보내주마.'

파병군이 조직되어 황궁 뜰에서 출정식을 갖던 날 기황후가 속으로만 다짐했다.

기황후가 우울한 마음으로 흥성궁으로 돌아와 차를 마시고 있는데, 강무 장군의 부장으로 있던 성첩목아가 총사를 맡았다면서 인사차 찾아왔다.

─황후마마, 심려하지 마시옵소서. 소장이 주원장의 무리를 격퇴하겠나이다. 황궁은 강무장군이 계시니 안심이 되옵니다.

이목구비가 번듯한 잘난 사내였다. 몽고인의 투박성에다 용맹성까지 갖춘 장수였다.

─고맙소. 백성과 황실의 안위를 위하여 잘 싸워주기 바라오.

기황후가 말할 때였다.

고려 공녀 섭섭이가 차를 한 잔 더 내왔다. 장수 성첩목아의 눈길이 다소곳이 차를 내려놓고 돌아가는 섭섭이를 쫓아갔다.

기황후가 말했다.

—내 장군의 식솔들은 굶지 않게 잘 돌볼 것이오.

—황공하옵니다, 황후마마. 하오나 소장에게는 거느린 식솔이 없사옵니다.

—하면 혼자 몸이란 말이오?"

—지난번 역병이 돌 때에 모두 참변을 당했사옵니다.

—저런, 불행한 일이 있소. 참으로 안 되었소이다.

—소장 혼자만 당한 일이 아니옵니다. 황후마마께오서 심려하실 일이 아니옵니다. 소장은 오히려 홀가분하옵니다. 책임질 식솔이 없으니, 뒤돌아보지 않고 싸우겠나이다.

—고맙소, 성장군. 어떻게든 주원장의 무리를 물리치고 살아서 돌아오시오. 내 번듯한 가정을 이루도록 도와주리다. 참한 여자로 중매도 서리다.

—황공하옵니다. 소장은 여자를 가까이 두지 않기로 했나이다.

—하면 이번에 장수들에게 하사한 고려공녀도 받지 않겠다는 말이오?

—그러하옵니다. 소장은 여자가 필요치 않사옵니다.

—어찌 그럴 수가 있소? 장군은 한창 혈기 왕성할 때가 아니오? 내 특별히 공녀를 하사하겠소. 내 청은 거절하지 마시오.

—황공하옵니다, 황후마마.

성첩목아가 싫다 좋다는 말도 없이 허리를 조아렸다. 그걸 승낙이라고 믿은 기황후가 궁녀 섭섭이를 불러들였다.

－섭섭아, 네가 성장군을 모시고 나가 잘 받들어 모시도록 하거라.

－황후마마, 소녀는 마마 곁에서 마마를 모시고 싶나이다.

－네 뜻을 알겠다만, 지금은 나라를 지키는 일이 더욱 중하구나. 성장군을 잘 모시다가 돌아오거라. 내 너를 고려국으로 보내주마.

기황후의 말에도 섭섭이가 울기만 하자 성첩목아가 말했다.

－황후마마, 소장 혼자 나가겠사옵니다. 거두어 주시옵소서. 이 아이가 싫다고 하는데, 소장이 어찌 데리고 가겠나이까?

그때였다.

섭섭이가 고개까지 내저으며 말했다.

－아니옵니다, 장군. 소녀, 장군을 따르겠나이다. 장군이 싫어서 황궁에 남겠다고 했던 것이 아니옵니다.

－나와 함께 가주겠소? 내 무슨 일이 있어도 그대를 지켜주리다.

성첩목아의 말에 섭섭이가 가만히 고개를 끄덕였다.

그때 고려 공녀를 거절했던 일이나 기황후가 특별히 하사한 공녀를 마지못해 데리고 갔던 성첩목아의 일은 한때 황궁의 신료들 사이에서 회자되고 있었다.

"성첩목아 장군의 군사들까지 패했다면 대원제국은 장차 어찌 되는 것이오?"

팽요가 걱정스런 얼굴로 물었다.

"뾰족한 수가 있겠습니까? 그것이 언제가 되었건 주원장의 군사가 대도를 점령하고 나면 모가지를 디미는 수밖에요."

"이보시오, 추밀원사. 그것을 지금 말씀이라고 하시오?"

"하면 중서령께서 방안을 강구해 보십시오. 소신 따르겠습니다."

"허허, 이것 참. 그런데 그때 함께 갔던 고려 공녀들은 어찌 되었다 합디까?"

팽요가 물었다.

"그걸 몰라서 물으십니까? 점령지의 계집들은 원래가 점령군의 차지가 되는 것이 아닙니까? 주원장 수하의 장수들이 하나씩 차지했다고 하더이다. 특별히 황후마마께서 하사하신 성첩목아의 계집은 주원장이 차지했다고 하더이다."

"허허, 아깝구려. 그 계집이 흥성궁의 궁녀만 아니었다면 내가 데려다 살려 했었는데, 간들간들한 허리가 봐줄만 했었는데, 참으로 아깝구려."

팽요가 혀를 끌끌 찼다. 대원제국이 무너지는 것보다 한결같이 잘생겼던 고려 계집들이 아까운 것이었다. 그런 중서령을 추밀원사가 한심하다는 눈빛으로 바라보고 있었다.

"정신 차리시오 중서령. 주원장의 무리에 몸을 의탁할 요량이 아니라면 정신 바짝 차리고 어떻게든 나라를 구할 방도를 찾아야할 것이 아니오?"

"허허, 이것 누가 중서령인 줄을 모르겠소이다. 추밀원사가 감히 나한테 큰 소리를 치다니요?"

팽요가 불쾌한 표정을 짓자 추밀원사 곽첩목아가 비웃는 낯빛으로 말했다.

"그래서요? 소신의 목이라도 자르겠다는 말씀이오? 어디, 자르려면 잘라보시구려. 소신도 모든 것 때려치우고 낙향이나 하고 싶소이다."

"누가 목을 뗀다고 했소? 말이 그렇다는 소리지요. 그나저나 잘 싸우라고, 싸움터의 살벌함과 외로움을 달래라고 특별히 공녀들까지 딸려 보냈던 성첩목아 장군의 군사들까지 주원장에게 패했다면 이제 대원제국에 희망은 없는 셈이 아니오?"

"그러니 고려국에라도 기대보자는 것이 아닙니까? 속히 대명전으로 가서서 황태자 전하를 알현하시옵소서."

추밀원사 곽첩목아가 명령하듯 말했다. 그것이 또 기분이 나빴으나 더 이상 말싸움을 하기도 싫어 팽요가 말없이 빈청을 나왔다.

'정말 저놈의 목을 떼버려? 내 말 한 마디면 제놈의 목이 달아나는 것을 뻔히 알 텐데도 감히 나한테 이래라 저래라 명령을 내려?'

팽요가 불쾌한 기분을 안으로 숨긴 채 대명전으로 들어가자 박불화와 마주 앉아있던 황태자가 물었다.

"어떻게 어사대와 얘기는 해보았소? 감찰의 수를 늘리더라도 속히 세금징수반을 조직하여 내보내시오."

"그 일보다 더욱 화급한 일이 있사옵니다, 전하."

팽요가 황태자 앞에 엎드렸다. 박불화가 뒷걸음질로 대전을 나갔다.

"무슨 일이오?"

"추밀원사를 비롯한 조정 신료들의 불만이 크옵니다."

"불만이 크다니요?"

황태자의 얼굴이 일그러졌다.

"고려국에 원병을 요청하여 난국을 수습하자는 의견이 많사옵니다."

"그것은 아니 된다고 했지 않소? 고려는 아주 작은 나라요. 설령 구원병을 보내온다고 한들 얼마나 보내오겠소? 그리고 구원병이 오면 군량미는 어찌할 것이오? 채 오십만도 못 되는 대원제국의 군사들에게 먹일 군량미도 없어 쩔쩔 매는 판국이 아니오?"

"그야 군량미도 함께 요청하면 안 되겠사옵니까?"

"중서령, 지금 그걸 말씀이라고 하는 것이오? 아예, 고려국에 구걸이라도 하자는 말씀이오?"

황태자의 얼굴이 벌겋게 달아올랐다.

그 모습을 흘끔거리던 팽요가 어쩔 수 없다는 듯 말했다.

"황태자 전하, 신료들 가운데는 황후마마께오서나 황태자 전하께오서 고려국의 편을 드는 것이 모두 고려국에 대한 애착 때문이라고 여기고 있사옵니다. 나라가 위급한데도 구원병의 요청을 끝내 거절하신다면 신료들이 고려국 시중의 딸인 후비마마를 폐하자는 주청을 드릴지도 모르옵니다."

"뭐, 뭐요?"

황태자가 화를 버럭 냈다.

"생각해 보시옵소서, 전하. 대원제국의 황후는 몽고족 출신의 여자로 책봉하라는 세조황제의 유훈이 계시었사옵니다. 따지고 보면 홍성궁에 기황후 마마를 모신 것은 편법이 아니옵니까? 황태자 전하의 후비도 태자라도 출산한다면 기황후 마마처럼 되지 않는다는 보장이 어디 있겠사옵니까? 신료들이 걱정하는 것도 그 일입니다. 그런 판국에 고려국의 구원병까지 거절하신다면 오해는 더욱 깊어지겠지요. 신료들이 한 입으로 주청을 드리면 어찌 하시겠사옵니까? 그들을 모두 귀양을 보내시겠사옵니까?"

팽요의 말에 황태자가 침묵을 지켰다.

"황태자 전하, 신료들의 뜻을 따르는 척이라도 하여 주시옵소서. 소신은 고려국 시중이 후비 마마의 부친인 걸로 알고 있사옵니다. 사사로이는 사위와 장인의 관계가 아니옵니까? 황태자 전하께오서 간곡하게 요청을 하오시면 따님의 일인데 어찌 모른 체 하겠사옵니까? 추밀원사 곽첩목아는 당장 신료들을 대전에 소집하여 그 일을 논의하자고 했사옵니다."

팽요가 은근히 협박하는 투로 말했다.

황태자가 입술을 꾹 깨물면서 생각에 잠겼다. 황제로부터 전권을 위임받아 대행을 하고 있다고는 해도 아직 노회한 조정 신료들을 상대하기에는 역부족이었다. 또한 신료들 중 대부분이 팽요의 수하나 마찬가지였다. 그들이 벌떼처럼 일어나 왜 고려국에 구원병을 요청하지 않느냐고 따진다면 할 말이 없었다. 아직도 고려국은 대원제국의 속국이기 때문이었다.

"중서령, 허나 황후마마의 반대가 저리 심하시니 낸들 어찌하겠소?"

황태자가 한 발 물러섰다.

"황후마마께는 비밀로 하시고 황태자 전하께오서 은밀히 고려국의 시중에게 서찰을 보내시옵소서."

"서찰을 보내요?"

"황태자 전하, 지난번에 파병한 성첩목아의 군사들도 주원장의 무리에게 패했다는 장계가 왔사옵니다."

"뭣이라고 했소? 성장군의 군사도 패했어요?"

황태자가 얼굴이 사색이 되어 큰 소리로 물었다.

"전 병사가 옥쇄하다시피 싸웠으나 역부족이었다고 하옵니다. 일만의 병사 가운데 구천 명의 병사가 죽고 살아남은 일천 명의 병사는 적군에게 투항했다고 하옵니다."

"허허, 어찌 이런 일이, 내 성장군만은 믿었거늘, 어찌 이런 일이 있을 수 있다는 말씀이오."

"또한 고려 공녀들은 모두가 적의 장수들이 차지했다고 하옵니다. 성첩목아 장군이 데리고 있던 공녀는 주원장이 차지했다고 하옵니다."

"저런 죽일 놈 같으니라구. 우리 대원제국에는 주원장을 물리칠 장수가 그리도 없다는 말이오?"

"그래서 소신이 고려국에 구원병을 요청하자고 간청을 드리는 것이옵니다. 고려국에서 구원병을 보내주지 않으면 후비의 안위가 걱정된다고 사정을 하시옵소서."

팽요가 조금 물러서는 기색을 보이는 황태자를 몰아붙였다.

"후비의 안위까지 들먹이며 구걸을 하라는 소리요? 지금."

"세상의 어떤 아비도 사랑하는 딸이 위급에 처했다면 모른 체하지 못할 것입니다. 아비의 정에 호소해 보자는 것이옵니다. 아까도 말씀드렸사옵니다만, 끝내 구원병의 요청을 거절하신다면 신료들이 가만히 있지를 않을 것입니다. 후비의 폐위를 주청하고 나설 것입니다. 소신의 말씀을 허투로 듣지 마시옵소서."

순간 황태자의 얼굴이 하얗게 질렸다.

"황태자 전하, 고려국 시중에게 은밀히 사신을 보내시옵소서. 간곡하게 구원병을 요청하시옵소서. 황태자 전하께오서 그래 주신다면 소신은 신료들을 소집하지 않겠나이다."

"알겠소. 내가 생각해 보리다. 부디 중서령께서 신료들을 잘 다독여 주시오."

"걱정하지 마시옵소서. 소신은 황태자 전하께 충성을 다하겠나이다."

팽요가 두 번 고개를 조아렸다.

짙은 그늘이 한 점 황태자의 얼굴에 내려앉았다.

"황후마마, 성첩목아의 군사가 주원장의 무리에게 참패를 당했다고 하옵니다."

박불화가 말했다.

"뭐라고 했소? 박원사. 성장군의 군사가 패하다니요?"

기황후가 고함을 질렀다.

"구천 명의 군사가 죽고 나머지 천 명은 투항했다 하옵니다."

"그렇다면 무엇이오? 최후의 보루가 무너졌다는 소리가 아니오? 이 일을 어이할꼬? 대원제국의 앞날을 어이할꼬."

기황후의 온몸이 푸르륵 떨렸다. 이제 대원제국은 끝났구나, 싶었다. 따지고 보면 조정의 명령에 따라 움직일 수 있는 군사라고는 황궁을 호위하는 대호군 오천여 명에 대도를 지키는 소호군 일만여 명이 전부인 것이나 마찬가지였다. 물론 지방의 관리들이 나름대로 주원장의 무리와 맞서 싸우고는 있다지만, 남아있는 그들도 언제 넘어갈지 모를 일이었다.

"또한 장수들에게 하사했던 고려 공녀들도 모두 주원장 휘하의 장수들에게 넘어갔다 하옵니다."

"내가 큰 실수를 저질렀구려. 조정의 신료가 주청한다고 해서 공녀를 하사하는 것이 아니었소. 하면 흥성궁에 있던 섭섭이도 오왕의 무리에게 넘어갔겠구려."

"주원장이 차지했다 하옵니다."

박불화가 대답했다.

"주원장이요?"

그렇게 묻는 기황후의 눈이 번쩍 빛났다.

섭섭이는 얼굴이 어여쁠 뿐만 아니라, 머리 또한 영리했다. 거기다 늘 생글거리는 것이 상냥하기 그지없었다. 다른 공녀들이 고향이 그립다고 눈물을 짜고 있을 때에도 섭섭이는 황후마마를 가까이서 모실 수 있게 되어 즐겁다고 했었다. 고향에 있어봐야 하루 세 끼 끼니를 때우기에도 힘들었는데, 황후마마를 모시는 궁녀가 되었으니, 먹고 살 일은 걱정하지 않아도 되지 않겠느냐고 배시시 웃던 그녀였다.

어찌 속 아픔이야 없었겠는가만, 자신의 아픈 속내를 겉으로는 드러내지 않던 아이였다. 기황후가 섭섭이를 구태여 성첩목아에게 딸려보낸 것은 그만큼 성첩목아를 믿었기 때문이었다. 싸움에 이기고 돌아오기만 하면 중서령으로 임명하여 장차 대원제국의 조정을 맡길 심산이었다. 그러면 섭섭이는 저절로 중서령의 정실부인이 될 것이었다. 비록 공녀로 수만 리 이역까지 끌려왔으나, 남은 생은 영화가 보장된 셈이었다.

그랬는데, 성첩목아는 싸움에 패하여 죽고 섭섭이는 주원장의 노리개가 되었다고 하지 않은가.

'내가 괜히 보냈구나. 섭섭이가 나를 얼마나 원망할꼬. 흥성궁에 데리고 있다가 좋은 짝을 찾아 맺어주겠다고 했는데, 그 약속은 어이할꼬.'

기황후의 근심을 알고 박불화가 말했다.

"너무 심려하지 마시옵소서. 궁녀 섭섭이는 영리하고 상냥한 아이옵니다. 충분히 제몫을 다 해낼 것이옵니다. 비록 적의 수하로 들어갔으나, 충분히 사랑을 받을 것이옵니다."

"암, 그래야지요. 그렇구 말구요."

기황후가 고개를 끄덕이다 말고 생각에 잠겼다. 섭섭이를 이용해볼 방법이 없겠는가 싶은 것이었다. 그 아이가 진정 주원장의 아낌을 받는다면, 주원장을 때려잡을 무슨 방법이 있을지도 몰랐다. 섭섭이가 대원제국이나 황후 자신한테 서운한 감정만 가지고 있지 않다면 그녀를 이용하여 주원장을 물리칠 방법을 찾을 수 있을지도 모른다는 생각이 스쳐갔다.

그러나 그 말을 박불화한테는 하지 않았다. 그런 일일수록 은밀히 진행시켜야 하는 것이었다.

기황후의 뇌리로 혜월 스님의 얼굴이 스쳐가는데 박불화가 말했다.

"황후마마, 중서령을 바꾸어야 하겠습니다. 아무래도 중서령을 그대로 두고는 황실이 편안치 않겠나이다."

"중서령이 왜요?"

기황후가 물었다.

"조금 전에 중서령이 대전에 들려 황태자 전하를 협박하였나이다."

"협박을 해요?"

"그렇사옵니다. 고려국에 구원병을 요청하지 않으면 황태자 전하의 후비의 안위를 보장할 수 없다면서 협박하였나이다."

"저, 저런, 못된 것이 있소? 역모로 몰아 참수를 시키려다가 작은 공이 있어 살려주었을 뿐만 아니라, 중서령이라는 최고 벼슬까지 내려주었거늘, 감히 황제를 대행하고 계시는 황태자 전하를 협박하다니. 그래, 전하는 뭐라고 합디까?"

기황후의 꽉 움켜 쥔 주먹이 파르르 떨었다.

"생각해 보겠다면서 중서령을 내보냈습니다만, 오래 생각에 잠겨

계시는 모습이 곧 고려국으로 사신을 보내실 것 같았사옵니다."

"안 되겠소. 당장 전하를 들라하시오."

기황후의 말에 박불화가 마마, 황후마마, 하고 나즉히 불렀다.

"참으시오소서, 황후마마. 이번 일은 모르 체 하고 계시옵소서."

"모른 체 하라니요? 황태자 전하가 고려국으로 구원병을 요청하는 서찰이라도 보내고, 고려국에서 구원병을 보내온다면 장차 고려국의 일을 어찌 하겠소? 섬나라 왜구들만으로도 힘이 부치다는 말은 지난번에 박원사가 내게 했던 말이오. 자칫 대원제국의 요청에 군사라도 보냈다가 왜구가 그걸 알고 덤빈다면 고려국의 앞날이 참으로 난감하지 않소?"

"하오나, 황태자 전하께오서도 사면초가이시옵니다. 비록 섭정이라고 하나 영이 신료들한테 잘 먹히지 않을 뿐만 아니오라, 후비의 일까지 물고 늘어지면 어쩔 수가 없을 것이옵니다."

"무슨 일이 있어도 고려국의 구원병만은 아니 되오."

"소신이 방법을 찾아보겠사옵니다. 황태자 전하의 서찰이 고려국 시중의 손에 들어가지 않게 하면 될 것이옵니다. 중간에서 서찰을 바꿔치겠사옵니다."

"그러면 고려 쪽의 답신은 어찌할 셈이오?"

기황후가 눈을 반짝이며 물었다.

"황후마마, 황궁의 모든 문건은 어차피 소인의 손을 거치게 되어 있나이다. 고려국 왕의 답신도 그럴듯한 내용으로 바꾸어 치면 될 것이옵니다. 그리하면 황태자 전하의 심기를 거스릴 일은 없을 것이옵니다.”

“허나, 구원병을 보내지 못하겠다는 답신을 내놓으면 신료들이 가만히 있겠소?”

“황후마마, 사신이 고려국에 한번 다녀오려면 최소한 석 달은 걸리옵니다. 한 반 년쯤 지난 다음에 고려국의 답신을 내놓으면 될 것이옵니다. 그때는 신료들도 어찌할 수 없을 것이옵니다. 이미 다 망해가는 대원제국의 신료들이 무슨 일을 할 수 있겠사옵니까?”

“다 망해가는 대원제국이라?”

기황후가 작은 소리로 되물었다.

“그렇사옵니다. 주원장의 무리는 지금 대도 오천 리 밖에까지 와 있다 하옵니다. 날마다 황궁을 향해 오는 파발에는 어떤 고을이 주원장에게 넘어갔다는 소식 밖에 없사옵니다.”

“나라의 형편이 그런데도 조정의 대신들은 손을 놓고 있다는 말씀이오?”

“그들도 난감하기만 할 것입니다. 오죽했으면 황후마마께오서 반대를 하시는데도 고려국에 구원병을 요청할 생각을 했겠사옵니까?”

“박원사의 말대로 다 망해가는 판국에 중서령을 바꾼들 뾰족한 수가 있겠소?”

“설령 그렇다고는 해도 팽요는 그대로 둘 수가 없습니다. 그자는 지난번 역모 사건 때 참수를 시켰어야 했사옵니다. 위급한 순간을 넘겼다고 해서 팽요같은 표리부동한 사람에게 막중한 중서령 자리를 내어주는 것이 아니었습니다. 언제 황후마마를 배신할지 모르는 자이옵니다. 고려국에서는 얼굴 형상이 쥐새끼를 닮은 사람은 중용하지 않사옵니다. 팽요는 얼굴이 쥐새끼를 닮아 있사옵니다. 언제 다시 포르치므르와 손을 잡고 황궁을 넘볼지 모르옵니다. 다른 신료는 몰라도 중서령과 추밀원사는 파직시키도록 하시옵소서."

박불화가 간절하게 아뢰었다.

"알겠소. 고려국에 파병을 요청하는 서찰은 박원사가 알아서 잘 처리하도록 하시오. 황태자가 모르게 해야 합니다. 섭정이라고는 해도 대원제국을 다스리는 전하가 아니오? 그 영을 거역한다는 것은 크게 보면 반역이 아니겠소?"

"소인이 어찌 모르겠나이까? 황후마마께오는 조금도 누가 되지 않도록 감쪽같이 처리하겠사옵니다."

"고맙소. 박원사가 곁에 있어 내가 늘 든든하오. 무슨 일이 있어도 대도의 굶주린 백성들한테 죽공양을 하는 일만은 게을리하지 마시오."

"어찌 게을리 하겠사옵니까? 하오나, 그 일도 요즘은 여의치가 않사옵니다. 비록 소금 전매권을 되찾았다고는 하나 수입이 많이 줄어들었사옵니다. 더구나 난민들까지 대도로 몰려드는 통에 하루에도 수천 명씩 줄을 서고 있사옵니다."

"얼마나 불쌍한 백성들이오? 박원사가 크게 적선하고 있는 것이오. 부처님께서 가호를 내리실 것이오."

"어찌 소인의 적선이라 하시옵니까? 모두가 황후마마께오서 하시는 일이옵니다. 하온데 앞으로는 하루에 한 끼씩만 죽공양을 할 수밖에 없겠사옵니다."

"두 끼에서 한 끼로 줄인다는 말이오?"

"그렇사옵니다. 자정원의 재물도 이제 바닥을 드러내고 있사옵니다. 그날그날 양곡을 확보하여 죽을 끓이고 있사온데, 설령 돈이 있다고 해도 양곡을 사기가 힘이 드옵니다. 대도 길목을 주원장의 무리가 막고 있는 통에 양곡을 실은 수레가 들어올 수가 없사옵니다."

"참으로 큰일이구려. 요즘 혜월 스님은 어찌 지내신다 하오? 어찌 흥성궁에는 들르지 않는 것이오?"

기황후가 벌써 몇 달째 모습을 볼 수 없는 혜월 스님의 근황을 물었다.

"상좌였던 혜운 스님의 말에 의하면 혜월 스님은 고려국에 가셨다 하옵니다."

"고려국에요?"

"그렇다 하옵니다. 무슨 일인가 준비할 것이 있다면서 고려국으로 들어가셨다 하옵니다."

박불화의 말에 기황후의 뇌리로 스치는 한 생각이 있었다. 톡토의 역모를 무사히 넘기고 얼마 안 되었을 때였다.

흥성궁을 찾아 온 혜월이 말했다.

─황후마마, 무사하신 것을 감축드리옵니다.

─고맙습니다, 혜월 스님. 모두가 부처님의 가호가 아니겠습니까?

─하오나, 첩첩산중일 것입니다. 대원제국은 이미 무너지고 있는 나라이옵니다. 소승이 거처하는 운거사에도 하루에 수 명씩의 승려

들이 찾아오는데, 천하의 대세는 이미 주원장 쪽으로 기울었다 말하고 있사옵니다.

−이 몸도 그걸 느끼고 있었습니다. 지방에서 반역의 무리가 일어날 때부터, 내리 삼 년이나 흉년이 들 때부터, 역병이 돌 때부터 느끼고 있었습니다. 어쩌면 그래서 톡토가 역모를 도모했을 때도 의연하게 대처했는지도 모르겠습니다. 사실은 마음에서 욕심을 버리라는 혜월 스님의 말씀 때문이었습니다만, 참으로 편한 마음으로 황제폐하께 황위를 내놓으라는 톡토를 대할 수 있었습니다.

−그 마음을 버리지 마시옵소서. 다시 한번 말씀드립니다만, 백 년 가까운 대원제국은 이제 기울어져가고 있사옵니다. 황후마마의 존체를 보존할 생각을 하시옵소서. 어떤 무리든 황위를 탐내는 자가 있으면 홀가분하게 넘겨주실 생각을 하시옵소서."

−또 누가 역모라도 꾸민다는 말씀입니까?

−난세에는 그런 자들이 비온 뒤의 죽순처럼 솟구치는 법이옵니다. 눈 앞에서는 충성을 맹서하지만, 돌아서면 역모를 도모하는 자가 분명히 있을 것이옵니다. 부디 욕심을 버리시옵소서.

−내 어찌 별다른 욕심이 있겠소? 고려국만 보존할 수 있다면 대원제국이야 어찌되든 크게 마음 쓰지 않소.

−그리하시옵소서. 소승, 고려국에 한번 다녀올까 하옵니다.

−고려국에요?

−예, 황후마마. 소승, 고려국에 가서 할 일이 있사옵니다.

−너무 오랫동안 대도를 비우지 마시오. 혜월 스님이 안 계시면 내

가 적적합니다.

　－황공하옵니다.

그 이후 혜월은 반 년 가까이 홍성궁을 찾지 않았다. 고려국에 가신다고 하더니, 정말 가신 모양이구나, 얼마동안 그런 생각을 했었는데, 나라 형편이 위태로운 요즘은 혜월조차도 잊고 있던 기황후였다.

그런데 막상 혜월이 고려국에 갔다는 박불화의 말에 기황후는 황궁이 텅빈 것처럼 허전했다.

'이 일을 어쩐다? 아예 황궁의 문을 열고 포르치므르 장군을 맞아들여?'

중서령 팽요가 고민에 빠졌다.

대도 이백 리 밖에서 호시탐탐 황궁을 노리고 있는 포르치므르가 최후의 통첩을 보내온 것이 사흘 전이었다.

주원장은 계속 승승장구하고 있었다. 남정에서의 승리를 발판으로 가뭄에 콩 나듯이 남아있던 무장 토호세력을 하나씩 격파하고 있는 중이었다. 하룻밤을 자고 나면 산동이 떨어졌다, 변량이 떨어졌다, 동관이 넘어갔다, 는 장계가 빗발치듯 올라왔다. 이제 대도를 둘러싸고 있던 보루들이 모두 무너진 셈이었다.

그런 참에 오왕께 투항하여 목숨을 부지하라는 포르치므르의 서찰이 온 것이었다. 추밀원사 곽첩목아와 함께 황궁을 도모하고 오왕을 따른다면 목숨을 살려주는 것은 물론 장차 새로 건국할 나라에서 높은 벼슬을 내려주겠다는 것이었다.

'어찌한다? 어찌한다?'

팽요가 고개를 갸우뚱거렸다.

대원제국을 배신하는 것이 문제가 아니었다. 어차피 황실에 충성을 하고 싶은 마음은 없었다. 언제든 때가 되면 황실을 뒤집어엎을 결심은 진즉에 세워놓고 있는 중이었다. 추밀원사 곽첩목아와도 밀약이 되어 있었다. 고려국에 요청한 구원병이 오느냐 오지 않느냐를 보고 결정을 하자고 약조가 되어 있었다. 그런데 포르치므르가 마지막 기회라면서 대도와 황궁의 문을 열 것을 종용해 온 것이었다.

그것은 발등에 떨어진 불이었다. 그 불을 끄기 위해서는 포르치므르의 말대로 하는 수밖에 없었다. 그러나 막상 대도와 황궁의 문을 열고 포르치므르를 맞아들였을 때에 그가 이쪽을 살려줄 것이냐가 문제였다. 따지고 보면 지난번 역모사건 때 톡토를 배신한 것은 포르치므르를 배신한 것이나 마찬가지였다. 그때 톡토를 도와 역모를 성공시켰더라면 대원제국은 벌써 포르치므르의 손으로 넘어갔을 것이었다. 그것은 주원장에게 대원제국을 바치는 것이나 마찬가지였다.

'차라리 그때 가만히 있었더라면 오늘 내가 이런 고민은 안 해도 되지 않았는가?'

팽요가 생각에 잠겨있을 때였다. 곽첩목아가 빈청으로 들어왔다.

"무슨 고민을 그리 하십니까? 중서령. 사람이 들어와도 모를 지경으로 말입니다."

"고민은요? 무슨. 오왕이 대도 이천 리 밖에까지 와있다는구려."

"소신도 듣고 있습니다. 허나 걱정할 것이 무엇입니까? 어차피 그리될 걸로 예상하고 있었지 않습니까?"

"허나 막상 대원제국이 오왕의 손에 넘어갈 것을 생각하니 착잡하구려. 포르치므르 장군이 최후통첩을 보내왔소. 대도와 황궁의 문을 활짝 열고 자신을 맞아들이라는 것이오."

"중서령의 생각은 어떠시오? 고려국의 태도를 보고 결정하기로 했잖소?"

"허나, 우리가 오왕에게 투항할 것이면 구태여 고려국에 원병을 요청할 까닭이 없지 않소? 구원병이 온다고 한들, 잘 해야 오 만일 텐데 그걸 가지고 오왕과 대적을 하겠소?"

"군사 오 만이면 고려국으로서는 큰 군사요. 오만 명의 군사가 오왕과의 싸움에 전멸한다면 그만큼 고려국의 세력은 약해지는 것이 아니겠소? 기왕 오왕한테 투항할 것이면 고려국도 함께 넘겨주는 것이 좋지 않겠소?"

팽요의 말에 곽첩목아가 아, 하는 표정을 지었다.

"알겠소. 그러니까 중서령은 보다 큰 공을 세워 오왕한테 선물을 받자는 속셈이구려. 참으로 기가 막히오. 소신도 전적으로 같은 생각이오. 황후가 아니었으면 벌써 대원제국이 되었을 고려국이 아니오? 제2황후 때부터 고려와의 합병은 철저히 반대를 했던 황후가 아니었소? 고려국까지 함께 들고 들어간다면 오왕이 우리를 소홀히 대접하지는 않을 것입니다."

"그러니까 추밀원사의 뜻은 무엇이오? 포르치므르는 저리 조르고 있는데, 답신은 보내야 할 텐데, 무작정 좀 더 기다리라고만 할 수는 없지 않소?"

"언제든 오왕이 대도에 들어오면 문을 열겠다고 하시오. 지금 당장 문을 열려면 환티므르의 소호군과 충돌이 있을 판인데, 아까운 목숨만 희생될 것이 아닙니까? 오왕이 되었든, 포르치므르 장군이 되었든, 대도까지 오면 안에서 호응하여 문을 열겠다고 전갈을 보내십시오."

"우리의 뜻을 이해하고 받아들일까 모르겠소."

"허나 지금 당장 대호군이나 소호군과 충돌을 할 수는 없습니다. 남아있는 그들은 황후를 위하여 목숨을 초개처럼 버릴 자들이옵니다. 황후가 자정원의 재물을 털어 대호군과 소호군 병사들을 모두 충군으로 만들어 놓았습니다. 병사들마다 설령 자신이 싸우다 죽는다고 해도 남은 가족들이 여생을 편히 살 수 있을 만큼 재물을 나누어주었다고 합니다. 어제도 훈련을 받는 그들의 모습을 잠시 보았는데, 한결같이 눈이 빛나고 있었습니다. 경거망동할 일이 아닙니다. 자칫 우리 두 사람의 목숨만 잃게 됩니다."

"알겠소. 포르치므르한테는 그런 사정과 함께 우리가 오왕 편이라는 것을 알려주겠소. 언제든 때가 되면 호응하겠다는 서찰을 보내겠소?"

"그리 하십시오. 그것이 상책입니다."

"대명전이나 홍성궁의 동태는 잘 살피고 있겠지요?"

"날마다 한번씩 동태를 보고받고 있습니다. 아직은 별 다른 기색이 없다합니다. 황태자로서도 고려국의 구원병을 기다리는 일 밖에 더 이상 무슨 수가 있겠습니까? 그런데 참, 수많은 승려들이 운거사로 집결하고 있다는 소문은 들어보셨는지요?"

"승려들이요?"

"예, 천 명 가까운 승려들이 모여들어 무술을 수련한다고 합니다."

"운거사에서도 무술 수련을 해요? 나는 무술수련은 소림사에서만 하는 걸로 알고 있었는데. 운거사라면 황후의 도움으로 화엄경 석경 불사를 한 곳이 아니오? 고려국 출신 혜월이라는 승려가 있는."

"칼 부딪치는 소리가 하늘을 찌른다고 합니다."

"별 일이야 있겠소? 승려 천여 명이 무술 수련을 한다고 한들, 무엇을 할 수 있겠소?"

"설마 황후가 사사로이 기르는 병사는 아니겠지요?"

"혹시 모르니까, 그쪽의 동태도 잘 살피도록 하시오. 대호군 대장 강무 장군과 연결이 되어 있지는 않은지 말이오."

"알겠습니다. 허나 강무 장군도 요즘은 이빨 빠진 호랑이일 뿐이오. 황궁을 지키는데도 힘에 부쳐하고 있소."

"유사시에는 강무의 목부터 따야하오. 철저히 감시하도록 하시오."

"알겠습니다. 중서령께서는 포르치므르 장군 쪽과 연줄이나 잘 대놓으시오. 자칫 믿음을 주지 못하면 우리의 목숨도 보장할 수 없는 것이 아닙니까?"

"걱정하지 마시오. 내가 멍청이는 아니오. 헌데 성곤테무르 태자는 어찌했으면 좋겠소? 유배지에 그대로 두어야 하겠소?"

"데려다 놓은들 무엇에 쓰겠습니까? 어차피 오왕한테 바칠 나라가 아닙니까?"

"하긴, 괜히 번거롭기만 할 뿐이오."

팽요가 쥐새끼 눈을 가늘게 뜨며 대꾸했다.

"혜월 스님, 고려국에 너무 오래 계셨사옵니다."

일 년만에 흥성궁에 들른 혜월에게 기황후가 반가움을 안으로 감추고 말했다.

"소승, 금강산에 작은 암자를 하나 짓느라 지체했사옵니다."

혜월이 그윽한 눈빛으로 기황후를 올려다 보았다.

"금강산에 암자를 마련하셨다구요?"

"예, 황후마마."

무릎을 꿇고 앉은 혜월이 두 손을 합장하며 허리를 굽혔다.

'아, 혜월 스님이 고려국으로 돌아가실 준비를 하고 계시는구나.'

그런 생각이 기황후의 뇌리를 스쳐갔다.

"바로 앉으시지요. 스님께서 어찌 이 몸한테 신하노릇을 하려 하십니까? 이 몸은 스님을 단 한 번도 신하라고 생각해 본 일이 없습니다."

"황공하옵니다. 소승이 고려국에 다녀오는 길에 대원제국의 몇 몇 지방을 둘러보았습니다. 허나 대원제국은 이제 껍데기만 남아 있었사옵니다."

"알고 있습니다. 오왕의 무리가 대도 오백 리 밖에까지 와있다는 말을 들었습니다. 나라가 풍전등화인데 이 몸은 아무런 할 일이 없습니다."

"심기를 편히 가지시옵소서. 어차피 대원제국은 황후마마의 나라가 아니었사옵니다. 몽고족의 나라였사옵니다. 애착을 버리시옵소서."

"어찌 그럴 수가 있습니까? 이 몸이 서른 해가 넘게 몸담아 온 나라입니다. 더구나 황태자가 있지 않습니까? 이 몸은 그랬습니다. 대원제국은 대원제국대로 고려국은 고려국대로 지탱해 나가기를 바랐습니다."

"하오나, 세상만사가 어찌 마음먹은 대로 돌아가겠나이까? 대원제국은 너무 큰 나라였습니다. 그것이 오히려 겨우 백 년을 버티다 망하게 만든 원인이 되었습니다. 또한 대원제국은 한족이나 고려인들이 오랑캐라 칭하는 몽고인들의 나라였사옵니다. 한때 무력에 굴복은 했으나, 한족들 사이에서는 오랑캐라고 은근히 깔보는 마음이 왜 없었겠습니까? 이번에 주원장이 북벌을 도모하면서 그랬다고 하옵니다. 오랑캐를 몰아내고 중화를 회복하자고 했다 하옵니다. 그 말이 백성들에게 먹혀들어가고 있었습니다."

"밤으로 잠이 안 옵니다. 혜월 스님, 스님들은 거동이 자유롭겠지요?"

기황후가 물었다.

혜월 스님이 알 수 없다는 표정으로 바라보았다.

"무슨 뜻이신지요?"

"오왕이 지배하고 있는 지역에도 갈 수 있느냐는 뜻입니다."

"그야 물론이지요. 오왕이 원래 승려 출신이 아닙니까? 승려들한테는 너그러운 걸로 알고 있사옵니다."

"제가 스님께 무얼 숨기겠습니까? 흥성궁에 있던 궁녀 하나를 이 몸이 성첩목아 장군에게 딸려보냈는데, 성장군이 패하고 난 다음에 그 궁녀는 오왕의 노리개가 되었다고 합니다. 제법 귀여움도 받고 있는 모양인데, 섭섭이라는 궁녀 아이한테 서찰을 한 통 보냈으면 합니다."

"예?"

"섭섭이는 고려 공녀였습니다. 이 몸이 많이 아껴주었지요. 아마도 이 몸의 부탁이라면 들어줄 것입니다."

기황후의 말을 눈을 감은 채 듣고 있던 혜월 스님이 눈을 번쩍 뜨며 물었다.

"황후마마, 그 아이한테 오왕을 죽이라는 밀서라도 보내시렵니까?"

"그렇습니다. 명색이 황후인데, 나라가 송두리째 넘어가는 꼴을 어찌 가만히 앉아서 보고만 있겠습니까?"

"부질없는 일입니다. 계집에게 살해당할 어리숙한 오왕이라면 어찌 중원을 정복할 꿈이나 꾸겠습니까? 거두어 주시옵소서."

혜월이 고개를 내저었다.

"아닙니다, 스님. 이 몸은 황태자가 황제가 되는 모습을 꼭 보고 싶습니다. 그래야 가슴속의 한이 풀릴 것 같습니다."

"정녕 그리 하셔야겠사옵니까?"

"이 몸의 청을 들어주십시오. 실패해도 상관이 없습니다. 마지막 몸부림이라고 여기시고 도와주십시오."

기황후가 매달렸다.

벌써 몇 달 전이던가? 박볼화로부터 섭섭이가 주원장의 그늘에 있다는 말을 들은 이후 계속 궁리하던 일이었다. 어떻게든 섭섭이한테 이쪽의 뜻을 전달할 수만 있다면, 그 아이의 손으로 주원장을 죽일 수도 있겠다는 생각을 해오던 참이었다.

"알겠습니다. 끝이 허망할지라도 소승 황후마마의 뜻을 받들겠나이다. 혜운에게 비수 한 자루를 들려 보내겠사옵니다. 그 비수를 고려 공녀에게 전해 주도록 이르겠사옵니다. 혜운은 능히 일당백은 될 만큼 무예가 뛰어날 뿐만 아니라, 황후마마께 대한 충성심 또한 강합니다. 요즘은 황후마마를 보호하기 위한 승병을 훈련시키고 있는 중입니다만, 하루에 삼백 리를 걸을 만큼 걸음이 빠르니, 이레면 그 궁녀를 만나고 돌아올 수 있을 것입니다."

"고맙습니다. 혜월 스님이 계셔서 이 몸이 든든합니다. 잠시만 기다리십시오. 서찰을 써주겠습니다."

"황후마마, 서찰은 필요 없을 듯하옵니다. 그냥 황후마마의 뜻을 전달하도록 하겠습니다."

"그래도 되겠습니까?"

"자칫 서찰이 오왕의 눈에 띄기라도 하면 곤란한 일이 생길지도 모릅니다. 비록 오왕의 귀여움을 받고 있다고 할지라도 행동이 자유스럽지는 못할 것입니다. 감시하는 눈이 있을지도 모릅니다. 그럴 때는 말보다 확실한 것이 없지요."

"하면 그리하십시오. 어떻게든 오왕을 죽이고 대원제국이 일어나기만 하면 목숨을 보존해 주겠다고, 그뿐만이 아니라 고려국으로 귀환을 시켜주겠다고 해주십시오."

"알겠습니다, 황후마마. 하오나, 큰 기대는 하지 마시옵소서. 왕을 칭하는 사내의 사랑을 받고 있는 아입니다. 그동안 마음이 어찌 바뀌었을지 모를 일입니다."

혜월 스님이 그런 말을 남기고 흥성궁을 나갔다.

"중서령, 이제 결단을 내려야할 때가 된 것 같습니다. 오왕의 군대가 대도 백 리 밖에 와있다 합니다."

추밀원사 곽치므르가 말했다.

"안 그래도 포르치므르 장군의 서찰을 받았소. 사흘 후에 대도를 공략하겠다고 했소. 이쪽에서 호응할 것인가 말 것인가를 결정해 달라는 최후통첩을 보내왔소."

"어찌하실 생각입니까? 추밀원에서 관장하는 군사 오천 명을 대도에 집결시켜 놓기는 했습니다만."

"우선은 황후가 문제요. 황후한테 먼저 항복을 받아내야 할 것이오. 황후로 하여금 강무를 달래게 만들어야 희생이 없이 대도며 황궁을 오왕께 바칠 수가 있을 것이오."

"역모를 하자는 말씀입니까?"

"다 망한 나라를 두고 역모는 무슨 역모입니까? 대도의 백성을 다 치지 않게 하려면 그 수밖에 없다고 설득을 시켜야지요."

"황후가 들어주겠습니까?"

"이번에는 별 수 없을 것이오. 고려국에서도 구원병을 보내지 못 하겠다는 답신이 왔지 않소? 그것이 모두 황후 때문이라고 몰아붙이 면 어쩔 수가 없을 것이오."

"강무 장군부터 처치해 버리는 것이 어떻겠습니까?"

"호락호락 당하겠소? 자칫 실패하면 일만 더 난감해지오. 어떻게 든 황후를 설득시켜야하오. 정 안되면 연금을 시켜놓고 협박이라도 해야 할 것이오. 자식을 사랑하지 않는 어미는 없소. 황태자를 죽이 겠다고 하면 강무를 설득시킬 것이오."

"일만 잘 된다면야 피 한 방울 안 흘리고 대도며 황궁을 송두리째 오왕께 넘길 수 있겠군요. 설마 그 공을 저버리지는 않겠지요?"

"그럴 리가 있겠소? 오왕은 의리를 아는 분이라고 하십디다. 그 의 리로 중원을 정복한 것이 아니오? 중화의 건설을 주창한 것이 아니 오?"

"소신은 중서령만 믿습니다. 그리 알고 준비를 하겠습니다. 일단 은 추밀원 군사를 황궁으로 들이겠습니다. 그런 다음 날랜 군사 몇 명으로 하여금 흥성궁과 대전을 장악하여 강무를 제압하겠습니다. 황후의 목에 칼을 들이대고 있으면 강무인들 뾰족한 수가 있겠습니 까?"

"알겠소. 내일 밤에 결행합시다. 내일 밤에 황후의 항복을 받아내고 오왕을 맞이합시다.”

중서령의 말에 추밀원사 곽첩목아가 의심쩍은 눈빛으로 물었다.

“설마 소신까지 배신하는 것은 아니겠지요? 지난번 톡토한테처럼 소신을 궁지로 몰아넣는 것은 아니겠지요?”

“이보시오, 추밀원사. 그때는 오왕이 만 리 밖에 있었소. 대원제국이 희망이 있을 때였소. 허나 지금은 아니지 않소? 나도 내가 살 수 있는 자리가 어딘지는 잘 알고 있소.”

중서령 팽요가 불쾌한 낯빛으로 고함을 질렀다.

16

귀향의 꿈

"송구하옵니다, 황후마마. 섭섭이라는 계집은 이미 황후마마의 사람이 아니었사옵니다."

섭섭이를 만나고 돌아온 운거사 승려 혜운이 말했다.

"그래요?"

기황후가 씁쓸한 표정을 지었다.

"그 계집은 자기의 처지를 무척 흡족하게 여기고 있을 뿐만 아니라, 오왕의 씨앗을 수태하고 있는 중이었사옵니다."

"수태를 했어요?"

"그렇사옵니다. 자기 입으로 전하의 씨를 품고 있어 더더구나 아이의 아비를 해칠 수가 없다고 했사옵니다. 소승의 눈으로 보기에도 아이를 가진 여자가 분명했사옵니다. 한때는 주원장의 귀염을 받는 것이 황후마마를 배신하는 일이라 마음앓이도 했다고 했사옵니다만, 아들을 낳으면 황비로 봉해준다는 오왕의 말에 넘어간 것 같았습니다."

"그 아이라고 욕심이 없겠습니까? 옛날의 나처럼 황제의 아들을 낳아 황후가 되고 싶은 꿈을 어찌 안 꾸겠습니까?"

"그 계집이 말했습니다. 오왕한테 황궁이 무너져도 어떻게든 오왕을 설득하여 황후마마의 목숨만은 보존해 줄 터이니, 걱정하지 말라고 했사옵니다."

"저런 버릇없는 것 같으니라구. 누가 누구를 보호한다고? 참으로 고약한 계집이 아니오?"

기황후가 화를 버럭 냈다.

"소승을 원나라의 첩자로 오왕한테 고변하지 않고 살려 보내주는 것도 다 황후마마의 옛날 은혜를 생각해서라고 했습니다."

"허허, 내 처지가 말이 아니게 되었구려. 아니, 상전이 벽해가 되었구려."

기황후가 참담한 마음에 꼭 쥔 주먹을 부들부들 떨었다.

그 모습을 잠시 바라보던 혜운이 나즈막히 청했다.

"황후마마, 소승이 오늘부터 황궁에서 불공을 드리겠나이다."

"불공을요?"

"예, 황후마마. 운거사에 있는 승려 오 백을 모두 데리고 와서 불공을 드리겠나이다."

"나라 형편이 풍전등화인데 큰 불공이나 드린다고 신료들이 불평하지 않겠소?"

"나라 형편이 어렵기 때문에 드리는 불공입니다. 대원제국과 황실의 안위를 위해서 불공을 드린다고 조정 신료들한테 통고를 해놓으십시오. 그래야 많은 승려들이 자유롭게 황궁으로 들어올 수 있을 것입니다."

"혹시 다른 뜻이 있소?"

기황후가 조금 이상한 생각이 들어 물었다.

"아니옵니다. 어찌 다른 뜻이 있을 수 있겠습니까? 아까도 말씀드렸다시피 대원제국과 황실의 안위를 부처님께 기원하는 불공이옵니다."

"알겠습니다. 내 선정원과 자정원에 말해 불단을 마련하도록 하겠습니다."

기황후가 고개를 끄덕였다.

그러면서도 이상한 마음이 드는 것은 어쩔 수가 없었다. 운거사 승려들이라면 혜운이 황후를 보호한다는 명목으로 기르던 승병이었다. 모두가 일당백은 될만큼 무술이 뛰어난 승려들이라고 박불화가 말했었다.

그 승려들을 모두 황궁으로 불러들여 불공을 드리겠다는 뜻을 모르겠는 것이었다. 그러나 혜운 스님이 황궁에 위해가 될 일은 하지 않을 것이다. 기황후는 그렇게 믿었다.

"이보시오, 중서령. 오다보니까 대전 앞에 불단을 쌓고 있던데 무슨 일입니까?'

추밀원사 곽첩목아가 얼굴이 벌겋게 상기되어 빈청으로 들어오며 물었다.

"아, 그 일이오? 황후마마가 대원제국과 황실의 안위를 위해서 대대적인 불공을 드린다고 선정원에서 전갈이 왔소."

"불공을 드려요?"

"마지막 발악이겠지요. 그래봐야 뾰족한 수가 있겠소? 오늘 밤이면 대원제국은 끝장이 납니다. 황후의 목숨 또한 마찬가지겠지요."

"아, 말리지 그랬습니까?"

추밀원사는 아무래도 황궁에서 올리는 불공이 마음에 들지 않는 모양이었다.

"말릴래야 말릴 명분이 없지 않소? 아직은 대원제국의 중서령인데, 신료의 우두머리 된 자로 어찌 나라가 잘 되는 일을 하자는데 반대를 하고 말릴 수 있다는 말씀이오. 그러다가 자칫 우리 쪽의 일을 눈치라도 채면 어쩌겠소? 차라리 잘 되지 않았소. 불공이 끝나면 황제와 황후와 황태자가 대명전에 모여 차라도 마실 판인데, 그때를 노리면 셋을 함께 잡을 수도 있지 않겠소?"

"허허, 듣고 보니까 그렇군요. 그러니까 무엇입니까? 저녁에 황후가 드리는 불공은 자신의 극락천도를 비는 불공이 되겠군요."

"그러겠지요. 일단 황실을 제압하고 대도 성루에서 횃불을 올리면 포르치므르 장군의 군대가 총공격을 하기로 했소. 그때 추밀원 군사를 동원하여 소호군을 제압하고 성문을 열도록 하시오. 나는 황태자를 협박하여 황궁의 문을 열겠소이다."

"알겠습니다. 추호의 빈틈도 없이 준비를 하겠습니다. 추밀원 군사 중에 칼을 잘 쓰는 자로 열 명 남짓을 중서령께 보내겠습니다. 대호군과 싸움을 하자는 것이 아니라, 강무를 제압하기 위한 것이니, 열 명이면 충분할 것입니다."

곽첩목아가 잔뜩 긴장한 낯빛으로 빈청을 나갔다.

팽요는 하루내 빈청을 지켰다. 재상이며 황궁의 벼슬아치들이 불안한 눈빛으로 빈청을 들락였다. 어떤 재상은 이러고 있을 것이 아니라, 살 방도를 찾아야할 것이 아니냐고 은근히 물어오기도 했다.

"살 방도를 찾다니요?"

"아, 지방의 토호들이 대원제국을 배반하고 싶어 배반했겠습니까? 다 세가 불리하니까, 살아나려고 한 짓이 아니겠습니까?"

"그래서요? 우리도 오왕한테 항복을 하자는 소립니까? 그것이 명색이 한 나라의 좌승상으로 할 소립니까?"

"하면 앉아서 죽자는 말씀입니까? 중서령께서는요."

"왜 죽습니까? 설마하니 오왕이 대도까지 범하겠습니까? 소호군이 오왕의 무리가 성벽을 넘도록 두겠습니까? 걱정하지 말고 지켜보십시다."

"겨우 오천 명 남짓 되는 군사로 오 만이 넘는 대군을 어찌 대적합니까?"

"기다려 보십시다. 황후마마께서 큰 불공을 드린다고 합니다. 혹시 압니까? 부처님의 가호로 우리 대원제국이 살아날 수 있을지도요."

"참으로 한심합니다. 부처님이나 믿다니요? 언제는 부처님이나 천지신명께서 중생을 도와준 일이 있습니까? 가뭄이 들어 곡식이 타 죽을 때에 천제단에서 제사를 드려도 어디 도와주십디까? 그것이 언 제입니까? 중원에 역병이 돌아 하루에도 수천 명씩이 죽어갈 때 천 제단에서 제사를 지냈으나 어디 역병이 물러갔습니까? 다 쓸데없는 짓입니다. 그것보다는 차라리 오왕과 화평을 도모하는 것이 나을 것 입니다."

"어떻게 화평을 도모합니까? 다 망해가는 나라가 화평을 하자고 한들 오왕이 들어주겠습니까?"

"꼼짝없이 죽을 수밖에 없겠군요."

"정 죽기 싫으면 피난이라도 가시지요. 아직도 대도에서 밖으로 나가는 길은 뚫려있을 것입니다."

"그래야겠소. 차라리 피난이라도 가야겠소."

좌승상이 벌떡 일어나 빈청을 나가자 몇 몇 신료들이 슬그머니 일 어나 따라나갔다. 그러거나 말거나 팽요는 말리지 않았다.

'이놈들아, 나를 가만히 앉아서 죽을 사람으로 보았더냐? 내일 아 침이면 대도는 오왕의 나라가 되느니라.'

팽요는 동요하는 신료들에게 자신의 속내를 드러내 보여주고 싶 었다. 걱정하지 말라고, 오왕이 황궁을 손에 넣어도 조정의 신료들 은 죽이지 않도록 할 터이니, 동요하지 말고 자신이 하는 것을 지켜 보라는 말을 해주고 싶었다.

'허나, 그럴 수는 없어. 비록 내 손으로 임명한 신료들이 대부분이 지만, 황후의 염탐이 섞여 있을지 어찌 아는가? 남의 목숨을 구하려

다 내 목숨을 버리는 수가 있느니.'

팽요는 입을 꾹 다물고 빈청을 지켰다. 가끔 시종을 보내 운거사 승려들이 드릴 불사준비가 어찌 되어가는가 탐문을 하면서 초조한 모습으로 들고나는 신료들을 흘끔거렸다.

해가 지면서 대전 앞 뜰에 쌓은 불단 앞에서 불공이 시작되었다. 황태자의 영으로 조정 신료들이 대부분 참석하였다. 몇 몇 눈에 띄지 않은 신료는 정말 피난이라도 간 모양이라고 팽요는 짐작했다.

불공이 끝나고 황제와 황후와 황태자가 대명전으로 들면 이내 따라들어가 결판을 낼 요량이었다. 추밀원사 곽첩목아와는 그렇게 약조가 되어 있었다. 날랜 군사 열 명이 팽요의 뒤를 따를 것이었다.

거창한 불사였다. 황제와 황후와 황태자가 제일 앞자리에 앉고 그 뒤에 혜운이 자리를 잡았다. 그리고 오백 명의 승려가 줄을 맞추어 앉아 목탁을 두드리며 염불을 외우고 있었다.

황후는 눈을 감고 합장한 채 계속하여 무어라고 중얼거리고 있었다.

팽요는 황후의 기원을 충분히 짐작할 수 있었다. 대원제국과 황실의 안위를 부처님께 간절하게 빌고 있을 것이었다.

'참으로 잘난 여자였지. 공녀로 끌려와 대원제국의 황후가 될 만큼 잘난 여자였지. 한때는 병든 황제를 대신하여 대원제국을 다스리기까지 했지 않은가? 중원의 역사상 저런 여걸이 있었던가? 죽이기는 참으로 아까운 여자가 아닌가?'

팽요가 그런 생각을 하는데 승려들의 염불 소리가 불쑥 커졌다.

"강장군, 지금 당장 중서령 팽요의 식솔들과 추밀원사 곽첩목아의 식솔들을 하나도 빠짐없이 포박해 오셔야겠소."

박불화가 말했다.

"무슨 말씀이오? 박원사. 그들이 역모라도 꾸미고 있소이까?"

강무가 눈을 부릅떴다.

"중서령과 추밀원사가 오왕과 내통하고 있다고 하오. 며칠 전에 오왕의 애첩을 만나고 온 혜운 스님의 말이니 틀림이 없을 것이오. 두 사람은 오왕이 대도 가까이 오면 성문과 황궁문을 활짝 열어 맞이하겠다고 했다 하오."

"황후마마께는 말씀을 올렸소?"

"혜운 스님의 당부로 말씀드리지 않았습니다. 미리 말씀을 드려놓았다가 심기만 불편하게 한다고 말씀드리지 말라고 하셨소이다. 혜운 스님이 구태여 황궁 안에서 불공을 드리는 것은 중서령과 추밀원사의 무리를 막고자 하는 뜻이랍니다. 오왕의 무리가 이삼 일 내로 대도에 들어올 것인데, 그리되면 중서령이 역모를 일으키는 것도 시간문제라고 했습니다. 정확한 날짜를 몰라 오늘부터 불공을 드린다는 핑계로 운거사 승병들을 황궁으로 끌어들인 것이라 했습니다. 일단 유사시에 황후마마를 보호하기 위해서 말입니다."

"허허, 나라는 풍전등화인데 조정 대신이라고 하는 자들은 역모나 꾸미다니, 참으로 한심스럽구려. 대원제국의 앞날이 막막하구려."

"지금은 한탄하고 있을 때가 아닙니다. 세 분 웃전께서 역모의 무리에게 수모를 당하지 않게 하려면 일단은 두 사람의 식솔을 우리 쪽에서 확보해 놓는 것이 급선무입니다. 서둘러 주시오."

"알겠소. 아무 염려마시오. 대호군을 동원하면 그까짓 일은 식은 죽 먹기보다 쉽소이다. 박원사께서는 조금도 빈틈없이 황후마마의 곁을 지키시오."

"강장군이 황후마마 곁에 있어 든든합니다. 부디 차질없이 하시오."

박불화가 말하고 불사가 열리고 있는 대전 앞 뜰로 갔다. 기황후는 여전히 부지런히 염불을 외우고 있었다. 그런 황후의 모습은 평화스러웠다. 아니, 엄숙했다.

'황후마마, 중서령이 역모를 꾸미고 있다 하옵니다. 지금은 염불이나 외우고 계실 때가 아니옵니다. 피난을 준비하셔야 하옵니다.'

박불화는 기황후한테 그런 말을 해주고 싶었다. 낮에 혜운이 박불화를 한쪽으로 부르더니, 은밀한 목소리로 말했다.

ㅡ저녁에 황궁에서 큰 일이 벌어질 것입니다.

ㅡ큰 일이라니요?

ㅡ역모가 일어날지도 모릅니다.

ㅡ역모요?

박불화의 온몸이 부들부들 떨렸다. 톡토의 역모가 있은 지 얼마나 되었다고 또 역모라는 말인가?

ㅡ누가, 누가 역모를 꾸민다는 말씀이오?

ㅡ중서령과 추밀원사요. 두 사람은 진즉부터 포르치므르를 중간에 두고 오왕과 내통을 하고 있었소. 오왕의 군대가 오면 대도의 성문을

열기로 약조가 되어 있다고 했소. 혜월 큰 스님께서 고려국에 다녀오신 까닭이 무언지 아십니까? 황후마마를 모셔가기 위해서입니다.

－예? 그것은 또 무슨 말씀이십니까?

－황후마마께오서는 고려로 돌아가셔야 한다고 했습니다. 대원제국이 오왕의 손안으로 들어가면 황후마마의 목숨을 보장할 수 없다고 했습니다. 오왕의 무리가 대도에 가까이 오면 중서령 팽요나 추밀원사 곽첩목아가 제일 먼저 황후마마의 목을 노릴 것이라고 했습니다. 그때 미리 잡아다 놓은 두 사람의 식솔을 인질로 내세워 중서령과 추밀원사를 제압하고 황궁을 탈출하는 것이라고 했습니다.

－황궁을 나가시면 황후마마께오서 어디로 가시겠습니까?

－고려국으로 가셔야지요. 고향으로 돌아가셔야지요. 혜월 스님께서 모시겠다고 했습니다. 그 준비를 하시느라 고려국에 일 년이 넘게 머물러 계셨던 것입니다.

－혜월 스님의 황후마마를 고이심이 참으로 크십니다. 그런 생각까지 하고 계셨다니요.

박불화는 혜월이 눈물이 나도록 고마웠다. 오왕의 무리가 시시각각 다가오고 있다는 소식에 가슴만 졸이던 자신보다 혜월의 황후마마에 대한 사랑은 얼마나 큰 것인가? 이제 마음을 놓아도 되겠구나 싶었다. 황후마마의 목숨을 보존할 수만 있다면, 목숨을 보존하여 무사히 고려국으로 돌아가실 수만 있다면 얼마나 다행인가?

기황후는 뒤에서 벌어지고 있는 그런 일도 모른 채 성심을 다해 염불만 외우고 있었다. 간절한 염원을 담아 대원제국과 황실의 안위를 빌고 있었다.

'어쩌면 황후마마께오서 몽고인을 위해 마지막으로 드리는 불사가 되겠구나.'

박불화가 그런 생각을 하며 주위를 둘러볼 때였다. 슬그머니 다가온 강무가 귀에 대고 속삭였다.

"대비는 마쳤소이다. 헌데 아무런 징후가 없지 않소? 이것 괜히 긁어 부스럼을 만드는 것은 아닌지 모르겠소."

"두고 보십시다."

"중서령 쪽에서는 어떻습니까?"

"저기 앉아서 열심히 염불을 외우고 있지 않습니까?"

박불화가 눈으로 기황후가 있는 곳을 가리켰다. 중서령 팽요는 기황후 바로 뒤에 앉아 있었다.

자정이 가까웠을 무렵 혜운이 목탁 두드리는 걸 멈추고 기황후께 다가왔다.

"황후마마, 그만 침전으로 드시옵소서."

"불사가 끝난 것입니까?"

"소승들은 밤을 새워 기도를 드리겠나이다. 소승께 맡기시고 들어가 쉬시옵소서."

혜운이 간곡하게 권했다.

"아니오. 스님들께서 불사를 계속하신다면 이 몸도 자리나마 지키겠습니다."

기황후의 말에 황제가 나섰다.

"황후, 불사는 스님들께 맡기고 우리는 그만 들어갑시다. 오랫동안 앉아 있었더니, 머리가 어지럽소."

"하오면 황제폐하께오서는 침전으로 드시옵소서."

기황후가 말할 때였다. 중서령 팽요가 나섰다.

"황후마마, 잠시 쉬시옵소서. 황후마마께오서 밤을 새워 불공을 드리시겠다면 소신도 따르겠나이다. 잠시 황제폐하와 황태자 전하를 모시고 대명전에 들러 차라도 한 잔 마신 다음에 불사를 계속하시는 것이 어떻겠사옵니까?"

"그것이 좋겠사옵니다, 어마마마. 차라도 한 잔 마시면 더욱 정신이 맑아지겠나이다."

황태자도 지루했던지 거들고 나섰다.

"하면 그러십시다. 맑은 정신으로 부처님께 지성으로 빌면 더욱 좋겠지요. 황제폐하, 대명전으로 드시옵소서. 소인도 따르겠나이다."

기황후의 말에 황제가 그럽시다, 하고 돌아섰다.

팽요가 뭐라고 중얼거리며 흘끔 주위를 살피는 모습이 박불화의 눈에 들어왔다. 팽요의 눈길이 가 머문 곳에 십여 명의 병사가 옹기종기 모여있다가 슬금슬금 움직이고 있었다. 대호군 복장을 하고 있었으나, 어쩐지 눈에 설었다.

'혹시 저놈들이 중서령의 패거리가 아닐까?'

박불화가 그런 생각을 하며 황제의 뒤를 따랐다.

황제와 황후와 황태자가 대명전에 들자 팽요가 흘끔 수상한 병사들을 확인하고 따라들어갔다.

"소신도 황제폐하를 모시고 차 한 잔 마시고 싶사옵니다."

"그러시구려."

황제가 고개를 끄덕였다. 차궁녀가 미리 준비하고 있던 차를 가지고 왔다. 찻잔에 따라준 차를 한 모금 마시고 난 기황후가 차궁녀를 바라보았다.

"이제야 차맛을 제대로 내는구나. 어떻사옵니까? 황제폐하, 차맛이 좋지 않사옵니까?"

"오늘따라 차맛이 유난히 좋구려. 그 옛날 황후가 탄 차만큼 맛이 좋소이다. 안 그렇소? 중서령."

황제가 팽요를 바라보았다.

"소신, 황후마마께오서 내신 차는 마셔보지 않아 모르겠사옵니다만, 세상에서 이렇게 맛있는 차는 처음이옵니다."

팽요가 문밖을 흘끔 살피며 대꾸했다.

"종종 마십시다. 짐은 앞으로 신료들을 자주 대명전에 불러 차를 마실 요량이오."

이날따라 황제는 기분이 좋아보였다. 가끔 보이던 치매끼도 없었고 눈빛은 맑았다.

팽요가 찻잔을 내려놓고 입을 열었다.

"소신, 황제폐하께 주청드릴 일이 있사옵니다. 대원제국의 앞날이 풍전등화이옵니다. 그것이 모두 황후마마 때문이라고 소신은 감히 말씀을 드리옵니다."

순간 황제의 얼굴이 일그러졌다.

"무슨 소리를 하는 것이오?"

"황후마마는 제1황후가 되신 이후에도 계속 고려국만 생각했사옵니다. 얼마 전에 고려국에 구원병을 요청했사옵니다만, 거절했사옵니다."

"그것이 어찌 황후의 탓이겠소? 섬나라 왜구의 침범으로 고려국은 대원제국에 구원병을 보낼만한 여력이 없다고 했소이다."

"진즉에 고려국을 합병시켰더라면 고려국왕이 오만불손하게도 구원병을 거절하는 작태는 보이지 않았을 것이옵니다."

팽요가 기황후를 가만히 노려보았다. 살기가 어린 눈빛이었다. 그 눈빛을 마주받은 황태자가 말했다.

"중서령, 불손하구려. 어찌 신하된 자로 황후마마의 일을 함부로 입에 올린단 말이오?"

"황태자 전하, 소신의 말이 틀렸사옵니까? 지방의 토호들이 모두 등을 돌린 까닭이 어디에 있겠사옵니까? 한낱 아녀자가 황궁을 지배하고 있었기 때문이 아닙니까?"

"허나, 조정의 일은 중서령을 비롯한 신료들이 의논하여 처리하였소. 어찌 황후마마의 잘못이라고 하시는 것입니까? 나라가 아무리 풍전등화라고 해도 지금 중서령이 한 말은 역모에 해당될 만큼 불손하오."

"황태자 전하께서 어찌 생각하든 상관이 없습니다. 소신은 감히 황후마마를 폐위시키고 대도와 황궁의 문을 활짝 열고 오왕의 군대를 받아들일 것을 주청합니다."

"뭐요? 중서령은 지금 오왕의 무리에게 항복을 하자는 것이오? 어찌 중서성의 우두머리 된 자의 입에서 그따위 경거망동한 소리가 나올 수 있다는 말이오?"

기황후가 눈을 부릅뜨고 팽요를 노려보았다.

"황공하오나 소신, 세 분의 목숨을 오왕께 바치기로 약조하였습니다. 지금 대도의 성문 밖에는 포르치므르 장군이 삼 만의 군사를 끌고와 대기하고 있으며, 오왕도 오 만의 군사를 끌고 대도로 진격하여 오고 있습니다. 어찌하시렵니까? 목을 내놓으시겠습니까? 아니면 대도와 황궁의 문을 열고 오왕을 맞이하시겠습니까?"

팽요가 눈 한번 깜박이지 않고 황제와 황후와 황태자를 번갈아 바라보았다.

"황태자 전하, 대호군 강무 장군을 부르시오. 중서령을 당장 포박하라 영을 내리시오."

기황후가 온몸을 부르르 떨며 말했을 때였다.

팽요가 밖을 향해 소리를 질렀다.

"추밀원 병사들은 밖에 있느냐? 어서 들도록 하거라."

그 말이 떨어지자마자 십여 명의 병사가 칼을 든 채 우루루 대명전으로 몰려들었다. 한결같이 살기등등한 병사들이 황제와 황후와 황태자의 목에 칼을 겨누었다.

팽요가 의기양양하게 말했다.

"어떻소? 문을 열겠소? 아니면 병사들의 칼에 목이 잘려 오왕께 바쳐지는 신세가 되겠소? 스스로 항복한다면 오왕께 특별히 목숨만은 부지하여 달라고 내가 빌겠소."

"살려주시오. 살려주시오. 나리. 나는 아무 잘못도 없소."

황제가 얼른 무릎을 꿇고 두 손을 썩썩 비볐다. 그런 황제의 눈은 절반쯤은 돌아가 있었다. 금방 아침 수라를 들고도 해가 뜬 지 언제인데 아직까지 아침수라를 들이지 않느냐고 호통을 칠 때처럼 눈빛이 흐리멍텅했다.

그뿐만이 아니었다. 대명전 가득히 구린내가 풍기고 있었다.

"네 이놈, 중서령."

기황후가 나즈막히 내뱉었고, 황태자는 아무 말도 못하고 부들부들 떨고만 있었다.

"금수만도 못한 놈. 내 저를 어여삐 여겨 대역죄를 지었는데도, 가벼운 공이 있다 하여 살려주고 중용했거늘, 나라와 백성을 배신하고 나오다니, 참으로 짐승만도 못한 놈이구나. 누구를 탓하리. 사람을 잘못 골라 쓴, 짐승을 사람인 줄 알고 중용하여 쓴 이 몸을 탓해야지."

기황후가 입가에 냉소를 담아 내뱉었다.

"마음대로 지껄이시오. 목숨이 얼마 안 남았으니, 유언삼아 얼마든지 지껄이시오. 황제폐하, 어찌하시렵니까? 대호군 대장 강무 장군을 불러 성문을 열라 이르시겠소? 아니면 병사들의 칼에 목을 내놓겠소?"

팽요가 물었을 때였다.

대명전의 문이 열리고 박불화가 엎드려 고했다.

"황제폐하, 대호군 대장 강무 장군이 아뢸 말씀이 있다하옵니다."

"오, 어서 들라고 하시오."

황태자가 황제를 대신하여 반가운 낯빛으로 영을 내렸다. 팽요의 눈짓으로 칼끝이 좀 더 가까이 세 사람의 목 밑을 파고들었다.

그 모습을 흘끔 바라본 박불화가 뒤를 돌아보았다. 강무가 팽요와 곽첩목아의 부인을 대전의 문 앞으로 홱 밀었고, 두 여자가 털푸덕 엎어졌다.

"황제폐하, 그리고 황후마마, 소신 강무이옵니다. 두 분께오서는 조금도 심려하지 마시옵소서. 중서령과 추밀원사의 식솔들을 모두 포박하여다가 황궁옥에 가두어 두었나이다. 또한 추밀원사 곽첩목 아의 목을 베었나이다. 그리고 황궁에 들어온 추밀원 군사들을 모두 목을 베고, 붙잡아 가두었나이다."

강무의 말에 팽요의 낯빛이 하얗게 질렸다.

"강장군, 지금 뭐라고 했소? 내 식솔들을 황궁옥에 가두었다고 했소?"

"여기 중서령의 부인이 있으니 물어보시구려. 네 이놈들, 어서 칼을 거두지 못하겠느냐?"

강무가 추밀원의 병사들을 노려보았다. 그러나 칼끝을 거두어 들이는 대신 팽요의 눈치를 보았다.

팽요가 무릎을 꿇은 채 오들오들 떨고 있는 자기 부인을 확인하고 얼른 무릎을 꿇고 엎드렸다.

"무얼하느냐? 네놈들은 어서 칼을 거두지 않고. 살려주시옵소서. 소신이 죽을 죄를 지었나이다."

추밀원 병사들이 칼을 거두고 대명전을 나갔다. 대호군 병사들이 한 놈씩 끌고갔다.

그제서야 강무가 무릎을 꿇고 앉아 아뢰었다.

"황제폐하, 소신의 불찰로 이런 불미스런 일이 생겼나이다. 다행이 운거사의 혜운 스님께서 역도들의 역모를 미리 알고 소신에게 귀띔을 해준 덕분에 중서령과 추밀원사의 무리를 물리칠 수 있었나이다."

"추밀원 군사들을 정말 물리쳤소? 곽첨목아가 거느린 군사가 일천은 넘지 않소?"

황태자가 물었다.

"황궁을 범하려는 역모의 무리를 대호군과 운거사 승병들이 힘을 합하여 모두 물리쳤나이다. 이제 안심해도 되겠나이다."

"지금 운거사 승병들이 나섰다고 했소?"

기황후가 물었다.

"그렇사옵니다, 황후마마. 혜운 스님이 황궁에서 불공을 드리겠다고 한 것은 운거사 승병들을 황궁으로 들이기 위한 고육지책이었사옵니다. 중서령이 주원장의 무리와 내통하는 것을 알고, 오늘같은 역모가 있을 것을 미리 짐작하고 대비한 것이라고 하옵니다."

"참으로 고마운 스님이 아니오. 내 운거사에 큰 시주를 해야겠소."

겨우 얼굴색이 풀어진 황태자가 말했다.

"하오나, 황태자 전하. 지금은 논공행상을 따질 때가 아닌 줄로 아옵니다. 참으로 황공하오나, 포르치므르와 주원장의 무리가 대도 밖에 와 있나이다. 채 일 만도 안 되는 대호군과 소호군만으로는 그들과 대적할 수 없나이다. 피난을 준비하시옵소서."

강무가 눈물로 아뢰었다.

"피난을 준비하라고 했소? 강장군."

기황후가 참담한 표정으로 물었다.

"황공하오나 황후마마, 우선은 옥체를 보존하는 수밖에 없사옵니다. 일단 황궁을 비우시고 목숨을 보존하셔야 할 줄로 아옵니다. 훗날을 도모하셔야 하옵니다."

"황태자 전하, 어찌했으면 좋겠소?"

기황후가 황태자를 바라보았다.

"소자, 어마마마의 말씀을 따르겠나이다."

황태자가 눈물을 글썽이며 대답했다.

"난 싫다, 태자야. 내 집을 놔두고 어디로 피난을 간다는 말이더냐?"

황제가 어눌한 목소리로 말했다.

기황후가 그런 황제를 달랬다.

"폐하, 지금은 강무 장군의 말을 따르는 수밖에 없사옵니다. 목숨을 보존해야 훗날을 도모할 수 있을 것이옵니다. 대전 궁녀들은 무얼하느냐? 어서 황제폐하를 모시고 가 씻겨드리지 않고?"

"예, 황후마마."

나이 든 상궁이 들어와 가시오소서, 황제폐하, 하고 부축하여 욕방으로 모시고 갔다.

안쓰러운 눈빛으로 그 모습을 바라본 기황후가 눈길을 돌려 물었다.

"강장군, 우리가 피난을 간다면 그 채비를 마련해야 할 것이 아니오? 백성들이 가만히 있지를 않을 것인데, 그 일은 어찌했으면 좋겠소?"

"일단은 승복으로 갈아입으시고 황궁과 대도를 빠져나가셔야 되겠사옵니다. 혜운 스님이 준비를 해왔다 하옵니다. 불공을 마치고 운거사로 돌아가는 스님들 속에 섞여 빠져나가면 백성들은 물론 포르치므르 측에서도 눈치를 못 챌 것이라고 했사옵니다."

"혜운 스님이 그런 준비까지 했다는 말씀이오?"

"예, 황후마마. 포르치므르 군사들이 팽요의 연락을 기다리며 대도 십 리 밖에 진을 치고 있다하옵니다. 만에 하나 팽요의 역모가 실패로 돌아간 것을 알면 즉시 침략해 올 것이옵니다. 어서 서두르시옵소서."

"알겠소. 우리가 갈아입을 승복을 들이라 하시오. 참담하기 그지없지만, 어찌하겠소? 우선은 살아나야 내일을 기약할 수 있는 것을. 황제폐하, 마음을 독하게 잡수시오소서. 오늘 비록 황궁을 떠나나 머지않아 꼭 다시 돌아오실 수 있을 것이옵니다. 황태자 전하, 어찌 하겠소? 우선 다급한 불길은 피하고 봐야 하지 않겠소? 준비를 서두르십시다."

"하온데 역모의 무리는 어찌하면 좋겠사옵니까?"

돌아서 나가려던 강무가 물었다.

"중서령 팽요와 추밀원사 곽첨목아와 휘하 병졸들은 모두 죽이시오. 식솔들은 무슨 죄가 있겠소이까? 살려두도록 하시오."

황태자가 영을 내렸다.

"잘 하셨소이다, 황태자 전하. 어서 피난을 서두릅시다."

기황후의 말에 황태자가 눈물을 흘리며 고개를 주억거렸다.

'이렇게 떠나는구나. 열세 살에 들어왔던 황궁을 나이 쉰이 훌쩍 넘어 떠나는구나.'

기황후가 중얼거렸다.

1천 명이 넘는 승려들이 황궁을 빠져나오고 있었다. 들어올 때에는 오백 남짓이던 승려들이 나갈 때는 천여 명으로 불어나 있었다. 황궁을 수비하던 대호군의 병사들까지 승려로 위장했기 때문이었다.

황제와 황후, 그리고 황태자 일가는 행렬의 가운데 자리잡고 있었다. 그리고 승려로 위장한 대호군이 둘러싸고 호위했다. 진짜 운거사 승려들은 앞뒤에서 목탁을 치며 황궁을 나와 대도의 성문을 빠져나왔다.

칠흙같은 밤이었다.

구름이라도 끼어있는 것일까? 하늘에 별 하나 보이지 않았다. 서둘러 출발하느라 등롱도 몇 개 준비하지 못한 피난길이었다.

기황후의 마음도 구름 낀 하늘만큼이나 어두웠다.

"내 집을 두고 어디로 간다는 말이더냐? 무섭구나, 무서워. 황태자야, 나는 어둠이 싫구나. 등롱을 더 밝히라고 하거라."

황제가 어린아이처럼 칭얼댔다. 황태자가 아무런 대꾸도 못하고 기황후를 돌아보았다.

"참으시옵소서, 폐하. 곧 날이 밝을 것이옵니다. 날이 밝고 해가 뜨면 무섬증도 사라질 것이옵니다."

기황후가 황제를 달랬다. 그러나 황제는 막무가내였다. 무서워서 싫다며 길바닥에 주저앉아버렸다. 할 수 없이 체격이 좋은 병사들로 하여금 번갈아 업고 가게 했다.

이십 리 남짓 걸었을 때 날이 밝았고, 운거사 승려 혜월이 천막을 쳐놓고 기다리고 있었다.

"어서 오시옵소서, 황후마마."

혜월이 두 손을 합장하고 허리를 굽혔다.

"스님께는 늘 신세만 집니다."

"황송하옵니다. 소찬으로 아침공양을 준비했사옵니다. 천막 안으로 드시옵소서."

"안 그래도 허기가 지던 참인데 잘 되었습니다. 폐하, 아침이 준비되어 있다하옵니다. 어서 안으로 드시옵소서."

기황후가 황제를 천막 안으로 인도했다. 운거사의 공양주 보살들이 서둘러 아침을 대령했다. 소찬이라는 말대로 사찰의 승려들이나 먹는 채소류의 찬 밖에 없는 밥상이었다.

그걸 보고 황제가 또 투정을 부렸다.

"고기반찬을 가져오너라. 짐의 밥상이 어찌 이리 부실하단 말이더냐?"

"폐하, 우선은 허기만 때우소서. 고기반찬은 이따가 드리겠나이다."

기황후가 달랬으나 황제는 끝내 밥수저를 들지 않았다. 고기반찬을 가져오라고 고래고래 고함만 지를 뿐이었다.

"황송하옵니다, 황후마마. 소승이 미처 황제폐하의 식성을 몰랐었나이다."

혜월이 안타까운 눈빛으로 말했다.

"아닙니다, 스님. 나라와 백성을 버리고 피난을 가는 길입니다. 어찌 반찬타령이나 할 수 있겠습니까?"

기황후가 대꾸할 때였다. 대호군 대장 강무가 황제의 천막으로 찾아왔다.

"황태자 전하, 뒤에 남겨 놓았던 척후병의 말에 의하면 포르치므르 군사들이 뒤를 쫓고 있다하옵니다."

"뭐요? 그놈이 끝까지 우리의 앞길을 방해한단 말이오? 강무 장군, 어찌했으면 좋겠소? 우리 군사는 얼마나 대동하고 왔소?"

포르치므르의 이름이 불리워지자 황태자의 얼굴에 증오심이 나타났다.

"대부분을 황궁을 수비하라 남겨놓고 함께 온 병사는 오백 명이 채 안되옵니다."

강무가 아뢰는데 혜월 스님이 한 마디 거들고 나섰다.

"강장군, 운거사의 승병들은 어찌 빼시는 것입니까? 비록 승복은 입었다고 하나, 일당십은 될만한 무예를 지니고 있습니다."

"참으로 다행입니다. 대호군 병사 역시 어줍잖은 병사들 다섯 명 몫은 할 것이니, 이제야 폐하를 무사히 모실 수 있을 것 같은 자신감이 듭니다."

"우선은 발등에 떨어진 불부터 끄고 보십시다. 여기서 십 리 남짓 가면 천혜의 요새라고 하는 황학골이 나옵니다. 다행이 혜운이 병법을 알고 있으니, 함께 상의하여 전략을 펼친다면 포르치므르의 군사를 물리칠 수 있을 것입니다. 소승은 황제폐하를 모시고 먼저 출발하겠습니다."

"그러십시오. 대호군 일백 명으로 황제폐하를 호위하도록 하겠습니다."

"여기서부터는 마차를 타셔도 될 것입니다. 세 분 웃전과 황태자비 마마와 빈들은 소승이 모시겠습니다."

"고맙습니다, 스님."

기황후가 눈물을 글썽이는 눈으로 혜월을 바라보았다.

"황송하옵니다. 황후마마를 오지로 모시게 되어 참으로 황공하옵니다."

"아니오, 아니오. 스님이 계셔서 이 몸은 늘 든든했답니다. 황태자, 서두릅시다. 포르치므르의 군사가 뒤를 쫓고 있다고 하지 않소?"

"예, 어마마마. 강장군, 뒤를 부탁하오. 포르치므르의 목을 벨 수 있으면 꼭 베도록 하시오. 그자야말로 대원제국에는 철천지 원수가 아니오? 주원장의 무리와 내통하여 대원제국을 망쳐 먹은 자가 아니오?"

황태자가 눈물을 글썽이며 당부했다.

"강장군, 이 몸은 강장군만 믿소이다."

"심려하지 마시옵소서, 황후마마. 소장, 분골쇄신하겠나이다."

강무가 허리를 굽혔다.

황제 일행이 무사히 황학골을 빠져나간 다음이었다.

혜운이 강무에게 말했다.

"강장군, 우리 군사들을 이쯤에 매복을 시키는 것이 어떻소? 이곳은 들어오는 구멍과 나가는 구멍이 좁아 일단 한번 안으로 들어오면 독안에 갇힌 쥐 꼴이 되기 십상이오. 더구나 양쪽에 돌덩이들이 많아 잘만하면 칼 한번 쓰지 않고도 적군을 궤멸시킬 수 있을 것이오."

"소장도 그런 생각을 하고 있었소이다. 지난번 화엄경 석경 불사가 끝나고 황후마마를 모시고 갈 때는 몰랐는데, 지금 다시 보니 참으로 묘하게 생긴 골짜기입니다, 그려."

"그때는 화평한 마음으로 이 길을 지나시니까, 잘 안 보였겠지요. 아름다운 절경만 보였겠지요. 포르치므르 군사가 곧 당도하겠습니다. 소승은 윗쪽 길을 돌아 반대편 능선에 진을 치겠나이다. 장군은 이쪽에서 진을 치고 포르치므르를 기다리십시오. 그들은 황제폐하 일행이 도망을 치는데 바빠 미처 이런 대비를 하고 있으리라고는 짐작도 못하고 있을 것입니다."

"소장의 생각도 같습니다. 함께 역도 포르치므르를 사냥해 보십시다."

강무가 고개를 끄덕였다. 대호군과 운거사의 승병들이 매복을 마쳤을 때에 포르치므르가 황학골 안으로 들어섰다. 한 눈에 보기에도 천 명 남짓한 군사들이었다.

'허허, 포르치므르가 나를 아주 우습게 보았구나. 겨우 일 천 명의 군사로 뒤를 쫓다니. 오냐, 이놈아, 안으로 들어서기만 하거라. 내 네놈의 목을 따서 황제폐하께 바칠 것이니라.'

강무가 입술을 깨물었다.

포르치므르의 군사들이 모두 골짜기 안으로 들어섰을 때였다.

"돌을 굴리거라. 한 놈도 빠짐없이 주살을 시키거라."

승병들이 매복하고 있는 쪽에서 천둥같은 고함 소리가 들렸다. 그와 함께 돌덩이가 굴러내리느라 벼락치는 소리를 냈다.

"매복이다. 전열을 정비하라. 당황하지 마라. 적은 채 백 명이 되지 않을 것이다."

포르치므르가 칼을 휘두르며 호령했다.

그러나 예측하지 못한 기습이었다. 또한 올려다보면 아득한 비탈이었다. 적이 눈앞에 있는데도 칼 한번 제대로 휘두를 수 없었다. 돌덩이는 쉼없이 굴러 내려왔다. 나중에는 굴러 내려오던 돌덩이가 박혀있던 돌덩이까지 빼내어 굴리는 통에 돌덩이가 우박처럼 쏟아져 내렸다.

부하들이 눈앞에서 가을바람 앞의 낙엽처럼 쓰러지는 모습에 포르치므르가 당황하여 말머리를 돌렸다.

"철수하라. 움직일 수 있는 병사들은 철수하라."

포르치므르가 고함을 질렀다. 그때 강무가 앞으로 나섰다.

"이 역도 놈아, 네가 감히 살아서 돌아가기를 바라느냐? 겨우 천 명의 군사로 황제폐하를 쫓겠다고? 어디, 살아갈 수 있으면 살아가 보거라."

순간 포르치므르가 앞뒤 좌우를 살피다가 도저히 빠져나갈 틈이 보이지 않자 말에서 훌쩍 뛰어내려 땅바닥에 엎드렸다.

"강무 장군, 소장은 강장군한테 유감이 있었던 것은 아니오. 늘 강장군의 인품이며 뛰어난 무예를 흠모하고 있었습니다. 소장이 대원제국에 반기를 들었던 것은 오직 기황후 때문이었습니다."

"무슨 말이냐?"

"생각해 보십시오. 기황후는 한낱 고려 공녀일 뿐이었습니다. 그런 여자가 황후가 되고, 황음에 빠지신 황제폐하를 대신하여 조정의 대소사를 좌지우지하는 꼴은 차마 볼 수가 없었사옵니다. 백성들이 뭐라고 하는 줄 아십니까? 대원제국이 망하게 된 것은 아녀자가 조정의 일을 쥐고 흔들었기 때문이라고 합니다. 소장은 황제폐하께 반기를 든 것이 아니었습니다. 고려 여자인 기황후를 몰아내기 위해서 반기를 든 것이었습니다."

"허허, 그놈. 금방 목이 짤릴 텐데도 말은 청산유수로구나. 이놈아, 나도 몽고족 출신이다만, 몽고족 출신 황후가 언제 제대로 황후 노릇을 한 일이 있더냐? 몽고족 출신 황후가 불쌍한 백성들을 위하여 밥 한 끼라도 내린 일이 있더냐? 기황후마마야말로 참으로 보살님이 아니시더냐? 잔소리 말고 목을 내밀거라."

강무가 칼끝을 포르치므르의 턱 밑에 겨누었다.

"살려주시오, 장군. 소장은 정말 장군에게는 유감이 없었소. 늘 흠모하고 있었소. 그러면서도 차마 미리 말씀을 드리지 못한 것은 장군의 청렴한 성품을 알고 있었기 때문이었습니다. 소장이 아무리 말씀을 드려도 황실에 대한 장군의 충성심이 변하지 않으리라고 믿었기 때문이었습니다. 하오나 지금은 장군께서 충성을 바치실 대상이 없지 않사옵니까? 지금 대도며 황궁에는 오왕 전하의 군사들이 들어와 있습니다. 대원제국은 어디에도 없습니다. 이미 망한 나라를 따라간들 무슨 낙이 있겠습니까? 소장이 오왕 전하께 말씀을 드려 장군을 새로운 나라에서도 중용하시도록 성심을 다하겠습니다."

포르치므르가 눈물을 흘리며 애원했다.

언제 다가와 있었는지 혜운이 한심한 사람, 하는 눈빛으로 바라보고 있었다.

"스님, 이자를 어찌하오리까?"

강무가 돌아보며 물었다.

"장군의 뜻에 맡기겠습니다."

혜운이 대답했다.

"살려주시오, 강장군. 소장, 충성을 다하겠소."

희망의 싹을 보았는지 포르치므르가 고개를 조아리며 애원했다.

"네가 충성할 곳은 오직 대원제국과 황제폐하 밖에 안 계셨니라.

허나 이제 때가 늦었구나. 함부로 황제폐하를 쫓아오는 것이 아니었느니라. 네가 정녕 몽고족 출신이라면 그래서는 안 되는 것이었니라. 주원장이 주창하고 있는 것이 무엇이더냐? 오랑캐로부터 중원을 되찾아 중화를 건설하자는 것이 아니었더냐? 주원장이 가리키는 오랑캐가 누구더냐? 너 또한 오랑캐가 아니더냐? 네놈은 황제폐하 뿐만 아니라 동족을 배신했느니라. 잘 가거라."

강무의 칼날이 햇살에 반짝 빛을 내뿜었다.

단 한번 뿐이었다.

운거사에서 사흘을 머무른 황제의 피난행렬은 북으로 북으로 걸음을 재촉했다. 운거사 승병들은 혹시 뒤따를지 모르는 오왕의 군사들을 대비하느라 황학골에 남고 대호군 병사 오백여 명과 대명전과 흥성궁에 있던 환관이며 궁녀들을 포함한 일천여 명의 행렬이었다.

노망 든 황제를 연에 모셨다고 했으나 초라한 행렬이었다. 백성들이 길가에 나와 말없이 배웅했다. 어떤 백성은 자기들끼리 속삭이며 히히덕거렸고, 어떤 백성은 눈물을 흘리기도 했다.

기황후는 그런 백성들 볼 낯이 없어 연의 휘장을 내리고 밖을 내다보지 않았다.

한 달을 걸어 상도에 도착한 날이었다.

"대도와는 오백 리 거리이옵니다. 그 중 사람이 살만한 곳이지요. 대원제국이 첫번째 수도로 삼았던 곳이기도 하옵니다. 여기에서 일단 머무르도록 하시지요."

강무가 기황후한테 아뢰었다.

"그러십시다. 다행이 백성들의 눈빛이 순합디다. 안타깝게 여기는, 불쌍하게 여기는 눈빛이기는 했어도 죽일 듯이 노려보는 눈빛은 아니었소. 그것은 백성들이 우리를 받아들인다는 뜻이 아니겠소?"

"그러하옵니다, 황후마마. 상도를 수도로 정하여 다시 한번 대원제국을 일으켜 세워야하옵니다. 소장이 신명을 바치겠나이다."

"장군만 믿소이다."

기황후가 번들거리는 눈빛으로 대꾸했다.

"우선 행궁으로 드시옵소서."

강무가 앞장을 섰다.

"행궁이라고 했소?"

"천막으로 겨우 하늘을 가렸습니다만, 전대까지 황제폐하께오서 일년에 한 번씩 사냥을 나오시면 행궁으로 삼아 머무르시던 곳이옵니다."

"그런 것이 있었소? 참으로 다행이구려. 우선은 황제폐하부터 쉬시게 해야겠소. 비록 연을 타셨다고 하나 얼마나 멀고 힘든 길이었소."

기황후가 그렇게 말했을 때였다.

"짐은 괜찮소. 황후야말로 여자의 몸으로 먼 길을 오시느라 수고했소."

황제가 또렷한 목소리로 말했다.

"폐하, 황제폐하. 정신이 돌아오셨나이까?"

기황후가 소리를 질렀다.

"모두가 짐의 잘못이오. 짐이 잘못하여 대원제국이 이렇게 되었소. 강무장군, 황태자 애유식리달랍에게 황위를 전위하겠소. 준비를 해주시오."

"황제폐하, 아니 될 말씀이옵니다. 전위라니, 당치 않사옵니다."

황태자가 제일 먼저 바닥에 엎드려 흐느껴 울었다.

"미안하구나, 황태자야. 내 번듯한 대원제국을 물려받았었거늘, 오늘 어찌 참담하게도 망해버린 나라를 너에게 물려주게 되었을꼬? 허나, 네가 강장군과 힘을 합하여 다시 한번 중원을 지배하는 대원제국을 일으켜 세워보거라."

"아바마마, 소자는 아직 힘이 미약하옵니다. 황위를 전위 받을 수 없사옵니다."

"사양하지 말거라. 내가 지금은 비록 온전한 정신이라고 하나 언제 다시 정신을 잃고 헛소리를 할지 어찌 아느냐? 다만, 이 아비를 버리지만 말아다오."

"소자가 어찌 아바마마를 버리겠나이까?"

황태자가 울음을 터뜨렸다.

"미안하오, 미안하오, 황후. 강장군, 부탁하오. 지금 바로 황태자가 황위를 물려받았음을 백성들한테 선포하시오."

"예, 황제폐하."

강무가 눈물을 글썽이며 허리를 조아렸다.

행궁에 들기 전에 황태자에게 어보를 전달하는 간단한 즉위식이 있었다. 초라한 즉위식이었다. 다시 정신을 놓은 황제가 무슨 일인데 사람들이 이리 많이 모여 있느냐고 헛소리를 했다.

"아바마마, 정신을 차리시옵소서. 제발 강녕하시옵소서."

새 황제가 눈물을 흘리며 엎드려 절했다.

이날밤이었다.

기황후가 행궁의 한 방에 앉아 박불화를 시켜 혜월을 불렀다.

"고맙습니다, 스님."

"나무아미타불 관세음보살. 황후마마, 이제 마마의 소원은 성취하신 것이 아니옵니까? 그토록 바라시던 아드님께서 황제위에 오르셨지 않사옵니까? 이제 욕심을 버리시옵소서. 고려국으로 환국하시옵소서."

혜월이 합장했다.

"환국이라고 했습니까? 스님."

기황후가 흠칫 놀라 물었다.

박불화는 이미 알고 있었는지 담담한 표정으로 기황후를 바라보았다.

"박원사, 지금 혜월 스님께서 이 몸더러 환국하라고 하셨습니까?"

"그러하옵니다, 황후마마."

박불화가 허리를 조아렸다.

"황후마마, 소승이 지난 번에 말씀드리지 않았사옵니까? 금강산에 작은 암자를 하나 마련해 놓았다구요. 소승이 황후마마를 위해 마련해 놓은 암자이옵니다."

혜월이 간곡하게 권했다.

"이 몸도 언젠가 고려국으로 돌아갈 수 있었으면 좋겠다는 생각을 한 일이 있습니다. 내가 죽어 묻힐 곳은 고려국의 나즈막한 산모퉁이 양지 바른 곳이라고 여긴 일이 있었습니다. 한때는 그런 욕심을 가진 일도 있었지요. 태황제폐하께오서 이 몸의 황태자 수태를 기원하기 위하여 탐라에 세운 원당사로 갈까하는 욕심을 가진 일도 있었지요."

문득 기황후의 목소리가 물기에 젖었다.

"황후마마, 심기를 편히 가지시옵소서."

박불화가 울음으로 아뢰었다. 혜월이 관세음보살, 하고 중얼거렸다.

기황후가 말했다.

"지금도 이 몸의 그런 욕심에는 변함이 없사옵니다. 허나, 병 든 태황제폐하를 저렇게 두고는 갈 수가 없습니다. 그렇다고 태황제폐하를 고려국으로 모시고 갈 수도 없지 않습니까? 혜월 스님, 여기 상도에서도 이 몸은 중생을 위한 죽공양을 계속하겠습니다. 스님께서 많이 도와주십시오. 불쌍한 중생들을 위해 부처님께 기원하여 주십시오."

"알겠사옵니다, 황후마마. 소승, 황후마마를 성심을 다하여 모시겠나이다."

상도에서의 첫날밤은 그렇게 깊어갔다. 기황후에게는 초라하고 참담한 밤이었다.

모진 겨울이었다. 사막을 가로질러 불어온 바람이 모래를 날라다 누렇게 말라붙은 초원의 풀잎들을 덮고 있었다. 천막 행궁은 밤이나 낮이나 펄럭이는 소리를 냈다. 유난히 추운 밤이면 기황후는 어린 아이처럼 칭얼대다 잠이 든 태황제를 품에 꼭 안고 추위를 막아 주었다.

노망이 든 태황제는 기황후의 품안에서 오줌을 싸고 똥을 쌌다. 그때마다 기황후가 손수 물을 데워 몸을 씻기고 옷을 갈아입혔다.

기황후의 손이 부르트고, 부르튼 자리마다에서 붉은 핏방울이 솟아나올 때 봄이 왔다.

봄은 참으로 느닷없이 왔다. 어느 날 바람 끝에 따뜻한 기운이 묻어나는가 싶더니, 모래에 뒤덮여 있던 황색 벌판에서 파란 싹이 돋아나고 있었다.

금방 비라도 내릴 듯 하늘이 잔뜩 찌푸린 날이었다. 이날 아침 태황제가 오랫만에 정신을 차렸다.

"미안하구려, 황후. 짐이 똥을 쌌소."

"심려하지 마시옵소서. 소인이 씻겨 드리겠나이다."

"그래 주시겠소? 내 다시는 잠자리에서 똥을 싸지 않으리다."

태황제가 염치없다는 듯이 빙긋 웃었다. 천진스런 웃음이었다. 기황후가 정성을 다하여 태황제의 몸을 씻기고 옷을 갈아입히고 난 다음이었다.

"황후, 황제를 불러주시겠소? 혜월 스님도 함께."

어떤 예감을 느낀 기황후가 황제의 식솔들과 혜월 스님을 불러들였다.

"황제, 화림성으로 가시오. 거기는 아직도 세조황제 쿠빌라이의 혼이 살아 있는 곳이오. 쿠빌라이께서는 화림에서 대원제국의 깃발을 꽂으셨소. 화림에 가면 용맹스런 몽고인들이 아직도 많이 살고 있소."

"아바마마, 화림성으로 가라고 하셨나이까?"

"그렇소. 세조황제의 혼이 황제를 지켜줄 것이오. 그리고 황후, 내가 이제 갈 때가 된 것 같소. 그대를 만나 내가 행복했소. 그대로 인하여 그래도 내가 사람답게 살았던 것 같소. 그동안 애쓰셨소."

"폐하, 어인 말씀이신지요? 이 몸은 늘 폐하께 은혜만 입었사옵니다."

"짐은 황후가 그동안 얼마나 고통스런 세월을 살았는지 잘 알고 있었소. 얼마나 고려국으로 돌아가고 싶어했는지 알고 있었소. 내가 죽고 장례가 끝나거든 고려국으로 돌아가시오. 혜월이라고 했소? 황후를 잘 부탁하오."

기황후가 눈물을 주르르 흘렸고, 혜월이 합장하고 아뢰었다.

"소승, 폐하의 분부를 성심으로 받들겠나이다."

"고맙소. 그대가 황후를 도와 대원제국의 백성들에게 베푼 적선은 두고두고 은혜로 남을 것이오. 황제, 이 애비의 마지막 부탁이오. 내 죽거들랑 태황후가 고려국으로 돌아갈 수 있도록 도우시오. 그리고 태황후의 은혜를 잊지 마시오. 고려국이 어머니의 나라라는 것을 잊지 마시오."

"소자, 아바마마의 뜻을 받들겠나이다."

황제가 아뢸 때였다.

태황제가 오른손을 들어 무엇인가 붙잡으려는 듯 허우적거렸다.

기황후가 그 손을 잡았다.

"부디 고려국으로 돌아가시오, 황후."

태황제가 입술을 달싹거렸다.

그리고 다음 순간 꽉 움켜 잡았던 태황제의 손이 스르르 풀려 내리고 목이 왼쪽으로 툭 꺾였다.

"나무아미타불 관세음보살."

혜월이 합장으로 태황제를 전송했다.

"평안히 잠드시옵소서. 평안히 가시옵소서, 폐하."

기황후가 나즉히 중얼거리며 천진스런 모습으로 깊디 깊은 잠이 든 지아비의 가슴에 얼굴을 묻었다.

번개가 번쩍하는가 싶더니, 이내 하늘이 무너져 내렸다.

– 끝 –